上海交大·全球人文学术前沿丛书
王 宁/总主编　祁志祥/执行主编

全球人文视野下的
中外文论研究

王宁学术历程文选

王 宁 著

商务印书馆
The Commercial Press

商务印书馆（上海）有限公司 出品
The Commercial Press (Shanghai) Co. Ltd.

王宁，上海交通大学人文学院院长兼人文艺术研究院院长，人文社会科学资深教授，清华大学长江学者特聘教授。1989年获北京大学英文和比较文学博士学位，后获荷兰皇家科学院博士后基金前往乌德勒支大学从事研究。1991年回国后任北京大学英语系副教授，1992年破格晋升为教授。1997年至2000年任北京语言大学比较文学研究所所长兼比较文学与世界文学博士点学科带头人兼创始导师。2000年获国务院特殊津贴并调入清华大学外文系任教，为该校外国语言文学一级学科带头人和创始导师。2010年当选为拉丁美洲科学院院士，2012年入选教育部2011年度"长江学者"特聘教授，2013年当选为欧洲科学院外籍院士。此外，还担任国家社会科学基金中国文学组评审专家，教育部长江学者奖励计划会评专家等。学术兼职包括中国比较文学学会前任会长，中国中外文艺理论学会副会长，中国文艺理论学会副会长等。主要研究领域为现代性理论、后现代主义、全球化与文化问题、世界文学、翻译学等，除出版三部英文专著和二十多部中文专著以及450余篇中文论文外，还在四十多种国际权威刊物或文集发表英文论文150余篇，收录SSCI或A&HCI数据库论文110多篇，部分论文被译成意大利文、西班牙文、葡萄牙文、德文、俄文、日文、韩文、塞尔维亚文、法文、阿拉伯文等，在国际人文社会科学界有着广泛的影响。

总序

经过各位作者和编辑人员的努力和在疫情期间的细心打磨，这套"上海交大·全球人文学术前沿丛书"很快就要问世了，我作为这套丛书的总策划和上海交通大学人文学院院长，应出版社要求特写下这些文字，权且充作本丛书的总序。

读者也许已经注意到这套丛书题目中的两个关键词：上海交大、全球人文。这正好涉及这套丛书的两个方面：学术机构的支撑和学术理论的建构。这实际上也正是我在下面将要加以阐释的。我想还是从第二个方面谈起。

"全球人文"（global humanities）是近几年来我在国内外学界提出和建构并且频繁使用的一个理论概念，它也涉及两个关键词："全球（化）"和"人文（学科）"。众所周知，全球化的概念进入中国可以追溯到20世纪90年代，我作为中国语境下这一课题的主要研究者之一对于全球化与中国文化和人文学科的关系也做了极大的推进。全球化这个概念开始时主要用于经济和金融领域，很少有人将其延伸到文化和人文学科。我至今还记得，1998年8月18—20日，时任北京语言大学比较文学研究所所长的我，联合了美国杜克大学、澳大利亚墨朵大学以及中国社会科学院共同在北京举行了"全球化与人文科学的未来"国际研讨会，那应该是在中国举行的首次从人文学科的角度探讨全球化问题的一次国际盛会。出席会议并做主旨发言的中外学者除了我本人外，还有时任美国杜克大学历史系教授、全球化研究的主要学者之一德里克，欧洲科学院院士、国际比较文学协会名誉主席佛克马，中国科学院哲学社会科学学部委员、北京大学教授季羡林，中国社会科学院外国文学研究所所长吴元迈。会议的各位发言人对于全球化用于描述经济上出现的一体化现象并无非议，而对于其用于文化和人文学科则产生了较大的争议，甚至有人认为提出文化全球化这个命题在某种程度上就是为文化的西方化或美国化而推波助澜。但我依然在发言中认为，我们完全可以将文化全球化视作一个共同的平台，既然西方文化可以借此平台进入中国，我们也完全可以借此将中国文化推介到全世界。那时我刚开始在头脑中萌生全球人文这个构想，并没有形成一个理论概念。在后来的二十多年里，全球化问题的研究在国内外方兴未艾，这方面的著述日益增多。我也有幸参加了由英美学者罗伯逊和肖尔特主编的劳特里奇《全球化百科全书》的编辑工作，恰好我的任务就是负责人文学科的词条组织和审稿，从而我对全球化与人文学科的密切关系有了新的认识。特别是近十多年来中国文化以及中国的人文学术加速了国际化的进程，我便在一些国际场合率先提出"全球人文"这一理论构想。当然，我在全球化的语境下提出"全球人文"的概念，主要是基于以下几方面的考虑。

首先，在全球化的进程日益加快的今天，人文学科已经不同程度地受到了影响和波及，在文学界，世界文学这个话题重新焕发出新的活力，并成为21世纪比较文学学者的一个前沿理论话题。在语言学界，针对全球化对全球英语之形成所产生的影响，我本人提出的复数的"全球汉语"（global Chineses）之概念也已初步成形，而且我还指出，在全球化的时代，世界语言体系将得到重新建构，汉语将成为仅次于英语的世界第二大语言。在哲学界，一些有着探讨普世问题并试图建立新的研究范式的抱负的哲学家也效法文学研究者，提出了"世界哲学"（world philosophy）这个话题，并力主中国哲学应在建立这一学科的过程中发挥奠基性作用。而在一向被认为是最为传统的史学界,则早有学者在世界体系分析和全球通史的编撰等领域内做出了卓越的贡献。因此,我认为,我们今天提出"全球人文"这个概念是非常及时的,而且文史哲等人文学科的学者们也确实就这个话题有话可说,并能在这个层面上进行卓有成效的对话。面对近年来美国的特朗普和拜登两届政府高举起反全球化和逆全球化的大旗,我认为中国应该理直气壮地承担起新一波全球化的领军角色。在这方面,中国的人文学者也应该大有作为。

其次,既然"全球人文"这个概念的提出具有一定的合法性,那么人们不禁要问,它的研究对象是什么?难道它是世界各国文史哲等学科简单的相加吗?我认为并非如此简单。就好比世界文学绝非各民族文学的简单相加那样,它必定有一个评价和选取的标准。全球人文也是如此。它所要探讨的主要是一些具有普遍意义的话题,诸如全球文化(global culture)、全球现代性(global modernity)、超民族主义(transnationalism)、世界主义(cosmopolitanism)、全球生态文明(global eco-civilization)、世界图像(world picture)、世界语言体系(world language system)、世界哲学、世界宗教(world religion)、世界艺术(world art)等。总之,从全球的视野来探讨一些具有普适意义的理论课题应该就是全球人文的主旨;也即作为中国的人文学者,我们不仅要对中国的问题发言,同时也应对全世界、全人类普遍存在并备受关注的问题发出自己的声音。这就是我们中国人文学者的抱负和使命。可以说,本丛书的策划和编辑就是基于这一目的。

当然,任何一个理念概念的提出和建构都需要有几十部专著和上百篇论文来支撑,并且需要有组织地编辑出版这些著作。因而这个历史的重任就落到了上海交通大学人文学院各位教授的肩上。当然,对于上海交通大学在自然科学和工程技术领域的领军角色和影响力,国内外学界早已有了公认的评价。而对于其人文学科的成就和广泛影响则知道的人不多。我在这里不妨做一简略的介绍。实际上,上海交通大学历来注重人文教育。早在1908年,学校便开设国文科,时任校长唐文治先生亲自主讲国文课,其独创的吟诵诗文之唐调已成为宝贵的文化遗产。在这所蜚声海内外的学府，先后有辜鸿铭、蔡元培、张元济、傅雷、李叔同、黄炎培、邵力子等人文学术大师在此任教或求学。这里也走出了江泽民、陆定一、丁关根等中国共产党的领导人或高级干部。因此我们说这所大学具有深厚的人文底蕴并不算夸张。

新中国成立后，上海交通大学曾一度成为一所以理工科为主的高校，在改革开放的年代里，学校意识到了重建人文学科的重要性和必要性。经过多次调整与改革，学校于1985年新建社会科学及工程系和文学艺术系，在此基础上于1997年成立了人文社会科学学院。2003年，以文、史、哲、艺为主干学科的人文学院宣告成立，上海交通大学基础文科由此进入新的发展时期，并在近十多年里取得了跨越式的发展。其后，又有两次调整使得人文学院的学科布局和学术实力更加完整：2015年5月12日，人文学院与国际教育学院合并为新的人文学院，开启了学院发展的新篇章；2019年，学校决定将有着国际化特色的高端智库人文艺术研究院并入人文学院，从而更加增添了学院的国际化人文色彩。

21世纪伊始，学校发力建设世界一流大学，在弘扬"人文与理工并重""文理工相辅相成"优秀学统的同时，强化人文学科建设，落实国家"人才兴国""文化强国"和"建设创新型国家"的战略目标。经过近二十年的建设，人文学院现已具备了从大学本科到博士研究生的完整的培养体系，并设有中国语言文学一级学科博士后流动站。学院肩负历史重任，成为学校"双一流"学科建设的重点。

人文学院以传承中华文化为核心，围绕"造就人才、大处着笔"的理念，将国家意志融入科研教学。人为本、学为根，延揽一流师资，培养一流人才，以学术促教学；和为魂、绩为体，营造和谐，团队协作，重成绩，重贡献；制度兴院，创新强院，规范有序，严格纪律，激励创新，对接世界。人文学院将从世界竞争、国家发展、时代要求、学校争创一流的大背景、大格局中不断求发展，努力成为人文学术和文化的传承创新者，一流人文素质教育和国际学生教育的先行者、学科基础厚实、学术人才聚集、人文氛围浓郁的学术重镇，建设"特色鲜明、品质高端、贡献显著、国际知名"的人文学院。

人文学院下设中文系、历史系、哲学系、汉语国际教育中心、艺术教育中心，国家大学生文化素质教育基地挂靠学院。世界反法西斯战争研究中心、中华创世神话研究基地作为省部级学术平台，人文艺术研究院、战争审判与世界和平研究院、神话学研究院、欧洲文化高等研究院、上海交通大学—鲁汶大学"欧洲文化研究中心"和东京审判研究中心等作为校级学术平台，挂靠人文学院管理。学科布局涵盖中国语言文学、中国历史、哲学、艺术等四个一级学科。可以说，今天的人文学科已经萃集了一大批享誉国内外的院士、长江学者、文科资深教授和讲席/特聘教授。为了集中体现我院教授的代表性科研成果，我们组织编辑了这套全球人文学术前沿丛书，其目的就是要做到以全球的视野和比较的方法研究中国的问题，反过来又从中国的人文现象出发对全球性的学术前沿课题做出中国人文学者的贡献。我想这就是我们编辑这套丛书的初衷。至于我们的目标是否得以实现，还有待于国内外同行专家学者的评判。

本丛书第一辑出版五位学者的文集。分别是王宁教授的《全球人文视野下的中外文论研究》、杨庆存教授的《中国古代散文探奥》、陈嘉明教授的《哲学、现代性与知识论》、张中良教授的《中国现代文学的历史还原和视域拓展》和祁志祥教授的《中国美学的史论建构及思想史转向》。通过它们，读者可以了解这五位学者的学术历程、标志性成果、基本主张及主要贡献。欢迎学界批评指正。

是为序。

王　宁
2022年5月于上海

目录

自序：我的学术历程　1

第一章　全球人文与中国学者的贡献

第一节　走向世界人文主义：中国新文化运动的世界性意义　17
一、反思新文化运动的历史意义　17
二、中国新文化运动的世界意义　21
三、走向一种新的世界主义或世界人文主义建构　26

第二节　国际比较文学的新格局与中国学者的贡献　31
一、走向跨学科研究：法美中比较文学研究殊途同归　33
二、中国学派的崛起及其研究特色　38
三、比较文学与中国的新文科建设　46

第三节　全球化语境下中国人文学术的国际化　52
一、全球化与全球本土化：西方与中国　53
二、重建全球化的概念：马克思主义的视角　58
三、消费文化及其在中国的研究　65
四、全球化进程中的去第三世界化　71

第二章　马克思主义与中国的世界文学研究

第一节　马克思主义的传入及其中国化　79
一、翻译与马克思主义的传入中国　80
二、马克思主义的中国化——毛泽东的贡献　92
三、改革开放时代的世界文学翻译与研究　97

第二节　马克思主义与中国的世界文学研究　101
一、世界文学研究在中国：历史的回顾与反思　102
二、改革开放以来的世界文学研究　108

三、新世纪以来的世界文学研究　116

第三节　从毛泽东到习近平的世界文学观　126
一、马克思主义"中国化"与毛泽东文艺思想的形成　127
二、重读《讲话》及其当代阐释　133
三、《讲话》的遗产与当下的意义　143
四、习近平与世界文学研究　150

第三章　世界主义与世界文学

第一节　世界主义的概念及其历史演变　159
一、世界主义概念的起源及萌发　159
二、世界主义的理论化和实践　162
三、全球化时代的世界主义　164

第二节　文学世界主义面面观　170
一、世界主义的文学视野　170
二、世界主义的文学建构　171

第三节　"世界文学"的历史演变及当代含义　174
一、歌德与世界文学的构想　174
二、世界文学概念的发展和多元建构　176

第四节　世界文学的评价标准再识　181
一、"世界的文学"还是"世界文学"　181
二、世界文学的评判标准　182

第五节　世界文学语境中的中国文学　185
一、中国现代文学的世界性　185
二、世界文学的双向旅行　189

第四章　从比较诗学到世界诗学的建构

第一节　从比较诗学到世界诗学　196

一、为什么要建构一种世界诗学？　196
二、比较诗学和认知诗学的先驱作用　200

第二节　世界诗学的构想和理论建构　202

一、作为问题导向的世界诗学　202
二、世界诗学的理论内涵　204

第三节　世界诗学建构的理论依据和现实需要　211

一、世界诗学建构的理论依据　211
二、世界诗学建构的现实需要　215

第五章　后现代主义之后的西方理论与思潮

第一节　后殖民主义的崛起和"中心化"尝试　221

一、后殖民理论与后殖民地文学　221
二、后殖民理论大家述评　223
三、后殖民主义的二重性特征　229

第二节　女权/女性主义的多元发展和走向　230

一、女权/女性主义的三次浪潮　230
二、当代女性主义的新走向　234

第三节　面对文化研究大潮的冲击　236

一、文化研究在英国的兴起　236
二、当代文化研究的多元发展　238

第四节　流散写作和文学史的重新书写　242

一、流散写作的历史与现状　242
二、华裔流散写作与中华文化的海外传播　244

第五节　全球化与文化的理论建构　246

一、全球化的经济与文化　246
二、全球化的文化和文学建构　248

第六节　生态批评与环境伦理学的建构　250
一、文学中人与自然之主题的演变　250
二、生态批评：西方与中国　254

第七节　性别研究的新课题：女同性恋和怪异研究　255
一、文化研究语境下的性别研究　255
二、性别研究视野下的女同性恋研究　256
三、怪异或酷儿研究　258

第八节　比较文学学科的死亡与再生　261
一、学科的"死亡"之风波　261
二、比较文学的危机与转机　263

第九节　语像时代的来临和文学批评的图像转折　268
一、读图时代的来临　268
二、语像写作与批评　269

第六章　西方文论大家研究

第一节　德里达的幽灵：走向全球人文的建构　277
一、德里达及其解构批评在中国　277
二、解构：马克思主义思想的幽灵之一　282
三、走向全球人文的理论建构　287

第二节　艾布拉姆斯与《镜与灯》　295
一、《镜与灯》的奠基性意义和影响　295
二、浪漫主义：文学的全球化现象　303
三、浪漫主义：走向一种当代形态的乌托邦建构　307

第三节　哈罗德·布鲁姆的文学"修正主义"　309
一、布鲁姆：从"弑父"到修正主义诗学　310
二、去经典化和文学经典的重构　319

三、布鲁姆之于当今中国文学批评的意义　325

第四节　佛克马的比较文学和世界文学研究　327
一、文化相对主义与比较文学研究　328
二、现代主义和后现代主义文学研究　340
三、全球化时代的比较文学和文化研究　350

第七章　中国文论大家研究

第一节　朱光潜的批评理论再识　359
一、弗洛伊德主义的主要阐释者和批评者　362
二、接受与影响：比较的批评和分析　370
三、朱光潜现象：中国现代知识分子的人格悲剧　375

第二节　季羡林的东方文学批评与研究　380
一、东方文学和比较文学研究的奠基人　381
二、有理论有思想的文化批评家　388

第三节　杨周翰的比较文学和西方文学批评　395
一、借"他山"之石攻中国"之玉"　397
二、用比较的方法研究国别文学及其超越　401
三、走向一种自觉的建构　407

第四节　王佐良的英国文学批评　412
一、致力于文学史撰写的批评家　413
二、用诗一般的语言来评论英国诗歌　418
三、在广阔的世界文学语境下评价英国文学　423

王宁著作一览　429

自序

我的学术历程

我至今仍记得，开国领袖毛泽东主席在他的那首气势磅礴的诗篇《水调歌头·重上井冈山》中曾写下这样的诗句："三十八年过去，弹指一挥间。"确实，从他带领秋收起义的剩余部队进驻井冈山起直到1965年，已经走过了三十八年，这如同历史的长河中的弹指一挥，而对于一个人来说，则是漫长的且十分宝贵的年华。要知道，一个人的一生又能有几个三十八年呢？而我今天写这篇序文，谨对我所走过的四十多年的学术道路做一简略的回顾。

几年前，我们在纪念改革开放四十周年时，我不禁意外地发现，自己的学术生涯几乎与之是同步开始的，也即我大学毕业正是1978年。虽然当时改革开放尚未正式开始，但是改革的春风已经吹入了大学校园。可以说我是最早的受益者之一。在这篇序文中，我主要回顾一下自己在过去的四十多年里引进国外理论思潮和人文学术著述方面，以及近二十年里推进中国人文学术国际化方面所做的工作。确实，这段往事并不如烟，它们仿佛就发生在昨天，但却已经深深印刻在我的脑海里，不时地激励我在今后的年月里，为继续这两方面的工作再展宏图。诚然，在过去的这些往事中，最使我记忆犹新的应该是下面几件事情，也可以说它们是我的文学和人文学术生涯中的几次重要转折。

从英美文学到比较文学研究

我也和国内不少从事英美文学及比较文学研究的同行一样，是"文革"十年的受害者，好在我很快就赶上了一个好时光：1975年邓小平主持工作时狠抓高校的教学质量，当时正在苏北农村插队的我有幸被当地贫下中农推荐为工农兵大学生候选人。由于我在中学读书时曾担任过班里外语课的课代表，在英语方面还有些基础，此外，又在农村插队的两年里在大队中学做过一年多代课教师，所教授的一门课就是英语，于是我顺利地通过外语面试进入了南京师范学院（后改为南京师范大学）外语系英语专业学习。实际上，我们当时在大学里读书的时间并不多，短短三年的学习期间，光是学工、学农和学军就占去了大约一年的时间，此外还赶上"批邓、反击右倾翻案风"和粉碎"四人帮"这两大政治事件。但是我那时已经朦胧地意识到了自己今后的奋斗目标，因此利用一切可以利用的时间尽可能多地读书。但在当时那种强调政治和大批判的年代，读书也不能太公开，于是我每到一处，甚至在开会之前，总要带上一个英语单词本，抓紧每一刻时间背诵单词，或阅读一些英语课外读物，或和高班同学用英语交谈，所以在三年的时间内，我基本上自学完了"文革"前大学英语专业四年的课程，并且记下了大量的读书笔记，也写了不少英语作文。当时的大学教师十分负责，特别是三位中年教师每次接到我写的英文作文都十分认真地批改，并给我极大的鼓励。这些均对我打下扎实的英文写作功底有着很大的帮助。后来我留校任教也是受益于改革开放：学校领导开始注重教师的业务水平，而不仅仅看他们的政治表现。我作为积极参加各项政治活动的业务尖子自然也就被领导物色留在系里任教。虽然我的教学生涯之初是教授公共外语课，但是这也不妨碍我利用业余时间从事文学翻译和研究文学。

我最初进入文学研究的领域是英美文学，或者更具体地说是美国文学，主要聚焦于20世纪的美国文学研究。我至今仍记得，我撰写的第一篇学术论文是研究美国短篇小说大师欧·亨利的小说创作，为了更深刻地理解这位短篇小说大师的创作成就，我还翻译了他的几篇短篇小说，并且在杂志上发表了一篇。后来我又迅速地转而研究杰克·伦敦和海明威，尤其是后者对我的学术道路有着直接的影响。就文学研究而言，也可以说，我是从国别文学研究逐步进入到比较文学研究的。但在此之前，有两件事对我后来进入比较文学领域起到了至关重要的作用。

一个偶然的机会使我有幸进入了外国文学的教学：江苏省广播电视大学需要一位外国文学教师担任学员的课外辅导，我被本校一位老师推荐担当了这一教学任务。当时电大学员的学习条件很差，他们一般周三和周六下午集中在一个大教室里听主讲教师的讲课录音，然后再由辅导教师进行辅导和答疑。尽管学员们分散在不同的辅导站，接受不同的教师的辅导，但最后的考试却是全国统一的。这对我来说，确实是一个很大的挑战，我不仅要把指定的教材吃透，而且要能经得起学员的提问，此外还要经受全国统考的检验。这对我这个仅懂得英美文学的青年教师来说无疑又增加了许多工作量，但也正是在这样的时刻，我贪婪地阅读了英语国家以外的欧洲主要文学名著和文学史书籍，认真地备课，并尽可能充分地为学员讲解和答疑，甚至猜测主考老师可能会出的考试题目。最终我的努力并没有付诸东流：我所辅导的学员大部分都通过了考试。后来，我又接受了辅导学员文学概论课的任务，这便使我有机会阅读了大量的中国文学和文学理论方面的著作。后来的事实证明，这些早先读过的书籍均对我从英语教学进入西方文学和比较文学研究打下了扎实的文本和理论基础。我就这样从一个外语教师逐步成为一位教学研究型的学者，更具体地说，英美文学研究者，并开始涉猎比较文学和文学理论研究。

我和国内绝大多数从事比较文学研究的学者的学术道路不尽相同：他们大多来自高校的中国语言文学系，因为就比较文学这门学科而言，它也确实是属于中国语言文学一级学科之下的一门二级学科；而我则是来自外国语言文学系，从所学专业来看，应该是来自英美文学研究领域。所以我和比较文学这门学科的关系，可以用这样的字眼来描绘：若即若离，分分合合，但总也无法分离。也即，我开始是比较文学学科的门外汉，直到拿到博士学位时，也还是属于外国语言文学学科，好在我从事博士后研究的合作导师是蜚声国际比较文学和文学理论界的学术大师佛克马（Douwe Fokkema）教授，这就使我第一次正式进入了比较文学学科的大门。回国后我仍回到北京大学，在英语系任教，后来承蒙乐黛云教授不弃，聘请我在她主持的比较文学研究所担任兼职教授，总算使我有了双重身份。1997年，正当我的学术事业"如日中天"时，我毅然决定离开母校北京大学到北京语言大学工作，这在许多人看来简直是不可思议的，而在我看来，我所要做的事并非是仅仅继承别人已经成就的事业，如果那样的话，我的作用充其量不过是一个事业的继承者而已。而我要做的恰恰是开创一个新的事业。这也是我经常勉励我的学生去效法的。

我在北语工作的一个直接结果就是，创建了比较文学研究所，并于1998年领衔成功地申请到了比较文学与世界文学硕士学位授予权，2000年再度领衔并经过激烈的竞争，成功地申请到了比较文学与世界文学博士学位授予权。就在2000年底，我在北语的事业也发展到了极致，我同样激流勇退，离开了刚刚亲手建立的北语比较文学研究所，调入了清华大学外语系，紧接着又开始了紧张的申博准备工作。但我这次进入清华可以说又回到了我的老本行：英语语言文学教学和研究。我于2003年又领衔成功地申请到了英语语言文学博士学位授予权，在短短的几年内将该博士点建成北京市重点学科，并迅速地获得了外国语言文学一级学科博士后流动站和博士点。

今天回顾起那些往事，我发现我进入比较文学界在很大程度上也纯属偶然。1985年6月，我意外地得知，中国比较文学学会将于1985年10月在深圳举行成立大会暨首届国际学术研讨会，在此之前，还将举办全国比较文学讲习班，我便层层申请，最后直到校长亲自给予帮助，我才如愿以偿地前往深圳出席了那次比较文学盛会。正是在那次会议上，我有幸认识了对我的学术生涯发生关键性影响的三位学术大师：杨周翰教授，后来成了我在北京大学攻读博士学位时的导师，他在我完成学位论文答辩后才匆匆离去；佛克马教授，后来成了我在荷兰乌德勒支大学从事博士后研究的合作导师，并引领我进入了国际比较文学界和后现代主义研究领域；詹姆逊教授，后来一直是我从事比较文学、文化研究以及全球化问题研究过程中对我产生最大影响的一位思想家和理论家，我始终把他和希利斯·米勒教授当作朋友和编外导师。我也正是在深圳会议之后的1986年，毅然决定报考杨周翰教授的博士生，从此在北京一干就是三十多年。

  由于我本人的学术背景，我写作的比较文学著述自然也反映了我本人的知识状况。我从事比较文学研究的一个独特之处就在于站在学科的前沿，关注理论热点和焦点话题，跨越学科的界限，将中西比较文学研究放在一个广阔的多学科和跨学科的语境下来考察。和我的同行所不同的是，我必须尽力发挥自己的英语写作和演讲特长，不重复别人已经做过的工作，尽可能地利用一些国际场合来推介中国文学和文化，同时尽可能地在国际学术刊物上发表比较视野下的中国文学研究论文。所以说，简单地概括我的比较文学著述风格，就是这样几个字：理论性、前沿性、跨学科性和全球本土性。也即一方面，我努力将西方最新的学术研究成果和理论思潮及时地介绍给国内同行，并将其用于中国文学和文化现象的分析和阐释；另一方面，我努力在国际学术界著述，力求发出中国学者的声音。应该说，这两点我基本上都做到了。2010年，我当选为拉丁美洲科学院院士的一个重要原因就是我对现代性理论和全球化问题的研究得到了国际学界，尤其是拉美学界的高度认可。2011年，我入选教育部长江学者特聘教授的岗位则是英语语言文学，而2013年，我当选为欧洲科学院外籍院士则在很大程度上得助于我的比较文学和世界文学研究，尤其是我对后现代主义和世界文学的研究改变了西方学界袭来已久的"欧洲中心主义"或"西方中心主义"思维定势，对他们也有所启迪。

  人们也许会问，我又是如何从比较文学走向世界文学研究的呢？实际上这两个学科本来就属于一个学科，而且在我看来，比较文学的雏形是歌德的"世界文学"假想，后来马克思、恩格斯在《共产党宣言》中将这一概念扩大到对整个文化和知识生产的世界主义特征的描述。经过一百九十多年的风风雨雨和不断的"危机"，比较文学的最后归宿仍然应当是世界文学。但是我真正步入世界文学的领地应该归功于两位欧美朋友的启迪：哈佛大学的戴维·戴姆拉什（David Damrosch）教授和鲁汶大学的西奥·德汉（Theo D'haen）教授：我和戴姆拉什教授于1997年在荷兰莱顿大学举行的国际比较文学大会上一见如故，他当即邀请我于1998年4月前往他当时所在的哥伦比亚大学演讲，后来我于2008年应邀在哈佛大学人文中心发表演讲时，戴姆拉什教授又代表中心主任霍米·巴巴（Homi Bhabha）教授主持了我的演讲，并为我做了热情洋溢的介绍；而德汉教授则是我90年代初在荷兰乌德勒支大学从事博士后研究时的同事和朋友，是他和另一位丹麦的学者联名提名我入选了欧洲科学院外籍院士。这些欧美的学者引领我进入世界文学研究的领地，并把我迅速地推到国际学术的前沿。可以说，我目前以及今后相当长一段时间内，都不会离开世界文学和世界主义的研究。

从翻译实践走向翻译研究

毫无疑问，我在过去的四十年里，主要从事的是比较文学和世界文学研究，此外还包括文学理论和人文思想研究，这些都离不开翻译。即使像我这样能够借助于三四门外语从事阅读，并且熟练地用英文著述和演讲的人文学者，仍然不可能学会世界上所有的语言，甚至连欧洲的主要语言都学不全，因此在很大程度上还得依赖于翻译的中介。但是我依赖翻译有一个原则：如果阅读西方文学或学术著作，我宁可阅读英译本，因为将其他西方语言译成英语至少没有跨越太大的文化传统，而且许多欧洲语言中的专业术语都是相通的，因而不至于出现常识性的错误；如果是阅读日本、俄苏的文学或学术著作，我则会借助于中译本，因为我对这两门语言的掌握程度并未达到熟练阅读的水平。我为什么要这样说呢？就因为我进入外国文学研究首先是从翻译做起的，我深知翻译的苦衷，因为任何一位优秀的译者都有自己的主体性和对原文的能动性理解，他/她在自己的译文中都试图彰显自己的翻译风格，因而至少就风格而言是不可能达到忠实的，因为文化之间的差异是无法用语言来表达和再现的。

我这里先说一说我和翻译的姻缘。熟悉我个人学术生涯的读者都知道，我在大学主攻的专业是英语语言文学。我最初的理想只是能够把国外，主要是英语国家的优秀文学作品翻译介绍到中国。于是在这样一种动机之下，我大学毕业后便从翻译英文短篇小说入手，在20世纪80年代率先翻译了我所喜爱的一些作家的作品，包括欧·亨利的短篇小说《二十年之后》，杰克·伦敦的短篇小说《人生的法则》《异教徒》《一块牛排》，海明威的《一个明净的地方》《杀人者》《白象般的山峰》，以及索尔·贝娄的中篇小说《留下这黄色的房屋》等。这些作品都曾深深地打动了我，致使我常常废寝忘食地将其译成中文，投寄给一些杂志。但是也如同所有初出茅庐的翻译新手一样，上述译作中的大部分都被杂志以种种理由退了回来，有些直到多年后我已在学界成名才得以发表，有些则由于别人已有了更好的译文而我又不想与之重复因而至今没有发表。但那时的成败得失为我后来翻译更多的作品打下了基础。

我正式涉足长篇作品的翻译大概是80年代中期，那时的我经过一些磨练和失败的教训，已经开始初步掌握了文学翻译的技巧，并陆续在杂志上发表了一些译作。因而我比较幸运地一下子接受了四部长篇译著或编著的约稿：陕西人民出版社的刘亚伟编辑约请我和学友徐新以及顾明栋合作翻译了美国现代小说家菲茨杰拉德的长篇小说《夜色温柔》，该书于1987年出版后，后来又被另两家出版社买去中文版版权并且一版再版。十年前，我应邀出任东方出版中心组织编辑出版的多卷本《菲茨杰拉德文集》的主编并撰写了总序。江苏美术出版社的张学诚编辑约请我和孙津合作翻译了英国美术史家麦克尔·列维的《西方艺术史》，该书也于1987年出版，但后来只重印了一次，由于出版社未能购得原书版权而未再版。中国社会科学院文学研究所的钱中文研究员约请我和另两位同事为他主编的"外国文艺理论译丛"翻译了美国文学批评家弗雷德里克·约翰·霍夫曼的理论著作《弗洛伊德主义与文学思想》，该书也于1987年由生活·读书·新知三联书店出版，同样由于版权问题之后没有再版。北京大学出版社的江溶编审约请我和顾明栋合作编译了一本《诺贝尔文学奖获奖作家谈创作》，并于1987年出版。可以说，1987年是我在翻译界收获颇丰的一年，人们认为那是我在翻译界崛起的年代，尽管在那以前我已经有了几年的积累，但我的那些长篇译著竟然在同一年一起出版，不得不令人吃惊，同时也使我一下子便得到国内翻译界和理论界的注意。从此约请我编、译、著书的出版社多了起来，但我那时忙于撰写博士论文，不得不专心致志地读书，并按时于1989年在北京大学完成了博士论文的撰写和答辩。大概也就是在那个时候，我与翻译实践渐行渐远，最后终于走上了文学理论批评和比较文学的道路。但尽管如此，我仍然没有彻底离开翻译实践。每当我读到一本具有理论深度并能对我的学术研究有所帮助的理论著作，我总免不了撰写一篇书评，将其推荐给有关出版社，或约请友人和我一起翻译，这样陆陆续续地也翻译出版了一些理论著作，其中包括荷兰学者佛克马和伯顿斯编著的《走向后现代主义》、美国学者阿里夫·德里克的两本专题研究文集《后革命氛围》和《跨国资本时代的后殖民批评》，以及我本人参与主编的《全球化百科全书》。这些译著加在一起也超过了百万字。这些翻译实践不仅对我的学术研究帮助很大，而且也为我从事翻译理论研究奠定了实践基础。但是这些都是将西方文学和人文学术著作译介到中国的实践，此外，我还在译介这些原著之余写下了一些批评性和研究性的文字，从而使得中国读者和研究者对这些西方文学作品以及理论著作有更为深刻的理解。由于我在译介西方文学及其理论以及人文学术思想方面的贡献，我被认为是国内最早把后现代主义、后殖民主义、全球化等西方理论思潮引入中国的学者之一,我和另一些同行的努力也大大地推动了中国在某些理论话语方面与国际接轨对话的进程。此外,我还在本专业的研究之余,率先于21世纪初引入了国际人文社会科学的一些评价机制,我主张用汤森路透科技信息集团研发的社会科学引文索引(SSCI)和艺术与人文引文索引(A&HCI)这两大数据库来作为中国的人文社会科学评价标准之一,从而促进了中国人文社会科学研究走向世界并扩大其在国际学术界的影响。

从译介西方文学和理论到推进中国学术的国际化

但是我真正走上专业翻译研究的道路也和绝大多数国内同行有别:他们中的少数人在国内积累多年才开始步入国际学界,大多数人也许永远只能在国内学界发表著述了。而我则从一开始就直接绕过国内译学界而直接进入国际翻译研究的前沿。这自然得助于下面四个因素:首先,在一次国际学术会议上,我有幸认识了美国著名翻译理论家安德列·勒弗菲尔(André Lefevere),由于我们都是从比较文学和文化研究的角度介入翻译研究的,因此便一见如故,很快就成了很好的朋友。他当即约请我为他和苏珊·巴斯奈特(Susan Bassnett)合作主编的"翻译研究丛书"编辑一本英文论文集,题目就是《中国的翻译研究》(*Chinese Translation Studies*)。我回国后立即邀请一些前辈学者和同辈学者各自从自己的角度撰写了一些论文,并于1993年夏专门从加拿大多伦多飞赴位于美国得州奥斯汀的得克萨斯大学,在勒弗菲尔家中住了一个月,和他共同讨论文稿以及如何修改编辑这些文稿。后来由于勒弗菲尔患上癌症而且很快病逝,我的那些未录入电脑的书稿也石沉大海。但尽管如此,我和他的多次交谈至今仍使我记忆犹新,可以说,是他引领我进入了国际翻译研究的大门。其次,也是在一次国际文学和精神分析学大会上,我认识了丹麦翻译理论家凯·道勒拉普(Cay Dollerup),从我和他的交谈中我得知,他主要的专业兴趣并非精神分析学,而是翻译研究,他本人那时刚于几年前创办了国际翻译研究刊物《视角：翻译学研究》(*Perspectives: Studies in Translatology*)。虽然他本人并不通晓中文，但却对中国文化和文学十分感兴趣，通过和我的多次交谈，他决定约请我为他主编的刊物编辑一期关于中国的翻译研究专辑。于是我就找出部分原先为勒弗菲尔编辑的文集的旧稿复印件，再约请另一些学者又写了几篇，加在一起编定为 *Chinese Translation Studies*，作为专辑发表在《视角》第4卷（1996）第1期上。该专辑出版之后，在国际翻译理论界产生了一定的影响，因而我不断地被邀请出席国际学术会议并到一些欧、美、澳、亚洲国家的大学演讲。直接使我进入国际翻译研究界的一个重要因素就是，我于2001年接受道勒拉普的邀请，担任《视角》杂志的主编之一（co-editor），主要负责处理亚太地区的来稿。在他退休后的两任主编仍希望我继续担任合作主编和编委，这样我便与翻译研究的关系更为密切了。但是我深深地懂得，要使得中国的翻译研究走向世界，进而在国际学术界发出声音，就必须掌握一个国际性的学术刊物，并用英文发表论文。于是我充分利用这个阵地，发表了四十多位中国学者的学术论文以及更多的海外华裔学者专门研究中国文学和文化翻译的论文。此外我还应邀为《视角》编辑了三个主题专辑，发表了许多中国学者的研究论文，从而使得中国的人文社会科学国际化的战略率先在翻译研究领域取得长足的进展。

此外，我在翻译方面的另一大贡献还在于，直接用英文著述，从而在国际学界发出中国学者的声音。我自21世纪初以来在国外出版的两部英文专著都与翻译有关：《全球化与文化翻译》(*Globalization and Cultural Translation*, 2003) 根据已发表的论文改写而成，主要探讨全球化给世界文化格局带来的影响，其中强调了文化翻译的协调作用；《翻译的现代性：全球化与中国的文学和文化视角》(*Translated Modernities: Literary and Cultural Perspectives on Globalization and China*, 2010) 也是根据已发表的和未发表的论文改写而成，主要探讨了全球化的背景下翻译带来的中国文化和文学理论的变革。应该说，这两本英文专著在英语世界的出版奠定了我在国际学界的学术地位，第二本英文专著后来被译成意大利文，题目也经译者做了一些改动：《后现代主义在中国》(*Il Postmodernismo in Cina*, 2015)。因为译者读了我用英文发表的一些关于后现代主义的论文，认为我在学界的最大贡献在于将后现代主义论争引入中国，并将中国的后现代主义文学及其研究推向世界，从而打破了国际后现代主义研究领域内的"西方中心主义"定势。我想这个判断如果限于我在五十岁之前走过的学术道路还算比较精准，但并没有囊括我其后的学术著述和建树。

实际上，最近十多年来，伴随着中国经济的腾飞和综合国力的强大，"中国文化走出去"的呼声也日益高涨，但对于中国文化究竟应该如何走出去，或者说，通过我们的努力奋斗，中国文化确实已经开始走出国门了，但是走出去以后又如何融入世界文化的主流并对之产生影响，国内的学界却远未达成共识。有人天真地认为，中国的经济若是按照现在这个态势发展下去变得更加强大，自然就会有外国人前来找我们，主动要求将中国文化的精髓译介到世界，而在现在，我们自己没有必要花这么大的力气去向世界译介中国文化。这种看法虽不无天真，倒似乎有几分道理，但是我要提醒他们的是，在当今的中国学界，能够被别人"找到"并受到邀请的文化学者或艺术家恐怕寥寥无几，绝大多数人只有像"等待戈多"那样在等待自己的作品被国际学界或图书市场"发现"。这实在是令人悲哀的。我这里尤其想指出的是，不管中国的经济在今后变得如何强大，中国文化毕竟是一种软实力，也即外国人可以不惜花费巨大的代价将你的先进科学技术成果引进，甚至对于一些针对当代的社会科学文献也会不遗余力地组织人译介，而对于涉及价值观念的人文学科和文化著述，则会想方设法阻挡你的文化进入他们的国家。旅居美国多年、前不久刚去世的当代哲学家李泽厚曾认为，要想让世界全面了解中国文化至少要等上一百年。但我认为，像李泽厚这样过于悲观的看法也要不得，实际上，李泽厚本人的《美学四讲》收入英语世界最具权威性的《诺顿理论批评文学》(第二版)(*The Norton Anthology of Theory and Criticism*, 2010)就无可辩驳地证明了他的著作已经跻身世界文学理论的经典之中。因此在我看来，只要我们努力去做，中国文化真正走向世界绝不需要那么长的时间。但是究竟该如何去努力呢？这正是我在最近的二十年里做的一项重要工作。

尽管中国的不少一流出版社大量购买国外学术著作的版权，但相比之下，国外的一流学术出版社购买中国学术著作的版权者却很少。我们可以轻易地发现文化输出和输入的极不平衡的状态：西方的非主流的汉学家的著作大多可以在中国找到译本，甚至在中国学界受到盲目的追捧，中国的一些出版社的做法通常是组织人忠实地将其译成中文在中国出版，有时甚至不惜花钱去购买他们著作的中文版版权。出于学术交流的目的，国内一些大学需要邀请一些国外学者前来出席学术会议或演讲，常常由于邀请者自身外语水平的局限，他们会邀请一些汉学家前来国内的重点高校讲学并出席高层次的学术会议。而中国的一些公认的一流人文学者却很难有这样的机会走出国门去和国际学界进行交流，他们除了在国内的小圈子中受人尊敬外，出了内地和大陆，甚至在香港和台湾都鲜有人问津，更不用说受到世界一流大学的邀请了。

有鉴于此，我在长期的国际学术交流中认识到，既然中国是一个翻译大国，而且在外译中方面也堪称翻译强国，那么我们为什么不能运用翻译这个工具推动中国文化走向世界呢？我始终认为，目前我们的重点应该由外译中转向中译外，从而从根本上改变目前的世界文化交流格局的不平衡性，使中国文学和文化为世界上更多的人所了解。这样看来，翻译的历史和文化重任是任何东西都无法替代的。为了推进中国文学走向世界的步伐，我主持并承担了国家新闻出版总署"经典中国出版工程"的项目《20世纪中国文学选集》英文版的编选工作，经过努力，我带领的翻译团队已经完成了《20世纪中国文学理论批评》《20世纪中国戏剧》和《20世纪中国散文》三卷的翻译和编辑工作，并由译林出版社联合施普林格出版集团出版。另一方面，我认为，直接用外语著述也是一种翻译，因为我们长期以来所受到的是中国文化的熏陶，即使我们讨论外国的东西，或世界的东西，比如全球化、世界主义和世界文学，我们仍然有一个不同于西方学者的中国视角。因此我们用英文著述实际上是把我们中国的人文学术价值观和理论方法介绍给了国际学界。在过去的二十多年里，我应十多家国际权威期刊主编的邀请，为它们编辑了二十多个主题专辑，发表了五十多位中国学者的论文，其中有好几位中国学者由于其国际论文发表等突出成就而入选教育部长江学者奖励计划，还有几位中国或华裔美国学者被选为欧洲科学院外籍院士，更多的学者则晋升为国内外名牌大学的教授和博士生导师，并入选国内各种人才计划。我作为他们的老师、编外老师或同事确实有一种成就感。

四十多年过去：弹指一挥间

写到这里，也许广大读者会问，中国的改革开放已经走过了四十年的道路，作为一个已步入花甲之年的人文学者，你在未来还想做什么？确实，回顾过去四十多年我所走过的道路，真可谓弹指一挥间。接下来我将做什么呢？毫无疑问，学无止境，著述也是没有尽头的。前不久去世的许渊冲先生在回答记者问他今后想做什么时，他答道，他要活到100岁，以便在有生之年译完莎士比亚全集。他作为我的老师在如此高龄还有着这样的抱负，我作为后辈怎能不努力呢？我想，在今后的二十年里，我还要继续我的译介事业，当然重点肯定要放在将中国文化和人文学术著述推向世界。更具体地说，我仍将在两个方面著述：一方面努力跟踪国际学术理论前沿，将那些对繁荣中国的学术理论争鸣的理论思潮及时地引进中国，并且用中文著述讨论这些理论思潮及其之于中国的意义和借鉴价值，以便为国内学者的研究起到某种引领和导向的作用；另一方面则继续用英文著述，将自己的研究用国际上的学术通用语——英语写成论文和专著，在国际权威的学术期刊和出版社出版，从而在一些基本理论问题上发出中国学者的声音。此外，为了加速中国人文社会科学国际化的步伐，我还应不少国际学术期刊主编的邀请,编辑更多的主题专辑,以便促使更多的中国人文学者得以在国际学界崭露头角。我始终牢记毛泽东的教导:"中国应当对人类作出较大的贡献。"我在2001年在耶鲁大学做福特杰出学者讲座时也引用了这句名言,并加上这样一句:"中国是一个人文社会科学大国,中国不仅应当对全球经济做出贡献,也应当为世界文化和人文学术做出自己的应有贡献。"我想这应该是我未来所要做的事情,同时,这也是我主编这套"全球人文学术前沿丛书"的初衷。

第一章 全球人文与中国学者的贡献

第一节　走向世界人文主义：中国新文化运动的世界性意义

人文主义（humanism）对于中国的知识分子和人文学者来说，并不是一个陌生的术语，尽管它有不同的译法——人道主义、人文主义和人本主义，但每一种译法都出现在不同的历史时期，并带有不同的侧重点。本章所讨论的主要是第二种译法，即人文主义，但也偶尔兼及其他译法，因为中国有着悠久的人文主义传统，其渊源甚至可以追溯到孔子生活的年代。当代海内外学者所大力鼓吹和弘扬的"新儒学"在某种程度上就是一种人文主义思潮。但是作为一个现代术语，人文主义自译介到中国以来就经历了不断的翻译、讨论，甚至辩论。在整个20世纪，它成了中文语境下讨论得最为频繁的一个理论术语，吸引了几乎所有的人文学者。2015年，中国国内和海外的学者都在隆重地纪念新文化运动百年，确实这一历史事件值得我们去纪念，因为它在中国的现代思想史上扮演了重要的角色，产生了重大的持续性影响。但我们在纪念这一有着重要意义的事件时所要做的是，从当代的视角对在这一运动中扮演了重要角色的人文主义进行历史的回顾和理论的反思。在本章中，我首先对这一重要的历史事件进行回顾和反思，然后讨论新文化运动中人文主义的价值和意义。我要指出的是，这场运动除了在现代中国起到革命性的作用外，同时也对全球人文主义的宏大叙事做出了重要的贡献。这就是我们为什么要隆重纪念它的重要原因。

一、反思新文化运动的历史意义

在过去的几十年里，特别是在不少国内学者看来，新文化运动的意义主要体现于其反帝、反封建的革命精神，而对于人文主义在其中所起到的作用则或者较少提及，或者甚至对其批判有加，其原因恰在于它始终被看作是一种资产阶级的意识形态。因此他们为了保险起见，往往将五四运动当作中国新文化运动的开始，因为"五四"也被看作是中国的另类现代性大计的开始。① 但是近几年来，从文化和人文主义的视角出发，或者按照海外汉学家现有的研究，越来越多的学者开始认识到新文化运动实际上始于1915年。② 正是在这前后，鲁迅、周作人等一些杰出的中国知识分子已经在自己的文学作品或批评著述中提出了"人的文学"的观念，因而开启了中国现代文学和文化的人文主义方向。这显然是在中国的语境下对人文主义这一来自欧洲的概念的创造性运用和发展。

然而，从历史的观点来看，我们应当说，新文化运动可以分为三个阶段：从1915年到1919年为其起始阶段；1919年到1921年为第二个阶段，也即其高涨阶段；1921年到1923年则是其衰落期。在第一个阶段，文化和知识导向更为明显，其标志是《新青年》杂志的创刊；而在第二个阶段，由于1919年五四运动的爆发，其政治和革命的导向越来越明显。胡适、陈独秀、鲁迅、蔡元培、钱玄同和李大钊等人率先发起了大规模的"反传统、反儒学和反古文"的思想文化运动，其目的在于使得中国全方位地进入现代化的进程。这一时期的一个最重要的事件就是中国共产党于1921年在上海成立。而在这之后，由于新文化运动的领导集团内部观点不一而导致新文化运动逐渐陷入低潮。因此当我们今天纪念这场运动爆发百年时，我们应该认识到，新文化运动确实不仅在政治上和科学上取得了巨大的成就，同时也在文化和文学上取得了令人瞩目的成就，而后者所取得的成就更为学界所乐于讨论。③

---

① 关于中国的另类现代性特征，参阅拙作《消解"单一的现代性"：重构中国的另类现代性》，《社会科学》2011年第9期，第108—116页，以及Wang Ning, "Translating Modernity and Reconstructing World Literature," *Minnesota Review*, Vol. 2012, No. 79 (Autumn, 2012): 101–112; "Multiplied Modernities and Modernisms?" *Literature Compass*, Vol. 9, No. 9 (2012): 617–622。

② 在所有关于这一论题的英文专著中，周策纵的专著堪称奠基性的著作，参阅Chow Tse-tsung, *The May Fourth Movement, Intellectual Revolution in Modern China*, Cambridge, Mass.: Harvard University Press, 1960。

③ 在"现代化和化现代：新文化运动百年价值重估国际研讨会"上，罗志田在主旨发言中提到一个观点我颇为赞同：科学和民主现在仍是一个未完成的大计，而语言革命，也即从文言文过渡到白话文的革命性转变则取得了决定性的胜利。

在新文化运动前后，一些中国的进步知识分子发起了大规模的翻译运动，将大量的西方学术著作及文学作品译成中文，诸如尼采和马克思这样的西方思想家和哲学家在中文的语境下被频繁地引证和讨论，浪漫主义、现实主义和现代主义这三种主要的西方文学思潮也依次进入中国。通过这样的大面积翻译，"德先生"和"赛先生"被引进到了中国，有力地影响了现代中国科学和民主的发展进程。诚然，认为新文化运动发轫于1915年的另一个重要原因就是陈独秀创立了颇有影响的《新青年》杂志，通过这一平台，他和另一些中国的主要知识分子发表了大量著述，向中国读者介绍了当时处于前沿的一些欧美文化理论和学术思想，对广大读者起到了某种启蒙的作用，同时也有力地推进了中国的科学技术以及文学和文化的现代化进程，为后来马克思主义在中国的引进和传播奠定了重要的基础。在第二阶段，中国共产党的创立使其后来得以领导中国人民打败了日本侵略者，推翻了蒋介石政权，取得了中国新民主主义革命的胜利，并于1949年建立了中华人民共和国。因此，新文化运动在中国现代史上所起到的历史作用是其他任何思想文化运动都难以比拟的。当然，新文化运动最后在其第三个阶段逐渐消退，这在很大程度上体现了其领导核心并不健全，一些自由知识分子和信仰马克思主义的知识分子在反帝反封建这个大目标下暂时走到了一起，但没有形成一个坚强的领导核心，也没有一个明确的目标，因而它最后趋于消退也绝非偶然。对于这一历史局限，毛泽东曾在《反对党八股》中有过论述，对于我们辩证地认识新文化运动的成败得失不无启迪意义。①

毫无疑问，关于新文化运动的历史意义和价值尽管在今天的知识界仍有着较大的争议，认为它破坏了中国的文化和知识传统，尤其是给了传统的中国思想和文化以沉重的打击，但是它的进步意义却在当时主要的知识分子中得到肯定。实际上，当时的中国正处于一个从旧的封建专制国家

---

① 参阅《毛泽东选集》（第三卷），人民出版社1991年版，第831—832页。

过渡到新的民主国家的转型期。确实，1911年的辛亥革命推翻了清王朝的统治，但却没有帮助中国走向真正的民主和繁荣，尤其是后来袁世凯掌权后一切又恢复了以往的旧秩序。因此一些进步知识分子便筹划用另一场革命运动来彻底改变这一现状。在文化知识界他们发起了大规模的新文化运动，并且迅速地波及全国。新文化运动有着如下鲜明的特征：鼓吹民主，反对专制，弘扬科学，反对封建迷信，主张新的伦理道德，反对旧的儒家道德观念，并且建构一种新的具有现代意义的白话文，以取代日益失去生命力和使用价值的文言文，如此等等。因此它被称为新文化运动，尽管其政治和意识形态色彩十分鲜明，但主要仍是一场思想文化运动。在这其中，翻译起到了重要的作用，通过翻译，大量的西方和俄苏思想和知识潮流被引进中国，包括马克思主义和尼采的超人哲学，因而有人认为这场运动应该对中国现代历史上出现的全盘西化潮流负责，因为在这一进程中，以儒家学说为代表的中国传统文化受到极大的抨击和批判，在推进白话文的同时摈弃了沿袭已久的古汉语。但另一方面，正是由于这场运动，中国文化和文学得以走向世界并试图跻身世界文化和文学之林。我认为，如果我们从历史的角度来评价这场运动的话，应该认识到它的重要意义和价值。即使在今天，当儒学在当代中国得以复兴，但也已经与中国化的马克思主义相结合，并以一种重新建构出的崭新面目出现在我们这个全球化的时代。正如许多学者已经注意到的，它与新文化运动并非全然对立，而是在很大程度上起到了某种互补和互动的作用，其目的都在于使得中国传统文化在新的时代焕发出新的生机，并作为一种具有普适意义的思想文化话语与西方的现代性话语进行平等对话。

当然，如同任何新的思想文化潮流在中国乃至全世界的传播一样，新文化运动的诞生也受到了保守的中国知识分子的严厉抨击和批判，认为它是全盘西化和摈弃中国文化传统的始作俑者。这些知识分子同时也认为，新文化运动的领导集团对于这场运动究竟应当向何处发展并没有一个相对一致的观点。这确实是事实，而且随着运动的发展，领导集团的分歧便逐渐暴露：它实际上是由一批激进的自由主义知识分子组成的，他们在反传统这一点上暂时走到了一起，认为应以一种更为先进的思想文化——西学来取代传统文化。但令人遗憾的是，他们从各自的角度来理解西学的意义，因而观点大相径庭。虽然我们不可否认这场运动最终取得了巨大的胜利，但胜利之后，其领导集团便由于意识形态和文化价值方面的分歧很快解体进而分道扬镳：陈独秀和李大钊等人成为坚定的马克思主义者和中国共产党的创始人，胡适则成为蒋介石集团的同路人和支持者，还有一些人，如鲁迅、周作人和蔡元培等，则依然致力于文化和知识的创新。从历史的观点来看，甚至从今天的观点来看，我仍然认为，不管这场运动受到强烈的反对还是热情的拥护，它都为推进中国现代思想文化以及整个中国的现代化进程迈出了坚实的一步：文言文虽然被摈弃了，但用现代白话文创作的中国现代文学却逐步形成了一个新的中国现代文学经典，它虽然是在西方文学的影响下诞生的，但它却既可以与自己的文学和文化传统对话，同时也可以与西方乃至国际同行对话。因此在我看来，新文化运动除去其革命性意义外，还有着重要的人文主义意义，因为它帮中国人民从黑暗和封建蒙昧中解放出来。它所弘扬的民主和自由精神今天仍激励着我们的文化建设和学术研究。我们今天在纪念这一历史事件百年时，不得不珍视其历史遗产以及它对全球文化和人文主义的巨大贡献，并给予客观的评价。

二、中国新文化运动的世界意义

如果从历史的角度来看，我们完全可以认为，20世纪初出现的中国新文化运动绝非偶然或孤立的现象，因为它的出现也有着某种有利的国际背景。虽然它在国内学界同时受到褒贬不一的评价，但不可否认的是，它的世界性意义长期以来得到国际学界的承认，其原因恰在于这一事实：经过新文化运动的洗礼，一个新的中国开始了现代化和民主化的进程，它虽然仍然遭受帝国主义的侵略、殖民主义的蹂躏以及国内的战乱，但它毕竟在朝着一个现代文明国家的方向发展。虽然当时在上海和青岛以及其他城市,仍有一些象征着殖民主义遗产的租界,但毕竟整个中国还有着相对独立的主权和领土完整。它已经走出了长期以来封闭的一隅,朝着向外部世界开放并且逐步融入了国际化的现代性大计。因此就这一点而言,这场运动的历史进步性应该得到充分的肯定。在这一部分,我首先将对新文化运动的国际背景做一历史的反思,以便接下来讨论它的世界性意义以及在这场运动中人文主义所扮演的角色。

正如我们所知道的,第一次世界大战爆发于1914年,正值新文化运动兴起的前一年,而"一战"则是欧洲两大帝国——大英帝国和德意志帝国——政治和军事争斗的一个直接后果。随着战争的进展,越来越多的欧洲、北美和亚洲国家被迫卷入其中,给人类带来了巨大的灾难,同时也破坏了既定的世界秩序。人类首次在这场反人道主义的战争中遭受惨绝人寰的灾难。大战在人们的记忆中留下了深刻的创伤,后来一批有着直接或间接战争经历的欧美作家在自己的作品中栩栩如生地描写了这些令人难忘的记忆和场景,例如海明威、菲茨杰拉德、福克纳和艾略特(T. S. Eliot)等人的早期作品就堪称描写"一战"的杰作。这些作品描写了普通人在战争中或战后的悲剧性命运,抒发了作者对这些普通人的深切的同情。这些作家也给人们上了生动的一课,提醒人们这场战争带给人类的巨大灾难绝不能重演,只有这样人类才能过上和平安逸的生活。他们同时也隐约地告诉我们,在当今世界上绝不存在所谓普遍公认的人文主义价值和模式,在一个连普通人的生存都得不到基本保障的年代,侈谈人权和人道主义还有什么意义呢?当然,我们可以设想,在大战的那些年月里,许多美国的青年人受到当时的约翰逊政府所鼓吹的所谓"正义、光荣和爱国主义"等口号的蛊惑义无反顾地奔赴战场,到头来看到的只是数以千万计的无辜士兵和平民百姓的惨遭屠戮。人道主义受到公然的践踏,甚至连基本的人权都得不到应有的尊重,普遍主义的价值又从何谈起?因此毫不奇怪,在那些作品中,人道主义得到呼唤,而且这些作家有时甚至走向了另一个极端:极力鼓吹一种和平主义。这一切都是因为他们饱受战争的磨难，发出了出自心底的呼声，要珍惜人的生命、尊重人的尊严、为人类的和平和安宁而努力奋斗。为了广大普通的人们过上永久的和平生活，一定要远离战争以确保基本的人类尊严和人权得到尊重。

如果我们说两次世界大战留给我们许多宝贵的遗产的话，那么我在此却要强调，中国在遭受战争蹂躏的同时却变不利因素为有利因素，因而在某种程度上也受益于这两次战争：在"一战"中，出现了新文化运动，在这场运动中，现代科学技术以及民主的观念从西方引进中国，极大地推进了中国的民主进程。随之作为一个直接的成果，就是中国共产党在1921年的诞生，诸如陈独秀和李大钊这样杰出的新文化运动的领袖成了中国共产党的领导人。在"二战"中，在与日本侵略者进行殊死战斗的同时，中国共产党也壮大了自己的力量，有了自己独立的强大军队，确保了在随之而来的第三次国内革命战争中一举推翻了蒋介石政权，建立了社会主义的新中国。就这一点而言，当我们纪念新文化运动百年时，也应该考虑到其国际背景，因为正是有了这样有利的国际背景，这场运动才得以顺利发展，并得到全世界进步知识分子的大力支持。另一方面，在"五四"时期，人文主义成了当时出版的文学作品的主要主题之一，因为这一时期不仅标志着中国新文学的开始，同时也是中国的文化现代性的开始。但是人文主义一旦引入到中国，就形成了自己的独特形态：既具有建构性又具有解构性。一方面，它继承了西方人文主义的传统，大力弘扬人的作用和价值；另一方面，由于中国长期以来一直是一个等级制度森严的国家，尤其是贫富之间以及男女之间的差别巨大，因此在这个意义上，西方人文主义的引进也有助于我们消解男性中心主义的思维模式，使广大贫穷的人，特别是被压在社会最底层的广大妇女得到解放。

在新文化运动的年代，几乎西方所有的文学大师以及他们的重要作品都被译成了中文，深刻地影响了中国的文学写作以及中国文学和文化理论话语的形成。具有讽刺意味的恰恰在于，一些杰出的中国保守知识分子在反对新文化运动的同时，却积极地投身这场大规模的译介运动中：林纾凭借着自己的古文造诣，竟然在不通外语的情况下与多位译者合作，翻译了一百多部世界文学作品，其中大部分是欧洲的文学名著；辜鸿铭则依靠自己超凡的多种外语技能和广博的中学和西学知识，将一些中国文化和哲学典籍译成英文，从而成为当时极少数从事中译外的翻译家。在那些译介过来的欧洲作家中，挪威的易卜生（Henrik Johan Ibsen）影响最大。十分有趣的是，那时易卜生并未主要地被当作一位伟大的戏剧艺术家译介到中国，而更是作为一位革命者和人文主义思想家被介绍到中国的，尽管他的戏剧艺术促成了中国现代话剧的诞生。通过翻译的中介阅读易卜生的作品，我们懂得，他的作品与当时紧迫的社会问题以及中国社会妇女的命运更为相关。正如我们所知道的，中国作为一个封建国家有着袭来已久的男性中心主义的思维模式和行为准则，这显然是一种反人文主义的意识形态。在旧社会，中国妇女所受到的疾苦大大地多于男人。这被认为是儒学造成的后果，因而新文化运动就以儒学为打击的靶子，把"打倒孔家店"和"火烧赵家楼"当作新文化运动的两大重要成果。确实，根据儒家的法典，中国的妇女应当遵守所谓的"三纲五常"和"三从四德"。任何人，特别是妇女，如果违反了这种封建道德法则，就会受到严厉的惩罚或伦理道德上的谴责。但是对男人来说，似乎就会宽容得多。比如说，一个社会地位显赫的男人完全可以娶上三妻四妾而不受任何惩罚，而女人若是"红杏出墙"则势必受到社会的谴责和伦理道德的诛伐，不少中国文学作品就描写了这样的悲剧性故事。显然，中国妇女所受到的不平等对待是众所周知的，甚至在当今时代，这种看法也仍有很大的市场。比如说，如果一个自身条件很好的女人到了一定的年龄还不出嫁就会受到周围人的议论，被认为是"剩女"，有些人还甚至被认为是不好的女人，而不被人们认为是个好女人，就会被人看作是怪异的，而怪异的女人则很难被社会或周围的人所接纳。这些对妇女的歧视和偏见显然在本质上也是反人文主义的。而对于男人来说，则会受到相反的待遇：一些自身条件优秀但却迟迟不愿结婚的男人甚至被人们尊为"钻石王老五",备受青年女子的推崇。

因此毫不奇怪,易卜生的《玩偶之家》在中国的上演立即引发中国文坛或剧坛出现了一批这样的"出走戏"或"出走作品",其主要原因在于,在那些年月里,中国确实需要这样一位能够以其富有洞见的思想和精湛的艺术来启蒙人民大众的优秀的文学大师,易卜生就在实际上担当了这一重任。可以说,他在中国文坛和剧坛的出现确实有助于中国妇女摆脱男性中心社会的束缚和实现真正的人道主义的解放。因此,通过中国知识分子对他的作品的翻译和改编,再加上改编者本人的创造性建构,易卜生在中国的形象便发生了变异,他的革命精神和人文主义的思想得到大大的弘扬,甚至一度遮盖了他的戏剧艺术。我们都知道,在新文化运动知识分子中流行着一个口号,就是鲁迅提出的"拿来主义",也即为了反对封建社会以及传统的文化习俗,他们愿意将所有有利于批判中国传统文化习俗的外国的,尤其是西方的文化学术理论思潮统统拿来"为我所用"。这也正是为什么新文化运动常常被当作"全盘西化"的重要推手而备受诟病的一个重要原因。在这方面,在西方的影响下,这一时期出版的相当一批文学作品中都大力弘扬了人文主义。周作人这位新文化运动的坚定鼓吹者甚至提出了一个"人的文学"的口号,人的文学,顾名思义也即文学作品应该为人类而写作。1919年12月7日,周作人在《新青年》上发表了那篇题为《人的文学》的文章,被公认为是中国新文学的奠基性作品之一。[①] 在周作人看来,一种新的中国文学应该基于人文主义,不仅应表达对人类的关怀,同时也要关注人类所面临的各种问题。显然,这种新的观念为新文学的发展指明了一个新的方向。这样,毫不奇怪,在中国现代文学史上,出现了一种既不同于西方现代文学,同时也不同于中国古典文学的新的"中国现代文学经典",但是它却能够同时与这两种文学观念和创作

[①] 关于中国的新人文主义以及周作人所起到的开拓性作用,参阅 Li Tonglu, "New Humanism," *Modern Language Quarterly*, Vol. 69, No. 1 (2008): 61–79,特别是72–77。

实践进行交流和对话。正如上面所提及的，在所有这些译介过来的西方文学大师中，易卜生的地位是最为突出的，正是有鉴于此，《新青年》于1918年推出了一期"易卜生专号"，专门讨论易卜生的文学和戏剧艺术成就以及他的思想的影响。也许在很大程度上由胡适主编的这本"易卜生专号"所产生的持久性影响使得这位戏剧艺术大师在中国被认为是一位革命的思想家和坚定的人文主义者，他的思想预示着中国的妇女解放运动。更有意思的是，在中国的语境下竟出现了一种具有中国特色的"易卜生主义"（Ibsenism）。我们可以很容易地发现，这种易卜生主义的建构具有更大的实用性，而非基于他的戏剧艺术成就和影响。① 因此易卜生不仅与中国的政治和文化现代性密切相关，同时也更为深刻持久地影响了中国的作家和戏剧艺术家。我们甚至可以肯定地认为，中国现代话剧的诞生几乎就是在易卜生及其作品被译介到中国之后很快发生的。因此当我们今天纪念新文化运动百年之际，我们便更加珍视欧洲的人文主义传统，因为它确实对中国现代的人文主义思想产生了巨大的影响。我们在纪念新文化运动百年时，自然应该继承在新文化运动中扮演了重要角色的人文主义精神和传统。

三、走向一种新的世界主义或世界人文主义建构

从上面的描述和讨论来看，我们可以很容易地发现，人文主义作为一个从西方"译介过来的"概念确实在中国的新文化运动中扮演了重要的角色。在纪念新文化运动百年之际，我们不禁想起在那时曾一度风行的世界主义理论思潮。后来由于民族独立运动的高涨，世界主义显得不合时

---

① 关于易卜生在中国的接受和建构，参阅拙作《作为艺术家的易卜生：易卜生与中国重新思考》，《外国文学研究》2003年第2期；以及英文论文 Wang Ning, "Reconstructing Ibsen as an Artist: A Theoretical Reflection on the Reception of Ibsen in China," *Ibsen Studies*, Vol. 3, No. 1 (2003): 71–85; "Ibsen Metamorphosed: Textual Re-appropriations in the Chinese Context," *Neohelicon*, Vol. 40, No. 1 (2013): 145–156。

宜，最终在西方世界销声匿迹了。同样，世界主义在中国也经历了同样的命运。就在新文化运动前后的年月，世界主义也进入了中国，并一度在中国的一些有着革命理想和激进的先锋意识的知识分子中十分流行，诸如李大钊、蔡元培、郑振铎以及更为年轻的巴金等人都或多或少地介入了世界主义的潮流，并为之鼓吹呐喊。甚至孙中山这位民族主义者也曾对世界主义发生过兴趣，而且他本人的经历也使他很容易认同世界主义，但他很快便冷静下来，认为当时中国知识分子所面临的最为紧迫的任务并非是侈谈世界主义，而是要首先立足本土，争取自己民族的独立。在他看来，由于当时的中国仍处于贫穷和落后的境地，因此中国的知识分子并没有资格去谈论什么世界主义。但孙中山还是做了这样的预言：将来中国富强了，中国人民不仅要积极地参与国际事务，还要在国际论坛上发出自己的声音。① 可以说，随着历史的发展，孙中山的这一预言应验了，因此在这个意义上说来，世界主义潮流最终在当时消退也就不足为怪了。

在今天的全球化时代，中国发生了巨大的变化，我们不仅可以大谈人文主义，而且也应当弘扬一种与人文主义相结合的世界主义。世界主义在当下再度兴起并成为中西方人文学科领域内的又一个广为人们热烈讨论甚至辩论的理论概念，应该是很自然的，因为全球化时代的来临为之提供了适宜的文化和知识氛围。就我的理解，世界主义也是一种人文主义，或者说它超越了一般意义上的人文主义，也即世界主义绝非是要人们仅仅热爱自己的祖国和同胞，它还要求人们热爱地球上的其他物种，包括植物和动物，因此它所诉求的是一种大爱。这也正是康德长期以来一直鼓吹的一种教义。1795年，康德在一篇题为《为了永久的和平》(*For Perpetual Peace*)的论文中提出了一种世界主义的法律。虽然康德的观念仍对当下的世界主义讨论有着影响，但是一些批评他的人却发现他的观点并不一

---

① 广东省社会科学院历史研究所、中国社会科学院近代史研究所中华民国史研究室、中山大学历史系孙中山研究室编:《孙中山全集》(第九卷)，中华书局1986年版，第216—217页。

致。康德还提出一种"世界主义的法律"（cosmopolitan law），这实际上是一种超越国家宪法和国际法之上的第三种法律，或者说一种公共的法律。根据这种世界主义的法律，个人作为地球公民享有充分的权利，甚至超越了作为特定国家的公民的权利。在这里，康德所鼓吹的"地球公民"（citizen of the earth）就来自古希腊犬儒派哲学家第欧根尼（Diogenes）的"世界公民"（citizen of the world），但要比后者的意思更加宽泛。[①] 今天当我们在全球化的时代讨论世界主义时，我们仍免不了要参照康德的理论教义，但是我们将超越他的观念以便提出我们在当今时代所建构的一种世界人文主义（cosmo-humanism）。

如同现代性、后现代主义以及全球化这些理论概念一样，世界主义在西方以及其他地方的再度出现也绝不是偶然的，虽然它率先于20世纪90年代在西方学界再度兴起，但实际上已经有了一段漫长的历史，或者说从古代直到19世纪末的"前历史"，只是到了当下的全球化时代才再度兴盛起来，因为全球化时代的来临为它提供了适宜的气候和文化土壤，而世界主义则为全球化提供了一种理论话语。关于世界主义及其与之相关的世界文学这些话题，我已经在中英文语境中发表了多篇论文[②]，此外我还将在本书后面的章节中专门讨论，故此处不想展开。但我还要借此机会在提出我的世界人文主义建构之前，对世界主义本身的意义做一简略的反思。在我看来，世界主义可以描述为下列十种形式：

[①] 关于康德的世界主义及其在当下的意义，参阅 Allen W. Wood, "Kant's Project for Perpetual Peace," in Pheng Cheah and Bruce Robbins eds., *Cosmopolitics: Thinking and Feeling beyond the Nation*, Minneapolis and London: University of Minnesota Press, 1998, pp. 59–76。

[②] 这方面可参阅我的几篇英文论文：Wang Ning, "World Literature and the Dynamic Function of Translation," *Modern Language Quarterly*, Vol. 71, No. 1 (2010): 1–14; "'Weltliteratur': from a Utopian Imagination to Diversified Forms of World Literatures," *Neohelicon*, Vol. 38, No. 2 (2011): 295–306; "Cosmopolitanism and the Internationalization of Chinese Literature," in Angelica Duran and Yuhan Huang eds., *Mo Yan in Context: Nobel Laureate and Global Storyteller*, West Lafayette, Indiana: Purdue University Press, 2014, pp. 167–181。

（1）作为一种超越民族主义形式的世界主义。

（2）作为一种追求道德正义的世界主义。

（3）作为一种普世人文关怀的世界主义。

（4）作为一种以四海为家，甚至处于流散状态的世界主义。

（5）作为一种消解中心意识、主张多元文化认同的世界主义。

（6）作为一种追求全人类幸福和世界大同境界的世界主义。

（7）作为一种政治和宗教信仰的世界主义。

（8）作为一种实现全球治理的世界主义。

（9）作为一种艺术和审美追求的世界主义。

（10）作为一种可据以评价文学和文化产品的批评视角。①

当然，这只是我本人基于别人的研究成果之上提出的带有主观能动性的建构，并且在前人的研究基础上做了一些发挥和总结。我想看到的是就这个颇有争议的话题的更多的讨论甚至辩论，这样便能出现一种多元走向的世界主义理论建构。读者们也许会发现，上述世界主义的几乎所有十个维度都与人类的物质和精神生活有着密切的关系，或者说都诉诸某种普适的人文关怀，因此从根本上说来，世界主义也是一种人文主义，或者，它是人文主义的最高阶段，也即全球化时代的世界人文主义。它不应该以一种单一的世界主义的形式出现，它无论在现在还是在不远的将来都应该朝着一个多元方向发展。但是这种多元取向的世界主义究竟会是怎样呢？我想在结束本节之前略加阐释。

在我看来，第一，世界主义并非意味着趋同性，尤其是说到人文主义与文化时就更应该如此。既然文学是一种语言的艺术并且探讨人类所共同关注的东西，那么它就应该描述人的状况及命运。不同国家的人们生

---

① 关于世界主义理论思潮的详细描述和讨论，参阅拙作《"世界主义"及其之于中国的意义》，《南国学术》2014年第3期。

活在不同的地方，其生活习俗和宗教信仰有着很大的差异，因此世界主义也需要一种包容的态度。例如，在纽约、伦敦、巴黎和上海这些有着鲜明世界主义特征的国际化大都市，来自不同种族和族裔的社群共同生活在一起，彼此互相学习，有时也能和睦相处。他们无须放弃自己的社会和文化习俗及生活方式，照样可以融洽地相处，这就说明大家都对对方有着一种宽容和爱心。第二，世界主义并非意味着专断的普遍主义：前者指涉一种容忍度，而后者则诉诸一种共识。应该承认，任何貌似具有普遍性的东西都只能是相对的，因此就这一点而言，任何国家，不管它是西方的还是东方的，不管它强大或弱小，都应该受到同样平等的对待，他们的社会习俗和文化传统都应该得到尊重。这一点尤其适用于人类：任何人不管贫富贵贱，不管职位高低，不管性别如何，对我们所生活的地球都应该有着同样的重要性。第三，世界主义不应当与爱国主义或民族主义形成一种对立关系，因为一个人可以在热爱自己祖国的同时也热爱整个世界，也即作为一个世界公民，他也应该热爱其他国家的人民。此外，作为一个善良的好人，他更应该不仅热爱人类，而且还应当热爱地球上的其他生物。因此他们实际上有着一种相对普遍的大爱。第四，在当前呼唤一种世界主义绝不意味着消除民族/国别的疆界，甚至抹杀一个国家的主权。实际上，存在着两种形式的世界主义：有根的（rooted）世界主义和无根的（rootless）世界主义。前者指那些立足本国或本民族却有着多国经历的人，他们的根仍然牢牢地扎在自己民族的土壤里，例如马克思、孙中山这样的革命者，既热爱自己的祖国，同时又对全世界人民有着关爱；后者则指那些浪迹天涯、居无定所的人，尤其是那些波希米亚人，他们没有自己的根，或者说没有自己的家园，只能四海为家，流离失所。最后，我要强调的是，绝不存在一种单一的世界主义，对于这一点我已经以不同的形式加以表述了，因而在我看来，世界主义应当朝着一个多元方向发展。在现代中国，曾一度出现过一种新人文主义运动，它是以新文化运动的对立面的形式出现的，那场运动的核心"就是要为全人类找到一种基于东西方传统哲学教义的普适性的法典"①。但是由于它带有这种不恰当的"普遍主义"的意图，因而还未达到主导当时的中国文化和知识界的境地就逐渐消退了。这一历史的教训足资我们借鉴。

我们都记得，2008年的北京奥运会有这样一个口号："同一个世界，同一个梦想！"也就是说，来自不同国家的人民都生活在同一个世界上，尽管在不同的地区和大洲有着不同的文化习俗和宗教信仰，但都可算作是世界公民。同样，他们的梦想也是如此：使自己的祖国和平和繁荣，使别国人民也和自己一样过上美好的生活。但是实现这一梦想的方式却有所不同。比如说，"中国梦"就诉诸整个中华民族的整体繁荣昌盛，而"美国梦"则鼓励个人奋斗，主张通过努力奋斗来取得成功，而对于奋斗者来说，他不管出身如何，也不管来自哪个种族或族裔，都可以通过自己的努力奋斗达到最后的成功。有鉴于此，我们可以说，如果我们能够按照上述这一多元取向的世界主义观念去思想和行动，我们这个世界就将避免不必要的冲突和战乱，保持永久的和平就是完全可能的，人类也就将永远生活在和平和幸福的环境中。我认为这应该是世界人文主义的最终目标。当然，关于这种世界人文主义的详细描述和讨论，则是我另一节所要讨论的内容。本节限于篇幅，只能暂时点到即止。

第二节 国际比较文学的新格局与中国学者的贡献

毋庸置疑，在中国的众多人文学科分支学科领域中，比较文学也和不少其他分支学科一样，是一门从西方引入中国的学科，因此它在中国的驻足和发展演变便与国际比较文学界的同行所一直以来施与的影响和不断给予的启迪密切相关。尽管在当今时代，这种影响和启迪已经成为一种双向的：国际学界不断地向中国的比较文学学者提供新的前沿理论课题和研

---

① Li Tonglu, "New Humanism," *Modern Language Quarterly*, Vol. 69, No. 1 (2008): 61–79, especially 62.

究方法，中国学界则不断地以其研究实绩使国际同行得以分享，并且开始就一些基本的理论问题提出中国的方案和理论建构。① 尽管全球化时代的到来确实给传统的人文学科带来了强有力的冲击和影响，致使一些恪守传统、缺乏创新意识的传统学科不是呈萎缩状态就是直接从学科分类的版图上消失，但在诸多人文学科的分支学科中，比较文学却最受益于全球化，它的诞生在一定程度上正是全球化之于文化的一个直接结果，这一点尤其为比较文学在中国的长足发展所证实。正是全球化的广阔国际视野才使比较文学学者得以将两种或两种以上的文学放在一个世界文学的语境下来考察，因而得出的理论洞见超越了本民族/国别文学的界限。而中国学者近十年来所取得的成就已经得到了国际学界的承认②，并为国际比较文学新格局的形成做出了自己的独特贡献。③ 但人们依然会提出这样的问题，作为一门不断锐意创新同时又总是处于"危机"状态的比较文学学科，在当

---

① 这方面的一个最近的例子就是我本人应邀为劳特里奇《翻译方法论》手册撰写其中的"比较文学与世界文学"（"Comparative Literature and World Literature"）章节，而在过去，这样的基本理论方面的章节必定邀请欧美学者撰写，参阅 Chris Rundle and Federico Zanettin eds., *Routledge Handbook of Translation Methodology*, London and New York: Routledge, 2022, forthcoming。此外曹顺庆的英文专著也引起了国际学界的瞩目，参阅 Cao Shunqing, *The Variation Theory of Comparative Literature*, Heidelberg: Springer, 2014, 以及张江关于"强制阐释"问题的系列论文也发表在国际人文社会科学主流刊物上，参阅 Zhang Jiang and J. Hillis Miller, "Exchange of Letters about Literary Theory between Zhang Jiang and J. Hillis Miller," *Comparative Literature Studies*, Vol. 53, No. 3 (2016): 567–610; Zhang Jiang, "Is the 'Intention' There? On the Impact of Scientism on Hermeneutics," *European Review*, Vol. 26, No. 2 (2018): 381–394; "On Imposed Interpretation and Chinese Construction of Literary Theory," *Modern Language Quarterly*, Vol. 79, No. 3 (2018): 269–288; "On Theory-Centrism: The 'Literary Theory' Void of Literature," *Philosophy and Literature*, Vol. 44, No. 1 (2020): 88–104。

② 这一点尤其可在现任国际比较文学协会主席桑德拉·伯曼（Sandra Bermann）在中国比较文学学会第十三届年会暨国际研讨会（2021年7月23—26日，广西南宁）上视频致辞中见出端倪。

③ 实际上，早在20世纪90年代，我就在国际比较文学大会的圆桌会议发言中提出了一个拟议中的国际比较文学新格局：北美学派、欧洲学派和东方学派。后来那篇发言修改后发表在学术刊物上，引起了一些不太大的反响。参阅英文拙作"Toward a New Framework of Comparative Literature," *Canadian Review of Comparative Literature*, Vol. 23, No. 1 (1996): 91–100。现在从当下的国际比较文学现状看来，我的预言可以说部分地应验了。

下处于一种什么样的情景呢？在国际比较文学的新格局中中国学者究竟做了什么样的贡献呢？这正是本节所要探讨的问题，也可以算作是中国学者从自身的实践出发给予国际同行的一点启迪。

一、走向跨学科研究：法美中比较文学研究殊途同归

我们一般从国际的视角探讨比较文学的现状和未来走向时，总是免不了要参照在国际学界长期占据主导地位的这两大学派的实践：法国学派和美国学派。近几年来，中国比较文学学者的锐意进取，不断地在从边缘向中心运动，并且乘着全球化的东风迅速步入国际比较文学研究的前沿，发出中国学者的愈益强劲的声音，从而实现了国际比较文学研究的新的"三足鼎立"之格局。有鉴于此，我在这一节中，首先同时从法、美、中三国的比较文学研究现状出发对当下国际比较文学研究的现状、走向做一思考。

提到比较文学法国学派，我们一般很容易想起那种基于实证主义考据式的"影响研究"，那种方法已经成为国际学界对法国学派的一种刻板印象的依据。实际上，早在20世纪60年代末和70年代初接受美学异军突起时，法国学派的学者们就已经自觉地从接受美学对读者作用的强调汲取灵感，并对传统的影响研究做出了新的调整，使之发展演变成为一种"接受—影响研究"，也即在注重渊源影响追踪的同时更注重接受者对这种影响的能动性接受和创造性转化。这样也就使得传统的仅注重实证考据而排斥理论分析的"影响研究"具有了能动接受和理论建构的成分。我们都知道，法国历来是当代各种新理论的发源地，也许正是受到各种法国理论的冲击和影响，法国的比较文学学者也开始介入一些国际性的理论讨论。最近令我感到惊讶但又十分欣慰的是，素来以注重比较文学的实证性影响及接受研究的法国学派的当代传人伯纳德·佛朗哥（Bernard Franco）在几年前出版的专著《比较文学：历史，领域，方法》（*La Littérature comparée: Histoire, domains, méthodes*, 2016）中，竟不惜花了整个第五章的篇幅，讨论了比较文学的跨学科研究（littérature comparée et interdisciplinarité），大大

地超越了早先人们对法国学派的刻板印象和有限的期待。按照佛朗哥的划分，这种跨越学科界限的比较文学研究大体上分为两个部分：其一是文学与科学（littérature et sciences），包括文学与人文科学（littérature et sciences humaines）以及文学与其他可算作社会科学门类的一些学科领域的比较。其二便是文学与其他艺术（littérature et arts）的比较。他最后的结论是呼唤一种比较美学的诞生，这倒有点类似韦勒克早年提出的"总体文学"的理论高度。① 由此可见，即使是曾经被人们认为最保守的比较文学法国学派的学者也认识到了当今人文学科的跨学科研究大趋势，并自觉地从理论建构的视角出发试图在这方面有所作为。这无疑为我们中国的人文学者当前所倡导的新文科建设提供了国际学术理论思潮的背景支撑。

实际上，只要我们回顾一下比较文学这门学科在19世纪后半叶的诞生就不难看出，它从一开始就打上了某种"科学性"的烙印。它的四个源头有三个都与科学相关联：孔德的实证主义哲学为早期的欧洲比较文学学者注重影响渊源的实证性考察和追踪提供了科学的方法论；历史比较语言学则从一开始就规定，从事比较文学研究者必须具备多种语言的能力，而且这种多语言的比较自然给文学渊源影响的追踪打下了"科学的"实证性烙印；比较解剖学作为一门医学的分支学科更是使得文学文本的分析带有了科学的色彩；只有全球化的开启以及促成不同民族/国别的文化和文学的世界性交流和沟通才带有一些人文社会科学研究的方法论印记。②

---

① Cf. Bernard Franco, *La Littérature comparée: Histoire, domains, méthodes*, Malakoff: Armand Colin, 2016, pp. 241–291.

② 应该承认，比较文学的前三个源头并非我本人首先提出，而是国际比较文学界的一种共识。但我认为，比较文学的早期阶段——世界文学的诞生始于全球化之于文化的作用。我率先在国际学界提出这个观点，参阅拙作 "Confronting Globalization: Cultural Studies versus Comparative Literature Studies?" *Neohelicon*, Vol. 28, No. 1 (2001): 55–66; "Globalization and Culture: The Chinese Cultural and Intellectual Strategy," *Neohelicon*, Vol. 29, No. 2 (2002): 101–114; "Comparative Literature and Globalism: A Chinese Cultural and Literary Strategy," *Comparative Literature Studies*, Vol. 41, No. 4 (2004): 584–602; and "Death of a Discipline? Toward a Global/Local Orientation of Comparative Literature in China," *Neohelicon*, Vol. 33, No. 2 (2006): 149–163.

因此，作为对注重实证和渊源追踪的法国学者的恪守传统之做法的某种反拨，美国学者则锐意进取，并不断地做出理论上的创新。美国学者从一开始就走出了早先的比较文学研究所具有的刻板和"科学"色彩的影响研究之藩篱，使之回归"文学性"和人文色彩，也即把不同民族/国别文学的比较研究置于一个更加宏阔的理论分析语境中。此外，美国学者在注重文学的平行比较研究的同时，从一开始就为比较文学的跨学科和跨艺术门类的比较研究留下了广阔的发展空间。而且美国的比较文学学者更加雄心勃勃，试图充当整个人文学科研究的先锋和排头兵。早在21世纪初，面对全球化时代精英文学及其研究领地的日益萎缩，美国比较文学学者苏源熙（Haun Saussy）就坚定地认为，"比较文学在某种意义上赢得了战斗，它从未在美国学界得到更好的认可"[1]。照他的看法，比较文学在与各种文化理论思潮的博弈中最终还是幸存了下来并得到长足的发展。因此在他看来，沉溺于那种无端的学派之争实在是无济于事，因为"争论已经结束，比较文学不仅具有合法性：而过去则不太具有合法性，此时我们的学科扮演的是为乐团的其他乐器定调的第一小提琴的角色。我们的结论已经成为其他人的假设"[2]。不难看出，苏源熙当时在说这话时确实充满了自信和底气。

如果按照苏源熙的看法，比较文学在美国的人文学科研究中确实扮演着某种领军（第一小提琴手）角色的话，那么我们从比较文学学科领地在中、美、法三个重镇的拓展及其在当今时代的发展状况中不难发现，我们今天在中国的语境下强调新文科建设，并呼吁为传统的人文学科注入科学技术的因素并非空穴来风，它也有着一定的国际和国内学术背景以及人文学科自身发展的内在逻辑。在这方面，中国的比较文学学者从一开始也

---

[1] Haun Saussy, ed., *Comparative Literature in an Age of Globalization*, Chapter One by himself, Baltimore: The Johns Hopkins University Press, 2006, p. 3.

[2] Haun Saussy, ed., *Comparative Literature in an Age of Globalization*, Chapter One by himself, Baltimore: The Johns Hopkins University Press, 2006, p. 3.

具有了跨学科的比较研究意识。①

实际上，从中国比较文学发展的历史来看，无论是王国维还是鲁迅，这些先驱者的研究都具有跨学科的特色：王国维广博的文史哲知识和深厚的中学和西学功底使他能够在广阔的人文学科诸多分支学科中纵横驰骋，游刃有余，因而他的著述至今仍在人文社会科学数据库中有着很高的引用率，并且不断地被一代又一代的学者所研究和讨论；而鲁迅从一开始的专事医学到后来转而专事文学则更是将文学创作和批评当作一种疗救人生和拯救国民性的良方。后来的朱光潜的学术背景也是跨学科的：他专攻心理学和文学理论，最后，通过在欧洲的留学深造，选取了美学这一介于哲学和文学的"临界的"的学科作为自己毕生从事的学科专业，他的著述实际上同时预示了佛朗哥提出的比较美学方向和美国学派的注重平行比较和理论分析的特色。这些先驱者的跨学科研究实绩为中国当代的比较文学跨学科研究奠定了基础。

我们都知道，美国的比较文学学者始终注重总结经验和提出问题，美国比较文学学会每隔十年都要邀请一位该学科领域内的著名学者为本学科的现状及未来发展愿景编写一个十年报告，从而起到为本学科研究"导航"的作用。最近的一个十年报告由专事生态和环境研究的学者乌苏拉·海斯（Ursula K. Heise）主持，她是美国学界有名的先锋理论家和跨学科比较文学研究者。她在报告中回顾了比较文学最近十年来在美国以及整个西方学界的发展现状及态势，并预测了其在未来的发展走向。但是面对近十年来美国比较文学学者在跨越人文与科技之界限的微不足道的进展，她在导论中不无遗憾地指出：

与上世纪60年代到90年代比较文学在把各种理论介绍给文学和文化研究时所扮演的开拓性角色相比——那时它几乎与文学研究的理论

---

① 这方面可参阅笔者早期的一篇文章《比较文学：走向超学科研究》，《文艺研究》1988年第5期，第143—148页。正是在那篇不太成熟的早期论文中，笔者率先在中国学界提出了"超学科比较文学"的概念。

分支领域相等同——它近期在一般的人文学科和特定的文学研究领域的创新中却未能扮演主要的角色。甚至在对之产生了主要影响的那些研究领域，例如生态批评，比较文学也姗姗来迟，而在诸如医学人文学科这样的研究领域，比较文学研究者则刚开始涉猎。①

显然，较之前一个十年报告的主持者苏源熙，海斯对当今美国比较文学研究的跨学科研究之现状并不十分看好，其中的一个重要原因就在于，与美国人文学科的其他分支学科领域相比，曾经率先提出文学研究的跨学科方法和范式的比较文学学者的跨学科意识虽然很强，但是在满足于与其他人文学科和社会科学领域的跨界比较研究的同时，却在医学人文这个新的领域内姗姗来迟，并且著述不多。② 这显然与长期以来人文学者所受到的多学科，尤其是自然科学和技术学科的训练不足不无关系。这应该是当今的美国比较文学学者介入医学人文以及更为宽泛的科技人文时所暴露出的一个先天性的不足。这也值得我们今天在中国的新文科建设中倡导科技与人文的交叉研究时加以借鉴。

如前所述，按照佛朗哥的新著对比较文学的最新描述，比较文学在当今时代的一个大趋势就是跨越学科界限的研究，但是这种跨学科已经不再局限于过去那种传统人文学科内部的有限的跨学科比较研究，也不仅是

---

① Cf. Ursula K. Heise, "Introduction: Comparative Literature and the New Humanities," in Ursula K. Heise ed., *Futures of Comparative Literature: ACLA State of the Discipline Report*, London and New York: Routledge, 2017, p. 6.
② 确实如海斯所说，在最近出版的《劳特里奇医学人文手册》中的42篇文章中，几乎没有出自比较文学学者之手的文章，而为之撰文的七十位作者中，也只有不到十位是研究文学和戏剧的，只有作者巴哈·德朗格（Bahar Drang）的介绍中注明获得有比较文学硕士学位，其余的大部分作者或者是医学、教育学专业的，要么是人类学和广义的艺术与人文研究者，少数作家和艺术家。所以难怪海斯抱怨比较文学学者在医学人文领域内"姗姗来迟"。参阅 Alan Bleakley, ed., *Routledge Handbook of the Medical Humanities*, London and New York: Routledge, 2020。

跨越人文与社会科学的界限，而是跨入了另一个迥然不同的学科领域。这样就对以人文学科为主要背景的比较文学学者的知识结构形成了严峻的挑战。当然，我们可以说，这种跨越学科界限的比较文学研究大体上仍可分为两个部分：其一是文学与科学，其二便是文学与其他艺术。他在结论中呼唤一种比较美学的诞生，这就向我们说明，即使是曾经被人们认为最保守的法国学派的学者也认识到了当今的比较文学跨学科研究的大趋势，并试图在这方面有所作为。这显然与法国的人文学者特别擅长提出各种跨学科的思想和理论不无关系，而且他们提出的理论直接地影响了当代比较文学和文化研究的发展走向。因此，对照国际比较文学研究的这种态势，我们完全可以充满自信地认为，这正是中国的比较文学学者在新文科的视域下进入国际前沿并发挥引领作用的一个极好机遇。本节将在下面一小节阐释中国学者在这方面的最新思考和建树。

二、中国学派的崛起及其研究特色

如前所述，中国的比较文学学者从一开始就为自己确定了中国的本土立场，也即立足中国的文化语境，探讨中国文学与外国文学，尤其是与之有着巨大文化和审美差异的西方文学的影响渊源关系和平行发展关系。因此中国学者的比较文学研究并没有走西方中心主义的老路，而是基于中国的文学经验，从中国的立场和观点出发，探讨研究中国文学与世界文学的互释和互证关系。虽然比较文学以国际化和全球化为自己的目标，但是中国的比较文学研究同时也深深地扎根在特定的中国语境中。它的许多研究课题与当下的中国文学和文化理论讨论及研究密切相关。因此就这一点而言，我们对中国的比较文学研究便有了一个"全球本土化"语境下的发展概貌，并可以将其展示给国际学界。几年前，我曾经就中国当代比较文学学者主要研究的课题做过一番概括，现在根据其在近年的发展做一些必要的调整。在我看来，当前中国的比较文学学者所研究的具有世界性影响的课题大致可概括为这样十一个。

（1）全球化与文学研究。这一课题已经成为过去二十多年来国际人文社会科学诸学科领域内讨论得最为热烈的一个话题，尤其在中国更是如此，因为中国被认为是全球化的最大赢家之一。这一点也为中国的比较文学研究所达到的国际水平和世界性影响所证实，中国学者不仅具备了与国际学界进行平等对话的资格和水平，其中的少数佼佼者还被国际著名的科学院，如欧洲科学院、欧洲艺术与科学院等，选为外籍院士，这在整个中国的人文社会科学界也是十分罕见的。它至少表明，全球化向我们提供了一个广阔的平台，据此我们不仅可以与国际学术同行平等对话，还可以在一个广阔的国际语境下来评价我们的研究成果的国际水平和质量。因此，我们完全可以认为，在中国的诸多人文学科分支学科中，比较文学最受益于全球化：全球化赋予我们广阔的全球视野，使我们的研究不局限于狭隘的民族/国别之语境，而比较文学则可以充分利用全球化这个平台更为有效地将自己的研究成果向世人展示；而且实际上，中国的比较文学学者在引领中国人文学科的国际化方面确实走在其他学科的前面。① 可以说，中国比较

---

① 关于全球化与文化和文学问题的研究，笔者早在本世纪初就英国劳特里奇《全球化百科全书》（*Routledge Encyclopedia of Globalization*, 2006）主编罗兰·罗伯逊邀请出任副主编，负责整个人文学科的条目。此外还可以参阅笔者自本世纪初以来发表的十多篇英文论文："Globalization, Cultural Studies and Translation Studies," *Translation Quarterly*, Vol. 15 (2000): 37–50; "Postmodernity, Postcoloniality and Globalization: A Chinese Perspective," *Social Semiotics*, Vol. 10, No. 2 (2000): 221–233; "Chinese Studies in the Age of Globalization: Literature and Culture," *Journal of the Institute of Asian Studies*, Vol. 17, No. 2 (March, 2000): 55–64; "Is There a Future for Comparative Literature in the Age of Globalization?" *Comparative Literature: East and West*, Vol. 2 (2000): 129–135; "Confronting Globalization: Cultural Studies versus Comparative Literature Studies?" *Neohelicon*, Vol. 28, No. 1 (2001): 55–66; "Globalization and Culture: the Chinese Cultural and Intellectual Strategy," *Neohelicon*, Vol. 29, No. 2 (2002): 101–114; "Globalizing Chinese Literature: Moving toward a Rewriting of Contemporary Chinese Literary Culture," *Journal of Contemporary China*, Vol. 13, No. 38 (February, 2004): 53–68; "Identity Seeking and Constructing Chinese Critical Discourse in the Age of Globalization," *Canadian Review of Comparative Literature*, Vol. 30, No. 3, No. 4 (2003): 526–541; "Comparative Literature and Globalism: A Chinese Cultural and Literary Strategy," *Comparative Literature Studies*, Vol. 41, No. 4 (2004): 584–602; "Reflections on Chinese-Western Comparative Literature Studies in an Age of Globalization," in Reingard（转下页）

文学在最近十年内所取得的广泛国际影响和良好学术声誉就是一个有力的证明。

（2）流散和海外华裔文学研究。在过去的几十年里，随着中国公民的不断向海外移民，流散现象也成为当今国际人文学界的一个前沿理论课题。这些流散作家（diasporic writers）用英文写出的作品必然对国际英语文学做出重要的贡献，而他们的中文写作则对海外华文文学的繁荣做出了重要的贡献。随着中国经济的腾飞，中国已经彻底改变了过去那种贫穷落后的局面，成为世界第二大经济体，中国的文化和文学软实力也在逐步提升，这不能不对生活在海外的流散群体有所触动。他们中的不少人决定回到祖国，用自己在国外学到的知识和技能投身到祖国的经济和文化建设中。由于他们来去自由，可以往返祖国和目前所居住或获得国籍的国家，因此他们的流散身份也发生了变化，其中的一些人由过去的出国淘金变为回国"捞金"，或者说从服务于居住国逐步转变为同时服务于居住国和母国。这种情况也反映在一些流散作家基于自己的亲身经历创作的文学作品中，这应该是流散文学研究的新课题。由于这些流散作家的不少作品分别用中外文创作，或通过翻译的中介在国内或海外传播，因而也自然成了比较文学学者关注的现象。中国学者不仅从流散的视角研究海外华人的创作，而且就流散这个话题本身也提出了自己的理论建构。①

（接上页）Nethersole ed., *Comparative Literature in an Age of Multiculturalism*, Pretoria: Unisa Press, 2005, pp. 160–171; "Toward 'Glocalized' Orientations: Current Literary and Cultural Studies in China," *Neohelicon*, Vol. 34, No. 2 (2007): 35–48; "Globalisation as Glocalisation in China: A New Perspective," *Third World Quarterly*, Vol. 36, No. 11 (2015): 2059–2074; "Globalization, Humanities and Social Sciences: An Introduction and a Commentary," *European Review*, Vol. 24, No. 2 (2016): 177–185; "China in the Process of Globalization: A Primarily Cultural Perspective," in Roland Robertson and Didem Buhari-Gulmez eds., *Global Culture: Consciousness and Connectivity*, Surrey, UK: Ashgate, 2016, pp. 161–177。

① 这方面可参阅笔者的两篇英文论文："Diasporic Writing and the Reconstruction of Chinese National and Cultural Identity or Identities in a Global Postcolonial Context," *ARIEL*, Vol. 40, No. 1 (2009): 107–123; "(Re)Considering Chinese American Literature: Toward Rewriting Literary History in a Global Age," *Amerasia Journal*, Vol. 38, No. 2 (2012): 15–22。

（3）文学人类学研究。中国是一个有着55个少数民族的多民族国家。早在文字写作的文学出现之前，汉族以及各少数民族就有了自己的神话传说，这些神话传说中的不少故事被后来的作家改编成文学作品。因而比较文学学者完全有必要从一个人类学的角度来研究这些少数民族的文学。中国的少数民族文学无疑也是中国文学的一部分，对他们的研究所取得的成果将填补国际文化人类学研究的一个空白，而少数民族作家本身的文学实践则使西方的人类学家得以通过其田野考察所获得的第一手资料来书写文化。尽管目前中国文学大量地外译，但是少数民族文学的外译作品并不多见，许多真正优秀的少数民族文学不仅不为国外读者所知，即使国内的汉族读者也知之甚少。针对国外读者试图了解中国文学的需求，我们应主动地将一些少数民族的优秀作品推介出去，使得国外读者对中国文学有一个全面的了解。在这方面，中国的文学人类学学者结合中国古代神话的研究，已经取得了令人瞩目的成就。① 他们不仅研究文字出现后的书面文学，同时也从对远古神话的考察来探寻中华文明的源头。

（4）汉语的普及和书写新的汉语文学史。在过去的几十年里，随着中国经济的飞速发展，世界上也出现了一股汉语热。全球化之于文化的一个重要作用就是对世界语言体系的重新布局：原先居于中心的帝国霸权语言随着该帝国力量的削弱而退居边缘，而原先被人为地放逐到边缘的语言则伴随着所使用这些语言的国家的强大而从边缘步入中心，进而成为一种强势语言。汉语应该说也是最受益于全球化的语言之一，虽然汉语是世界上最难学的语言之一，但是由于中国政府的大量人力和财力的投入和国内外汉语教师的努力，不少国家的大学都开设了汉语专业，有些学校还开设了中国文学的研究生课程。在这方面，分散在世界各地的数百所孔子学院和近两千多所孔子学堂发挥了应有的作用。既然国际英语文学早就成

---

① 在这方面，上海交通大学神话学研究院叶舒宪团队做出了突出的成绩，他的几本中文专著已列入中华学术外译项目，或已经拟向海外译介，还可以参阅团队成员胡建升的英文专著：*Big Tradition and Chinese Mythological Studies*, Singapore and Beijing: Springer, 2020。

了一门学科，国际汉语文学也将随着汉语在全世界的普及迟早成为一门学科。① 因此在这方面，就更有必要由中国学者领衔编写一部新的国际汉语文学史。在这方面，中国澳门的学者朱寿桐的研究已经取得了显著的成绩并引起了国际学界的瞩目。

（5）比较文学和当代文化研究中的翻译转向。众所周知，文化研究主要是英语世界的一个现象，因而其"英语中心主义"也是在所难免的。但随着文化研究在全世界的旅行和驻足，其"英语中心主义"也逐步解体。文化研究曾对翻译研究有着重要的影响和启迪，这种影响的一个直接结果就是翻译研究中出现的一个"文化转向"。这种文化转向突破了袭来已久的语言中心主义思维模式，主张从文化的视角重新审视翻译的作用，从而帮助建立了一门独立的翻译学学科。既然比较文学学者和文化研究学者大都在翻译的帮助下从事自己的学术研究，那么就有必要打破英语中心主义的桎梏，呼唤当代文化研究中出现一个翻译的转向，也即从英语中心主义的文化研究转变为一种包含多语种和跨国的跨文化研究。

（6）走向世界文学阶段的比较文学。歌德早在1827年就在包括中国文学在内的东方文学的启迪下对世界文学做了理论描述，因而世界文学的提出标志着比较文学的诞生和最早雏形，而它在经历了一百多年的风风雨雨之后，其最高阶段也自然应当是世界文学。当今的全球化时代使得世界文学这个老的话题再次具有了新的活力，并成为国际比较文学和文学理论界的一个前沿课题，已经有越来越多的学者认识到世界文学的新阶段已经到来，但此时的世界文学格局已经打破了袭来已久的"欧洲中心主义"和

---

① 在这方面，澳门学者朱寿桐发表了大量中文论文和一些英文论文，也出版了一部英文专著。参阅 Zhu Shoutong, *New Literature in Chinese: China and the World*, Cambridge: Cambridge Scholars Publishing, 2016. 笔者也发表了一篇英文论文，为之推波助澜，参阅 Wang Ning, "Global English(es) and Global Chinese(s): Toward Rewriting a New Literary History in Chinese," *Journal of Contemporary China*, Vol. 19, No. 63 (2010): 159–174. 这方面还可以参阅程爱民发表在欧洲科学院院刊上的文章：Cheng Aimin, "Teaching Chinese in the Global Context: Challenges and Strategies," *European Review*, Vol. 23, No. 2 (2015): 297–308。

"西方中心主义"的局限,因此对中国学者来说,现在应该是中国文学走向世界并帮助重新绘制世界文学版图的时候了。近十多年来,中国学者积极地介入国际性的世界文学问题的讨论,发表了大量的著述,并涉及与之相关的世界主义问题。①

（7）生态批评、文学的生态环境研究以及动物研究。虽然人与自然的关系长期以来一直是中西方作家所使用的一个文学主题,但是在过去的相当长一段时间里,这一关系却呈现出紧张的态势。作为人文学者和文学研究者,我们对人与自然的关系尤为敏感,而人与动物的关系则更是十分地复杂。作为一个有理性的动物的物种,人类与动物的关系应该是平等的：人类应该关爱动物,视动物为朋友和邻居。但长期以来人类并没有给予其他物种应有的关爱,现在当我们重新调整人与自然的关系时,人与其他动物的关系也就引起了生态研究者的关注。诚然,中国古代哲学中有着丰富的生态资源,并以动物来表明人的属相,因此毫不奇怪,生态批评在中国依然方兴未艾,并朝着与国际学界平等对话的方向发展。在过去的生态研究中,学者们主要聚焦人与自然及环境的比较研究,而对于中国这样

---

① 这方面可参阅笔者的十多篇英文论文："Rethinking Modern Chinese Literature in a Global Context," *Modern Language Quarterly*, Vol. 69, No. 1 (2008): 1–11; "World Literature and the Dynamic Function of Translation," *Modern Language Quarterly*, Vol. 71, No. 1 (2010): 1–14; "What Is World Literature?" (in conversation with David Damrosch), *ARIEL*, Vol. 42, No. 1 (2011): 171–190; "'Weltliteratur': from a Utopian Imagination to Diversified Forms of World Literatures," *Neohelicon*, Vol. 38, No. 2 (2011): 295–306; "Cosmopolitanism, World Literature and Chinese Literary Practice," *The Journal of English Language and Literature*, Vol. 59, No. 3 (Summer, 2013): 385–398; "On World Literatures, Comparative Literature, and (Comparative) Cultural Studies," *CLCWeb: Comparative Literature and Culture*, Vol. 15, No. 5 (December, 2013): Article 4; "Cosmopolitanism and the Internationalization of Chinese Literature," in Angelica Duran and Yuhan Huang eds., *Mo Yan in Context: Nobel Laureate and Global Storyteller*, West Lafayette, Indiana: Purdue University Press, 2014, pp. 167–181; "Contemporary Chinese Fiction and World Literature," *Modern Fiction Studies*, Vol. 62, No. 4 (2016): 579–589; "Chinese Literature as World Literature," *Canadian Review of Comparative Literature*, Vol. 43, No. 3 (2016): 380–392; "Ibsen and Cosmopolitanism: A Chinese and Cross-cultural Perspective," *ARIEL*, Vol. 48, No. 1 (2017): 123–136。

一个十分注重动物与人的关系的国度，生态批评的"动物转向"受到重视就不足为奇了。在这方面，中国的比较文学学者又是先行了一步。①

（8）后人文主义的崛起和数字人文的创新。当今时代科学技术的飞速发展使得人的无所不能的作用受到很大的限制，许多本来应该由人去从事的工作现在已被机器所取代：一方面从事繁重的体力劳动或重复的脑力劳动的人们得到了一定程度的解脱，但另一方面则是不少人被抛入竞争激烈的就业市场去和那些年轻自己许多岁的青年才俊竞争新的岗位。显然，大写的"人"已逐步演变成了一种"后人类"，他在某种意义上也只是地球上万物中的一个物种。因而后人文主义的研究也提到了议事日程上。而数字人文的实践则表明了科学与人文并非只是对立，它们同样也可以互补和对话。②最近，由中国学者率先在国际比较文学界提出并加以阐释的"科技人文"的理念就是使这二者得以进行对话的有效尝试。③ 这同时也表明，中国的比较文学学者不仅在国际中国问题研究领域掌握了话语权，同时也在一些基本的理论问题上提出自己的理论建构并且扮演了领军的角色。

（9）图像写作的崛起和文学与艺术的比较研究。全球化时代的互联网的普及，改变了人们的阅读习惯，尤其是今天的青年学生更愿意在平板

---

① 这方面可参阅拙作《当代生态批评的"动物转向"》，《外国文学研究》2020年第1期。该文是我在阅读了德里达的一些著作后写成的。在此之前，我也曾应邀为三家国际权威刊物编辑过两个关于生态批评的主题专辑，参阅拙作 "Toward a Literary Environmental Ethics: A Reflection on Ecocriticism," *Neohelicon*, Vol. 36, No. 2 (2009): 289–298; "Global in the Local: Ecocriticism in China," *Interdisciplinary Studies in Literature and Environment*, Vol. 21, No. 4 (2014): 739–748; "Introduction: Ecocriticism and Eco-civilization in the Confucian Cultural Environment," *Comparative Literature Studies*, Vol. 55, No. 4 (2018): 729–740。

② 这方面尤其可参见最近一期《欧洲评论》主题专辑：*Conflicts and Dialogues between Science and Humanities*, in Wang Ning ed., *European Review*, Vol. 26, No. 2 (May, 2018), 以及笔者的几篇单篇论文："Humanities Encounters Science: Confronting the Challenge of Post-humanism," *European Review*, Vol. 26, No. 2 (2018): 344–353; "The Rise of Posthumanism: Challenge to and Prospect for Mankind," *Fudan Journal of the Humanities and Social Sciences*, Vol. 12 (2019): 1–13。

③ Cf. Wang Ning and Peng Qinglong, eds., *Technology in Comparative Literature Studies*, in *Comparative Literature Studies*, Vol. 57, No. 4 (2020).

电脑和手机上阅读各种图文并茂的信息,而非像以往那样沉浸在图书馆里。因而一些恪守传统的人文学者惊呼:一个"读图的时代"来临了。这对传统的人文学科教学和研究构成了严峻的挑战。对于习惯于跨界研究的比较文学学者来说,我们不仅要研究纸质的文学文本,同时也应该关注网络上的信息,尤其是一些我们无法读到其纸质版本但却发表在网络上或通过微信公众号推送的文学作品和评论文章。而对于图像的批评和解读也应该是比较文学跨学科门类——尤其是文学与其他艺术的研究——的一个新课题。在这方面,中国学者也并没有落后。①

(10)比较文学与医学人文研究。如果说海斯出版于2017年的美国比较文学学会新的十年报告仅预示了这门新的研究领域的兴起的话,暴发于2020年的新冠病毒肺炎这一全球性的突发公共卫生事件则吸引了更多比较文学学者的注意力,这方面的著作和论文也开始多了起来。中国学者应欧洲科学院院刊《欧洲评论》邀请在该刊发表的一组文章就显示了中国的比较文学学者这方面的实力和影响。新冠病毒肺炎在全世界的蔓延给我们的人文学者,尤其是文学研究者,提出了警醒。既然文学作品中早就描写了文学对疾病的治疗作用,对这方面的文学作品的研究,也就提到了比较文学的跨学科研究议事日程上了。自2020年初以来,随着新冠病毒肺炎在全世界的蔓延,以病毒及其蔓延为题材的文学作品及研究论文也多了起来,因此,比较文学学者也应该介入医学人文的研究,并在其中拓展自己的研究领域。

(11)比较文学的变异学研究。毋庸置疑,比较文学的变异学或变异理论是中国学者曹顺庆提出的一个全新话题,尽管他是在前人和国内同行研究的基础上提出这一话题的,但是他是在反思中国学术界的"失语症",在"他国化""文化过滤""跨文明""西方文论中国化"等一系列

---

① 虽然我本人曾在国际刊物上发表了这方面的论文,但总体而言,中国的比较文学学者在国际学界就此论题著述并不多。参阅拙作 "An 'Iconological Turn' in Literary and Cultural Studies and the Reconstruction of Visual Culture," *Semiotica*, Vol. 176, No. 1–4 (2009): 29–46。

命题的基础上，提出的一个具有范式意义的新的话题。按照他的说法，比较文学变异学的提出是为了解决比较文学形象学、译介学等研究中涉及的变异问题，为了解决影响研究中实证性与审美性的纷争问题，以及由此导致的比较文学学科研究领域失范的问题。因而"变异学"便成为中国的比较文学研究的一个创新点，它既可充当一种方法论，同时也可以作为一个研究的理论视角。由于他的这部著作是用英文发表的，因而所产生的国际影响就是自然的。① 就变异学在国内学界的应用而言，学者们也开始尝试着从这一视角出发对一国文学作品在另一国的流传以及所产生的变异进行研究。可以说，随着时间的推移，这方面的著述将会更多。

如上所述，我们不难看出，比较文学是中国的众多人文学科分支学科中最受益于全球化的学科之一，因而在新一波全球化浪潮兴起时，中国的比较文学学者也应该继续发挥自己的优势，积极地进入国际学术前沿，提出自己的理论建构和学术范式，并且让国际同行也分享我们的研究成果。②

三、比较文学与中国的新文科建设

在当下的中国学界，尤其是在各"双一流"高等院校，谈论新文科几乎成了一个热门话题。所谓新文科，也与其他相关的新工科、新医科一样，其核心就在于一个"新"字，也即要在当今这个全球化和高科技的

---

① 参阅曹顺庆的英文专著《比较文学变异学理论》以及笔者的书评 "Variation Theory and Comparative Literature: A Book Review Article about Cao's Works," *CLCWeb: Comparative Literature and Culture*, Vol. 15, No. 6 (December, 2013): Article 18。

② 关于全球化的前沿研究最新成果，可参阅美国学者 Ino Rossi 为施普林格出版社编辑的长达1000多页的专题研究文集，文中笔者是中国的人文学者中唯一被邀请撰写两篇文章的学者。参阅 Wang Ning, "The Impact of Globalization on Chinese Culture and 'Glocalized Practices' in China," in Ino Rossi ed., *Challenges of Globalization and Prospects for an Inter-civilizational World Order*, Springer Nature Switzerland AG, 2020, pp. 573–588; "(Re)Constructing Neo-Confucianism in a 'Glocalized' Context," in Ino Rossi ed., *Challenges of Globalization and Prospects for an Inter-civilizational World Order*, Springer Nature Switzerland AG, 2020, pp. 997–1012。

时代突破传统的人文学科的自我封闭性，使其更为有效地服务于当代社会的经济、科技和文化建设。我本人也积极地投入了关于新文科建设的讨论，并且分别从外语学科及翻译学科的角度对新文科做了自己的理解和阐释[①]，同时我也就科技与人文之间的对立和对话关系做了进一步的论证。[②] 在我看来，如果说比较文学的跨学科研究正式始于20世纪80年代后期的中国学界的话[③]，那么在此之前的一些学者的著述已经为比较文学的跨学科研究奠定了合法性基础，并且为当前的新文科跨学科研究奠定了可行性基础。因此就这一点而言，在中国的新文科建设中，比较文学再次走在了其他人文学科分支学科的前面，比较文学学者可以说再一次充当了领军角色。也许人们会问，为什么在人文学科的各分支学科中，比较文学能够率先接受新文科的理念呢？我将在这一部分从下面四个方面予以论证。

我曾在《新文科视野下的外语学科建设》这篇文章中概括了新文科的四个特色：跨学科性、国际性、前沿性和理论性。当时的那篇文章作为一篇笔谈，并未能深入阐发。现在，我在对当前的国际比较文学现状做了评述后完全可以聚焦于此并且从比较文学的视角对之做进一步深入的论证。

首先，比较文学的跨学科性是不言而喻的。本节前两部分已经详细地阐述了这一特征。在这里，我仅想再次强调，尽管比较文学是一个跨越民族/国别和语言界限的文学研究，尽管比较文学的跨学科研究也探讨文学与其他学科之间的相互影响和相互启迪以及互证互释关系，但比较文学

---

① 参阅拙作《新文科视野下的外语学科建设》，《中国外语》2020年第3期；《新文科视阈下的翻译研究》，《外国语》2021年第2期。
② 参阅拙作《科技人文与中国的新文科建设——从比较文学学科领地的拓展谈起》，《上海交通大学学报》2021年第2期。
③ 这方面可参阅拙作《比较文学：走向超学科研究》，《文艺研究》1988年第5期，第143—148页，以及乐黛云和王宁主编：《超学科比较文学研究》，中国社会科学出版社1989年版。

的跨学科研究并非漫无边际地胡乱进行比较，它必须有一个立足点，也即立足文学这个本体；同时它也有自己的归宿，也即最后的结论必定要落实在文学上，最后的研究成果必定有益于文学理论批评以及文学学科的建设和发展，只是这种研究扩大了文学的范围和外延，最终达到了传统的民族/国别文学研究所达不到的境地。例如，朱光潜的《文艺心理学》虽然花了很多篇幅介绍和阐释弗洛伊德的精神分析学———一种无意识心理学，但最后的结论仍然是其对文学艺术创作和批评的可能的启示和帮助；而弗洛伊德在《梦的解析》中举了古希腊悲剧家索福克勒斯的《俄狄浦斯王》、莎士比亚的《哈姆雷特》以及陀思妥耶夫斯基的《卡拉马佐夫兄弟》为例加以阐释，但他的最终目的并非是助益文学学科的建设，而是试图提出他的"俄狄浦斯情结"的假想，以完善他的精神分析学说，因为这一假想是弗洛伊德的学说中最重要的贡献之一。因此前者可以算作是一部比较文（艺）学著作，后者则应该算是一部比较心理学或精神分析学著作，因为二者的出发点和最后的归宿不同。

再举一个西方学界比较文学和世界文学研究的例子。熟悉当代世界文学研究的学者都知道，美国意大利裔马克思主义理论家和比较文学学者佛朗哥·莫瑞提（Franco Moretti）早在21世纪初就提出了"世界文学的猜想"这个命题，他在接下来的几年中，又针对长期以来占据文学批评和研究界的"细读"方法提出了反驳，也即提出了一种反其道而行之的阅读策略——"远距离阅读"（distant reading）。他利用大数据的筛选方法远距离地"阅读"用世界不同国别和不同语言写作的文学作品，尤其是小说作品，他的这种前所未有的创新和方法论方面的革命标志着一种新的阅读和研究范式的诞生。按照莫瑞提的看法，我们今天一生所能阅读到的世界文学作品，只占真正的世界上所有国家文学中的极小一部分，而百分之九十九以上的文学作品则因为种种原因而被"屠宰了"，或者说被我们所忽视了。为了了解这百分之九十九的文学的概貌，我们只有采用一种远距离的阅读方法来把握其概貌。① 当然，莫瑞提的"远读"方法提出后就引起了相当的争议，在某种程度上倒是实现了他的初衷：世界文学并非是要阅读更多的文本，也不只是文学本身，而是更大的问题，也即世界文学概念于21世纪初的重新提出和建构意在引发讨论，因此它是一个"问题导向"的概念。② 确实，在莫瑞提和戴姆拉什等人的推进下，世界文学终于在21世纪初成为一个前沿理论话题，广为东西方学者所讨论甚至争论。尽管世界文学概念的重新提出引发了讨论和争议，但这样的讨论并未远离文学，反而使得陷入危机之境地的比较文学走出低谷再度步入学术前沿。总之，远读策略和方法的提出，不仅具有方法论的意义，而且标志着一种新的阅读和研究范式的诞生，因此它给传统的文学研究注入了一些科学技术的因素。

新文科的第二个特征就是其国际性，这已经从本节的题目见出端倪：本节既然是讨论当下的国际比较文学现状及未来走向，因而这本身就体现了这一学科所具有的国际性的可比性。与国内许多人文学科的学术团体所不同的是，中国比较文学学会自1985年成立起就自然成为国际比较文学协会的团体会员，所以比较文学学科的国际性是这一学科不同于许多人文学科分支学科的本土特征。国际比较文学大会上提出的各个具有全球化和普适意义的论题完全可以在中国的语境中得到批评性讨论，并且在中国学者那里得到"本土化"或"全球本土化"的阐释和重新建构。可以说，我本人正是从比较文学的国际性特征中得到启迪，才尝试着提出"全球人文"或"世界人文"的概念③，并据此进一步提出我的世界诗学理论建

---

① 关于莫瑞提的世界文学"远读方法"及其所引发的广泛争议和讨论，参阅冯丽蕙的长篇论文《莫瑞提的远读策略及世界文学研究》，《文学理论前沿》（第二十二辑），社会科学文献出版社2021年版，第149—180页。

② Cf. Franco Moretti, "Conjectures on World Literature," *New Left Review*, Vol. 1 (January–February, 2000): 55.

③ 参阅拙作《走向世界人文主义：中国新文化运动的世界意义》，《探索与争鸣》2016年第1期；《德里达的幽灵：走向全球人文建构》，《探索与争鸣》2018年第6期，以及英文论文 "Specters of Derrida: Toward a Cosmopolitan Humanities," *Derrida Today*, Vol. 11, No. 1 (2018): 72–80.

构。① 此外，比较文学学者由于自身所掌握的多语言和跨文化研究技能，不仅特别注重与自己的国际同行进行讨论和对话，同时也注重国际同行对自己的研究成果的评价和反应。因此，与国内的许多人文学科分支学科所不同的是，中国的比较文学学者的学术成果不仅要经得起国内同行的评价，而且他们的成果若用世界通用语——英语写作和发表，完全也可以经得起国际同行的评价。

比较文学的第三个特征就在于其前沿性，这一点前面已经略有提及，因此与我提出的新文科所具有的前沿性特征完全吻合。尽管在比较文学学科草创的初期，学者们所关注的主要是在文学史上有定评的经典作家及其作品在异国的译介和流传，但早期的比较文学学者很快就认识到了这种仅仅拘泥于单个作家作品的比较研究有一定的局限性，很难产生出传世巨著，于是他们很快就做出了相应的调整，将比较的触角直接指向当时的前沿文学理论思潮或运动。在这方面，丹麦比较文学学者和文学史家勃兰兑斯（Georg Brandes, 1842—1927）的《19世纪文学的主流》（1872—1890）就是一部具有划时代意义和世界性影响的比较文学巨著，在整个国际学界都产生了极大的反响。该书由多卷本组成，原为作者的讲稿，运用比较的方法评述了自19世纪初至30、40年代欧洲几个主要国家的文学发展状况，实际上主要论述了英国、德国和法国的浪漫主义文学，并着重分析了这几个国家的浪漫主义的盛衰消长过程。虽然当时现实主义作为一种新的文艺思潮刚开始出现，但该书依然触及了这一新型的文学思潮和运动。尤其值得提及的是，作者在书中提出了总体文学这一科学的文学史研究方法，因

---

① 关于世界诗学的理论建构，参阅拙作《世界诗学的构想》，《中国社会科学》2015年第4期；《比较诗学、认知诗学与世界诗学的理论建构》，《文学理论前沿》（第十七辑），清华大学出版社2017年版；《从世界文学到世界诗学的理论建构》，《外国语文研究》2018年第1期，以及英文论文："Earl Miner: Comparative Poetics and the Construction of World Poetics," *Neohelicon*, Vol. 41, No. 2 (2014): 415–426; "French Theories in China and the Chinese Theoretical (Re)Construction," *Modern Language Quarterly*, Vol. 79, No. 3 (2018): 249–267。

此勃兰兑斯被誉为欧洲的"比较文学之父"就不足为奇了。荷兰比较文学学者佛克马也是一位既熟谙经典文学同时又勇于探索前沿问题的学者,他的一系列著作都不同程度地引领了比较文学学科内不同领域的研究:《中国的文学教义及苏联影响(1956—1960)》(*Literary Doctrine in China and Soviet Influence: 1956–1960*, 1965),在一个广阔的比较文学语境下探讨了20世纪50年代的中国文学思想,涉及英、汉、俄三种语言的文献,跨越了中西文学的传统界限;而他临终前的最后一部著作《完美世界:中西乌托邦小说》(*Perfect Worlds: Utopian Fiction in China and the West*, 2011)则是在梳理了乌托邦小说在西方和中国的历史演变后,在一个全球化的语境下探讨了中国当代文学的后现代性,因而从一个西方学者的角度解构了国际后现代主义研究中的西方中心主义模式。其间,他还与别人合作主编了三部具有前沿性和引领意义的专题研究文集《走向后现代主义》(*Approaching Postmodernism*, 与伯顿斯合编,1986)、《后现代主义探究》(*Exploring Postmodernism*, 与卡林内斯库合编,1987)、《国际后现代主义:理论与文学实践》(*International Postmodernism: Theory and Literary Practice*, 与伯顿斯合编,1997)。而他对世界文学问题的讨论,也早于莫瑞提和戴姆拉什。

比较文学的第四个特征理论性就更不用专门讨论了。可以说,当今的所有具有国际前沿性并引发理论争鸣的论题都是由比较文学学者提出的。像伊哈布·哈桑(Ihab Hassan)、弗雷德里克·詹姆逊(Fredric Jameson)、爱德华·赛义德(Edward Said)、佳亚特里·斯皮瓦克(Gayatri Spivak)、马泰·卡林内斯库(Matei Calinescu)、朱迪斯·巴特勒(Judith Butler)、佛朗哥·莫瑞提等人本身就是著名的比较文学学者,或者更确切地说,他们是有思想、有理论的学者,再加之他们所掌握的多种语言技能和跨文化知识,在比较文学界就更是游刃有余。而他们一旦介入文学或文化理论界,所提出的理论命题就超越了文学界,进入一个更为广阔的语境中,并影响了更多的人文学者,而相比之下,那些专事单一的国别文学或作家作品研究的学者尽管也在本领域内取得了重要的突破,但却很难达到这一广博的境地。我想这应该是比较文学学者的得天独厚的优势。

中国的学界也是如此，虽然由于某种特定的原因，成长于20世纪50、60年代的大多数学者都未能娴熟地掌握一两门外语，并且专心致志地在某一学科及其相关的学科深入研究进而达到国际前沿水平，但极少数佼佼者却以其深厚的学养和理论功力，或直接用英语著述，或通过翻译的中介使自己的著作译成西方的主要语言，而进入国际学术前沿。有些还当选为欧美发达国家的科学院或学术院的院士，其中比较文学学者占据了较大的比重。可以预见，在当前的新文科建设和人才培养模式的推广过程中，还会有更多的青年才俊脱颖而出，迅速地进入国际学术前沿。因此，真正的"三足鼎立"的国际比较文学新格局将形成。在这方面，中国学者的声音将越来越强劲，其理论建树和学术贡献也将随着时间的推移越来越为国际学界所瞩目。

第三节　全球化语境下中国人文学术的国际化

在过去的十多年里，在中国的人文社会科学学者中，从不同的角度大谈全球化已成为一种时髦，尤其是当我们将其与中国的文化知识生产和研究相关联时更是离不开全球化这个现象。确实，越来越多的迹象表明，把我们这个时代描绘为全球化的时代是不无正确的，即使是当今的那些反全球化论者也不得不承认这一客观存在的现象，因此他们要想改变这种现象就得打出反全球化的旗号。对于我们人文学者而言，全球化的时代特征不仅体现于经济上，而且更多地出现在文化知识生产和学术研究方面，这一点许多人也许还未能充分认识到。因此毫不奇怪，全球化或全球性这个话题不仅引起了经济学家和政治学者们的兴趣，而且也引起了人文学者的高度关注。

诚然，全球化时代的来临在许多人看来仅仅是一个当代事件，特别是在中国的语境中人们更是抱有这样的看法。但是如果我们从经济的和历史的角度来回顾它在西方的起源的话，我们便不难发现，全球化作为一个历史过程已经有了相当长的历史阶段，尤其是当我们将其与文化上的全球化相关联时就更是得关注其漫长的历史进程。在一些西方学者眼里，正是由于全球化的来临使得中国受益无穷，它奇迹般地使得改革开放前属于"全球最贫穷的国家之列"（one of the globe's poorest countries）的中国在21世纪初一跃而"成为一个迅猛发展的经济实体——世界上第二大经济体"。① 但是另一方面，全球化又影响了我们的人文学术和文化研究。至于它究竟带给我们的利大于弊还是弊大于利，学界尚无相对一致的认识。因此，我在本节中继续我以往对全球化问题的研究，在从一个新的角度探讨全球化对中国的文化和人文学术研究的积极和消极影响之前，再次追溯一下全球化现象的起源。②

一、全球化与全球本土化：西方与中国

既然我们并不否认，全球化（globalization）这个概念是一个从西方翻译过来的术语，那么我们便可以进一步问道：全球化是如何像现代性、后现代主义、东方主义以及后殖民主义这些西方理论概念那样驻足中国的

---

① Elizabeth J. Perry, "Growing Pains: Challenges for a Rising China," *Daedalus*, Vol. 143, No. 2 (Spring, 2014): 5.
② 自21世纪初以来，我在国际刊物上发表了多篇讨论全球化的论文，亲身介入了这方面的理论讨论。参阅 Wang Ning, "Globalization, Cultural Studies and Translation Studies," *Translation Quarterly*, Vol. 15 (2000): 37–50; "Postmodernity, Postcoloniality and Globalization: A Chinese Perspective," *Social Semiotics*, Vol. 10, No. 2 (2000): 221–233; "Confronting Globalization: Cultural Studies versus Comparative Literature Studies?" *Neohelicon*, Vol. 28, No. 1 (2001): 55–66; "Globalization and Culture: the Chinese Cultural and Intellectual Strategy," *Neohelicon*, Vol. 29, No. 2 (2002): 101–114; "Comparative Literature and Globalism: A Chinese Cultural and Literary Strategy," *Comparative Literature Studies*, Vol. 41, No. 4 (2004): 584–602; "Global English(es) and Global Chinese(s): Toward Rewriting a New Literary History in Chinese," *Journal of Contemporary China*, Vol. 19, No. 63 (2010): 159–174; "Globalisation as Glocalisation in China: A New Perspective," *Third World Quarterly*, Vol. 36, No. 11 (2015): 2059–2074。

呢？显然，自20世纪20年代以来，许多西方的批评概念和文化理论思潮开始从西方旅行到中国，全球化这个概念也是如此，尽管它的到来要比上面这些理论概念和思潮晚得多，也即它的进入中国不过才二十年左右。这样，对许多中国的知识分子而言，全球化不过是从西方引进的一个概念，尽管在中国古代哲学和文化中也曾有过类似于全球化或世界主义这样一种世界观，也即所谓的"天下观"，但天下观与现在我们讨论的全球化和世界主义这些西方概念仍有着本质上的区别，它与我们时代的经济和政治密切相关。确实，时至今日，中国人的人均生活水平仍然与美国、日本和德国等发达国家的人均生活水平相距甚远，这是一个不争之实。因而不少人认为，全球化，尤其是经济上的全球化，不可能在这块相对贫瘠的土壤里驻足并得到长足发展，但是另一个不争之事实却是，中国经济恰恰就是乘着全球化的东风而得到迅猛发展的。毫无疑问，这在某种程度上是全球资本主义化和跨国公司所起的作用。因而我在探讨全球化对中国的文化知识生活和学术研究的影响之前，首先要将当今时代界定为一个全球化的时代（an age of globalization）。

在谈到全球化的本质特征时，威廉·马丁（William J. Martin）描绘到，我们现在正生活在一个"电子时代的地球村里，在这里通过信息和传播技术的中介，新的社会范式和文化组织正在出现"[①]。他显然是从一个文化和传播学的角度做出上述描述的。这一点尤其可以在中国的个案中得到具体的体现。但是全球化，尤其是人文学科领域内的全球化，则在另一方面受到另一股力量的抵制：本土主义以及各种形式的族裔和地区性的民族主义势力。因而我们不得不认识到，全球化是一个萦绕在我们的记忆并且影响着我们的文化知识生活、思维方式、学术研究以及文化和知识生产的客观现象。在全球化的影响下，文化和文学市场变得愈益萎缩，今天的青年人宁愿在网上浏览信息或阅读报刊也不愿去图书馆里潜心阅读并查阅图

---

① Cf. William J. Martin, *The Global Information Society*, Hampshire: Aslib Gower, 1995, pp. 11–12.

书资料。同样，他们很容易地就可以坐在家里上网下载最新的电影或电视节目，而无须去公共电影院买票。精英文学艺术确实受到了大众文化甚至消费文化的严峻挑战。在这方面，人文学科尤其首当其冲，不断地受到知识和信息爆炸的挑战。

在全球化的时代，由于资本的流动、信息的传播和新的国际劳动分工的建立，一切人为的中心建构都被解构了，由于处于强势的西方理论旅行到东方和第三世界国家，一种新的身份认同危机便出现在一些民族文化和文学中。越来越多的文学作品开始探讨这样一些问题：我们是谁？我们来自何方？我们将走向何处？既然所有的民族文化都出现了趋同的现象，我们将如何寻求我们自身的民族和文化身份？所有这些问题都是摆在我们人文学者面前需要我们去认真对待并予以回答的。在这样一个全球化的时代，所有那些长期被压抑的非主流话语也开始打破禁锢从边缘向中心移动，试图解构单一的中心。

作为一位主要从文化的视角来研究全球化现象的人文学者，我近十多年来一直试图从跨文化和比较文学的角度来考察全球化现象。我始终认为，全球化现象早就是马克思主义创始人所关注的一个客观存在，而马克思和恩格斯则是最早注意到全球化现象并从不同的维度进行全方位探讨的西方思想家。因此重温马克思、恩格斯一百七十多年前在《共产党宣言》中对资本主义全球化的描述十分必要：

> 美洲的发现、绕过非洲的航行，给新兴的资产阶级开辟了新的活动场所。东印度和中国的市场、美洲的殖民化、对殖民地的贸易、交换手段和一般的商品的增加，使商业、航海业和工业空前高涨……大工业建立了由美洲的发现所准备好的世界市场……不断扩大产品销路的需要，驱使资产阶级奔走于全球各地。它必须到处落户，到处创业，到处建立联系。资产阶级，由于开拓了世界市场，使一切国家的生产和消费都成为世界性的了……古老的民族工业被消灭了，并且每

天都还在被消灭。它们被新的工业排挤掉了,新的工业的建立已经成为一切文明民族的生命攸关的问题;这些工业所加工的,已经不是本地的原料,而是来自极其遥远的地区的原料;它们的产品不仅供本国消费,而且同时供世界各地消费。旧的靠国产品来满足的需要,被新的、要靠极其遥远的国家和地带的产品来满足的需要所代替了。过去那种地方的和民族的自给自足和闭关自守状态,被各民族的各方面的互相往来和各方面的互相依赖所代替了。物质的生产是如此,精神的生产也是如此。各民族的精神产品成了公共的财产。民族的片面性和局限性日益成为不可能,于是由许多种民族的和地方的文学形成了一种世界的文学。①

如果我们仔细阅读上面这段长长的引文的话,我们将很容易地发现,这两位思想家在此为我们描述了资本主义是如何从原始积累开始发展到自由竞争,然后再从垄断发展到全球性扩张,最后从帝国主义发展为(跨国的)全球资本主义的全景图。但是他们并没有止于对经济全球化的考察,而是在最后的一段话中指明了这样一点:一种世界性的文学就来自这样一种经济的和金融的全球化。他们显然为我们描绘出了一幅资本主义从经济到文化、从西方到东方、从中心到边缘的全方位旅行的全景图。今天,当我们谈到比较文学和世界文学学科的诞生时,通常也会将文化上的全球化当作其源头之一。但是在马恩的眼里,"世界文学"已经不再是早年歌德所假想的那种带有明显"乌托邦"色彩的世界文学,而更是一种涵盖了所有文化和知识生产的世界性的文化生产、消费和流通。因而,仅仅将全球化限于经济领域至少是不全面的,这已为近十多年来中国的政治影响和文化软实力的全方位提升及其世界性影响所证实。

---

① 参见马克思、恩格斯:《共产党宣言》,人民出版社1966年版,第26—30页。

尽管中国被认为是全球化进程中最大的赢家之一[①]，但我仍然要论证道，从一个文化的视角来看，正是一种"全球本土化"（glocalisation）的发展方向才使得中国能够将自己的文化在广阔的全球文化语境中重新定位。我们都知道，随着始自20世纪初直到80年代后期的大规模的文化和文学翻译，大量的西方文化和人文学术著作进入了中国，对现代中国文化和人文学术思想产生了巨大的影响。这也正是为什么西方的汉学家宁愿花时间研究中国古典文学和文化而不屑去研究中国现代文学和文化的一个原因，因为在他们看来，后者是在西方的影响下形成的，并没有什么自己的原创性。但是即使如此，在中国这样一个东方大国，传统的文化机制始终十分牢固，以至于任何来自外国的东西在有效地产生影响之前都必定首先在中国的文化土壤中发生变异或被"中国化"，全球化自然也不例外。这样看来，我们应该说，中国文化实际上最受益于一种全球本土化的形成和发展路径。正如当今全球化问题研究的代表人物罗兰·罗伯逊（Roland Robertson）多年前就已经指出的：

> 全球本土化的观点实际上传达了我近年来一直在全球化问题的研究著述中的要点。就我的观点而言，全球本土化的概念包含了被人们通常称为的全球的和本土的东西——或者用更为一般性的话来说，普遍的和特殊的东西——同时存在并且相互依赖。在当下关于全球化话语的辩论中，我的立场严格说来，甚至可以这样说，而且必须这样认为，也即我以及另一些人的观点已经变成这样了：有时全球本土化可以被用来替代"全球化"……[②]

[①] 关于这一点，尤其可参阅《俞可平、福山对话：中国发展模式目前面临的最大挑战》，《北京日报》2011年3月28日。在这篇对话中，福山提出了"中国是全球化的最大赢家"这一观点。

[②] Roland Robertson, "Globalisation or Glocalisation?" *Journal of International Communication*, Vol. 1 (1994): 38–39.

如果我们将全球本土化的概念用于描述中国当代文化知识生产和消费的话，这一点尤为适用。虽然中国学界欢迎全球化的到来，并且也经常引用罗伯逊的这一观点[①]，但是他们似乎忽视了罗伯逊同时也是最早将"全球本土化"这一说法概念化并用于描述文化全球化的学者之一。全球化在中国的实践，尤其是在中国的文化和人文学术中的实践，无疑已证明，如果全球化在中国的语境中不被"本土化"或"中国化"以便朝着一个"全球本土化"的方向发展的话，它是无法在包括中国在内的那些有着悠久的民族文化传统和牢固的文化机制的民族或国家实现的。诚然，中国已经被证明最大地受益于全球化，并仍将继续全方位地受益于全球化，但是我认为，中国在今后的年月里最有可能的是受益于一种全球本土化，因为现代性在中国的实践实际上就是一种不同于西方的另类的现代性[②]，它是引进的西方现代性与中国的本土自然发展起来的现代因素相作用而产生的，因此它是一种全球本土化的产物。在下面几个部分，我将以全球化在中国的本土化实践来探讨这一现象。

二、重建全球化的概念：马克思主义的视角

按照现已发表的研究成果来看，全球化绝不是一个仅仅出现在当代的事件[③]，而是在20世纪以前就出现并有着漫长历史的发展过程。如果我们对上面所引用的《共产党宣言》中对全球化在西方的起源和向其他地方旅行的描述有一个清晰的认识的话，那么我们就自然可以将其视为一个"旅行的过程"（travelling process）。但是全球化在从西方向中国的旅行

---

① 作为当今国际全球化研究最重要的学者之一，罗伯逊（森）的《全球化：社会理论与全球文化》（*Globalization: Social Theory and Global Culture*）早就由梁光严翻译，于2000年由上海人民出版社出版。我本人也应他邀请参与他主编的大型辞书《全球化百科全书》（*Encyclopaedia of Globalization*），该书由我主持翻译成中文，于2011年由译林出版社出版。

② William I. Robinson, "The Transnational State and the BRICS: a Global Capitalism Perspective," *Third World Quarterly*, Vol. 36, No. 1 (2015): 17–18.

③ 参阅 Wang Ning, *Translated Modernities: Literary and Cultural Perspectives on Globalization and China*, Ottawa: Legas Publishing, 2010, 尤其是"Introduction"。

过程中，不可避免地发生了某种程度的变形并不断地得到不同的建构和重构。既然全球化在中国有着独特的形式，那么我们自然也可以通过考察它在中国的实践对它进行重构。我本人受到我的西方同行以及他们对全球化的建构之启发，尤其是受到马克思、恩格斯和一些当代新马克思主义者以及诸如罗伯逊、肖尔特（Jan Aart Scholte）和阿帕杜莱（Arjun Appadurai）这些左翼知识分子的启发，同时也参照中国语境中全球化的"本土化"或"中国化"特征，再次提出我自己的理论重构。我认为，全球化的概念完全有可能在新的形势下得到重建，尤其是考虑到它在不同国家和地区，尤其是在中国的实践，就更是有这样的必要。下面我尝试着从七个方面对全球化的概念进行重新建构。①

（1）作为一种全球经济运作方式的全球化。这一点尤其可以在中国的实践中得到证实。经济全球化在中国的大获成功肯定已得到这一事实的明证：所有的国家都按照诸如国际货币基金组织和世贸组织这样的国际组织制定的统一规则来发展自己的经济。全球资本的扩张无疑也导致了一种新的国际劳动分工的形成。为了避免一些不必要的重复性生产，一些世界知名的品牌可以在某种"适者生存"（survival of the fittest）的法则下广为销售，这不仅刺激了那些落后的民族工业去更新自己的技术，同时也无情地使得一些传统的民族工业体系趋于解体。这样看来，毫不奇怪，全球化不仅在一些发达国家受到抵制，同时也在更多的欠发达国家和发展中国家受到抵制。在全球化进入中国的早期阶段，国家大量地从发达国家引进先进的技术设备和管理经验，却极少能够使自己的技术得到出口。不少人认为这是一种"单向的"全球化：从西方强国向发展中国家施与的全球化。但是随着中国高铁技术以及其他高科技的日益更新，这种情况便逐渐开始发生变化，中国不仅致力于将自己的国家建设成一个科技强国，同时也在努力使

---

① 我在提出这一理论建构的过程中，尤其受到阿帕杜莱的著作的启迪，参阅 Arjun Appadurai, *Modernity at Large: Cultural Dimensions of Globalization*, Minneapolis: University of Minnesota Press, 1996, pp. 33–36。

自己的管理模式同时兼有资本主义的经营方式和儒家思想的治理理念。中国政府和一些主要的国有企业近年来已经开始特别重视不仅要出口日用产品，而且更要向国外出口高新技术和先进的管理与经营模式。也即全球化已经开始由过去的单一由西向东开始发展成双向的运作和发展模式。中国在全球化进程中的角色也发生了戏剧性的变化：从一种被动的跟随者变为主动的领导者。随着美国特朗普拜登政府和一些欧洲国家的右翼政党的"反全球化"或"逆全球化"尝试的甚嚣尘上，中国在新一波全球化浪潮中的领军角色将越来越得到确认。应该说这是历史赋予中国的难得的机遇和使命。

（2）作为一种历史过程的全球化。按照马克思和恩格斯的看法，全球化的过程始自哥伦布发现美洲新大陆，并从此开启了资本的全球性扩张。这一历史进程发展到20世纪80年代达到一个全盛的阶段，资本主义也随之进入了它的后期阶段。但是这并不意味着资本主义已经寿终正寝，它倒是有可能朝着两个方向发展：或者按照历史的发展逻辑最终达到真正的寿终正寝，或者调整自身的内部机制后使自己复苏。正如另一位学者罗宾逊（William Robinson）所表达的，"全球化的特征体现于相关的、偶发的和不平等的变革。将全球化视为对历史变革和当代动力的解释并不意味着与这一过程相认同的具体时间或变化都在世界上以同样的方式发生。它实际上倒是意味着这些事件或变化应当被理解为全球化了的权力关系和社会结构的一个后果"①。当前美国经济的复苏自然就是这样一个必然的结果，

---

① William I. Robinson, "The transnational state and the BRICS: a global capitalism perspective," *Third World Quarterly*, Vol. 36, No. 1 (2015): 17–18. 关于全球化问题的研究著作，我在此仅提及几部最有影响的且对我本人启发最大的从后殖民和文化研究的视角来研究的专著：Arjun Appadurai, *Modernity at Large: Cultural Dimensions of Globalization*; Roland Robertson, *Globalization: Social Theory and Global Culture* (London: Sage, 1992); Roland Robertson and Kathleen White eds., *Globalization: Critical Concepts in Sociology* (London: Routledge, 2003); Fredric Jameson and Masao Miyoshi eds., *The Cultures of Globalization* (Durham, NC: Duke University Press, 1998); George Raudzens, *Empires: Europe and Globalization 1492–1788* (London: Sutton Publishing, 1999); Michael Hardt & Antonio Negri, *Empire* (Cambridge, MA: Harvard University Press, 2000); Ankie Hoogvelt, *Globalization and the Postcolonial World* (Baltimore, MD: Johns Hopkins University Press, 1997), etc.

但是从长远的观点来看，资本主义生产方式终将为一种更为先进的生产方式所取代，也即资本主义最终将走向真正的寿终正寝。当前，中国的发展模式，也即所谓的"中国道路"已经越来越引起国际全球化问题研究者们的注意。我们应该清醒地认识到，这一过渡时期绝非一个短暂的时期，而是一个漫长的阶段，因此我们的发展要稳妥以便达到可持续的境地。在中国的社会主义建设中，实际上存在着多种资本主义的因素；同样，在那些发达的资本主义国家，也存在着多种社会主义的因素，但是这只是一个暂时的现象。从马克思主义的历史唯物主义观点来看，社会主义如果以适当的方式得到实践的话，它最终将替代资本主义。这就是历史发展的必然逻辑。

（3）作为金融市场化和政治民主化进程的全球化。随着全球化的出现，资本的流动有了自由的出口，自由贸易在相当程度上取代了以往的外贸由政府干预的方式。这样，全球化就成了一个超越民族和国家疆界同时在中心和边缘发挥巨大作用的"隐形的上帝"。但不同于那些老牌的帝国主义，经济帝国主义和文化帝国主义通常通过逐步渗透的方式来干预别国的事务，因而在这样一个过程中，当经济发展到特定的阶段时，政治上的民主便自然而然地得以实现。但是，正如全球化可以在特定的国家和民族实现本土化，民主也应当有不同的形式，特别是在中国这样一个东方大国，封建专制统治了两千年之久，民主的土壤比较稀薄，因此它应该是一个漫长的过程，其实现的形式也应不同于西方国家的民主模式。① 当前中国盛行的互联网文化的特征也许就是这样一种独特的民主形式，它的意义就体现在，意见领袖的力量多少可以表明这种形式的民主已成为一个不可抗拒的潮流。在互联网的使用者和意见领袖的监督下，政府的决策也开始变得越来越透明，并越来越趋向于民主性和公正性。过去那种由少数人说

---

① 关于中国的民主问题，参阅闫健编：《民主是个好东西：俞可平访谈录》，社会科学文献出版社2006年版。

了算的现象正在逐步得到制约和改变。

（4）作为一个批评概念的全球化。在国际人文社会科学界被人们热议的全球化问题也可以被视为一个批评概念，学者们可以以此来消解陈旧的现代性与后现代性的二元对立，也即全球化消解了现代性与后现代性的人为的对立，使这二者相互交织，从而打破了欧洲中心主义的思维模式，为一种更为包容的复数的、多元的全球现代性的形成铺平了道路。但是另一方面，由于欧洲中心主义的解体导致帝国的中心移到了美国，因而我们对欧洲中心主义的批判就应改为对一种美国中心主义的批判。全球化之所以在中国曾一度引发争议的原因就在于中国的特殊国情以及人们对之的误解：人们认为全球化就是另一种形式的西方化或美国化，因此仅仅欢迎经济全球化，并积极地采纳它的法则，而对政治上和文化上的全球化则抱抵制的态度，担心中国文化会被这一大潮淹没和同化。但是随着全球化在全方位的进程和成效的凸显，中国在这一过程中所担负的领导者角色越来越明显地表现在，它不仅应在经济上而且也应在政治上和文化上承担全球化的领导者的重任。现在美国的政客公开打出反全球化的旗号，正好把过去美国所独有的全球化领导者的地位拱手让给了中国。接踵而来的是，越来越多的人也开始认识到，全球化绝不仅仅是一个经济上的现象，它的作用已经越来越体现于人们的生活和工作的诸多方面。

（5）作为一种叙述范畴的全球化。正如霍米·巴巴所指出的，民族在某种意义上说来就是一种"叙述"[①]，这一点也适用于作为一种叙述范畴的全球化话语，因为它不仅反映了人们对一个美好未来的期盼，同时也体现了一种帝国价值观在全球的扩展。因此全球化就是一种宏大的叙述，按照这种叙述，传统的民族—国家的疆界有可能变得愈益模糊进而被消解。但是这种宏大的叙述在不同的国家或地区的实践中却与当地的本土因素相融合进而成了碎片。诚然，一种经济上的全球化或市场化正在取代政府的

---

① Cf. Homi Bhabha, ed., *Nation and Narration*, London: Routledge, 1990, p. 1.

权力,这尤其体现在强势文化对弱势文化的渗透和弱势文化对之的抵抗。民族和文化身份认同变得越来越模糊,单一的身份认同将被多重的身份认同所取代。结果,全球化时代的人们便经历着某种身份认同的危机,他们不时地发问:我们是谁?我们来自何方?我们又何以不同于其他国家和民族的人们?这一点尤其体现在海外华人作家的作品中,在那里,他们的身份认同往往分裂了,从而所扮演的就是一种双重或多重角色,始终在不同的文化中进行协调和周旋。

(6)作为一种文化建构的全球化。文化全球化之所以一开始在中国引发争议的原因恰在于人们进入了这样一个误区:全球化仅仅是一个单向的从西方强势文化向东方弱势文化入侵和渗透的过程,因而便产生了一种不必要的担心:面对西方强势文化的渗透,中国文化自身的防御机制较弱,无法有选择或有保留地吸纳外来文化,因而在文化全球化的过程中,中国文化很有可能会被殖民或受到西化。但是在过去的二十年里,文化全球化在中国的实践却证明,它本身也像在它之前进入中国的现代主义和后现代主义那样,是一种文化建构。我们当然要继续引进西方文化,但同时,我们也要借助于全球化这个平台,努力将中国文化在西方以及世界其他地方推广宣传,这样就可以重建新的文化生态结构。实际上,在讨论这个问题时,来自不同学科领域的学者不得不进行自己的建构或重构,这样,建构或重构不同的和新的全球化的文化就成了他们的一个目标。对于我们文学和文化研究者而言,在一个广阔的全球语境中考察我们的研究对象,与我们的国际同行在同一个平台上进行交流和对话无疑能拓宽我们的视野,进而为我们的讨论增添活力,这样就能达到理论上的创新。可以说,与以往的那种封闭的、独白式的"创新"相比,在一个广阔的全球语境下通过与国际同行的交流和对话达到的创新应该是一种绝对意义上的创新。

(7)作为一种理论话语的全球化。既然越来越多的中国人文学者介入了关于全球化问题的讨论,那么如何在这种论争中建构一种中国式的全球化理论话语就成了一个难题。在这方面，全球化实际上已逐渐成了一个论争性的理论话语。我同意罗伯逊在将文化全球化现象理论化时提出的看法，也即我们可以用一个替代性的术语：全球性（globality），以此来取代全球化，因为前者出现的时间远远地早于后者，而且前者更加适宜用来描述文化和文学的发展方向。① 在谈到全球化理论时，我们无法否认，在这一领域内确实存在着一种强势的西方理论话语霸权，但是在文化交流的过程中，一些中国学者也开始发出愈益强劲的声音，因而完全有可能在全球化这一宏大叙事的保护伞下建构一种中国式的理论话语。② 就这个意义而言，全球化为我们中国学者与西方乃至国际同行进行平等对话提供了十分宝贵的机会，我们可以借助于这种平等的交流和对话实现建构我们自己的理论话语的目的。

上面就是我本人从马克思主义的理论视角并且基于我的西方同行以及我本人的先期研究成果对全球化做出的新的建构和重构。毫无疑问，在重构全球化的这七个维度时，我也受到我的西方同行的启发，尤其从罗伯逊、阿帕杜莱以及肖尔特对全球化的界定和描述，但是我的这一重构在很大程度上却参照了全球化在中国的本土化实践，或曰一种"中国化"的全球本土实践（"Sinicized" practice of glocalization）。我试图证明，中国之所以在全球化的进程中不仅在经济领域而且在政治上和文化上取得了如此巨大的成就，在很大程度上就得助于这一具有中国特色的全球本土化的实践。任何熟悉中国现代文化和文学的人都知道，中国现代文学和文化的形成在某种程度上就是鲁迅当年倡导的一种"拿来主义"的实用态度的结果，也即凡是可用于中国的东西统统拿来，包括马克思主义的理论。毛泽东之所以能最终领导中国革命走向胜利，也完全是由于他创造性地将马克思主义的普遍真理与中国革命的具体实践相结合，带领中国共产党走"农

---

① 参见罗伯逊于2002年11月26日在清华大学的公开演讲 "Globality: A Mainly Western View"。
② Cf. Shi-xu, *Chinese Discourse Studies*, London and New York: Palgrave Macmillan, 2014.

村包围城市"最后夺取城市的独特的"中国道路",最后才能够推翻国民党政权建立社会主义新中国。毛泽东实际上也通过具体的中国经验将具有"普世意义"的马克思主义理论"本土化"或"中国化"了,因此他的这一创造性应用不仅为全球马克思主义的宏大叙事做出了重要贡献,同时也以具体的中国实践经验丰富了马克思主义的理论宝库,使之在当今这个全球化的时代仍有活力和指导意义。① 就文化上而言,我们应该说,中国现代文化和文学通过批判性地继承自己的民族文化遗产和引进西方文化而形成了自己的独特传统。我这里仅想进一步论证到,只有从上述七个方面或更多的维度来全方位地考察全球化才能全面准确地把握全球化的本质特征。同样,只有认识到全球化可以在不同的语境中得到建构和重构,我们才能正确地估价它对中国文化和人文学术的积极和消极影响。只有认识到它的多重意义,我们中国学者才能与国际学界就全球化这一问题进行平等的对话,从而在这一国际性的理论争鸣中发出我们自己的声音。

三、消费文化及其在中国的研究

从上述七个方面的描述和理论分析来看,我们可以发现,全球化在中国大获成功之前已经在相当程度上被"本土化"或"中国化"了,也即全球化在中国的驻足所依循的是一条"全球本土化"的路径。同样,也正如上所述,中国是当今世界最受益于全球化的国家之一,因为在这一进程中中国已逐渐进入了一个带有各种后现代征兆的消费社会。尽管我们承认,在今天的中国,贫富悬殊以及城乡差别还很大,内陆和沿海地区的发展也极不平衡,但是毕竟中国已经明显地打上了各种后现代消费文化的印记。早在20世纪80年代初,曾经对后现代主义进入中国起过重要启蒙作

---

① 就毛泽东及其理论在全球文化和世界文学中的影响,参阅我主编的英文主题专辑:*Global Maoism and Cultural Revolution in the Global Context*, in *Comparative Literature Studies*, Vol. 52, No. 1 (2015), 尤其是我的 "Introduction: Global Maoism and Cultural Revolutions in the Global Context," pp. 1–11.

用的弗雷德里克·詹姆逊①就在他的一篇题为《后现代主义与消费社会》（Postmodernism and Consumer Society）的文章中指出，除了考虑到后现代主义本身的各种特征外，人们还"可以从另一方面停下来思考"：

> 通过对近期的社会生活各阶段的考察对之作出描述……在二次大战后的某个时刻，出现了一种新的社会（被人们从各种角度描述为后工业社会、跨国资本主义、消费社会、传媒社会等）。新的人为的商品废弃；流行时尚的节奏日益加快；广告、电视和传媒的渗透在整个社会达到了迄今为止空前的程度；城郊和普遍的标准代替了原有的城乡之间以及与外省之间的差别；高速公路网的迅速扩大以及汽车文化的到来——这一切都只是标志着与旧的战前社会的彻底决裂，因为在那时的社会，高级现代主义仍是一股潜在的力量。②

虽然詹姆逊描述的是20世纪80年出现在美国以及其他西方国家的个案，但将其描述中国当代的现状倒是较为合适的。诚然，中国尚未全面地进入后工业社会，但却早已经出现了各种后现代消费社会的征兆了。因此就这一点而言，另一位后现代主义理论家让·鲍德里亚（Jean Baudrillard）的关于消费社会的理论也许更适合解释这一现象。

我们都知道，鲍德里亚在过去的十多年里已成为继利奥塔和詹姆逊之后当今另一位最有影响的后现代主义思想家和理论家，尤其是近几年来，随着他于2007年的去世以及他的著作的被陆续译成中文，他在中国学界也引起了越来越多的学者的关注，当然中国学者更为关注的重点是他关于消费社会和象征及拟像理论的论述。鲍德里亚的学术生涯是十分复杂的，他一般被认为是一位后马克思主义者，早年曾受到马克思主义

---

① Cf. Wang Ning, "The Mapping of Chinese Postmodernity," *Boundary 2*, Vol. 24, No. 3 (1997): 19–40.

② Fredric Jameson, "Postmodernism and Consumer Society," in Hal Foster ed., *The Anti-Aesthetic: Essays on Postmodern Culture*, Seattle, Wash: Bay Press, 1983, pp. 124–125.

的影响，后来又与马克思主义分道扬镳，甚至发展为对马克思主义教义的质疑和批判。他不满于马克思的政治经济学理论，试图从后现代的视角对之进行补充。在他看来，商品不仅仅具有交换价值，同时也具有某种象征性的价值，包括风格、名气、奢侈以及对权力和商标的表达，等等。鲍德里亚认识到，整个社会都被消费和展示所包围，借助这一切，个人得到的是名气、地位和权力。因为他认为，"模拟正是这种不可抗拒的延伸，这一系列事物显示出，当它们被人为的拼贴和无意义所控制时似乎也具有一种意义。通过一种激进的谎言来将一个时间以某种价格拍卖。为某个时间设置一种价格，并非将其置于游戏中，而是置于历史中"①。诚然，在一个后现代消费社会，一切都以这样的方式带有了某种价值；同样，一切也就等于没有了价值。甚至意义也可以通过人们的能动的创造性阐释而得以建构；而建构出的意义随之又可以被用同样的方式予以解构。

　　既然中国早在20世纪70年代后期就已经开始了改革开放，因而鲍德里亚多年前所描绘出的这种种征兆便开始出现在当代中国。这也许正是鲍德里亚最初在中国被当作一位研究消费社会的社会理论家被接受的原因所在。尽管根据他的理论核心来判断，他并没有发展出自己的一套理论体系，但是我们可以很容易地发现他与马克思主义法兰克福学派的批判理论实践比较接近，而后者在中国学界早就得到了较为深入的研究和讨论。自从90年代以来，中国越来越与全球化的进程关系密切，学者们逐步从鲍德里亚的著作中发现了一些理论上的启迪。因为他从一开始就试图论证，社会的趋同化现象、异化以及剥削都有助于推进商品物化的过程。技术和物质已逐渐把控了人们的生活和思维，剥夺了人们的品质和能力。他的所有上述观点都在当今中国被那些研究后现代条件下消费文化的学

---

① Jean Baudrillard, *The Illusion of the End*, trans. Chris Turner, Cambridge: Cambridge University Press, 1994, p. 14.

者们所引证和讨论①，并被一些率先进入消费社会的大都市里的后现代征兆所印证。

诚然，由于美国在西方乃至整个国际学界所处的中心位置，同时也由于英语的强势和在学界的广泛通用，许多欧洲思想家和理论家正是通过美国这个中介首先进入英语世界进而产生世界性影响的，鲍德里亚自然也不例外。或者可以说，他们之所以得以成为世界性的学术明星在很大程度上正是得益于他们的著作首先被译成英文。这一点更是适用于鲍德里亚在中国的接受，因为研究他的理论的绝大多数中国学者在没有现成的中译本的情况下所参照的都是他的著作的有限的几本英译本。后来随着他的著作英译的增多，人们发现了他的理论和学术价值，便争相将其从英文或法文译成中文。也即鲍德里亚首先是在英语世界成名之后才登陆中国进而蜚声中国学界的。

与他的法国同行雅克·德里达和米歇尔·福柯相比，鲍德里亚在英语世界的知名度确实要小许多，因而毫不奇怪，当中国学者在80、90年代大谈德里达、福柯和拉康时，几乎很少有人知道鲍德里亚。但是在过去的十多年里，随着中国全方位地介入全球化的大潮和鲍德里亚著述的英译愈益增多，这些著作也逐步从英文译入了中文世界。人们发现，鲍德里亚的理论更为适合直接地用来解释当代中国出现的种种后现代消费文化的征兆。因此毫无疑问，随着消费文化、符号学以及图像理论研究在中国的日益深入，鲍德里亚也逐步从边缘步入学术中心，成为中国的文学和文化研究学者以及艺术批评家们日益关注的另一位最有影响的法国当代思想家，他们认识到，在对文化全球化的研究中无法绕过鲍德里亚的著述和巨大影响。

毫无疑问，鲍德里亚和他的理论在中国的批评性和创造性接受与中

---

① 这方面可参阅拙作《消费社会的视觉文化与当代批评中的"图像转折"》，《文学理论前沿》（第四辑），北京大学出版社2007年版；《鲍德里亚与当代消费文化研究》，《文景》2007年第10期。

国日益深入地介入全球化的进程密切相关,因为这一过程已经深深地影响了人们的知识生活和日常生活。正如我们所知道的,文化上的全球化强有力地挑战了精英文化及其形式——文学和艺术,因而通俗文化便愈益渗入到人们的日常生活,同时也影响着他们的文化知识生活和学术趣味。既然中国已经打上了诸多消费社会的后现代征兆,那么精英文化研究也不可避免地受到通俗文化和消费文化的冲击和挑战。针对这些现象,人文学者应当从某种理论视角对之进行思考和研究。这样,鲍德里亚的著作便成了他们十分宝贵的理论学术资源。从一个全球化的视角着眼,我们可以很容易理解这一点,在这样一个有着诸多不确定因素的后现代条件下考察、研究消费文化,也是西方马克思主义以及像鲍德里亚这样的后马克思主义者对后现代及其文化艺术的研究的一个继续。

　　鲍德里亚长期以来一直关注消费文化及其对人们生活的影响。在他的《消费社会》一书中,他开宗明义地指出,生活在当今的人们被消费以及丰富的物质所包围,我们经常花上很多时间并不是在与另一些人打交道,而是与商品打交道,以及如何操控商品和信息。这显然体现了后现代条件的特征:人们越来越受到商品的控制,他们的生活越来越被商品消费和信息交流所主宰。因而消费社会的人们首先关注的并不是其维持基本的日常生活的必需品,而是如何舒适地生活,或者甚至"审美地"享受文化知识生活。在后现代社会,人们的物质生活丰富多彩,因而占据他们头脑的东西就是如何尽情地享受并消费这些文化产品。如果他们不能消费自己国家生产的商品的话,那就可以到国外去觅见和购得这些商品。用这些来描述今日中国的消费状况倒是十分恰当的,所以这也正是为什么中国的农历新年(春节)对一些西方国家的人们也开始变得越来越重要了[①],因为它代表了一种中国的(消费)文化,在这些假日中,先富起来的中国人通

---

① 尤其令人印象深刻的是,2015年和2016年春节期间,西方多国政要纷纷通过电视向中国人民致以新年的祝贺,有些领导人甚至用汉语祝中国人民新年快乐,这显然使他们一下子拉近与中国电视观众的距离。

常要到国外或境外去旅游和消费。他们争相购买那些连本地人也不知道或很少用的奢侈品，所以他们在法国和意大利这些欧洲国家最受欢迎，因为那里有着丰富的物质和各种品牌的奢侈品，很容易满足中国的那些先富起来的人们的虚荣心和消费欲望，而当地的人们也意识到，如果他们抓住这种中国（消费）文化精神的话就能吸引更多的中国旅游者前往他们的国家去消费，进而拉动当地的经济繁荣。

这样看来，后现代社会给人们提供了多种选择：他们不必花上很多时间和精力去阅读一部冗长的文学名著，而完全可以坐在自己的家庭影院里花上两个小时就可以尽情地欣赏根据一部世界文学名著改编的电影。同样，文学研究者或青年学生也改变了以往的阅读习惯：他们可以轻易地通过电影或电视甚或光盘来观赏经典文学作品，而无须在图书馆里泡上那么多的时间。随着高科技信息技术的日新月异，各种智能手机的问世也主宰了今天人们的生活和人际交往。过去人们在新年来临之际总喜欢相互拜年，后来随着电话的普及便改由电话拜年或互致问候，而今天人们则更倾向于用短信甚或微信相互拜年、互通信息。今天的青年人可以说是玩着各种款式的手机长大的，他们完全可以依赖最新款式的智能手机以满足自己的交际和购物欲望，而无须像他们的前辈一样常常仅满足于"橱窗消费"（window shopping），如此等等。这些现象多少对那些从事精英文化和文学的生产与研究的人们提出了挑战。当然，上述这些现象不仅出现西方的后现代社会，同时有些已经出现在北京、上海、广州、深圳这些中国的超大城市里，在那些城市，人们甚至可以更容易地看到一些全球本土化的后现代因素。就这个意义而言，人文学者和文学批评家便可以很容易地从鲍德里亚的著作中获得理论的启迪。但是他们也完全可以更进一步去探讨这个问题：中国是否仍然算一个自己所声称的"第三世界"中的发展中国家，如果不算的话，中国应当被看作一个什么样的国家？关于这个问题，我将在本节最后一部分予以探讨。

四、全球化进程中的去第三世界化

当人们说中国是全球化的最大赢家时,我想他们在很大程度是从经济上着眼的,确实,我们不可否认这样一个事实,自中国于20世纪70年代末开始改革开放以来,在过去的四十多年里经济持续迅速增长。我们已经注意到,中国在全球化的进程中实际上经历了这样几个阶段。首先是被动地融入全球化的大潮中,然后迅速地调整自己的角色使之适应全球化的规律,最后在这一进程中扮演领导者的角色。用这一过程来描述中国经济的发展无疑是正确的,而用其来描述中国文化在全球化进程中的角色转变也不无正确。首先,从经济上来看,既然中国已成为当今世界第二大经济体,那么许多西方学者便开始对中国的"发展中国家"或"第三世界国家"的身份提出了质疑,这一点是毫不奇怪的。在我看来,根据一些西方国家主流媒体的报道以及中国自身的实践,中国确实不应当再被看作一个第三世界国家,因为它实际上正在经历一种"脱贫困化"和"去第三世界化"的过程,力图在一个不太长的时间内将自己建设成一个真正繁荣富强的发达国家。从现在的发展势头来看,实现全民进入小康社会这一目标已经实现,建成社会主义现代化强国的目标应该指日可待。其次,从文化软实力来看,近年来,努力全方位地提升中国文化的软实力也被提到了中国官方和学者们的议事日程上。由中国最高领导人习近平亲自提出的"中国梦"这一话语就证明了整个中华民族的这一愿景。此外,中国正在实施的"一带一路"倡议实际上开辟了全球化的另一个发展路径:从东方向西方发展进而辐射整个世界。从现有的实施情况来看,这显然已经超越了经济的疆域,发展到了包括文化在内的多个方面。[①] 我们完全可以自豪地说,使中国摆脱贫困状况已经基本上实现了,因为中国人的平均生活水平已接近一个一般的发达国家的人们的生活水平。而中国一些著名大学的顶尖级讲席教授的薪酬已经明显地超过了欧美同行的薪酬,再考虑到他们所掌握

---

① 参阅拙作《"一带一路"语境下的比较文学和中国当代文学》,《人文杂志》2016年第9期。

的科研经费和中国目前的实际物价,可以说,他们的研究条件应该超过,或至少不亚于,国际同行的研究条件。但是这只是少数知识精英的条件,要想使整个国家成为一个真正的发达国家还需要十年左右的时间,尽管中国的一些超大城市的现代化程度已经很高,甚至在一定程度上超过了伦敦和巴黎这样的欧洲大都市。

美国学者道格·加斯利(Doug Guthrie)在论述中国与全球化的关系时,提出了颇具洞见的论断:中国能够将一个"十分贫穷的国家改变为一个拥有世界上发展最快和最大的经济实体之一的国家",确实是一大奇迹,这自然是展现"全球化的力量的一个故事"①(a story of the forces of globalization)。但是在对上海、北京、成都和重庆这些中国主要城市令人惊异的发展的一段生动描述后,他还是比较中肯地指出:

> 所有这些事实和形象迄今都已经为人所知了。确实,那些宣布"中国的世纪"(China's Century)、"中国的挑战"(The China Challenge)、"中国综合征"(The China Syndrome)、"购买世界"(Buying up the World)、"美国担心中国"(America's Fear of China)、"中国去购买"(China Goes Shopping)、"中国会是一成不变的吗?"(Can China be Fixed?)的报刊头条新闻以及其他许多报道均狂轰滥炸这些杂志的封面:《商业周刊》(Business Week)、《经济学家》(The Economist)、《福布斯》(Forbes)、《新闻周刊》(Newsweek)、《美国新闻与世界报道》(U.S. News and World Report)以及其他许多主要出版物。②

加斯利指出上述事实无疑是正确的,他所提及的上述这些报刊也确实出自西方的主流媒体,反映了另一种形式的"东方主义"的假想和建构,不仅

---

① Doug Guthrie, *China and Globalization*, 3rd edition, New York: Routledge, 2012, p. 3.
② Doug Guthrie, *China and Globalization*, 3rd edition, New York: Routledge, 2012, p. 2.

对欧美的政府和大的跨国公司有着某种舆论的导向，就其报刊本身的发行量而言对普通的读者也有着很大的影响力。因此这些报道对于塑造全球化时代中国的新的国家形象确实有着重要的作用。此外，加斯利也对这些客观存在的现象做了较为恰当的分析。确实，在近几年里，与一些遭受严重经济和金融危机的西方国家相比，中国经济一直保持着持续增长的势头，但最近也开始放慢了增速，以便为了今后的可持续发展而做出必要的调整。当然，在全球化的进程中，中国也应当解决自身的许多问题，包括环境污染、自然资源的耗竭以及愈益严重的贫富等级差距。在欧美大学里，由于财政的原因，人文学科一直受到挤压，许多学科专业和项目或被砍掉或被兼并，但是中国政府却一直在投入大量的资金建立自己的世界一流大学和一流学科，并努力在国外推广汉语教学和中国文化的传播。但是毕竟中国幅员辽阔，人口众多，不仅存在着贫富之间的巨大差距，而且还存在着南北差距、沿海地区与内陆地区的差距以及城乡之间的差距。因此现代性的大计在经济上和文化上依然是一个未完成的大计，因为它带给中国人民的既是繁荣发展又是一系列的问题。在过去的几年里，中国于2008年举办了规模盛大的北京奥运会，并紧接着于2010年举行了盛况空前的上海世博会。这两件大事肯定大大地提升了中国的国际地位和影响，使中国更为世人所知，但同时也使人们不得不对其第三世界的身份产生了怀疑。当然，按照中国领导人以及主流媒体的官方声明和报道，中国就其地缘辽阔的乡村和边疆地区而言，仍应算作是一个发展中国家，属于第三世界。因此毫不奇怪，中国展现在西方国家以及世界其他国家面前的形象是一个发展极不平衡的和矛盾的形象。

但是另一方面，西方主流媒体最近也注意到了这一逐渐在变化的现象：自从习近平担任中国最高领导人以来，中国作为一个第三世界国家的身份也发生了戏剧性的变化。习近平不仅对中国经济的快速增长感到自豪，而且也对中国的辉煌文化遗产和综合国力感到自豪，他在国际舞台上的行为举止颇有世界领袖的风度，同时在某种程度上也提升了中国在世界上的地位和形象，他认为中国应当而且完全有资格与国际同行——尤其是美国——进行平等的对话，并且为解决世界上的问题提出中国的方案。在几年前的纪念中法建交五十周年庆典上，他提及了一个在民间流传已久的逸事：200年前，拿破仑曾说过，"中国是一头沉睡的'狮子'，当这头狮子醒来时，世界都会为之发抖"。显然，拿破仑的"中国醒狮论"很大程度上影响了19世纪欧洲知识分子对中国的基本观念。在习近平看来，现在"中国这头狮子已经醒了，但这是一只和平的、可亲的、文明的狮子"①。正如他所表达的，当今的中国的确犹如一头醒来的狮子一般迅速地崛起在世人的眼前。当然，对于这一现象，有些人为之感到高兴，因为中国的崛起至少可以在国际事务中打破长期以来由美国主导的"单边"政策，使世界格局趋于平衡。但也有人则为之而感到害怕，因为在他们看来，中国的崛起使他们无法继续独自称霸世界了。正如习近平所表达的，中国的崛起犹如一头狮子一般，对于这一点已经毋庸置疑。但是，他也试图让人们相信，中国的崛起并不会对周边的国家和地区构成威胁，因为中国目前正致力于发展自己的综合国力以便实现自己的"中国梦"。按照"中国梦"这一话语，也即要实现中华民族的伟大复兴。就这一点而言，中国的领导人和普通的人们都不满足于自己的国家仍然作为一个第三世界国家的身份。那么中国将向何处发展呢？这正是中国的知识分子和人文学者应当回答的问题。或者说，作为一个正在崛起的大国，中国将在哪几个方面实现"去第三世界化"的目标呢？对于这一点，我在结束本节之前略做一些阐述。

首先，对于中国人民来说，在不远的将来把自己的国家建设成为一个繁荣富强的小康社会确实是一个紧迫的任务。也即中国通过大大地提升自己的综合实力和缩小贫富差距来实现"去第三世界化"的目标。这同时也是"中国梦"不同于"美国梦"的地方：前者诉诸集体的繁荣和富强，而后者则鼓励个人奋斗，旨在获得个人的成功。但是，我们也不得不承

---

① 黄翔:《习近平：中国这头狮子醒了》，载《东方早报》2014年3月29日。

认，中国仍面临着一系列问题，尤其是环境污染和国内不同地区的发展不平衡。因此解决这些问题，消除这些差距，就可以使中国迅速跻身发达国家的行列。

其次，建构一种新的中国文化和哲学以恢复我国悠久的并且光辉灿烂的文化传统，这也是十分必要的。如果说前面所说的经济是一种硬实力的话，那么文化就是软实力，但所产生的影响却是潜在的和持久的。在谈到中国的文化软实力在近十多年里的大幅提升时，文学翻译家葛浩文（Howard Goldblatt）坦率地承认，"现在跟二十年前完全不一样了，因为奥运会，因为世博会，因为金融危机，中国的影响力越来越显现出来，当然包括文学、电影方面的影响"①。这样看来，中国应当拥抱自己过去的传统和世界上一切先进的文化，以便为全球文化和世界文明做出自己更大的贡献。我们知道，中华文明是世界上最古老的文明之一，它有着自己极其辉煌的文化遗产和文学传统，与那些已经死去的古老文明相比，中华文明仍有着相当的活力和生气。虽然在过去的近百年里它被大大地边缘化了，但它在中国人文知识分子的共同努力下正在恢复自己的光辉灿烂的传统。当前的国学复兴，尤其是新儒学的复兴就表明，它正在从边缘向中心运动，最终将成为一种能够与西方的现代性话语平等对话的具有普世意义的理论话语。

第三，我们目前的一个当务之急就是重建中国的大国形象。也即中国应当保持自己的经济稳步发展的势头，同时传播自己的有影响的思想以便有助于维护世界和平。②正如我在前面已经指出的，中国的崛起不会对周边的国家构成威胁，更不会威胁到西方国家，因为中国是一个热爱和平的国家。它在过去深受帝国主义的侵略和殖民主义的压迫，现在已经站立

---

① 转引自季进：《我译故我在——葛浩文访谈录》，《当代作家评论》2009年第6期，第52页。
② 我曾应约为欧洲科学院院刊 *European Review* 编辑了一个主题专辑，题为《重新发现中国：跨学科的视角》（Rediscovering China: Interdisciplinary Perspectives），Vol. 23, No. 2 (2015)，试图从给一个跨学科的理论视角塑造中国的国际形象。

起来了，正在实施"一带一路"倡议，这实际上是一种新的全球化大计，它不同于那种由西向东运动的全球化，而是一种由东向西运动的全球化，在这一全球化大计中，中国无疑将扮演领导者的角色。此外，中国提出的"一带一路"倡议，也即丝绸之路经济带和21世纪"海上丝绸之路"的简称，也是中国政府为了中国的当下和未来经济发展所实施的一个具有政治和经济意义的战略计划。它的目标并非是通过竞争来压制穷国和弱国，而是强调合作和共赢，因此这一战略方针的实施将对全球经济和文化做出巨大的贡献。无论如何，一个强大繁荣的中国必定会对世界和平做出更大的贡献。

质言之，只有去第三世界化，中国才能毫无顾忌地以一个大国的身份出现在国际事务中发出自己的声音，进而全方位地对人类做出更大的贡献。这一点，已故毛泽东主席早就有过阐述："中国应当对人类做出较大的贡献。"在这方面，全球化的到来，或者说一种"中国化"的全球本土化战略的实施确实已经而且仍将推进这一宏大的计划。

第二章 马克思主义与中国的世界文学研究

近几年来，我在其他场合探讨了马克思主义与世界文学研究在西方的历史和现状。在本章中，我将集中探讨中国的马克思主义与世界文学研究。尽管马克思主义是来自西方的一套理论体系，但它一经走出西方的语境便成为一种"世界的文学"，从而具有无可争议的全球性影响，它一旦进入中国就在中国的大地上与中国固有的思想文化发生互动，最终形成一种中国化的马克思主义。毋庸置疑，马克思主义文学理论是马克思主义博大精深的思想体系的重要组成部分，它进入中国以来也对中国的世界文学研究发生了重要的影响。即使在中华人民共和国成立之前，中国共产党人和一大批左翼文学艺术家、理论家就自觉地接受了马克思主义，为广大中国读者创作出了优秀的文学作品和理论批评著作。由于马克思主义是新中国的主导意识形态，因而中国的世界文学研究就更是在马克思主义的指导下进行的。本章将梳理马克思主义传入中国后在中国的不同历史时期所经历的几个阶段，以便向读者展示中国的世界文学研究是如何在马克思主义的指导下从无到有进而以其卓著的研究实绩逐步走向世界的。

第一节　马克思主义的传入及其中国化

众所周知，马克思主义是产生在德国的一种理论思潮及科学的世界观和方法论，它的传入中国必然经过翻译的中介。显然，就现代民族/国家而言，一个国家要想在世界上扮演重要的角色，就必然离不开翻译。在中国革命的进程中，翻译始终扮演了一个十分重要的角色，这种重要性不仅体现在19、20世纪之交将世界上先进的科学技术及民主和人文主义的概念引入中国，而且还体现于当下中国大量地将自己的文化和人文学术著作译介到国外。在这方面，马克思主义也经历了一种双向的旅行：从西方传入中国从而对中国革命的进程起到了重要的推动作用；当中国革命在中国共产党的领导下取得胜利之后，这种中国的经验又经过翻译的中介传播到国外，为全世界进步人民所分享。中华人民共和国成立之后，在毛泽东领导的社会主义革命和建设中以及在邓小平领导的改革开放进程中，翻译依然在很大程度上发挥了巨大和实用的传播功能。当前，在四十多年的改革开放年代里，中国早已确立了以经济发展为第一要务的国策，维护国家稳定和繁荣经济也是广大人民群众的良好意愿。通过这几十年的建设和发展，中国已经成为世界第二大经济体，目前正经历着某种"脱贫困化"（depovertizing）和"去第三世界化"（de-third-worldizing）的过程，并且逐步缩小与世界第一大经济体美国的差距。同样，在这一历史阶段，中国在马克思主义的基本原理指导下所取得的经验也值得其他国家借鉴和学习，因此必须将其传播到全世界进而为构建人类命运共同体提出中国的方案和贡献中国的智慧。就这个意义而言，翻译在将中国的文化和思想推广到全世界的进程中仍将扮演重要的角色。因此我在本节中首先花一些篇幅梳理并论证翻译对马克思主义进入中国乃至在整个中国革命的进程中所起到的重要推动作用：在1949年以前的民主革命时期是如此，在中华人民共和国成立后以及改革开放以来的几十年里更是如此。如果缺少翻译，上述这些革命和建设是无法顺利进行的。因此本节首先把中国革命的进程中翻译所起到的作用分为三个阶段，分别讨论它在整个20世纪以及进入21世纪以来的每一个历史阶段所扮演的不同角色。

一、翻译与马克思主义的传入中国

在这一小节中，我将揭示20世纪的大规模的翻译运动是如何帮助中国走上现代化道路的。众所周知，正是在世纪之交的那场大规模的翻译运动中，马克思主义也和大量的外国社会文化理论思潮一道进入了中国。按照夏托华斯（Shuttleworth）和考威（Cowie）的定义，"翻译通常的特征是具有隐喻性的，在众多比喻中，常被比喻为玩弄一种游戏或绘制一张地图"①。也即他们在这里所说的翻译并非那种逐字逐句的翻译（word-for-

---

① Mark Shuttleworth and Moira Cowie, *Dictionary of Translation Studies*, Manchester: St. Jerome, 1997, p. 181.

word translation），而更是一种带有译者主观理解和能动阐释的文化翻译（cultural translation）。既然翻译与中国革命有着密切的关系，尤其是在其现代意义上更是如此，那么我们所讨论的翻译这一术语就更带有思想文化传播之中介和隐喻的特征，而较少带有语言上的逐字逐句的转换之意，因为在我们看来，翻译确实激发了中国的知识分子去进行革命，当然这种革命并非仅仅体现在政治上和文化上的革命，同时也包括语言和文学上的革命。在这方面，马克思主义的传入中国应该是中国革命进程中最重要的一个事件。

众所周知，中国革命与现代性这一论题也密切相关。在整个20世纪的西方和中国思想文化界，现代性可以说一直都是一个为人们所热烈讨论甚至持久辩论的话题。在中国的语境中，现代性既是一个"翻译过来的"概念，同时也诉诸其内在的发展逻辑必然性。我们在此仅从中国现代思想文化的角度来揭示翻译是如何在新文化运动（1915—1923）前后把先进的科学技术和思想文化引入中国的，这无疑也包括马克思主义的传入中国，因为这一重要的事件预示了中国共产党领导的民主革命的开始。

首先我们要看到，新文化运动并非只是出现在中国的一场文化和文学运动，它在更大的意义上是一场思想运动。在这场运动中，中国近现代最重要的思想家和人文学者或者是在西方或日本受过教育者，或者是有着深厚的西学造诣的学者，当然也不乏对马克思主义的深厚造诣。胡适、陈独秀、鲁迅、蔡元培、钱玄同和李大钊等这些分别来自左、中、右阵营的知识分子，率先发起了"反传统、反儒学和反文言文"的思想文化运动，试图通过此举达到全面促使中国步入现代化的目的。他们充分运用了翻译这一有效的武器将当时西方的新思想、新文化统统介绍到中国，从而大大地加速了中国的现代化进程。在那场运动中，或者说甚至在那之前，这些知识分子就帮助发起了大规模的翻译西学的运动，使得诸如尼采和马克思这样的欧洲思想家在中国学界高视阔步，其著述频繁地在中文的语境下被引用和讨论。几乎当时所有主要的中国哲学家和思想家都不同程度地受到他们的影响和启迪,"德先生"和"赛先生"的引进更是影响了整个20世纪的中国科学和民主革命的发展进程。陈独秀这位中国共产党的早期领导人亲自创办了颇有影响的进步杂志《新青年》,专门发表一些介绍或翻译当时先进的西学思想的文章,旨在启迪中国人民的觉悟,并且推进中国的科学技术以及人文思想的发展,他们的努力为马克思主义在中国的介绍和传播奠定了重要的基础。而且,《新青年》在介绍和传播马克思主义方面也做出了奠基性的贡献。此外,新文化运动也见证了中国共产党于1921年的创立,进而领导中国人民取得了民主革命的胜利,并于1949年建立了社会主义新中国。因此就这一点而言,翻译确实作为一种启蒙的工具起到了将中国人民从黑暗和愚昧中解放出来的作用。

由此可见,在中国,现代性是一个从西方"翻译过来的"理论概念或一种文化和文学话语,它在进入中国后便发生变形并经历了各种形式的建构和重构。作为现代性的重要文化内涵,世界文学也是一个"翻译过来的"理论概念,它对中国的语言革新和新文学传统的建立都起到了重要的催化作用。然而,正如我们所注意到的,中国的现代性以自己的独特特征而凸显在全球现代性的多元取向中。鲁迅作为率先将现代性引入中国的文化和文学先驱者,在文学革命中充当了领导者的角色,他始终认为自己的创作灵感绝不是来自中国古典文学和文化,而更多的是来自外国文学,因此他身体力行,在文学创作之余,翻译了大量外国文学作品。因为在他看来,只有大规模地将外国文学和人文学术著作翻译过来才能将现代性引入中国,中国文学和文化才能更接近世界。伴随着大量的西方人文学术著作和文学作品的译介到中国,马克思主义创始人的一些著作也分别通过俄苏和日本两个渠道译介到了中国,但在当时中国的全盘西化大潮中并没有显出十分突出的地位。

另一些"五四"时期的思想家和作家,如胡适和郭沫若等,也通过大量地翻译西方文学和理论著作强有力地解构了传统的中国文学话语。有意思的是,胡适和郭沫若在成为政治人物前都做过许多文学翻译工作:胡适通过1918年为《新青年》编辑"易卜生专号"而率先将易卜生及其剧作介绍到中国,并翻译了他的一些描写社会问题的剧作;而郭沫若则将一些重要的西方作家,如歌德和惠特曼等的重要作品译成中文。他们在新文化运动中都充分利用翻译为工具来启迪人民大众,并且在各自的领域内取得了突出的成就。后来郭沫若也投身到革命的洪流中,成为一个信仰马克思主义的革命者和新中国的国家领导人。

另一方面,在中国革命的进程中,翻译本身也得到了长足的发展:从原先的力求忠实地将一种语言转换成另一种语言的纯技术层面的翻译演变成为另一种形式的作用更大的政治和文化层面的翻译,并且带有译者的主观阐释成分。由于大规模的翻译运动,中国现代语言和文化越来越接近世界文化了,作为一个直接的结果就是,甚至出现了一种中国现代文化经典或传统。在中国的政治和文化革命的进程中,翻译曾扮演过启迪人民的重要角色。但是另一方面,我们也无法回避这样一个事实,即中国对西学和俄罗斯文学作品的大规模翻译也赋予了翻译更多的实用主义功能和意识形态色彩。

众所周知,中国是一个社会主义国家,马克思主义是指导我们思想的理论基础。在过去的数十年里,中国共产党花了大量的时间和精力来翻译马克思、恩格斯、列宁和斯大林的著作,最终将马克思主义创始人的全部著作全面地介绍到了中国。当然,一些先驱者在这方面所起的作用也不可忽视:早在中国共产党尚未诞生之际,马克思主义就已进入了中国。据张允侯的考证,马克思的名字中译最早见于梁启超的文章中。1902年,梁启超在《进化论革命者颉德之学说》中就提到了"麦喀士"(即马克思)。而马克思、恩格斯的文章最早的中译文则见于1906年同盟会的机关刊物《民报》第二号发表的《共产党宣言》的几个片断。① 由此我们可以看出,早期在中国译介马克思学说的人并不一定都是马克思主义者,更谈不上对

---

① 参阅张允侯:《马克思恩格斯著作在中国的出版和传播》,《历史教学》1963年第7期。

其有着执着的信仰了。这种情形直到新文化运动前后才有所改观。

但是，由于当时的历史条件所限，马恩的著作早期的翻译并非从德文原文译成中文，而是通过日文或俄文的中介。早期翻译马克思著作的译者包括熊得山（1891—1939），他早年留学日本，后来将马克思的一些著作从日文译成中文。他于1922年2月15日创办了《今日》杂志，由北京新知书社发行。他本人先后发表了《公妻说的辟谬》《社会主义未来国》《社会主义与人口论》《无产阶级对于政治应有的态度》《名、实的讨论》等文章，对资产阶级所诬蔑的共产主义"公妻"予以了驳正。通过批判马尔萨斯的人口论，他阐述了无产阶级建设社会主义的目的和手段。此时他翻译的马克思著作包括《哥达纲领批判》《马克思的社会学说》《国际劳动同盟的历史》等，并且刊登了若飞、邝摩汉等人的译著以及大量宣传科学社会主义的文章。同年，他加入了中国共产党，但随后不久便脱党。①另一位译者朱执信（1885—1920）也是最早把马克思主义介绍到中国的一位资产阶级革命家。早在1906年，他就从日文翻译了《共产党宣言》《资本论》等经典著述。他对马克思主义的阶级斗争、社会革命和政治革命、人民群众的历史地位等理论，有着独特的理解。与此同时，他基于自己的能动理解和阐释，将马克思主义的基本原理介绍给了中国读者。但是他的英年早逝却使他没有能够沿着这条道路继续走下去。从这些早期的例子，我们不难看出，马克思主义一开始仅仅被当作众多西方哲学和思想中的一种译介过来，但是这些译介者并没有真正将马克思主义当作一种科学的理论体系或革命的真理介绍给国人，而是仅仅译到中国并做一些简单的解释就完事了，并没有将其付诸实施。倒是另一些关心天下劳苦大众之命运并试图从西方寻找革命真理的进步知识分子和共产主义的信仰者对马克思主义格外关注，他们不遗余力地将其译介到中国并加以阐释。李大钊堪称

---

① 参阅胡为雄：《马克思主义著作在中国的百年翻译与传播》，《中国延安干部学院学报》2013年第2期，第75—82页。

这方面的一位先行者和成就卓著者。

李大钊早年留学日本，进入早稻田大学政治科后，便开始接触社会主义思想和马克思的著作。作为中国最早的马克思主义者和中国共产党的领导人之一，李大钊不仅积极地参与了《新青年》的编辑工作，他本人也以极大的热情在中国推广和传播马克思主义。早在1918至1921年建党前，他就发表了数十篇（部）关于马克思主义的文章或著述，对马克思主义做了较为全面的介绍。① 尤其应该指出的是，他还在繁忙的工作之余，于1919年为该杂志编辑了一个专门讨论马克思主义的专辑（第六卷第五期，1919年9月）。在这本专辑中，李大钊发表了长篇论文《我的马克思主义观》，这篇文章较为全面地介绍了马克思主义的基本内容和社会主义的经济学思想，在广大读者中产生了强烈的反响。②

关于他本人与马克思主义的关系，李大钊首先在文章中指出：

> 我平素对于马氏的学说没有什么研究，今天硬想谈"马克思主义"已经是僭越的很。但自俄国革命以来，"马克思主义"几有风靡世界的势子，德奥匈诸国的社会革命相继而起，也都是奉"马克思主义"为正宗。"马克思主义"既然随着这世界的大变动，若动了世人的注意，自然也招了很多误解。我们对于"马克思主义"的研究，虽然极其贫弱，而自一九一八年马克思诞生百年纪念以来，各国学者研究他的兴味复活，批评介绍他的很多。我们把这些零碎的资料，稍加整理，乘本志出"马克思研究号"的机会，把他转介绍于读者，使这为世界改造原动的学说，在我们的思辨中，有点正确的解释，吾信这

---

① 参阅陶亚非：《共产国际代表与中国非基督教运动》，《近代史研究》2003年第5期，第114—136页。
② 参阅张国：《李大钊〈我的马克思主义观〉的基本内容、显著特点及其启示》，《唐山学院学报》2018年第1期，第6—16页。

也不是绝无裨益的事。①

确实，在当时国内学者对马克思主义的兴趣虽然有一些，但对之的研究并不多的情况下，向广大读者介绍马克思主义对他来说也并非易事。这是因为第一，李大钊日语十分精通，英语也懂一些，但德语不行，他只能借助于翻译成日语和英语的马克思的著作再次译述。第二，李大钊认为，十月革命以来，马克思主义在世界上的影响力大大增强，各国学者对之研究的积极性也大为提升。第三，为了扩大马克思主义在中国的传播并发挥它在推动中国社会发展进步中的重要作用，他认为有必要撰写这篇文章。可以说，在当时为数不多的对马克思主义基本原理的介绍性著述中，李大钊的这篇文章实在是凤毛麟角，它"全面地阐发了马克思主义在经济思想史上的重要地位，并全面深入地介绍了马克思主义的三个组成部分"②，因此所起到的启蒙作用和所产生的巨大反响自然不言而喻。

李大钊在文章中还将马克思的经济学思想与资本主义的经济学做了一番比较，他在简单地揭示了资本主义经济学的弊端后指出，"马克思是社会主义经济学的鼻祖，现在正是社会主义经济学改造世界的新纪元"，因此马克思主义"在经济思想史上的地位如何重要，也就可以知道了"。显然，李大钊是接受马克思的这个经济学观点的，对其主张也是十分赞同的。他的这篇文章除了介绍马克思主义的经济学思想外，还对支撑其世界观和方法论的历史唯物主义做了简略的概括。据李大钊的理解：

> 马克思的唯物史观有二要点：其一是关于人类文化的经验的说明；其二即社会组织进化论。其一是说人类社会生产关系的总和，构成社会经济的构造。这是社会的基础构造。一切社会上政治的、法制

---

① 李大钊：《我的马克思主义观》，《新青年》第六卷第五号，1919年9月。
② 张国：《李大钊〈我的马克思主义观〉的基本内容、显著特点及其启示》，《唐山学院学报》2018年第1期，第7页。

的、伦理的、哲学的，简单说，凡是精神上的构造，都是随着经济的构造变化而变化。我们可以称这些精神的构造为表面构造。表面构造常视基础构造为转移，而基础构造的变动，乃以其内部促他自己进化的最高动因，就是生产力，为主动；属于人类意识的东西，丝毫不能加他以影响；他却可以决定人类的精神、意识、主义、思想，使他们必须适应他的行程。其二是说生产力与社会组织有密切的关系。生产力一有变动，社会组织必须随着他变动；社会组织即生产关系，也是与布帛菽粟一样，是人类依生产力产出的产物。①

我们从李大钊对马克思主义基本原理的介绍来看，他并非简单地译介，而是带有自己的主观理解和能动性阐释，因而也表现出他本人鲜明的倾向性。就李大钊当时在中国的思想文化界的地位和影响来看，他的这篇文章对所有对马克思主义有些兴趣但并不了解却又很想了解的人无疑起到了重要的启蒙作用。

另一位早期的介绍者和实践者就是中国共产党最早的领导人陈独秀。他也是新文化运动的倡导者和先驱者、《新青年》杂志的主编。他于1920年2月抵达上海；6月，陈独秀与李汉俊、俞秀松、施存统、陈公培开会商议，决定成立党的组织；8月，上海共产党早期组织正式成立，经征询李大钊意见，定名为"中国共产党"，陈独秀任书记。上海共产党的早期组织诞生后，对于传播先进思想尤为重视，并且得到俄国共产党的支持和帮助，这些早期的共产党人在新闻出版方面也积极耕耘，谋求发展。上海共产党早期组织筹建期间，就在来华的共产国际代表维京斯基帮助下，创办了中俄通信社。该通信社设于霞飞路渔阳里6号（今淮海中路567弄6号），由上海共产党早期组织成员杨明斋负责，楼上一个亭子间就是他的办公室兼卧室，里面仅放一张床和一张写字台。

---

① 李大钊：《我的马克思主义观》，《新青年》第六卷第五号，1919年9月。

中俄通信社的主要任务是向共产国际和苏俄发送通讯稿，报道中国革命的消息，同时，也向中国人民披露十月革命后苏俄的真实情况。它的稿源大部分取自共产国际资料和赤塔、海参崴、莫斯科的报刊，少量转译自英国、美国、法国进步书刊里的内容。1920年7月2日，上海《民国日报》的"世界要闻"栏目第一次发表中俄通信社的《远东俄国合作社情形》，相隔10多天，又发表了《中俄通信社俄事消息》。在20世纪20年代初，中俄交通尚未完全畅通，因而两国之间的消息传递比较困难。那时，中国各地报纸登载的"世界要闻"，几乎都得自西方通讯社，而它们对于列宁领导的社会主义国家大都抱一种敌视的态度。针对这种状况，中俄通信社在1921年1月19日发给上海《民国日报》的稿件中，一针见血地指出："年来各国多注意于俄国之布尔什维克。始而惧，继而研究其主义，终则多发表其主义如此。其中加以主观的意见者，自然不免互相矛盾……吾国人士知其主义者日多一日，然而能知构造新俄之工具究竟如何者尚属寥寥焉。"为了使中国人民对当时的苏俄有一个比较全面的了解，中俄通信社陆续向各报提供了《劳农俄国之新教育制度》《劳农俄国的实业近况》《新俄国组织汇记》等稿件；为了介绍列宁的生平事迹，中俄通信社还相继向各报提供《列宁与托洛次基事略》《列宁答英国记者底质问》《列宁关于劳动底演辞》《列宁小史》等稿件。在杨明斋的精心策划下，中俄通信社有计划地选送大量稿件，为人们了解和研究马克思列宁主义提供了生动的材料。①

从今天披露的资料来看，当时的中俄通信社在上海《民国日报》登出的最后一篇稿件，是1921年5月4日的《俄国贸易之过去与现在》，至此它在该报总计发表新闻稿和电讯稿近70篇。1921年春，由于外国语学社的

---

① 上面关于这方面的史实记载，参阅《上观新闻》"100年前，共产党报刊在上海萌芽"，https://www.360kuai.com/95a18437d45607b57?djsource=ZF90WY&refer_scene=0&scene=1&sign=360dh&tj_url=95a18437d45607b57&uid=156009789.3399716949664698000.1565881138025.5244，2020年4月2日。

多数学员被分批派往莫斯科东方大学学习，杨明斋也离沪，中俄通信社随之基本停止活动。可以说，中俄通信社存在期间，之所以把上海《民国日报》作为主要阵地，自然与上海共产党早期组织成员邵力子担任该报总经理和"觉悟"副刊主编是分不开的。

另一点应当指出的是，从1920年11月底开始，上海《民国日报》还出现华俄通信社（或上海华俄通信社、华俄社）的稿件。华俄通信社与中俄通信社实际上并不能画等号，它是由苏俄直接管理的，如1921年5月17日的《广东群报》（广州共产党早期组织主办）曾发表《本报记者与华俄通信社驻华经理之谈话》，文中说明"华俄通信社是达罗德（总社在赤塔）、洛斯德（总社在莫斯科）两个通信分社合并而成的"。当年，华俄通信社不仅在上海有分支机构，在北京、哈尔滨、奉天（沈阳）等地都设立了分社。该社在上海《民国日报》发表稿件，止于1925年8月1日。华俄通信社虽与中俄通信社有区别，却在某种程度上延续了它的一些工作。

中国共产党成立初期就有了自己的刊物。许多人也许会以为，《共产党》是第一本中共党刊。其实，这并不十分准确，在上海共产党早期组织创办《共产党》前两个多月，《新青年》已改版为其机关刊物。《新青年》（第一期刊名为《青年杂志》）于1915年9月15日在上海创刊，由陈独秀任主编，上海群益书社发行。陈独秀此时寓居上海嵩山路南口吉益里（今太仓路119弄）21号（原建筑已不存在），这里也就是刊物的编辑部。可以说，对中国现代历史进程具有重要影响的新文化运动的兴起，就是以《新青年》杂志的创刊为标志的。①

1919年5月，五四运动爆发。《新青年》第六卷第五号便成为马克思主义研究专号，其中发表了李大钊的《我的马克思主义观》，它被认为是中国比较系统地介绍、分析马克思学说的开山之作。翌年初，陈独秀在武汉做了题为《社会改造的方法与信仰》的演讲，提出要改造社会就要打破不

---

① 参阅《上观新闻》"100年前，共产党报刊在上海萌芽"。

合理的阶级制度。回京后，他受到警察的监视、骚扰，为了安全起见，由李大钊护送至天津。1920年2月，陈独秀重返上海，寓居老渔阳里2号。此系两楼两底的石库门房屋，楼上为卧室和书房，亭子间放杂物，底层客堂是《新青年》编辑部和开会之处。不久，陈望道、沈雁冰、李汉俊等也来参加《新青年》的编辑工作。

1920年5月1日，《新青年》第七卷第六号推出"劳动节纪念号"，登出了孙中山"天下为公"和蔡元培"劳工神圣"的题词，同时刊载了上海、北京、天津、武汉等10多个城市和地区工人现状和劳动状况的调查报告和照片；陈独秀发表的《上海厚生纱厂湖南女工问题》，运用马克思主义剩余价值理论直陈时弊；李大钊发表的《May Day 运动史》，介绍"五一"国际劳动节的来历和意义。上海共产党早期组织成立后，急需一份机关刊物，据李达回忆："宣传方面，决定把《新青年》作为公开宣传的机关刊物，从八卷一号开始。"《新青年》的改版筹备仅用了一个月，就使其从1920年9月1日起呈现新貌，该刊仍由陈独秀主编（至年底，他赴任广东省教育委员会委员长，杂志由陈望道负责）。这期杂志封面正中有地球图案，从东西两半球伸出两只强劲有力的手紧紧相握，"暗示全世界无产阶级团结起来"。此时，《新青年》增辟"俄罗斯研究"专栏，连续发表30多篇译文和文章。陈望道晚年说"开辟'俄罗斯研究'专栏，就是带有树旗帜的作用"。同年12月，《新青年》为了抨击反马克思主义的思潮开展大讨论，发表了陈独秀的《关于社会主义的讨论》、李达的《讨论社会主义并质梁任公》和《马克思派社会主义》等文章，对这些肆意贬低和诋毁马克思主义的观点予以有力的回击和批驳。

1921年2月，《新青年》第八卷第六号在上海付排时，法租界巡捕房警探以"宣传过激"为由，到印刷厂将全部稿件搜走，又查封了新青年杂志社总发行所，该社不得不迁往广州。翌年7月，《新青年》休刊。1923年6月，中共三大做出决议，重新出版《新青年》，作为中共中央的理论性机关刊物，并由月刊改为季刊，由瞿秋白任主编。《新青年》是中国近现代一份内涵丰富深刻、影响广大深远的杂志，它开启了民智，振奋了国魂。可以说，它由一份著名杂志发展成为上海共产党早期组织的机关刊物，进而又曾成为中共中央机关刊物，绝非偶然。

当年，《新青年》是公开出版的杂志，在社会上影响很大。根据上海共产党早期组织理论学习和指导工作的需要，理应还有一份内部刊物，据沈雁冰回忆，"那时，上海共产主义小组正忙着筹备出版一个党刊，李达任主编"，"这党刊后来取名《共产党》"，"它专门宣传和介绍共产党的理论和实践"。1920年11月7日，《共产党》在上海问世，由李达主编，这份月刊作为上海共产党早期组织的理论机关刊物，在全国秘密发行。它的封面上方以大号字配以英文"Communist"（共产主义），辟有"世界消息""国内消息""中国劳动界消息"等栏目，卷首有社论式的千字《短言》。创刊号的《短言》指出，"要想把我们的同胞从奴隶境遇中完全救出，非由生产劳动者全体结合起来，用革命的手段打倒本国、外国一切资本阶级"，"建设劳动者的国家"，"一切生产工具都归生产劳动者所有，一切权都归劳动者执掌"。第五期的《短言》则阐明："我们共产党在中国有二大使命：一是经济的使命，二是政治的使命。"①

如前所述，马克思主义在中国的传播以及中国共产党的成立在很大程度上也得助于苏俄的帮助。创刊后的《共产党》着重宣传列宁的建党学说和关于共产党的基本知识，介绍国际共产主义运动中建党经验，批驳了社会改良主义和无政府主义思潮，坚定了中国早期共产主义者建立马克思主义政党的信念，探讨了中国革命的理论和实践问题。在李达的主持下，该刊将马克思主义理论研究与政治宣传紧密结合在一起，既发表探讨党的基本理论的文章，也登载《国家与革命》（第一章）和《俄国共产党的历史》《列宁的历史》《美国共产党党纲》等一系列文献；同时，还报道过上海、唐山等地的工人运动，对正在兴起的工人运动进行指导。它不仅向

---

① 参阅《上观新闻》"100年前，共产党报刊在上海萌芽"。

中国共产主义者提供必读的教材,也成为中国各地共产党早期组织进行交流的重要平台,所以很受欢迎,一期最高发行量达5000多份。李大钊组织发起的北京大学马克思学说研究会,曾在一份《通告》中向会员和进步学生推荐该刊。毛泽东在给蔡和森的信中,则赞誉:"上海出的《共产党》,你处谅可得到,颇不愧'旗帜鲜明'四字。"

毋庸置疑,李达在主编《共产党》方面做出了重要的贡献。当时,他确实冒了很大的风险,如第三期付印前上海法租界巡捕房来干扰,并将重要文章《告中国农民》搜去。他愤怒地在空白页印上"此面被法巡捕房没收去了",这是党刊以"开天窗"形式揭露和抗议敌人压制言论之始。《共产党》共出版6期,最后一期印着"1921年7月7日出版",而所载罢工资料则涉及8月的事情,因而它应是在中国共产党成立后才停办的。1922年7月21日,马林在给共产国际执委会的报告中说:"我们试着让《新青年》与《共产党》月刊合并为一个刊物。在我离开以前,《共产党》已停止出版。"这表明,《共产党》停办的原因,是曾考虑将它与《新青年》合并。①

通过上面的这些珍贵的历史回顾和介绍,我们不难看出,马克思主义进入中国绝非是一帆风顺的,而是经历了一番艰难曲折,但最终还是通过早期中国共产党人的努力进入了中国,并成为中国共产党的指导思想的理论基础。在译介马克思主义方面,俄苏的中介是不可忽视的。作为马克思主义基本原理的重要组成部分,马克思主义的文学理论也伴随着马克思主义的译介进入了中国,对中国的进步文学艺术运动产生了重要的影响。

二、马克思主义的中国化——毛泽东的贡献

如果说,李大钊、陈独秀等早期的中国共产党人对于马克思主义的传入中国做出了不可磨灭的贡献,那么马克思主义一旦进入中国就势必与

---

① 参阅《上观新闻》"100年前,共产党报刊在上海萌芽"。

中国的思想文化接受土壤相作用并形成马克思主义的中国版本。在这方面，毛泽东等人做出了重要的贡献。由于李大钊在当时新文化运动中的领军角色和影响力，他所做的这些早期的启蒙式努力自然也影响了在北京大学图书馆工作的青年毛泽东，使他以及他的那些不能阅读外文原文的青年伙伴们得以通过李大钊的介绍和阐释接触到马克思和列宁的著作，并且对马克思主义的精神实质有所把握。我们都知道，毛泽东出身农民家庭，从小就读了大量的中国传统文化的书籍，在他的头脑中根深蒂固的应该是中国传统的文化和哲学思想。这些思想不可能不与他从李大钊那里接受的西方新学——马克思主义发生某种互动作用。因此我们应当说毛泽东所接受的马克思主义是一种"翻译过来的"马克思主义或通过翻译的中介而"中国化"的马克思主义。毛泽东本人始终反对那些对马克思的著作抱一种教条主义的态度，因为他本人在遵义会议上被确立为党的主要领导人之一之前也深受其害，甚至多次被免去职务。因此他从中国革命的多次失败和挫折教训中得出结论，必须创造性地理解马克思主义的基本原理，并将其与中国革命的具体实践相结合，才能取得中国革命的最后胜利。因此，毛泽东实际上发展了马克思主义，将其发展为一种"中国化"的马克思主义，即毛泽东思想。毛泽东思想在西方以"毛主义"（Maoism）著称，实际上指的就是毛泽东本人以及他的战友们共同创立的中国马克思主义的版本——毛泽东思想，但这其中却带有更多的西方理论家主观理解和阐释的成分，不能与毛泽东思想同日而语。

其实，我们当下所热烈讨论的马克思主义的"中国化"问题并非是改革开放的年代出现的一个现象，而是有其历史的渊源。早在毛泽东发表《在延安文艺座谈会上的讲话》后，当时的中央总学委就发出通知，要求各级党组织认真学习《讲话》的精神，认为《讲话》"是中国共产党在思想建设理论建设的事业上最重要的文献之一，是毛泽东同志用通俗语言所写成的马列主义中国化的教科书。此文件决不是单纯的文艺理论问题，而是马列主义普遍真理的具体化，是每个共产党员对待任何事物应具有的阶级立场,与解决任何问题应具有的辩证唯物主义、历史唯物主义思想的典型示范"①。这一通知实际上揭示了中国的马克思主义的两个重要的特点,其一是将马克思主义与列宁主义并称为马列主义,其二是强调了中国化的马克思主义在某种程度上就是中国化的马克思列宁主义。这就从一开始就说明了它与西方马克思主义的区别。我们都知道,西方马克思主义者一般都试图返回马克思主义的源头,也即返回到《共产党宣言》发表以前的青年黑格尔时代的马克思,他们认为列宁对经典马克思主义做了很大的修正和背离,因而他们单独将列宁的思想作为"列宁主义"来讨论。而马克思主义的传入中国则在很大程度上是通过俄苏的中介,因而带有鲜明的列宁主义的特征。毛泽东早就毫不隐晦地表示,十月革命一声炮响给我们送来了马克思列宁主义。这一特点之于文学理论尤其体现于这一事实:中国的马克思主义文学理论通常简称为"马列文论",这就说明了其与西方马克思主义文学理论的根本差别。由此看来,毛泽东所接受的马克思主义的文学理论在很大程度上就是经过列宁阐释和发展的马克思主义的文学理论。因此,在中国的语境下,我们经常把马克思主义、列宁主义、毛泽东思想并列称为马克思主义的三个阶段。这也应该是中国化的马克思主义的一个鲜明的特色。

此外,中国的马克思主义文学理论也打上了鲜明的本土特色,这显然也与毛泽东的能动性理解和创造性发展不无关系。毛泽东本人始终有着某种浪漫的情怀,他尤其热爱文学,对中国古典诗词情有独钟,他在长期的革命战争中写下了大量的诗词。因而,毫不奇怪,他在领导中国革命的过程中,发展了马克思主义的文学理论,将其运用于中国的文学艺术研究。在他的那篇纲领性的著作《在延安文艺座谈会上的讲话》中,他试图为中国的文学艺术回答这样一个与之密切相关的问题:我们的文艺究竟是

---

① 参阅中央总学委:《中央总学委关于学习毛泽东〈在延安文艺座谈会上的讲话〉的通知》,《解放日报》1943年10月22日。

为谁而创作的？文艺的功能是什么？在毛泽东看来，中国的文学艺术首先应该为广大人民群众服务，尤其是为工农兵服务：为工农兵而创作，为工农兵所利用。因此它应当"很好地成为整个革命机器的一个组成部分，作为团结人民、教育人民、打击敌人、消灭敌人的有力的武器，帮助人民同心同德地和敌人作斗争"①。因而文学艺术的政治实用作用较之其审美和欣赏作用来要重要得多。

虽然毛泽东主要是一位民族主义者，但是他在强调建设革命文化的同时并不否认新的文化应当继承和发展古代的和外国的进步文化。毛泽东从不反对学习外国文学，但是他关心的是中国应该引进什么样的外国文学。他不像马恩列斯那样广泛地阅读了大量的外国文学作品，他由于语言的局限而不得不依赖翻译，而且即使通过译文阅读的外国文学作品也十分有限。在整个《讲话》中，他只提及一部俄苏文学的作品，就是法捷耶夫的小说《毁灭》，他甚至认为该小说有着"很大的影响"，当然至少在中国的解放区是如此。②显然，由于毛泽东的外语水平有限，他所阅读的外国文学作品确实不多，因而在他的所有著作中都很少引证外国文学作品，而是大量地旁征博引中国古代的文史著作和典故。即使如此，他仍然坚持要批判地继承古今中外一切优秀的文学艺术。

在中国的语境下，文学理论当然也更加受到苏联文艺思想的影响，这种影响尤其在新中国成立之初更为明显，国内有关部门对世界文学经典著作的选择也有着鲜明的主体性和能动性。有关部门和出版机构通力合作，有组织、有计划地选择我们自己认定的外国文学经典作品，邀请优秀的译者将其译成中文。这些措施无疑使得中国的世界文学经典版本不同于西方和苏联认定的经典版本，当然，翻译的重点有时也根据政治形势的需要和马克思主义的指导原则进行适当的调整。既然马克思和恩格斯对荷马

---

① 毛泽东：《毛泽东选集》(第三卷)，第848页。
② 毛泽东：《毛泽东选集》(第三卷)，第876页。

史诗、但丁、莎士比亚、歌德和巴尔扎克等作家及其作品予以高度评价，那么他们的代表性作品就必须翻译并予以批评性和学术性的讨论。既然列宁高度评价托尔斯泰是俄国革命的"镜子"，因而托尔斯泰直至今日都一直受到学界的高度重视，被列为中国的世界文学研究界重点研究的对象，而与之成就相当甚至在某些方面影响更大的陀思妥耶夫斯基则享受不到这样的待遇。高尔基是受到列宁和斯大林重视并与他们有着密切关系的俄苏作家，他的主要作品也译成了中文，并得到中国学者的重点研究和讨论。

但是斯大林逝世后，尤其是赫鲁晓夫上台后大肆诋毁斯大林，中苏两国的共产党在对马克思主义的基本原则的理解方面发生了严重的分歧，并且逐步影响到两国关系的发展。因此，毫不奇怪，在"文化大革命"中，绝大多数西方的和俄苏的文学作品，以及中国的古典和现代文学作品，统统被当作封资修的"大毒草"受到批判，只有高尔基的《母亲》、奥斯特洛夫斯基的《钢铁是怎样炼成的》以及爱尔兰小说家伏尼契（Ethel Lilian Voynich）的《牛虻》（*The Gadfly*）这三部作品由于宣扬了革命的真理和无产阶级的人生观而在广大读者，尤其是青年读者中十分流行。关于毛泽东对马克思主义基本原理的创造性运用和发展，以及对中国的文学艺术研究的贡献，我将在下面的各节中详细讨论。

从上面的描述，我们不难看出，马克思主义及其文学理论传入中国，给了中国的世界文学研究以极大的理论启示，这种启示正如丁国旗所概括的，具体体现在这四个方面：

第一，对国外相关研究的介绍引入很重要，尤其是今天，我们要始终关注国外的马克思主义研究状况，没有国际视野或全球意识，没有与国际学术的交流与对话，在中国研究马克思主义是没有出路的。第二，马克思主义在中国是居于主导地位的国家意识形态理论，因此，在中国，马克思主义美学研究必须处理好与当下政治的关系，保持文艺与政治必要的张力。第三，理论家需要走入现实而不是脱离现实,毛泽东《讲话》的出现给我们树立了这方面的光辉典范。因此,中国的马克思主义文艺理论家必须切实关注中国的现实问题,做纯粹的书斋式研究同样是没有出路的。第四,我们要多从马克思、恩格斯等早期马克思主义经典作家的论述中汲取营养,以较高的理论视角来关注当下的理论问题。①

应该说,这是对马克思主义及其文学理论的中国化以及在实践中的成败得失所做的较为全面的概括和总结。

三、改革开放时代的世界文学翻译与研究

众所周知,"文化大革命"结束后的头两年里,中国并未立即实行改革开放,而是对马克思主义和毛泽东思想做了片面的甚至僵化的理解,两个"凡是"的提出就阻碍了一大批在"文革"中被打倒的党和国家领导人重新出来工作,更是直接地影响了一大批中外文学名著的"重见天日"。但是当时的领导却对翻译相对地敞开了大门,这无疑为后来的思想解放运动提供了必要的保证。直到1978年党的十一届三中全会的举行,中国才真正开始改革开放的大计。在中国的文化知识界出现了第二次文化和文学翻译的高潮,一大批东西方的现代主义和后现代主义作家,如艾略特、福克纳、普鲁斯特、乔伊斯、海明威、奈保尔、马尔克斯、昆德拉、川端康成等,都被陆续译介到了中国,对中国当代文学的繁荣、发展乃至走向世界都产生了重要的影响。在人文学术界和思想界,诸如叔本华、伯格森、尼采、弗洛伊德、海德格尔、萨特等重要的西方哲学家和思想家的著作也被大量地译介到了中国,对中国当代人文学术的繁荣也起到了举足轻重的作用。这个时候,中国的马克思主义研究者发现,马克思主义不仅在社会主

---

① 丁国旗:《马克思主义美学在中国百年回眸》,《马克思主义美学研究》第13卷第2期,中央编译出版社2010年版,第211页。

义国家得到弘扬和研究,在那些资本主义的西方国家也有着众多的信仰者和研究者。因而他们开始有选择地、批判性地译介一些西方马克思主义代表人物的著作,并且邀请一些仍健在的西方马克思主义理论家,尤其是一些文学理论家,如美国的詹姆逊和迈克尔·哈特(Michael Hardt)、英国的伊格尔顿(Terry Eagleton)、斯洛文尼亚的齐泽克(Slavoj Žižek)等,前来中国访问讲学并进行学术交流。还有更多的一批虽不是马克思主义者但是也在马克思主义的影响和启迪下对世界文学有所研究的学者,如荷兰的佛克马,比利时的西奥·德汉,美国的戴维·戴姆拉什、佳亚特里·斯皮瓦克等,也应邀前来中国讲学,或出席国际学术会议,与中国学者建立了直接的交流关系,从而使得中国的世界文学研究走出了封闭的一隅,进入了国际学界,并且发出日益强劲的声音。当然,在一段时期,中国的一些马克思主义研究者仍认为"西马非马",也即西方马克思主义者并非真正的马克思主义者,因为确实,他们中的一些人仅仅将马克思主义的学说当作诸种哲学和人文学术思想之一种进行研究,而非对马克思主义有着坚定的信念。

90年代初以来,伴随着中国改革开放的进一步深入,全球化的理论与实践也进入了中国,并对中国的经济和文化建设产生了重大的影响。虽然马克思主义创始人并没有使用过"全球化"这样的术语,但是马克思、恩格斯在《共产党宣言》中却描述了资本主义的全球扩张以及给经济和文化交流带来的影响。因而那些对全球化问题十分感兴趣的西方马克思主义理论家和左翼知识分子便认为,研究全球化现象应该从阅读马恩的《共产党宣言》开始,因为那部著作全方位地探讨了全球化的现象,为我们今天研究世界文学问题奠定了必要的理论基础。既然全球化也是从西方"翻译过来的"一个概念,因而它本身也带有鲜明的西方中心主义色彩。但是人们往往忽视了另一个明显的因素:在全球化的进程中,帝国的霸权思想和文化通过翻译迅速地渗入到非西方社会;另一方面,非西方的文化观念和价值标准也通过翻译缓缓地渗入到帝国的中心,从而使得西方文化和价值观念变得愈益混杂。中国现代文化和文学确实深受西方文化和文学的影响，但是它们同时也在不断地试图与后者进行对话，在这方面，翻译扮演了一个不可或缺的角色。但翻译在引进西方文化方面一直是十分有效的，而在外译和推广中国文化方面则长期显得力不从心。即使是毛泽东的文艺思想和理论的外译，虽然国内的一些对外宣传部门做了许多工作，但真正从接受和传播的有效性着眼则主要是西方汉学家和左翼知识分子出于研究的兴趣和需要而翻译过去的。然而，毛泽东文艺思想也如同他的哲学和军事思想一样，一经走出国门就产生了前所未有的重要影响。当然，长期以来只注重外译中所造成的一个直接后果就是，中国现代文学和文化在外部世界并不广为人知。因此，中国的世界文学翻译和研究长期以来只是单向的：世界文学大量地进入中国，而中国文学却很少走向世界。由于翻译的缺席或不力，一些在中国国内赫赫有名的作家和人文学者一旦离开中国的语境就鲜为人知，更不用说其作品产生广泛的世界性影响了。

既然我们生活在这样一个全球化的时代，文学早已超越了固定的民族/国别和语言的界限，因而我们有必要从一个跨文化和全球的视角来重新审视在西方影响下的20世纪中国文学。我们不禁发现，翻译确实扮演了十分重要的角色。如果我们将中国现代文学放在一个广阔的世界文学的跨文化语境下来考察，我们就会发现，它实际上一直在朝着世界运动，并试图在一个文化全球化的过程中与世界文学相认同。在这方面，翻译并不一定意味着那种逐字逐句的语言层面的转换，而倒是更意味着一种文化翻译或变革，通过这一中介全球文化将得到"重新定位"（relocated）。

另一方面，一个开放的中国也应该拥抱全球文化和世界文学，而没有翻译的中介，这一计划是不可能实现的。例如改革开放之初的关于现代派问题的讨论就明显的落后于国际学术前沿，许多在我们看来属于现代主义文学的作家作品实际上是历史先锋派或后现代主义作家和作品。直到80年代末90年代初，后现代主义才开始在中国得到有意识的译介和批评性讨论，而对后现代主义的译介和讨论在某种程度上消解了宏大的叙事，削弱了精英文化的力量，使得中国文学和文化朝着一个多元的方向发展。在最近的十多年里，全球化作为一种新的理论话语在引进中国时使现代性和后现代性得以相连接。中国知识分子越来越清醒地认识到，中国不仅应当对全球经济做出自己的贡献，而且还要为全球文化和世界文学的重新绘图有所作为，在这方面翻译再次被赋予了重要的任务和历史使命。

进入21世纪以来，中国的改革开放进入了深化的阶段，对翻译的作用非但没有忽视，反而越来越予以重视，但是此时翻译的重点发生了变化：不像以前那样仅强调将外国的，或者更具体地说西方的文化译成中文，反倒更重视将中国的思想理论和文学作品译成主要的世界性语言，从而与西方乃至国际学界就一些基本的理论问题，如本书所聚焦的世界文学问题等，进行平等的交流和对话。

同样，全球化的影响也体现在另两个极致：它的影响从西方到东方，同时也从东方向西方运动。在这样一个全球化的时代，既然"所有的身份都不可还原地变得混杂，不可避免地被表述为表演性的再现"[1]，那么从事东西方比较文学和文化的研究就更具有挑战性。它在某种程度上就是一个翻译的问题。但是在这方面，翻译将对重建民族/国别文学和重绘世界文学的版图做出巨大的贡献。这样看来，翻译就愈益显示出必不可少的重要性，它不仅有着传播媒介的功能，同时也充当了文学交流的工具。它大大地超越了语言转换的浅层次水平，因此我们人文学者研究翻译就更应当重视其文化的维度。正如中国香港学者黄国斌和陈善伟所指出的，译者与译作的关系"类似跳舞者和舞蹈那样的关系，尤其考虑到这一事实——翻译过程中出现的现象，即连接译者和翻译的关节，是由无数无法解释的因素决定的：语言、文化、意识形态、心理和其他特殊的因素"[2]。也即一个理

---

[1] Gayatri C. Spivak, *A Critique of Postcolonial Reason: Toward a History of the Vanishing Present*, Cambridge, MA: Harvard University Press, 1999, p. 155.

[2] Lawrence Wong and Sin Chan eds., *The Dancer and the Dance: Essays in Translation Studies*, Newcastle upon Tyne: Cambridge Scholars Publishing, 2013, p. ix.

想的译者完全有可能做到使原本很好的作品通过他的译笔而变得更好，甚至使其在目标语中成为经典，而拙劣的译者则不仅会破坏原来写得很好的原作，甚至还会使其在目标语中丧失本来所拥有的经典地位和广大的读者。这样的例子在古今中外的翻译史上可以举出很多。

由于文学可以充当一个窗口，通过阅读文学作品使得世人看到中国的发展——过去的历史及当下的现实，因而莫言获得2012年诺贝尔文学奖给了试图走向世界的中国作家和人文学者更多的信心。翻译在这方面所起到的作用是不可替代的。我们以文学创作和理论批评为例，也不难发现，随着全球化在文化上的深入发展，对世界文学的呼唤就越是强烈，因此我们完全可以这样认为，如果说比较文学的早期阶段是世界文学的话，那么当今进入全球化时代的比较文学的最高阶段也应当是世界文学。但是此时的世界文学已经走出了西方中心主义的藩篱，成为一种真正的包括东西方文学的世界文学。对于这样的现象，马克思主义理论家应该予以足够的关注和深入的研究。

第二节 马克思主义与中国的世界文学研究

探讨马克思主义与中国的世界文学研究，无疑是马克思主义的世界文学研究的一个重要的跨学科和跨文化的前沿理论课题，因为它实际上是在进行文学与意识形态之间的平行比较研究，同时既然我们探讨马克思主义文艺理论在中国的译介、传播和接受，又必然涉及比较文学的影响研究。首先，毋庸置疑，马克思主义是由西方文化土壤里产生的，它是由西方传入中国的，但是，如前一节所说，马克思主义在旅行到世界各地的过程中，又经过了一种"本土化"的接受过程。实际上，在长期的"本土化"实践中，中国的马克思主义者已经创造性地发展了马克思主义，并将其与中国革命和建设的具体实践相结合，形成了一种具有中国特色的马克思主义，也即实现了马克思主义的中国化。同样，在文学理论批评方面，中国的马克思主义文学理论家也结合中国的国情，对马克思主义做了新的阐释，进而形成了马克思主义文学理论的中国化版本。但另一方面，不同于其在西方的情况，马克思主义作为新中国成立以来"指导我们思想的理论基础"，又一直在对中国的文学创作和理论批评及研究产生着重要的影响和直接的指导。因此这一课题便全方位地涉及了比较文学的影响研究、平行研究和跨学科研究，只是这种影响呈现出的是一种跨学科的影响研究。我们前面已对马克思主义进入中国以来的漫长历史进行了梳理和回顾，在本节中，我们将讨论在马克思主义指导下中国的世界文学研究。

一、世界文学研究在中国：历史的回顾与反思

如前所述，在高扬科学和民主之大旗、批判传统文化的"五四"新文化运动时期，各种西方社会文化理论思潮通过翻译的中介蜂拥进入了中国。马克思主义文艺思想自然也伴随着非理性主义、社会达尔文主义、尼采哲学、弗洛伊德的精神分析学说等各种社会文化思潮以及浪漫主义、现实主义、自然主义、现代主义等文艺思潮渗入到中国作家的世界观和创作意识中。他们不满足于传统的中国文学观念和既定的创作模式，试图从异域汲取更多的精神食粮，于是大批世界文学（尤其是来自西方、俄罗斯以及日本的文学）作品也随之被翻译介绍到了中国，强有力地冲击着传统的中国文学观念和人们固有的思维模式。这时，大多数中国作家并未具备自觉的马克思主义的意识，而是采取了鲁迅早先的态度，对这些来自国外的东西一律采取"拿来主义"为我所用的态度。一时间，中国文坛出现了浪漫主义、现实主义和现代主义三种思潮并存的态势：拜伦、雪莱、普希金、莱蒙托夫、裴多菲这些革命的浪漫主义作家，狄更斯、巴尔扎克、果戈理、契诃夫、托尔斯泰等现实主义作家以及马拉美、魏尔伦、叶芝、艾略特、庞德、霍普特曼、梅特林克、奥尼尔这些现代主义作家均可高视阔步，频繁地出没于"五四"新文学家们的书斋沙龙，其思想观念游移于这些作家的作品之字里行间。而易卜生这位来自挪威的兼具现实主义创作

思想和现代主义先锋意识的剧作家则成为新文化运动时期最著名的作家之一,《新青年》杂志不仅发表了胡适主编的"易卜生专辑",而且还发表了胡适本人建构中国的易卜生主义的长篇文章。

应该承认,通过这种大面积的译介活动,马克思主义和另一些西方人文思想和学术理论思潮进入了中国的思想文化界,但它在当时主要是作为一种进步的、革命的理论学说,其次才以意识形态的力量影响到中国作家的世界观和创作思想,而对当时的世界文学或外国文学研究所起到的指导性作用则小得多。中国的翻译界和文学界对外国文学的介绍和接受带有很强的主观性和功利性。当年鲁迅等人极力推崇浪漫主义文学,其目的就在于借其威力来激发中国作家的"立意在反抗;旨归在动作"的战斗精神,以"忤万应不摄"①的大无畏精神,向吃人的旧世界发动猛烈的进攻。茅盾则主张作家应该"为人生而写作",他甚至大声疾呼"尽量的把写实派自然派的文艺先行介绍"②,其原因并非在于马克思主义创始人对这些作家的创作甚为看重,而更在于当时的中国文坛需要直面人生的写实派文学,因此在他们看来,中国文学"今后当趋向写实主义"。而面对各种现代主义文学思潮和流派的出现,马克思主义创始人则来不及同时也不可能对之做出评价就早早地离开了人世。因而面对各种现代主义思潮流派的蜂拥进入中国,鲁迅等革命作家和评论家也未表示出太多的恶感,他本人倒是花了一番气力将其中的一些作家作品介绍到中国,只是当时中国的政治、经济和社会条件以及文化氛围与之不相协调,因而现代主义终究未能在中国的土壤里扎下根来。应该说,这是马克思主义影响中国的世界文学研究的第一阶段,在这期间,世界文学的专业队伍尚未形成,担负研究任务的主要是作家和翻译家,他们之所以大量地译介外国作家作品,主要是为了为我所用,而不是对之进行深入的研究。他们中的大多数人对马克思

---

① 鲁迅:《摩罗诗力说》,《鲁迅全集》(第一卷),人民文学出版社1973年版。
② 沈雁冰:《小说新潮栏宣言》,《小说月报》第11卷第1号,1920年。

主义的接受并非自觉主动的,而是朦胧的和非自觉的。但尽管如此,他们对待西方文学的态度和欣赏趣味,在不少方面却与马克思主义文艺观仍有着某种相通之处,这就为下一阶段的自觉接受马克思主义文艺观奠定了基础。

在"红色的三十年代",不少东西方作家对马克思主义的态度发生了根本的变化,出现了一个世界范围内的"向左转"的倾向,中国的世界文学译介工作也逐步转向对十月革命后俄苏文学的介绍,马克思主义文学思想开始通过俄苏阐释者这一中介逐步深入到中国的世界文学研究界,列宁的"反映论"和其他一些经典作家的理论著作也陆续有了中译本,"社会主义现实主义"的创作原则被运用到了中国的文学创作界和理论批评界。中国共产党对左翼作家和评论家的领导地位的确立,从某种程度上促进了马克思主义对世界文学研究的指导作用的进一步确立和巩固,中国的世界文学研究进入了第二阶段。在这一时期并未出现多少研究世界文学的力作,只有瞿秋白、周扬、胡风等在现实主义文学理论方面做了一些深入的阐释。40年代初,毛泽东的《在延安文艺座谈会上的讲话》不仅为作家的创作指出了一个新方向,对于他们自觉地运用马克思主义的立场观点改造思想并指导文学创作起到了极大的推动作用,而且还第一次相当权威地规定了对待外国文学的态度。毛泽东指出,无产阶级对待外国文学和文化遗产,既不可一概排斥,也决不能全盘照搬,而应当采取一种兼收并蓄的态度,其"目的自然是为了人民大众"①,要根据中国的民族习惯和需要,加以认真地辨别,"排泄其糟粕,吸收其精华"②。毛泽东对此还做了进一步详细规定性的阐述:"无产阶级对于过去时代的文学艺术作品,也必须首先检查它们对人民的态度如何,在历史上有无进步意义,而分别采取不同态度。"③ 根据这一标准和筛选原则,经过鲁迅、曹靖华、夏衍、郭沫若、

---

① 毛泽东:《在延安文艺座谈会上的讲话》,《毛泽东选集》(第三卷),第857页。
② 毛泽东:《新民主主义论》,《毛泽东选集》(第三卷),第700页。
③ 毛泽东:《在延安文艺座谈会上的讲话》,《毛泽东选集》(第三卷),第871页。

侍衍、许天虹、傅雷、卞之琳、罗大冈、冯亦代、李健吾、朱生豪等翻译家的努力，一批曾经受到马克思、恩格斯和列宁等高度评价过的西方古典作家的代表作，开始被系统地、有目的地译介过来，其中包括莎士比亚、但丁、歌德、席勒、巴尔扎克、狄更斯、果戈理、马克·吐温、杰克·伦敦等作家的重要作品。与此同时，翻译界和研究界还选译了高尔基、法捷耶夫、绥拉菲摩维支等无产阶级作家以及海明威、罗曼·罗兰、奥尼尔、斯坦贝克等有着左翼倾向的西方现代作家的作品。《译文》《小说月报》《少年中国》《现代》等杂志和丛刊也开始发表篇幅较长的译者前言和有理论分析深度的评论文章，世界文学研究开始从过去的一般性评介翻译逐步过渡到较为专业化的理论分析和学术研究。在这方面，马克思主义文艺思想的指导作用是不可忽视的，但是这种指导常常并非直接的，而是在很大程度上通过毛泽东等中国的马克思主义者以及党内一些主管文艺工作的领导人的理论阐释和批评性发挥这一中介。

1949年中华人民共和国的成立，标志着中国历史发展进入新纪元。随着中国共产党的领导核心地位的确立，马克思主义终于成为全国各族人民各项工作的指导方针。毛泽东再次向全世界庄严宣布："指导我们思想的理论基础是马克思列宁主义。"① 从此，在马克思主义文艺思想的指引下，中国的世界文学研究进入了第三个阶段。在这一期间，外国文学翻译和研究工作也出现了前所未有的繁荣气象：高等院校开设了新的世界文学或外国文学课程，出现了一批以马克思主义为指导思想的世界文学或外国文学教科书；外国文学作品的翻译介绍和评论研究也逐步走向专业化和学科化；中国科学院设立了专门的研究机构，外国文学理论研究工作也逐步走向专业化，这方面的高质量专著和教材先后问世。50年代后期的美学大讨论在马克思主义文艺观的指导下，进一步批判了资产阶级唯心主义文艺

---

① 毛泽东：《为建设一个伟大的社会主义国家而奋斗》，《毛泽东选集》（第五卷），人民出版社1977年版，第133页。

思想，但与此同时，一系列政治风波也给外国文学研究的外表繁荣罩上了一层阴影。反右斗争的扩大化更是使一批外国文学研究者蒙受了不白之冤，一些对马克思主义持教条主义态度的人把马克思主义创始人的只言片语奉为金科玉律，而忽视了对马克思主义文艺思想的完整理解和系统深入研究，对马克思主义的片面理解甚至曲解和对苏联模式的盲目照搬导致我国的世界文学研究教材中充斥了大量"左"的东西。这一切均隐藏着世界文学研究领域的"危机"萌芽，直到1966年开始的十年浩劫，终于出现了"全线崩溃"的悲哀结局，世界文学或外国文学研究的这一阶段随着"文革"的开始而瞬间趋于终结。

应该承认，"文革"前十七年的经验是十分宝贵的，教训也是深刻的，足资我们吸取借鉴。但尽管如此，我们也不应对这一时期的世界文学研究所取得的成果视而不见。确实，在马克思主义文学理论的指导下，我国学者在外国文学史研究方面取得了一系列成果。尤其值得称道的是，在西方尚未出版一部较为全面的多卷本欧洲文学史的情况下[1]，杨周翰、吴达元、赵萝蕤克服种种困难，排除了"左"的干扰，于60年代中期编写出我国第一部《欧洲文学史》[2]，该书试图以马克思列宁主义、毛泽东思想为指导方针，提供有关欧洲文学发展的基本知识，作为高等院校的教科书，为学界的进一步深入研究打下一定的基础。[3] 诚然，编著者在力求用马克思主义为指导，客观公允地描述和评价欧洲文学遗产的同时，也留下了若干庸俗唯物主义和"左"的痕迹[4]，但作为特定历史条件下的一个产物，

---

[1] 这一方面的原因在于，进入20世纪以来，西方学术界更加倾向于研究断代文学史，而不致力于通史的研究和编撰。80年代初，由国际比较文学协会主持的多卷本文学史《用欧洲语言撰写的比较文学史》(*The Comparative History of Literatures in European Languages*) 开始陆续编辑出版，直至21世纪第一个十年后期才出齐24卷。

[2] 该书上卷出版于1964年，下卷虽完成于1965年，但未立即付印，而是到了"文革"结束后才于1979年修订出版。

[3] 参阅杨周翰等主编：《欧洲文学史》（上卷），人民文学出版社1964年版，第2页。

[4] 该书主编之一杨周翰直到临终还为未能重写这部《欧洲文学史》而深感遗憾。

该书的局限之处也是在所难免的。作为文科教学必读的作品集，周煦良主编了《外国文学作品选》（四卷本），伍蠡甫主编了《西方文论选》（上、下卷），这些教科书也为广大中国读者，尤其是大学的语言文学专业的学生，提供了西方文学的基本阅读篇目。中国科学院外国文学研究所（后属中国社会科学院）也集中力量，发挥优势，编译了有关西方文艺理论和马列文论的文集，对于加强从事外国文学或世界文学教学和研究的人员的理论素质做出了贡献。在作家作品研究方面，范围明显地扩大了，更大一批作家的重要作品有了新译本，对莎士比亚、但丁、歌德、巴尔扎克、拜伦、狄更斯、托尔斯泰、马克·吐温、杰克·伦敦、罗曼·罗兰、高尔基等重要作家的研究也有了长足的进展。研究者们大都能自觉地运用马克思主义的立场、观点和科学方法，批判性地分析研究这些作家及其作品，但在当时的条件下，忽视对其创作方法、风格和艺术形式的深入研究也是在所难免。在文学理论方面，由于中央编译局的努力，大部分马恩列斯的经典著作都逐步有了高质量的译自原文的中译本，截至今日，马恩列斯的全集均已出齐，这无疑为我们对这些重要的马克思主义者进行系统、全面、保入的研究成为可能。此外，还出版了重要的马克思主义者的一些专门论述文学艺术的单行本或文集，这无疑为提高中国的世界文学研究者的马克思主义理论水平提供了必要的保证。与此同时，由于朱光潜、宗白华、罗念生、杨周翰等学者的辛勤劳动，柏拉图、亚里士多德、贺拉斯、黑格尔、康德等西方理论家的经典著作以及俄国革命民主主义文学理论家的重要著作也大都有了或重新有了中译本。特别值得称道的是朱光潜的力著《西方美学史》（上卷，1963；下卷，1964），这部专著的问世标志着我国学者在研究西方美学史方面达到了新的高度，作者试图运用马克思主义的立场观点和方法，批判性地描述并分析西方美学的发展历史以及一些主要的美学家和文学理论家的理论。但令人遗憾的是，作者并未摆脱"左"的干扰，对一些西方美学史上影响重大的近现代美学家和文艺理论家只字未提或简略带过①，而对20世纪以来的西方美学和文艺理论思潮和流派也未做介绍。由于当时苏联文艺思想的影响和干扰，早已崛起于20世纪初的比较文学研究基本上在这一时期的中国处于停滞状态②，只有冯至、李健吾、朱光潜、范存忠、季羡林等研究者不时地在自己的论文著述中运用一些比较文学的方法来研究国别文学。无疑，他们的默默耕耘为比较文学作为一个学科在80年代的全面复兴奠定了重要的基础。这些也同时对中国的马克思主义世界文学研究奠定了基础。

如果我们把"十年浩劫"当作第四个阶段的话，那么这一阶段就可以看作是马克思主义在中国的世界文学研究界的低谷。如果说，在中国文学创作界尚存在八个样板戏和几部"好的"小说可读的话，那么人们简直难以找到一部不受批判的世界文学和文学理论作品③，甚至连高尔基这样一位公认的无产阶级作家也因其早期作品"宣扬了人道主义"和"人性论"而受到批判，更不用说莎士比亚、歌德、巴尔扎克、托尔斯泰那样的典型的资产阶级作家了。毫不奇怪，在这场浩劫中，世界文学研究界首当其冲，研究者们唯一能做的事就是投入到对那些世界文学名著的"大批判"的洪流中。但是一些在"文革"中不关心时事政治的"逍遥派"倒是利用这段有利的时间阅读了大量的世界文学名著，从而在改革开放的年代里迅速崛起，成为比较文学和世界文学研究的主要学者。

二、改革开放以来的世界文学研究

粉碎"四人帮"无疑给共和国的科学文化事业带来了新的春天，中国的世界文学研究在经历了这场"十年浩劫"之后，首先面临的任务就是

---

① 对此，朱光潜晚年曾表示过悔恨，参阅他的《悲剧心理学》"中译本自序"，人民文学出版社1983年版，第2页。
② 在相当长一段时期，比较文学在苏联被斥为"反马克思主义的""伪科学"而遭到禁止。
③ 具有讽刺意味的是，江青在"文革"后期在大肆挞伐西方资产阶级文学艺术的同时，倒是对法国小说《红与黑》和《基督山伯爵》倍加欣赏。

要在最短的时间内迅速地在废墟上崛起，以恢复并重建中国的外国文学或世界文学研究。历经文化虚无主义磨难的广大青年学生有着强烈的求知欲，他们不仅需要了解外国的先进科学技术，同时也渴望从一批优秀的世界文学作品中汲取健康有益的精神食粮，这样就自然而然地为新时期外国文学翻译的空前繁荣和研究提供了极为有利的文化氛围。饱受禁锢的理论工作者走在前头，他们在党的十一届三中全会精神的鼓舞下，乘着关于真理标准问题大讨论之东风，力求对马克思主义文艺思想体系做出完整的、准确的理解和深入细致的探讨，并对长期以来在中国的文学艺术界占据主导地位的"左"的东西进行清算和批判。

在刚刚结束"文革"的年代，中国的理论界和文学艺术界对待马克思主义有截然相反的两种态度：其一是照搬马克思主义创始人的著作之"本本"，逐字逐句地对照马克思主义创始人针对文学艺术问题说了什么，对哪些作家有评点意见，如此等等；其二便是能动性地将马克思主义当作一个完整的科学理论体系来全面理解，并试图创造性地运用马克思主义的基本原理来解决实践中碰到的问题。尤其是对那些未来得及受到马克思主义创始人关注的文学现象和作家作品，如现代主义和当代的后现代主义文学等现象，当然，对世界文学理念的研究也是如此。诚然，对19世纪或更早一些的世界文学现象或理论问题，马克思主义创始人或多或少都有些论述[①]，理论家们很容易以此为论争的武器和评价的标准。而进入20世纪以来的各种文学现象、理论思潮、创作流派和作家作品，则是马克思主义创始人所未曾接触到的，更不可能对这些文学艺术现象发表意见了。因此，当新时期的思想解放运动带来文化开放的新气象时，当各种西方非理性主

[①] 例如，马克思和恩格斯就曾对但丁、莎士比亚、歌德、席勒、拜伦、雪莱、巴尔扎克、狄更斯等作家及其作品有过一些零星的分析和讨论；列宁也曾对托尔斯泰、杰克·伦敦等作家作品发表过见解或评论。关于马克思主义创始人对有关世界文学著名作家作品的论述，参阅王宁：《马克思主义与世界文学研究》，《文学理论前沿》（第十二辑），清华大学出版社2014年版，第1—29页。

义思潮蜂拥进入新时期中国思想界和文化界时，人们的心态便发生了各种复杂的变化，我们应该如何面对这些纷纭复杂的现象呢？对此，中国的外国文学界开展了热烈的讨论和论争，尤其对西方现代主义文学（即所谓的"现代派"）现象甚为关注，大多数研究者的态度就是对之采取一分为二的态度，"取其精华"（即借鉴学习其独特新颖的艺术形式），"去其糟粕"（摈弃其腐朽颓废的思想意识）。尽管这些讨论本身在学术层面上看来是不高的（其中一个失误就是将现代主义与后现代主义混为一谈，笼统地称为"现代派"）①，但对进一步解放人们的思想，以致繁荣共和国的文学艺术事业，却有着不容忽视的现实意义。同时也在本质上对马克思主义的文学理论批评家提出了更高的要求：不仅要运用马克思主义的立场观点去分析和观察特定历史时期的复杂的文学现象，而且还不能死搬教条，仅纠缠于马克思主义创始人的一些只言片语，应该创造性地运用马克思主义的基本观点和方法去分析马克思主义创始人未曾遇到并且不可能接触到的一些出现在当代的文学现象。这应该是中国的马克思主义者不得不面对的一个理论上的挑战。

随着改革开放政策的实施，对外学术交流也日益频繁，中国的世界文学批评界和研究界也开始面临西方各种新理论、新观念、新方法的冲击：从"老三论"（系统论、信息论和控制论）到"新三论"（耗散结构、协同论和突变论），从比较文学的重新勃兴到"文化热""理论热"和"方法论热"的突发性高涨，还包括诸如形式主义、新批评、结构主义、符号学、精神分析学、现象学、阐释学、接受美学、解构主义、女性主义、新历史主义和（西方）新马克思主义，简直令人眼花缭乱、目不暇接。毫无疑问，这些新理论、新观念和新方法的引进，开阔了我们的视野，拓展了我们的研究领域，对我们的世界文学研究也不无借鉴作用。但

---

① 关于现代主义与后现代主义的相通与区别，参阅王宁：《现实主义、现代主义和后现代主义》，《文艺研究》1989年第4期。

是如果我们仔细将其一一考察分析，就不难发现，它们只能从某一方面对马克思主义的文学批评理论做些局部的补充，而不能全然代替马克思主义文学思想在中国的世界文学研究中的主导地位，其理由就在于，这些理论观念和方法大多各执一端，以片面代替全面，以部分概括整体，这样，当它们在其发展阶段的盛期显示出部分真理的因素时，同时也暴露出了其中更多的谬误，因此即使在当今的西方文学批评理论界，强调"意识形态批评"和"历史化"的呼声也有增无减。但是马克思主义并非一成不变，它应该在适应新的历史条件下的具体情况时加以不断的发展和调整，否则就会重新陷入僵化的泥淖。我们研究世界文学，决不能忽视20世纪以来的西方各种批评理论思潮所起的历史作用以及在当下的影响。列宁曾有一段话对我们颇有启发意义："判断历史的功绩，不是根据历史活动家没有提供现代所要求的东西，而是根据他们比他们的前辈提供了新的东西。"① 由此，我们要坚决"反对把我们所能了解的而古人事实上还没有的一种思想的'发展'硬挂到他们名下"②。这无疑对我们今天全面客观地考察当前的世界文学发展现状依然有着指导意义。

  尽管改革开放四十多年来的世界文学研究状况仍有不少不尽如人意之处，但是我们仍然应该承认这一事实：在马克思主义文艺思想的指导下，外国文学翻译和研究领域一度出现了空前繁荣的新气象。虽然在当下大力弘扬中国文化、致力于中国文学走向世界的大环境下，外国文学翻译和研究呈萎缩状态，但世界文学概念在国际学界的重新提出以及再度在中国的文化土壤里驻足，则使我们得以从中国的视角出发积极地参与这一国际前沿理论课题的研究，并提出中国的世界文学版本和绘图。此外，新的世界文学概念的提出也使我们得以重新在一个广阔的世界文学语境下反观中国文学，将其当作世界文学不可分割的一部分来考察和研究。正如弗朗

---

① 列宁：《评经济浪漫主义》，《列宁全集》（第2卷），人民出版社1959年版，第150页。
② 列宁：《黑格尔〈哲学史讲演录〉一书摘要》，《列宁全集》（第38卷），人民出版社1986年版，第272页。

哥·莫瑞提所指出的,在当今时代,"世界文学不能只是文学,它应该更大……它应该有所不同",既然不同的人的思维方式不同,他们在对世界文学的理解方面也体现出了不同的态度,因此在他看来,"它的范畴也应该有所不同"。① 莫瑞提认为世界文学不仅诉诸学术研究,同时也能引发理论讨论和争鸣,因此世界文学应该是一个问题导向的理论概念,这样我们就完全可以据此对改革开放四十年以来中国的外国文学或世界文学研究所取得的成就进行总结。我们通过粗浅的考察,可以将其概括为这样几个方面。

(一)翻译介绍的系统性、计划性和包容性。这一点又体现在两个方面。其一是外国文学专业刊物由一开始的一个(即《世界文学》)迅速扩展到十多个,最多时甚至达到二十多个,而且各家刊物有所侧重、分工不同。例如,北京的《世界文学》和上海的《外国文艺》力主严肃性和学术性第一,有计划、有系统地介绍文学史上确有地位和价值的以及当代颇有影响的严肃作家及其作品,并且兼顾思潮流派和国别的分布,尤其是《世界文学》不仅从刊名来看包括世界上所有国家的优秀文学,而且还经常发表一些中国作家与世界文学之关系的文章;而《译林》等地方刊物则以有选择地介绍当代外国文学畅销作品为特色,注意读者的阅读兴趣和欣赏习惯,这样便兼顾了外国文学翻译的普及与提高。当然,这其中的一个不利因素就在于,中国自20世纪90年代加入国际版权公约以来,翻译现当代外国作品需要向原出版机构购买版权并征得原出版者的同意,而有些在国外特别畅销的作品在中国并不一定有较好的销路,再加之版权的昂贵,就使得一些本来有志于翻译介绍当代外国文学的地方刊物难以承受并支撑业已呈现出萎缩状态的外国文学市场。一些出版社不得不专注于组织翻译出版那些其作者去世五十年以上的经典作家的作品,甚至出现了大家争相

---

① Franco Moretti, "Conjectures on World Literature," *New Left Review*, Vol. 1 (January-February, 2000): 55.

重译旧著的热潮。一些翻译新手竟然问鼎世界文学名著，因而导致了外国文学翻译质量的下滑和市场的混乱。其二，人民文学出版社和上海译文出版社在有关专家学者的参与和指导下，联合推出了两套大型系列丛书，系统地、全面地翻译介绍了自古希腊、罗马以来的世界文学名著和20世纪的重要外国文学作品。这在中国的文学翻译史上堪称一大创举。此外，一些中央及地方出版社也零散地出版了一些世界文学名著和当代重要作品，以弥补上述两家出版社的选题之不足。可以说，在外国文学译介到中国这方面，中国的翻译工作者确实付出了辛勤的劳动，并取得了卓越的成就。

（二）文学史的研究从单一走向多元。如果说，"文革"前外国文学史的编写仅着眼于欧洲文学通史的话，那么改革开放以来，文学史的编写便从单一逐步走向了多元，这种格局具体体现在两方面：其一是文学史编写的范围从早先的"欧洲中心"逐步扩展到包括东方文学、拉美文学和非洲文学在内的整个世界文学，而且在描述分析方面也力求达到准确性和客观性的结合。朱维之和赵醴主编的《外国文学简编》虽然在史料和观点上并未超越杨周翰等主编的《欧洲文学史》，但在范围和内容上则大大地突破了"欧洲中心主义"的思维模式，把美国文学和亚非文学也包括了进来，这样便给从事比较文学和世界文学以及国别文学研究的学生和广大读者一个整体的世界文学的概貌。其二是地区、国别文学史及断代文学史的研究也取得了新的进展。陶德臻主编的《东方文学简史》和赵德明等编著的《拉丁美洲文学史》不仅填补了这两个领域研究的空白，同时也为后来的研究者奠定了进一步深入研究的基础。尤其值得一提的是，由赵德明、赵振江等人领衔的对拉丁美洲文学的译介和评论直接对中国当代文学产生了重要的影响和启迪，使不少作家创作出优秀的文学作品，而这些作品经过国外翻译家和汉学家的推介，从中国走向世界，从而实现了世界文学的双向旅行。

应该承认，中国的外国文学或世界文学研究界在欧美文学史的编写方面基本上达到了国内领先水平，其中这几部文学史堪称国内一流，并向国际文学史界推出了中国的成果。陈嘉独立完成的四卷本《英国文学史》(英文版)不仅标志着这一领域内中国学者用英文著述研究的最高水平,而且也向西方乃至国际学界显示了中国学者用马克思主义的立场、观点和方法研究英国文学通史的实力。应该指出的是,由于那部四卷本的文学史书是特定时期的产物,书中的苏联影响冲淡了作者应有的鲜明个性色彩,这自然是在所难免的。尽管如此,我们在和英美学者的接触中得知,一些读过这部英文著作的人尽管不尽赞同书中的马克思主义观点和阐释,但却不得不承认,作者是"真正懂英国文学的"。这显然是对中国学者直接用外语著述的最高褒奖。王佐良主持编撰的五卷本《英国文学史》作为国家社会科学"六五""七五"规划的重点项目,达到了中国学者研究英国文学史的最高水平。众所周知,王佐良历来对文学史的编撰有着明确的目标,特别是由他和周珏良主编的《英国二十世纪文学史》堪称从中国学者的立场和观点出发重写外国文学史的一个有益尝试。作为中国的外国文学学者,王佐良始终认为,自己所编写的外国文学史不应当跟在外国已出版的文学史书后面亦步亦趋,而应该有自己的原则和观点。因而,在王佐良看来,虽然他在编写英国文学史的过程中,广泛参考了国外学者的先期成果,但是他仍带有自己的主体性,也即如他所言,"我的想法可以扼要归纳为几点,即:要有中国观点,要以历史唯物主义为指导,要以叙述为主,要有可读性"。但即使如此,也依然要有自己的独特观点,因此他主编的《英国文学史》中有不少"颇带个人色彩的评论,不过包含在叙述之中"[①]。特别值得在此提及的是,王佐良还在该卷中专门写了一章"英国文学与世界文学",这应该说是中国学者在马克思主义文学理论的指导下从世界文学的视角来考察英国文学的首次尝试。在当时的国际比较文学界,也只有佛克马等人发表了一些讨论世界文学现象的论文,关于世界文学的讨论远远没有成为一个热门的前沿理论话题,无论是现在当红的世界文学

[①] 王佐良:《王佐良全集》(第一卷),外语教学与研究出版社2016年版,第4页。

理论家戴维·戴姆拉什还是佛朗哥·莫瑞提的著述那时都还未问世，更不用说在中国学界讨论世界文学问题了。而王佐良却以其理论的前瞻性和宏阔的比较文学视野写下了这一具有很高理论意义和学术价值的专章，可以说是代表中国学界对世界文学问题的研究贡献了独特的研究成果。我们今天对之无论做何种估价都不为过。

在马克思主义文学理论的指导下，国别文学史和断代文学史的研究领域也出现了一些力著。柳鸣九主编的多卷本《法国文学史》和董衡巽等著的两卷本《美国文学简史》也在各自的领域内有着众多的读者并受到广泛的好评，使得这两个领域的文学史研究有了突破性的进展。杨周翰独自撰写的《十七世纪英国文学》则更是运用比较文学方法研究断代国别文学的一个独特成果。但是除了杨周翰独立撰写的《十七世纪英国文学》大量引证西方同行的著述外，上述学者的著作都暴露了一个明显的缺陷，即在强调马克思主义的社会历史方法的同时，忽视了对西方学术界最新研究成果的吸取和借鉴，因而未能出现编史形式的多样化，也未能与国际同行进行平等的对话和交流。当然，柳鸣九后来将《法国文学史》中他本人撰写的部分抽出来又修改成单篇论文，收入他的文集，从而凸显了他的著述风格。

（三）文学理论批评的日益活跃。虽然"文革"前已经出版了一些研究世界文学的理论批评文集，但系统研究的专著并未出现。伍蠡甫的《欧洲文论简史》和孙津的《西方文艺理论简史》作为这一领域的"拓荒之作"，其意义和价值是不容忽视的。但是受作者写作的年代所限，并没有引证一些西方理论家的同类著作，更没有从中国学者的角度与之进行讨论和对话。而作为20世纪西方文论评介的成果，张隆溪的《二十世纪西方文论述评》虽然篇幅不大，且带有学术随笔的特色，却及时地向国内学界介绍了自俄国形式主义以来的西方各种新的文学理论批评流派和思潮，令当时的国内读者耳目一新。尤其值得称道的是，作者能够自觉地引证西方同行的同类著作，并提出自己的批判性分析和讨论。其后出版的篇幅较大的由胡经之和张首映合著的《西方二十世纪文论史》则做了进一步的拓展和深入讨论。①应该指出的是，两位作者在撰写这部文论史的同时，还组织人力翻译了大量西方20世纪文学理论家的原作，并编辑成多卷本选集，从而使得广大读者在了解20世纪西方文学理论的发展时的脉络的同时，也能通过翻译读到一些理论家的原著。确实，这两部具有"拓荒"意义的文学理论史专著各有自己的特色：前者以资料的原始性和讨论的深入浅出而见长，后者则在类别划分和观点方法上有所创新。但这两本书都流露出资料不足和研究不深入之缺陷。可以预言，随着这方面研究的日益深入，将会出现较为系统、扎实的理论史专著。在理论争鸣的活跃气氛下，一批研究者也在各自的领域内取得了长足的进展：陆梅林、程代熙、钱中文、童庆炳、董学文等一方面致力于马克思主义文艺理论本身的探讨，另一方面又试图以马克思主义的观点批判地介绍20世纪西方文学批评理论的新成果；陈焜、袁可嘉等力求运用马克思主义的立场、观点和方法来评介西方现代主义文学思潮和流派。但总的来说，对20世纪西方文论的评介研究还远远不够，仍有许多工作等着新一代学者去做。

三、新世纪以来的世界文学研究

如果说，马克思主义在五四运动前后进入中国的思想文化界，并对中国的知识分子产生了深刻的影响，那么至今也已有了近百年的历史。在这近百年的风风雨雨中，马克思主义在中国走过了坎坷的道路，有过种种迂回曲折的有时甚至是复杂多变的经历。这主要是因为，马克思主义在中国的传播，从一开始就显示出了其自身的特色：它被当作一种阶级斗争与国家革命的理论为中国共产党人所用，而不是像在西方那样，仅作为众多种理论学说之一种被考察和研究。它在中国的接受和传播在很大程度上取

---

① 该书最初由胡经之、张首映合著，中国社会科学出版社1988年出版。后来张首映独自对之做了较大的修改和充实，并独自署名再版。参阅张首映：《西方二十世纪文论史》，北京大学出版社1999年版。

决于接受者和传播者自身的理解力和水平，同时，在很大程度上也受制于俄苏的中介。诚然，这种中介曾对马克思主义在中国的传播和普及起到过不少积极的作用，而且在战争年代，在大多数人对马克思主义还相当陌生和好奇时，借助于外来的中介和阐释不无裨益，但我们也不应当回避这样一个事实，即我们的思想战线和文艺战线上的不少失误除了领导者自身工作的偏差和失误之因素外，上述这种中介自然也有责任。因此，在中华人民共和国成立前，中国的文艺理论界对马克思主义的理解和接受是很不全面的，带有很大的主观性和功利性。中华人民共和国成立后，马克思主义虽然在新中国的思想界和文艺界占据了主导地位，但长期以来由于领导者个人的意志，使得我们在相当长的时间内仍不能完整地、准确地理解马克思主义的科学体系，例如"文革"期间以背诵毛泽东语录来代替学习马克思主义创始人的原著就是一个荒唐可笑的例子，而且即使是对毛泽东的著作也仅仅采取了一种实用主义的"活学活用""急用先学"的态度，并没有完整地、全面地理解毛泽东思想的精髓。因此，必须承认，对马克思主义与文学艺术之关系的研究仍然是远远不够的，对马克思主义文艺思想与世界文学研究之关系的考察就更加不够了。

21世纪初以来国际文学理论界和比较文学界对世界文学现象的关注并非偶然，而是受到特定的文学和文化氛围的影响。这个大的背景就是全球化的进程。毫无疑问，在一个越来越具有"全球化"特征的时代，我们每一个人都或主动或被动地与这个世界连接为一体：互联网和智能手机可以在瞬间就使我们得以与生活在世界各地的学术同行取得联系，我们通过电子邮件的往来和微信的交流就可以进行深度的学术理论对话，并使我们的对话成果得以在国际学术期刊上率先在线发表。[①] 就世界文学研究

[①] 尤其需要在此指出的是，中国文学理论家张江和美国文学理论家希里斯·米勒就文学阅读、文学阐释、文学经典以及解构式文学批评等问题进行的深度对话就是通过电子邮件交往的形式进行的，并取得了良好的效果和较大的影响，参阅他们的一组对话以及王宁的引言：*Comparative Literature Studies*, Vol. 53, No. 3 (2016)。

而言，正如佛克马所注意到的，当我们谈到世界文学时，我们通常采取两种不同的态度：文化相对主义和文化普遍主义。前者强调的是不同的民族文学所具有的平等价值，后者则更为强调其普遍的、共同的审美和价值判断标准，这一点尤其体现于通过翻译来编辑文学作品选集的工作。他的理论前瞻性已经为今天比较文学界对全球化现象的关注所证实。例如，戴维·戴姆拉什的《什么是世界文学？》（2003）就把世界文学界定为一种文学生产、出版和流通的范畴，而不只是把这一术语作为价值评估的目的。他的另一本近著《如何阅读世界文学》（2009）中，更是通过具体的例证说明，一位诺贝尔文学奖获得者的作品是如何通过翻译的中介旅行到世界各地进而成为世界文学的。① 当然，世界文学这一术语也可用来评估文学作品的客观影响范围，这在某些方面倒是比较接近马克思和恩格斯的原意。因此，在佛克马看来，在讨论世界文学时，"往往会出现两个重要的问题。其一是普遍主义与文化相对主义之间的困难关系。世界文学的概念预设了人类具有相同的资质和能力这一普遍的概念"②。因此，以一种国际公认的标准来评价不同的民族和语言所产生的文学作品的价值就成了包括诺贝尔文学奖在内的不少重要国际文学奖项所依循的原则。但是，正如全球化在不同的文化语境中的实现在很大程度上取决于它与本土实践的协调，人们对世界文学的理解和把握也不尽相同。考察各民族用不同语言写作的文学作品也是如此，即使是用同一种语言表达的两种不同的文学，例如英国文学和加拿大文学，其中的差别也是显而易见的，因而一些英语文学研究者便在英美文学研究之外又创立了一门学科——国际英语文学研究（international English literature studies），他们关注的重点是那些用"小写的英语"（english）或不同形式的英语（englishes）写作的后殖民地文学。③

---

① Cf. David Damrosch, *How to Read World Literature*, Oxford: Wiley-Blackwell, 2009, p. 65.
② Douwe Fokkema, "World Literature," in *Encyclopedia of Globalization*, p. 1291.
③ 确实，国际英语文学研究在近三十年里的长足发展，一些重要的研究成果常以单篇论文的形式发表在加拿大卡尔加里大学主办的刊物 *ARIEL: A Review of International English Literature* 上。

这样，在承认文学具有共同的美学价值的同时，也应当承认各民族/国别文学的相对性，因此，在对待具体作品时，不妨采用一种文化相对主义的态度来评价产生自不同民族和国家的文学。在我们看来，将上述两种态度结合起来，我们就能得出较为公允的结论：一种世界性的文学正是通过不同的语言来表达的，因此世界文学也应该是一个复数的形式。也就是说，我们应该有两种形式的世界文学：作为总体的世界文学（world literature）和具体的世界各国的文学（world literatures）。前者指评价文学所具有的世界性意义的最高水平的普遍准则，后者则指世界各国文学的不同表现和再现形式，包括翻译和接受的形式。

在讨论世界文学是如何通过生产、翻译和流通而形成时，戴姆拉什提出了一个专注世界、文本和读者的三重定义。① 在他的那本富有深刻理论洞见的著作中，戴姆拉什详尽地探讨了非西方文学作品所具有的世界性意义，他在讨论中有时直接引用原文，而在多数情况下则通过译文来讨论，这无疑标志着西方主流的比较文学学者在东西方文学的比较研究方面所迈出的一大步。既然世界文学是通过不同的语言来表达的，那么人们就不可能总是通过原文来阅读所有这些优秀的作品。因为一个人无论多么博学，也总不可能学遍世界上所有的主要语言，他不得不在大多数情况下求助于翻译。因此在这个意义上，翻译在重建不同的语言和文化背景中的世界文学的过程中就扮演了一个十分重要同时又必不可少的角色。应该承认，戴姆拉什对世界文学的"解构式"界定充分肯定了翻译的作用，这对那些坚持欧洲中心主义的学者所强调的返回"语文学"的立场是一个挑战。

在始于21世纪初的关于世界文学问题的讨论中，中国学者也以积极的姿态介入了其中，并用英文著述在国际刊物上发表，从而与国际同行进行了直接的讨论和切磋。中国学者从戴姆拉什的定义出发，通过参照中国

---

① David Damrosch, *What Is World Literature?*, Princeton and Oxford: Princeton University Press, p. 281.

文学的发展历程和文学批评经验对戴姆拉什的定义做了些修正和进一步发挥，从而提出中国理论家对世界文学概念的理解和重建。实际上，我们在中国的语境下使用"世界文学"这一术语并进行新的建构时，同样至少赋予它以下三重含义：

（1）世界文学是东西方各国优秀文学的经典之汇总。

（2）世界文学是我们的文学研究、评价和批评所依据的全球性和跨文化视角和比较的视野。

（3）世界文学是通过不同语言的文学的生产、流通、翻译以及批评性选择的一种文学历史演化。①

虽然所有上述三个因素都完全能够对世界文学的建构和重构做出贡献，而且也都值得我们做更进一步的深入探讨，但是这至少说明中国的世界文学研究者的积极的参与意识和对基本理论问题的敏感和建构的愿望。由此可见，中国的世界文学学者已经不满足仅仅引进西方的理论概念并在中文语境下进行批评性讨论的层次，而更是带有积极主动的意识与国际主流的理论家和学者进行直接的对话和讨论，并取得了良好的效果。如果说，中国文学是世界文学不可分割的一部分的话，那么中国的文学理论批评也应该是世界文学理论批评不可或缺的重要资源。既然中国的一些作家能够以其创作出的作品影响西方一代文豪歌德，使其对世界文学这个概念进行理论阐述，中国的文学理论家和学者为什么就不能以中国文学创作及理论批评经验来影响当代国际学界的文论大家呢？在这方面，中国的外国文学批评家和研究者应当再度充当国际文学理论对话和批评性讨论的先锋。

如前所述，世界文学既然是一个动态的概念，而且它在不同的时代

---

① 参阅我的英文论文："World Literature and the Dynamic Function of Translation," *Modern Language Quarterly*, Vol. 71, No. 1 (2010): 1–14, 尤其是第5页。

和不同的语境中呈现为不同的形式,那么评价一部文学作品是否属于世界文学也就应当有不同的标准。一方面,我们主张,衡量一部作品是否称得上世界文学应有一个共同的标准;但是另一方面,我们又必须考虑到各国/民族文化之间的巨大差异,兼顾到世界文学在地理上的分布,也即这种标准之于不同的国别/民族文学时又有其相对性。否则一部世界文学发展史就永远摆脱不了"欧洲中心主义"的藩篱。由于文学是一种独特的意识形态形式,因此对之的评价难免政治和意识形态倾向性的干预。但是尽管如此,判断一部文学作品是否属于世界文学,仍然应该有一个相对客观公正的标准。根据目前各种世界级的文学奖项的评选和一些主要的世界文学选集的编选原则,我们可以从中国的世界文学教学和研究的经验出发,并参照国际学术同行对世界文学概念的建构,提出我们自己的评价标准,也即在我们看来,判断一部文学作品是否属于世界文学,基本上应依循这样几个原则:(1)它是否把握了特定的时代精神;(2)它的影响是否超越了本民族或本语言的界限;(3)它是否收入后来的研究者编选的文学经典选集;(4)它是否能够进入大学课堂成为教科书;(5)它是否在另一语境下受到批评性的讨论和学术研究。在上述五个方面,第一、第二和第五个方面是具有普遍意义的,第三和第四个方面则带有一定的人为性,因而仅具有相对的意义。① 但若从上述五个方面来综合考察,我们能够比较客观公正地判定一部作品是否属于世界文学。在这里,我们欣慰地看到,中国的外国文学学科是伴随着大量译介外国文学作品和理论批评著作的实践而逐步步入学术前沿的,关于世界文学问题的讨论也正是通过翻译和批评性讨论而进入中国的,同样,中国的文学及理论批评也要通过翻译的中介和批评性讨论走向世界,在这方面,中国的世界文学学者和研究者将起到独特的作用,而他们的理论批评和学术研究也有着广阔的空间。

---

① 关于这五条标准的进一步阐发,参阅王宁:《"世界文学":从乌托邦想象到审美现实》,载《探索与争鸣》2010年第7期;以及他的不同形式的英文论文:"'Weltliteratur': from a Utopian Imagination to Diversified Forms of World Literatures," *Neohelicon*, Vol. 38, No. 2 (2011): 295–306。

我们在承认上述评价标准时，实际上也为我们研究世界文学确立了一些基本的方法。这些方法具体体现于下面三个方面。

第一，世界文学概念的提出，为我们提供了一个了解"世界"的窗口，使我们通过阅读世界文学作品了解到处于遥远国度的人们的生活和民族风貌。前面提到的歌德之所以提出"世界文学"的概念，在很大程度上就受到他所阅读的包括中国文学在内的东方文学的启发。虽然这些作品在中国文学史上并不占有重要的地位，但却促使歌德去联想进而发现世界各国的文学都具有一些相同和共通的东西。同样，当我们阅读一部作品时，我们并非生活在真空中，我们势必要依循那部作品所提供的场景去联想，那里的场景究竟与我们所生活的国度有何不同，那里的生活习惯与我们的生活有何差异。西方人长久以来所形成的"东方主义"的思维定势在很大程度上就是通过阅读一些东方文学作品所逐渐形成的，同样，东方人头脑里的"西方主义"的定势也在很大程度上依赖于人们通过阅读各种西方文学作品进而接触西方文化而逐渐形成的。因此就这一点而言，阅读世界文学无疑为我们打开了一扇了解世界的窗户，使我们的阅读处于一种开放、想象和建构的状态中。

第二，世界文学赋予我们一种阅读和评价具体文学作品的比较的和国际的视角，使我们在阅读某一部具体的中外作品时，能够自觉地将其与我们所读过的世界文学名著相比较，从而得出对该作品的社会和美学价值的客观公正的评价。例如，当我们读到歌德的《浮士德》时，马上就可以将其与莎士比亚的剧作和汤显祖的剧作相比较，因而在我们的头脑中便形成一种概念：这个人物一定是一个悲剧性的人物，他代表了德国的民族精神，展现了德国的时代风貌，因而整个剧作标志着欧洲文学的另一高峰。同样，当我们阅读鲁迅的《阿Q正传》等作品时，也会自觉地联想到鲁迅所受到的一些外国作家作品的影响，经过一番比较和思考，我们就能判定，这部作品所塑造的人物是世界文学史上独一无二的，他完全可以和那些进入世界文学宝库的独具个性的人物群像相媲美，因而这部作品应该成为一部具有世界意义的文学杰作。在中国的语境下从事外国文学批评和研究,我们也应该具有一个广阔的国际视野,这样我们的批评和研究就不会重复国际同行已经做过的工作,更不会被人们指责为"翻译"和抄袭国际同行的著述了。在撰写本章的过程中,我们也仔细考察了目前已经出版的国际上——至少是英语、德语和法语世界——的同类著述,当我们发现在当前的国际学界和出版界,并没有相关的学术著述时,我们也就有了创新的动力,并力求既写出中国的特色和中国的风格,同时将来用英语将其改写时或被译成其他语种时,也能被我们的国际同行认为是具有新意的著述。如果能达到这一效果,作为作者我们就感到欣慰了。

第三,世界文学赋予我们一个广阔的视野,它在另一方面也使得我们在对具体的作品进行阅读和评价的同时有可能对处于动态的世界文学概念本身进行新的建构和重构。十几年前,在中国当代文坛,曾发生过一起"顾彬事件",也即德国汉学家顾彬针对中国当代文学提出了尖锐的批评。现在回过头来思考,我们应该承认,顾彬的外语技能确实是令人佩服的,他的中国文学知识也高于一般的汉学家,也许正因为如此,据《青年报》记者的报道,顾彬才觉得中国当代文学最大的问题,是作家的语言太差了:"因为他们大多不懂外语,不懂外语就无法直接从外国文学的语言吸取养分,而只限于自己的摸索。顾彬告诉记者,在1949年以前,很多中国作家的外语都非常好,这使得他们写出了很多优秀作品,比如鲁迅和郭沫若的日文就很好,林语堂的英语也很棒。"[①]反对顾彬这番话的人完全可以从另一方面进行反驳:尽管顾彬所提到的这些作家确实能用不止一种外语进行阅读,但除了林语堂能够并且已经用英文在国外发表作品外,其余的作家的外语水平也仅仅停留在阅读或将外国作品译成中文的有限水平上,但这并没有妨碍他们走向世界进而成为世界性的大作家。因此就这一点而

---

① 关于顾彬对中国当代文学的评述,参阅《青年报》2008年9月17日号,上述引文就是出自那篇报道,题为《德国汉学家顾彬推新书:不提"垃圾论","中国当代文学最大问题是语言"》。

言，顾彬的观点近乎偏颇。其实，我们若从世界文学所提供的广阔视野来看，顾彬所依循的是世界文学的视野，他试图用世界文学的标准来评价中国当代文学，因此在他眼里，能够称得上世界文学的作品就寥寥无几了。他虽然并未要求中国作家用外语创作，但却对中国当代作家提出了很高的要求，使他们不得不去思考这样一些问题：他们究竟是仅仅为本国的当代读者写作还是为更为广大的国际读者以及未来的读者和批评家而写作？他们所探讨的究竟是仅限于特定时代的特殊问题还是人类生存的根本问题？最后，随着时间的推移和历史的筛选，他们的作品在未来还会有读者去阅读吗？当我们从上述一系列问题来思考时就会发现顾彬提出的批评性见解虽很尖锐但却有一定的道理，而不会怪罪他对中国态度不友好了。

实际上，在世界文学的概念再度兴起于当代中国之前，中国的世界文学研究者就已经积极地介入一些热点前沿理论话题的讨论。首先是刚刚结束"文革"的头几年，一些外国文学研究者出于对西方现代主义文学的重新评价的愿望，挑起了关于"西方现代派文学"的讨论。在那次讨论中，参加讨论的学者能够自觉地运用马克思主义的立场观点和方法，对风靡于19世纪末20世纪初的西方现代主义文学现象做了批判性的分析。但是从今天的视角来看，那场讨论基本上属于封闭型的，几乎未与国际同行进行交流和对话，对国际学界已出版的著述也很少引证。但是那场讨论却为后来声势更大的关于后现代主义的讨论奠定了基础。如果说，在翻译和引进后现代主义文学及理论思潮方面，中国的外国文学翻译界和批评界确实起到了某种奠基性作用的话，那么，这一来自西方的文化艺术思潮一旦进入了中国，就在中国的当代文学艺术批评界产生了极大的反响，并吸引了众多来自不同学科领域的学者的讨论。此外，经过一些主流学术期刊的努力和西方理论家的直接推进，以及国内的世界文学研究者的大力译介和评论，后现代主义作为一个前沿理论话题进入了中国，并且迅速地对中国当代文学和理论批评产生了前所未有的影响。但是任何西方文学理论思潮一旦进入中国就必然首先得到中国作家和学者的筛选和接受，并且加以创造性的建构，最终形成一种中国的变体。现代主义文学在20世纪中国的两次高涨就经过了这样一个路径，后现代主义自然也不例外。经过现代主义文学的洗礼，中国当代文学创作界和理论批评界很快便对后现代主义这一舶来品予以了有选择的批评性接受，并结合中国的实践产生出一些具有中国特色的后现代主义变体。

当然，发生在20世纪最后二十年的关于现代主义和后现代主义文学的讨论已经成为历史，但是它们对我们今天的世界文学研究却有着重要的启示。也即至少在某种程度上证明了这一点，即后现代主义作为一种泛文化和文学艺术思潮及批评理论，确实于20世纪80、90年代全方位地进入了中国，并引起了中国人文学者的广泛兴趣。虽然后现代主义大潮早已过去，但是后现代的多元精神和消解中心以及对非此即彼的思维模式的抗拒已经渗入了当代人的意识和无意识，成为他们行动的准则，而它的虚无和怀疑一切的负面东西也逐渐被人们所抛弃。后现代主义作为一种文学艺术潮流也和它的前辈现代主义以及更早一些的现实主义和浪漫主义一道载入了世界文学艺术的史册，成为我们研究的对象。[①] 后现代主义文学也和它的前辈现代主义文学一样，进入了中国的比较文学和外国文学研究者和批评家的研究视野和课题，并在这方面取得了一些成果。此外，中国的文学理论批评家面对后现代主义文学的引进和后现代理论的冲击，并没有被动地接受，而是采取了一种主动的对话和讨论的姿态，积极地参与到国际性的关于后现代主义问题的讨论中，从而使得中国的文学理论批评和文学研究首次走出国门，进入与国际主流学界进行直接的讨论和对话的境地。少数佼佼者还充分发挥了自己的英语和学术写作的特长，在国际权威刊物上

---

① 这方面的一个具有里程碑意义的著作就是由美国学者布莱恩·麦克黑尔和英国学者兰·普拉特合作主编的《剑桥后现代文学史》，其中我本人作为中国研究后现代主义文学的代表性理论家应邀为该书撰写了关于中国后现代主义文学的专章。参阅 Brian McHale and Len Paltt eds., *Cambridge History of Postmodern Literature*, Chapter 28: "Postmodern China," New York: Cambridge University Press, 2016, pp. 465–479。

发表了相当数量的论文，从而使得国际文学理论界和比较文学界能够听到来自中国的声音。① 我们认为这应该是关于后现代主义讨论带给我们的最重要的启迪和意义。

既然是中国文学理论批评首次走出国门进入与国际同行平等对话的境地，那么所存在的局限也是显而易见的。虽然这场讨论较在此之前的关于西方现代派文学的封闭式讨论有了较大的进步，但是后现代主义这个话题仍是西方学界提出的，我们所做的只是从中国的视角对其"西方中心"模式提出了质疑和挑战，并以中国的文学和理论批评实践消解了后现代主义文学中的西方中心主义模式，却没能提出一个出自中国的语境的全新话题。这应该是这场讨论的一个无法回避的局限。我们认为，人文学科的国际化要经历这样四个阶段，也即：（1）跟着别人说；（2）和别人一起说；（3）和别人对着说；（4）带领大家一起说。按照这样四个阶段，我们可以欣慰地总结道，在中国兴起的关于后现代主义文学的讨论至少在第二和第三个层次上迈出了扎实的第一步，为我们所提出的马克思主义的世界文学研究课题的国际化奠定了基础。我们完全可以由此出发，直接在与西方的以及国际的理论同行就世界文学这一话题在对话中提出我们自己的全新方案。

第三节　从毛泽东到习近平的世界文学观

如前所述，马克思主义一经传入中国，就立即与中国本土的实践产生了交互作用，并生成一种新的东西，也即中国化的马克思主义形式，它

---

① 尽管少数中国学者自20世纪90年代初以来，在国际英文学术刊物上发表了关于后现代主义文学和理论的论文达二十多篇，但在进入新世纪第二个十年后，西方学界对这一话题仍然有着浓厚的兴趣，我本人还应邀为国际叙事学的权威刊物编辑一个主题专辑，其讨论范围已超出了后现代主义在中国，广泛涉猎了后现代主义在整个世界文学中的反响，参阅 Wang Ning, *Postmodernist Fiction in the World* (co-edited with Brian McHale), *Narrative*, Vol. 21, No. 3 (2013).

的一个新的名称就是毛泽东思想以及后来逐步演化和发展延续下来的邓小平理论、"三个代表"重要思想、科学发展观以及习近平新时代中国特色社会主义思想。因此,马克思主义要想在中国取得长足的发展,就必须经过这样一个"中国化"的过程。今天,我们欣慰地看到,经过几代中国马克思主义理论家的共同努力,马克思主义的中国化在当今中国已经不算是一个十分新鲜的话题了,因为长期的中国革命和改革实践证明,毛泽东思想就是马克思主义中国化的第一个直接产物。我们在今天的语境中,重读毛泽东的《在延安文艺座谈会上的讲话》等一系列关于文学艺术创作和理论批评的著述就有着更为深远的历史意义和重要的现实意义,对我们的世界文学研究也有着重要的指导作用。毫无疑问,《讲话》这篇纲领性文献长期以来一直被认为是新中国的文学艺术创作和理论批评的指导性文献。它对全球马克思主义文艺理论的贡献也是巨大的,它的许多精辟的思想即使在今天看来也没有过时。但是根据中国当下的新形势,毛泽东的文艺思想也应该得到发展以便能更为有效地指导新时代中国的文学艺术创作和理论批评。在这一节中,我们将以毛泽东的《讲话》为主要文本,首先对毛泽东文艺思想进行新的阐释,并且对比邓小平的一些关于文学艺术的文化以及习近平的《讲话》,从而可以见出这一中国化的马克思主义的发展和延续之脉络以及其对中国的世界文学研究的指导意义。

一、马克思主义"中国化"与毛泽东文艺思想的形成

中国的现代性作为一种不同于西方的现代性已经越来越引起国际学界的关注,同样,探讨毛泽东的文学和文化理论以及其广泛的国际影响,也已成为一个前沿理论课题,尤其在英语世界更是如此。[1] 在这一节中,我们将通过聚焦毛泽东的文艺思想来继续我们对马克思主义世界文学观的

---

[1] Cf. Wang Ning ed., "Global Maoism and Cultural Revolution in the Global Context," in *Comparative Literature Studies*, Vol. 52, No. 1 (2015).

研究。我们首先集中探讨毛泽东的《在延安文艺座谈会上的讲话》，因为在毛泽东的所有论述文学艺术问题的著述中，这篇文章有着最广泛和持久的影响，因而被认为是毛泽东文艺思想的纲领性文献。毫无疑问，这一纲领性的文献是中国的文化土壤里长出的硕果，然后又启迪了许多当下的东西方马克思主义者和左翼知识分子，从而实现了中国马克思主义的国际化和全球化。我们在本节中试图证实，马克思主义的全球化也像文化的全球化一样，有着两个发展方向：一个方向是将马克思主义当作一种普遍的革命原则引入一个特定的文化语境，这样便促使一种有着当地特色的马克思主义的版本诞生；另一个方向则在于将诸如毛泽东思想这样一种强有力的产生自特定地域的马克思主义教义推向国际和全球，使之具有世界性的影响。如果我们注意到毛泽东思想的全球化经历，我们就会很容易地发现，它是一种典型的"全球本土化"的具有"中国特色的"的马克思主义理论，尤其是他的文艺理论。① 它是毛泽东在受到马克思主义的基本原则的启迪下将其与中国的具体文学艺术生产和理论批评实践相结合而产生的。

我们都知道，中国是一个社会主义国家，马克思主义是中国全党、全军和全国人民的指导思想，也即中国的主导意识形态。但是这样一种马克思主义并非是教条主义地、机械地从西方或俄苏"进口"到中国的马克思主义，而是毛泽东以及另一些早期的中国马克思主义者将马克思主义的基本原理与中国革命的具体实际相结合而发展建构出来的一个产物。正如美籍华裔学者刘康所不无洞见地指出的：

> 毛泽东的遗产，尽管有着争议和矛盾，但一直有着持久的影响，因为他不仅为中国革命制定了政治基础，同时也提供了一种有着全球

---

① 关于毛泽东的《讲话》的英文阐释，可参阅 Ning Wang, "Maoism in Culture: a 'Glocalized' or 'Sinicized' Marxist Literary Theory," *CLCWeb: Comparative Literature and Culture*, Vol. 20, No. 3 (2018): https://doi.org/10.7771/1481-4374.3255，4月7日下载。

意义的理论，至少在1960年代和1970年代是如此，当时那个时代以全世界范围内的政治和社会波动而著称。毛泽东的理论尤其在亚洲、拉丁美洲和非洲诸国得到响应，正是那些国家和地区共同形成了一个第三世界。①

确实，在漫长的中国革命进程中能动地"发展起来的"马克思主义就具有这样一种特征：马克思主义的基本原理与中国革命和建设的具体实际相结合的时代特征和本土特征。甚至在中国共产党成为执政党之后也是如此，在新中国成立后，毛泽东依然号召人们在无产阶级专政下继续革命。他亲自发动和领导的"无产阶级文化大革命"就是政治上和文化上的一个实践，尽管这一实践后来被证明是失败的，它导致了成千上万的人受到迫害，中国的经济也处于崩溃的边缘。但在毛泽东本人看来，这仍然是实践马克思主义的一次尝试，虽然他在逝世前已经看到了其中的不少错误和冤假错案，并局部地做了一些纠正和平反，但他不愿意在自己的有生之年对之予以全盘否定。好在毛泽东未竟的事业最终由以邓小平为核心的党的第二代中央领导集体完成了。

由此可见，中国的马克思主义确实也如同从西方引进的其他哲学和文化思潮那样，是一种从西方和俄苏"翻译过来的"马克思主义。在翻译的过程中，自然不可避免地带有译者能动的理解和创造性建构意识的阐释，同时也加入了一些中国的元素，例如儒学及其他传统中国文化的一些元素就渗透在毛泽东以及其他早期的马克思主义者的思想中。在过去的一百年里，中国共产党及其早期的领导人花了很多时间和精力通过翻译马恩列斯的著作将马克思主义介绍到了中国。在建党之前，马克思主义实际上是碎片式地被介绍进来的，它最初的译本并非译自德文原著，而是从日

---

① Liu Kang, "Maoism: Revolutionary Globalism for the Third World Revisited," *Comparative Literature Studies*, Vol. 52, No. 1 (2015): 12.

文或俄文转译过来的。熊得山、朱执信、李大钊等人对将马克思的著作译介到中国做出了重要的贡献。特别是李大钊的长篇论文《我的马克思主义观》，全面地介绍了马克思主义的基本观点。他的这些奠基性工作自然对同时在北京大学图书馆工作的毛泽东有着某种启蒙的作用。由于毛泽东本人不懂任何外语，因此这一早期的经历无疑使他得以接触到马克思主义。

因此我们应当说，毛泽东所接受的马克思主义是一种通过别人的翻译和阐释的"翻译过来的"马克思主义，或"全球本土化"或"中国化"的马克思主义。也即这种"中国化"的马克思主义带有正统马克思主义与某些儒学教义相结合的特征，因为李大钊和毛泽东都对中国文化哲学典籍，尤其是儒学典籍，有着深厚的造诣。毛泽东生前十分痛恨那种对马克思主义持一种教条主义态度的做法，主张要通过创造性地理解马克思主义的基本原理来把握其精神实质，并将其与中国革命的具体实践相结合。显然，在这方面，毛泽东特别重视在中国革命的实践中创造性地发展马克思主义，并试图证明它是适合中国国情的革命真理。他成功地领导中国共产党和中国人民打败了日本侵略者，推翻了蒋家王朝的统治，建立了中华人民共和国。因此，毛泽东实际上发展了一种"中国化"的马克思主义，这种中国化的马克思主义在国内称为毛泽东思想，在国外则被西方马克思主义者和左翼知识分子称为毛泽东主义，或简称"毛主义"。具有讽刺意味的恰恰是，尽管毛泽东本人并不喜欢"毛主义"这一标签，他更喜欢将自己的思想观念称为毛泽东思想，但在国际上，人们却普遍地称他的思想为"毛主义"。正是在这面大旗下集合了来自世界各地的追随者，尤其是一些"第三世界"国家的政治领导人和文学家。因此毫不奇怪，这一"中国化"的马克思主义经过翻译的中介又从中国走向世界，为全球马克思主义做出了中国的独特贡献，并提供了中国的经验和教训。我们认为这正是马克思主义的双向旅行所导致的结果。但是在目前所有的中国国内媒体中，人们通常将毛泽东思想作为马克思主义和列宁主义在中国的当代继承者和马克思主义中国化的一个新阶段,即毛泽东思想的阶段。

如前所述,毛泽东不仅是一位政治领袖和思想家,同时也是一位伟大的哲学家和作家。他热爱文学艺术,尤其对中国古典文学和各种具有中国特色的地方戏曲情有独钟。而且他本人也是一个优秀的诗人,尤其擅长古典诗词的写作。因此他特别重视与中国的文学实践密切相关的马克思主义文学理论和批评。同样,毛泽东也创造性地发展了马克思主义的文学理论和批评,将其用于中国的文艺批评和研究。即使在中国共产党未掌握政权的年代,他依然十分注意培养文艺人才,认为这对于中国的革命事业是不可缺少的一个重要环节。因而他的那篇著名的《在延安文艺座谈会上的讲话》的发表就标志着他的"中国化"马克思主义文学艺术生产和批评的指导原则的形成。在《讲话》中,他首先试图为中国的文学艺术界回答这样一些问题:文艺究竟是为谁创作的?文艺的作用是什么?对于毛泽东来说,中国的文学艺术应当首先为最广大人民的利益服务,具体说来,它应当首先是为工农兵服务,并且为工农兵而创作,为工农兵所利用。甚至在中国共产党于1949年成为执政党以后,他仍然坚持这一原则,直至生命的最后一息。因此毫不奇怪,我们经常可以在各国的左翼知识分子那里看到他身穿草绿色军装发动"文化大革命"的照片,他号召人们起来与那些"反动分子"做斗争,包括那些被称为混进党里、政府里和军队里的"走资派"的人。在毛泽东看来,像中国这样的社会主义国家,文学艺术应当"很好地成为整个革命机器的一个组成部分,作为团结人民、教育人民、打击敌人、消灭敌人的有力的武器,帮助人民同心同德地和敌人作斗争"①。因此对毛泽东而言,文学艺术的政治实用性与其审美和娱乐性相比肯定更为重要。这在当时那种情况下是完全可以理解的,同时也是颇有必要的。

在毛泽东文艺理论的指引下,我们对中文语境下的世界文学作品的

---

① 毛泽东:《在延安文艺座谈会上的讲话》,《毛泽东选集》(第三卷),第848页。

选择也有一定的主体性①，这显然受到苏联的文学教义的影响②。通常在中国高校里的世界文学或外国文学课程中，这五位世界文学经典作家是必须讲授的：莎士比亚、歌德、巴尔扎克、托尔斯泰和高尔基，尽管在有些大学，这个经典作家的名单还包括荷马和但丁，甚至还包括拜伦、雪莱和雨果等浪漫主义作家。其原因很大程度上在于马克思主义创始人对上述这些作家都有着批评性的评点并给予了较高的评价。根据马克思主义的文学理论原则，有关部门组织了对这些经典作家的主要作品或全部作品进行翻译，从而使得中国的世界文学有了自己独特的经典，并且不总是与西方和俄苏的经典书目相等同。当然，翻译的重点也随着政治形势的变化而根据马克思主义的指导原则做出相应的调整。由于马克思、恩格斯对荷马、但丁、莎士比亚、歌德和巴尔扎克给予了高度评价，因而他们的作品便成了必读物，也即必须翻译并予以批评性讨论和学术研究。由于列宁高度评价托尔斯泰的作品是俄国革命的一面镜子，托尔斯泰也就一直在中国的外国文学界受到高度重视，并不断地为学者们讨论和研究，直至今天也是如此。由于高尔基与列宁、斯大林有着密切的关系，并且他本人也为确立苏联的社会主义现实主义文学发挥了重要的作用，因而他的作品在中国便得到大面积的翻译和讨论就不足为奇，尤其在"文革"前更是如此。

有时，西方世界的一部非经典作家也能够阴差阳错地在中国走红，甚至成为经典。例如，爱尔兰的一位名不见经传的小说家伏尼契（1864—1960）的描写意大利烧炭党人革命活动的小说《牛虻》（1897）突然在20世纪50年代的中国十分走红。同时畅销走红的还有高尔基的《母亲》和奥斯特洛夫斯基（1904—1936）的《钢铁是怎样炼成的》，这在很大程度上

---

① Cf. Sun Yifeng, "Opening the Cultural Mind: Translation and the Modern Chinese Literary Canon," *Modern Language Quarterly*, Vol. 69, No. 1 (2008): 13–27.
② 关于苏联的文学教义对中国的文艺政策和路线的影响，海外学者多有研究，参阅D.W. Fokkema, *Literary Doctrine in China and Soviet Influence 1956–1960*, London and The Hague: Mouton & Co., 1965。

是因为这些作品的作者是无产阶级作家，他们的政治立场和思想都符合中国革命的要求。因而毫不奇怪，在"文革"期间，几乎所有的西方文学作品，连同中国的古典和现代文学作品，都遭到了大批判的噩运，只有上述三部作品以及少数歌颂"文化大革命"或弘扬"三突出"的作品依然在广大读者中流行，尤其在青年读者中更是颇受欢迎。应该承认，很多"文革"期间的中学生就是读着这些"经典"文学作品、受到书中的英雄人物的启迪和熏陶而成长起来的。这些"经典"作品中的一些人物的格言已经深深地铭记在他们的脑海里，甚至一度成为他们的言论和行动的座右铭。可见文学作品的教诲作用是多么的重要。毛泽东对此显然有着十分清醒的认识，所以他时刻也不放松上层建筑意识形态领域内的斗争。而文学艺术则正是这一意识形态的具体审美表现。

二、重读《讲话》及其当代阐释

当然，不可否认，上面提及的一些极端的做法并不一定都是毛泽东亲自规定的，但是却是在毛泽东的革命文艺路线的指引下由有关部门具体贯彻执行的。那些执行者一度认为，"左"总是要比右稳妥些。如果我们要找出这些实践的来源，就势必追溯到毛泽东的一系列关于文学艺术的指示，尤其是那篇已成为经典的纲领性文献《在延安文艺座谈会上的讲话》。下面我们尝试着从今天的角度对这部写于八十年前的经典著作进行重读和阐释。

毫无疑问，在毛泽东的所有关于文学艺术的讲话、文章和书信中，《讲话》在海内外最为有名，并且最为经常地被人们讨论和引证。它不仅对国内的文学艺术研究一直起着指导性作用，而且还对世界现代马克思主义文艺理论的建设做出了重要贡献。① 今天，这篇重要的讲话已经成为

---

① 参阅丁国旗、包明德:《文艺要表现时代文化精神——再论毛泽东〈在延安文艺座谈会上的讲话〉的当下启示》,《社会科学家》2015年第7期。

"中国化"的马克思主义文艺理论的经典著作。其中的许多具有原创性的思想观点已经为今天的中国领导人习近平所继承和发展。① 今天我们在一个新的历史时期重读这篇经典文献便具有特殊的重要意义。

我们都知道,这篇《讲话》最初是毛泽东于1942年在延安为当时的革命根据地的一些党政干部和进步作家、艺术家做的两次演讲,后稍作修改后发表在《解放日报》1943年10月19日号上。我们可以很容易地发现,毛泽东本人与文学艺术的关系十分密切并给予了极大的关注。他不仅热爱文学,尤其对中国古典诗词情有独钟,同时他本人也是一位优秀的诗人,尤其擅长古典诗词,并在闲暇之时也与一些党内的同事和民主人士切磋诗艺。② 即使在长征的艰苦岁月里,他也没有忘记填词赋诗,以抒发自己作为共产党人的伟大抱负,而他对马克思主义文学理论批评的发展和将其运用于中国的文学艺术研究的尝试则集中体现于这篇文献。

正如我们在前面所指出的,在《讲话》中,毛泽东试图为中国的文学艺术创作和理论批评回答这样一些问题:文学艺术究竟是为谁创作的?文艺的主要功能是什么?在毛泽东看来,中国的文学艺术应当首先为广大人民群众的利益服务。因此在《讲话》的"引言"中,毛泽东提出四个需要解决的根本问题:(1)立场问题;(2)态度问题;(3)工作对象问题;(4)学习的问题。③ 他所提出的上述所有问题都服务于这一个中心点:中国的文学艺术应当为广大人民群众服务,而在当时的抗日战争时期,主要是要为广大工农兵服务。如果一位作家、艺术家并非来自工农兵,例如那些来自像上海这样的大城市的小资产阶级知识分子,那他就更应当努力改造自己以便适应广大人民群众。这对一个革命者来说,确实是一个痛苦但必须经历的过程。毛泽东自己在成为一位马克思主义者之前就曾经历过这

---

① 参阅中共中央宣传部编:《习近平总书记在文艺座谈会上的重要讲话读本》,学习出版社2014年版。
② 甚至在新中国成立之前,毛泽东就在重庆谈判期间与民主人士柳亚子等切磋过诗歌创作的技法,中华人民共和国成立后又与陈毅和郭沫若等党和国家领导人切磋过诗艺。
③ 毛泽东:《在延安文艺座谈会上的讲话》,《毛泽东选集》(第三卷),第848—852页。

样艰难的转变,他因此坦诚地向在座的作家、艺术家讲述了他本人的自我改造过程,也即他本人是如何从一个小资产阶级学生逐步转变为广大人民群众的一员,因而最终完成了对自己的"改造"。① 显然,毛泽东通过现身说法,希望向这些作家和艺术家表明他自己的态度是如何转变的,也即从一个小资产阶级知识分子转变为一个坚定的马克思主义革命者的过程。他出身于农民家庭,对农村和广大农民群众有着深厚的感情,因此他对这些来自底层的人民群众给予了极高的评价,他指出:

> ……革命了,同工人农民和革命军的战士在一起了,我逐渐熟悉他们,他们也逐渐熟悉了我。这时,只是在这时,我才根本地改变了资产阶级学校所教给我的那种资产阶级的和小资产阶级的感情。这时,拿未曾改造的知识分子和工人农民比较,就觉得知识分子不干净了,最干净的还是工人农民,尽管他们手是黑的,脚上有牛屎,还是比资产阶级和小资产阶级知识分子都干净。这就叫做感情起了变化,由一个阶级变到另一个阶级。②

在这里,我们不难看出,毛泽东十分重视中国的文学艺术的服务对象,也即它过去是为什么人而创作,为谁的利益服务的,此时应该为谁而创作和为什么人的利益而服务。毫无疑问,在过去的很长一段时期,文学艺术是为历代封建王朝的统治阶级利益服务的,普通的人民大众没有文化,不但无法读书,更不用说是有闲暇去欣赏文学艺术了。而他作为一位马克思主义者,就应当为广大人民大众推广一种服务于无产阶级和劳苦大众的文学。在《讲话》中,毛泽东坚持文学艺术的政治倾向性和人民性,毫不留情地批判了诸如梁实秋、周作人和张资平这些资产阶级作家和知识分子,

---

① 毛泽东:《在延安文艺座谈会上的讲话》,《毛泽东选集》(第三卷),第852页。
② 毛泽东:《在延安文艺座谈会上的讲话》,《毛泽东选集》(第三卷),第851页。

认为他们的作品是为统治阶级的利益服务的。相比之下，以鲁迅为代表的一批进步作家则是为人民而写作的，因此他对鲁迅作为中国新文化和文学的旗手给予了极高的评价。从这里我们不难看出，毛泽东的政治倾向性是十分鲜明的，这与马克思主义的文艺观是相吻合的。即使是西方马克思主义者也不否认文学艺术的政治倾向性和意识形态特征。

我们都知道，毛泽东本人在中国古典文学、中国哲学和中国历史等诸国学学科方面造诣很深，尤其在演讲和著述中旁征博引，古籍中的典故信手拈来恰到好处，形成了他独特的言说和写作风格。即使在革命战争年代，他也经常为新华社撰写社论，有时也为中国人民解放军起草作战命令，因此他的独特的语言风格不仅人们一眼便可识别出，连他的敌人蒋介石也能轻易地辨识。因此他十分关注中国文学和文化的悠久和辉煌的传统，希望它能在新的历史时期被发扬光大，但这也并非意味着毛泽东不喜欢外国文学艺术。恰恰相反，他始终认为，不仅要继承中国古代文学艺术，同时也要继承外国文学中的进步的东西，或者说批判地继承它们以便建立和发展中国的社会主义文艺。这一点也贯穿于他在中华人民共和国成立后的文学思想中，后来江青在"文革"前和"文革"期间利用毛泽东的巨大威望不惜工本进行京剧样板戏实验，也得到了毛泽东本人的首肯和支持。

《讲话》中毛泽东的一个最为突出的观点就是文学艺术与政治的关系。这也是最受非议和争议的一点。实际上，在毛泽东看来：

> 在现在世界上，一切文化或文学艺术都是属于一定的阶级，属于一定的政治路线的。为艺术的艺术，超阶级的艺术，和政治并行或互相独立的艺术，实际上是不存在的。无产阶级的文学艺术是无产阶级整个革命事业的一部分，如同列宁所说，是整个革命机器中的"齿轮和螺丝钉"。①

---

① 毛泽东：《在延安文艺座谈会上的讲话》，《毛泽东选集》(第三卷)，第865—866页。

尽管马克思、恩格斯并没有说过文艺从属于政治这样的话，但是由于列宁的阐释和对党的出版物（文学）的政治倾向性的强调，毛泽东也在特定的历史时期对之给予了特别的强调。诚然，这样的鲜明的政治倾向性必然会使人们误以为毛泽东并不重视文学艺术本身的规律，其实，这是极大的误会。我们都知道，毛泽东历来十分重视文学艺术作品的艺术性，但他也讨厌那些现代主义作家及其在中国的追随者们所进行的纯粹的艺术实验，这一点与列宁对现代主义文学艺术的厌恶几乎如出一辙。在这方面，毛泽东也依循列宁的文学艺术观，甚至对之做了进一步的阐释和发挥：

> 文艺是从属于政治的，但又反转来给予伟大的影响于政治。革命文艺是整个革命事业的一部分，是齿轮和螺丝钉，和别的更重要的部分比较起来，自然有轻重缓急第一第二之分，但它是对于整个机器不可缺少的齿轮和螺丝钉，对于整个革命事业不可缺少的一部分。①

因此他在强调文学艺术作品的政治倾向性的同时，另一方面仍然号召文艺工作者拥抱过去的所有文学艺术作品，不管是中国的还是外国的，只要是健康的和对人民大众有益的都需要，以便服务于今天的目的。当然，认为中国的文学艺术应当服务于当时抗战的需要是可以理解的，因为那是当时最大的政治，关系到国家和人民的生死存亡之命运。但是评价这些作品是健康的还是有害的仍然应该有一个标准。如同马克思、恩格斯和列宁那样，毛泽东也认为文学艺术批评应当依循某个标准。在毛泽东看来，"文艺批评有两个标准，一个是政治标准，一个是艺术标准"②。但是这两个标准的关系又如何表达呢？这正是毛泽东认为需要加以区分的，在他看来，"政治并不等于艺术，一般的宇宙观也并不等于艺术创作和艺术批评的方

---

① 毛泽东：《在延安文艺座谈会上的讲话》，《毛泽东选集》（第三卷），第866页。
② 毛泽东：《在延安文艺座谈会上的讲话》，《毛泽东选集》（第三卷），第868页。

法"①。也即当政治与艺术发生矛盾时,他自然会强调要将政治标准放在第一位,这样毛泽东便试图进一步阐述这一点:

> 但是任何阶级社会中的任何阶级,总是以政治标准放在第一位,以艺术标准放在第二位的。资产阶级对于无产阶级的文学艺术作品,不管其艺术成就怎样高,总是排斥的。无产阶级对于过去时代的文学艺术作品,也必须首先检查它们对待人民的态度如何,在历史上有无进步意义,而分别采取不同态度。有些政治上根本反动的东西,也可能有某种艺术性。内容愈反动的作品而又愈带艺术性,就愈能毒害人民,就愈应该排斥。②

在这里,毛泽东试图论证,强调文学艺术的政治倾向性并非马克思主义的发明,因为所有的阶级早就有了这样的规定和具体的实践。在中国漫长的封建社会,文学艺术只是统治阶级和有钱人用来为他们的利益服务的工具,普通人民大众是无法欣赏文学艺术作品的。因而他认识到了马克思主义文学的一个重要观点:一切文学艺术都具有某种政治倾向性。在战争年代,这种政治倾向性就愈加明显:好的文学艺术应当激励人民群众去反抗敌人,而坏的作品则只能帮助敌人去削弱统一战线。在这个意义上说来,毛泽东试图告诉人们,什么样的文学艺术应当被排斥和批判,什么样的文学艺术应当得到弘扬。对之衡量的标准就是它们是否是为人民的利益服务的,它们是否推动了历史的进步,或更为具体地说来,在当时的情况下,是否能帮助中国人民抗击日本帝国主义。这自然是马克思主义的文学理论想要表达的东西。但是毛泽东如同马克思和恩格斯一样,根据当时中国的现实和具体的实践提出了自己理想的文学艺术标准。也即"政治和艺术的

---

① 毛泽东:《在延安文艺座谈会上的讲话》,《毛泽东选集》(第三卷),第869页。
② 毛泽东:《在延安文艺座谈会上的讲话》,《毛泽东选集》(第三卷),第869页。

统一,内容和形式的统一,革命的政治内容和尽可能完美的艺术形式的统一"①。这显然是对他前面所强调的政治标准第一、艺术标准第二的一种修正和补充。因为在他以及马克思和恩格斯看来,"缺乏艺术性的艺术品,无论政治上怎样进步,也是没有力量的"②。这不禁使我们想起马克思主义关于莎士比亚化(Shakespeareanization)的概念:优秀的文艺作品必定是意识到的思想内容和莎士比亚式的人物刻画的完美结合。也即在马克思、恩格斯看来,莎士比亚在艺术上更胜席勒一筹:因为前者是通过艺术本身的力量来表达自己的思想,而后者则充当了时代精神的简单传声筒。因此在毛泽东看来,深刻的思想应当以完美的艺术形式来加以表达。这显然是符合马克思主义美学原则的。在这里,我们要进一步论证的是,毛泽东并不简单地反对艺术实验,但是他将政治倾向性放在第一位常常会引起人们的误解,认为他割裂了文学艺术评价的整体标准。实际上,他心目中,理想的用来衡量优秀的文学艺术的标准应是正确的政治立场与卓越的美学表现的完美结合,因此这二者是统一的,不可分割的。这一点也体现了他一贯坚持的辩证统一的哲学观。

因而在毛泽东看来,"新文化中的新文学新艺术,自然也是这样"③。如果无产阶级的文学艺术想在革命过程中得到发展,那就应当做到这一点,"对于中国和外国过去时代所遗留下来的丰富的文学艺术遗产和优良的文学艺术传统,我们是要继承的,但是目的仍然是为了人民大众"④。因而坚持文艺的人民性便是衡量文学艺术是否优秀和健康的一个重要标准。毫无疑问,毛泽东并不反对学习外国文学,尽管他自己没有机会出国留学,但是他依然十分注重中国应当引进什么样的外国文学。与马恩列斯所不同的是,毛泽东阅读过的世界文学名著很少,这主要是因为他在外语方

---

① 毛泽东:《在延安文艺座谈会上的讲话》,《毛泽东选集》(第三卷),第869—870页。
② 毛泽东:《在延安文艺座谈会上的讲话》,《毛泽东选集》(第三卷),第870页。
③ 毛泽东:《在延安文艺座谈会上的讲话》,《毛泽东选集》(第三卷),第855页。
④ 毛泽东:《在延安文艺座谈会上的讲话》,《毛泽东选集》(第三卷),第855页。

面有着一定的局限，但他即使通过翻译阅读过的外国文学作品也十分有限。尽管他后来开始学习英语，但在当时他对外国文学的了解主要还是依靠翻译。此外，即使能找到外国文学作品的译本，他还是读的不算多。因此作为一位唯物主义者，毛泽东既然外国文学作品读得不多，也就本着实事求是的态度很少对之做出评点，这也说明了为什么在他的著述中对外国文学作品极少引证的原因。在整个《讲话》中，他只提到一部外国小说，就是那部由苏联革命作家法捷耶夫写的《毁灭》，尽管那部作品在当时的苏联和中国的根据地有较高的知名度，但在西方国家却鲜为人知，而且这部作品本身由于鲜明的政治倾向性遮蔽了艺术性而使得艺术上无甚特色。随着时间的推移，今天的俄罗斯文学研究者几乎已经忘记了这部作品，更不用说载入世界文学史册了。而毛泽东却做了这样的评论："法捷耶夫的《毁灭》，只写了一支很小的游击队，它并没有去投合旧世界读者的口味，但是却产生了全世界的影响，至少在中国，像大家所知道的，产生了很大的影响。"① 显而易见，正是他的政治倾向性致使他在不知情的情况下做出了上述误判。在毛泽东以后的著作中，他就更少地提及并引证外国文学作品了。这也体现了他一贯坚持的实事求是态度：不懂就是不懂，绝不装懂。

实际上，正如我们所知道的，法捷耶夫除了在自己的祖国苏联有着较高的知名度外，只是在中国还有些名气，他的小说《毁灭》也是如此。显然，由于毛泽东的外语知识和世界文学知识的局限，他甚至通过译本读过的外国文学作品也十分有限，因此他在《讲话》中再也不提及其他外国文学作品了，这自然与他对中国古代文学和历史掌故的娴熟掌握和灵活运用形成了鲜明的对比。毛泽东作为一位文学家，除了热爱诗词外，也读遍了中国古典文学名著，他在自己的演讲和著作中频繁地引用中国古典小说《水浒传》《三国演义》和《红楼梦》，并经常做出自己的独特理解和

---

① 毛泽东:《在延安文艺座谈会上的讲话》,《毛泽东选集》(第三卷)，第876页。

阐释。因此我们很容易在他的全部著作中看到他对这些中国文学经典的引用。即使如此，他依然在他的相当一些著作中坚持批判地继承一切古代的和外国的文学艺术。在中华人民共和国成立后，他对待外国文学的态度仍然是"洋为中用，推陈出新"。这一观点通过他对马克思主义的能动理解和注重实践的态度得到了发展。

我们都知道，毛泽东生前对那些教条地运用马克思主义来指导中国革命的人深恶痛绝，他自己在成为中国共产党和红军的最高领导人之前也曾经深受其害。因此他在《讲话》中告诫人们，"我们说的马克思主义，是要在群众生活群众斗争里实际发生作用的活的马克思主义，不是口头上的马克思主义。把口头上的马克思主义变成实际生活里的马克思主义，就不会有宗派主义了"[①]。也就是说，毛泽东始终认为，马克思主义的基本原理只有与中国革命的具体实践相结合才能发挥真正的作用，这是他毕生所坚持并一贯强调的一个基本原则，这一点也体现于他的文艺思想和理论。他不同于王明那些教条主义的马克思主义者，他们只会照本宣科般地传达斯大林的旨意和共产国际的指令，颐指气使地试图以此来指导中国的革命和抗日战争，而毛泽东则坚持活的马克思主义的灵魂，而不是口头上的马克思主义。这一实事求是的态度和精神后来也得到了中国几代领导人在建构中国的文学理论话语中继承和发扬光大。在这方面，我们应当说，发表于八十年前的《讲话》即使在今天看来也绝没有过时，虽然有些提法在现在看来已经不那么恰当了，但如果我们将其放在一个特定的历史时期和条件下来理解它，就不会有所误解了。可以说，《讲话》依然对今天的中国领导人及文学理论家和学者有所启迪，这一点我们将在下面要讨论的习近平的《讲话》中见出。此外，通过翻译的中介，《讲话》在全世界范围内也得到了广泛的传播，并且依然不断地引发批评性讨论和学术研究甚至辩

---

① 毛泽东:《在延安文艺座谈会上的讲话》,《毛泽东选集》(第三卷), 第858页。

论。① 这种广泛的影响是任何一位中国文学理论家的著作都无法比拟的。

对那些试图运用马克思主义来取代一切的教条主义者，毛泽东在《讲话》中也提出了尖锐的批评："马克思主义只能包括不能代替文艺创作中的现实主义，正如它只能包括不能代替物理科学中的原子论、电子论一样。空洞干燥的教条公式是要破坏创作情绪的，但是它不但破坏创作情绪，而且首先破坏了马克思主义。教条主义的'马克思主义'并不是马克思主义，而是反马克思主义的。"② 毛泽东在号召作家艺术家学习外国的东西的同时，也反对"全盘西化"的实践。在他看来：

> 所谓"全盘西化"的主张，乃是一种错误的观点。形式主义地吸收外国的东西，在中国过去是吃过大亏的。中国共产主义者对于马克思主义在中国的应用也是这样，必须将马克思主义的普遍真理和中国革命的具体实践完全地恰当地统一起来，就是说，和民族的特点相结合，经过一定的民族形式，才有用处，决不能主观地公式地应用它。公式的马克思主义者，只是对于马克思主义和中国革命开玩笑，在中国革命队伍中是没有他们的位置的。中国文化应有自己的形式，新民主主义的内容——这就是我们今天的新文化。③

即使在新中国成立后，毛泽东依然坚持文学艺术的民族方向，但是他依然不忘学习国外先进的东西。1956年，针对文学艺术界有人认为学了外国的东西会影响本民族的东西，他认为这并不一定："学了外国的，就对中国的没有信心，那不好。但不是说不要学外国"，在文化上，该学的也要

---

① 关于《讲话》在全世界所产生的的影响，可参阅 Bonnie McDougall, *Mao Zedong's 'Talks at the Yan'an Conference on Literature and Art': A Translation of the 1943 Text with Commentary*, Ann Arbor: Center for Chinese Studies, University of Michigan, 1980.
② 毛泽东：《在延安文艺座谈会上的讲话》，《毛泽东选集》（第三卷），第874页。
③ 毛泽东：《新民主主义的文化》，《毛泽东论文艺》，人民文学出版社1992年版，第29—30页。

学,"近代文化,外国比我们高,要承认这一点。艺术是不是这样呢?中国某一点上有独特之处,在另一点上外国比我们高明。小说,外国是后起之秀,我们落后了。鲁迅对于外国的东西和中国的东西都懂,但他不轻视中国的……我们接受外国的长处,会使我们自己的东西有一个跃进。中国的和外国的要有机地结合,而不要套用外国的东西"。① 由此可见,在毛泽东看来,即使学习外国的东西,也不应当偏废中国的东西,因为学习外国的东西的目的也如同当年鲁迅的态度一样,是为了"为我所用",也即借鉴和学习外国的文学艺术,用于发展中国自己的文学艺术。应该说,这是毛泽东坚持马克思主义的世界文学观对中国的文学艺术发展给予的指导性意见。

三、《讲话》的遗产与当下的意义

尽管毛泽东于1976年去世后受到国内一些人的批评甚至诋毁,这主要是因为他晚年犯了一些严重的错误,尤其是错误地发动了"文化大革命",被反革命集团利用,使得一大批党和国家领导人受到无辜的批斗,有些人甚至被迫害致死,但毛泽东思想仍然在今天被当作中国社会主义革命和建设的指导方针。当然,毛泽东思想并非毛泽东一人所专有,而是中国共产党第一代中央领导集体智慧的产物,在这方面,毛泽东本人的贡献最大。非常有意思的是,"文革"后,当有人指责邓小平修正并违背毛泽东思想时,邓小平也照样以当年毛泽东对待马克思主义的态度对那些坚持"两个凡是"的人予以了严厉的驳斥。邓小平认为,中国共产党的领导集体应当完整地、准确地理解马克思主义和毛泽东思想,而不只是照搬他们的一些只言片语。任何一位无产阶级的革命领袖和党的领导人都不可能是完人,他们的思想理论也不可能一点缺陷都没有。不承认这一点就不是一个真正的唯物主义者。同样,对待毛泽东本人以及毛泽东思想也是如此,

---

① 毛泽东:《同音乐工作者的谈话》,《毛泽东论文艺》,第96页。

不能认为凡是毛泽东在某个特定的场合说过什么话就将其当作金科玉律，而应该本着实事求是的态度来对待毛泽东本人和他的思想。在这方面，邓小平通过对毛泽东的功绩和错误的实事求是的分析，在很大程度上继承了毛泽东的遗产，并在新的历史时期加以了创造性的发展。习近平也对中外文学情有独钟，他在近几年的一系列讲话中不时地引证他所读过的中外文学作品，充分体现了他对文学艺术的热爱和重视。① 在习近平看来，中国当前处于全面实现现代化和建设小康社会的新时代，在这样一个新时代，确立文化自信显得更为重要。

在过去的几十年里，毛泽东的国际声誉及影响已经得到了国内外的广泛认可。从今天的角度来看，我们完全可以这样认为，在整个20世纪，没有哪一个国家的马克思主义者可以与毛泽东相比。毛泽东思想不仅影响了阿尔都塞（Louis Althusser）、萨特等法国理论家②，即使对西蒙娜·德·波伏瓦（Simone de Beauvoir）这样的女权主义思想家③和巴迪欧这样的"毛主义"者也有着极大的启迪和影响。④ 受到马克思主义影响的法国左翼知识分子、结构主义理论家和符号学家克里斯蒂娃（Julia Kristeva）在谈到毛泽东及新中国的成就时，曾经满怀深情地回顾了她首次访问中国时的观感和对中国的好奇和兴趣：

在70年代，我第一次来中国的时候，我的主要目的不是来研究中国的马克思主义，我是想了解中国人的思想，最想了解中国文化。所以我当时来时，对毛主席有些地方我们是有保留，而对有些地方我们

---

① 这方面尤其可参阅中共中央宣传部编：《习近平总书记在文艺座谈会上的重要讲话读本》。

② Cf. Liu Kang, "Maoism: Revolutionary Globalism for the Third World Revisited," *Comparative Literature Studies*, Vol. 52, No. 1 (2015): 12–28.

③ Cf. Christina van Houten, "Simone de Beauvoir Abroad: Historicizing Maoism and the Women's Liberation Movement," *Comparative Literature Studies*, Vol. 52, No. 1 (2015): 112–129.

④ Cf. Yiju Huang, "On Transference: Badiou and the Chinese Cultural Revolution," *Comparative Literature Studies*, Vol. 52, No. 1 (2015): 29–46.

又很羡慕他。当时我发现毛主席的思想当中,他对中国文化的特点,有时候也会提出来。我们来时就想知道中国的老百姓与其他的人到底有什么区别呢,这是我最想了解的一个问题。而且我也很想了解中国当时的知识分子对自己文化的特性,是不是有一种意识,是不是有所了解或者会不会经常反省,那就是中国文化到底有这个特性还是没有这种特性。这也是我想了解的问题。有些人在研究中国文化时,对中国的科技史,或者中国传统的生物学、数学等感兴趣。而我是对中国文化中的文科最感兴趣,就想了解中国妇女在中国文化中的地位,通过道家思想、儒家思想等等,了解妇女的条件是怎样演变的,在经过社会主义之后妇女的状况也有一些变化,这些都是我很想了解的方面。①

尽管克里斯蒂娃并不能算作是一位马克思主义者,但她早期所受到的马克思主义的教育和影响以及对毛泽东的"中国化"的马克思主义的兴趣已经深深地留在她的记忆中,使她难以忘却。此外,毛泽东的学说也吸引了美国的新马克思主义理论家詹姆逊,他每次来中国访问讲学,都要设法寻访毛泽东的足迹,以便表达对毛泽东本人的敬意。在今天的一些非洲和拉丁美洲国家,毛泽东的崇拜者更是数不胜数。这不仅与他的个人魅力有关,更是因为他的思想和理论对这些国家摆脱殖民统治、发展自己国家的经济和文化有着重要的启迪和影响。根据一些中国学者的研究,在中国的所有外译文学作品和理论著作中,毛泽东著作的外译数量最大,所涉及的语种也最多。仅就一些不完全的数据显示,除中国之外已有数十个国家建立了近百家专门研究毛泽东及其思想的机构。目前在全世界范围内已出版的毛泽东研究论著已达1600多部、论文超过了1万篇。不可否认的是,中国的

---

① 参阅尹庆红:《〈马克思主义美学研究〉聘任朱丽娅·克里斯蒂娃教授为编委仪式暨学术座谈会纪要》,《马克思主义美学研究》第13卷第2期,第318页。

外文出版社也不遗余力地在全世界出版《毛泽东选集》的各种版本，但是大多数毛泽东著作的外译还是国外学者主动发起并承担的。他们之所以关注毛泽东及其著作，主要是为了通过对毛泽东的了解来看社会主义新中国的发展，进而从中国现象来看全世界普遍存在的问题。正如李君如所指出的，"在目前经济全球化格局愈来愈明显的趋势下，毛泽东及其思想的研究也愈来愈超越国界而具有了国际化特征"①。另外根据不完全统计，从新中国成立到1967年10月，世界各国以65种文字翻译出版毛泽东著作共达853种，其中《毛泽东选集》48种，单篇本、文集、汇编本、语录等805种。② 这仅仅是二十年前的数据，而今天，这个数字已经远远超过了早先的数据。确实，除了中国本国外，全世界还有54个国家和地区也翻译出版了毛泽东著作，有39个国家与地区在报刊上发表毛泽东著作和《毛泽东诗词》，全世界有20种文字、35个版本的《毛泽东语录》。这一切都已成为中国的马克思主义理论家必须面对并进行研究的一个现象。③

应该承认，毛泽东的遗产已经成功地被他的几代继任人继承了下来，尽管有时也不乏对他的错误的批评。例如邓小平就曾公正地把毛泽东的成绩和错误做了"三七开"，也即"七分成绩三分错误"，这应该是实事求是的态度和公正的评价。按照邓小平所坚持的四项基本原则，坚持马克思列宁主义和毛泽东思想是其中的重要一项，这对于社会主义中国来说，是不可动摇的。而后来的邓小平理论、"三个代表"重要思想、科学发展观以及习近平新时代中国特色社会主义思想都是继承毛泽东遗产的产物，也都是由毛泽东思想这一中国化的马克思主义发展而来的。或者用毛泽东本

---

① 李君如：《毛泽东是属于中国的，也是属于世界的——〈国外学者评毛泽东（修订版）〉序》，《湖南科技大学学报》（社会科学版）2005年第3期。
② 方厚枢：《毛泽东著作出版纪事（1949—1982年）》，《出版史料》2001年第1期。
③ 令人可喜的是，中国社会科学院大学的马克思主义理论骨干博士生项目对马克思主义文学观予以了极大的重视，甚至一些博士研究生也开始以毛泽东的著作的海外传播为题撰写博士论文。这方面可参阅邓海丽的博士论文《毛泽东文艺思想的英译及其影响研究》（2021，指导教师：王宁）。

人的话说，就是当代中国的一种活的马克思主义。

毛泽东关于文学艺术的思想和理论也是如此，它是马克思主义的基本原理与中国文学艺术的具体实际相结合的产物，同时这些思想观点也不断地得到他的战友们的补充和完善。因此毛泽东的遗产并不仅仅属于中国共产党人，它也属于全世界的马克思主义者和一切进步人民。由毛泽东等中国的马克思主义者发展建构的中国化的马克思主义说明，一方面，马克思主义作为一个完整的科学的理论体系绝不是静止的，而是动态的和发展的，需要由不同国家和地区的具体实践来不断地加以补充和完善；另一方面，中国的马克思主义者在实践中获取的成功经验也对世界马克思主义运动做出了中国的独特贡献。对于这一点我们应该有清醒的认识。

毋庸讳言，毛泽东和他的许多同时代战友不同的地方在于，他除了去过苏联两次以外，一生基本上从未去过其他国家。他早年曾有机会和周恩来等一起赴法国勤工俭学，但直到最后一刻却因故而未能成行，因此他是一个典型的中国本土生长起来的马克思主义者。他十分热爱自己的祖国，从不允许自己国家的主权受到任何人的侵占，不管是像美国那样的帝国主义国家还是苏联那样的社会帝国主义国家。虽然毛泽东主要是一位民族主义者，但他从不拒绝一种新的文化应当继承古代的和外国的进步文化，因此他也十分重视建构中国自己的社会主义文学艺术理论和原则。革命的现实主义与革命的浪漫主义的结合就是他能动地对马克思主义的文艺思想加以理解和发展的结果，这显然超越了苏联的社会主义现实主义的文学教义。也就是说，他对浪漫主义和现实主义给予了同样的重视，认为它们都应该是社会主义新中国的文学创作的基本方法。这在一定程度上大概与他本人作为一位诗人热爱浪漫主义诗歌不无关系。

如前所述，毛泽东思想的形成并非仅仅是毛泽东个人的思想，而是中国共产党第一代领导人的集体智慧，在这方面，邓小平也做出了独特的贡献。作为党和国家第一代领导集体中的重要成员和第二代领导集体的核心和掌舵人，邓小平也和毛泽东一样，历来重视意识形态问题，由于文学艺术是一种独特的审美意识形态形式,因而也受到他的高度重视。粉碎"四人帮"后,邓小平再度复出,并迅速成为党的第二代领导集体的核心,他在1979年10月30日的中国文学艺术工作者第四次全国代表大会上,代表党中央和国务院致辞。他在致辞中总结了粉碎"四人帮"以来文学艺术界出现的新气象,认为:

> 在党中央的领导下,文艺界已经和正在落实党的知识分子政策,过去受到人民欢迎的一大批文艺作品重新和人民见面。文艺工作者心情舒畅,创作热情高涨。短短几年里,通过清算林彪、"四人帮"的罪行和谬论,已经出现了许多优秀的小说、诗歌、戏剧、电影、曲艺、报告文学以及音乐、舞蹈、摄影、美术等作品。这些作品,对于打破林彪、"四人帮"设置的精神枷锁,肃清他们的流毒和影响,对于解放思想,振奋精神,鼓舞人民同心同德,向四个现代化进军,起了积极的作用。回顾三年来的工作,我认为,文艺界是很有成绩的部门之一。文艺工作者理应受到党和人民的信赖、爱护和尊敬。斗争风雨的严峻考验证明,从总体来看,我们的文艺队伍是好的。有这样一支文艺队伍,我们党和人民是感到十分高兴的。①

在这篇致辞中,邓小平依然沿袭了毛泽东的文学艺术观,强调了文艺的人民性,而不仅仅是像抗战时期那样主要为工农兵服务。此外,他也强调了文艺的斗争功能,也即在揭批林彪、"四人帮"两个反革命集团方面所起到的揭露黑暗、教育人民的重要作用。但是另一方面,邓小平又强调了文学艺术之于实现四个现代化的建设性作用。这显然对过去毛泽东更加强调文学艺术的斗争性而非建设性有所发展。

　　长期以来,西方学界流行一种看法,认为邓小平放弃了毛泽东的遗

---

① 中共中央宣传部文艺局编:《邓小平论文艺》,人民文学出版社1989年版,第4页。

产，其实这是极大的误解。即使在文学艺术方面，邓小平也坚持了毛泽东的遗产，并根据改革开放的新的时代特征加以发展。例如，他在《党的组织和思想战线上的迫切任务》这篇文章中讨论了文学艺术创作和哲学社会科学理论一系列问题，他旗帜鲜明地反对两个极端：一是"一切向钱看"，放弃了文艺创作的方向和作家、艺术家的社会良知；二是放弃原则，一切迎合西方资产阶级所好：

> 文艺方面，近年来反映社会主义建设新生活的文学作品多了一些，这是值得欢迎的。但是，能够振奋人民和青年的革命精神，推动他们勇敢献身于祖国各个领域的建设和斗争，具有强大鼓舞力量的作品，除了报告文学方面比较多以外，其他方面也有，可是不能说多。一些人对党中央提出的文艺为人民服务、为社会主义服务的口号表示淡漠，对文艺的社会主义方向表示淡漠，对党和人民的革命历史和他们为社会主义现代化而奋斗的英雄业绩，缺少加以表现和歌颂的热忱，对社会主义事业中需要解决的问题，很少站在党的积极的革命的立场上提高群众的认识，激发他们的热情，坚定他们的信心。相反，他们却热心于写阴暗的、灰色的、以至胡编乱造、歪曲革命的历史和现实的东西。有些人大肆鼓吹西方的所谓"现代派"思潮，公开宣扬文学艺术的最高目的就是"表现自我"，或者宣传抽象的人性论、人道主义，认为所谓社会主义条件下人的异化应当成为创作的主题，个别的作品还宣传色情。这类作品虽然也不多，但是它们在一部分青年中产生的影响却不容忽视。①

如果我们对照这篇文章与毛泽东的《讲话》精神，就可以很容易地看出，他们对文学艺术的功用的看法是基本一致的：在毛泽东看来，由于当时的

---

① 中共中央宣传部文艺局编：《邓小平论文艺》，第82—83页。

中国处于特定的历史时期,因此文学艺术主要的服务对象是工农兵,而在邓小平看来,在今天的全面建设社会主义现代化国家的新时期,文学艺术主要应体现一种鼓舞人民斗志的正能量,而不能忘记文艺为人民服务和为社会主义服务这一方向;毛泽东毫不留情地批判了诸如梁实秋、周作人和张资平这些资产阶级作家和知识分子,邓小平则结合20世纪80年代的中国文化形势,旗帜鲜明地反对西方的"现代派"思潮,反对在文艺作品中一味地"表现自我",或者宣传抽象的人性论、人道主义。尽管两人所处的时代不同,但是对文学艺术的期待仍是一致的。

四、习近平与世界文学研究

在毛泽东以后的几代中国领导人中,习近平与文学的关系也许最为密切,我们甚至可以说,他与世界文学的关系也最为密切,这显然在很大程度上由于他当年在陕北插队时就如饥似渴地阅读了许多文学作品,从而对文学艺术有着特别的钟爱。所以他在担任党和国家最高领导人后,很快就表现出对文学艺术的特别重视。2014年10月15日,习近平在北京主持了一次文艺座谈会。在这次会议上,他代表党中央和国务院向一些中老年作家和青年作家、艺术家以及党和政府负责文艺工作的官员做了讲话。在他的讲话中,习近平着重谈了五个问题:(1)实现中华民族的伟大复兴需要中国文化的繁荣;(2)必须创造不负于我们这个时代的优秀作品;(3)必须坚持为人民而创作的方向;(4)中国的精神是社会主义文艺的灵魂;(5)必须加强和改善党对文学艺术工作的领导。这在很大程度上与毛泽东的《讲话》精神是一致的,只是更加强调了文学艺术的时代特征和在新的历史时期的新的功能,同时也强调了文学艺术的人民性和民族性,以及党对文学艺术的领导。显然,习近平及其他党和国家领导人已经继承了毛泽东的文学艺术遗产,这一点还体现于中共十九大及其一系列文件,这次会议标志着我们已经进入了一个新时代,在这样一个时代,毛泽东思想仍然受到高度重视,并被发展到一个新阶段。①

习近平在他的《讲话》中,一方面继承和发展了毛泽东的文艺理论并试图将其作为中国的社会主义文学艺术创作和理论批评的指导原则,另一方面又向中国的文艺工作者提出了新的任务。如果我们比较一下这两个《讲话》,我们就可以轻易地发现它们都体现了各自所处的时代的精神:在毛泽东的《讲话》中,更为强调的是民族性,而在习近平的《讲话》中,则尤其强调了中国文学艺术的国际重要性。而且习近平的《讲话》提及了许多世界文学名著,这不仅表明他本人对这些作品的钟爱,更是试图表明,中国的文学艺术作品不仅是为中国人民创作的,同时也是为全世界人民所创作的。因此就这一点而言,我们可以说,习近平将继续毛泽东的宏大抱负,也即中国应当对于人类做出较大的贡献,不仅在全球政治和经济方面应该这样,而且在文学艺术方面,中国的文学艺术家也应该有所作为。确实,随着中国的综合国力的日益发展强大,毛泽东思想的普遍价值和意义,尤其是他的文学艺术观点,也将越来越得到世人的重视。他的文艺思想对全球马克思主义文学理论的贡献将越来越得到世人的认可。在这一小节,我们初步尝试着对习近平的讲话精神做一简略的阐释。

首先,习近平作为一位青年时代的文学青年,对文学艺术的兴趣十分浓厚,并且在那个非常的时期,阅读了许多中外文学名著,因此他在《讲话》中对这些作家艺术家及其作品的提及如数家珍般地熟悉,并不时地结合自己的亲身经历谈他自己的体会。他指出:

> 古希腊产生了对人类文明影响深远的神话、寓言、雕塑、建筑艺术,埃斯库罗斯、索福克勒斯、欧里庇得斯、阿里斯托芬的悲剧和喜剧是希腊艺术的经典之作。俄罗斯有普希金、果戈理、莱蒙托夫、屠格涅夫、陀思妥耶夫斯基、涅克拉索夫、车尔尼雪夫斯基、托尔

---

① 参阅中共中央宣传部编:《习近平总书记在文艺座谈会上的重要讲话读本》。

斯泰、契诃夫、高尔基、肖洛霍夫、柴可夫斯基、里姆斯基-科萨科夫、拉赫玛尼诺夫、列宾等大师。法国有拉伯雷、拉封丹、莫里哀、司汤达、巴尔扎克、雨果、大仲马、小仲马、莫泊桑、罗曼·罗兰、萨特、加缪、米勒、马奈、德加、塞尚、莫奈、罗丹、柏辽兹、比才、德彪西等大师。英国有乔叟、弥尔顿、拜伦、雪莱、济慈、狄更斯、哈代、萧伯纳、透纳等大师。德国有莱辛、歌德、席勒、海涅、巴赫、贝多芬、舒曼、瓦格纳、勃拉姆斯等大师。美国有霍桑、朗费罗、斯托夫人、惠特曼、马克·吐温、德莱赛、杰克·伦敦、海明威等大师。①

虽然这些文学艺术大师都是西方国家产生出的，但是他们的作品通过翻译的中介已经旅行到世界各地，对包括中国文学在内的全世界的文学和艺术都产生了巨大的影响。作为中国的文学艺术家，应该对这些世界文学艺术大师的作品非常熟悉。在这方面，习近平作为一位曾经的文学青年深有体会。他从这些文学大师的作品中汲取了丰富的精神文化营养，所以他在演讲时能够信手拈来一些例子，使得他的语言很接地气，并富有魅力。②

习近平还表明，作为中国的文学艺术工作者，我们不仅应该对世界文学艺术颇为熟悉，而且更应该扎根在中国的文化土壤里，这样才能创作出人民欢迎的优秀作品。此外，在阅读外国文学作品时，我们不能仅关注西方的文学作品，对东方国家的优秀文学艺术作品也应该有所了解。在这方面，习近平显然超越了过去那种提到世界文学或者仅关注苏联文学，或者一味追求西方文学的简单做法，而是更加强调文学的世界性。讲到这里，他不禁回顾了他的亲身经历：

---

① 《习近平在文艺工作座谈会上的讲话》（2014年10月15日），《人民日报》2015年10月15日，http://cpc.people.com.cn/n/2015/1015/c64094-27699249-2.html。2020年4月7日下载。
② 关于习近平的语言风格和对文学作品的娴熟运用，参阅陈锡喜主编：《平易近人：习近平的语言力量》，上海交通大学出版社2017年版。

我最近访问了印度,印度人民也是具有非凡文艺创造活力的,大约公元前1000年前后就形成了《梨俱吠陀》《阿达婆吠陀》《娑摩吠陀》《夜柔吠陀》四种本集,法显、玄奘取经时,印度的诗歌、舞蹈、绘画、宗教建筑和雕塑就达到了很高的水平,泰戈尔更是产生了世界性的影响。我国就更多了,从老子、孔子、庄子、孟子、屈原、王羲之、李白、杜甫、苏轼、辛弃疾、关汉卿、曹雪芹,到"鲁郭茅巴老曹"(鲁迅、郭沫若、茅盾、巴金、老舍、曹禺),到聂耳、冼星海、梅兰芳、齐白石、徐悲鸿,从诗经、楚辞到汉赋、唐诗、宋词、元曲以及明清小说,从《格萨尔王传》《玛纳斯》到《江格尔》史诗,从"五四"时期新文化运动、新中国成立到改革开放的今天,产生了灿若星辰的文艺大师,留下了浩如烟海的文艺精品,不仅为中华民族提供了丰厚滋养,而且为世界文明贡献了华彩篇章。①

确实,正如已故东方文学大师季羡林多次强调的,中印文学关系源远流长,并且体现在诸多方面,"到了六朝时代,印度神话和寓言对中国文学影响的程度更加深了,范围更加广了。在这时候,中国文学史上出现了一类新的东西,这就是鬼神志怪的书籍。只要对印度文学稍稍涉猎过的人都能够看出来,在这些鬼神志怪的书籍里面,除了自秦汉以来中国固有的神仙之说以外,还有不少的印度成分"②。而在近现代,中印文学关系就更为密切了,印度现代作家泰戈尔对中国文学的影响以及其与中国作家的交往就是一例。③

在这里,我们注意到,习近平并没有简单地把文学分为中国文学和外国文学,而是将其整体视为世界文学,他也没有仅关注俄苏和西方文

---

① 《习近平在文艺工作座谈会上的讲话》。
② 王邦维选编:《中国文化书院九秩导师文集·季羡林卷》,东方出版社2013年版,第277页。
③ 参阅季羡林:《纪念泰戈尔诞生118周年》,《季羡林全集》(第10卷),外语教学与研究出版社2009年版,第274页。

学,而且也重视东方文学,并在谈到东西方的文学时,自觉地将中国的文学看作世界文学的一部分。这无疑体现了他的深厚的文学素养和对世界文学理念的敏感。这种思想也体现在他在致力于构建人类命运共同体时所展现出的世界主义思想。也即在习近平看来,世界文学不仅包括前面提及的那些西方文学艺术大师,东方国家的文学也对之做出了重要的贡献。而中国作为一个古老的东方文明古国,中国的文学和哲学也为世界产生出了丰富的文化艺术珍品,它们"不仅为中华民族提供了丰厚滋养,而且为世界文明贡献了华彩篇章"。作为一位文学爱好者并在这方面有所造诣的领导人,习近平对中国文学的博大精深确实感到由衷的自豪,并希望中国文学能够走向世界,为世界人民共同分享。确实,我们都知道,在习近平成长的时代,俄苏文学对那一代中国青年产生了巨大的影响,包括习近平本人在内的许多文学青年都曾经如饥似渴地阅读这些作品,汲取其中的丰富文化精神食粮。今天,他虽然肩负着领导14亿中国人民的重任,但他依然对过去的事情记忆犹新,并且丝毫不回避世界文学曾经给他的帮助和启示:

> 去年3月,我访问俄罗斯,在同俄罗斯汉学家座谈时就说到,我读过很多俄罗斯作家的作品,如年轻时读了车尔尼雪夫斯基的《怎么办?》后,在我心中引起了很大的震动。今年3月访问法国期间,我谈了法国文艺对我的影响,因为我们党老一代领导人中很多到法国求过学,所以我年轻时对法国文艺抱有浓厚兴趣。在德国,我讲了自己读《浮士德》的故事。那时候,我在陕北农村插队,听说一个知青有《浮士德》这本书,就走了30里路去借这本书,后来他又走了30里路来取回这本书。我为什么要对外国人讲这些?就是因为文艺是世界语言,谈文艺,其实就是谈社会、谈人生,最容易相互理解、沟通心灵。①

---

① 《习近平在文艺工作座谈会上的讲话》。

在这里，习近平并没有使用那些高深的理论措辞，而是以自己的亲身经历讲述自己对世界文学的看法以及世界文学对他本人的启迪。我们不难看出，习近平不仅继承了毛泽东和邓小平对中国的文学艺术的人民性和民族性的强调，而且更加致力于在新的时代弘扬文学艺术的世界性。既然文学艺术作为一种"世界语言"，那么它们在一定程度上也就是无国界的，外国的文学艺术固然启迪了中国的广大读者观众，中国的优秀文学艺术也应该为世界人民所分享，这显然与他提出的构建人类命运共同体的愿望是一致的。因此习近平十分重视中国文学艺术走向世界：

> 还有，国际社会对中国的关注度越来越高，他们想了解中国，想知道中国人的世界观、人生观、价值观，想知道中国人对自然、对世界、对历史、对未来的看法，想知道中国人的喜怒哀乐，想知道中国历史传承、风俗习惯、民族特性，等等。这些光靠正规的新闻发布、官方介绍是远远不够的，靠外国民众来中国亲自了解、亲身感受是很有限的。而文艺是最好的交流方式，在这方面可以发挥不可替代的作用，一部小说、一篇散文、一首诗、一幅画、一张照片、一部电影、一部电视剧、一曲音乐，都能给外国人了解中国提供一个独特的视角，都能以各自的魅力去吸引人、感染人、打动人。京剧、民乐、书法、国画等都是我国文化瑰宝，都是外国人了解中国的重要途径。文艺工作者要讲好中国故事、传播好中国声音、阐发中国精神、展现中国风貌，让外国民众通过欣赏中国作家艺术家的作品来深化对中国的认识、增进对中国的了解。要向世界宣传推介我国优秀文化艺术，让国外民众在审美过程中感受魅力，加深对中华文化的认识和理解。①

毫无疑问，这正是习近平等党和国家领导人对当代文学艺术家的期待。习

---

① 《习近平在文艺工作座谈会上的讲话》。

近平在出任党和国家最高领导人之后，除了主持繁重的国内党政军工作外，还频繁地出国访问，为在国际社会树立中国新一代领导人的形象做出了卓越的贡献，在一系列国际活动中充分展示了一个大国领导人的风范和才能。同时他也注意到，较之中国的政治和经济之于世界的影响，中国的文化和文学的影响要小得多。他从毛泽东早年的这一教导中得到启示：中国应当对于人类做出较大的贡献。这样的贡献具体体现在何处呢？毋庸置疑，中国经济的腾飞已经使得中国成为世界第二大经济体，而中国的文化作为一种软实力，其作用并没有得到应有的重视。因此作为党和国家领导人的习近平试图通过与文学艺术家的直接交流，号召他们不仅为中国人民而创作，同时也要为全世界一切热爱中国文化的人民而创作。这显然与他的世界主义宽阔胸襟是一致的。

第三章 世界主义与世界文学

在全球化进程日益向前推进的时代，越来越多人感到，我们所生活的世界早已不是孤立的一隅，而是一个彼此依附和相互关联的硕大无垠的"地球村"或"想象的共同体"，人类正是出于其共同的命运而使其成为这样一个"共同体"。因此在这样一个时代，世界主义这个并不算太新的话题又重新进入了人文社会科学研究者的视野，并在学术界引起了广泛、热烈的讨论。毫无疑问，在当今这个全球化的时代谈论世界主义并不会让人感到无的放矢，因为我们确实彼此之间的交流大大地快捷便利了。因此，毫不奇怪，今天，"世界主义已经成为一个极其流行的修辞载体，并一度用来主张已经具有全球性的东西，以及全球化所能提供的极具伦理道德意义的愿望"①。但对于究竟什么是世界主义，它与我们所生活的这个时代和社会有何直接的关系，它与民族和国家的命运关系如何，它在当今全球化时代的新的形态以及它在何种程度上有利于社会和文化事业的发展，等等，这些复杂的关系都是我们需要厘清的。此外，在文化领域里谈论全球化和世界主义，必然涉及另外两个现象：全球文化和世界文学。我们从文化和文学的角度来讨论世界主义现象，自然要涉及世界文学问题，这些应该说都与世界主义有着密切的关联。本章在笔者以往研究的基础上，首先回顾世界主义这一概念在西方的出现、其历史演变以及当下的形态和特征，然后着重讨论世界主义在文化上的反映：世界文学，最后提出中国文学的世界性特征以及如何促使中国文学和人文学术有效地走向世界的策略。

第一节　世界主义的概念及其历史演变

一、世界主义概念的起源及萌发

如同现代性、后现代主义以及全球化这些在当今学界热烈讨论的理

---

① Craig Calhoun, "Cosmopolitanism and Nationalism," *Nations and Nationalism*, Vol. 14, No. 3 (2008): 427.

论概念，世界主义在西方乃至当下的国际学界的热烈讨论也绝非偶然。它虽然主要是在20世纪90年代兴起于西方学界，但它迄今已经有了漫长的历史。作为一个跨越学科界限的理论概念和批评话语，世界主义也绝非出现在20世纪后半叶的一个现象，它有着悠久的发展演变的历史，其源头最早甚至可以追溯到古希腊时期的哲学思想。我们现在所使用的"世界主义"这个英文词的前半部分 cosmos 就出自希腊语 Κόσμος（the Universe），意指宇宙和世界，后半部分 polis 来自 Πόλις（city），意指城市和城邦，二者合在一起就意味着世界城市或世界城邦，而持有这种信念和伦理道德信条的人也就被称为"世界主义者"（cosmopolite），他们所持有的这种主张和概念自然就被称为"世界主义"。这就是世界主义的起源。我们在本章中将世界主义的历史演变分为三个阶段：古希腊阶段是它的"前历史"，启蒙时期康德的发展和贡献标志着它的"高涨期"，而20世纪以来的全球化时代则是世界主义发展的巅峰期。它终于从一个极具乌托邦色彩的建构发展演变成为当下的一个不可忽视的社会现实。

诚然，世界主义主要是一个政治哲学概念，其伦理道德色彩十分浓厚，它的基本意思为：所有的人类种族群体，不管其政治隶属关系如何，都属于某个大的单一社群，他们彼此分享一种基本的跨越了民族和国家界限的共同伦理道德和权利义务，而且这种单一的社群应该得到培育。按照当代著名社会学家克雷格·卡尔霍恩（Craig Calhoun）的归纳，世界主义并非单一的意思，它意为专门关注作为整体的世界，而非专注于某个特定的地方或社群，它也意味着持有这种信念的人在一个多样化的社群中感到十分自在，如同在家中一样，总之，它主要是指在这个意义上个人的某种取向或承受力。[1] 这种打破民族—国别界限的世界主义显然与另一些有着强烈民族主义概念的术语诸如爱国主义（patriotism）和民族主义

---

[1] Craig Calhoun, "Cosmopolitanism and Nationalism," *Nations and Nationalism*, Vol. 14, No. 3 (2008): 428.

（nationalism）等截然相对。因此，讨论世界主义可以在三个层面进行：哲学层面的世界主义、政治学和社会学层面的世界主义以及文化艺术层面的世界主义。前两个层面经常交叠重合，因此本章的述评也就依照这条路径展开。

就世界主义的哲学层面而言，尽管在柏拉图和亚里士多德的著作里，他们并不信奉世界主义的教义，其原因在于，他们都生活在自己特定的城邦，信守特定的政治教义，因此很容易与之相认同。一旦自己的城邦遭到外敌入侵，毫无疑问，生活在城邦里的公民就会自发地参与保卫自己城邦（祖国）的战斗，因为一个被认为是"好的公民"的人是不会和外邦的人分享共同利益或为他们服务的。这样一种观点发展到后来就成了所谓的"民族主义"和"爱国主义"。实际上，他们的这些思想早在苏格拉底那里已得到预示。但是尽管如此，我们也不能由此而得出结论：古希腊先哲是世界主义的反对者。另一些常常到异国他邦去旅行的知识分子则有着较为开阔的视野，他们往往信奉一种更带有普遍意义的价值观念和伦理道德。按照《斯坦福哲学百科全书》(*Stanford Encyclopedia of Philosophy*)中"世界主义"词条的描述，西方第一位对世界主义给出较为详尽描述和界定的哲学家是生于公元前4世纪的犬儒派哲人第欧根尼，他受到苏格拉底的启迪，并不把自己的归属局限于某个特定的城邦。当被别人问到他从哪里来时，他毫不含糊地回答道："我是一个世界公民。"(I am a citizen of the world [*kosmopolitês*].) 从此，世界公民就成了持有世界主义信念的人们所共同追求的理想。同样，对于持有世界主义信念的人来说，对人类的忠诚不一定非把自己局限于某一个特定的民族—国家，他们所要追求的并非是某一个特定民族—国家的利益，而是更注重整个人类和世界的具有普遍意义的价值和利益。这种普世的价值和意义并非某个民族—国家所特有，而是所有民族和国家的人民都共有的东西。后来的斯多葛学派或犬儒学派传人们发展了这一思想，将其推广为跨越国界的和对整个人类族群的博爱。

二、世界主义的理论化和实践

虽然现代讨论世界主义的学者们很少引证古代哲人的这些论述,但他们的不少思想依然在现代哲学家那里得到响应和发展。启蒙时期应该是世界主义的一个高涨期,1795年,哲学家康德在一篇题为《为了永久的和平》的论著中提出了一种世界主义的法律/权利,并以此作为指导原则,用以保护人们不受战争的侵害,他主张在普遍友好的原则基础上遵守一种世界主义的道德和权益准则。康德认为,只有当国家按照"共和的"原则从内部组织起来时,也即只有当这些国家为了持久的和平而从外部组织成联盟时,同时只有在它们不仅尊重自己公民的人权而且也尊重外国人的人权时,真正的世界和平才有可能实现。当代哲学家德里达、哈贝马斯(Jügen Habermas)等人的思想就受其启发。晚期的德里达甚至主张用一个法语词"世界化"(mondialisation)来取代备受争议的"全球化"概念。当然,康德的这种观点也受到另一些人的反对,他们认为康德的观点前后不一致,这自然与世界主义的概念本身所具有的张力是一致的。此外,康德还介绍了一种"世界法律"的概念,这种所谓的"世界法律"是除了宪法和国际法之外的第三种公共法的领域,在这之中,国家和个人都具有一定的权利,作为个人,他们具有的是作为"地球公民"(citizens of the earth)所享有的权利,而非某个特定国家的权利。显然,这里的"地球公民"就是从早先的"世界公民"概念发展演变而来的。应该说,康德的这些思想为当代的世界主义者的不少主张奠定了一定的哲学基础,同时也为当代学者的质疑提供了一个靶子。因此可以说,在世界主义的发展史上,康德是一个无法绕过的人物,今天的不少学者就是从质疑康德的世界主义思想而提出自己的新的主张的。

如果说,19世纪前的世界主义大多停留在哲人们的假想和争论层面上的话,那么19世纪以来则是世界主义真正被付诸实施和逐步成为现实的时代。世界主义的哲学假想被政治上有所抱负的人们付诸实践。自哥伦布发现美洲新大陆以来，资本的海外扩张、弱小国家的民族工业的被吞并，以及跨国资本和新的国际劳动分工的形成等，都为经济全球化的进程做好了准备。马克思、恩格斯在《共产党宣言》中，描述了市场资本主义打破民族—国家的疆界并且大大扩展自己势力的行为，这样带来的一个后果就是生产和消费已经不仅仅限于本国，而是遥远的外国甚至海外的大陆。在《共产党宣言》中，马恩在描述了资本的全球化运作及其带来的后果后，颇有远见地将其转向了文化的方面：

> 过去那种地方的和民族的自给自足和闭关自守状态，被各民族的各方面的互相往来和各方面的互相依赖所代替了。物质的生产是如此，精神的生产也是如此。各民族的精神产品成了公共的财产。民族的片面性和局限性日益成为不可能，于是由许多种民族的和地方的文学形成了一种世界的文学。①

在这里，马恩虽然没有使用"全球化"这一术语，但是却使用了"世界主义的"（cosmopolitan）这一术语，用以描述文化知识的生产。显然，在他们眼里，世界主义是对资本主义的一种意识形态意义的反映。从今天的研究视角来看，我们不难得出结论，马恩的贡献不仅在于发现了资本主义社会剩余价值的规律，同时还在于，他们也发现了资本主义全球化的经济和文化运作规律，他们的论述成了20世纪的政治哲学学者们讨论现代性、全球化以及世界主义诸问题的重要理论资源。

马克思、恩格斯不仅探讨了资本主义生产的"世界性"特征，同时也认为，各国的无产阶级也分享一些基本的特征，并有着共同的利益，因此他们在《共产党宣言》的结束部分呼吁"全世界无产阶级联合起来"。此外，他们还认为，"无产阶级只有解放全人类才能最后解放自己"，等

---

① 参阅马克思、恩格斯：《共产党宣言》，第26—30页。

等，这些都是带有鲜明的世界主义倾向的论述。再者，马克思本人就是一个世界主义者，他的犹太血统和后来带有的共产主义信念决定了他必定要作为一个世界公民，承担四海为家、为全人类谋利益的使命。在马克思的思想的影响下建立的"第一国际"和"第二国际"就是带有这种世界主义倾向的政治和组织实践。

三、全球化时代的世界主义

进入20世纪以来，经济全球化的特征日益明显，从而也加速了政治上和文化上全球化的步伐。按照当代国际政治学者扬·阿特·肖尔特的概括，从20世纪60年代开始，尤其是80年代起，对全球化术语的使用在各种语言、社会部门、职业与学术学科间迅速传播。像全球、全球的、全球主义这样的术语有很长的使用历史，其最早的使用可追溯到拉丁语的globus。但是，"全球化"则暗含一种发展、一个过程、一种趋势和一种变化，它相对而言则是一个新词，在20世纪后半叶才得到推广和使用。若用当代术语对全球化进行概述，可以将其描述为四个主要方面：国际化、自由化、普遍化和星球化。这四个观念相互重叠补充，因为它们都在广义上指超越民族—国家界限的社会关系的增长。因此很多人也用这个术语同时指这四种观念中的几个含义。但是这四种观念又有不同的侧重点和含义，有时这些含义彼此之间甚至差别很大。因此在这些含义中选择不同的侧重点对我们了解和实践全球化观念极其重要。在这个四个定义中，国际化（internationalization）主要指跨越国界，常用于描述不同的民族和国家之间在政治、经济和贸易上的往来，带有"跨国的"和"国别间的"意思；自由化（liberalization）则常常为经济学家所使用，意为摆脱了政府的行政干预，完全按照市场经济规律运作的"自由主义的"经济模式，这样全球化就指"开放的""自由的"国际市场的产生；普遍化（universalization）常常为文化研究学者所使用，主要涉及特定的价值观念，因而全球化被解释为普遍化的观念经常基于这一假设：一个更加全球性的世界在本质上是文化上倾向于同质的世界,这种论述经常将全球化描述为"西方化""美国化"和"麦当劳化";星球化(planetarialization)则涉及信息的传播,例如,电话和因特网使横穿星球的通讯成为可能,大陆间弹道导弹锻造了贯穿星球的军事联系,气候变化包含横穿星球的生态联系,美元和欧元等货币成为全球性的货币,"人权"和"宇宙飞船地球"的话语深化了横跨星球的意识。① 毫无疑问,全球化现象在当代社会的凸显客观上为世界主义的再度兴起提供了必要的生存土壤,而世界主义则为全球化的实践提供了理论话语。因此,乌尔利希·贝克(Ulrich Beck)提醒人们,我们应该考虑两个连接为一体的过程,在这里,他把世界的相互连接称作"世界主义化"(cosmopolitanization)。他用"世界主义"来指称将这些现象当作每个人的伦理责任之源头的情感和态度。② 一些跨国的国际组织的成立就是这样一种实践。例如20世纪上半叶的国际联盟以及战后成立的联合国就是这样一些带有"全球管理"性质的国际组织。当然,这些国际组织的职能并不能取代国家的功能,更不能充当所谓的"世界政府"之职能,因此它们在很大程度上只是一种类似"乌托邦"性质的虚拟的管理机构。这也是哲学和政治社会学层面的世界主义常常遭到人们批评的一个重要原因。

对于世界主义的这种多元取向和矛盾性,已有学者洞悉并做了分析,正如卡尔霍恩所概括的,人们在使用"世界主义"这一概念时常常显得前后矛盾:

有时,"世界主义"被当做一种政治计划的主张:建立一个适于当代全球一体化的参与性机构,尤其是外在于民族—国家的框架之外。有时它则被当做个人的伦理道德取向:也即每个人都应该抱着对

---

① 参阅罗兰·罗伯逊、扬·阿特·肖尔特主编:《全球化百科全书》中文版(王宁主编)"全球化"词条,译林出版社2011年版,第304—308页。

② Cf. Ulrich Beck and Edgar Grande, *Cosmopolitan Europe*, Cambridge: Polity, 2007, pp. 5–6.

整个人类的关怀来思考和行动。有时它又被当做一种能够包含各种影响的文体能力，有时则是一种能够在差异中感到自在并赞赏多样性的心理承受力。有时它用来指所有超越地方（其依附的地方可以从村庄扩展至民族—国家）的计划。在另一场合，它又被用来指全球整体性的强有力的总体愿景，如同潜在的核能和环境灾难强加给它的风险社会概念那样。在另一些场合，它又被用来描述城市而非个人，例如纽约或伦敦，当代的德里或历史上的亚历山大，这些城市所获得的生机和特征并非来自于其居住者的相同性，而更是来自于它们学会与不同的种族、宗教、民族、语言和其他身份互动的具体方式。①

细心的读者并不难发现，卡尔霍恩在提及世界城市的世界主义特征时，却忽视了中国的两个最具有世界主义特征的国际化大都市：香港和上海。也许对于香港的世界主义特征卡尔霍恩会予以认同，但是上海的世界主义特征也是十分明显的，而且随着全球化在中国的驻足，这种世界主义特征已经变得愈益明显。我们完全可以这样说，在上海这座城市里，世界主义的因素与本土的因素常常混杂在一起，相互抵牾同时又相互补充。由于世界主义，特别是文化上的世界主义，有着对其他文化或外来文化的宽容和开放的态度，因而这一点也尤其可在上海摩登（modernity，现代性）中见出端倪。与北京这座大都市相比，上海要年轻得多，历史也短得多。它远不如北京那样有着悠久的历史和牢固的传统。在过去相当长一段时期，它甚至隶属于江苏省，直到1927年才成为一个独立的特别市，从那时起它便很快成为一座现代的世界性大都市，其中一个明显的特色就是城市里分布着一些外国殖民主义者建立的租界。也许对于这一点，曾在北京工作过的卡尔霍恩并没有注意到，但是一些华裔文化研究学者却考察得

---

① Craig Calhoun, "Cosmopolitanism and Nationalism," Nations and Nationalism, Vol. 14, No. 3 (2008): 431.

十分仔细。

关于上海的世界主义特征,李欧梵在他的专著《上海摩登》中特别开辟了专章予以讨论,并将第九章的题目定为"上海世界主义"。虽然限于篇幅,李欧梵并没有就这个现象展开讨论,但其中一些具有启迪意义的洞见对于我们从世界主义的视角来重建上海摩登和上海后现代性不无裨益。在李欧梵看来,上海的世界主义特征恰在与其(中国)本土性和西方化的同时并存,也即"正是也仅是因为他们那不容置疑的中国性使得这些作家能如此公然地拥抱西方现代性而不必畏惧被殖民化"[①]。但是李欧梵同时又指出:

> 如果说世界主义就意味着"向外看"的永久好奇心——把自己定位为联结中国和世界的其他地方的文化斡旋者——那上海无疑是30年代最具这一特色的一个世界主义城市,西方旅游者给她的一个流行称谓是"东方巴黎"。撇开这个名称的"东方主义"涵义,所谓的"东方巴黎"还是低估了上海的国际意义,而且这个名称是按西方的流行想象把上海和欧美的其他都市联系起来的。[②]

当然,由于世界主义这一概念本身的张力和不一致性使其经常受到人们的质疑和反对。反对世界主义的人首先从政治角度入手,他们认为,就民族主义和爱国主义所赖以建基的民族和国家而言,世界主义者并没有这样一个作为实体的世界民族或世界政府,因此主张世界主义实际上无甚意义。但是为之辩护的人马上就拿有着不同背景和民族来源的美国、加拿大和欧盟来作为世界主义治理有效的明证。我们都知道,如果以美国和加拿大为

---

① 李欧梵著,毛尖译:《上海摩登:一种新都市文化在中国1930—1945》,牛津大学出版社2000年版,第291页。
② 李欧梵著,毛尖译:《上海摩登:一种新都市文化在中国1930—1945》,第293页。译文略有改动。

例还可以说得通的话，那么用欧盟为例就难以服众了。众所周知，美国和加拿大虽然都是联邦制国家，但是联邦政府对外有着很大的权力，而欧盟也主张用一种声音对外发言，但实际上却很难做到。在美国和加拿大，单一的货币一直在延续，而在欧盟国家，这种单一的货币却很难实行。当前，欧盟成员国的经济和债务危机使得欧元几乎难以为继，不少人甚至认为，如果不是德法两国的强有力支撑，欧元很快就会消亡。再者，实属虚位的欧盟主席根本无法扮演十多个欧洲主权国家共同的元首之角色。至于联合国的作用，那就更是无法与任何主权国家相比了。由此可见，世界主义在不少人看来就是一种乌托邦。

其次，经济上的世界主义也受到质疑。人们以各种论点来表明，经济上的世界主义并非一种可行的选择。马克思和后来的东西方马克思主义者都曾论证到，从长远的观点来看，资本主义在大力发展自身的同时，却有着自我毁灭的因素，它对贫困的国家和人民的剥削和掠夺最终将激起无产阶级和人民大众的反抗和革命，而资本主义的一个自我毁灭的作用就是为自己培育了一大批掘墓人。另外，资本主义的一味发展给人类的自然环境带来了巨大的灾难，过度的发展和消费也将穷尽世界的自然资源。因此批评经济上的世界主义的人认为，经济上的世界主义者或全球主义者未能关注全球自由市场带给人们的副作用，全球化的实践加大了本来就已经存在的贫富差别，如此等等。而为其辩护者在承认这些现象和问题的同时也指出，既然这些现象产生于资本的全球运作过程，那么运用全球治理的手段则可以对之进行约束和治理。而这在单一的民族—国家之内是无法实现的。作为经济上的世界主义的组织实践，世界贸易组织和国际货币基金组织的成立客观起到了加快全球经济一体化的作用，但是对于那些置身于这些组织之外的国家也就束手无策了。

再者，伦理道德上的世界主义也受到人们的批评。对这种形式的世界主义持批评态度的人认为，指向一种伦理世界主义的心理学假想是行不通的。一般人往往对自己国家或民族的成员有着更为强烈的热爱和依恋，若为了以全人类的名义来褒奖某个道德社群而淡化对本国同胞的依恋无疑会损害我们同胞的感情。因为这样一来，伦理道德上的世界主义就会使很大一部分人无法发挥自己的作用。因此人们主张，需要一种特殊意义上的民族认同来发挥作用，而那种民族认同需要的就是对另一些与之有着相同的认同的人也给予必要的依恋。这也许超越了民族—国家的界限，但实际上仍然仅局限于有着相同文化背景的不同国别或民族的成员，例如西欧国家的人就有着共同的文化背景，他们在一起交流有着很大的便利，也很容易取得彼此之间的认同。瑞典、挪威和丹麦三个北欧国家的人在一起交流时，虽然各自说自己的语言，但彼此间都能够听懂和理解。英联邦成员国的人说的都是英语，因此其认同也大致相同，如此等等。一些伦理道德上的世界主义者采取一种发展心理学的态度来平衡世界主义和爱国主义之间的关系。他们认为，爱国主义可以通向世界主义，因为一个人若要对其他国家和民族的人也有爱心，他首先应当热爱自己的同胞。一个连自己的同胞也不热爱的人是很难达到世界主义的境界的。随着人的逐步成熟，他们便发展了更为广泛的忠诚，从对自己亲人的忠诚发展为对整个人类的忠诚，但这些不同形式的忠诚依然是程度不同的，并不存在彼此间的竞争。因此适度的伦理道德上的世界主义还是可行的。

鉴于世界主义超越国界性和居无定所之特征，人们还将其分为"有根的"世界主义和"无根的"世界主义：前者指那些在国内有着牢固根基同时又带有广阔的世界视野的人，后者则指那些如同浪迹天涯、居无定所的波希米亚人的人；前者既有着负责任的民族担当又不无开放的胸怀和广阔的视野，后者则民族文化身份模糊且不想承担任何责任。我们显然更倾向于前者。

当前，世界主义作为一个热门话题，正在学界不断地被人们讨论，在下面一节里我们将从文学的视角分析概括一些不同形式的世界主义。

第二节　文学世界主义面面观

一、世界主义的文学视野

如上所述，任何一种具有广泛影响力的理论话语一经出现都会得到理论界的阐释和学术界的讨论，因而它本身也须经历不同的建构和重构。世界主义自然也不例外。在这一节中，我将提出我们对世界主义这一理论概念的理解和从文化和文学视角进行的建构。

实际上，从事文化和文学研究的学者也十分关注世界主义这个话题，并结合其在文学作品中的表现，从世界主义的视角对之进行新的阐释。[①]欧洲比较文学学者杜威·佛克马是比较文学界较早地涉及世界主义和世界文学这两个相互关联的话题的，他在从文化的维度对全球化进行回应时，主张建构一种新的世界主义，他更为关注全球化所导致的文化趋同性走向的另一个极致：文化上的多元化或多样性。他在详细阐发了多元文化主义的不同含义和在不同语境下的表现时指出，"在一个受到经济全球化和信息技术日益同一化所产生的后果威胁的世界上，为多元文化主义辩护可得到广泛的响应"，他认为，"强调差异倒是有必要的"。[②] 他采取的一个策略就是致力于建构一种新的世界主义。他在回顾了历史上的世界主义之不同内涵后指出："应当对一种新的世界主义的概念加以界定，它应当拥有全人类都生来具有的学习能力的基础。这种新世界主义也许将受制于一系列有限的与全球责任相关并尊重差异的成规。既然政治家的动机一般说来

[①] 这里仅提及几部专著和专题研究文集：Timothy Brennan, *At Home in the World: Cosmopolitanism Now*, Cambridge, MA: Harvard University Press, 1997; Pheng Cheah and Bruce Robbins eds., *Cosmopolitics: Thinking and Feeling Beyond the Nation*, Minneapolis: University of Minnesota Press, 1998; and Emily Johansen and Soo Yeon Kim eds., *The Cosmopolitan Novel*, a special issue in *ARIEL*, Vol. 42, No. 1 (2011).

[②] 佛克马：《走向新世界主义》，收入王宁、薛晓源编《全球化与后殖民批评》，中央编译出版社1998年版，第247、263页。

是被他们所代表的族群或民族的有限的自我利益而激发起来的，那么设计一种新的世界主义的创意就首先应当出于对政治圈子以外的人们的考虑，也即应考虑所谓的知识分子。"① 实际上，佛克马对世界主义的建构还不止于此，他还就这种新的世界主义的文化内涵做了进一步的阐发："所有文化本身都是可以修正的，它们设计了东方主义的概念和西方主义的概念，如果恰当的话，我们也可以尝试着建构新世界主义的概念。"② 他的这种新的世界主义建构究竟新在何处呢？我们仔细阅读他的文章就不难看出。显然，在这里，佛克马已经不仅超越了过去的欧洲中心主义和西方中心主义之局限，甚至还提请人们注意，西方世界以外的中国人的传统观念也与这种世界主义不无关系。例如儒家学说中的"四海之内皆兄弟"和追求人类大同的理想等都有着世界主义的因子。③ 应该承认，他的这种理论洞见为我们的进一步探讨提供了一个重要的起点。确实，在中国古代的儒家哲学中也有着某种世界主义的因子，或者说中国版本的世界主义，也即儒学所鼓吹的"修身、齐家、治国、平天下"，但是在这里的"平天下"显然暴露出了古代中国的中心意识，与当代世界主义者的宽容态度截然不同。这一点，海外新儒家学者已经做了一些修正，他们更强调不同文明之间的互补和对话。

二、世界主义的文学建构

基于西方同行的先期研究成果，我们不妨提出我们出自全球视野对世界主义的不同形式进行新的建构：

---

① 佛克马：《走向新世界主义》，收入王宁、薛晓源编《全球化与后殖民批评》，第261页。
② 佛克马：《走向新世界主义》，收入王宁、薛晓源编《全球化与后殖民批评》，第263页。
③ 在海外的中国研究学界，有着中国血统的儒学研究者杜维明和成中英也为儒学的"普世化"进行推波助澜：前者试图以复兴当代新儒学来实现其与西方的现代性话语进行平等的对话，后者甚至提出了一个"世界哲学"的假想。应该说这些尝试都具有世界主义的因素。

（1）作为一种超越民族主义形式的世界主义。

（2）作为一种追求道德正义的世界主义。

（3）作为一种普世人文关怀的世界主义。

（4）作为一种以四海为家，甚至处于流散状态的世界主义。

（5）作为一种消解中心意识、主张多元文化认同的世界主义。

（6）作为一种追求全人类幸福和世界大同境界的世界主义。

（7）作为一种政治和宗教信仰的世界主义。

（8）作为一种实现全球治理的世界主义。

（9）作为一种艺术和审美追求的世界主义。

（10）作为一种文学理论批评视野的世界主义。

当然，人们还可以就此继续推演下去并建构更多的世界主义的形式，但作为人文学者，我们常常将世界主义当作一种伦理道德理念、一种针对现象的观察视角和指向批评论辩的理论学术话语，据此我们可以讨论一些超越特定的民族/国别界限并具有某种普世意义的现象。例如，歌德等一大批西方思想家、文学家和学者在东西方文学的启迪下，就提出了关于世界文学的种种构想，当代社会学家玛莎·努斯鲍姆则在"全球正义"这个具有广泛伦理意义的话题上做出了自己的具有普世人文关怀的理论阐释，美国华裔哲学家成中英则在世界文学理念的启发下提出了"世界哲学"的构想，等等。这充分说明，世界主义作为一种理论学术话语有着很强的增殖性和普遍的应用性。下面，我们仅从东西方的文学创作和理论批评之维度来阐释世界主义的不同方面。

世界主义的倾向常常体现于作家的创作思想中，一般说来，作家在自己的创作中往往聚焦一些带有永恒的普遍意义的主题，例如爱情、死亡、嫉妒等。这些主题都在伟大的作家那里得到最为形象的体现，例如，莎士比亚、歌德、托尔斯泰等伟大作家的作品都表现了上述具有永恒意义的主题，虽然一些平庸的作家也涉及这些主题，但是这些文学大家一出手就不同凡响，因此他们的创作就能够成为经典，而且他们作为作家的意义就远远超出了特定的民族/国别文学，而成了世界文学。而和他们同时代的许多作家由于其自身的局限和历史的筛选而被人们遗忘。

如果上面提到的这些文学主题主要基于文学的内容，那么同样，就其美学形式而言，也不无这种世界主义的特征。我们都知道，文学除去其鲜明的民族特征外，更具有一些普遍的特征，这种特征也体现于文类中。例如小说、诗歌、戏剧几乎是各民族文学都使用的创作形式，而辞、赋、骚则是汉语文学中所特有的文体，史诗则是古希腊文学的最高成就，因而在马克思、恩格斯看来，荷马史诗便成为世界文学史上一种不可企及的范本。马恩在这里所要强调的是两个方面：其一是史诗这一文类在荷马那里已经达到了巅峰，而作为一种文类的史诗也就完成了其历史任务，后来的作家往往不用这一文类来写作；其二便是荷马史诗确实将这一文类的写作推向了极致。

如前所述，文学批评是一种世界各国文学都有的阅读和评价文学的方法和手段，因而优秀的文学批评一定是超越国别/民族文学之界限的。就文学批评而言，我们经常说，这部作品在何种意义上具有独创性，另一部作品又在何种程度上抄袭了先前产生的作品和与之相雷同，显然我们是基于一种世界性的视角的，因此文学世界主义赋予我们一种宽广的理论视野，它使我们不仅仅局限于本民族的文化和文学传统，而是把目光指向世界上所有民族、国别的优秀文学。在这个意义上，任何具有独创性的伟大作品都必须是具有绝对意义上的独创性，而并非仅限于特定的时间和空间。同样，任何具有普遍意义的文学理论批评都是跨越国别和民族界限进而具有普适意义和价值的。因此，就文学批评而言，我们必须对一部文学作品进行评价，这就涉及评价的相对性和普遍性。基于民族文学立场的人往往强调该作品在特定的民族文化中的相对价值，而基于世界主义立场的人则更注重其在世界文学史上所具有的普遍价值。所有这些都涉及另一个话题：

"世界文学"。关于世界文学的标准问题，我们将在下一节中予以详细讨论。

第三节 "世界文学"的历史演变及当代含义

一、歌德与世界文学的构想

我们在绪论以及前面的章节中已经提到，世界文学已经成为当今的国际文学理论界和比较文学界又一个前沿理论话题。人们也许会问，为什么在全球化的语境下，"世界文学"这一话题不仅为比较文学学者所谈论，而且也为不少国别/民族文学研究者所谈论？因为人们就这个话题有话可说，而且从事民族/国别文学研究的学者也发现，他们所从事的民族/国别文学研究实际上正是世界文学的一部分。但是对于世界文学在这里的真实含义究竟是什么仍然不断地引发人们的讨论甚至争论。显然，根据现有的研究，我们不难得出这样的结论，"世界文学"（Weltliteratur）这一术语是德国作家和思想家歌德在1827年和青年学子爱克曼谈话时创造出来的一个充满了"乌托邦"色彩的概念，虽然歌德并不是第一个使用"世界文学"这一术语的人，但是他却是最早将其付诸实践和概念化的思想家和作家。所以，在这个意义上说来，把歌德誉为世界文学之父应该是当之无愧的，而且确实他的理论概念最具有理论的独创性和广泛的影响力。

人们也许会问，为什么许多和歌德同时代的作家都没有注意到文学创作的世界性，而歌德却不仅注意到了这一点，而且还给予理论化呢？这自然在于歌德具有广阔的世界主义视野，他所关注的文学现象不仅仅限于德国和欧洲，而是涉及了广袤的东方诸国。就当时的中国文学在德语世界的翻译和传播来看，确实是微不足道的，但是歌德却通过英语和法语的中介读到了一些有限的中国文学作品。当时年逾古稀的歌德在读了一些包括中国文学在内的非西方文学作品后总结道："诗是人类共有的精神财富，这一点在各个地方的所有时代的成百上千的人那里都有所体现……民族文学现在算不了什么，世界文学的时代已快来临。现在每一个人都应该发挥自己的作用，使它早日来临。"① 他在这里以"诗"来指代文学，指出了文学所具有的共同美学之特征。具有反讽意味的是，歌德当年之所以提出"世界文学"的概念，在很大程度上得助于他对包括中国文学在内的非西方文学的阅读，今天的中国读者们也许已经忘记了《好逑传》《老生儿》《花笺记》和《玉娇梨》这样一些在中国文学史上并不占重要地位的作品，但正是这些作品启发了歌德，使他得出了具有普世意义的"世界文学"概念。这一点颇值得我们从事东西方文学比较研究的学者深思。我们过去总是强调文学的民族性，却忽视了其世界性，尤其是中国文学的世界性特征和意义一直被民族主义的阴影所遮盖，这也正是本书所要特别予以弘扬和彰显的一点。

确实，在歌德之前，世界上不同的民族/国别文学就已经通过翻译开始了交流和沟通。在启蒙时期的欧洲，甚至出现过一种世界文学的发展方向。② 这应该是文化全球化的早期形式或先声。但是在当时，呼唤世界文学的出现在相当长的一段时间内只是停留于一种乌托邦式的幻想和推测阶段。后来，马克思和恩格斯在《共产党宣言》(1848)中借用了这一术语，用以描述作为全球资本化的一个直接后果的资产阶级文学生产的"世界主义特征"。马恩在考察了资本在全世界范围内的扩张和发展后总结道："物质的生产是如此，精神的生产也是如此。各民族的精神产品成了公共的财产。民族的片面性和局限性日益成为不可能，于是由许多种民族的和地方的文学形成了一种世界的文学。"③ 这里，马恩所说的世界文学较之歌德早年的狭窄概念已经大大地拓展了，实际上专指一种包括所有知识生产的全球性的世界文化。在这里，一种具有审美特征的乌托邦想象已经演变成为

---

① 引自 David Damrosch, *What Is World Literature?*, Princeton and Oxford: Princeton University Press, 2003, p. 1.

② Cf. Douwe Fokkema, "World Literature," in Roland Robertson and Jan Aart Scholte eds., *Encyclopedia of Globalization*, New York and London: Routledge, 2007, p. 1290.

③ 参阅马克思、恩格斯：《共产党宣言》，第30页。

一种社会现实。马克思主义创始人试图证明，随着经济全球化步伐的加速和世界市场的扩大，一种世界性的文学或文化知识（生产）已经出现。这就赋予我们以一种开阔的、超越了民族/国别视野的全球视野来考察文学。用于文学的研究，我们不能仅仅关注单一的民族/国别文学现象，还要将其置于一个更加广阔的国际视野下来比较和考察。我们今天若从学科的角度来看，世界文学实际上就是比较文学的早期雏形，它在某种程度上就产生自经济和金融全球化的过程。为了在当前的全球化时代凸显文学和文化研究的作用，我们自然应当具有一种比较的和国际的眼光来研究文学现象，这样我们就有可能在文学研究中取得进展。由于中国现代文学与世界主义和世界文学有着不可分割的联系，因此我们把中国现代文学置于一个广阔的全球文化和世界文学语境下来考察研究就有着重要的意义。

二、世界文学概念的发展和多元建构

如果我们说，上面提及的这一现象开始时只是一种具有乌托邦色彩的世界文学的话，那么在今天的全球化语境下，随着世界文化和世界语言版图的重新绘制，世界文学已经成为一个我们无法否认和回避的审美现实：通过翻译的中介，一些优秀的文学作品在多个国家和不同的语境下广为流传；一些具有双重甚至多重国籍和身份的作家在一个跨文化的语境下从事写作，涉及一些人们普遍关注的话题，他们心目中的读者并非是操持本民族/国家的语言的读者，而是使用不同语言的全世界的读者；文学研究者自觉地把本国的文学放在一个世界性的语境下来考察和比较研究，等等。这一切都说明，在今天的语境下重新强调世界文学的建构有着特别重要的意义。但此时的世界文学之内涵和外延已经大大地扩展了，它逐步摒弃了早先的"乌托邦"色彩，带有了更多的社会现实和审美意义，并且对我们的文学理论批评和研究有着直接的影响和启迪。我们今天从世界文学的视角出发，完全可以针对一部作品发问：该作品究竟只是在本民族的语境下具有独创性的意义，还是一部能够跻身世界文学之林的传世佳作？

我们都知道，在今天的文学研究中，传统的民族/国别文学的疆界已经变得越来越模糊，没有哪位文学研究者能够声称自己的研究只涉及一种民族/国别文学，而不参照其他的文学或社会文化背景知识，因为跨越民族疆界的各种文化和文学潮流已经打上了区域性或全球性的印记。在这个意义上说来，世界文学也就带有了"超民族的"（transnational）或"翻译的"（translational）意义，意味着共同的审美特征和深远的社会影响。由此看来，世界文学就远不止是一个固定的现象，而更是一个旅行的概念。在其旅行和流通的过程中，翻译扮演了重要的角色。可以说，没有翻译的中介，一些文学作品充其量只能在其他文化和文学传统中处于"死亡"或"边缘化"的状态。同样，在世界各地的旅行过程中，一些本来仅具有民族/国别影响的文学作品经过翻译的中介将产生世界性的知名度和影响，因而在另一些文化语境中获得持续的生命或来世生命。① 而另一些作品也许会在这样的旅行过程中由于本身的可译性不明显或译者的误译而失去其原有的意义和价值，因为它们不适应特定的文化或文学接受土壤。这就说明，世界文学是一个动态的概念，它在不同的时代和不同的语境中有可能呈现出不同的形态。

正如杜威·佛克马所注意到的，当我们谈到世界文学时，我们通常采取两种不同的态度：文化相对主义和文化普遍主义。前者强调的是不同的民族文学所具有的平等价值，后者则更为强调其普遍的共同的审美和价值判断标准，这一点尤其体现于通过翻译来编辑文学作品选的工作。尽管文选编者们的初衷也许并没有那么高，但是他们的成果客观上却起到了对以往文学的挑选、筛选甚至经典化的作用。佛克马从考察歌德和爱克曼的谈话入手，注意到歌德所受到的中国文学的启发，因为歌德在谈话中多次参照他所读过的中国传奇故事。在收入一本题为《总体文学和比较文学论

---

① 在这方面，除了赛义德的"理论旅行"概念外，我们还可以参见 J.Hillis Miller, *New Starts: Performative Topographies in Literature and Criticism*, Taipei: Academia Sinica, 1993, p. vii, p. 3。

题》(*Issues in General and Comparative Literature*, 1987)文集的一些论文中，佛克马也在多处论及了世界文学问题，认为这对文学经典的构成和重构有着重要的意义。[①] 可以说，他的理论前瞻性已经为今天比较文学界对全球化现象的关注所证实。虽然"世界文学"选集的不同编选者们经常用这一术语来指向一个大致限于欧洲的文学经典的市场，但在最近的三十年里却产生了一种大大扩展了的文学兴趣和价值。例如，戴维·戴姆拉什的《什么是世界文学？》(*What Is World Literature?*, 2003)这样的著作就把世界文学界定为一种文学生产、出版和流通的范畴，而不只是把这一术语用于价值评估的目的。他的另一本近著《如何阅读世界文学》(*How to Read World Literature*, 2009)中，更是通过具体的例证说明，一位来自小民族的诺贝尔文学奖获得者的作品是如何通过翻译的中介旅行到世界各地进而成为世界文学的。[②] 当然，世界文学这一术语也可用来评估文学作品的客观影响范围，这在某些方面倒是比较接近马克思和恩格斯的原意。因此，在佛克马看来，在讨论世界文学时，"往往会出现两个重要的问题。其一是普遍主义与文化相对主义之间的困难关系。世界文学的概念预设了人类具有相同的资质和能力这一普遍的概念"[③]。因此，以一种国际公认的标准来评价不同的民族和语言所产生的文学作品的普世价值就成了包括诺贝尔文学奖在内的不少重要国际文学奖项所依循的原则。但是，正如全球化在不同的文化语境中的实现在很大程度上取决于它与本土实践的协调，人们对世界文学的理解和把握也不尽相同。在看到文化全球化的加速发展时，我们往往只会看到其趋同的倾向而忽视其多样性特征，而实际上后一种趋向在文

[①] Cf. Douwe Fokkema, *Issues in General and Comparative Literature*, Calcutta: Papyrus, 1987, especially in such articles as "Cultural Relativism Reconsidered: Comparative Literature and Intercultural Relations" (1–23) and "The Concept of Code in the Study of Literature" (118–136).

[②] Cf. David Damrosch, *How to Read World Literature*, Oxford: Wiley-Blackwell, 2009, p. 65.

[③] Douwe Fokkema, "World Literature," in Roland Robertson and Jan Aart Scholte eds., *Encyclopedia of Globalization*, New York and London: Routledge, 2007, p. 1291.

化全球化的过程中已经变得越来越明显。考察各民族用不同语言写作的文学也是如此，即使是用同一种语言表达的两种不同的文学，例如英国文学和加拿大文学，其中的差别也是显而易见的，因而一些英语文学研究者便在英美文学研究之外又创立了一门具有国际性意义的学科——英语文学研究（international English literature studies），他们关注的重点是那些用"小写的英语"（english）或不同形式的英语（englishes）写作的后殖民地文学。① 这样，在承认文学具有共同的美学价值的同时，也应当承认各民族/国别文学的相对性。因此，在对待具体作品时，不妨采用一种文化相对主义的态度来评价产生自不同民族和国家的文学。在我们看来，将上述两种态度结合起来，我们就能得出较为公允的结论：一种世界性的文学正是通过不同的语言来表达的，因此世界文学也应该是一个复数的形式。也就是说，我们应该有两种形式的世界文学：作为总体的世界文学和具体的世界各国的文学。前者指评价文学所具有的世界性意义的最高水平的普遍准则，后者则指世界各国文学的不同表现和再现形式，包括翻译和接受的形式。在此我们首先主要从理论的视角讨论前者。

在讨论世界文学是如何通过生产、翻译和流通而形成时，戴姆拉什提出了一个专注世界、文本和读者的三重定义：

1. 世界文学是民族文学的椭圆形折射。
2. 世界文学是在翻译中有所获的作品。
3. 世界文学并非一套固定的经典，而是一种阅读模式：是超然地去接触我们的时空之外的不同世界的一种模式。②

---

① 确实，国际英语文学研究在近三十年里取得长足发展，一些重要的研究成果常以单篇论文的形式发表在加拿大卡尔加里大学主办的刊物 *ARIEL: A Review of International English Literature* 上。
② David Damrosch, *What Is World Literature?*, Princeton and Oxford: Princeton University Press, 2003, p. 281.

在他的那本富有深刻理论洞见的著作中,戴姆拉什详尽地探讨了非西方文学作品所具有的世界性意义,他在讨论中有时直接引用原文,而在多数情况下则通过译文来讨论,这无疑标志着西方主流的比较文学学者在东西方文学的比较研究方面所迈出的一大步。既然世界文学是通过不同的语言来表达的,那么人们就不可能总是通过原文来阅读所有这些优秀的作品。因为一个人无论多么博学,也总不可能学遍世界上所有的主要语言,他不得不在大多数情况下求助于翻译。因此在这个意义上说来,翻译在重建不同的语言和文化背景中的世界文学的过程中就扮演了一个十分重要同时又必不可少的角色。在过去的几十年里,后殖民文学试图证明,即使在同一种语言,例如英语之内,文学创作也越来越呈现出多样性特征,于是国际英语文学研究便应运而生了。这样,"世界文学"的概念就再也不是确定不变的了,因为它在各国文学的发展史上已经发生了演变。

这里,我们从戴姆拉什的定义出发,通过参照中国文学的发展历程将其做些修正和进一步发挥,以便提出我本人对世界文学概念的理解和重建。在我看来,我们在使用"世界文学"这一术语时,实际上已经至少赋予它以下三重含义:

  1. 世界文学是东西方各国优秀文学的经典之汇总。
  2. 世界文学是我们的文学研究、评价和批评所依据的全球性和跨文化视角和比较的视野。
  3. 世界文学是通过不同语言的文学的生产、流通、翻译以及批评性选择的一种文学历史演化。

虽然所有上述三个因素都完全能够对世界文学的建构和重构做出贡献,而且也都值得我们做更进一步的深入探讨,但是由于我在其他场合已经对翻译的能动和干预性作用做过详细讨论①,因此本章将着重讨论另两个问题。

第四节 世界文学的评价标准再识

一、"世界的文学"还是"世界文学"

长期以来,人们虽然承认有一种世界文学存在于世,但是对于究竟什么才能算得上世界文学却难以达成共识,这自然是所有人文学科的一个特征:也即并非追求相同,而是追求差异和标新立异。既然我们并不否认世界文学是一个动态的概念,而且它在不同的时代和不同的语境中可以呈现为不同的形式,那么评价一部文学作品是否属于世界文学也就应当有不同的标准。这无疑是不错的。也就是说,这要从两方面来看。一方面,我们主张,任何一部文学作品要想进入世界文学的高雅殿堂,我们对之的衡量标准就应该是相同的,也即这种标准应当是具有普适意义的;但是另一方面,我们又必须考虑到各国/民族文化之间的巨大差异,兼顾到世界文学在地理上的分布,也即这种标准之于不同的国别/民族文学时又有其相对性。否则一部世界文学发展史就永远摆脱不了"欧洲中心主义"的藩篱。正如苏联的文学史家共同编撰的《世界文学史》中所言,"历史的发展是不平衡的:在社会经济发展的共同道路上一些民族前进了,另一些民族落后了。这样的不平衡性是历史过程的动力之一"②。正是由于这种历史发展的不平衡性和差异,文学创作的发达与否也难免受其影响。由于文学是一种独特的意识形态形式,因此对之的评价难免政治和意识形态倾向性的干预。但是尽管如此,判断一部文学作品是否属于世界文学,仍然有一

---

① 这方面可参阅拙作:《"世界文学"与翻译》,载《文艺研究》2009年第3期;以及"World Literature and the Dynamic Function of Translation," *Modern Language Quarterly*, Vol. 71, No. 1 (2010): 1–14.

② 高尔基世界文学研究所编撰、陈雪莲等译:《世界文学史》(第一卷·上册),上海文艺出版社2013年版,第23页。

个相对客观公正的标准,也即按照我们的看法,它必须依循如下几个原则:(1)它是否把握了特定的时代精神;(2)它的影响是否超越了本民族或本语言的界限;(3)它是否收入后来的研究者编选的文学经典选集;(4)它是否能够进入大学课堂成为教科书;(5)它是否在另一语境下受到批评性的讨论和研究。在上述五个方面,第一、第二和第五个方面是具有普遍意义的,则第三和第四个方面则带有一定的人为性,因而仅具有相对的意义。

二、世界文学的评判标准

若从上述五个方面来综合考察,我们才能够比较客观公正地判定一部作品是否属于世界文学。下面我们就这些标准做一些阐发。

(1)伟大的文学作品必须把握特定的时代精神,并把握时代的脉搏和反映特定的时代风貌。应该说这是判定一部作品是否堪称伟大的作品的重要标准。这一特征尤其体现在莎士比亚、歌德、托尔斯泰、易卜生、乔伊斯以及中国的曹雪芹、鲁迅等具有世界性影响的伟大作家的作品中,他们的作品不仅超越了特定的时代和地域,在本民族的语境中广为人们阅读和讨论,而且还在全世界范围内广为人们阅读和讨论。这也正是这些伟大作家的作品经过翻译的中介能够旅行到世界各地,在不同的时代和不同的语境下吸引数以千万计的读者和研究者的原因所在。当然,伟大的作家不仅能够把握自己所生活在其中的时代的精神,而且有时还应当具有前瞻性,也即应当具有理想主义的倾向。因此作为其代价,他们中的一些人,如上述易卜生和乔伊斯(James Joyce)以及中国作家曹雪芹,生前并未受到同时代人的重视,甚至因与同时代的批评风尚和原则格格不入而被公然排斥在文学经典之外,但正是由于他们把握了自己所处的时代之精神,并对未来具有前瞻性,因而即使他们去世多年后仍没有被人们遗忘,他们的作品的价值仍然被后来的研究者"重新发现"而跻身世界文学之林。

(2)伟大的作品必须超越国别/民族和语言的界限。任何一部文学作品要想成为世界文学，就必须走出自己的国门，为本国/民族以外的更广大的读者所诵读，甚至为使用另一种语言的外国读者所诵读，并且为他们所研究。这样看来，翻译所起到的中介作用就是不可忽视的，但是这种翻译应该带有译者的主体意识和创造性转化，因而应是一种"能动的"忠实。有时这种能动的作用甚至是干预性的，它使得一部原本在本国/民族已经有一定知名度的作家及其作品在另一语境下变得更为著名。当然，拙劣的翻译也会对一部作品在另一语境的流传起到副作用：一部原本十分出色的作品经过拙劣的翻译反而在另一语境下黯然失色，这样的例子在中外文学史上并不算鲜见。总之，不经过翻译仅仅在本国/民族或同一种语言中流传的作品绝对算不上是世界文学。

（3）文学选集的编选对于一部作品的经典化过程也有着不可忽视的作用。众所周知，这方面比较有影响的一些世界文学选集包括英语世界的诺顿和朗文等国际出版机构出版的经典性版本，以及更多的出版社出版的国别文学选集。虽然这些文选的主编们的初衷并非是要对文学的经典化做出贡献，但是他们的编选实践实际上本身就是一种对众多文学作品的筛选：首先，受到这些出版机构邀请编选世界文学选集的学者必定是著名的文学研究者或名牌大学的教授，如诺顿和朗文这两部世界文学选集的主编现在都在世界一流学府哈佛大学任教，诺顿英国文学选集的主编现在也在哈佛大学任教，我想这恐怕并非偶然吧。其次，经过筛选的作品至少是具有国际性影响的某个国别/民族文学的上乘之作，而出版社约请著名学者来承担文选的编选工作本身就体现了出版机构试图对文学作品进行经典化的一种尝试。因此，这些著名的文学选集实际上已经对世界文学经典的形成做出了不可估量的贡献，至少对进入高等院校的文学专业学生起到了世界文学的启蒙教育和传承的作用。面对每日剧增的一大堆文学作品，学生们往往无所适从，这时文选所起到的导引作用就是不可忽视的，即使是一部鸿篇巨制的片段，一旦诱发了学生们的文学兴趣，就会促使他们找来原作重读一遍。

（4）如上所说，世界文学选集的编选工作的另一个重要作用就是为文学专业的学生提供教材或教学参考书。进入全球化时代以来，各大学的文学专业已经越来越重视世界文学的教学，除了英语国家的世界文学选集外，在汉语世界，中国的大学一般都同时在中文系和外语系开设类似的世界文学必修课或选修课，也即用汉语通过翻译的中介讲授世界文学。这对于我们的研究者把中国文学放在一个世界语境下来考察和评价是必需的。根据上面提及的公认的标准，中国的文学研究者也编选了具有自己特色的多卷本《外国文学作品选》，从而使得不通外语的学生也能在有限的时间内对世界文学的概貌有一个大致的了解。因此，通过考察不同的语境中所出现的不同版本的世界文学选集，我们大概不难得出这样的结论，即世界文学可以有不同的版本，尤其是不同的国家的文学研究者对文学经典的选择自然有自己的独特标准。但是无论如何，在每一种版本的世界文学选集中，像但丁、莎士比亚、歌德这样公认的世界文学大师的作品都不会被漏掉，而次于这一级别的二流大师或一些有争议的作家往往会出现在某一部文选中，但却会被另一些文选编者所忽视。这就说明了判定世界文学的标准的相对性。

（5）任何一部伟大的文学作品都会在不同的语境下和不同的批评或研究群体中产生批评性的反响。纵观国际"莎学"研究的历史，我们仍记得几次大的"倒莎"尝试，即使到了20世纪也有一些新的批评学派试图通过贬低莎士比亚来达到解构既定的文学经典之目的。因此很难设想，一部具有很高的文学价值的作品竟会受到批评界或学术界的"冷遇"，因为这样的沉默实际上隐含着批评家和研究者对该作品之价值的根本忽视。即使是引起很大争议的作品也至少说明了该作品所具有的批评价值和客观的社会和美学影响。而严肃的批评家和学者们对于有着较大影响的文学作品是不会保持沉默的，他们至少会对之做出自己的批评性回应，或使之进入文学研究的视野。由此可见，衡量一部作品是否具有世界性影响的一个标准就是看它是否能在另一国别/民族或另一语境受到批评性的研究，因为翻译的中介只能促使一部作品走出国门进入到另一语境，但若是一部作品在另一语境下仅仅在一般读者中短时间地流传而受到批评界的"冷遇"，那么这部作品也很难成为世界文学。倘若它能够激发另一语境中的批评性反应甚至理论争鸣，这部作品至少具有普世意义的理论批评价值，因而也就应当被当作世界文学。

因此综上所述，评判世界文学的标准既有其绝对的普遍性标准，同时这种标准也因时因地而显示出其不可避免的相对性。不看到这种二元性，仅仅强调其普世性而忽视其相对性就会走向极端；反之，过分地强调世界文学的相对性而全然忽视其共同的美学原则，也会堕入虚无主义和相对主义的泥淖。

第五节　世界文学语境中的中国文学

一、中国现代文学的世界性

本章之所以要讨论世界主义和世界文学，其目的并非是赶时髦，跟在西方学者后面说，而是要在西方学者说得不全面、不准确的地方对着他们说，甚至在对着他们说的过程中提出自己的理论建构，从而引领他们跟着我们说下去，我认为这应该是中国的人文学科研究的最高境界。此外，我们讨论世界主义和世界文学也并非无的放矢，而是要以此作为出发点来反观我们自己的文学。因此我们接下来要发问的就是，中国文学在当今世界上究竟处于何种地位？答案是相对边缘的。中国文学中究竟有多少作品已经跻身世界文学之林？答案是过去很少，现在已经开始逐步增多，但与中国文学实际上应有的价值和意义仍是很不相称的。这里我仅举一个西方学者提出的例证：

雷蒙德·格诺（Raymond Queneau）的《文学史》(*Histoire des littératures*)（3卷本，1955—1958）有一卷专门讨论法国文学，一卷讨论西方文

学,一卷讨论古代文学、东方文学和口述文学。中国文学占了130页,印度文学占140页,而法语文学所占的篇幅则是其十二倍之多。汉斯·麦耶(Hans Mayer)在他的《世界文学》(*Weltliteratur*,1989)一书中,则对所有的非西方世界的文学全然忽略不谈。①

针对如此带有偏见的世界文学布局,连佛克马这位来自欧洲的学者都觉得实在是有失公允,那么我们将采取何种策略有效地使中国文学跻身世界文学之林?这正是我目前从事的一个研究课题。

如果我们承认,全球化已经或多或少地影响了民族/国别文学的研究,那么与其相反的是,它从另一个方面倒是促进了比较文学与世界文学的教学和研究:它使得传统的精英文学研究大大地扩展了自己的研究领域,同时使得比较文学与文化研究和世界文学相融合。在今天的东西方比较文学界,普遍出现了这样一种具有悖论意义的现象:一方面,比较文学学科的领地不断地被其他学科的学者侵占而日趋萎缩;另一方面,比较文学学科的学者又十分活跃,他们著述甚丰,频繁地出没于各种学术会议,但其中大部分人都不在研究文学,或至少不涉及传统的精英意义上的文学,而更多地涉及大众文化甚至影视传媒。但他们的文学功底和文学知识却使他们明显地高于一般的学者,或者如美国比较文学学者苏源熙所自豪地声称的,"我们的结论已成为其他人的假想"②,因为在他看来,比较文学研究在诸多人文学科中扮演的是"第一小提琴手"的角色,只是他们把文学研究的范围大大地拓展了,使其进入了文化研究的领地。如果我们仍然过分地强调早已过时的形式主义—结构主义的原则而拘泥

---

① Douwe Fokkema, "World Literature," in Roland Robertson and Jan Aart Scholte eds., *Encyclopedia of Globalization*, New York and London: Routledge, 2007, pp. 1290–1291.

② Huan Saussy, ed., *Comparative Literature in an Age of Globalization*, Chapter One, "Exquisite Cadevers Stitched from Fresh Nightmares: Of Memes, Hives, and Selfish Genes," Baltimore: The Johns Hopkins University Press, 2006, p. 3.

于文学形式分析的话，我们就很可能忽视文学现象的文化意义。也就是说，我们完全有可能将文学研究放在一个广阔的文化研究的语境下来考察，这样我们就能超越文学自身，达到使比较文学与文化研究对话和互补的境地。

辩证地说来，全球化给中国的文学和文化研究带来了两方面的影响：它的积极方面在于，它使得文化和知识生产更接近于市场经济机制的制约而非过去的社会主义计划经济的管束。但是另一方面，它也使得精英文化生产变得越来越困难，甚至加大了精英文化与大众文化之间的鸿沟。在当今时代，形式主义取向的文学理论已经为更为包容的文化理论所取代。任何一种产生自西方语境的理论要想成为普世性的或具有世界性影响的理论，那就必须要能够被用于解释非西方的文学和文化现象。同样，任何一种产生自非西方语境的理论要想从边缘走向中心进而产生世界性的影响，那就不得不首先被西方学界"发现"并翻译到英语世界。中国的文学翻译目前也处于这样一种状况。

在过去的一百年里，在西方文化和文学思潮的影响下，中国文学一直在通过翻译的中介向现代性认同进而走向世界。但是这种"走向世界"的动机多少是一厢情愿的，其进程也是单向度的：中国文学尽可能的去迎合（西方中心主义的）世界潮流，仿佛西方有什么，我们中国就一定要有什么。久而久之，在那些本来对中国文学情有独钟的西方汉学家看来，中国现当代文学并不值得研究，因为它过于"西化"了，值得研究的只是19世纪末以前的中国古典文学。因此，在中国的保守知识分子看来，这种朝向世界的开放性和现代性不啻是一种将中国文化和文学殖民化的历史过程。在这方面，五四运动开启了中国的现代性进程，破坏了袭来已久的民族主义机制。对于许多人来说，在这样一种"殖民化"的过程中，中国的语言也大大地被"欧化"或"西化"了。但在我看来，这无疑是不同于西方的另一种形式的现代性——中国的现代性——的一个直接后果，其中一个突出的现象就是大量的外国文学作品和理论思潮被翻译到了中国，极大地刺激了中国作家的创造性想象,中国现代文学与世界文学的距离变得越来越近了。甚至鲁迅这位中国文化和文学的先驱,在谈到自己的创作所受到的外来影响时,也绝口不提传统中国文化对他的影响,而是十分坦率地承认,他的创作灵感主要来源于先前所读过的"百来部外国小说"以及一些"医学知识"。①

我们知道,鲁迅有着深厚的中国文化功底和文学造诣,但他仍然试图否定他的创作所受到的传统文化和文学的影响,这在很大程度上是出于他试图推进中国文学和文化现代化的强有力动机。实际上,对于鲁迅这位兼通中西的大文豪,主张一种全盘"西化"只是一种文化和知识策略。众所周知,他本来是想学医的,试图通过医学来救国,但后来却改学文学,因为他知道,文学也可以通过唤起民众反抗吃人的封建社会而达到救国的目的。在他的小说《狂人日记》中,他生动并不无讽刺地展示了旧中国人吃人的状况。他唯一的希望就是新一代的孩子,因此他呼唤"救救孩子",因为在他看来,孩子们仍然天真无邪,并未被传统的封建文化毁坏,孩子们很容易接受一个变革的社会和世界。当然,鲁迅绝不想全然破坏传统的中国民族主义精神,他试图弘扬一种超越本民族的文化精神,从而在一个广阔的全球文化和世界文学的大语境下重建一种新的中国民族和文化认同。

另一些"五四"作家,如胡适和郭沫若等,也通过翻译大量西方文学作品强有力地解构了传统的中国文学话语。经过这种大面积的文化翻译,中国现代文学更为接近世界文学的主流,同时,也出现了一种中国现代文学经典:它既不同于中国古典文学,也迥异于现代西方文学,因而它同时可以与这二者进行对话。在编写中国现代文学史时,我们应该充分认识到翻译所扮演的重要角色。但是这种形式的翻译已经不再是那种传统的语言学意义上的语言文字之间的转换,而更是通过语言作为媒

---

① 参见鲁迅:《鲁迅全集》(第四卷),人民文学出版社1989年版,第512页。

介的文化上的变革。正是通过这种大面积的文化翻译，一种新的文学才得以诞生并有助于建构一种新的超民族主义。应该说，这只是中国文学走向世界的第一步，而且是十分必要的一步，但它却不是我们最终的目标。

二、世界文学的双向旅行

另一方面，世界文学始终处于一种旅行的状态中，在这一过程中，某个特定的民族/国别文学作品具有了持续的生命和来世生命。这一点尤其体现于中国近现代对西方和俄苏文学的大面积翻译。我们可以说，在中国的语境下，我们也有我们自己对世界文学篇目的主观的能动的选择。[①]当然，我们的判断和选择曾一度主要依据马克思主义经典作家对一些西方作家的评价，现在看来，之于西方20世纪以前的经典作家，这样的判断基本上是准确的。但是对于20世纪的现代主义和其后的后现代主义作家作品的选择，则主要依赖我们自己的判断，同时也参照他们在西方文学研究界实际上所处的客观地位以及他们作品本身的文学价值。正是这种对所要翻译的篇目的能动的主观选择才使得世界文学在中国不同于其在西方和俄苏的情形。这也是十分正常的现象。就在"五四"时期，一批中国作家曾受到无政府主义和世界主义的影响，其中的一些人，例如巴金和叶君健，甚至自学了世界语，而且叶君健还尝试着用这种人造的语言来进行文学创作，但最终因为这种所谓的"世界语"既没有进入世界性的流通渠道，也没有为世人所使用而未能实现使中国现代文学成为世界文学之目的。我们可以说，超民族主义在中国也有着自己的独特形式：在旧中国，当中国处于贫穷状况、中国文化和文学由于自身的落后而难以跻身世界文学之林时，我们的作家只能呼吁大量地将国外先进的文学翻译成中文，从而中国

---

① 关于中国的文学翻译实践的适用主义目的，参阅 Sun Yifeng, "Opening the Cultural Mind: Translation and the Modern Chinese Literary Canon," *Modern Language Quarterly*, Vol. 69, No. 1 (March, 2008): 13–27.

现代文学得以从边缘向中心运动进而走向世界；而在今天，当中国成为一个经济和政治大国时，一个十分紧迫的任务就是要重新塑造中国的文化和文学大国的形象。在这方面，翻译又在促使中国文学更加接近世界文学主流方面起到了更为重要的作用。但是在当下，中国的文学翻译现状又如何呢？可以说，与经济上的繁荣表象形成了鲜明的对比：迄今只有为数不太多的古典文学作品被译成了外文，而当代作品被翻译者则更是凤毛麟角。有的作品即使被翻译成了外文，也大多躺在大学的图书馆里鲜有人问津。这自然不能完全归咎于翻译，其中的复杂因素需另文分析。但无论如何，我们当下翻译的重点无疑应该由外译中转向中译外，尤其是要把中国文学的优秀作品翻译成世界主要语言——英语，这样才能真正打破全球化所造成的语言霸权主义状况。在这种中译外的过程中，为了更为有效地实施"本土全球化"的战略，我们尤其需要国外汉学家的配合和帮助，这样才能真正有效地使中国文学走向世界。①

显然，如果我们从今天的角度来重新审视五四运动带来的积极的和消极的后果，我们完全可以得出这样一个结论：在把西方各种文化理论思潮引进中国的同时，"五四"作家和知识分子忽视了文化翻译的另外一极：将中国文化和文学介绍给外部世界。同样，在"砸烂孔家店"的同时，他们也把传统的儒学的一些积极的东西破坏了，这便预示了中国当代出现的"信仰的危机"。② 对此我们确实应该深刻地检讨五四运动之于今天的意义。在中国语境下的文化全球化实践绝非要使中国文化殖民化，其目的倒是恰恰相反，要为中国文化和文学在全世界的传播推波助澜。因此在这一方面，弘扬一种超民族主义和世界主义的精神倒是符合我们的文学和文化研究者将中国文化推介到国外的目的。因为正是在这样一种世界

---

① 参阅王宁：《中国文学如何有效地走向世界》，载《中国艺术报》2010年3月19日。
② 关于全球化语境下儒学的重建，参阅王宁：《"全球本土化"语境下的后现代性、后殖民性与新儒学重建》，《南京大学学报》2008年第1期，第68—77页。

主义的大氛围下，世界文学才再度引起了学者们的兴趣。① 但人们也许会提出另一个问题：在把中国文学和文化推介到国外时，翻译将扮演何种角色？

确实，不管我们从事文学研究还是文化研究，我们都离不开语言的中介。但是在形成中国现代文学经典的过程中，翻译所起的作用更多的是体现在文化上、政治上和实用主义的目标上，而非仅仅是语言和形式的层面上。因此中国现代语境下翻译所承担的政治和文化重负大大多于文学本身的任务。毫无疑问，全球化对文化的影响尤其体现于对世界语言体系的重新绘图。在这方面，英语和汉语作为当今世界的两大语言，最为受益于文化全球化的进程。众所周知，由于美国的综合国力的强大和大英帝国长久以来形成的殖民传统，英语在全世界的普及和所处的强势地位仍是不可动摇的，它在全世界诸种主要语言序列中仍名列第一。那么人们不禁要问，全球化给汉语这一仅次于英语的世界上使用人口最多的语言带来何种后果呢？我们已经注意到，汉语也经历了一种运动：从一种民族/国别语言（主要为中国大陆和港澳台地区所用）变成一种区域性语言（同时也为新加坡和马来西亚等国的华人所用），最终成为一种主要的世界性语言（甚至在北美和欧洲的华人社区广为人们所用）。汉语目前在全世界的普及和推广无疑改变了既定的世界文化格局和世界语言体系的版图。②而中国学者对中国现代性的建构同样也消解了带有西方中心主义印记的"单一现代性"的神话，为一种具有中国特色的"另类现代性"（alternative

---

① 尤其应该指出的是，由于哈佛大学和耶鲁大学的领衔作用，世界文学的教学也进入了一些西方大学的课堂，尽管目前在很大程度上仍依赖翻译的中介。
② 杜维明最近在一次学术会议发言中对他早先所鼓吹的"文化中国"的范围又做了新的扩大和调整，他认为有三种力量：(1) 中国大陆地区以及香港、澳门和台湾地区的华人；(2) 流散海外的华裔侨胞；(3) 研究中国文化的外国人。我这里不妨先提出一个"汉语中国"的概念，详细的讨论将在另外的场合展开。

modernity or modernities）的形成奠定了基础。① 因此全球化时代的到来更是导致了民族—国家的疆界以及语言文化的疆界变得愈益模糊，从而为一种新的世界语言体系和世界文学经典的建构铺平了道路。在这方面，中国学者应该做出自己的独特贡献。

---

① 关于"单一现代性"的解构和"他种现代性"的建构，参阅英文拙著：*Translated Modernities: Literary and Cultural Perspectives on Globalization and China*, Ottawa and New York: Legas Publishing, 2010。

第四章 从比较诗学到世界诗学的建构

伴随着全球化在文化上的不断推进，"世界文学"近十多年来也已成为国际人文学科的又一个热门话题。[①] 我们都知道，当年歌德之所以提出世界文学的构想，很大程度上是因为他在读了包括中国文学在内的一些非西方文学作品后受到极大的启发故提出了这一带有乌托邦色彩的构想。同样，中国的文学理论也曾对西方学者的比较诗学理论建构产生过较大的影响，但对于这一点，绝大多数主流的西方文学理论家却全然不知，或者拒不承认。在这方面，美国学者刘若愚（James J. Y. Liu, 1926—1986）、法国学者艾田浦（René Etiemble, 1909—2002）、荷兰学者佛克马（1931—2011）以及美国学者孟而康（Earl Miner, 1927—2004）等人则做过一些初步的尝试。孟而康甚至提出一种跨文化的比较诗学理论模式，但他的诗学理论并未上升到总体文学和世界文论（诗学）建构的高度。[②] 其原因在于，在当时的西方中心主义占主导地位的情况下，非西方的文学和批评理论经验并未被当作建构一种普适性世界文论的基础。而在今天世界文学已成为一种审美现实的情况下，文学理论也进入了一个"后理论时代"。关于"后理论时代"的理论情势我已在其他场合做过讨论，这里无须赘言。[③] 我在此提出一种世界诗学建构之前想再次强调，"后理论时代"的来临使得一些

[①] 虽然关于世界文学的问题自歌德提出其构想以来一直有所讨论，但真正作为一个热门话题引进学界广泛关注和讨论则始自21世纪初，尤其是戴维·戴姆拉什出版他的专著《什么是世界文学?》(*What Is World Literature?*, Princeton and Oxford: Princeton University Press, 2003) 之后这方面的著述才不断增多。

[②] 他在这方面的一部集大成之著作就是出版于20世纪90年代的专著：*Comparative Poetics: An Intercultural Essay on Theories of Literature*, Princeton, New Jersey: Princeton University Press, 1990。

[③] 参阅拙著：《"后理论时代"的文学与文化研究》，北京大学出版社2009年版，以及论文:《"后理论时代"的文化理论》，《文景》2005年第3期;《"后理论时代"西方理论思潮的走向》，《外国文学》2005年第3期;《穿越"理论"之间:"后理论时代"的理论思潮和文化建构》，台湾《中央》大学人文学报第32期（2007年10月）;《"后理论时代"中国文论的国际化走向和理论建构》，《北京大学学报》2010年第2期;《再论"后理论时代"的西方文论态势及走向》，《学术月刊》2013年第5期;《"后理论时代"的理论风云：走向后人文主义》，《文艺理论研究》2013年第6期。

原先被压抑在边缘的理论话语得以步入前台，认知诗学在当今时代的兴盛就是一个明证。此外，"后理论时代"的来临打破了西方中心主义一统天下的格局，使得来自小民族的或非西方的文学理论家和文学研究者得以与我们的西方乃至国际同行在同一个层次上进行平等的对话。有鉴于此，我们完全可以基于世界文学和比较诗学这两个概念建构一种同样具有普适意义的世界诗学。

第一节　从比较诗学到世界诗学

一、为什么要建构一种世界诗学？

在当今时代，由于文化研究的冲击，谈论含有诸多审美元素的诗学早已被认为是一种奢侈品。即使在国际比较文学界，讨论比较诗学问题也仅在一个很小的圈子里进行，而且还要与当下的社会和文化问题相关联。人们或许会认为，在文化研究大行其道、文学理论江河日下的情形下，文学面临着死亡的境地，文学理论（literary theory）也早就演变成了漫无边际的文化理论（cultural theory），谈论比较诗学还有何意义？讨论诗学问题是否有点不合时宜？但这只是西方文论界的情形，并不代表整个世界的文学理论状况。尤其是在中国的文学理论界，经过近百年来的学习西方理论和弘扬比较文学，再加之近几年来世界文学理念和认知诗学的引进和发展，中国的文学理论家已经娴熟地掌握了西方文论建构的路径和方法，此外，我们在大量引进西方文论时，也从未忽视发展我们自己的文学批评和理论实践，可以说现在已经到了建构我们自己的理论话语并在国际学界发出强劲声音的时候了。

当然，建构一种具有普适意义的文学阐释理论，或曰世界诗学，首先要通过对中国和西方以及东方主要国家的诗学的比较研究，才能站在一个新的高度提出自己的理论建构，否则重复前人或外国人早已做过的事情绝不可能取得绝对意义上的创新。因此本节首先从比较诗学的视角切入来探讨不同的民族/国别文学理论的可比性和综合性。通过这种比较和分析，我们透过各民族/国别诗学或文论的差异之表面窥见其中的一些共性和相通之处，这样建构一种具有普适意义的世界诗学就有了合法性和可行性。当然，建构世界诗学有着不同的路径，它具体体现在下面几个方面：（1）世界诗学必须突破西方中心主义的局限，包容产生自全世界主要语言文化土壤的文学理论，因此对它的表达就应该同时是作为整体的诗学体系和作为具体的文学阐释理论；（2）世界诗学必须跨越语言和文化的界限，不能只是西方中心主义或"英语中心主义"的产物，而更应该重视世界其他地方用其他语言发表的文学理论著述的作用和经验，并且及时地将其合理的因素融入建构中的世界诗学体系；（3）世界诗学必须是一种普适性的文学阐释理论，它应能用于解释所有的世界文学和理论现象，不管是西方的还是东方的、古代的还是现当代的文学和理论现象；（4）世界诗学应同时考虑普适性和相对性的结合，也即应当向取自民族/国别文学和理论批评经验的所有理论开放，尤其应该关注来自小民族但确实具有普适意义的文学和理论；（5）世界诗学作为一种理论模式，在运用于文学阐释时绝不可对文学文本或文学现象进行"强制性阐释"，而更应该聚焦于具体的文学批评和理论阐释实践，并及时地对自身的理论模式进行修正和完善；（6）世界诗学应该是一种开放的理论话语体系，它应能与人文学科的其他分支学科领域进行对话，并对人文科学理论话语的建构做出自己的贡献；（7）世界诗学应该具有可译性，以便能够对英语世界或西方语境之外的文学作品和文本进行有效的阐释，同时在被翻译的过程中它自身也应有所获；（8）任何一种阐释理论，只要能够用于世界文学作品的阐释和批评就可跻身世界诗学，因此世界诗学也如同世界文学概念一样永远处于一个未完成的状态；（9）世界诗学既然是可以建构的，那它也应处于一种不断地被重构的动态模式，那种自我封闭的且无法经过重构的诗学理论是无法成为世界诗学的，因此每一代文学理论家都可以在实际运用中对它进行质疑、修正甚至重构。总之，世界诗学构想的提出，使得比较诗学有了一种整体的视野和高度，同时也有助于世界文学理论概念的进一步完善。它也像世界文学这个理论概念一样，可以作为一个值得讨论甚至争论的理论话题引发国际性的理论讨论，同时也能在一定程度上改变和修正现有的世界文学和文论的格局。

确实，在当前的国际比较文学和文学理论界，尽管许多学者以极大的热情投入了关于"世界文学"概念的讨论，但却很少有人去深入探讨与世界文学相关的理论问题，这些学者也不企望建构这样一种具有普适意义的世界诗学。① 另一方面，世界文学伴随着世界主义这个大的论题的再度出现，已经变得越来越吸引东西方的比较文学和文学理论研究者，一些有着重要影响力的学者也参与讨论并且提出了关于这一颇有争议的概念的各种定义。同样，不少学者已经试图将世界文学研究与文学经典的形成与重构以及重写文学史等论题相结合，以便取得一些突破性的进展。但是在我看来，迄今所取得的成果还远远不能令人满意，其原因在于至今尚无人提出自己的全新理论建构，对文学理论问题的讨论也依然停留在比较诗学的层面，并没有在孟而康的比较诗学研究基础上做出理论上的升华和建构。因此在提出我的理论建构之前，简略地回顾一下孟而康的比较诗学概念和他已经做出的开拓性工作仍有必要。因为在我看来，正是在西方中心主义的思维模式主导国际比较文学研究的那些年代里，孟而康力挽狂澜，颇有洞见地提出了"跨文化的比较诗学研究"，并开拓出一片处女地，他曾经引领着一批学者筚路蓝缕，朝着世界诗学建构的方向在前进。

---

① 西方的世界文学研究者在这方面发表了大量的著述，其中最有代表性和影响力的主要有：Emily Apter, *The Translation Zone: A New Comparative Literature*, Princeton and Oxford: Princeton University Press, 2006; Theo D'haen, *The Routledge Concise History of World Literature*, London and New York: Routledge, 2012; David Damrosch, *What Is World Literature?*, Princeton and Oxford: Princeton University Press, 2003; David Damrosch, *How to Read World Literature*, Oxford: Wiley-Blackwell, 2009; Franco Moretti, "Conjectures on World Literature," *New Left Review*, Vol. 1 (January-February, 2000): 54–68。这些著述大都围绕世界文学这个话题进行构想（Moretti）、讨论（Damrosch）、争论（Apter）并总结（D'haen），但是都没有涉及世界诗学或文学理论问题。

确实，孟而康在对东西方文学和理论著作进行比较研究时，从东西方文学和理论著作中收集了大量的例证，从而发现了"一种生成性诗学"①，虽然他没有使用诸如"世界"（world）或"普世的"（universal）这类词，但他实际上意在突破西方中心主义或者所谓的"东""西"二元对立的思维模式，从而建立某种具有普遍意义的诗学体系。因为在他看来，这样一种普遍的或系统性的诗学首先应当是"自满自足的"，不应该受制于特定的时代和批评风尚的嬗变，这样它才有可能成为具有普世意义和价值的美学原则。显然，孟而康仍然持有一种充满精英意识的（比较）文学研究者的立场，集中讨论一些在文学史上已有定评的经典文学作品，但却很少讨论当代文学作品和文学现象。另一方面，孟而康在20世纪90年代初出版专著《比较诗学》后不久就患病，后来由于英年早逝而未能实现他已经开始萌发的世界诗学构想，这无疑是他的比较诗学建构的一个局限。②他的另一个局限则在于，作为一位有着精英意识的日本学研究者，他头脑里考虑最多的是日本的古典文学和文论，虽然他在书中也稍带提及了中国的文学理论著作，但却全然不提现代文论。因此他的研究更具有史的价值而并不能引发当下的理论讨论。因此后来在文化研究异军突起并迅速步入学术前沿时，比较诗学便逐步被"边缘化"了。我们都知道，在孟而康的《比较诗学》出版的20世纪90年代初，正是文化研究崛起并对比较文学学科产生强有力冲击的年代，尤其是美国的比较文学学者，更是言必称文化研究。而且在研究对象方面，文化研究也反对传统的习俗，挑战精英意识，以当代非精英文化和通俗文化为研究对象，这就更与有着精英和经典意识并排斥当代文论的比较诗学大相径庭，因此比较诗学很快就被淹没在文化研究的"众声喧哗"中，只是在一个狭窄的小圈子里发挥有限的功能

---

① 厄尔·迈纳（孟而康）著，王宇根、宋伟杰等译：《比较诗学：文学理论的跨文化研究札记》，中央编译出版社1998年版，第314页。译文有所校改。

② 关于孟而康的比较诗学价值以及理论建构上的局限，参阅我的英文论文："Earl Miner: Comparative Poetics and the Construction of World Poetics," *Neohelicon*, Vol. 41, No. 2 (2014): 415–426。

和影响。有鉴于此,我认为,从历史的角度来看,古代文论基本上是自满自足的和相对封闭的,它要想在今天依然发挥其应有的理论争鸣和阐释作用,那就应当被今天的文学和批评实践激活,通过它的现代转型来实现它的当代功能。而19世纪后半叶以降的现代文论无疑是开放和包容的,虽然在很大程度上带有欧洲中心主义或西方中心主义的色彩,并有着跨学科和非文学的倾向,但它已经被东西方的文学批评实践证明是行之有效的,同时也是很不完备的。在当今这个跨文化的语境下它很难显示出其普适意义和价值,因此建构一种具有相对普适意义的世界诗学就势在必行。

此外,我之所以要提出我的世界诗学的理论建构,还受到当代认知诗学的启迪。我认为这也是作为我提出自己的世界诗学理论建构的一个基础。因为在我看来,提出世界诗学的建构,如果没有广泛深入地对中外诗学或文学理论进行比较研究的话,就如同一座空中楼阁那样不攻自垮。而认知诗学则是近十多年来从边缘逐步进入中心的一个新的研究领域,它介入文学和语言之间的界面研究,专注文学的语言因素考察和研究。它提醒人们,文学既然是语言的艺术,对它的研究就不可能忽视从语言形式入手的经验研究。因此认知诗学的崛起实际上起到了文化理论衰落之后的某种反拨作用。它近几年在中国的兴盛更是说明了这种理论模式的普适性和可行性。本节的目的并非专门讨论比较诗学和认知诗学,但这二者在我的理论建构中却是无法回避的。它们对我的启迪也是十分重要的。

二、比较诗学和认知诗学的先驱作用

现在我首先从比较诗学谈起。比较诗学(comparative poetics),质言之,就是比较文论研究,它是一个以文学理论的比较为核心内容的研究领域,是比较文学的一个分支学科,它既包括了不同国家、不同民族诗学的影响研究和平行研究,也包括了跨学科、跨文化诗学的比较研究。但是比较诗学并不意味着仅仅采取比较的方法来研究文学理论,它还可以将文学的理论阐释作为其观照的对象,因此它同时也是诗学的一个分支。而认知诗学（cognitive poetics）则是近几年来十分活跃的一个文学批评流派，它将认知科学的原则，尤其是认知心理学的原则，用于文学文本的阐释。它与读者反应批评，尤其是注重读者的心理反应作用的那一派，密切相关。此外，它也与专注文学的语言学界面研究的文体学关系密切，常常被欧洲的一些崇尚文学经验研究的学者用来分析文学文本的语言因素。认知诗学批评家也像当年的英美新批评派批评家那样，致力于文学文本的细读和分析。但与他们不同的是，认知诗学批评家并不仅仅满足于此，他们同时也认识到语境的重要性，尤其是对文本的意义的发掘至关重要。因此认知诗学也突破了新批评派的封闭式的专注文本的做法，同时也超越了结构主义的专注语言形式的做法，它所显示出的生命力已经越来越为当代理论界所认可。

如果说，比较诗学理论家孟而康是一位来自精英文学研究领域的美国学者的话，那么认知诗学的奠基人是鲁文·楚尔（Reuven Tsur）则是一位地地道道的来自小民族和小语种的理论家，他所出生的国家是东欧的罗马尼亚，远离西欧的文学理论主流，所操持的母语更是不入主流。后来他所工作的国家以色列也是一个远离欧美中心但却与欧美学界有着密切关系的边缘地带。楚尔在写于1971年的博士论文中发展了一种被他称为"认知诗学"的方法，试图将其推广到所有的文学和诗学研究中。作为一种跨学科的文学研究方法，认知诗学涉及的范围极广，包括文学理论、语言学、心理学和哲学的多个分支。就文学研究而言，认知诗学探讨的是文本的结构与人类感知性之间的关系，并对发生在人的大脑里的各种作用充当协调者。楚尔的贡献就在于将这种认知诗学应用于格律、声音的象征、诗歌的节奏、隐喻、诗歌本身以及变化了的意识状态的研究，他从探讨文学的"文学性"乃至"诗性"入手，但又不仅仅局限于此。他所建构的认知诗学还用于更广泛的领域，诸如该时期的风格、文类、建筑范式、翻译理论，批评家的隐含的决定风格、批评能力以及文学史等领域的研究。当然这种美好的愿景能否在实际文学阅读和批评实践中得到有效的运用还有待于实践的检验。

但是，在文化理论和文化研究大行其道的"黄金时代"，一切专注文学文本的语言因素考察研究的批评和阐释都被边缘化了，认知诗学也是如此。而在当今的"后理论时代"，文化理论的黄金时代已经过去，文化批评的批判锋芒有所消退，文学研究再度收复一些失地。但与以往不同的是，后理论时代的文学研究更加注重文学的经验研究，这显然为认知诗学的兴盛奠定了基础。

我在提出我的世界诗学理论建构时，之所以要提及认知诗学，其原因有两个：其一，作为对大而无当的文化理论的一种反拨，认知诗学依然专注文学文本，并注重文学的语言因素，因而与诗学的关注对象比较接近；其二，既然鲁文·楚尔被认为是认知诗学的奠基人，那么他的双重边缘身份也值得我们重视。他的出身背景（罗马尼亚）和工作环境（以色列）都是典型的小民族，但是他却有着一种世界主义的胸怀，敢于采用世界通行的语言英语作为写作的媒介，通过英语的影响力和流通渠道把自己的理论建构传播出去，这无疑对我们中国学者的理论建构是一种启示。正是这一来自小民族的边缘地区的理论可以在当今这个"后理论时代"从边缘走向中心，经过英语世界的中介又对汉语世界的文学和语言学研究产生了重要的影响。因此这也是我在提出世界诗学理论建构时无法回避的一个重要启示。

第二节　世界诗学的构想和理论建构

一、作为问题导向的世界诗学

如前所述，本节的重点是要提出我的世界诗学理论建构。① 当然，由于本节篇幅所限，我不可能全面地阐释我所要建构的世界诗学的内容，但

---

① 关于世界诗学的构想，我曾在一篇笔谈中做过粗略的描述，本章是那篇短文的继续深入探讨和提升。参阅拙作《世界诗学的构想》，《中国社会科学》2015年第4期，第169—176页。

我想先在本节中提出这一构想并对之进行论证，以便在今后的著述中逐步加以拓展和完善。首先，我想强调的是，提出世界诗学或世界文论这一理念究竟意味着什么？在一个"宏大叙事"已失去魅力的"微时代"，理论建构还能起到何种作用？我的目的就在于建构一种有着共同美学原则和普适标准的世界性的文学理论。也许人们会问，既然世界各民族/国别的文学和文化千姿百态，能有一个普世公认的审美标准吗？我的回答既是否定的同时又是肯定的：在绝对意义上说来这显然是不可能的，但依循一种相对普适的审美标准来进行理论建构还是可以做到的。多年前，当歌德在阅读了一些非西方文学作品后发现了各民族文学所共同和共通的一些因素，对于这一点我们完全可以从他对世界文学理念的建构中见出端倪。当歌德于19世纪上半叶提出这一理论构想时几乎被人们认为是一个近乎乌托邦式的假想，尽管歌德从表面上看摆脱了欧洲中心主义的桎梏，但他同时却又陷入了德意志中心主义的陷阱，认为德国文学是世界上最优秀的文学。之后马克思和恩格斯在《共产党宣言》中再次提到"世界的文学"概念时才将其与资本主义的世界性扩张和文化的全球化特征联系起来。① 在后来一段漫长的时间，由于民族主义的高涨，世界主义的理念被放逐到了边缘，尽管一些有着比较意识和国际视野的文学研究者大力提倡比较文学研究，但早期的比较文学研究依然缺乏一个整体的和世界文学的视野，正如意大利裔美国学者莫瑞提所讥讽的，"比较文学并没有实现这些开放的思想的初衷，它一直是一个微不足道的知识事业，基本上局限于西欧，至多沿着莱茵河畔（专攻法国文学的德国语文学研究者）发展，也不过仅此而已"②。我们今天提出世界诗学的构想也应吸取这一历史的教训，切忌故步自封和唯我独尊，也不能将世界诗学建构成为西方中心主义的有限扩展版。因此在我看来，这样一种世界诗学或文论不能是简单地来自西方文

---

① 参阅马克思、恩格斯：《共产党宣言》，第30页。
② Franco Moretti, "Conjectures on World Literature," *New Left Review*, Vol. 1 (January-February, 2000): 54.

学,也不能主要地来自东方文学,更不能是东西方文学和文论的简单相加。它应该是一种全新的文学阐释理论,应该是经过东西方文学批评和阐释的实践考验的切实可行的理论概念的提炼和抽象,应该在对优秀的世界文学和理论的扎实研究之基础上加以建构,这样它才有可能被用于有效地解释所有的东西方文学现象。这也许正是我们超越前人未竟的事业所应做的工作。

二、世界诗学的理论内涵

第一,世界诗学必须突破西方中心主义的局限,包容产生自全世界主要语言文化土壤的文学理论,因此对它的表达就应该同时是作为整体的诗学体系和作为具体的文学阐释理论。既然世界诗学意指全世界的文学理论,那么它就应该像世界文学那样,同时以单数和复数的形式来加以表述。我想将其用于建构这样一种世界诗学也同样适用。由于"诗学"(poetics)这一术语在英文中无法区分其单复数形式,我这里便用"文学理论"来加以表述:作为总体的世界文论(world literary theory)和具体的世界(各民族/国别的)文论(world literary theories)。前者指这样一种总体的世界文论所具有的普适意义的很高的准则,也即它应该是世界优秀的文学理论的提炼升华之结晶,后者则应考虑到来自不同的民族/国别文学的具体文论和范畴。但是那些能够被视为世界诗学的理论必定符合普世性的高标准,必须可用于解释世界各民族文学中出现的所有现象。因此,仅仅基于某个民族/国别的文学和文论经验而建构的理论如果不能在另一个民族/国别的文学研究中得到应用或推广就算不上世界性的诗学或理论。

第二,世界诗学必须跨越语言和文化的界限,不能只是"英语中心主义"的产物,而应重视用其他语言撰写并发表的文学理论著述的作用和经验,并且及时地将其合理的因素融入建构中的世界诗学体系,这样世界诗学便具有了跨越语言和文化之界限的特征。我们都知道,西方文化传统中由亚里士多德提出,后来的历代理论家发展完善起来的诗学理论就经历了不断的重构，它在用于东方文学作品和现象的阐释时也被"东方化"进而具有了更多的普适意义和价值。而相比之下，在英语世界出版的几乎所有讨论文学理论史的主要著作中，非西方国家的文学理论或者受到全然忽略，或者被稍加提及，根本没有占据应有的篇幅。尽管中国有着自己独特的、自给自足的诗学体系，其标志性成果就是刘勰的《文心雕龙》，但迄今为止西方的主要理论家几乎对此全然不知，即使在孟而康的名为《比较诗学》的专著中对之也很少提及。而相比之下，在中国，从事中国古代文论研究的学者若不知道亚里士多德的《诗学》和贺拉斯的《诗艺》至少是不能登上大学讲台讲授文学理论课的。这与西方学者对中国文学和文论的微不足道的知识简直有着天壤之别。因此，对中国以及东方诗学的忽略和不屑一顾显然是探讨世界文论或诗学过程中的一个严重缺陷。作为一位中国比较文学和文学理论研究者，我要强调指出的是，编撰一部完整的世界文论史或诗学史应该包括符合这一标准的主要非西方文论著作，尤其是像《文心雕龙》这样一部博大精深的文论著作，更不应该被排斥在世界诗学经典之外。

第三，世界诗学既然被认为是一种普适性的文学阐释理论，那么它就应能用于解释所有的世界文学现象，而不管是西方的还是东方的、古代的还是现当代的文学现象。实际上，长期以来，东方文化和文学对来自西方的理论一直持一种包容的和"拿来主义"的态度，一些东方国家的学者甚至对来自西方的文学理论顶礼膜拜，在自己的著述中言必称西方文论，而对自己国家的文学理论则远没有达到这种推崇的地步。确实，自从近现代以来，中国、日本和印度的比较文学学者早就自觉地开始用西方文学理论来解释自己的民族/国别文学和理论现象，他们在用以解释自己的文学现象的过程中，通过创造性的转化，使得原来有着民族和地域局限的西方理论具有了"全球的"（global）特征和普世的意义，而在许多情况下则在与当地的文学实践的碰撞和对话中打上了"全球本土的"（glocal）印记。但在那些西方国家，即使是在汉学家中，文学研究者仍然一直在沿用从西方的文学经验或文化传统中得出的理论概念来解释非西方的文学现象，例如在西方的中国文学研究领域，这种现象就显而易见。既然我们要建构一种世界性的诗学理论，我们就应该努力克服这种西方中心主义的思维模式，尽可能地包容产生自各民族和各种文化土壤的具有普适性的理论范畴和概念，否则一部世界诗学史就会变成西方诗学的有限的扩展版。

　　第四，建构世界诗学应同时考虑到普世性与相对性的结合，也即它应当向取自民族/国别文学和理论批评经验的所有理论开放，尤其应该关注来自非主要民族但确实具有普适性的文学和理论。正如美国文论家希利斯·米勒（J. Hillis Miller）在描绘文学作品的特征时所指出的，"它们彼此是不对称的，每一个现象都独具特色，千姿百态，各相迥异"①。在各民族/国别文学之间，并不存在孰优孰劣的泾渭分明的状况，因为每一个民族/国家的优秀文学作品都是具有独创性的，"人们甚至可以把它们视为众多莱布尼兹式的没有窗户的单子，或视为众多莱布尼兹式的'不可能的'世界，也即在逻辑上不可能共存于一个空间里的众多个世界"②。既然诗学探讨的对象是文学现象，当然也包括文学作品，那么它就应当像那些作品那样内涵丰富和对不同的理论阐释开放。确实，由于某种历史的原因，西方诗学总是比其他文化传统的诗学要强势得多，因此它经常充当着某种具有世界公认之合法性的标准。一些非西方的理论批评家往往热衷于用西方的理论来阐释本民族/国别的文学现象，这当然无可厚非，但问题是他们常常只是通过对本民族/国别的文学现象的阐释来证明某个西方理论的有效性和正确性，而缺少对之的改造和重构。相比之下，其他国家和地区的批评理论或美学原则则很少有可能去影响它，更遑论用以解释来自西方文学传统的现象了。应该承认，东西方文学和文论交流的这种巨大的反差在今后相当长一段时间内还会存在并且很难克服。孟而康作为一位跨文化比

---

① J. Hillis Miller, *On Literature,* London and New York: Routledge, 2002, p. 33.

② J. Hillis Miller, *On Literature,* London and New York: Routledge, 2002, p. 33.

较诗学理论家，始终对西方世界以外的文学和诗学抱有一种包容的态度，他曾指出，"认为最伟大的文学都是最公正的社会的产物是不能令人信服的，尽管可以断定，用那一时代的标准来衡量，不公正的社会不可能创造出有持久影响力的作品"①。但事实恰恰是，在封建沙皇专制统治的农奴制度下照样产生出像果戈理、托尔斯泰和陀思妥耶夫斯基这样伟大的作家，在文学理论界也出现了像别林斯基和车尔尼雪夫斯基这样伟大的文学理论家和批评家。因此我们完全可以得出这样的结论，社会制度的先进与否与文学成就并非是成正比的。同样，有时重要的作家或理论家也许来自非主要民族或弱势的国家，因此我们有必要采取一种文化相对主义的态度来看待世界上不同的诗学之价值，切不可重蹈西方中心主义的覆辙。

第五，世界诗学作为一种理论模式，在运用于文学阐释时绝不可对文学文本或文学现象进行"强制性的阐释"，而更应该聚焦于具体的文学批评和理论阐释实践，并且及时地对自身的理论模式进行修正和完善。所谓"强制阐释"，正如有学者已经指出的，就是不顾文学自身的规律，从文学以外的理论视角进入文学，将根据非文学经验抽象出的理论强行用于文学作品及文学现象的阐释，其目的并非为了丰富和完善文学作品的意义，而更是为了通过对文学现象的阐释来证明自己的理论的正确和有效性。②这样一种"理论中心主义"意识已经渗入相当一部分理论家的无意识中，使他们采取理论先行的方式，不顾文学作品的内在规律，强制性地运用阐释的暴力来介入对文学作品意义的解释，结果既不能令作者本人信服，更不能令广大读者信服。当然，我们要区分理论家的本来用意和后来

---

① 厄尔·迈纳著，王宇根、宋伟杰等译：《比较诗学：文学理论的跨文化研究札记》，第328页。译文有所校改。
② 关于当代文学理论批评中的"强制阐释"及其反拨，参阅张江：《当代西方文论若干问题的辨识——兼及中国文论建设》，《中国社会科学》2014年第5期，第4—37页。张江的论文发表后在国内外产生了很大的影响。关于这种反响，可参阅王敬慧：《从解构西方强制阐释到建构中国文论体系——张江近年来对当代西方文论的批判性研究》，《文学理论前沿》（第十四辑），清华大学出版社2016年版，第147—164页。

的阐释者对之的强制性滥用。在当今这个跨文化和跨学科研究的大趋势下，文学也不可避免地受到非文学理论话语的侵蚀，因此在文学研究界，我们经常可以听到"返回审美"的呼声。从非文学的理论视角进入文学作品并对之进行阐释本身并无可厚非，但是其最终的目的应有利于文学意义的建构和文学理论的丰富和发展，而不应仅仅满足于证明某种理论是否正确和有效。

第六，世界诗学应该是一种开放的理论话语，它应能与人文学科的其他分支学科领域进行对话，并对人文科学理论话语的建构做出自己的贡献。这与上面一点是相辅相成的，因为在过去的几十年甚至上百年里，文学本身已经发生了巨大的变化，许多过去在文学的高雅殿堂里并没有地位的文类今天已经堂而皇之地跻身文学之中，这一切均对我们的文学理论提出了严峻的挑战。同样，文学理论今天再也不像以往那样纯洁或自足了，它在一定程度上与文化理论融为一体。对于这一现象，新历史主义者斯蒂芬·格林布拉特（Stephen Greenblatt）称之为"文化诗学"[①]，他试图在经典文学艺术与通俗文学艺术之间进行谈判，以便建立一种可以沟通艺术与社会的文化诗学。结构主义理论家茨维坦·托多罗夫（Tzvetan Todorov）在仔细考察文学的变化后也得出这样的印象："文学的领地对我来说简直大大地拓宽了，因为它现在除了诗歌、长篇小说、短篇小说和戏剧作品外，还包括了大量为公众或个人所享用的叙事、散文和随想作品。"[②] 确实，在过去的一百年里，文学本身发生了巨大的变化，以至于那些毕生从事文学研究的学者也开始担心印刷的文学作品是否迟早要被新媒体所取代。[③] 连2016年度的诺贝尔文学奖评委会也一反以往的精英意识，将该年度的诺奖授给了以歌词写作和演唱著称的美国民谣艺术家迪兰·鲍勃，其理由在于

---

① 参阅 Stephen Greenblatt, "Towards a Poetics of Culture," in H. Aram Veeser ed., *The New Historicism*, New York and London: Routledge, 1989, p. 12.

② Tzvetan Todorov, "What Is Literature For?" *New Literary History*, Vol. 38, No. 1 (2007): 16–17.

③ Cf. J. Hillis Miller, *On Literature*, London and New York: Routledge, 2002, pp. 1–10.

他在美国歌曲中注入了创新的"诗意表达法"。鲍勃的获奖使一大批等待了多年的精英文学作者大失所望。我们都知道,诺贝尔文学奖的一个重要的评奖原则就在于它应该授给那些写出"具有理想主义倾向的作品"的作家。对于这个"理想主义倾向"做何解释一直是文学批评家争论不休的一个问题。我的看法是,鲍勃的获奖一方面展现了他个人的非凡想象力,另一方面则标志精英文学与大众文学的进一步弥合,而作为开风气之先的诺奖可谓是当代文学走向的一个风向标。对于这一现象,我们毋须回避。此外,作为文学研究者,我们也应该认识到,经典的文学理论正是我们从祖先那里继承而来的,但这并不意味着要排除所有那些非经典的理论教义,因为它们中的一些理论概念和范畴或许会在未来跻身经典的行列。这样看来,世界诗学就不是一个封闭的经典文论的体系,而应当是一个开放的体系,它可以吸纳可用于解释文学现象的所有理论。

第七,世界诗学应该具有可译性,以便能够对来自东西方语境的文学作品和文本进行有效的阐释,同时在被翻译的过程中它自身也应有所获,因为世界诗学的一些理论范畴必须经过翻译的中介才能在各种语言和文学阐释中流通并得到运用,不可译的理论范畴是无法成为世界诗学的。毫无疑问,翻译会导致变异,尤其是文学理论的翻译更是如此。理论的旅行有可能使原来的理论在另一语境中失去一些东西,但同时也会带来一些新的东西。因此翻译既是不可能的同时也是不得已而为之的。众所周知,一个人不可能通过所有的语言来学习文学和理论,他在绝大多数情况下得依赖翻译,因此翻译就是必不可少的。我们过去经常说的一句话看来应该做些修正:越是民族的就越是世界的。不错,越是具有民族特征的东西就越是有可能具有世界性的意义。但是如果离开了翻译的中介,越是具有民族特色的东西就越是不可译,最终也就越是难以走向世界。因而这句话应该改成:越是具有民族特征的东西越是有可能成为世界的,但是它必须具有可译性,通过翻译的中介从而为世界人民共享。如果一种理论通过翻译能够把新的东西带入到另一文化语境中,就像西方文学理论影响了中国现代文论那样，那么这一理论就会被证明具有了某种普世的意义，它就肯定会作为一种世界性的文论或诗学。同样，如果一种理论或诗学仅仅适用于一种文化语境，那么这种理论就绝不可能被视为世界文论或诗学。

第八，任何一种阐释理论，只要能够用于世界文学作品的阐释和批评就可跻身世界诗学，因此世界诗学也如同世界文学概念一样永远处于一个未完成的状态，它的生命力就体现于这样一点。各民族/国别的文学和理论批评经验都可以向这一开放的体系提供自己的理论资源，从而使之不断地丰富和完善，最终作为一个文学理论范畴载入未来的文学理论史。那种忽视来自小民族的理论家的贡献的大国沙文主义也同样和西方中心主义一样注定要被我们这个有着多元文化特征的时代所摒弃。我们从前面提及的亚里士多德的诗学理论和楚尔的认知诗学理论不难看出这一点：前者来自希腊这样一个欧洲小国，后者来自以色列，都是名副其实的小民族。这二者所赖以产生的语境也是不通用的：前者所产生自的希腊语即使对今天的当代希腊人来说也近乎另一种很难学的古典语言，后者的提出者倒是认识到了语言的流通性和传播特征，故选择了用英文来表达，因而便很快地走向了世界。

第九，世界诗学既然是可以建构的，那它也应当处于一种不断地被重构的动态模式，每一代文学理论家都可以在自己的批评和理论阐释实践中对它进行质疑、修正甚至重构。如上所述，本章的目的并非要提出一种恒定不变的世界诗学原则，而只是想提出一种理论建构，通过这种建构的提出，引发围绕这一见建构的理论讨论和争鸣。既然在过去的几十年里，西方理论家建构了诸如现代主义和接受美学这样的概念，西方的东方学者也根据自己那一鳞半爪的东方文化知识建构了各种"东方主义"，我们作为东方的文学理论家和研究者，为什么不能从自己的文学经验，同时也综合东西方各国的文学经验，建构一种具有相对普适意义和价值的世界诗学呢？当年歌德对世界文学理念的构想在过去的一百八十多年里不断地引发讨论和争论，同时它自身也在沉寂了多年后在当今的全球化时代再度兴起，不断地吸引人们对之进行质疑和重构。事实证明，世界文学是一个开放的理论概念，同样，世界诗学的构想也应该如此，因为它所据以建构的基础就是比较诗学和世界文学。因此世界诗学建构绝不是少数理论家躲在象牙塔里杜撰出来的不切实际的幻想，而是有着深厚理论基础和文学实践经验的建构。

以上就是我力图建构的一种世界诗学之内涵和特征。当然，别的学者也可以提出另一些标准来判断一种诗学是否算得上是国际性的或世界性的，但是上述九条标准足以涵盖这样一种构想中的世界诗学之特征了。

第三节　世界诗学建构的理论依据和现实需要

一、世界诗学建构的理论依据

在简略地勾勒了世界诗学构想的蓝图后，我自然会面对国内外学界同行们的质疑和问题。也许人们会问，正如我在前面所提及的，在当今的西方文论界，建构"宏大叙事"式的理论话语体系早已成为历史，甚至带有许多非文学因素的文化理论的"黄金时代"也已成为过去，建构世界诗学有可能吗？或者说，即使我在中文的语境下建构出一种世界诗学，它又能否得到国际同行的认可并在批评中行之有效吗？确实，现当代西方文论缺乏一个整体的宏观的理论建构也许正是其发展的重要特征之一。我们都知道，自黑格尔和康德以后的西方文学理论家并不志在创立一个体系，而是选取自己的独特视角对这一体系的不完善之处进行质疑和修补。他们不屑于对已有的理论进行重复性的描述，而是试图从新的视角对之质疑和批判，其做法往往是矫枉过正，通过提出一些走极端的理论来吸引同行的注意和反应。这就是在西方治学与在中国治学的差异之所在。我正是认识到了当代西方文论的这一特征，才不揣冒昧地提出我自己的这一不成熟的一孔之见，如果我的这一理论建构能够引起国内外同行的讨论和质疑，我的目的就初步达到了。其次，对于这种世界诗学的理念能否行之有效则有待于今后的批评和阐释实践来证明。因此我想首先回答第一个问题，也即我所提出的世界诗学的理论建构究竟有何理论依据？质言之，这一理论依据主要在于这三个方面。下面我逐一加以阐释。

（1）世界诗学是基于世界文学和比较诗学研究成果之上的一种理论提炼和升华，它并非是理论家躲在象牙塔里发出的无病呻吟或奇思妙想，而是根据文学创作和理论批评实践的需要而提出的，因此它有着丰厚的世界优秀文学作品和理论著述作为基础，它所面向的也自然是文学理论批评实践和阐释。目前我们所面临的事实是，迄今占据世界文论主流的西方文论并未涵盖全世界的文学和理论经验，它在很大程度上是从其自身——西方国家——的文学创作和理论批评经验中抽象升华出来的，因此用于解释西方文学文本和文学现象确实是行之有效的，而且经过千百年历史的考验已经被证明是一种具有相对普适意义的真理。但是自歌德对世界文学做了"非西方中心主义"式的建构后，越来越多的西方理论家开始把目光转向西方世界以外的文学创作经验，他们也出版了自己的世界文学史，对世界文学领域内长期占主导地位的西方中心主义思维模式发起了强有力的挑战。众所周知，理论概念的提出须有丰厚的实践基础，既然世界文学的实践已经走在我们的前面了，作为文学理论工作者，我们理应提出自己的理论构想，以便对这些异彩纷呈、错综复杂的文学现象加以理论的概括和总结，同时也建构自己的元批评理论话语。因此在这个时候提出世界诗学的构想应该是非常及时的。

（2）迄今所有具有相对普适性的文学阐释理论都产生自西方语境，由于其语言和文化背景的局限，这些理论的提出者不可能将其涵盖东西方文学和理论的范畴和经验，尽管一些重要的理论家凭着自己的深厚学养和理论把握能力通过强制性的阐释使自己的理论也能用于非西方文学的阐释，但毕竟漏洞很多。这一点我们完全可以从来自西方的一些理论概念用于阐释中国文学现象时的成败得失中见出端倪。有鉴于此，一些具有国际视野和比较眼光的中国文学理论家便在长期的实践中首先创造性地将这些具有相对普适意义的理论原则用于阐释中国的文学现象,并在阐释的过程中对之加以改造甚至重构,因而便在中国的语境下出现了"西方文论中国化"或"汉译西方文论"的现象。世界文学也就有了中国的版本,比较诗学进入中国以后也迅速地催生了中西比较诗学研究,这种种现象的出现也为我们提出自己的理论概念和批评话语奠定了基础。

(3)中国学者始终关注西方文学理论的前沿课题,并及时地将其译介到中国,同时我们又有丰厚的东方本土文学和理论批评经验和理论素养,因此在当今这个"后理论时代",当文学和文化理论在西方处于衰落时,我们中国学者和理论工作者完全有能力从边缘步入中心,并在与西方乃至国际同行的对话中提出我们自己的理论建构。我们都知道,当年歌德在阅读了一些包括中国文学在内的东方文学作品后,浮想联翩,提出了自己的"世界文学"构想:"民族文学现在算不了什么,世界文学的时代已快来临。现在每一个人都应该发挥自己的作用,使它早日来临。"[1]但当时歌德提出"世界文学"的理念时仍带有一些欧洲的,或德意志中心主义的色彩,他所呼唤的"世界文学时代"的来临只是一种乌托邦的幻想。而在今天的全球化时代,"新的世界文学学科则恰恰相反,因为它可以被看作是为挽救文学研究所作出的最后的一搏。它含蓄地声称,研究全世界的文学是理解全球化的一种方式"[2]。我们可以进一步推论,研究世界文论或建构世界诗学,也是对世界文学创作和经验的理论总结和升华。

最后我想强调指出的是,世界诗学建构的提出,有助于世界文学理论概念的进一步完善,它作为一个由中国学者提出的值得讨论甚至争论的理论话题,同时也能改变和修正现有的世界文学和文论之格局。关于前一点,我们可以从最近中国当代文学理论界出现的一些"重建中国批评话语"的尝试中见出端倪。在这方面,张江先生敢于另辟蹊径,以自己的独

---

[1] 引自 David Damrosch, *What Is World Literature?*, Princeton and Oxford: Princeton University Press, 2003, p. 1.

[2] J. Hillis Miller, "Globalization and World Literature," *Neohelicon*, Vol. 38, No. 2 (2011): 253–254.

特视角对西方文论中的种种不完备之处提出自己的质疑,并得到了西方同行的回应和认可。① 这种敢于挑战西方理论权威并善于主动对话的积极进取精神是令人钦佩的。他的另一个可贵之处则在于,他不仅停留在对西方文论的批评性解构的层次上,而且大胆地提出了自己的"本体阐释",按照张江的解释:

> 确切表达,"本体阐释"是以文本为核心的文学阐释,是让文学理论回归文学的阐释。"本体阐释"以文本的自在行为为依据。原始文本具有自在行,是以精神形态自在的独立本体,是阐释的对象。"本体阐释"包含多个层次,阐释的边界规约本体阐释的正当范围。"本体阐释"遵循正确的认识路线,从文本出发而不是从理论出发。"本体阐释"拒绝前置立场和结论,一切判断和结论生成于阐释之后。"本体阐释"拒绝无约束推衍。多文本阐释的积累,可以抽象为理论,上升为规律。②

也就是说,阐释并不是我们理论工作者的最终目的,我们的最终目的是要提出自己的理论建构,这样才能在当代全球化语境下各种理论话语众声喧哗的声音中发出中国学者的独特声音。当然这种声音一开始肯定是十分微弱的,甚至完全有可能为国际学界所不屑,但这在很大程度上是由于中国文学在世界文学中的地位所决定的。可以肯定,随着中国文学在世界文学版图上的地位日益扩大,中国文论的地位也会相应地得到提高,但是这仍

---

① 这方面尤其可参阅中国学者张江和美国学者米勒就文学意义及其理论阐释问题的一组对话:"Exchange of Letters About Literary Theory Between Zhang Jiang and J. Hillis Miller," *Comparative Literature Studies*, Vol. 53, No. 3 (2016): 567–610;以及我本人撰写的导言:"Introduction: Toward a Substantial Chinese-Western Theoretical Dialogue," 562–567.

② 毛莉:《张江:当代文论重建路径——由"强制阐释"到"本体阐释"》,载《中国社会科学报》2014年6月17日。

然需要我们自己的不懈努力。

二、世界诗学建构的现实需要

人们也许会进一步问道,中国文学在世界文学的版图上究竟处于何种地位?我的答案是:相对边缘的。但是中国学者和作家们的"非边缘化"和"重返中心"的努力仍在进行之中,并已取得了初步的成效。中国文学中究竟有多少作品已经跻身世界文学之林?我的答案是过去很少,现在已经开始逐步增多,但与中国文学实际上应有的价值和世界性意义仍是很不相称的。这也正是我所说的世界诗学的建构对于重写世界文学史进而扩大中国文学和理论在世界文学和文论版图上的地位十分有益。关于中国文学在当今的世界文学版图上的地位问题,佛克马曾经举出过具体的例子,这里不再重复。①

人们肯定要问,难道有着漫长的历史的中国文学在世界文学史上的地位远不如法国文学吗?对于法国文学的辉煌历史,我们素来不予否认,但是任何对世界各民族/国别文学有着一定知识的人都会看出上述这幅绘图的极端的"欧洲中心主义"偏见。那么,中国文论在世界文论版图上的地位如何呢?我的答案是更为令人悲观的。但是另一方面,我们也可以从中国旅美人文学者和美学家李泽厚的论著《美学四讲》收入2010年出版的国际权威的《诺顿理论批评文选》(第二版)这一事实看到一些希望。②但是,同样令人遗憾的是,对于一位早在年轻时就已在中国成名并有着一定国际知名度的已故华裔学者,这一天的到来确实太晚了,因为和他同时收入《诺顿理论批评文选》的还有两位如日中天但却比他年轻近二十岁的理论家——斯拉沃热·齐泽克(1949年生)和霍米·巴巴(1949年生),

---

① Douwe Fokkema, "World Literature," in Roland Robertson and Jan Aart Scholte eds., *Encyclopedia of Globalization*, New York and London: Routledge, 2007, pp. 1290–1291.

② Cf. Li Zehou, "Four Essays on Aesthetics: Toward a Global View," in Vincent B. Leitch ed., *The Norton Anthology of Theory and Criticism*, 2nd edition, New York: Norton, 2010, pp. 1748–1760.

以及更为年轻的性别理论家朱迪斯·巴特勒（1956年生）和新马克思主义理论家迈克尔·哈特（1960年生）。而收入该文选的美国理论家的人数众多，甚至与法国和德国旗鼓相当，这未免让人感到疑惑不解了。众所周知，美国的文学批评理论大多来源于法国和德国，但是美国批评家善于创造性地将那些来源于法德两国的理论用于文学批评和理论阐释，因而明显地使之发生了变异并且最终形成了美国的特色。德里达的解构理论在美国的变形并形成文学批评的耶鲁学派的例子就是这一明证。正是受到这一现象的启发，我将来源于西方的比较诗学和世界文学加以语境化并结合中国的理论批评实践提出世界诗学的构想和理论建构就是一个尝试。我想借此契机，推动中国文论的国际化进程，当然这还有待于我们自身的努力和国内外同行的认可。总之，如果说，歌德当年呼唤世界文学时代的来临确实有点不合时宜的话，那么在今天世界文学已经成为一种审美现实的情况下，世界诗学的建构还会遥远吗？

第五章 后现代主义之后的西方理论与思潮

在国际性的后现代主义论争逐步趋于终结之际，我们已经清楚地注意到，西方文化界和文论界进入了一个真正的多元共生的时代，这是一个没有主流的时代，是一个多种话语相互竞争，并显示出某种"杂糅共生"之特征和彼此沟通对话的时代。在经过后现代主义大潮的冲击以后，知识界和思想界普遍关心的一个问题就是：当代西方文化界和文论界还会出现什么样的景观？一些原先处于边缘的"非中心"和"少数族裔"的话语力量在削弱了原有的中心之后又在进行怎样的尝试？传统的东西是否果真会再现？如此等等，这一切均促使每一个生活在"后现代"或"后当代"的知识分子深思。本章首先要搞清楚的一个问题就是对后现代主义必须进行双向理解，即同时从历时和共时两个向度来把握这一复杂的文化现象和文艺理论思潮。后现代主义顾名思义与现代主义有着密不可分的关系，从时间上说，它是伴随着现代主义的衰落而崛起的，故称之为"后现代主义"，但从空间上说，它又是一股全球性的理论思潮：关于后现代主义问题的讨论始自20世纪50年代末、60年代初的北美文化界和文学界，于70年代末、80年代初以利奥塔—哈贝马斯的论战为标志在欧洲思想界和理论界达到了高潮，其结果是把一场仅限于美国文化界和文学界的讨论上升到哲学理论层次。进入80年代，美国的马克思主义理论家弗雷德里克·詹姆逊又从马克思主义的经济基础/上层建筑之关系的角度对后现代主义理论进行了新的描述，并将其推向广袤的第三世界国家，从而使得后现代主义实际上突破了西方中心的模式。80年代后期以来，随着后现代主义论争在西方的日趋衰落，这一理论思潮倒越来越引起中国、日本、印度等东方或第三世界国家学者和批评家的注意。[①] 正如事实所证明的那样，后现代主义

[①] 关于后现代主义讨论在这些国家和地区的开展，请参阅一些东西方学者在第十三届国际比较文学大会期间的关于后现代主义的专题研讨会上的发言，这些论文已收入《第十三届国际比较文学大会文集》(*Proceedings of the XIII Congress of the ICLA*)（第6卷），东京大学出版社1995年版；以及美国后现代主义研究的权威刊物 *Boundary 2*, Vol. 20, No. 3 (1993), 该期是专门讨论拉丁美洲后现代主义的专辑。

论争在东方或第三世界国家的兴起，标志着这一理论思潮已越来越具有了全球性特征，它在某种程度上与第三世界的非殖民化和现代化进程密切相关，因而时至今日，关于后现代主义的讨论在东方或第三世界国家依然方兴未艾。可以说，正是这场讨论在东方和第三世界的新发展使得这一国际性的理论争鸣进入了其第四个阶段。①

在后现代主义对西方文化的全面冲击之后，一切假想的"中心"意识和陈腐的等级观念均被打破，一些原先的边缘理论思潮流派不断地向中心运动，正在形成一股日趋强烈的"非边缘化"（de-marginalization）和"重建中心"（re-centralization）的势头。在这一新的"多元共生"的"后现代"或"后当代"（post-contemporary）时代，后殖民主义的异军突起，标志着当今西方文论的日趋"意识形态化"（ideologization）和"政治化"（politicization）倾向，而女权/女性主义的多元走向和日益具有包容性则在另一个方面体现了边缘话语对中心的解构和削弱尝试。进入90年代，文化研究的浪潮席卷全球，涉及当代各个文化艺术门类，尤其是通俗文学艺术和大众传播媒介的各个方面，对传统的精英、文化和纯文学艺术研究构成了强有力的挑战，这一切均反映了当今西方文化界和理论界的最新走向，对我们全面认识进入21世纪的文学研究不无裨益。本章通过对上述三种最为引人注目的全球性文化理论思潮的宏观描述，勾勒后现代主义之后的西方理论思潮之景观，同时也对另一些新崛起的理论思潮的发展前景做出批评性的描述。

---

① 1994年9月我应邀在匹兹堡大学演讲时着重描述了后现代主义在第三世界，尤其是在中国的种种变体，该校教授乔纳森·阿拉克（Jonathan Arac）称这一现象标志着后现代主义论争进入了"第四个阶段"。

第一节 后殖民主义的崛起和"中心化"尝试

一、后殖民理论与后殖民地文学

后殖民主义和后殖民地文学是两个不同的概念：前者指当今一些西方理论家对殖民地写作/话语的研究，它与后现代主义/后结构主义有着某种重合之处，是批评家通常使用的一种理论学术话语；后者则指原先的欧洲（主要是大英帝国和法兰西国）殖民地诸国的文学，以区别其与"主流文学"的不同。前者更为确切地说，应当称作"后殖民理论"（postcolonial theory），专指"对欧洲帝国主义列强在文化上、政治上以及历史上不同于其旧有的殖民地的差别（也包括种族之间的差别）的十分复杂的一种理论研究"①，甚至在这些后殖民地国家之间的文化界也同样存在着这样或那样的差别。此外，后殖民主义研究的复杂性还体现在其本身研究视角和批评方法上的差异。按照当今一些学者的考察，后殖民理论并没有一个大致相同的批评方法，而是"采用各种不同的方法，由于其与另一些批评理论方法之关系密切，故很难将其予以区别"②。例如，考察后殖民地国家女性文学的学者就常常将其归为女权主义的政治学研究；而研究第三世界国家的后现代主义文化者则将其与这些国家的"非殖民化"（decolonization）倾向相关联。总之，正如有些学者所概括的，"后殖民理论批评本身的方法也可以划分为解构主义的，女权主义的，精神分析的，马克思主义的，文化唯物主义的，新历史主义的，等等"③。它在内容和形式上都有着打破传统的学科界限之倾向，而对当今的比较文学研究来说，它则使比较文学和文化研究融为一体，尤其在探讨与帝国和殖民化相关的课题

---

① Cf. Jonathan Hart, "Traces, Resistances, and Contradictions: Canadian and International Perspectives on Postcolonial Theories," *Arachne*, Vol. 1, No. 1 (1994): 71.

② Cf. Jonathan Hart, "Traces, Resistances, and Contradictions: Canadian and International Perspectives on Postcolonial Theories," *Arachne*, Vol. 1, No. 1 (1994): 72.

③ Cf. Jonathan Hart, "Traces, Resistances, and Contradictions: Canadian and International Perspectives on Postcolonial Theories," *Arachne*, Vol. 1, No. 1 (1994): 73.

方面显示出一致的倾向。而"后殖民地文学"（postcolonial literatures）的范围则更广，这一术语"之所以最终为人们所频繁使用，其原因恰在于它指出了那条通向研究处于非洲和印度这样的语境中的英语写作和本地语写作，以及这二者彼此之间的殖民主义影响的可能的研究途径……"①因此，后殖民地文学实际上涵盖了除去几个发达国家外的所有第三世界的文学，"非洲国家的文学，澳大利亚、孟加拉、加拿大、加勒比国家、印度、马来西亚、马耳他、新西兰、巴基斯坦、新加坡、南太平洋岛国，以及斯里兰卡的文学，都属于后殖民地文学。美国文学按理说也应当列入这一范畴"②。但由于其目前在经济、政治上的重要地位，以及其公认的世界性影响，美国文学的后殖民性实际上并未得到人们的充分认识。再加之美国目前在西方学术界所处的实际上的中心地位，美国文学及其理论的后殖民性就更加被其外表的强大和"帝国中心性"所掩盖了。

  后殖民主义虽然早在19世纪后半叶就已萌发，但它实际上始自1947年印度独立后的一种新的意识。其后，"后殖民主义批评"这一理论术语便进入了当代学术话语，并承袭了"英联邦文学"（Commonwealth literature）和"第三世界文学"（Third World literatures）这两个具有意识形态意义的范畴。实际上，对后殖民主义的研究在西方学术界是与后现代主义的讨论交错进行的，而且，后殖民主义所关注的主要理论课题也包括后结构主义的所谓"不确定性"和"非中心化"等，有着强有力的批判和"解构"倾向。目前，这股后殖民主义思潮在北美、澳大利亚、印度、斯里兰卡，以及一些亚洲、非洲和拉丁美洲国家颇为风行，并且曾一度有过取代处于衰落之境的后现代主义的主导地位之趋势。后殖民主义的代表人物主要包括定居美国的已故巴勒斯坦人后裔爱德华·赛义德、持有印度护照的佳亚特

---

① Cf. Bill Ashcroft, Gareth Griffiths & Helen Tiffin, *The Empire Writes Back*: *Theory and Practice in Post-Colonial Literatures*, London and New York: Routledge, 1989, p. 24.

② Cf. Bill Ashcroft, Gareth Griffiths & Helen Tiffin, *The Empire Writes Back*: *Theory and Practice in Post-Colonial Literatures*, London and New York: Routledge, 1989, p. 2.

里·斯皮瓦克以及霍米·巴巴。

二、后殖民理论大家述评

赛义德在上述三位代表人物中影响最大，著述也最为丰硕，因而被研究者引证和讨论也最多。他早年曾置身于国际后现代研究刊物《疆界2》关于后现代主义问题的讨论，其后又以其"非边缘化"和"消解中心"的挑战意识而被归为"解构主义"批评家阵营。但与耶鲁学派的解构主义批评家不同的是，赛义德的东方血统致使他的后殖民主义理论往往带有强烈的意识形态批判特征，其理论基石就是所谓的"东方主义"建构，这也体现在他后来告别（德里达的）解构理论后转向（福柯的）后结构主义史学理论。按照赛义德的描述，东方主义包含着两层含义，第一层含义指的是一种基于对"东方"（Orient）与"西方"（Occident）的本体论与认识论之差异的思维方式；第二层含义指的是西方对东方的长期以来的主宰、重构和话语权力压迫方式。因此，基于这种不平等的关系，所谓"东方主义"便成了西方人出于对东方和第三世界的无知、偏见和猎奇而虚构出来的某种"东方神话"。赛义德在对之进行批判的同时清楚地指出，东方主义在三个领域里有着某种重合：长达四千年之久的欧亚文化关系史；自19世纪以来就不断培养和训练东方语言文化专家的学科；一代又一代的西方学者所逐步形成的"东方"的"他者"（other）形象。[①] 由于袭来已久的对东方的偏见，因而在西方人眼中，东方人一方面有着"懒惰""愚昧"的习性，另一方面，东方这个地区本身又不无某种迥异于西方但却令人向往的"神秘"色彩。说到底，东方主义在本质上是西方帝国主义试图控制和主宰东方而制造出来的一个具有或然性的政治教义，它作为西方人对东方的一种根深蒂固的认识体系，始终充当着欧美殖民主义的意识

[①] 关于东方主义的详细而且多重的定义，参阅 Edward Said, *Orientalism*, New York: Vintage Books, 1979, "Introduction," pp. 1–22。

形态支柱。因而赛义德进一步总结道:"东方主义的所有一切都与东方无关:东方主义之所以具有意义完全是取决于西方而不是东方本身,这种观念直接受惠于西方的各种表现技巧,是他们使其清晰可见,并且居于关于它的话语'那里'。"① 在《东方主义》(Orientalism,又译《东方学》)一书中,我们可以清楚地看出他对东西方的不平等关系的洞悉和批判,这也预示了他以后对帝国主义和文化霸权主义的声讨和抨击。但是正如一些批评家已注意到的那样,赛义德所建构的东方主义概念也有着地理上和学科上的局限,这必然导致他在比较文学研究方面的局限:他所讨论的文本大都是英语文学作品,而较少涉及非英语的东方或第三世界国家的文本,这不仅是他个人研究范围的局限,同时也是整个后殖民主义学术研究的局限。后来尽管他在另一些场合对东方主义的内涵和外延做过补充和修正,但其理论核心并没有突破。② 在1983年出版的论文集《世界,文本和批评家》(The World, the Text, and the Critic)中,赛义德进一步发挥了福柯的后结构主义理论,探讨了文学批评的世俗性以及批评家的对策,其意识形态批判性略有缓和。而1993年问世的鸿篇巨制《文化和帝国主义》(Culture and Imperialism)则全面审视了自18世纪以来的西方文化和文学,其论述的笔触甚至扫到了包括中国这类"半殖民地"国家在内的所有具有"后殖民性"(postcoloniality)的亚、非、拉和大洋洲地区,批判的锋芒直指新殖民主义的大本营美国。他在对"文化"和"帝国主义"这两个概念进行界定时指出,"文化"具体指两样东西,第一是指"所有这样一些实践,诸如描绘、交往和表现的艺术,它们都有着独立于经济、社会和政治等领域的相对自足性,而且常常以审美的形式存在,它们的一个主要目的

---

① 关于东方主义的详细而且多重的定义,参阅 Edward Said, *Orientalism*, New York: Vintage Books, 1979, "Introduction," pp. 1–28, p. 22。
② 关于东方主义之定义的修正,参阅 Edward Said, "Orientalism Reconsidered," in Francis Baker et al eds., *Literature, Politics, Theory: Papers from the Essex Conference, 1976–84*, London: Routledge, 1986。

就是给予快乐";第二,"文化也是一个概念,它包括一切精致、高级的成分",是"每一个社会中那些被认为是最优秀的东西的蓄积"。①而与之相对,"'帝国主义'则指统治着远方领土的居主宰地位的宗主国中心的实践、理论和态度;作为帝国主义的直接结果,'殖民主义'则是在远方的土地上从事殖民实践……而在我们这个时代,直截了当的殖民主义业已完结;正如我们所看到的那样,帝国主义仍然滞留在老地方,留在某种一般的文化领域里,同时也从事着具体的政治、意识形态、经济和社会活动"②。但反抗殖民主义的斗争却从来都没有间断过,致使帝国主义不得不认识到,单凭大规模的武装入侵在当今时代已很难达到其效果,因而他们便变换手法,"通过文化刊物、旅行,以及学术讲演等方式逐步赢得后殖民地人民"③。可以说,赛义德一针见血地指出了在战后的冷战时期东西方的绝对对立和相对沟通的微妙关系:一方面,西方霸权主义无时无刻不试图通过种种途径来达到制约东方的企图,即使有时东西方不得不出于各自的目的进行一些交流和对话,这往往也表现出西方的以其强势来压制东方的弱势。因此在这方面,赛义德的后殖民主义理论显示了激进的批判性和解构力量;但另一方面,由于他身居第一世界的话语权力中心,并掌握着象征某种优于第三世界学者的纯正的英语写作技能,他又不时地表现出某种"新殖民主义"的倾向,这无疑暴露出了他的理论的二重性:反殖民主义和新殖民主义。

斯皮瓦克早年曾以翻译介绍解构主义理论家德里达的著述而蜚声批评理论界,并被认为是美国批评界对解构主义理论理解最准确、阐释最透彻的学者之一;此外,她本人一直持有印度护照,因而这一特殊身份使她的理论中常显示出强烈的解构和第三世界批评之特征。斯皮瓦克认为,后殖民主义本身并不是一种反对帝国主义或殖民主义霸权的批评话

---

① Edward Said, *Culture and Imperialism*, London: Vintage Books, 1993, "Introduction," pp. 12–13.
② Edward Said, *Culture and Imperialism*, London: Vintage Books, 1993, p. 292.
③ Edward Said, *Culture and Imperialism*, London: Vintage Books, 1993, p. 292.

语,它的批判目的仅在于削弱西方对东方和第三世界的文化霸权。作为一个有着"多重身份"的理论家,她曾致力于翻译评介德里达的解构主义理论,但她自己却未像保罗·德曼(Paul de Man)和希利斯·米勒那样成为一位解构主义批评家。而她针对男性中心社会进行挑战的激进观点也并未使她被认为是女权主义运动的一员,她自诩的"第三世界批评家"这一称号也颇受一部分真正的第三世界批评家的非议。在当今这个思潮更迭、流派纷争的情势下,她倒宁愿被人称为"后殖民地知识分子"或"后殖民地批评家"。[①] 斯皮瓦克的理论背景主要是德里达的解构主义,而她本人则更关心"真理是如何建构的,而不是对谬误的揭露",在她看来,后殖民主义批评致力于探讨作为个体的人与广义的民族历史和命运有关的同质性,而构成这种同质性的诸如阶级、性、性别等则是与种族性非同步的,甚至相矛盾的因素。西方人一般认为,东方和第三世界永远只是一个"他者",始终处于远离(西方)话语中心的"边缘地带"。因而东方的理论和写作/话语就自然是一种"他性的"理论话语。显然,作为一个身居第一世界名牌大学并有着高级教席和优厚薪俸的第三世界或后殖民地知识分子,斯皮瓦克本人也成了北美学术界和文化界的佼佼者,她所用以写作的语言自然是纯正的第一世界英语,所使用的理论话语也出自西方,在那些从边缘步入中心进而成为中心话语所瞩目的对象的学术明星中,斯皮瓦克无疑是少有的一个成功者。她曾这样为自己的多重身份做过辩护:"我想为后殖民地知识分子对西方模式的依赖性辩护:我所做的工作是要搞清楚我所属的学科的困境。我本人的位置是灵活的。马克思主义者认为我太代码化了,女权主义者嫌我太男性化了,本土理论家认为我过于专注西方理论。"[②] 其实这也是当今的后殖民主义批评家所无法回避的两

---

① Cf. Gayatri Spivak, *The Post-Colonial Critic: Interviews, Strategies, Dialogues*, edited by Sarah Harasym New York and London: Routledge, 1990, pp. 69–70.

② Cf. Gayatri Spivak, *The Post-Colonial Critic: Interviews, Strategies, Dialogues*, edited by Sarah Harasym, New York and London: Routledge, 1990, pp. 69–70.

难：既要摆脱西方模式的影响，又要达到非边缘化的目的，那么唯一的选择就只有以西方的语言和（出自西方的）解构策略来削弱西方的殖民主义和文化霸权，在这方面，语言只是达到这一目的的手段。在研究后殖民主义及其相关理论后结构主义和第三世界文化方面，斯皮瓦克著述颇为丰硕，其中包括《在他者的世界：文化政治学论集》(In Other Worlds: Essays in Cultural Politics, 1987)和《在教学机器的外部》(Outside in the Teaching Machine, 1993)。前者在一个跨越西方和非西方的（后殖民地）语境之广阔背景下探讨了语言、女性和文化之间的关系等课题，熔解构主义、马克思主义和女权主义批评话语于一炉，触及了当代文化和文学的一些热点问题，诸如西方马克思主义者阿尔都塞和哈贝马斯的理论、精神分析符号学家朱丽娅·克里斯蒂娃的理论、爱莱娜·西苏（Hélène Cixous）的女权主义理论，以及赛义德的后殖民理论等均被她置于文化研究的语境之下来考察；后者则从解构主义的理论视角集中探讨了多元文化语境之下的后殖民性、国际性的女权主义之走向等问题，并着重分析阐释了德里达和福柯的理论文本和拉什迪等人的后殖民地文学文本，与当代文化研究的大潮基本一致。由此可见，斯皮瓦克的解构策略实际上帮助她实现了从边缘步入中心并在中心占有一席的愿望。[1]

霍米·巴巴则是近十多年来崛起的一位具有挑战性的后殖民主义理论家。和斯皮瓦克一样，巴巴的理论背景也是后结构主义，但他的"后结构主义若置于后殖民的广阔范围内也许可更准确地作为一种对帝国和殖民主义的批判，其注意的焦点在于帝国主义的文本以及制约殖民地边缘地位的权威的不可避免的崩溃"[2]，巴巴采取的策略是一种将矛盾性（ambivalence）和模拟性（mimicry）揉为一体的独特解构方式。当然，若

---

[1] Cf. Gayatri Spivak, *In Other Worlds: Essays in Cultural Politics*, London and New York: Routledge, 1987; *Outside in the Teaching Machine*, New York and London: Routledge, 1993.

[2] Cf. Ian Adam and Helen Tiffin eds., *Past the Last Post: Theorizing Post-Colonialism and Post-Modernism*, Calgary: University of Calgary Press, 1990, "Introduction," pp. 14–15.

置于后结构主义的语境之下,巴巴的批判性尝试确实具有强有力的解构性,而不只是实证性,他的目的在于动摇并削弱帝国的神话和殖民主义的意识形态。同样,他也像赛义德一样,在自己的一系列著述中有力地抨击了殖民主义对第三世界的侵略和渗透,并对殖民地人民的斗争给予了高度的评价。他认为,长期以来的"反对殖民主义压迫的斗争不仅改变了西方历史的方向,而且对作为一种进步的和有序的整体的时间观念也提出了挑战。对殖民主义的非人格化的分析不仅使启蒙时代的'人'的概念疏离了出来,而且也对作为人类知识的一个预先给定的形象的社会现实之透明度提出了挑战"[1]。但与赛义德所不同的则是,巴巴的态度显然更带有后现代主义的模拟性和游戏性,并且在对殖民地宗主国的文化学术话语的有意识的误读和戏仿之基础上,发展出一套既与原体有着某种相似,同时有不无自己独创性的理论变体。一方面,巴巴也支持赛义德的主张,对帝国主义的文化霸权予以了抨击和批判,但另一方面,他又倾向于把殖民地话语仅当作一种论战性而非对抗性的模式,这种模式的效果并不在于强化权威,而旨在以一种混杂(hybridization)形式使得西方的理论变得不纯,进而最终达到消解西方话语权威力量的目的。他在一篇论文中对模仿(mimesis)和模拟(mimicry)的差别做了界定:前者指同源系统中的表现,而后者则旨在产生出某种居于与原体相似和不似之间的"他体"[2],这种"他体"既带有"被殖民"的痕迹,同时又与本土文化话语揉为一体。由于巴巴的地位目前仍处于上升之势,更加之他本人的活动和著述仍在进行中,因而随着后殖民主义理论思潮的日益"第三世界化"和全球化,巴巴的后殖民主义理论建构会越来越有力地影响着第三世界和东方国家关于

---

[1] 参见巴巴为弗朗兹·法农的著作《黑色的皮肤,白色的面罩》(*Black Skin, White Masks*)英译本撰写的序言,引自 Patrick Williams and Laura Chrisman eds., *Colonial Discourse and Post-Colonial Theory: A Reader*, New York: Columbia University Press, 1994, p. 114。

[2] Cf. Homi Bhabha, "Of Mimicry and Man: The Ambivalence of Colonial Discourse," in *October*, Vol. 28 (1984): 126.

现代主义和后现代主义问题的讨论。①

三、后殖民主义的二重性特征

不少学者认为，后殖民主义是一个十分复杂和模棱两可的概念，因而它所引起的争议就绝非偶然。按照后殖民主义的观点，西方的思想和文化以及其文学的价值与传统，甚至包括各种后现代主义的形式，都贯穿着一种强烈的民族优越感，因而西方的思想文化总是被认为居于世界文化的主导地位。而非西方的第三世界或东方的传统则被排挤到了边缘地带，或不时地扮演一种相对于西方的"他者"之角色。从这一点来看，后殖民理论对消解西方中心的话语霸权有着一定的冲击力。但另一方面，不少后殖民理论家由于其掌握着第一世界的话语，因而时时流露出优越于第三世界批评家的神气，这种根深蒂固的优越感在他们那里总是难以克服的。实际上，西方文化内部并不乏其批判者，而后殖民主义批评家则正是从那些激进的理论中获取了某种启发来建构自己的理论的。

对于后殖民主义的定义及其内涵，西方学术界依然有着争议，其分歧主要在于，它究竟意味着与殖民主义的断裂并成为一种"超越"或"后于"殖民主义的理论，还是继承并强化了以往的旧殖民体系的一种"新殖民主义"之内部的批判？从现在已发表的一系列著述来看，大多数学者认为后者的特征更为明显。其理由恰在于，挑起后殖民主义讨论的一些批评家并非真的来自西方列强的"前"殖民地国家或称"后殖民地"的国家，而是一些虽有着第三世界血统但实际上却在第一世界的话语圈内身居高位并在逐步向其中心运动的知识分子精英，因此他/她们本身就有着明显的"文化优越感"，或者说，他/她们处于一种难以摆脱的两难：一方面，作为有着东方或第三世界民族血统的知识分子精英，他/她们与真正的主

---

① 关于巴巴的理论研究之发展，可参阅 Homi Bhabha, *The Location of Culture*, New York and London: Routledge, 1994。

流理论家格格不入，另一方面，他/她们又无时无刻不试图向居于"中心"地位的西方主流文化发起进攻，以寻求在主流话语圈内占有一席之地。这样的批评应该说仍然是一种第一世界内部的话语主导权的争夺，与真正的后殖民批评相去甚远，因而自然是一种新殖民主义。总之，至今仍有着一些有活力的后殖民主义理论正在不断地影响着一些东方或第三世界国家的文化和文学批评，这一点足以引起我们的重视。

第二节　女权/女性主义的多元发展和走向

一、女权/女性主义的三次浪潮

在后现代主义之后的多元文化格局之下，女权主义（feminism，或译女性主义）作为一种边缘话语力量在西方扮演的角色却愈来愈重要，并显得愈来愈不可替代。毫无疑问，女权主义的边缘性是双重的：在一个"男性中心"社会中的边缘地位和在学术话语圈内所发出的微弱声音，这两点倒使得女权主义理论和女性文学具有强有力的论战性和挑战性，并一直在进行着向中心运动的尝试。早在20世纪80年代初，女权主义就曾经和马克思主义以及后结构主义共同形成过某种"三足鼎立"之态势。后来，到了80年代后期，随着后结构主义在美国理论界的失势和新历史主义的崛起，女权主义在经过一度的分化之后又和马克思主义以及新历史主义共同形成过一种新的"三足鼎立"之态势。进入90年代，随着女权主义的多向度发展，它又被纳入一种新的"后现代"文化研究语境之下得到观照，在这一大背景之下，原先属于传统的女权主义理论研究范畴的女性研究、女性批评、性别研究、女性同性恋和怪异（又译酷儿）研究等均成了文化研究及其与女性相关的课题。① 因此我们经常在讨论女性文学和批评时，交互使

---

① Cf. Linda J. Nicholson ed., *Feminism/Postmodernism*, New York and London: Routledge, 1990, pp. 27–35.

用女权主义和女性主义，而在英语中则是同一个词。但无论如何，时至今日，作为一种文化思潮的女权/女性主义和作为一种批评理论的女权/女性主义仍然有着强大的生命力，并显示出其包容性特征。

作为一种社会文化思潮的女权主义已经有了漫长的历史，早在19世纪的西方文学界就曾显示过自己的力量。进入20世纪以来，仅在文学创作界和理论批评界，女权主义就曾掀起两次浪潮，其直接的结果是，不仅大大地提高了妇女本身的社会政治地位和各种权利，而且为当代女性文学创作和女权主义理论批评的多元发展走向奠定了基础。

女权主义的第一次浪潮始自19世纪末延至20世纪60年代，这一时期的特征是争取妇女的权利和参政意识，所强调的重点是社会的、政治的和经济的改革，这在某种程度上与60年代以来兴起的"新"女权主义运动有着明显的不相容之处。早期的一些具有女权主义倾向的作家和批评家，如英国的弗吉尼亚·伍尔芙（Virginia Woolf）、法国的西蒙娜·德·波伏瓦等都对第一次女权主义运动的高涨起过重要作用。伍尔芙对女权主义批评理论的贡献主要体现在她的两本书中：《一间自己的房间》(A Room of One's Own) 专注于女性文学生产的历史和社会语境考察，在与男作家的物质条件进行了一番比较之后，伍尔芙大胆地提出要致力于创造一个可供自己安心文学创作的小天地，也即"一间自己的房间"；《三个畿尼亚》(Three Guineas) 则探讨了男性所享有的权力与职业之间的关系，指出诸如军国主义、法西斯主义这类法律上的不公正现象均产生于父系社会，尤其产生于早期家庭中的两性分工。波伏瓦的观点则更为激进，她指出，既然在男人眼里，女人生来就地位卑下，就应当受制于男性社会，那么女人根本无须对男人抱同情之心，而应当以自己的最佳状态来估价自己作为女性所应享有的存在价值。[①] 这种带有强烈的存在主义色彩的女权主义意识已开始

---

① 参阅 Raman Selden and Peter Widdowson, *A Reader's Guide to Contemporary Literary Theory*, 3rd edition, University Press of Kentucky, 1993, pp. 206–210.

接近当代新女权主义批评理论，但应该承认，那时的女权主义运动中心仍在欧洲，其政治性和社会性特征远远多于文化性和学术性，因而对当代文学批评理论的影响仅存在于批评的外部，并未从本质上触及批评的话语本身。而且女性批评家所关心的问题主要局限于其自身所面临的诸如生存和社会地位等问题，并未介入理论界所普遍关注的问题，因而其局限性也是显而易见的。

女权主义的第二次浪潮则使得女权主义运动本身及其论争的中心从欧洲逐渐转向了北美，其特征也逐渐带有了当代批评理论的意识形态性、代码性、文化性、学科性和话语性，并被置于广义的后现代主义的保护伞之下。① 诸如克里斯蒂娃、西苏这样的欧洲女权主义思想家频繁往返于欧美两大陆著述讲学，其影响大大地超出了在本国或本学科领域的影响。第二次浪潮持续的时间从60年代一直到80年代后期，以贝蒂·弗里丹（Betty Friedan）的著作《女性的神秘》（The Feminine Mystique, 1963）的问世为开端，主要强调的是进一步争取妇女的解放，但此时论争的重点已由注重妇女权益转向了妇女的"经历"，以及女性与男性在性别上的差异，并带强烈的政治和意识形态色彩。就其"中心"北美而言，女权主义的第二次浪潮实际上是高涨于60年代中后期的妇女解放运动的产物，这其中有五个重要的论争焦点频繁地出现于女权主义批评家探讨性别差异的著述中：生物学上的差异、经历上的差异、话语上的差异、无意识的差异，以及社会经济条件上的差异。论者们讨论的主题包括父系权力制度的无所不在，现存的政治机构对于妇女的不适应性和排斥性，以及作为妇女解放之中心课题的男性与女性的差异，这些均可在第二次浪潮的女权主义者的著述中读到。这一时期的具有代表性的理论家除了克里斯蒂娃和西苏外，还有斯皮瓦克和主张建立一种"女权主义诗学"的肖瓦尔特（Elaine Showalter）：前者从第三世界的"他者"视角对男性中心社会及话语进行解构，后者

---

① Linda J. Nicholson ed., *Feminism/Postmodernism*, New York: Routledge, 1990, pp. 34–35.

则致力于建构英语世界的女性批评话语和女权主义诗学。① 她们的影响至今仍渗透在北美以及一些"后殖民地"国家的高等学校的教学和学术研究中。

经过70、80年代的马克思主义的再度勃兴、后现代主义辩论的白热化和后结构主义的解构策略的冲击，女权主义本身已变得愈来愈"包容"，愈来愈倾向于与其他理论的共融和共存，从而形成了女权主义的多元走向新格局。由于女权主义者本身的"反理论"倾向，她们中的不少人热衷于介入以"男性话语"为中心的理论争鸣，因而在当今的西方便出现了女权主义的新走向，其中包括马克思主义的女权主义、黑人和亚裔及其他少数族裔的女性文学、有色人种女性文学、第三世界/第三次浪潮女权主义、解构主义女权主义、同性恋女权主义、精神分析女权/女性主义等。这种多元性和包容性一方面表明了女权/女性主义运动的驳杂，另一方面则预示了女权主义运动的日趋成形和内在活力。如果我们把欧洲的女权主义与北美的女权主义做一番比较，就不难发现其中的差异：前者有着自觉的理论意识和自我意识，因而显得成熟，而后者则在理论上表现得幼稚并且甚至拒绝对自己的批评加以理论化；前者带有明显的"学院派"女权主义色彩，而后者则颇具战斗性和挑战性；前者深受拉康（Jacques Lacan）的精神分析理论（如西苏）和符号学（如克里斯蒂娃）的影响，而后者则带有强烈的政治论争色彩，并强调女性与男性在性别上的根本差异和性别特征（如托尼·莫伊和肖瓦尔特）。因此有的学者干脆称前者为女权主义理论，后者则为"女性主义文化政见"（feminist cultural politics），这里仅列举在90年代以来的西方仍有着影响和活力的几种思潮和倾向。

女权主义性政治学。这主要体现于凯特·米耶（Kate Millett）的著作

---

① Cf. Elaine Showalter, *A Literature of Their Own: British Women Novelists from Bronte to Lessing*, Princeton: Princeton University Press, 1977, "Introduction".

《性政治学》(Sexual Politics, 1970)。在这本书中,作者的批判矛头直指父系制度,她尖锐地指出,正是父系制度才使得女性的地位低于男性,使得女性生活在男性权威的压抑之下,造成两性之差异的外部原因除了其生物上的区别外,还有政治上的原因,因此对于女性批评家来说,要推翻这一等级秩序,首先就得向父系的权威发起进攻。她通过对几部男性作者的小说的阅读,有力地批判了父系制文化,强调了女性读者之于写作的作用。这一倾向曾引起过包括女性批评家在内的普遍争议,但现在却颇有影响。

马克思主义的女权主义。毫无疑问,早期的女权主义运动很容易和马克思主义的政见相关联,在马克思主义被西方学术界"学院化"之后,这种关联依然存在并有所发展。如果说性政治学倾向根本忽视了阶级关系的话,那么马克思主义的女权主义则着重强调了这几个方面:(1)家庭的经济结构以及其伴随而来的"家庭意识形态";(2)经济体制下的劳动分工问题;(3)教育制度及其现状;(4)男女所得以不同表现的文化生产过程;(5)性别特征的本质以及性欲与生物学上的繁殖之间的关系。说到底,这一倾向所关注的是工人阶级妇女所蒙受的双重压迫:工作上的性别分工和家庭里的性别歧视,具有强有力的挑战性。在一般情况下,学者们总把女权主义纳入带有强烈意识形态特征的批评框架内,其原因不外乎它与马克思主义的密切关系,所探讨的问题常常也是马克思主义批评家所关注的问题。

二、当代女性主义的新走向

反女权的女权主义。这是当今西方女权/女性主义运动中的一个新趋向。早在20世纪60年代英国女作家多丽斯·莱辛(Doris Lessing)的小说《金色笔记》(The Golden Notebook)发表时,女权主义运动内部就有一部分人反对过分地强调女性与男性之间的对立,以免导致某种两性之间的"战争"。之后,克里斯蒂娃又于70年代末发表了长篇论文《女性的时代》

(*Le Temps des femmes*, 1979),更是反对把争取妇女的解放等同于仅仅与男性共同主宰社会或改变以往妇女在男人眼中的"他者"形象。针对一部分女性批评家和作家所寻求的"女性的话语"或"女性写作",她们认为这实际上是一种"女性的自恋"(feminine narcissism),根本无益于反抗袭来已久的"男性中心"社会,其结果倒有可能产生一种"女性中心"的趋向,从而也就失去了女性自身的价值。她们所要寻求的是一种普遍可行之有效的"人类的话语"。在女权主义逐渐失却往日的战斗锋芒的今天,这一趋向变得越来越明显。

女性写作与女性批评。致力于这种模式实际上意在强调女权主义内部的美—法之差异,这方面的代表人物为肖瓦尔特。她早在70年代出版的专著《她们自己的文学》中就试图为英语文学中的女权主义传统勾勒一条线索,也即:(1)女权阶段(1840—1880);(2)女权主义阶段(1880—1920);(3)女性阶段(1920以来)。[1] 这表明了英美女权主义自有其独立于法国影响的传统,而且女权主义本身越是发展到当今,越是强调女性的性别特征,因而在当今美国,"妇女研究"(women studies)或"女性批评"(gynocriticism)常常以女权主义的代名词出现在大学的研究生课程表、刊物或研讨会上。

法国的精神分析女权主义理论。与北美的女权主义所不同的是,法国的女权主义者有着较为清醒的理论意识,尤其受拉康的新精神分析学说和后结构主义理论的影响,她们试图从对弗洛伊德的"男性中心"世界的质疑入手来解构所谓的"男性性征崇拜"。这方面颇有影响的主要有克里斯蒂娃和西苏:前者曾以"反女权主义"的女权主义理论家而著称,试图将妇女所受到的压迫区别于另一些被"边缘化"的力量;后者则以哲学家兼作家的身份试图以追求一种"女性写作"的话语来正面地表现当代女性

---

[1] Cf. Elaine Showalter, *A Literature of Their Own: British Women Novelists from Bronte to Lessing*, Princeton: Princeton University Press, 1977, "Introduction".

的形象。

女性同性恋研究（lesbian studies）及其理论。这种倾向在某种程度上可以看作是对先前的性浪潮冲击的一个反拨，目前尤其表现在北美学术理论界中的"少数族话语"力量的著述中。美国的女性同性恋批评家芭芭拉·史密斯（Barbara Smith）编的一本题为《走向一种黑人女权主义批评》(Toward a Black Feminist Criticism, 1977)的论文集中，公开主张建构一种"黑人女权主义诗学"（black feminist poetics），以揭示处于沉默状态的女性同性恋文学的价值；颇有影响的《加拿大比较文学评论》(Canadian Review of Comparative Literature) 1994年第1—2合期也邀请女性同性恋研究者罗思·钱伯斯（Ross Chambers）等编辑该主题专集，为这一课题的研究加以推广。女性同性恋者认为，既然男性同性恋行为已不再像以往那样受人谴责了，那么作为与男人有着平等地位的女人之间的同性恋行为也应当有存在的理由并受到应有的尊重。诚然，鉴于目前女性同性恋现象的客观存在（尤其常见于知识女性之间）并有发展之迹象，对之的研究也依然方兴未艾。

在联合国第四届和第五届世界妇女大会召开前后，对女性文学和女权主义理论的兴趣和研究曾一度被各种媒体"炒"热，使之不仅在西方世界，而且在东方和一些第三世界国家更为引人注目。女权主义也和后现代主义以及后殖民主义这两大理论思潮一样，正经历着某种"全球化"的阶段，但不同的国家和地区对女权主义的释读和接受自然也不尽相同。因此，面对文化研究大潮的强有力推进，在其后的年代直到新世纪初，女权主义的浪潮都未见衰退，对女权主义的多方位考察研究和各个视角的理论建构也会越来越趋向多元。

第三节　面对文化研究大潮的冲击

一、文化研究在英国的兴起

90年代初以来，西方文化界和文论界出现了一股声势浩大的文化批评和文化研究浪潮，这尤其对比较文学研究构成了强有力的挑战，致使一些恪守传统的学者惊呼，在这股文化研究大潮面前，传统意义上的比较文学研究究竟还有没有存在的必要和价值？①而另一些观念较为开放并致力于扩大研究视野的学者则对之持较为宽容和开放的态度，并主张将基于传统观念之上的狭窄的文学研究置于广阔的文化研究语境之下，从而达到东西方文化学术交流和对话的目的。②显然，担心也好或欢迎也好，都从某种角度反映了各自对之的不同理解。实际上，文化批评（cultural criticism）和文化研究（cultural studies）是两个不同的概念，其界定也迥然相异：前者主要指涉对文学的文化视角的批评和研究，早在19世纪后期的马修·阿诺德那里就已有之，只是在20世纪的相当长一段时间内，由于语言学和形式主义批评占主导地位而被一度"边缘化"了，而在当今文学批评走出形式主义的囚笼的呼声日益高涨时又重新得到了强调；后者的范围则大大超出了文学的领地，进入到人类的一切精神文化现象，甚至以往被具有鲜明的精英意识的文学研究者所不屑的那些"亚文化"以及消费文化和大众传播媒介都被囊括了进来。在文化研究的大潮之下，文学研究被束之高阁，并且被限定在一个极其狭窄的圈子里。

文化研究虽在当今时代声势浩大，但正如有些学者所认为的那样，"它并非一门学科，而且它本身并没有一个界定明确的方法论，也没有

---

① 参见加拿大学者沃特·默赛（Walter Moser）在第十四届国际比较文学大会全体会议上的发言，题为"文学研究和文化研究：重新定位"（Etudes littéraires et etudes culturelles: Repositionnements）。
② 对当今的文化研究表示出浓厚兴趣的西方主要学者有弗雷德里克·詹姆逊、拉尔夫·科恩（Ralph Cohen）、特里·伊格尔顿、W.J.T.米切尔（W.J.T.Mitchell）、乔纳森·阿拉克、保尔·鲍维、汉斯·岗布莱希特（Hans Ulrich Gumbrecht）、希利斯·米勒等，诸如《新文学史》（New Literary History）、《疆界2》、《批评探索》（Critical Inquiry）、《文化批判》（Cultural Critique）、《再现》（Representations）等主要学术期刊也不断地刊登一些论文和讨论，颇有一番声势。

一个界线清晰的研究领地。文化研究自然是对文化的研究，或者更为具体地说是对当代文化的研究"①。这里所说的文化研究已经与其本来的宽泛含义有了较大的差别，对于当今的文化研究者来说，"'文化'并不是那种被认为具有着超越时空界线的永恒价值的'高雅文化'的缩略词"②，而是那些在现代主义的精英意识占统治地位时被当作"不登大雅之堂"（unpresentable）的通俗文化或亚文学文类甚至大众传播媒介。早先的文化研究出现于20世纪50年代的英国学术界，其立论基点是文学，以理查德·霍加特（Richard Hoggart）的专著《有文化的用处》(The Uses of Literacy, 1957) 和雷蒙德·威廉斯（Raymond Williams）的《文化与社会：1780—1950年》(Culture and Society: 1780–1950, 1958) 为标志：前者作为一本个人色彩较为鲜明的专著，通过作者自身的经历，描述了战后英国工人阶级生活的变化，作者试图表明这些变化是如何影响个人的整体生活方式的；后者则批判了文化与社会的分离以及"高雅文化"与"作为一种整体生活方式的文化"的分离带来的直接后果。因此早期的文化研究有着这样两个特征：其一是强调"主体性"（subjectivity），也即研究与个人生活密切相关的文化现象，从而打破了传统的社会科学的实证主义和客观主义之模式；其二则是一种"介入性的分析形式"（engaged form of analysis），其特征是致力于对各种文化现象的细致分析和批判。这两个特征都为当代的文化研究奠定了基础。

二、当代文化研究的多元发展

如果说，文化研究作为一个研究领域始于50年代的英国的话，那么它至今也有了几十年的历史。它的始作俑者是利维斯（F. R. Leavis），他

---

① Simon During ed., *The Cultural Studies Reader*, London and New York: Routledge, 1993, "Introductioin," pp. 1–2.

② Simon During ed., *The Cultural Studies Reader*, London and New York: Routledge, 1993, "Introductioin," p. 7.

所开创的那种文学研究形式又称作"利维斯主义"(Leavisism),其意在重新分布法国社会学者皮尔·布迪厄(Pierre Bourdieu)所谓的"文化资本"(cultural capital)。利维斯试图通过教育体制来更为广泛地传播文学知识,使之为更多的人所欣赏。他论证道,需要有一种严格选取的文学经典;这一经典的核心——"伟大的传统"应当包括简·奥斯汀、亚历山大·蒲柏、乔治·艾略特等这样一些能够培养一批有着敏感的道德意识的读者的大作家,而一些致力于带有个人色彩的艺术实验的现代主义作家,如詹姆斯·乔伊斯和弗吉尼亚·伍尔芙则应被排斥在这一"经典"或"传统"之外。在他看来,阅读这些"伟大的经典"有助于以一种具体的平衡的生活观来造就一些成熟的个人,而对之构成的一个威胁则是所谓的"大众文化"。由此可见,利维斯的文化研究概念带有强烈的精英意识,与现在西方学术界所风行的文化研究不可同日而语,但它却往往被认为是当代文化研究应当超越的对象或至少说是一个早期的阶段。而后来的文化研究则是在走出了利维斯主义,通过霍加特和威廉斯这两位出身工人阶级家庭的理论家的中介才逐步进入社区和知识界的,它首先进入了中等学校和专科学院的课程,其后又对大学文学课程中所涉及的关于文学经典的构成问题形成了挑战。上述两位学者在实践利维斯的崇尚经典理论的同时,也对之进行了必要的扬弃。在他们看来,文学经典的丰富文化内涵显然远远胜过大众文化,但另一方面,他们又认为,利维斯主义至少抹去或并未直接触及自己所身处其中的社区生活形式,这无疑使得利维斯的文化研究理论与大众文化格格不入。在这方面,霍加特的研究实际上超出了利维斯的经典模式,扩大了文化研究的内涵,使之直接深入到战后英国的社会、经济、就业等工人阶级所经历的一系列文化问题。

随着工人阶级社区生活的裂变和趋向多极化,文化研究也依循着霍加特的专著《有文化的用处》中所指明的新方向发展:一方面,文化研究理论家们开始严肃地探讨文化自身的政治功能,试图对社会民主的权力集团进行批判,因为这一集团正在逐步将权力拉入国家体制中,在这方面,意大利的马克思主义理论家葛兰西（Antonio Gramsci）的霸权概念无疑对之产生了较大的影响，致使文化研究理论家们得以对文化本身的霸权作用进行批判和削弱；但另一方面，文化研究兴趣的转向也导致研究者对旧有的范式进行了修正，从而使得文化越来越与政治相分离，对文化形式的研究也从注重文学经典逐步转向其他文化形式，包括影视制作、文化生产、广播、爵士乐等通俗文化艺术甚或消费文化。

文化研究除去其文学研究的出口外，还从另几个方面得到帮助和启迪：德国的法兰克福学派马克思主义理论使文化研究者得以进行社会问题的批判；索绪尔的结构语言学和符号学理论使文化研究者得以从语言的层面切入探讨文学和日常生活中的语言习俗；福柯的知识考古学和史学理论使文化研究者得以剖析文学批评和文化批评中权力的主导作用以及话语的中介作用；而文化人类学理论则使文化研究者得以探讨艺术的起源等问题。可以说，在经过后现代主义思潮和后结构主义理论的冲击后，文化研究的范围更加扩大了，探讨的问题也从地方社区的生活到整个大众文化艺术市场的运作，从解构主义的先锋性语言文化批评到当代大众传播媒介甚至消费文化的研究，等等。原先戒备森严的等级制度被打破了，高雅文化和大众文化的人为界线被消除了，殖民主义宗主国和后殖民地的文学和理论批评都被纳入同一（文化）语境之下来探讨分析。这样，"正如我们所期望的那样，文化研究最有兴趣探讨的莫过于那些最没有权力的社群实际上是如何发展其阅读和使用文化产品的，不管是出于娱乐、抵制，还是明确表明自己的认同"[①]，而伴随着后现代主义理论论争而来的"全球化"大趋势更是使得"亚文化和工人阶级在早先的文化研究中所担当的角色逐步为西方世界以外的社群或其内部（或散居的）移民社群所取代并转变了"[②]。这

[①] Simon During ed., *The Cultural Studies Reader*, London and New York: Routledge, 1993, "Introductioin," p. 1.

[②] Simon During ed., *The Cultural Studies Reader*, London and New York: Routledge, 1993, "Introductioin," pp. 14–15.

一点正符合当今西方理论界的"非边缘化"和"消解中心"之趋势，从而使得文化研究也能在一些第三世界国家得到回应。

进入90年代以来，文化研究逐步上升到主导地位，越来越具有关涉当代的现实性和包容性，并且和人们的文化生活的关系越来越密切。当代文化研究的特征在于，它不断地改变研究的兴趣，使之适应变动不居的社会文化情势。它不屈从于权威的意志，不崇尚等级制度，甚至对权力构成了有力的解构和削弱作用，它可以为不同层次的文化欣赏者、消费者和研究者提供知识和活动空间，使上述各社群都能找到自己的位置和活动空间。此外，文化研究还致力于探讨研究当代人的"日常生活"，这也许正是文化研究为什么得以在西方世界，以及一些东方国家和地区（例如日本、新加坡、中国香港等）如此风行的原因所在。总之，在文化研究这面旗帜下，许多第一流的精英学者和理论家走出知识的象牙塔，和人民大众进行了沟通和对话。同时，第一世界和第三世界的学者也能够就一些共同关心的问题进行切磋和对话。①

但是，正如不少研究者（尤其是文学研究者）所已经意识到的那样，文化研究存在着明显的局限性：它的过分注重文化的无所不在性，很容易模糊文学研究与文化研究的分野，使对文学文本的分析研究流于大而无当和缺乏深度；它对高雅文化和大众文化之界线的消解只能是一个暂时的策略，并不能证明它就能生产出具有永恒艺术价值的高级文化产品；此外，文化研究作为一个研究领域，其理论和方法论还有待于完善，而这一点在目前的"鱼龙混杂"的状况下显然是无法实现的。目前，文化研究在美国已经明显地呈衰落的状态，一些美国的文化研究理论家甚至试图在西方世界以外的地方寻找其新的增长点，这对我们中国的文化研究学者无疑是一个有利的发展契机。

---

① 在这方面，1995年8月在中国大连举行的由北京大学和美国弗吉尼亚大学等单位共同主办的"文化研究：中国与西方"国际研讨会就是一个可喜的开端。

第四节　流散写作和文学史的重新书写

一、流散写作的历史与现状

在全球化的时代，大规模的移民致使流散问题已经越来越明显地凸现了出来，并日益成为文化研究和社会学研究的一个重要课题。鉴于流散写作伴随着流散现象的出现而来，因此对流散写作的研究也成了比较文学和文化研究学者们的一个重要课题。流散现象的出现及流散写作的兴盛导致了传统的民族—国家疆界的模糊和语言的裂变：一个流散作家具有多重民族和文化身份已不足为奇。在一个身份"裂变"（splitting）的全球化时代，一些主要的世界性语言也经历了这种"裂变"的过程：曾经作为大英帝国母语的英语曾几何时已经成为一种世界性的语言，它一方面大规模地拓展其疆界，向其他非英语国家渗透，另一方面它本身也陷入了一种"身份危机"，英语的裂变导致了复数的"世界英语"（world Englishes）或"全球英语"（global Englishes）的出现，客观上为一种文学史写作的新方向——以语言为疆界——奠定了基础。作为世界上另一大语言，汉语的情况又如何呢？随着最近数十年来的华人大规模向海外移民，曾经作为中国的母语的汉语也逐步演变为一门其影响力和使用范围超越了中国疆界并仅次于英语之影响力的世界性语言。因而撰写一部汉语文学史的计划也应当提到学者们的议事日程上来。毫无疑问，这一切现象的出现都与"流散"这一课题不可分割，而考察和研究流散文学则应当是文学理论和比较文学学者尤其关注的一个新的理论课题。

流散（diaspora）出现在西方的语言文化语境，最初主要指犹太人向海外的移民和散居，后来逐步拓展为指所有的（处于边缘地位的）第三世界国家的居民向（处于中心地位的）西方国家的移民。因此这个词从一开始起就有着某种"殖民主义"的色彩。但是进入全球化时代以来，中心与边缘的天然屏障被打破了，处于中心地带的人也流向边缘，因而"流散"这个词也逐步打上了中性的色彩。应该指出的是，除去其全球化时代的大规模移民这一主要来源外，流散文学也有着自己独特的源头。早期的流散文学并没有被冠此名称，而是用了"流浪汉小说"（picaresque novelists）或"流亡作家"（writers on exile）这些名称：前者主要指不确定的写作风格，尤其是让作品中的人物始终处于一种流动的状态的小说，如西班牙的塞万提斯（Miguel de Cervantes Saavedra）、英国的亨利·菲尔丁（Henry Fielding）和美国的马克·吐温（Mark Twain）等作家的部分小说，但并不说明作家本人处于流亡或流离失所的状态中；后者则指的是这样一些作家，他们往往由于其过于超前的先锋意识或鲜明的个性特征而与本国的文化传统或批评风尚格格不入，因此他们只好选择流落异国他乡，而正是在这种流亡的状态中他们却写出了自己一生中最优秀的作品，如英国的浪漫主义诗人拜伦（George Gordon Byron）、挪威的现代戏剧之父易卜生、爱尔兰意识流小说家乔伊斯和荒诞派剧作家塞缪尔·贝克特（Samuel Beckett）、英美现代主义诗人艾略特、美国的犹太小说家索尔·贝娄（Saul Bellow）以及出生在特立尼达的英国小说家奈保尔（V. S. Naipaul）等。他们的创作形成了自近现代以来的流散文学传统和流散文学发展史，颇值得我们的文学史家和比较文学研究者仔细研究。而出现在全球化时代的流散文学现象则是这一由来已久的传统在当代的自然延伸和发展。

我们今天在那些流散作家的作品中，往往不难读到其中隐匿着的矛盾的心理表达：一方面，他们对自己祖国的某些不尽人意之处感到不满甚至痛恨，希望在异国他乡找到心灵的寄托；另一方面，由于其本国或本民族的文化根基难以动摇，他们又很难与自己所定居并生活在其中的民族国家的文化和社会习俗相融合，因而不得不在痛苦之余把那些埋藏在心灵深处的记忆召唤出来，使之游离于作品的字里行间。由于有了这种独特的经历，这些作家写出的作品往往既超越（本民族固定的传统模式），同时又对这些文化记忆挥之不去，因此出现在他们作品中的描写往往就是一种有着混杂成分的"第三种经历"。正是这种介于二者之间的"第三者"才最有创造力，才最能够同时引起本民族和定居地的读者的共鸣。目前开始引起学界瞩目的"民族记忆"（national memory）和"文化记忆"（cultural memory）的研究已经在一个跨越学科界限的语境下取得了一些成果，而把目光关注于流散现象则是一个新的研究方向。

二、华裔流散写作与中华文化的海外传播

在当今世界的文化语境中，华裔流散作家及其作品所取得成就尤其引人注目。这主要指一些生活在海外的用英语写作的华裔作家及其作品，例如早先的汤亭亭、黄哲伦、赵健秀和谭恩美等，以及最近二十多年里崛起的新移民哈金等，他/她们的创作实践引起了主流文学研究者的瞩目，对文学经典的重构起到了重要的挑战作用，使得中华文化和文学率先在西方主流社会引起人们的关注。对此我们切不可轻视。若将他们的创作放在一个广阔的全球语境之下，我们则自然而然地想到把他们叫作华裔"流散作家"。这些作家不仅仅只是离开祖国并散居海外的，他们中的有些人甚至近似流亡状态，有些则是自觉自愿地散居在外或流离失所，他们往往充分利用自己的双重民族和文化身份，往来于居住国和自己的出生国，始终处于一种"流动的"状态。也就是说，这些作家中有相当一部分是自动流落到他乡并散居在世界各地的，他们既有着鲜明的全球意识，并且熟练地使用世界性的语言——英语来写作，但同时又时刻不离自己的文化背景，因此他们的创作意义同时显示在（本文化传统的）中心地带和（远离这个传统的）边缘地带。另一个使我们感到欣喜的现象是，这些华裔流散作家的写作已经同时引起海外汉学家和主流文学史家的重视，并被认为对重新书写文学史和重构文学经典有着重要的理论意义。

面对流散现象和流散写作的"越界"行为，我们对国别文学史的书写是不是也受到了某种挑战？如前所述，全球化时代的大规模移民以及流散现象的出现已经导致了语言疆界的模糊，这种语言疆界之拓展已经给文学身份的建构和文学史的重新书写带来了新的可能。近十多年来，在西方和中国的文学理论界以及比较文学界，重写文学史的尝试依然没有减少，

我在此仅想提出，语言疆界的拓展对文学史的重新书写也将产生重要的作用，它将为文学史的重写带来新的契机：从简单地对过去的文学史的批判性否定进入到了一种自觉的建构，也即以语言的疆界而非国家或民族的疆界来建构文学的历史。① 在这方面，保尔·杰（Paul Jay）在讨论英语文学疆界的拓展及其后果时有一段话颇为富有启发意义：

> 有了这种意识，在不将其置于特定情境的情况下研究英美文学便越来越难了，在与全球化相关联的跨国历史中研究这种文学所产生的文化也越来越难了。同时，英美两国之外产生的英语文学的明显扩张也表明，这一文学变得越来越依赖语言来界定，而非国家或民族来界定，因为来自不同文化和种族背景的作家都用这种语言来写作。从这一观点来看，英语的全球化并非是人文学科内的激进分子旨在取代经典而发展起来的一种理论主张或政治议程。英语文学确实是跨国家和跨民族的……②

毫无疑问，流散现象实际上早已对英语文学史的重新书写产生了影响，国际英语文学研究早已成为一门新兴的学科领域。这一新的以语言来划分文学疆界的趋势早在20世纪80年代的文学撰史领域内就已出现，而全球化时代后殖民主义理论思潮的再度崛起则对此起到了有力的推进作用。同样，汉语作为一种越来越具有世界性影响的语言，我们是否也可以以（汉语）语言来重新书写中华文学的历史呢？这个问题也应该引起我们当代文学理论界的思考。

---

① 关于流散写作对国家疆界和语言疆界的突破以及对文学史写作的冲击，参阅拙作《全球化语境下汉语疆界的模糊与文学史的重写》，载《甘肃社会科学》2004年第5期。

② Cf. Paul Jay, "Beyond Discipline? Globalization and the Future of English," *PMLA*, Vol. 115, No. 1 (January, 2001): 33.

第五节　全球化与文化的理论建构

一、全球化的经济与文化

自20世纪90年代后期以来，关于全球化与文化问题的讨论不仅在西方学术界[①]而且在中国学术界也方兴未艾[②]，几乎当今所有最有理论敏感性的人文学者都介入了这场讨论。虽然全球化现象最早出现在经济领域内，但这一话题已经成为整个人文社会科学领域内的学者最为关注的话题之一。全球化现象的出现在不少人看来，实际上预示着某种程度上的西方化，而在欧洲人看来，全球化则更是某种形式的美国化。这点尤其体现在美国式的民主制度在全世界的推广和美国式的英语及代表美国文化的麦当劳和可口可乐在全世界的普及。但我始终认为，在人文社会科学领域内，马克思和恩格斯是最早探讨全球化现象以及对文化生产和文学批评的作用的思想家和理论家，因而从事全球化与文化问题的研究必须从细读马克思主义创始人的原著开始，据此我们才有可能结合当代的具体实践提出自己的创新性见解。当然，我们不可否认，全球化从经济领域运动到整个社会科学和人文科学领域，并日益影响着我们的文化研究和文学研究。在当今的文化语境下讨论全球化问题也已经成为文化研究和文学理论界的一个热门话题。因此当我们在一个全球化的语境下重读《共产党宣言》时，便不难发现，早在1848年，当资本主义仍是一个正在崛起的新兴力量并处于发展期时，马克思和恩格斯就窥见了其中隐含着的种种矛盾，并且在描述了资本的扩张之后给文化生产造成的影响时颇有远见地指出："物质的生产是如

[①] Cf. Roland Robertson & Kathleen White eds., *Globalization: The Critical Concepts in Sociology*, Vols. 1–6, London and New York: Routledge, 2003. 应该指出的是，在这部2559页、收入125篇重要英文论文的六卷本专题研究文集中，仅有两篇出自中国（包括港台地区）学者之手，这两篇均为笔者所写并发表在国际刊物上。

[②] 关于文化全球化问题在中国语境下的讨论，尤其可参阅葛涛的综述性文章：《旅行中的理论："文化全球化"在中国文学理论界的接受与变形》，《文学理论前沿》（第二辑），北京大学出版社2005年版。

此,精神的生产也是如此。各民族的精神产品成了公共的财产。民族的片面性和局限性日益成为不可能,于是由许多种民族的和地方的文学形成了一种世界的文学。"①

虽然东西方的马克思主义研究者都在不同的场合引用过这段文字,但我们此时再加以细读便不难看出,全球化作为一个历史过程,确实曾在西方历史上的两个层面有所表现:其一是1492年始自欧洲的哥伦布远涉重洋对美洲新大陆的发现,它开启了西方资本从中心向边缘地带的扩展,也即开始了资本主义现代性的宏伟计划,在这一宏伟的计划下,许多经济不发达的弱小国家不是依循欧美的模式就是成为其现代性大计中的一个普通角色;其二便是马克思、恩格斯所预示的"由许多民族的和地方的文学形成了一种世界的文学"的现象,这实际上也预示了文化上出现全球化趋势的可能性。当然,对于文化上的全球化现象,人们有着不同的认识,有人认为根本不存在这样一种可能;而另一些人则认为,这已经成为一种不争之实,例如英语的普及、麦当劳餐馆在全世界的落户和变形、美国好莱坞影片对另一些弱小民族文化和电影的冲击、大众传媒及国际互联网的无所不及之影响,等等。这一切事实都说明,文化上的全球化趋势正在向我们逼近,它迫使我们必须思考出某种积极的对策。不承认这一点就不是一个真正的马克思主义者;反之,认为文化上的全球化趋向只表明一种趋同的倾向而忽视其多样性和差异性,也容易从一个极端走向另一个极端。

讨论全球化语境中的文学与文化的生存价值和命运前途,我们就应该以世界文学作为出发点。众所周知,"世界文学"这个概念最先是由歌德于1827年正式提出的,后来马克思主义创始人根据当时的政治、经济形势以及对文化知识生产的影响提出了新的"世界文学"概念,这对比较文学这门新兴的学科在19世纪后半叶的诞生和在20世纪的长足发展都起到了推波助澜的作用。但是对于"世界文学"这个概念,我们将做何解释

---

① 马克思、恩格斯:《共产党宣言》,第30页。

呢？① 我认为，从文化差异和多元发展走向这一辩证的观点来看，这种"世界的文学"并不意味着世界上只存在着一种模式的文学，而是在一种大的宏观的、国际的乃至全球的背景下，存在着一种仍保持着各民族原有风格特色的，但同时又代表了世界最先进的审美潮流和发展方向的世界文学。这样一来，与经济上由西向东的路径所不同，文化上的全球化进程也有两个方向：其一是随着资本的由中心地带向边缘地带扩展，（殖民的）文化价值观念和风尚也渗透到这些地区；但随之便出现了第二个方向，即（被殖民的）边缘文化与主流文化的抗争和互动，这样便出现了边缘文化渗入到主流文化之主体并消解主流文化霸权的现象。对于这后一种现象，我们完全可以从原先的殖民地文化渗透到宗主国并对之进行解构以及中国文化的发展史上曾有过的西进过程见出例证，而在当今时代，这种东西方文化的相互影响和渗透更是日益明显。所以，在我看来，文化上出现的全球化现象不可能不受到另一种势力——文化本土化的抵制，而从长远的观点来看，未来世界文化的发展在很大程度上就取决于全球化与本土化的互动作用，或者说是一种"全球本土化"的发展趋向。

二、全球化的文化和文学建构

如前所述，即使从文化的角度对全球化进行理论建构，西方马克思主义者以及具有左翼倾向的学者也做出了相当的贡献。对全球化有着精深研究的美国人类学家阿君·阿帕杜莱在从文化的维度阐释全球化现象时就指出，全球文化体系经历了某种"脱节"或"断裂"（disjuncture），"……探索脱节状态的一个基本的框架就是从全球文化流动的五个维度（dimensions）来考察这种关系，这五个维度即：（1）种族的方面（ethnoscapes）；（2）媒介的方面（mediascapes）；（3）技术的方面

---

① 关于歌德创造"世界文学"这个词以及其后的历史演变，参阅 David Damrosch, *What Is World Literature?*, Princeton and Oxford: Princeton University Press, 2003, especially "Introduction: Goethe Coins a Phrase," pp. 1–36。

(technoscapes);(4)金融的方面(financescapes);以及(5)意识形态的方面(ideoscapes)"①。当代新马克思主义的代表人物弗雷德里克·詹姆逊对全球化与文化的关系方面也有着精深的研究,他在谈到全球化的全方位影响时也主张从另五个方面,或者说五种形式的影响,来讨论全球化现象:(1)纯技术方面;(2)全球化的政治后果;(3)全球化的文化形式;(4)全球化的经济;(5)社会层面的全球化。②虽然他们两人的观点有些重合,但对我们结合中国的具体实践进行进一步的理论建构仍有所启发。鉴于国际学术界对全球化这一现象的研究已经进行了十多年,而且已经取得了相当显著的成果,因而我在此提出的理论建构在很大程度上是基于这些研究成果的,当然我的出发点是中国的文化知识实践。正如我在前面的章节中所言,既然全球化所涉及的方面早已超过了经济和金融领域,那么我们也应该更加开阔视野,从下面七个方面来全方位地观照全球化这一现象。

(1)作为一种经济一体化运作方式的全球化。(2)作为一种历史过程的全球化。(3)作为一种金融市场化进程和政治民主化进程的全球化。(4)作为一种批评概念的全球化。(5)作为一种叙述范畴的全球化。(6)作为一种文化建构的全球化。(7)作为一种理论话语的全球化。这就是我本人在前人和当代国际同行的研究基础上,并结合中国语境下对全球化问题的讨论,试图从当代马克思主义的视角对全球化进行的进一步理论建构。③我认为,只有从上述七个方面来整体把握全球化现象,我们才能完整地、准确地从各个维度来理解和把握全球化的本质特征,并且从它在中国的具体实践和发展现状出发,积极地参与国际性的全球化理论研究和

---

① Cf. Arjun Appadurai, *Modernity at Large: Cultural Dimensions of Globalization*, Minneapolis and London: University of Minnesota Press, 1996, p. 33.
② 参阅詹姆逊:《论全球化文化》,收入拙编《全球化与文化:西方与中国》,北京大学出版社2002年版,第105—121页。
③ 关于这方面的详细论述,参阅拙作《马克思主义与全球化理论建构》,载《马克思主义与现实》2003年第1期。

讨论中，发出中国的马克思主义者的强有力的声音。

毫无疑问，全球化现象的出现已经对我们的文学理论和比较文学研究产生了深刻的影响，它使得我们在考察和研究各民族文学现象时自觉地将其置于一个广阔的世界文学背景之下，评价一个作家或一部作品也必须将其与国际范围内的前辈或同时代人相比较。在今天的全球化语境下重温世界文学这个理论概念，我认为，我们应当同时考虑到文化趋同性和文化差异性的并存：一方面，若将其应用于文学批评，我们便可得出这样的结论，即既然文学具有一定的共性，那么我们就应当将各民族的文学放在一个广阔的世界文学背景下来评价其固有的文学形式和审美风尚，因而得出的结论就更带有普遍性，对不同的民族文学也有着一定的指导意义。另一方面，各民族文学所表现的内容又带有强烈的民族精神和文化认同，它们分别是由不同的语言作为其载体的，因此我们又必须考虑其民族文学的固有特征和特定的时代精神。即使同样是用英文创作的英国文学与美国文学也有着较大的差异，更不用说那些用带有明显的地方土语和语法规则创作的后殖民地"英语"文学了。在今天的全球化语境下，随着华人在全世界范围内的大规模移民和汉语的日渐普及，国际汉语或华文文学研究也将成为文学理论和比较文学研究的一个新的课题。

第六节　生态批评与环境伦理学的建构

一、文学中人与自然之主题的演变

毫无疑问，全球化时代的到来对全人类的现代化进程起到了有力的推动作用，但同时也带来了一系列令人难以回避的问题甚至危机。人类生存环境的危机就是地球上的资源被过分利用所带来的一个必然后果。从事人文学科研究的学者，尤其是从事文学创作的作家对之尤为敏感。崛起于20世纪70年代后期和80年代初、目前主要活跃于美国文学批评理论界的生态批评便是对资本主义现代性造成的种种后果的一个反拨。面对全球化时代文化环境的污染、商品经济大潮下的物欲横流和生态环境的破坏，从事人文学科研究的学者不得不对我们所生活的环境进行反思：我们的环境究竟出了什么毛病？人与自然的关系为什么会变得日益紧张起来？作为人文学者或文学批评家，我们将采取何种对策？对此，生态批评家均试图面对并予以回答。

生态批评研究的一个重要课题就是人与自然的关系。也即正如生态批评家彻里尔·格罗特菲尔蒂（Cheryll Glotfelty）所定义的，"生态批评就是对文学与物质环境之关系的研究……生态批评家和理论家提出这样一些问题：自然是如何在这首十四行诗中得到再现的？物质场景在这部小说的情节中扮演着何种角色？这出戏中表现的价值与生态学的智慧相一致吗？我们何以展现作为一种文类的自然写作之特征？……"①。诚然，文学是人类对现实生活的审美化的反映，因而在不同的文学作品中表现人与自然之间的不同关系就是颇为正常的：在大多数情况下这种关系应该是一种和谐的关系，如在华兹华斯和陶渊明的自然诗中，自然被作者顶礼膜拜，生活在其中的人甚至试图与之相认同，以达到人与自然的合一。而在少数情况下，尤其是当人们的改造自然、重整环境的欲望无限制地膨胀时呈现出的人与自然的关系就是一种紧张的对立关系，如在麦尔维尔（Herman Melville）的小说《白鲸》（Moby Dick）和海明威的《老人与海》（Old Man And The Sea）中，面对自然的无情和巨大力量，人的力量是多么的微不足道！即使奋力拼搏，最后也难逃失败的厄运。因此，人与自然的关系历来就是中外文学作品中取之不尽、用之不竭的一个老的主题。崛起于20世纪50、60年代美国社会的"垮掉的一代"诗人盖瑞·史耐德（Gary Snyder）始终自觉地从中国古代自然诗人和生态思想那里汲取丰富的资源，将其应用于想象性文学创作中，在后现代语境下的

---

① Cf. Cheryll Glotfelty and Harold Fromm eds., *The Ecocriticism Reader*, Athens and London: The University of Georgia Press, 1996, "Introduction," p. xix.

美国诗坛独树一帜。① 他的生态写作和批评文字无疑对中国的生态学者努力在中国文化中发掘丰富的生态资源并介入国际性的生态批评和研究领域不无启发意义。而在其后崛起的生态批评家则试图面对全球化时代生态环境的破坏这一现实率先在文学批评界做出回应。在生态批评家看来，人类的现实生活总是离不开自然环境，但关键的问题是我们应该如何看待我们所生存的自然环境？究竟是按照客观的自然规律来美化自然还是按照人的主观愿望来改造自然，这无疑是两种不同的自然观。应该说，生态批评家并不反对美化自然，但他们更倾向于按照自然本身的规律来美化自然。从文学的环境伦理学视角来看，文学应当讴歌前者按照客观自然规律对大自然的美化，鞭笞任意改造大自然的不切实际的做法。作为专事文学现象研究的批评家也更应当如此。

不可否认，长期以来，人们总是希望按照自己的主观意愿来美化自然并改造自然，希望自然能够最大限度地服务于人类，当这种愿望不能实现时就以暂时牺牲自然作为代价。当然这种"以人为本"的善良愿望是可以理解的。但久而久之，在不少人的心目中逐渐形成了某种人类中心主义的思维模式，认为自然毕竟是人类的附庸，因此它理所应当服务于人类，并为人类所用。殊不知对自然资源的过分利用总有一天会使地球上的资源耗尽，最终导致大自然对人类的无情报复。文学家既然要写出具有理想主义倾向的作品，那就更应该关注人类生活的未来和反思当下生存的危机。生态批评的应运而生就是对这种人类中心主义思维模式的有力回应。尽管我们还不能找出有力的证据说明德里达与生态批评的关系，但我们完全可以从生态批评家的批评实践中窥见解构的碎片。确实，生态批评家从解构主义理论那里挪用了反逻各斯中心主义的武器，将其转化为反人类中心主义的目的。他们在建构一种环境伦理学方面与晚期德里达的著述不谋而

---

① 关于史耐德与中国文化之关系的详尽论述，参阅钟玲：《美国现代诗人史耐德与中国文化》，首都师范大学出版社2006年版。

合。在生态批评家看来，人类中心主义的发展观把人从自然中抽取出来并把自然视为可征服的对象，人与自然对立的观念造成了割裂整体、以偏概全、用人类社会取代整个生态世界的现象，产生了目前的这种生态危机之后果。作为以关注自然和人类生存环境为己任的批评家理应将自己的研究视野投向一向被传统的批评忽略的自然生态环境，把在很大程度上取自自然的文学再放回到大自然的整体世界中，以便借助文学的力量来呼唤人们自然生态意识的觉醒。应该说，这在某种程度上已经带有一种文学批评的环境伦理学的建构，其意义是不可忽视的。

确实，长期以来，人类在使自己的国家现代化的过程中不惜以牺牲自然和生态环境为代价，做出了不少破坏自然环境的错事。我们应当从自身的环境伦理学角度来做一些反思。毋庸讳言，现代性大计的实施使得科学技术得到了迅猛的发展，人们的物质和精神文化生产也取得了巨大的成果。但是这种发展同样也催化并膨胀了人类试图战天斗地的野心，促使人们不切实际地提出征服自然的口号，导致了人类中心主义意识的逐步形成和膨胀。我们可以回顾一下最近几年内频频发生的地震、火山喷发、台风、洪水和干旱，这些无不在暗示，地球所能承受的被改造性已经达到了极限，它正在向人类进行报复，毫不留情地夺去数以万计人的生命。出现在21世纪的全球范围内的"非典"的冲击以及近两年的全球性突发事件——新冠肺炎病毒的蔓延，则为人类生命的延续罩上了可怕的阴影，而近年出现在亚太地区的印度洋海啸和美国南部城市新奥尔良市的飓风及其所带来的巨大损失更是向人类敲起了警钟：必须善待自然，否则将后患无穷！作为文学批评家和人文学者，生态批评家率先做出自己的回应。因此，从这个意义上来说，生态批评在当代理论界的异军突起实际上在某种程度上就是对这种人类中心主义思维模式的解构和挑战。但是它的终极目标并非仅在于解构，而是在解构的过程中建构一种新的文学环境伦理学。我认为这才是生态批评的更为远大的目标。

二、生态批评：西方与中国

当然，生态批评，作为后现代主义大潮衰落之后崛起于北美的一种新的文学批评理论潮流，目前主要活跃于美国的文学批评界，它既从解构理论那里借用了反逻各斯中心主义的武器，同时也是对现代工业文明的另一种反拨，虽然目前在欧洲大陆并没有得到广泛的响应，但却在北美、英国、北欧和澳大利亚等国家和地区方兴未艾，并且与新兴的动物研究（animal studies）相关联。可以预见，它在今后的年月里肯定会有着更加强劲的发展势头。

生态批评理论也和所有的西方理论一样，已经在全世界范围内开始"旅行"。令我们感到欣慰的是，近十多年来，生态批评在中国大陆和台湾地区也得到了热烈的响应，出现了一些令人可喜的发展方向，学者们几乎同时在几个层面从事生态批评理论建构和生态研究实践：一方面，他们在不受任何外来影响的情况下，根据中国的生态环境状况进行生态文艺学的理论建构，他们的研究成果一旦介绍到国外或通过英语这一国际性的学术语言的媒介表达出来，定能对突破生态批评界目前实际上存在的西方中心之局限起到重要的作用；另一方面，他们在北美生态批评理论的启迪下，不断地向国内理论界介绍西方生态批评研究的最新成果，使得国内学者的研究更具有理论的规范性和学术性，并逐步达到与国际学术界平等对话的境地；还有一些青年学者，则有意识地在一个跨越中西方文化的广阔语境下，试图从环境生态学的角度对中国当代文学进行重新书写。对此，我们可以乐观地认为，如果说，确实如有些人所断言的，中国的文学理论批评在某种程度上患了"失语症"的话，那么至少在生态批评这一层面上，我们完全可以从中国的本土实践出发，充分发掘中国古代丰富的生态学批评资源，通过与西方生态批评的比较研究，提出自己的理论建构，进而对西方的生态批评学者头脑中固有的"西方中心主义"思维模式产生一定的影响。对此，美国生态批评的代表性人物劳伦斯·布依尔（Lawrence Buell）也有同感，而且更有信心："我非常有信心地认为，中国艺术和文化中肯定存在着丰富的资源，它保证了中国的生态批评家在介入这场运动时是具有十足潜力的……我另外还想说的是中国对现代化的独特经验也将使中国的生态批评家在这一领域里作出卓越的贡献。"① 这不仅是布依尔等西方学者对我们的期待，更是我们自身所无法回避的一个研究方向。

第七节　性别研究的新课题：女同性恋和怪异研究

一、文化研究语境下的性别研究

当代文化研究的一个重要方面就是性别研究。既然在文化研究的语境下考察性别政治和身份问题，我们自然不可回避这两个突出的社会文化现象：女性同性恋和怪异现象。在当今的全球化时代，由于人们的生活节奏的加快和人际之间交流的减少所导致的人际关系的淡漠，不少女性，尤其是有着较高文化修养和知识背景的知识女性越来越陷入某种"自恋"的情境中，她们出入于女性自己的俱乐部和沙龙，很少与男性交往，久而久之甚至淡漠了传统的"异性恋"，因而女性同性恋和怪异现象便凸现了出来，并越来越受到社会和文化界的关注。② 在这里，我们主要讨论女性同性恋现象以及由此而产生的女性同性恋批评和研究。

众所周知，20世纪50、60年代在一些欧美国家曾经兴起过性开放的浪潮，大批青年男女试图尝试着婚前无拘无束的性生活，致使传统的婚姻和家庭观念受到强有力的挑战。之后随着女权主义运动对妇女权益的保

---

① 参阅劳伦斯·布依尔、韦清琦：《打开中美生态批评的对话窗口——访劳伦斯·布依尔》，载《文艺研究》2004年第1期，第69页。关于中国生态批评研究的新进展则可参照《深圳大学学报》2005年第1期上刊登的曾繁仁等人关于生态美学和文学批评的文章。
② 实际上，这种情况在目前中国的知识女性中也有所体现。但有人认为，女性的自我封闭和自我欣赏在很大程度上是由于这些高智商的成功知识女性很少受到同龄的男性的欣赏，或很难与不如自己的男性相处并组建家庭，因而甚至有的青年知识女性在征婚广告中居然不敢公开自己的（高）学历和（成功的）职业。

护，尤其是对女性怀孕后人工流产的限制，这种性开放的浪潮逐渐有所降温。由此而带来的后果则是三种倾向：其一是传统的婚姻和家庭观念的逐渐淡薄，青年人虽然对结婚和生儿育女持审慎的态度，但对婚前的同居生活则更加习以为常，这一点和目前中国社会的状况颇有几分相似之处；其二则是呼唤一种新的和谐的家庭和婚姻观，这实际上是对传统的家庭和婚姻观念的继承；其三则是在经历了性开放浪潮的冲击之后，一些知识女性也模仿早已在男性中流行的同性恋倾向，彼此之间建立一种亲密的关系，久而久之便发展为对异性恋的厌恶和拒斥和对同性朋友/伙伴的依恋。人们对这些有着较高的文化修养和社会地位的知识女性的所做所为感到极为不解，甚至认为她们十分"怪异"。起源于70年代，兴盛于80、90年代的所谓"女同性恋研究"（lesbian studies）以及兴起于90年代的"怪异研究"或曰"酷儿研究"（queer studies）就是在这样一种历史和社会背景下应运而生的。目前对这两种现象的研究已经被纳入广义的文化研究的性别研究范畴下，并逐步成为其中的一个相对独立的子学科领域。

二、性别研究视野下的女同性恋研究

在西方的语境下，早期的女同性恋现象及其批评（lesbian criticism）的出现与先前已经风行的男性同性恋（gay）现象及其批评（gay criticism）有着密切的联系，但同时也与早先的女权主义运动有着某种内在的继承和反拨关系。作为女权主义批评的一个分支，"女性同性恋批评尤其起源于有着女性同性恋倾向的女权主义政治理论和运动，因为它本身就是由妇女解放和男性同性恋解放运动发展而来的"[①]。一些知识女性，主要是白人知识女性，既不满于异性恋，同时又对男性同性恋者的那种肆无忌惮的性

[①] Bonnie Zimmerman, "Lesbian," in Michael Grodon and Martin Kreiswirth eds., *The Johns Hopkins Guide to Literary Theory and Criticism*, Baltimore and London: The Johns Hopkins University Press, 1994, p. 329.

行为感到厌恶，因而她们便自发成立起自己的组织，并称其为"激进女同性恋者"（radicalesbians），或把自己的事业当作一种类似"女性同性恋解放"（lesbian liberation）的运动。她们认为自己的这一举措促使妇女摆脱了父权制的束缚和压迫，可以成为所有妇女效仿的榜样，因此女性同性恋主义又成了解决女权主义的无端的抱怨之最佳方式。① 另一些更为激进的女性则主张妇女与男性"分居"，同时也与异性恋妇女"分离"，认为这不仅仅是性行为上的分离，而且更是政见上与前者的分道扬镳。当然，也有相当一部分女性本身曾结过婚并育有子女，但随着自己年龄的增长和子女的成年而逐渐淡漠了对异性伴侣的依恋，作为某种补偿，她们便试图把更多的感情投入到自己的女性朋友/伴侣上。这些早期的极端行为无疑为女性同性恋批评及其研究在80年代的逐步成型、90年代的蔚为大观奠定了基础，可以说当代女性同性恋文学理论正是从这种女权/女性主义和分离主义的语境中发展而来的。

促使女同性恋批评发展的因素也包括一些的机构性的支持。例如早期的"女性分离主义"学派（feminist-separatist school）就十分注重建构自己的文化，她们通过创办自己的刊物和出版社、出版自己同仁的作品来扩大影响，发展到后来，这些女性甚至在有着数万名会员和广泛影响的现代语言学会（MLA）年会上组织专题研讨会，以吸引更多的知识女性和男性学者加入其中。由于她们的激进政见，这些女性同性恋组织一出现就遭到了许多人的反对，当然，反对的声音主要来自女性内部。

尽管迄今女性同性恋文学批评家和学者大多为白人知识女性，而且阅读和研究的对象大多为经典的女性作品，但有色人种和少数族裔女性也开始了自己的批评和研究，这方面最有影响的早期著述为前面提及的芭芭拉·史密斯的论文《走向一种黑人女权主义批评》（1977），其中花了

---

① Bonnie Zimmerman, "Lesbian," in Michael Grodon and Martin Kreiswirth eds., *The Johns Hopkins Guide to Literary Theory and Criticism*, Baltimore and London: The Johns Hopkins University Press, 1994, p. 329.

不少篇幅从女性同性恋的理论视角来解读黑人女作家托尼·莫里森（Toni Morrison）的小说《苏拉》（*Sula*）。之后受到美国这个多元文化社会混杂的民族和文化身份影响，研究非裔美国同性恋女性主义的著述逐渐丰富。经过解构主义训练、崛起于20世纪80年代的新一代批评家，将一切"同一的""本真的""本质的"东西统统予以解构，使女性同性恋理论愈益驳杂，使得"lesbian"这一术语成了父权话语体系内的分裂的空间或主体的表征。

进入90年代以来直到21世纪初叶，女同性恋理论依然方兴未艾，批评家们围绕自我的本质、社群问题、性别和性等问题而展开异常活跃的讨论，此外，学界也越来越尊重传统的女同性恋女性主义（lesbian feminism）的不少观念。这一切均为这一研究领域的稳步拓展营造了良好的外部文化环境。

尽管人们难以接受女同性恋现象，甚至对研究这种现象的女性学者也抱有一些偏见，但对其反抗男权话语的激进批判精神还是可以理解的。而对于怪异及其怪异理论，人们则有着某种天然的敌意，这主要是出于对怪异现象本身的误解。实际上，怪异在很大程度上是由男性同性恋和女性同性恋发展演变而来的，或者说是这二者平行发展到一定阶段的一个必然产物。由于男性同性恋者的不懈努力，男性同性恋运动在相当一部分国家已经合法化，因而对男性同性恋的研究也就被认为是理所当然的。而对于女性同性恋行为，不少人，尤其是女性内部的一些坚持传统者，则认为是大逆不道的行为。由于被认为"怪异者"的人都是女性，而且大多是由女性同性恋发展而来，与前两种同性恋既有着一定的联系又不无差别，因此研究者往往对之的研究也自然会将其与前二者相关联。

三、怪异或酷儿研究

"怪异"（queer）根据其英文发音又可译为"酷儿"或"奎尔"，意为"不同于正常人"（non-normative）的人，而用于性别特征的描述而言则显然有别于"单一性别者"。也即如果作为一个男人的话，他也许身上更带有女性特征，而作为一个女人，她又有别于一般的女性，他/她也许不满足甚至讨厌异性恋，更倾向于同性之间的恋情，等等。因而在不少人看来，这样的人与正常的有着鲜明性别特征的人不可同日而语，属于"怪异的"一族。但是对于究竟什么是"怪异"，人们至今很难有一个准确的定义。1991年，当女权主义理论家特里莎·德·劳瑞提斯（Teresa de Lauretis）最初使用这个术语时，试图赋予其一种反对男性的偏见的责任，在她看来，这种偏见就隐藏在被划归了的并且似乎具有性别感的术语"女性同性恋和男性同性恋"（lesbian and gay）之中，而将这二者混为一谈实际上也就混淆了男性和女性的性别差异。① 这一点一般被认为是"怪异"的一个显著特征。② 怪异研究者安娜玛丽·雅戈斯（Annamarie Jagose）也指出，怪异这一产生于西方后现代社会的现象具有各种后现代和解构特征——在怪异那里，一切"整一的""确定的""本真的"东西都变得模棱两可甚至支离破碎了，因此怪异在这里所显示出的解构力量便十分明显了。

从当代美国怪异研究的主要学者的思想倾向来看，她们大都受到拉康和德里达的后结构主义理论的影响：前者赋予她们对弗洛伊德的"力比多"机制的解构，而后者则赋予她们以消解所谓"本真性"（authenticity）和"身份认同"（identity）的力量。身份认同问题是近十多年来文化研究学者普遍关注的一个课题。在传统的女权主义者那里，女性与男性天生就有着某种区别，因而要通过争得男人所拥有的权利来抹平这种差别。但女性同性恋者或怪异者则在承认男女性别差异的同时试图发现一个介于这二者的"中间地带"。

受全球化的影响，人们的身份也发生了裂变，也即身份认同问题变

---

① Teresa de Lauretis, "Queer Theory: Lesbian and Gay Sexuality," *Difference: A Journal of Feminist Cultural Studies*, Vol. 3, No. 2 (1991): ivi–vii.

② Annamarie Jagose, *Queer Theory: An Introduction*, New York: New York University Press, 1996, p. 116.

得越来越不确定和具有可讨论性：从某种单一的身份逐步发展为多重身份。这一点对怪异理论也有着影响，因此怪异女性也试图对身份认同这个被认为是确定的概念进行解构，也即对身份的本真性这一人为的观念进行解构。对于怪异者而言，即使生来是一个女性，也可以通过后来的建构使其与异性恋相对抗，因而成为一个更具有男子气质的人，对男性也是如此。因此怪异与其说是诉求身份，不如说更注重对单一身份的解构和批判。①

美国怪异研究的主要理论家朱迪斯·巴特勒认为，反身份的本真性恰恰是怪异所具有的潜在的民主化的力量："正如身份认同这些术语经常为人们所使用一样，同时也正如'外在性'经常为人们所使用一样，这些相同的概念必定会屈从于对这些专一地操作它们自己的生产的行为的批判：对何人而言外在性是一种历史上所拥有的和可提供的选择？……谁是由这一术语的某种用法所代表的，而又是谁被排斥在外？究竟对谁而言这一术语体现了种族的、族裔的或宗教的依附以及性的政治之间的一种不可能的冲突呢？"② 这些看来都是当代怪异理论家和学者必须面对的问题。而在目前的文化研究语境下，已经有越来越多的学者关注性别研究和身份政治，而处于这二者之焦点的怪异无疑是他/她们最为感兴趣的一个课题。

怪异现象一经出现，就受到了各方面的关注，出于对怪异理论的科学性的怀疑以及其研究方法的主观性的怀疑，一些学者还试图从遗传基因的角度甚至人的大脑的结构等角度来对这一现象进行科学的研究。于是"怪异学"（queer science）也就应运而生了。我这里只想指出，随着中国的现代化进程的大大加速，一些大城市已经率先进入了后工业或后现代社会，繁重的工作和学术研究压力以及自身的超前意识致使一些知识女性

---

① Annamarie Jagose, *Queer Theory: An Introduction*, New York: New York University Press, 1996, p. 131.
② Judith Butler, *Bodies That Matter: On ther Discursive Limits of "Sex"*, New York: Routledge, 1993, p. 19.

对异性冷漠甚至厌恶，因而女性同性恋的征兆也开始出现在一些知识女性中。因此对这一社会文化现象的研究也将成为中国的文化研究语境下的一个令人瞩目的课题。

第八节 比较文学学科的死亡与再生

一、学科的"死亡"之风波

2003年，美国的比较文学界发生了一件不大不小的事件：一向把自己看作是"英文和比较文学讲座教授"的后殖民理论家佳亚特里·斯皮瓦克将自己于2000年在加州大学尔湾分校所作的雷内·韦勒克图书馆系列讲座的讲稿改写出版，取名为《一门学科的死亡》(*Death of a Discipline*)。①该书的出版虽没有像英国的马克思主义理论家特里·伊格尔顿的《理论之后》(*After Theory*, 2003)那样在理论界引起那么大的轩然大波，但至少已经被不少人认为是相当权威性地宣告了比较文学学科的死亡。当然，在斯皮瓦克之前，公开鼓吹"比较文学消亡论"者并不在少数，但却没有人能够比得上斯皮瓦克这样的重量级理论家的著作所产生的广泛影响。好在在此之前，比较文学作为一门学科就已经经历了多年的"冷却"甚至"萎缩"：面对形形色色的后现代理论的冲击，它已经无法验明自己的身份了，只能依附于这些理论的演绎和推论；而文化研究的崛起则更是使这门日益不景气的学科淹没在文化研究的大潮中。一些原先的比较文学学者纷纷离开这一领域，致力于传媒研究或其他形式的文化研究。而另一些试图坚守这一阵地的学者们则面对其无可挽回的衰落之情境发出几声哀叹。人们不禁要问，事情果真如此简单吗？难道斯皮瓦克真的希望比较文学这门学科很快消亡吗？答案自然应该是否定的。

我们首先可以从斯皮瓦克的挚友朱迪斯·巴特勒为她的辩护中见出

---

① Cf. Gayatri C. Spivak, *Death of a Discipline*, New York: Columbia University Press, 2003.

这本书的几分真谛:"佳亚特里·斯皮瓦克的《一门学科的死亡》并未告诉我们比较文学已经终结,而恰恰相反,这本书为这一研究领域的未来勾画了一幅十分紧迫的远景图,揭示出它与区域研究相遭遇的重要性,同时为探讨非主流写作提供了一个激进的伦理学框架……她坚持一种文化翻译的实践,这种实践通过主导权力来抵制挪用,并且在与文化擦抹和文化挪用的淡化的、独特的、争论不休的关系中介入非主流场域内的写作具体性。她要那些仍抱有主导性认识观念的人去设想,那些需要最起码的教育的人是如何看待我们的。她还描绘出一种不仅可用来解读文学研究之未来同时也用于解读其过去的新方法。这个文本既使人无所适从同时又重新定位了自己,其间充满了活力,观点明晰,在视野和观念上充满了才气。几乎没有哪种'死亡'的预报向人们提供了如此之多的灵感。"① 也就是说,这本书的最终目的并非是要宣布比较文学学科的死亡,而是要在这一有着"欧洲中心主义"精英意识的传统学科内部进行革新,使之越过文学研究与文化(区域)研究的边界,填平(以阅读原文为主的)经典文学与(以英文为主的)翻译文学之间的鸿沟,从而使这门行将衰落的学科经过一番调整之后重新走向新生。因此,这本书与其说是一部"死亡之书",倒不如说更是一部"再生之书"。应该指出的是,只有像巴特勒这样的熟谙解构策略和技巧的女性学者才能如此清晰地窥见斯皮瓦克这本书的真正目的。同样,也只有像斯皮瓦克这样的兼通东西方文化和理论并精通多种东西方语言的大师级比较文学学者才有资格宣布这门其定义和研究范围一直"不确定"的学科的"死亡",因为在当今的美国大学(同时也包括一些英联邦国家的大学)的文学系,很少有人像早先的比较文学学者那样用原文来阅读并研究世界文学的,今天学生选修的"世界文学"课实际上是"(英文)翻译的世界文学"课。由此可见,传统意义上的讲究严谨求实的比较文学学科确实已经不复存在。而在巴特勒看来,斯皮瓦克的这本书

---

① 参阅印在该书封底的专家评语。

非但没有宣称比较文学学科的死亡，反而在为一种与文化研究融为一体的"新的比较文学"学科的诞生进行理论上的铺垫，并在实际上起到了推波助澜的作用。果不其然，就在斯皮瓦克这本小书出版后不久，她就担任了哥伦比亚大学比较文学与社会研究中心的主任，终于承担了重整这门处于衰落状态的学科的重任。

二、比较文学的危机与转机

实际上，由斯皮瓦克的这本书所引发的争论在另一方面却表明，我们谈论了多年的"比较文学的危机"问题终于在当今这个全球化的时代有了暂时的结论：作为日趋封闭和研究方法僵化的传统的比较文学学科注定要走向死亡，而在全球化语境下有着跨文化、跨文明和跨学科特征的新的比较文学学科即将或者已经诞生。这种征兆具体体现在诸方面。首先是比较文学这门学科的身份认同问题，也即我们所热衷于讨论的其学科定位问题。

首先，我们应该对"身份"或"认同"的双重含义做出界定：它既指一种天然生成的固定特征（natural-born identity），同时也包括后天人为建构的多重特征（constructed identities）。具体到指一个人的身份：他可以是祖籍在中国的江西，但经过多年漂泊之后，他先后跟随父母去中国的台湾受基础教育，最后赴美国攻读博士学位后加入了美国国籍。因此他本来固定的身份便发生了裂变，由原先的单一身份发展为多重身份。这种多重身份的状况在全球化的时代随着大规模的移民而越来越趋明显。以此来描述比较文学这门定位不确定、其疆界不断拓展、其内容不断更新的开放的学科的身份，我们仍然可以以此为出发点。在比较文学学科的发源地欧洲诸国，尤其是在德国和荷兰等国家的大学，比较文学学科往往都和总体文学（即我们国内所称的文艺学）系科相关联，因为这些系科的课程设置大都跨越了语言的界限和国别的界限，有时甚至跨越了文化传统的界限，因而才进入了真正意义上的"比较"研究之境地。在英国，比较文学虽然不算发达，但在有些学校也有着类似的系所，如在华威大学、伦敦大学等学校，这些系所也几乎无一例外地和另一种或另几种语言和文化相关联。在伦敦大学，比较文学与亚非语言文学学科有着更为直接的联系，该校比较文学研究中心的几位主要教授几乎都从事的是非英语文学研究。而在华威大学，比较文学和比较文化则与翻译学科相关联，共同处于一个研究中心之下，所涉及的国别、民族文学和文化有中国的、印度的、东欧的、加勒比地区的和非洲的文学和文化。这当然主要是曾任该校副校长的苏珊·巴斯奈特直接干预的结果。众所周知，巴斯奈特也曾经是一位"比较文学消亡论"的鼓吹者，但与斯皮瓦克所不一样的是，她也未直截了当地宣布这门学科的死亡，而是试图将其纳入翻译研究的范畴之下，因为在她看来，所有的比较文学都摆脱不了翻译，当然她所说的翻译已经超越了传统的"文字翻译"之局限，而是上升到了一种文化翻译的高度。在她看来，既然比较文学所研究的文学是来自不同文化的，因而在不同文化之间的协调实际上就充当了一种文化上的"翻译"或"再现"。早在90年代初，她就在对比比较文学和翻译研究这两门既有密切联系同时又不尽相同的学科时指出：

> 由于比较文学老是不停地讨论它是否算得上一门学科，翻译研究则大胆地宣称自己是一门学科，而且在整个世界范围内这一领域所显示出的能量和实力似乎也能证明这一点。现在已经到了重新思考比较文学与翻译研究之间的关系的时候了，这是一个新的开始……
>
> 作为一门学科的比较文学曾经有过自己的鼎盛时期。妇女研究、后殖民理论以及文化研究中的跨文化努力从总体上改变了文学研究的面目。我们从现在起应该把翻译研究看作是一门主要的学科，而比较文学则作为一个有价值的但从属于它的次要学科领域。[①]

---

① Cf. Susan Bassnett, *Comparative Literature: A Critical Introduction*, Oxford UK & Cambridge USA: Blackwell, 1993, pp. 160–161.

仔细阅读并分析这段文字,我们不难发现她的这番激进的论断也不无几分道理。从事比较文学研究必然跨越国别文学和语言的界限,推而广之也必然跨越文化的界限,而素来以跨语言和跨文化研究见长的翻译研究则恰恰可以弥补这一缺憾。近几年来,在全球化的大背景下,巴斯奈特又将这种文化翻译拓展到了整个传播媒介,她目前主持的一个大型国际合作项目就是"全球传媒研究"(Global Media Studies),在这之下翻译研究只不过是其中的一个子项目。因此,我们不难看出,巴斯奈特在消解传统的比较文学学科的同时,又以翻译这一手段对之进行了重新建构。而作为一位思想家和理论家的斯皮瓦克,其勃勃雄心则远远大于此,因而在圈内产生的影响也就大大地超过了人们的预料。

最近几年,由于文化研究对比较文学领地的"侵犯",不少原先的比较文学研究中心同时也从事包括传媒和电影在内的大众文化研究,在美国的一些大学,如杜克大学,从事多语种文学教学的系科干脆叫作文学系。我们不难看出美国比较文学界的一个独特的景观:一方面是有众多的文学和文化学者称自己所从事的是比较文学研究,但另一方面则是加入比较文学学会的学者并不多。当然近几年这种情况有所改观,其原因在于,美国的比较文学学界内部仍有着"欧洲中心主义"的阴影,他们仍强调比较文学学者应具备的语言技能以及多语种文学和多学科的广博知识。一些大师级的理论家兼比较文学学者,如弗雷德里克·詹姆逊、希利斯·米勒以及斯皮瓦克本人等,都掌握了多种语言,其著述大都涉猎多门学科:詹姆逊的行文风格至今仍被不少人认为受到德国启蒙哲学的影响,而他本人则长期在耶鲁大学和杜克大学担任法文和比较文学教授。米勒曾经是现象学批评日内瓦学派的重要人物,后来又对言语行为理论十分感兴趣,他对法国思想大师的理解就基于他对原文文本的细读。最近十多年来,由于他频繁来中国访问讲学,对中国文学也发生了浓厚的兴趣,他多次宣称,如果自己再年轻二十岁,一定要从学习中国语言开始。至于后殖民理论大师斯皮瓦克则更是有着得天独厚的多种语言文化之优势,除了她十分精通的英、法两种比较文学学者必须掌握的语言外，还精通德文。此外，光是她所拥有的印度的几种语言之优势就使她完全有资格从事东西方文学的比较研究。但她仍不满足于此，自21世纪初始，她一直以一个普通学生的身份在哥伦比亚大学中文部听课，并试图与中国学者进行直接的交流。因而与这几位大师相比，不少本来想从事比较文学研究的国别文学研究者不禁望而却步，迟迟不敢进入这一神圣的殿堂。由此可见，在美国的大学，比较文学学科实际上包括了英语文学以外的其他语种的文学，因而从事比较文学研究者也都必须具备一个基本的素质：至少掌握（除英语之外的）一门或一门以上的外语和外国文学知识。即使是在一些英美大学，外国文学课的讲授往往是通过英文翻译的，但阅读英文文本或用英文写作实际上也涉及了比较的因素。英语现在早已经超越了专为英美等国人民所使用的一种国别语言，而成了各国人民用以进行交流的"国际性的"语言，不同的国家的人们聚集在一起时都不约而同地放弃了使用自己的母语，而改用英语进行交流。当然这一方面加速了英语作为一种世界性语言的普及，但另一方面，也催生了这门语言自身霸权的消解和裂变：由原先的"国王的英语"（King's English）或"女王的英语"（Queen's English）变成了带有地方土语和不标准发音及语法规则的当地"英语"（englishes），或者干脆充当了"世界范围内的普通话"之角色。因此不同的教授用带有不同音调和乡音的"英语"讲授文学课，实际上也在进行一种基于文化翻译的比较。

其次，就是比较文学与世界文学的关系问题。比较文学与世界文学的密切关系是早已存在的。众所周知，在马克思和恩格斯合著的《共产党宣言》中，两位作者在描绘了资本的全球性扩张和渗透后稍微涉及了一点点文化知识的生产，也即许多种民族的和地方的文学的互相交流便形成了一种世界的文学。当然这里所提及的世界文学范围相当广泛，涉及所有的精神文化的生产，但其要旨在于，各民族文学的相互交流是不可抗拒的，因而由此形成了一种世界的文学。当然马克思和恩格斯在这里提出的世界文学，主要是受到歌德当年关于"世界文学"的一种构想所提出的这样一种理想化的未来文学发展的前景，而绝非意味着世界上只有一种语言写作的文学，更是与当今有人鼓吹的"趋同性的"文化全球化相去甚远。可以说，马恩这里提出的世界文学实际上就是比较文学的早期阶段。它要求从事比较文学研究的学者必须具备一种世界的眼光，只有把自己的国别和民族文学放在一个广阔的世界文学大背景下才能对特定的国别/民族文学提出实事求是的评价。所谓"越是民族的就越是世界的"这种说法既对又不对：对的地方在于，只有具有鲜明民族特色的精神文化产品才能受到国际同行的瞩目，只有那些尽可产生于特定民族土壤的东西才能在一个世界性和全球性的语境下显示出其独特性；但反之，如果我们的交流手段不畅通的话，世界是无法了解你的，怎么又能发现你的独特之处呢？因此，我认为，即使是那些具有鲜明民族特征的东西也应该放在一个广阔的世界语境下来估价才能确定其独特的新颖之处。而比较文学研究恰恰就是要把本民族的东西放在世界的大平台上来检验、来估价，才能得出客观公允的结论。对于中国的比较文学学者来说，即使是在大学的中文系讲授世界文学课，也至少应该具有自己在某一国别文学研究中的较高造诣和较为全面的知识，通过用原文直接阅读那种文学的文本给学生带来一些新鲜的知识，此外也通过阅读原文撰写的理论著作和期刊论文，向学生通报学术界对某一专题的研究现状和最新进展。因此，从事世界文学教学和研究，并非是要排除国别文学研究，倒是恰恰相反，只有具有某一国别文学研究的广博知识和深厚造诣的人才有资格进行世界文学的教学和研究。

因此在我看来，比较文学作为全球化处于萌芽时期的一个直接的产物，与早期的世界文学构想有着某种继承关系。今天，在经历了全球化的历史演变之后，比较文学的最高境界自然仍应当是世界文学阶段[①]，也即

[①] 关于世界文学的历史演变以及在当今美国大学的教学和研究现状，参阅 David Damrosch, *What Is World Literature?*, Princeton and Oxford: Princeton University Press, 2003。

评价一个民族/国别的文学成就应将其置于世界文学的大背景之下才能取得绝对意义上的公正。从这个意义上说来,斯皮瓦克所说的那种为比较而比较的牵强比附式的"比较文学"确实应该死亡,而一种新的融入了文化研究和世界文学成分的比较文学学科就在这其中获得再生。

第九节　语像时代的来临和文学批评的图像转折

一、读图时代的来临

随着全球化时代精英文学市场的日益萎缩和大众文化的崛起,人们的视觉审美标准也发生了变化:由专注文字文本的阅读逐渐转向专注视觉文本的观赏和阅读。在这方面,作为后工业社会的一个必然产物的后现代美学在文学艺术上的一个重要标志就是语像时代的来临。① 人们不禁要问,何谓"语像时代"?它和文字时代有何本质的不同?这方面,美国的图像研究专家米切尔(W. J. T. Mitchell)有着精辟的解释:

> 对于任何怀疑图像理论之需要的人,我只想提请他们思考一下这样一个常识性的概念,即我们生活在一个图像文化的时代,一个景象的社会,一个外观和影像的世界。我们被图画所包围;我们有诸多关于图像的理论,但这似乎对我们没什么用处。②

当然,米切尔提出这一问题时正是1994年,文字文本的力量还很强,人们似乎并未注意到一个全新的语像时代即将伴随着全球化的进程而到来。但此时此刻,当这一时代已逼进我们时,我们首先便会想到近十多年来在西

---

① 关于语像批评的理论性阐述,参阅拙作《文学形式的转向:语象批评的来临》,载《山花》2004年第4期。

② Cf. W. J. T. Mitchell, *Picture Theory*, Chicago and London: The University of Chicago Press, 1994, "Introduction," pp. 5–6.

方和中国兴起的摄影文学文体（photographical genre）：这实际上也是一种典型的跨越多种艺术界限、多种学科甚至跨越时空界限的综合艺术。它在全球化时代的勃兴实际上预示着一种新的文体的诞生：摄影文学文体。由于这种文体同时兼有图像和文字表达的特征，我在本节中将其称为"语像写作"（iconographical writing），以区别于传统的摄影文学写作，因为在后者的以文字表达为中心的文本中，图像仅作为附加的插图形式，而在语像写作中，图像则在某种程度上占据了文本的主导地位和意义的中心。毫无疑问，语像写作所具有的后现代特征是十分明显的。

诚然，我们不得不承认，早期的后现代主义艺术具有其无可置疑的先锋性，但另一方面它又常常表现为怀旧的特征，在某种程度上甚至具有一种返回原始的倾向。将这种二重性用于解释语像写作的特征倒是比较恰当的。不少人认为，以图像为主要媒介的语像写作实际上是一种复合的文学艺术，也即综合了高科技的照相技术——尤其是后现代时代的数码相机的日趋数字化潮流——和人类固有的本真的审美理想，以真实、审美地记录自然的照相术和有着多重意义张力的文字之魅力的结合创造了一个"第二自然"。这也就类似所谓的"照相现实主义"（photographical realism）对自然本真状态的崇拜和对原始图像的复归。因此，作为一种越界的文体的语像写作有着不同于其他写作文体的三大特点：依赖图像、崇尚技术和诉诸解释。

二、语像写作与批评

首先，依赖图像无疑是有史以来人们欣赏艺术的习惯。早在文字尚未形成之时，人们对历史事件的记载、对自然景物的描绘、对自己所熟悉的人物的描绘和对艺术品的审美式的欣赏常常就依赖于用图像来表达和对图像的理解。如果说西方以罗马字母组合的语言基本上是形意分割的话，那么建立在象形文字之基础上的汉语至今仍有着某种以形猜意的特点。只是越到后来，随着人们文字表达能力的增强，对图像的依赖就逐渐退到了其次的地位。但是以图像来展示自然和人物描写的艺术仍在不断地发展，并逐步独立于文字媒介而演化为各种绘画流派的诞生，结果，它终于成了一门独立的艺术，和语言的艺术相辅相成。这也就是为什么中国的书法可以真实地表现一个人的理想和抱负，展现书写者的做人准则以及在彼时彼地的心境。而照相术的发展则在很大程度上依赖于现代光学技术的发展：一方面它自然真实地展现人物和自然的本来面貌，另一方面它又不可能不用一种审美的并带有取舍的眼光来实现这种艺术的再现。

语像写作的第二个特点体现在，它崇尚现代科学技术，因为这一新的文体不同于其他文体的特点恰在于，它的文字部分只能起到画龙点睛的辅助作用，或作为一种必要的补充性说明，并不能取代文学作品对自然的细腻描绘和对人物心理的刻画，而与其相对照的是，它的图像部分则理所当然地要由摄像机和摄像者来完成，也就是说取决于摄像机的质量、照相者的技术水平和他取景时所带有的审美理想。当然，照相复制技术是现代主义时代的产物。但后现代时代的数字化趋向和光学的飞速发展则使人们越来越依赖于对景物直接的、真切的观赏，因为反映在图像中的景物或历史事件的记载并非纯粹客观的自然主义记录，而是人们以审美的眼光来审视自然进而最终创造出的一个"第二自然"：它源于自然但又高于自然，它既蕴涵着人类对自然美景的向往，同时又体现了人类试图美化自然追求尽善尽美的本能的欲望。

语像写作的第三个特点在于诉诸解释，这具体体现于这种文本的图像往往是高度浓缩的。一幅静态的画面实际上蕴涵着几十幅甚至上百幅动态画面的意蕴，而充当注脚的文字性说明也不可能一览无余地对之做详细的描述，它的画龙点睛效果只能起到一种导读的作用，对深层意义的理解完全取决于读者—观赏者的能动性解读。因此读者—观赏者必须具备较高的读图能力和审美感受力：读者—观赏者期待视野中的积淀越深厚，他/她就越能够对图像做出到位的解释。因此就这个意义上来说，语像写作绝不意味着文字写作的倒退，更不意味着人类的欣赏习惯又倒退到了原始的状态，而恰恰意味着人类审美感受力的提升：他/她不仅处于一种被动的观赏者的位置，而更是处于一种能动的解释者和第二创造者的位置。这样看来，语像写作的越界特征同时也要求它的欣赏者具有多学科的知识和多门艺术的鉴赏力。可以说，没有扎实的文字表达能力的摄影师是很难建构一个千姿百态的语像世界的，这些图片在他的手里只能是一堆原始的粗俗的材料。因此在这个意义上说来，语像写作的崛起并非意味着文字写作的终结，而是对后者的审美意义的高度凝练和提升。但应该指出的是，即使语像写作到了其发达的阶段，它仍不能取代后者的存在意义和价值。

语像写作作为后现代社会的一个独特产物，它的崛起也和网络写作一样在很大程度上取决于后工业社会的信息和电子技术的发展。在一个硕大无垠的网络世界，人们完全可以在虚拟的赛博空间尽情地发挥自己的艺术想象力和丰富的文字表现力，编织出一个又一个能够打动人的故事。当然，网络文学中精芜并存，其中大部分作品作为一次性消费的"快餐文化"很快将被历史淘汰而成为文化垃圾，但我们不可否认，这其中的少数精品也完全有可能会随着时间的推移而逐步被人们发现其价值，最终也将跻身经典的行列。此外，网络文学也可以借助于网络的无限空间和飞速普及之优势使得一大批备受冷落的精英文学艺术作品走向大众，从而才产生一定的影响。这样看来，网络写作实际上也有着"越过边界—填平鸿沟"的作用。那么以图像为主要表现媒介的语像写作又是如何"越过边界—填平鸿沟"的呢？我认为我们在从事语像批评时，应首先找出语像写作的另三个主要特征。

首先，语像写作的主要表达媒介是影像而非文字，这样便赋予这些有着众多色彩的画面以生动的故事性或叙事性，同时也给读者—阐释者留下了广阔的想象空间。这实际上也填平了读者和批评家之间的天然鸿沟，使得每一位有着艺术修养的读者也参与到文学欣赏和批评活动中来，而意义的最后完成则在很大程度上取决于读者的这种能动性参与。

其次，语像写作的精美画面显然依赖于后现代社会的高科技和数字化程度，它使得艺术对自然的模仿仿佛又回到了人类的原初阶段：这些画面既更加贴近自然的本来面目，同时也是艺术家带有审美意识进行精心加工的结果，这样便越过了自然与艺术之间的界限，使得描写自然、模仿自然在当今这个后现代社会又成了艺术家的神圣职责。艺术又返回了它的模仿本质。

再者，诚如上述接受美学的诸种特征，语像写作的另一个特点是缩小了读者与作者之间的距离，使得读者同时与作者—摄影师以及语像文本在同一个平台进行交流和对话，读者的期待视野越是广阔，他/她所能发掘出的文本意义就越是丰富。由此可见，语像写作丝毫没有贬低读者的作用，相反地正是弘扬了读者的能动和阐释作用，文本意义的最终完成主要依赖于读者以及读者与作者和文本的交流和对话。正是这种多元的交流和对话造成了文本意义的多元解释。

语像写作的崛起客观上也为语像批评的异军突起奠定了基础，也即如米切尔所指出的当代文化理论中的一种"媒介理论"转向[1]，它为"后理论时代"的理论风云无疑将增添一道靓丽的风景线。自从结构主义叙事学衰落以来，对语像写作和语像批评的研究也引起了当代叙事理论研究者的重视。关于叙事理论研究的发展走向比较复杂，涉及的理论和学科也更多，对此笔者将另文专论。

综上所述，后现代主义大潮消退后，西方文化界和理论界出现了一个没有主流的多元格局，同时，原先处于边缘地带的第三世界文化和文学也开始引起主流理论家的重视。继文学批评中的解构理论衰落后，（尤其在北美）新历史主义批评曾一度异军突起，并在一定的范围内形成了相当的声势。但是正如有些欧洲学者所批评的那样，新历史主义并不能算作一种批评理论，因为它从马克思主义那里吸取了历史主义的方法，又从后结

---

[1] 关于媒介理论及其功能，参阅 W. J. T. Mitchell, "Medium Theory: Preface to the 2003 Critical Inquiry Symposium," *Critical Inquiry*, Vol. 30, No. 2 (Winter, 2004): 324–335。

构主义那里借鉴了解构和"踪迹"式的细读方法,并很快就打起了"文化诗学"(cultural poetics)的旗号,它在欧洲(主要在英国)的表现形式是文化唯物主义,而对欧陆的文学研究者并未产生什么影响,因而本章不打算对之专门论述。但我认为,作为一种文学批评和研究方法的新历史主义仍然可为我们的研究所借鉴。

第六章 西方文论大家研究

第一节　德里达的幽灵：走向全球人文的建构

探讨德里达的幽灵无疑是一个大的理论课题，在这方面我们有很多可说的东西。确实，当德里达开始讨论马克思的幽灵时，他向我们提出了这样一个问题："马克思的幽灵，为什么是复数的？难道有不止一个马克思吗？"就这一点而言，德里达是正确的，马克思或马克思主义的幽灵确实应该是复数的，因为在过去的一百多年里，马克思主义一直在经历一个发展和重构的过程。如果将此用于描述德里达的教义在全世界的传播和接受也照样适用，因为他也是当今时代有着重要影响的一位主要的法国理论家和人文知识分子。当我们讨论德里达的理论遗产和学术精神时，我们应该尤其关注这一事实，也即并不存在某个特定语境下的单一的德里达。由于理论的旅行和德里达的教义在不同语境中的批评性和创造性接受，实际上已经出现了不同形式的德里达，这一点尤其见诸中国的语境中德里达的理论的被接受和产生的不同变体。我在本节中首先描述德里达及其著述在中国的传播和接受，并探讨中国语境中不同形式的德里达，最后提出我本人基于德里达的人文学概念的全球人文理论建构。

一、德里达及其解构批评在中国

我们都知道，法国理论确实对中国的人文社会科学研究有着巨大的影响。而在所有的法国理论家和思想家中，雅克·德里达始终在中国的文学理论批评界和哲学界有着最大的影响，同时引起的争议也最大，这在很大程度上是因为他的解构主义批评理论通常被人们认为是一种反传统的后现代理论。在我先前对后现代主义及其在中国的接受的研究中，我曾指出，中国的后现代主义有六种不同的变体形式，其中第五种形式就是所谓的德里达的解构批评理论和福柯的话语理论，它们试图消解宏大的叙事，为一些被压抑在边缘的"非主流"话语的崛起铺平了道路。①

---

① Cf. Wang Ning, "The Mapping of Chinese Postmodernity," *Boundary 2*, Vol. 24, No. 3 (1997): 19–40.

显然，所有中国的这六种后现代主义形式都在西方的影响下出现于20世纪80年代后期和90年代初期，但是我在此想强调指出的是，所有这些中国的后现代主义变体形式都已经成为了历史，唯独德里达的批评话语仍有着较大的影响，并已经渗透到了中国当代人文社会科学的几乎所有学科领域中。毫无疑问，中国的后现代主义教义的实践者在当时未必都读过德里达、利奥塔或福柯的著作，因为对他们的著作的大规模翻译始自90年代后期。但是由于作家和文学批评家对西方新兴的文学和文化理论思潮异常敏感，并且尽一切可能去了解西方乃至整个世界时下最流行和最有影响的文化和文学思潮——后现代主义或后结构主义，因此他们无须阅读德里达的原著就可以对他的解构哲学和批评理论之内核略知一二，因为当时介绍性的论文和译文在中国大陆和港台出版的许多中文期刊上都不难见到。同样，具有讽刺意味的是，最初于20世纪80年代将德里达的理论著作介绍给中国的文学批评界的正是像我这样的专事英美文学和文论研究的学者，因为我们懂一些法语，同时又能熟练地阅读德里达著作的英译本以及英语世界，尤其是美国出版的评介性和研究性著作，因而我们对理论也最为敏感，并能以最快的速度将当代西方的最新理论思潮介绍给国内学界。[①] 与德里达的理论在美国学界的接受略微不同的是，他同时在中国的文学批评界和哲学界都颇受欢迎，并且有着众多的追捧者，而与其在美国的礼遇相同的是，他在美国主要是作为一位文学理论家而被接受的，或者说至少他在美国的文论界的影响大大超过了他在美国哲学界的地位，当然，他在中国的文学理论批评界也更受欢迎，并且有着更多的追捧者和实践者。同时，他的理论教义也受到那些正统的马克思主义批评家的严厉批评，因为解构在某些方面确实有着反历史和反马克思主义的倾向，尽管它与马克思

[①] 在所有的德里达及其解构主义理论的评介性著作中，乔纳森·卡勒（Jonathan Culler）的《论解构：结构主义之后的理论与批评》（*On Deconstruction: Theory and Criticism after Structuralism*, Ithaca, New York: Cornell University Press, 1983）一书在中国最为流行，同时对中国的解构研究学者影响也最大。我在20世纪80年代后期曾经一度试图将其译成中文。

主义的理论教义有着不少相通之处和共同点,关于这一点我在后面还要详细讨论。

我在本节中还想指出,在所有的法国理论家中,德里达的著作译成中文的最多,与其他任何法国理论家和作家的著作汉译形成了鲜明的对比。在这方面,由于中国当时还不太富裕,因此法国政府通过驻华使馆向一些译者和出版社提供了翻译和出版资助,但是德里达的著作中译本销路却很好,甚至超过一些翻译过来的文学作品的销量。几乎他的所有主要著作都被译成了中文,在这方面,上海译文出版社、南京大学出版社、商务印书馆、生活·读书·新知三联书店、中央编译出版社、中国社会科学出版社以及吉林大学出版社等国内出版机构做出了巨大的努力。坦率地说,德里达的一些著作是通过英文转译的,大概是因为中国学界缺少精通法语同时又对理论掌握娴熟的译者,或由于德里达的著作本身艰深难懂。这样便如同他在西方世界的境遇一样,他的理论教义在中国的英语文学及理论批评界比在法语语言文学界更受欢迎和更有市场。当然,转译所造成的误解和误读也是在所难免的。因此在这方面,我要指出的是,杜小真在中文语境中翻译和推广德里达的理论方面做出了很大的贡献。[①] 而生活·读书·新知三联书店、商务印书馆、中央编译出版社和上海译文出版社这些著名的出版机构也在德里达著作的汉译方面起到了重要的作用。

作为中国当代最早将德里达以及后现代理论介绍到中国的学者之一,我本人早在20世纪80年代后期就对德里达的理论产生了兴趣,并发表了大量中英文论文,使得西方学界了解德里达及其他后现代主义理论家在中国的传播和接受,并从中国的批评实践和理论视角与西方乃至国际学界进行对话。在这里回顾这一事实也许对未来的德里达及其解构主义研究者有着一定的意义。在讨论德里达的理论教义之前,我不禁回想起我本人与德里

---

① 2001年9月4日,德里达在北京大学发表演讲时,杜小真担任翻译。关于她与德里达的相识和相交,参阅杜小真:《怀念德里达》,《人物周刊》2004年11月24日。

达的交往。1999年,当我前往美国加州大学厄湾校区访问讲学时,有幸通过我们共同的朋友希利斯·米勒的介绍与德里达相识并开始了直接的交往,当时他正好在尔湾分校讲学一学期,而我则是前往该校作短期访问讲学。2001年9月初,德里达实现了他首次访问中国的愿望,并在一些中国的主要高校和科研机构巡回讲学。我参加了他于9月4日在北京大学发表的演讲,题为《论宽恕》,并提出了一个问题。他一下便认出了我,并邀请我第二天去他下榻的王府饭店一起喝咖啡。其间,我们进行了广泛的交谈,涉及他的著作及解构理论在美国和中国的翻译和接受状况,以及我们共同的一些老朋友的近况。从我们的轻松且十分愉快的交谈中我得知,德里达对他的中国之行十分满意和激动,尤其重视他此次具有历史意义的巡回演讲。就在他结束中国之行返回法国之际,震惊世界的"9·11"事件发生了,许多人因为这一事件而取消了访美。但我们却又不约而同地于"9·11"事件之后在纽约再度相聚。十分凑巧的是,我们竟然同在纽约大学的一座教学楼内分别发表演讲:他在英文系演讲,而我则在东亚系和区域研究中心演讲。他在中国巡回演讲的中译本也随后于2003年由中央编译出版社出版,但他第二年就与世长辞了,这一事件促使他为中国当代更为广大的读者大众所了解和认识。①

2004年10月8日,德里达由于患有晚期胰腺癌在巴黎的一所医院里去世。我在悲痛之余随即于23日在清华大学组织了一次小型的追思性研讨会,题为"德里达与中国:解构批评的反思"。德里达的老朋友米勒由于年迈不能亲自前来出席,但却提交了书面发言,出席会议的中国学者包括陈晓明、张颐武、陶东风、王逢振、龚鹏程、杨乃乔和高旭东等三十多人,上述学者都从不同的角度做了发言。所有的与会者都表达了自己对德里达的理论的浓厚兴趣,并高度评价了他的理论教义对中国当代人文学科和学术研究的巨大影响和贡献。他们本人也都或多或少地受到德里达理论

---

① 参阅杜小真、张宁编译:《德里达中国讲演录》,中央编译出版社2003年版。

的启发和影响，有些人，例如陈晓明，不仅在自己的批评实践中创造性地实践了德里达的解构理论，而且还潜心研究德里达的大部分著作，最终写出了一部厚重的学术专著。① 可以说，在当今的中国哲学家、作家以及文学批评家中，很少有人未曾听说过德里达及其理论要义的，尽管他的著作艰深难懂，即使阅读比较好的中译本也不容易理解，因此德里达研究在中国可以说刚刚开始，远远未达到与国际学界平等对话的高层次。而我策划并主持的德里达国际研讨会在中国的举行则标志着中国的德里达研究者已经达到了与国际同行平等对话的水平，可以说这是我们迈向更高一个层次的可喜开端。②

按照我的理解，德里达的理论教义对中国的人文学科以及文学和哲学研究的意义主要在于这样三个方面：首先，他的解构理论消解了一种袭来已久的宏大叙事，为中国当代文学和哲学研究的多元发展方向的形成铺平了道路；其次，它帮助消解了所谓真理的绝对性之神话，为一种相对的真理观的形成奠定了基础；再者，它也帮助消解了文学与哲学的人为界限，为一种新兴的人文学（human science）的形成奠定了基础。由此可见，德里达之于当代世界人文学科的作用及重要意义确实是无人可以比拟的。随着我们对德里达及其理论教义研究的深入，他的价值和意义将会得到越来越多的中国当代及未来的人文学者的认可。在下面两个部分，我将主要探讨德里达的重要著作《马克思的幽灵》，从而在马克思主义与解构之间发现一些相通的东西以及可以进行对话的共同点。

---

① 参阅陈晓明：《德里达的底线：解构的要义与新人文学的到来》，北京大学出版社2009年版。
② "德里达与中国：走向全球人文的建构国际研讨会"由上海交通大学人文艺术研究院和国际权威刊物《今日德里达》（*Derrida Today*）以及《探索与争鸣》杂志合作主办，于2017年7月14—17日在上海举行。本节根据作者的主题演讲改写而成。令我感到十分欣慰的是，会议的主题以及分议题和计划都是我本人在国际同行的帮助下起草和制定的，而且用的是国际通用的语言英语直接交流和对话。会议精选论文，包括本文的一部分，或节选，发表于 *Derrida Today*, Vol. 11, No. 1 (May, 2018)，由我本人和美籍韩国学者李圭（Kyoo Lee）共同主编。

二、解构：马克思主义思想的幽灵之一

尽管德里达并未使用过全球人文这一概念，但是他的著述实际上已经预示了这一新兴的人文学科研究的崛起。对此陈晓明也有所洞察。正如我们所知道的，德里达的写作风格介于文学与哲学之间，而且带有更多的文学成分，因此他在英语文学理论界所产生的重大影响也就不足为奇了。当我们打开他的著作《马克思的幽灵》一书时，我们不难发现这本书也是以一种文学语言来写作的，他在第一章中所引证的第一部作品并非欧洲的古典哲学著作，而是英国剧作家莎士比亚的名剧《哈姆雷特》的台词。① 确实，按照德里达的看法，我们都是马克思的幽灵，因为作为当代知识分子，我们不可能不受到马克思的影响或得到马克思主义的启迪。正如他所指出的：

> 我们并非一定要是一位马克思主义者或共产主义者才能接受这一明显的事实，因为我们都生活在同一个世界上，有些人所拥有的是同一种文化，这种文化在一个深不可测的地方仍然保留着这一遗产的标记，不论是以直接可见的方式还是以其他方式。②

那么我们也同样可以提出另一个问题：德里达对当代人文知识分子的影响主要体现在哪里呢？我在此仅借用德里达本人的词语，以便指出，我们或多或少都是德里达的幽灵，实际上在许多不同的领域内有意或无意地在实践他的解构教义，尽管我们并非要成为德里达式的解构主义者。

但另一方面，由于德里达擅长玩弄文字游戏，同时也由于他的一些

---

① Jacques Derrida, *Specters of Marx: The State of the Debt, the Work of Mouring & the New International*, trans. Peggy Kamuf, New York and London: Routledge, 1994, p. 3. 后面的引文参考了何一的译文《马克思的幽灵：债务国家、哀悼活动和新国际》，中国人民大学出版社1999年版。

② Jacques Derrida, *Specters of Marx: The State of the Debt, the Work of Mouring & the New International*, trans. Peggy Kamuf, New York and London: Routledge, 1994, p. 14.

理论教义的含混性，他始终被许多中国的文学批评家和人文学者所误解，认为他的贡献只是破坏而没有建树。关于这一点，我在此引证米勒在与中国学者张江的通信中对解构的重新解释来佐证它的后一特点。在米勒看来：

>"'解构'这个词暗示这种批评把某种统一完整的东西还原成支离破碎的片段或部件。它使人联想到这样一个比喻，也即一个孩子把父亲的手表拆开，把它拆成毫无用处的零件，结果无法重新安装回去。"如果将这段话放回到我原来整篇文章的背景下，它绝不是说解构就像孩子为了反叛父亲、反叛父权制度，而将他的手表拆开。与此相反，这句话想表明的是，"解构"这一术语误导性地暗示了这样一个意象。德里达是在海德格尔的德语词汇"Destruktion"的基础上创造了"解构"（deconstruction）这一术语，不过他又在"destruction"中加入了一个"con"，这样一来，这一术语便既是否定的又是肯定的了。①

从前引米勒的这一能动性解释中，我们不难发现，即使在西方的语境下，尤其在英语世界，德里达也经常被人误解或误读，更不用说在中文的语境中了，毕竟中国的文化背景与西方，或确切地说与法国的语境有着极大的差异。但是无论如何，学者们和批评家对德里达及其教义的兴趣和关注依然存在并且将在未来的年代里继续发挥作用。关于德里达著述中的建构成分，我将在最后一部分加以阐发。

当德里达声称他本人以及所有当代知识分子都是马克思的幽灵时，他同时也试图表明，他的解构主义理论也与马克思主义有着某种相通之

---

① 参阅 "Letter from J. Hillis Miller to Zhang Jiang," *Comparative Literature Studies*, Vol. 53, No. 3 (2016): 584。这里参考了王敬慧的译文。

处。我们首先来回顾一下他在法国知识界崛起的情景。当1968年"五月风暴"受挫后，一些原先的马克思主义者和"毛主义"者便从马克思主义的阵营中退却出来，还有一些人则对前途感到失望进而摇身一变成了有着机会主义倾向的后结构主义者。德里达如果算不上是一位马克思主义者的话，在其本质上也可算作一位左翼知识分子，按照美国学者文森特·里奇的说法，他是一位"有着自由主义倾向和世界主义倾向的民主社会主义者，他曾经预示，当代的全球化，包括市场经济学、技术、传媒、美国的霸权以及欧洲的统一等，将以多种方式改变世界，这些方式或好或坏地使得民主民族—国家的主权变得调和折衷了"①。因而德里达始终对这样一种现象持批判的态度。确实，他也怀疑既定的制度和权威，并在不同的场合对之进行批判，这种批判的精神倒是与马克思主义相接近的。在德里达崛起的那些年，法国的知识界，尤其是存在主义和结构主义，正处于受挫的状态，而他则通过消解中心意识而自然地扮演了将结构主义潮流推向终极的重要角色。但另一方面，他又一度沉溺于"能指"与"所指"的无端的语言文字游戏中，因而他便举起解构的大旗，对人文关怀全无兴趣，也无心去追求真理和终极价值。所以毫不奇怪，人们曾一度将解构看作是一种对社会现实抱有"虚无主义"态度的反叛策略。马克思主义者也批评解构主义缺乏历史感。但这仅仅可用于描述早期不太成熟的德里达及其理论教义，而并不能反映他的整个学术和批评生涯。过去对解构持批评态度的学者们往往只注意到了德里达与马克思主义理论的格格不入的一方面，而忽视了这二者之间的内在关联性，而这一点恰恰从一开始就存在了，而且随着德里达与马克思主义的对话而变得越来越明显。

我在此需要特别强调的是，东欧发生剧变，尤其是苏联于1991年解体之后，德里达以及欧洲的另一些左翼知识分子的社会良知受到深深的触

---

① Cf. Vincent B. Leitch, "Late Derrida: The Politics of Sovereignty," *Critical Inquiry*, Vol. 33, No. 2 (Winter, 2007): 240.

动。但是这样一种剧变并没有使他们朝向"右"转，而是继续朝向"左"转。正是在那些年月里，德里达也和詹姆逊等西方马克思主义者一样，不断地在问自己这样一些问题：马克思主义的教义究竟出了什么问题？如果不是这样的话，要么就是后来的实践者在其实践过程中遭遇到了困境？在当今时代马克思主义依然还有生命力吗？在提出上述问题后，他们得出一个大体一致的回答：并非马克思主义本身出了问题，而是由于其在实践中出现的一些问题，而使得马克思主义或多或少地失去了以往的魅力。因而需要通过参照当下的社会现实来对之进行理论反思和创造性建构。

在那些年月里，德里达与詹姆逊这样的马克思主义者以及另一些左翼知识分子进行了对话，试图通过阅读马克思的原著来能动地理解并阐释马克思主义。他从解构的立场出发，从来就不承认只有一种形式的马克思主义，他也不接受所谓的"专制主义的"马克思主义。他从后现代主义/后结构主义的视角认为，马克思主义作为一个开放的体系应该有不同的形式，因而对之的解释也应该基于这一基本的原则。在他看来，马克思主义之所以依然在当下具有活力，其原因恰在于它在很大程度上始终处于发展和重构的过程。因此任何静止的观点和教条主义的实践只能加速马克思主义的消亡。这一观点的形成显然始自他对世界和事物的相对主义观点，也即事物总是在变化和发展的，真理首先应该是相对的，一旦对某个现象的解释成了最高的真理，事物的发展就会趋于终结。因此就这一点而言，他不仅与那些马克思主义者有着相同的看法，同时他的观点似乎更为接近东方的马克思主义者。按照马克思主义的真理观，任何真理首先都是相对的，只有无数相对真理之和才成为绝对真理。这样看来，我认为德里达从来就没有教条主义地理解马克思主义，因为他始终将马克思主义当作一个完整的理论体系来理解，因而试图提供他结合当代社会现实进行的创造性阐释。面对理论的创新和全球化时代第三世界批评的崛起，德里达越来越远离结构主义和后结构主义的思维模式和游戏态度，反而更加积极地参与当代社会现实和文化批评的理论争鸣，这一点尤其见诸他自90年代以来出版的系列著作中。

1993年，德里达出版了力著《马克思的幽灵》，从而开启了他新的沉思和研究方向。他探讨了这样一个现象：欧洲的社会主义运动陷入低谷后，马克思主义却依然如同一个幽灵一般在飘荡。但是有意思的是，这一"幽灵"是复数的，也即不止一个这样的幽灵，而是有着多个幽灵。在他看来，所有当代人文知识分子，包括他本人在内，都是马克思（主义）的"幽灵"，当代知识分子不管赞成与否，都或多或少地受到马克思主义的影响或启迪。这些漂泊的"幽灵们"不时地尝试着发现可赖以与马克思主义相认同的中心，因为在马克思看来，他的经典著作就是他们必须与之认同的中心地带。在这里，我们不禁欣喜地发现，德里达绝不满足于仅仅阅读后来的马克思主义者的阐释性著作，他始终认为，应该阅读马克思的原著。因此在他看来：

> 不去阅读并反复阅读和讨论马克思——当然也包括另一些人——而且要进行超越学者式的"阅读"和"讨论"，将永远是个错误。而且这将越来越显示出是一个错误，是一个理论上、哲学上和政治责任方面的失误。即使当教条机器和"马克思主义"的意识形态机构（国家、政党、支部、工会和作为理论教义之产物的其他方面）全都处在消失的过程中，我们也不应该有任何理由，其实只是借口，来为逃脱这种责任辩解。没有这种责任感，就不会有将来。我们不能没有马克思，没有马克思、没有对他的记忆、没有马克思的遗产，就没有未来。无论如何都应该有某个马克思，应该有他的天才，至少得有他的精神。因为这将是我们的假设或更确切地说是我们的偏见：有诸多种马克思的精神，也必须有诸多种马克思的精神。①

---

① Jacques Derrida, *Specters of Marx: The State of the Debt, the Work of Mouring & the New International*, trans. Peggy Kamuf, London & New York: Routledge, 1994, p. 13.

在这里，英文"精神"（spirit）同时也含有幽灵之意。显然，德里达已经清醒地认识到，所有的当代理论都与马克思主义有着这样或那样的联系，因此它们不可能摆脱或幸免于其影响。在他看来，马克思的幽灵已经变成了一种巨大的精神力量深入到了我们的思想和研究方法中，它无时无刻不在制约我们的理论思维和学术研究，成为我们指导思想的理论基础。因此就这一点而言，我们可以说，尽管德里达已经去世十多年，但他的幽灵，也如同马克思以及所有其他伟大的思想家和知识巨人那样，依然飘荡在当代人文学科理论创新的进程中。就在德里达逝世四年后，专门研究德里达及其思想理论的学术刊物《今日德里达》在澳大利亚创刊，并由英国爱丁堡大学出版社出版。这不能不说明，一位具有理论独创性的伟大思想家即使离开了人世，他的思想理论依然有着某种"来世生命"，而平庸的思想者则一旦停止著述就很快被人们所遗忘。

在德里达的理论创新精神的激励下，我不妨在本节最后一部分冒昧地提出我本人基于德里达的奠基性贡献对全球人文所做的理论建构。

三、走向全球人文的理论建构

就德里达的学术和理论著述来看，他首先应该被视为一位哲学家和思想家，但是他的写作风格却更加接近文学写作的风格。这也正是他为什么在文学理论批评界的影响大大超过在哲学界的影响之原因所在。

1992年，为了表彰德里达对当代思想和文化的卓越贡献，英国剑桥大学试图授予他名誉博士学位，但这一动议一经传出就在校内外引起了轩然大波。其中的一个重要原因就是，授予德里达名誉博士学位的动议并非哲学系提出的，而是文学系科提出的，因为他的影响力被公认为在文学理论界远远胜于哲学界，而他本人的著述也介于哲学和文学之间。之后校方不得不将这一动议付诸全体教授投票表决。虽然最后投票的结果是336∶204，德里达最终获得了剑桥大学的名誉博士学位，但将一个本来完全可以由校方独立做出的决定提交全体教授来投票表决，这在剑桥大学最近三十年的校史上尚属首次。由此可见，他在文学理论批评界得到的认可大大胜于在哲学界的影响力。

当然，由于德里达的思想对当代文学创作和理论批评想象力的巨大影响，他也曾多次获得诺贝尔文学奖提名，但最终却未能得到这一崇高的文学荣誉。这又是因为他的著述与文学创作尚有一定的距离，但这至少说明了德里达在整个人文学界的巨大影响，因此当他去世时，学界明显地感到"人去楼空"，连对德里达批评得最激烈的英国文论家伊格尔顿也认为"文化理论的黄金时代已经过去"，西方人文思想进入了一个"后德里达"或"后理论"时代，等等。这一切均说明，一个真正的学术大师必须是跨学科的，至少能够在整个人文学科内游刃有余，否则他只能算作是某一个专业领域内的专家，并不能称作是跨学科的人文学术大师。应该说，德里达就是这样一位跨越了固定的学科界限但同时又在本学科领域内处于领军地位的大师级人文学者和思想家。

正如我们所知道的，在当今学界，参照世界文学来谈论全球现代性和世界主义已成为一个前沿学术课题。尽管德里达并未涉足世界文学问题，但他确实从一个哲学家和人文知识分子的角度对世界主义有着浓厚的兴趣，并就这一话题发表了一些著述。再加之他本人的犹太血统和曾经对共产主义有过的信念，将他视为一位世界主义者也是不足为奇的。作为一位有着广阔的全球人文关怀的哲学家，德里达已经或多或少地涉猎了全球人文这一话题，尽管他并未使用这一概念。受其广阔的人文关怀之启迪，我认为现在该是我们提出自己对全球人文的理论建构的时候了。诚然，全球人文这一概念范围广泛，包括哲学、文学、历史和艺术的研究，我们需要从一个全球的视角来对之进行研究。这就赋予我们一个跨学科的和全球的视野，使得我们可据此探讨全人类所面临的一些根本的问题。我之所以要提出这一建构显然受到当今最前沿的理论课题世界主义的激励。尽管这一课题可以从不同的视角来讨论，例如从政治学的和伦理学的角度，但是我在此主要从一个更为广阔的视角——全球人文的视角来对之进行讨论，在讨论中尤其关涉中国文化和人文学科，因为这二者并未得到充分的认可和在国际背景下得到研究，尽管中国在人文教育方面有着悠久的传统。

确实，在当今的全球化时代，中国和整个世界都发生了戏剧性的变化。毫不奇怪，世界主义再度崛起并迅速成为当今中国乃至整个国际人文学界所热议的另一个前沿理论话题。从德里达的犹太出身背景和学术生涯来看，他无疑也和马克思一样是一位典型的世界主义者。早在21世纪初，他的专著《论世界主义与宽恕》(*On Cosmopolitanism and Forgiveness*, 2001)就在英语世界出版，极大地推进了世界主义在国际学界的研究。正如出版方所宣传的，这是一本"令人着迷和引人入胜的著作"，以一种可读的但又引人深思的方式来著述，揭示并使人面对这样两个日益紧迫的问题：难民和庇护权之间的日益紧张关系和友好款待的伦理学；和解与大赦之间的两难，因为历史上血腥的大屠杀给人们的心灵带来了巨大的创伤，但是要想让人们忘记这些痛苦的记忆而达到彼此的宽恕则需要相当的胸怀和气度。① 当然，这两个问题对德里达这样的人文知识分子尤其有着吸引力，因而他对之抱有一种广阔的全球人文关怀，希望通过对别人，包括自己的敌人所犯过失的宽恕来达到世界主义的崇高境界。

按照我的理解，世界主义也可以被看作是一种人文主义，或者说一种超越了一般意义的全球人文主义，这样它也就应当被视为全球化时代的人文主义的高级阶段。也即世界主义的特征不仅体现在热爱本国的同胞，同时也要热爱外国人，尤其是当他们受苦受难时更是需要关爱。此外，一个真正的世界主义者还应该关爱地球上的其他物种，包括动物和植物这些有生命的东西，从而使得我们所赖以生存的地球能够延缓自己的生命。人

---

① Cf. Jacques Derrida, *On Cosmopolitanism and Forgiveness*, trans. Mark Dooley amd Michael Hughes, London and New York: Routledge, 2001.

类彼此之间总是有着这样或那样的误解、冲突甚至矛盾，他们也与地球上的其他物种有着矛盾和冲突。但是作为世界主义者，我们应该宽恕那些侵犯过我们利益的人或危害过我们生命的动物。康德早在启蒙时代就鼓吹过这一点。我们都知道，德里达的解构主义与康德哲学有着密切的关联，后者由于其对世界主义的研究而在近期更为人关注。康德对世界主义研究所做的一个重要贡献就在于他提出了一种"世界法律"，也即一种超越了国家宪法和国际法之上的第三种公共法律，这自然诉诸全球人文关怀。在这种世界主义的框架内，个人享有地球公民的所有权利，而不仅仅是享有某个特定国家的公民的权利。应该指出的是，康德的"地球公民"也来自古希腊犬儒派哲人第欧根尼所鼓吹的"世界公民"之概念，只是其范围更加广泛。今天，当我们在一个全球化的时代谈论世界主义时，我们自然会参照康德的理论教义，但是我们也必须超越他在特定历史时期提出的理论概念，实现我们自己所建构的世界人文主义或当今时代的全球人文。在这个意义上说来，我想指出的是，德里达确实批判地继承了康德的世界主义的人文关怀传统并将其发展到全球化时代的高度。

我们都知道，德里达对悖论是颇有兴趣的，他也特别擅长使得不可能的事变得可能。这样看来，他便将这些悖论看作是"不可能的可能性"（impossible possibles）。如同现代性、后现代主义和全球化等理论概念，世界主义在西方和世界其他地方的出现也不是偶然的，虽然它率先出现在20世纪90年代的西方学界，但从古至今实际上已经有了漫长的历史，或者说"前历史"。在沉寂了多年后只是在进入全球化时代后这一理论思潮再度兴起并迅速成为一个前沿理论话题，因为全球化提供给它适当的文化土壤和学术氛围。既然世界主义与中国古代哲学有着某种平行的因素，因而中国的儒家哲学中也有着丰厚的人文主义理论资源。在儒家学说中，我们更加乐意欢迎并款待来自远方的朋友。因而即使我们的朋友或同胞曾做过一些有损于我们的事,我们也应当宽恕他们,从而做到"一笑泯恩仇"。在这里我仅稍加阐发一下我对世界主义的意义的反思,然后着重阐述一种全球人文的概念。当然,这只是我基于其他人的研究以及我本人的能动发挥所进行的主观建构,在这里提出来是为了就教于国内外学界同行。在这方面,德里达给予我的启示大大地多于其他任何当代思想家。但是我们想看到是就这一有争议的话题的更多讨论甚至争论以便出现一种多元的世界主义走向,特别是从全球人文的视角进行的不同建构。因此在我看来,世界主义说到底就是人文主义的最高阶段,它应该在今后朝着一个多元的方向发展。所谓"单一的"世界主义(singular cosmopolitanism)也如同单一的现代性一样是不存在的。

尽管当下人文学科研究在商业化大潮的冲击下日益陷入低谷,这一点尤其见诸欧洲学界,但是另一方面,人文学科研究依然吸引着众多的人文学者和学生,这一点尤其见诸于当代中国。既然中国在孔子的时代就开启了漫长的人文教育,并逐渐形成了一个独特的传统,因而中国应当对全球人文研究做出更多的贡献,因为确实中国在这方面有着光辉灿烂的文化传统和得天独厚的优势。对此我们绝不能视而不见。因此在我看来,中国的人文学者不仅要在国际学界就中国问题的研究发言,同时也能够从我们的中国视角出发讨论诸如全球人文这样一些具有更为普遍意义的基本理论问题,从根本上对国际人文学界产生影响。既然全球人文是一个大的话题,需要另文专门讨论,我这里在结束本节前略微做些阐发。

首先,在今天的经济全球化语境下,人文学科或多或少受到了冲击,一些目光短浅的领导为了缩减不必要的财政开支,往往首先拿人文学科开刀,试图通过消减人文学科研究的经费来缓和财政危机。但是尽管有这样一些不利的因素,人文学者和理论家仍然有着进行新的理论建构的愿望。在文学研究领域,世界文学问题越来越吸引学者们的研究兴趣,正在成为新世纪另一前沿理论话题。① 在语言学研究领域，面对全球英语的影响，我也提出了全球汉语的概念，认为在全球化的时代世界语言体系将经历一个重新建构的过程。②

在哲学界，一些有着探讨普遍性论题和建立新的研究范式的雄心的哲学家们也效法文学学者，提出了"世界哲学"的概念，希望中国的哲学家对这一研究课题做出奠基性的贡献。③ 甚至在最为保守的历史学界，也有相当一些学者已经对世界体系分析和书写全球历史做了不少建树。有鉴于此，我认为我们当下要对"全球人文"这个话题进行理论化，此外，文学、历史、哲学和艺术学的学者们也确实就这个话题有话可说，并能够通过有效的对话走向一种新的理论建构。

其次，既然对于"全球人文"进行概念化不无一定的合法性，那么我们也许会提出另一个问题：这一研究课题的对象是什么？难道我们仅仅将所有国别的文、史、哲诸学科领域加在一起就算作全球人文研究了吗？这种考虑显然是太简单化了。如同世界文学的概念一样，全球人文也应该有一个选取标准，也即它致力于探讨诸如全球文化、全球现代性、超民族主义、世界主义、全球生态文明、世界图像、世界语言体系、世界哲学、

---

① 关于世界文学这个话题，我在过去的几年里在国际英文刊物上发表了多篇论文，参阅 Wang Ning, "World Literature and the Dynamic Function of Translation," *Modern Language Quarterly*, Vol. 71, No. 1 (2010): 1–14; "'Weltliteratur': from a Utopian Imagination to Diversified Forms of World Literatures," *Neohelicon*, Vol. 38, No. 2 (2011): 295–306; "Translating Modernity and Reconstructing World Literature," *Minnesota Review*, Vol. 2012, No. 79 (Autumn, 2012): 101–112; "On World Literatures, Comparative Literature, and (Comparative) Cultural Studies," *CLCWeb: Comparative Literature and Culture*, Vol.15, No. 5 (December, 2013): Article 4; "Earl Miner: Comparative Poetics and the Construction of World Poetics," *Neohelicon*, Vol. 41, No. 2 (2014): 415–426; and "Chinese Literature as World Literature," *Canadian Review of Comparative Literature*, Vol. 43, No. 3 (2016): 380–392。

② Cf. Wang Ning, "Global English(es) and Global Chinese(s): Toward Rewriting a New Literary History in Chinese," *Journal of Contemporary China*, Vol. 19, No. 63 (2010): 159–174.

③ 虽然美国华裔学者成中英尚未就这个话题发表论文，但他确实和我在不同的场合讨论过这个有着潜在意义的话题。

世界宗教以及世界艺术这些具有普遍意义的论题。或者我们也可以从全球而非本地的视角来探讨所有人文学科面临的根本问题。

由此可见，作为中国的人文学者，我们不仅要在国际学界就中国问题发出自己的声音，我们更要对那些具有全球人文关怀的基本理论问题发出中国学者的声音，这应当是我们的理论抱负和历史使命。

我们都知道，在过去的一百多年里，我们中国的人文学者一直致力于学习西方先进的科学和人文思想及理论，并且致力于将其介绍引入中国。西方的一些出版机构也不遗余力地将一些西方的学术和理论大家的著作推荐给中国的学术界和出版界，甚至一些二流的汉学家的著作也有了中文版，广为中国青年学子引证。而相比之下，不少中国的一流思想家和学术大家的著作却在中文世界以外处于"边缘化"的境地，只有极少数幸运者的著作被一些汉学家看中被译成西方语言，但由于发行渠道不甚流畅也难以产生较大的影响。还有一些学者，包括我本人在内，凭着自己的学术实力和外语著述水平，直接用英语著述，经过与英语世界学术同行的激烈竞争，最后脱颖而出在英语世界发出了一些微弱的声音，但这依然与西方学术大师在中国的高视阔步形成了极大的反差。

也许有人认为这是语言障碍所致，但我们应该考虑的是，我们提出的话题是否具有普遍的意义和价值，所谓"越是民族的就越是世界的"这一说法在当今这个全球信息十分发达的时代看来已经不那么无懈可击了。如果传播媒介不畅通，或者表达不流畅，再加之一些人为的因素，那么越是具有民族特色的东西也许越是难以走向世界。这样的例子完全可以在中外文化交流史上见出许多。

再者，既然全球人文探讨的是全世界的人文学者都普遍关注的话题，那么表达的媒介就自然十分重要。虽然中文是占世界人口五分之一的人所使用的最大的母语，但在全世界被普遍公认的通用语言依然是英语，这一点尤其见诸自然科学界和人文学术界。① 马克思早就意识到了这一点,尽管在他所生活的时代英语并未像现在这样流行,但他的一些著作却同时用德文和英文撰写,因而在英语世界和德语世界都有着重要的影响。德里达在当今人文学界的影响更是得助于英语的翻译和传播,他始终给予翻译他著作的英译者最大的帮助。虽然他出于民族和身份的考虑,在很多场合只用法语演讲,但他在一些英语国家的学术会议或论坛上则直接用英语发表演讲并回答问题。可以肯定的是,他的学术思想在英语世界的传播甚至超过了在法语世界的传播和接受程度,否则他也会像他的一些法国同行一样至今仍受到"边缘化"的境遇。② 而较之他的不少法国同行,他却早已成了蜚声全世界的思想家和人文学术大师。这样看来,走向世界就必定要首先走向英语世界。即使在不远的将来,汉语果真也成了一门影响甚大的流通性语言,英语也不会式微,而我们同时用这两门语言著述就可以自由地表达并发表我们的真知灼见,而无须去等待别人来发现我们并将我们的著作译成英语了。

当前,一些具有学术前瞻性的中国人文学者已经认识到,不仅要在国际中国研究学界掌握应有的话语权,而且更要在一些具有全球关切和具有普遍意义的基本理论的研究方面发出中国学者的声音。这样看来,我们今天纪念德里达就有着特别重要的意义,因为他的不少著述的跨学科和普遍的意义早已就预示了全球人文时代的到来。

---

① 在这方面,可参阅 "Exchange of Letters About Literary Theory Between Zhang Jiang and J. Hillis Miller," *Comparative Literature Studies*, Vol. 53, No. 3 (2016): 567–610;以及我本人撰写的导言:"Introduction: Toward a Substantial Chinese-Western Theoretical Dialogue," pp. 562–567。
② 尽管德里达本人坚持用法语著述,但他在英语世界的影响却被人公认为大大超过其在法语世界的影响。更为具有讽刺意味的是,2008年,德里达去世四年后,由两位澳大利亚学者麦夸尔大学教授尼柯尔·安德森(Nicole Anderson)和尼克·曼斯菲尔德(Nick Mansfield)创立了国际英语学术刊物《今日德里达》,该刊是半年刊,由英国爱丁堡大学出版社出版,是迄今为止国际上唯一的一家专门研究德里达及其思想理论的学术期刊,而法国出版界则没有这样一个专门研究德里达的学术期刊。本节的一部分发表于该刊,参阅 Wang Ning, "Specters of Derrida: Toward a Cosmopolitan Humanities," *Derrida Today*, Vol. 11, No. 1 (2018): 72–80。

第二节 艾布拉姆斯与《镜与灯》

在当今这个大谈现代性、后现代主义、后殖民主义和文化全球化的时代,讨论浪漫主义文论和文学似乎有些不合时宜,但实际上,我们今天在讨论后现代主义理论思潮中所涉及的不少理论问题和文学作品都可以在浪漫主义研究中见到先声,而且不少活跃在80、90年代的西方现代主义和后现代主义研究领域内的文论大家都是早先的浪漫主义研究领域内的权威性学者。因此在今天的全球化语境下重新回顾浪漫主义文论以及浪漫主义文学思潮在中国的传播和接受,也许对我们重新认识当今这个全球化时代的本质特征及其文化形态不无一定的启发意义。而要研究浪漫主义文论,就得首先从讨论这一领域内的经典性理论著作开始,我的切入点无疑是讨论《镜与灯》。

一、《镜与灯》的奠基性意义和影响

在当今时代,任何一个从事西方文学理论或浪漫主义文学或文论研究的学者大概都不会不知道M.H.艾布拉姆斯这个名字,尤其是他的那本经典性的著作《镜与灯:浪漫主义文论及批评传统》(*The Mirror and the Lamp: Romantic Theory and the Critical Tradition*),这不仅是因为这本书自1953年出版以来就一版再版,并被翻译成多种文字在全世界范围内不断地重印,广为东西方学者们所引用和讨论,而且还因为作者在书中提出的作为总结西方文论发展史的四要素至今仍不断地为学者们用于比较文学和文学理论研究。在今天的全球化语境下重温艾布拉姆斯的批评思想仍不失一定的现实意义。

在欧美现当代文学理论家中,艾布拉姆斯(Meyer Howard Abrams, 1912—2015)可算是一位大师级的人物,他于20世纪30年代考入哈佛大学,受过"哈佛文学史学派"的严格训练,其间曾赴英国剑桥大学师从I.A.理查兹,后于1940年毕业于哈佛大学,获博士学位,这种严格的训练

为他日后的理论研究奠定了坚实的基础。他在哈佛大学的博士论文就是那本经过不断修改扩充并在日后产生巨大影响的《镜与灯》。他一生著述甚丰，其中最有代表性的著作除了《镜与灯》外，还有《自然的超自然主义：浪漫主义文学中的传统与革新》(*Natural Supernaturalism: Tradition and Revolution in Romantic Literature*, 1971)、《相似的微风：英国浪漫主义文学论集》(*The Correspondent Breeze: Essays on English Romanticism*, 1984)、《探讨文本：批评和批评理论文集》(*Doing Things with Texts: Essays in Criticism and Critical Theory*, 1989)、《文学术语词典》(*A Glossary of Literary Terms*, 1957)等。此外他还长期担任不断修订、扩充、再版的《诺顿英国文学选》(*The Norton Anthology of English Literature*)的总主编和浪漫主义分卷的主编，这套具有权威性的教科书不仅长期以来一直是英语国家大学的文学学生的必读教科书，同时也是非英语国家专攻英语文学专业的学生的必读教学参考书。由此可见，我们无论是谈论英语文学或文学理论，都无法绕过这位重要的人物。今天，当我们翻开那本颇具权威性的《约翰·霍普金斯文学理论批评指南》，首先映入我们眼帘的（由于姓名的英文字母顺序）就是关于艾布拉姆斯的条目。①

艾布拉姆斯高于他的不少同时代人的地方在于，他既不同于那些仅擅长于文本阅读的"实用批评家"，同时也不赞成专事纯理论演绎的"元批评家"，他在骨子里仍是一位人文主义者，或者是一位类似（他的学术同行）诺思洛普·弗莱和（他的学生）哈罗德·布鲁姆（Harold Bloom）那样的具有诗人气质的理论家。因此阅读他的著作，我们一方面能感到他学识的渊博，另一方面又能欣赏他那气势磅礴同时又行云流水般的文风。他的代表性著作《镜与灯》就属于这样一类理论著作。关于《镜与灯》的隐喻意义，正如作者在"序言"中所指明的，"本书的书名把两个常见而

---

① Cf. Michael Groden, Martin Kreiswirth and Imre Szeman, eds., *The Johns Hopkins Guide to Literary Theory and Criticism*, Baltimore and London: The Johns Hopkins University Press, 1994, pp. 1–2.

相对的用来形容心灵的隐喻放到了一起：一个把心灵比作外界事物的反映者，另一个则把心灵比作发光体，认为心灵也是它所感知的事物的一部分。前者概括了从柏拉图到18世纪的主要思维特征；后者则代表了浪漫主义关于诗人心灵的主导观念。这两个隐喻以及其他各种隐喻不论是用于文学批评，还是用于诗歌创作，我都试图予以同样认真的对待，因为不管是在批评中还是在诗歌中，使用隐喻的目的尽管不同，其作用却是基本一致的"[1]。事实上，古今中外用镜子充当比喻的例子不胜枚举，但艾布拉姆斯的这种比喻已经有意识地将浪漫主义文论与自柏拉图以来的西方文学批评传统连接了起来，对于我们完整地理解西方文论的各个阶段的发展历程有着画龙点睛之作用。

《镜与灯》虽然主要讨论的是浪漫主义文学理论，但我认为，它对于我们今天的文学理论工作者所具有的普遍指导意义和价值远远超出了他对浪漫主义文论本身的讨论，这种意义在更大的程度上就体现在他所提出的文学批评四要素，也即世界、作品、艺术家和欣赏者（参见该书第一章导论部分的有关论述及坐标图）。[2] 这四大要素放在一起几乎可以包括西方文论史上各理论流派的批评特征，使得初步涉猎西方文论领域者对这一领域的历史演变、流派纷争以及其现状很快就有了一个大致的轮廓。在这四大要素中，始终占据中心地位的无疑是作品，这也反映了作者的形式主义批评立场始终就是与阅读文学作品密切相关的，这同时也是他为什么要与解构主义的元批评方法进行论战的原因所在，而那些形形色色的形式主义批评理论所侧重的也恰恰是其与作品最为密切相关的一个方面。确实，在今天的不少文学批评中不谈作品、不涉及具体的文本而空发议论已经成为一种时髦，但这样下去有可能会使文学批评失去众多的读者，因此在这一

---

[1] M.H.艾布拉姆斯著，郦稚牛等译，王宁校：《镜与灯：浪漫主义文论及批评传统》，北京大学出版社2003年版，作者"序言"第2页。
[2] 参阅M.H.艾布拉姆斯著，郦稚牛等译，王宁校：《镜与灯：浪漫主义文化及批评传统》第一章导论部分的有关论述及坐标图，第5页。

语境下重温艾布拉姆斯对文学作品的强调大概至少可以使我们的批评家清醒一些吧。

毫无疑问，崇尚现实主义批评原则的批评家们尤其重视作品所反映的世界，也即作品所赖以产生的大的社会文化语境。而实际上，无论是现实主义作品，还是浪漫主义作品，甚至现代主义作品或者后现代主义作品，都无法脱离对世界的或自然主义式的，或突出典型意义的，或反讽的，或荒诞的，或夸张的反映，只是分别具有这些创作倾向的作家对世界的真实性的强调有所不同罢了，有人侧重的是作家头脑中设计的真实，也有人则强调折射在作品中的客观的贴近自然本来面目的真实，更有人则干脆宣称，文学作品所创造的实际上就是一种"第二自然"。《镜与灯》所讨论的浪漫主义文论所侧重的就是这最后一种美学倾向。甚至唯美主义的反真实观（即王尔德所谓的"一切小说都是谎言"说）也从某个侧面反映了作家本人对作品何以反映客观世界的态度。

在这四大要素中，作品与艺术家（即其作者）的关系也是作者讨论的重点，因为这正是浪漫主义作家的创作特色，因此崇尚浪漫主义批评原则的批评家很容易在浪漫主义的作品中窥见其作者的身影、性格、文风和气质，也即我们中国古典文学批评中常说的"文如其人"。在批评理论和实践中，由于深受浪漫主义美学原则及其作品的影响，传统的弗洛伊德的精神分析学派批评家也特别强调作家创作的无意识动机，甚至公然声称创造性作家就是一个"白日梦者"，所有艺术"都具有精神病的性质"，这恐怕与他们十分看中文学作品与其作者的密切联系不无关系吧。我认为，我们在进行中西文学理论的比较研究时，并不难发现，中国古典文论中的不少美学原则都很接近这一对关系，因此艾布拉姆斯的这四大要素后来经过比较文学学者刘若愚和叶维廉的修正和发展后又广为运用于中西比较文学和文论中，影响了不少从事中西比较文学研究的学者。因而我们甚至可以这样设想，假如艾布拉姆斯能够通晓中文的话，他必定会从中国古代文学和文论中受益匪浅。

当然，作家与作品本身的关系也许正是那些摆脱大的社会文化语境、致力于表现纯粹个人情感和美学理想的抒情诗类作品所侧重的方面，在那些作品的作者那里，文学作品被当成自满自足的封闭的客体，似乎与外在世界没有任何关系，作家的创作几乎是本着"为艺术而艺术"的目的，这些作品常常被那些曾在批评界风行一时的英美新批评派批评家当作反复细读的"文本"。这种文本中心主义的批评模式后来被结构主义批评推到了一个不恰当的极致而受到各种后结构主义/后现代主义文论的反拨。而作为主张批评的多元价值取向的艾布拉姆斯则同时兼顾了批评的各种因素，当然这也正是他之所以能和各批评流派进行对话的原因所在，但这种批评的"多元论"倾向也导致了他本人的批评倾向不那么鲜明，因而最终未能成为一个批评理论流派的领军人物。

至于作品与欣赏者的关系，则在早期的实用主义批评那里颇受重视，但强调批评过程中读者的作用并将其推向极致则是20世纪后半叶接受美学和读者—反应批评的一大功劳。在后现代主义文论那里，读者本人有着对文本的能动的甚至创造性的解释权，而一部未经读者—欣赏者阅读欣赏的作品只能算是一个由语言符号编织起来的"文本"，只有经过读者的阅读和解释它的意义的建构才能得到完成，因此读者—欣赏者的参与实际上便形成了对作品的"二次创作"。虽然艾布拉姆斯提出这一关系时接受美学尚未在理论界崛起，但他的理论前瞻性却为后来文学理论的发展所证实。这也正是随着时间的推移，《镜与灯》仍然未成为"明日黄花"的原因所在。

毫无疑问，《镜与灯》的出版，为浪漫主义文论的研究树立了一座令后人难以逾越的丰碑。可以说，和作者同时代的诺思洛普·弗莱以及后来的保罗·德曼和哈罗德·布鲁姆等致力于浪漫主义研究的文论大师都在某种程度上受惠于本书，或者直接从中受到启发。因此我认为，这本书之所以能产生巨大影响的另一个原因则在于，作者凭着自己对古今文论发展的了如指掌，从纵的历时方面也对历史上和当今文学理论的范式给予了颇为恰当的归纳：模仿说，这不仅是现实主义文论所要追求的崇高审美理想，同时也是浪漫主义文论孜孜追求的目标；实用说，往往强调艺术的直接教益性功用，这在西方的实用主义批评那里被推到了极致，后来又在注重读者作用的批评流派那里得到进一步弘扬；表现说，则是该书着重讨论的浪漫主义文论的基本特征，也是传统的弗洛伊德精神分析学派所一贯注重的方面；客观说，强调的是批评的客观性和科学性，这一点尤其体现在20世纪的各种形式主义批评学派的实践中。可以说，艾布拉姆斯的这种宏观的总结是相当全面的。这也就是为什么随着时间的推移，他的不少同时代人及其著作早已被人们遗忘，而他和他的经典著作《镜与灯》仍广为人们阅读的原因所在吧。

在谈到浪漫主义所注重的文学风格与作家本人之关系时，艾布拉姆斯也颇有见地地指出："把风格视为文学的外观和思想的衣饰，这一概念中有两个暗含的断言：A. 一个人的作品中有着某种个性，把他的作品同其他作者的作品区别开来；我们可以看出一种'维吉尔特性'或'密尔顿特性'。B. 这种文学特性与这个人本身的性格相关；维吉尔式的风格特性是与生活中的维吉尔的某个方面相应的。"[①] 这就依然强调了浪漫主义文论的重要方面，把作者的行为举止与作品中所体现出的文风相关联，并说明了前者对后者的重大影响和作用。

毫无疑问，在各种批评倾向中，浪漫主义理论也许最注重人文精神，这也是它很容易被人们认为与科学主义思潮相对立的原因所在。实际上，对浪漫主义批评中科学与诗歌的关系，艾布拉姆斯也有着精辟的论述。在他看来，浪漫主义也强调真实，只是这种真实不同于科学的纯客观具体的真实。他在分析诗歌的真实时归纳了五个方面：（1）诗是真实的，因为它如实地反映了超乎感觉世界之上的现实；（2）诗是真实的，因为诗篇是存

---

① 参阅 M.H.艾布拉姆斯著，郦稚牛等译，王宁校：《镜与灯：浪漫主义文化及批评传统》，第282页。

在的,很有价值,是实际的情感和想象经验的产物和致因;(3)诗是真实的,因为它对应着这样的事物,这些事物包含了观察者的情感和想象力,或者被它们改变;(4)诗是真实的,因为它符合具体的经验和各种整体事物,而科学则正是从这些经验和事物中抽象出某些特性,以达到分类和概括之目的;(5)诗是真实的,因为它与诗人的心境一致,因此它是"诚实的"。[①] 因此在艾布拉姆斯看来,这种"诗性的真实"虽然在某些细节上有悖客观的真实,但却是一种超越的更高的真实,因为它的真实性具有普遍的意义。

我们都知道,浪漫主义研究者往往都十分注重天才,艾布拉姆斯也不例外,在讨论艾迪生关于天才的区分时,他进一步阐述道,有两种类型的天才,"自然天才"和造就的天才。"自然天才人物有荷马、平达、写作旧约的那些诗人和莎士比亚,他们是'人中奇才,只凭借自然才华,不需求助于任何技艺和学识,就创造出荣耀当时、流芳后世的作品'。另一类天才人物与他们则不同,这倒不是说孰优孰劣,而是说类型不同,这些人'按照规则办事,他们的自然天赋的伟大受制于艺术的修正和限制';柏拉图、维吉尔和密尔顿就属于这一类。"[②] 显然,艾布拉姆斯更加推崇自然天成的天才,而许多浪漫主义诗人恰恰就是这样一类人,他们从事诗歌创作往往取决于下列因素:(1)诗的灵感;(2)诗的韵致;(3)自然天才。但在他看来,即使是天才的诗人也难逃模仿的途径,只是他的模仿并不是简单的重复,而更是一种创造,在天才的诗人那里,自然呈现出一种镜子的作用,也即一种"第二自然"。为什么说它是一种"第二自然"呢?因为它源自自然的同时又高于自然,经过作家的主体接受和创造性转化之后最终变成了"第二自然"。这就辩证地说明,作家在遵循模仿自然的原则

---

① 参阅M.H.艾布拉姆斯著,郦稚牛等译,王宁校:《镜与灯:浪漫主义文化及批评传统》,第390—395页。
② 参阅M.H.艾布拉姆斯著,郦稚牛等译,王宁校:《镜与灯:浪漫主义文化及批评传统》,第228—229页。

的同时，更应该充分发挥对自然的能动接受乃至创造性想象。因此当现实主义大潮衰落后，形形色色的现代主义批评理论都可以从浪漫主义文论中找到灵感和启示。

当年英国浪漫主义诗人华兹华斯和柯尔律治对诗歌做过一个十分经典的定义，那就是一切诗歌都是"情感的自然流露"，也就是说，在浪漫主义作家那里，写作实际上是一种"无意识"的行为，艾布拉姆斯在讨论无意识说的演变时指出，"把'无意识'的概念引进艺术创造过程，谢林并不是第一个，但是，这个变幻无定的术语最终得以成为艺术心理学中不可避免的一部分，谢林却比任何人都有更大的责任"①。他不仅影响了他同时代的大人物歌德和席勒，而且也预示了20世纪的弗洛伊德，后者正是在推崇浪漫主义作家的基础上找到了探测无意识的科学方法的。

关于诗歌与科学话语的区别的讨论，不少评论家都发表了自己的见解，艾布拉姆斯在书中也做了概括，在他看来，"诗乃是真实的表现，这种真实受到虚构和修辞的装饰，目的是为了取悦并打动读者；单纯表现真实而不顾及其他，则不是诗；所运用的装饰如果带有欺骗性或用的不得体，则是劣诗"②。毫无疑问，在诗歌话语与科学话语之间始终存在着某种张力，但这二者并不总是呈对立状态的，有时它们也可以对话以达到互动之效果。这些从前人和今人的创作实践中抽取的真知灼见对我们在一个更高的层次上讨论科学与人文的关系不无一定的启发意义。可以说，在西方学术界，后来整整半个世纪的浪漫主义研究者都是读着《镜与灯》而对浪漫主义文论有所发展的。这种发展的一个高峰就是后来的理论家不断从文学的角度对现代性进行的建构。

无论我们今天的研究者如何强调浪漫主义的主观性和个人性，都无

---

① 参阅 M.H.艾布拉姆斯著，郦稚牛等译，王宁校：《镜与灯：浪漫主义文化及批评传统》，第255页。
② 参阅 M.H.艾布拉姆斯著，郦稚牛等译，王宁校：《镜与灯：浪漫主义文化及批评传统》，第375页。

法摆脱其模仿的特征。正如艾布拉姆斯所总结的,"从模仿到表现,从镜到泉,到灯,到其他有关的比喻,这种变化并不是孤立的现象,而是一般的认识论上所产生的相应变化的一个组成部分。这个认识论就是浪漫主义诗人和批评家关于心灵在感知过程中的作用的流行看法。从18世纪到19世纪初,人们对心灵是什么,在自然中居何地位的认识发生了转变,这种转变表现在隐喻的变化上,它与当代有关艺术本质的讨论中出现的变化几乎毫无二致"①。综上所述,浪漫主义在今天的文学理论中的现实意义和文学史上的地位绝不仅仅在于它曾经是西方19世纪文学艺术史上的一种文学运动或思潮流派,更不仅仅在于它曾是文学创作上的一种方法,而在于它是迄今世界文学史上为数不多的跨越了东西方文化传统的具有广泛世界意义的文学艺术运动和思潮,同时也是一种超越了西方世界的具有普遍意义的文学理论和思潮。

二、浪漫主义:文学的全球化现象

我们说,浪漫主义是一场真正的具有世界性影响的文学艺术运动和批评理论思潮,是相对于在此以前的跨国/民族文学艺术思潮或思想运动而言的。当然,在此之前的文艺复兴运动和启蒙运动都曾从某个欧洲国家开始"旅行",最后波及整个欧洲:前者产生了一批具有世界性影响的思想文化巨人,并催生了文学艺术中的人文主义思想;后者则是一场几乎同时在欧洲诸国兴起的思想文化运动,在这场运动中"世界文学"作为一种未来文学发展的理想化概念被歌德正式提了出来,使得文学艺术的世界性走向逐渐明显。后来这个概念又在马克思和恩格斯的《共产党宣言》中得到进一步阐发。在他们那里,世界文学实际上就是我们今天所说的比较文学的早期阶段:文学生产的日益跨国性/世界性致使文学的研究也应当超

---

① 参阅M.H.艾布拉姆斯著,郦稚牛等译,王宁校:《镜与灯:浪漫主义文化及批评传统》,第63页。

越国别/民族的界限，进入比较和综合研究的阶段，而当比较文学发展了一百多年之后进入全球化的时代时，世界文学的时代将再度来临，文学研究由一对一的比较逐步走向多学科和多重理论视角的整合和跨文化的建构。由国际比较文学协会主持的大型国际合作项目《用欧洲语言撰写的比较文学史》在很大程度上就是基于这样的考虑。这一巨大的项目之所以从启蒙主义开始，在很大程度上正是因为启蒙运动作为一场具有全欧洲性质的思想文化运动，已经超越了国别/民族文学的疆界，进入了总体文学和世界文学的境界。但是尽管如此，我们仍可看出启蒙运动的历史局限性，它虽然后来波及了美国，对美国的思想文化产生了某种影响，但并没有大规模地"旅行"到西方文化以外的地方，比如说，至少在当时并没有对包括中国在内的诸多东方国家产生较大的影响，或在这些国家和地区产生某种启蒙文化和文学的变体，倒是有不少启蒙时代的思想家或作家，如法国的伏尔泰、英国的笛福等，对包括中国在内的东方文化发生过兴趣，或受到其启迪或影响。我们今天在一个全球化的语境下重新审视浪漫主义的世界性或全球性特征，完全有理由得出这样的结论：如果全球化确实在文化和文学生产方面有着成功的范例的话，那么浪漫主义实际上就是全球化在文化和文学上产生作用的一个较早的直接结果。这一点已经在众多学者合作的多卷本《用欧洲语言撰写的比较文学史》的撰写中得到了充分的弘扬。[①] 在比较文学学者看来，浪漫主义虽然出现在欧洲，但很快就旅行到北美，在19世纪后半叶的美国作家惠特曼那里得到了最为充分的表达。它在其后向东方旅行的过程中，又在20世纪初的日本和中国掀起了巨大的波澜，并产生了新的具有东方文化和审美特色的诸种浪漫主义文学的变体。这也说明，文学也和理论一样，是可以旅行的，任何一种具有普遍意义和

---

① 有一个事实必须在此指出：在多卷本《用欧洲语言撰写的比较文学史》中占据最大篇幅的是长达四卷的"浪漫主义"，广泛涉及诗歌、小说和文学理论，而相比之下，关于历史先锋派和现代主义各占两卷，后现代主义占一卷。该丛书由荷兰约翰·本杰明出版公司（John Benjamins Publishing Company）出版。

世界性影响的文学流派和思潮在旅行的过程中，只有植根于具体某个民族/国别的文化土壤里，和那里的文学传统相作用才能产生一种新的变体。反过来，产生于本土的文学变体又会通过与它们原来的概念进行对话而对这些概念的建构或重构起到必要的补充作用。浪漫主义之于今天的全球化时代文学和理论的意义就在于此。

我曾在另外的场合指出，马克思和恩格斯是最早涉及全球化的文化方面研究的理论家[①]，确实，早在一百七十多年前，他们就在《共产党宣言》中触及了全球化这一始自经济并逐渐波及文化和文学的现象。他们虽然没有直接使用全球化这一术语，但却颇为准确地描述了资本主义从原始积累到大规模的世界性扩张的过程，并且富有预见性地指出，由于资本的这种全球性扩张属性，"它必须到处落户，到处创业，到处建立联系。资产阶级，由于开拓了世界市场，使一切国家的生产和消费都成为世界性的了……物质的生产是如此，精神的生产也是如此。各民族的精神产品成了公共的财产。民族的片面性和局限性日益成为不可能，于是由许多种民族的和地方的文学形成了一种世界的文学"[②]。这里所说的世界文学显然已经把歌德的理想化的"世界文学"构想付诸了具体的实践，它是各民族文学之间的相互交流和互动而必然形成的一种历史趋势。

我们因此可以推断，马克思和恩格斯在做出上述论断时，一方面是基于对资本运作的客观内在规律的把握，另一方面也许是基于对文学艺术发展的内在客观规律的把握，如果没有对后者的丰富知识和深厚造诣，很难想象他们会做出上述符合历史辩证法的判断的。对于浪漫主义在世界不同民族国别的文学中的演变和发展，国内外学者已经做了一些深入的

---

① 关于马克思主义与全球化理论的建构，参阅拙作《马克思主义与全球化理论建构》，载《马克思主义与现实》2003年第1期。
② 参见马克思、恩格斯：《共产党宣言》，第26—30页。

研究①，我这里并不想重复。我这里只想指出，如果我们并不否认文化上的全球化倾向或全球性特征确实存在的话，那么在文学创作和理论批评方面，浪漫主义应该是最早的真正具有全球性特征的理论思潮和文学流派，因为作为一场声势浩大的文学运动，它虽然起源于18世纪后期和19世纪初的欧洲，但经过"理论的旅行"之后于19世纪后半叶在美国生根并产生出了一批具有世界性影响的大作家。与在此之前的文艺复兴和启蒙文学所不同的是，它并没有停止旅行，而是继续向东方诸国旅行，最后于20世纪初在日本和中国的文学创作界产生了巨大的反响，催生了一大批浪漫主义作家和作品。而作为一种批评理论，浪漫主义虽产生于19世纪的欧洲文论界，但它经过一些理论家的不断发展和完善，甚至在20世纪的西方文论界依然占据着重要的地位，对表现主义、精神分析学、新批评、现象学批评以及最近的生态批评等众多理论流派都有着举足轻重的影响，并且对后来的关于现代主义和后现代主义问题的讨论以及当今学术界对现代性问题的反思都有着许多启示和促进。可以说，只要有文学创作和理论批评存在，浪漫主义的地位就不可动摇，它总是以不同的变体形式闪现在不同的理论思潮和批评流派中，渗透在作家和批评家的意识和无意识中。即使在今天这个缺乏想象力的时代，我们仍需要一种浪漫主义的人文精神去建构我们

---

① 在总体文学和文学理论的高度上，除了艾布拉姆斯的两部专著外，还有下列西方学者的著述在这方面有着较大的影响：Paul de Man, *The Rhetoric of Romanticism*, New York: Columbia University Press, 1984; Paul Hamilton, *Metaromanticism: Aesthetics, Literature, Theory*, Chicago & London: The University of Chicago Press, 2003等。但应当指出的是，由于语言和文化知识的局限，上述学者都未能在一个比较文学和世界文学的视野下涉及浪漫主义与中国文学和文论，而在这方面，下列著述做了开拓性的工作：Leo Oufan Lee, *The Romantic Generation of Modern Chinese Writers*, Cambridge, Mass.: Harvard University Press, 1973；罗钢：《浪漫主义文艺思想研究》，陕西人民出版社1986年版；伍晓明：《浪漫主义的影响与流变》，收入乐黛云、王宁主编《西方文艺思潮与20世纪中国文学》，中国社会科学出版社1990年版；李庆本：《20世纪中国浪漫主义美学》，现代出版社1999年版；蔡守湘主编：《中国浪漫主义文学史》，武汉出版社1999年版；陈国恩：《浪漫主义与20世纪中国文学》，安徽教育出版社2000年版；肖霞：《浪漫主义：日本之桥与"五四"文学》，山东大学出版社2003年版；等等。

的审美"乌托邦"。

三、浪漫主义：走向一种当代形态的乌托邦建构

不少理论家和学者已经注意到了浪漫主义与现代主义的内在联系。美国的现代主义/后现代主义文学研究者马泰·卡林内斯库在研究文学现代性的奠基性著作《现代性的五种形式》(*Five Faces of Modernity*, 1987)中，从文学史和文学理论的视角对现代性的文学维度做了相当精当的描述。按照他的看法，这五种现代性的形式分别是现代主义（modernism）、先锋派（avant-garde）、颓废（decadence）、媚俗或矫揉造作（kitsch）以及后现代主义（postmodernism）。① 这若是仅局限于文学方面，自然具有较为宽泛的包容性。但我认为，我们若是考虑到西方文学与文化在经历了后现代主义大潮的冲击之后，返回文学的"自然生态"以及重建"乌托邦"的呼声日益高涨的话②，我们可不可以将其视为浪漫主义在当今时代的某种"复归"现象呢？如果我们认为文化现代性是一个不断促使人们反思当代各种文化现象的叙述范畴的话，那么，我们是不是可以把浪漫主义在当代的形态也纳入现代性的视野来考察呢？既然现代主义和后现代主义被认为是一种文化建构，它们可以在不同的时代被重新定义和重新建构，那么浪漫主义作为一种历史现象，也可以被当作一种审美文化形态的建构在今天的情景下得到重构。

此外，浪漫主义作为一种指向未来的理想主义形态，在很多方面近似一种"乌托邦"的建构。在这方面，不少从事文学批评的学者早已注意到，西方文学理论界在经历了后现代主义以及其后的后殖民主义和文化研究大潮的冲击之后，文学创作越来越远离纯文学的精英意识，文学理论批评也越来越流于泛文化批评的倾向，甚至越来越远离对文学本体的研究，

---

① Cf. Matei Calinescu, *Five Faces of Modernity: Modernism, Avant-Garde, Decadence, Kitsch, Postmodernism*, Durham: Duke University Press, 1987.

② 这两种呼声尤其体现在生态批评和马克思主义批评家，如弗雷德里克·詹姆逊的近著中。

批评家们往往热衷于抽象枯燥的理论术语的演绎以及时髦话语的轰炸，整个时代成了一个缺乏想象力的时代，通俗的消费文化取代了高雅的审美文化。因而一些对文学的审美特征情有独钟的学者不禁对浪漫主义产生了某种怀旧感，对浪漫主义的重新思考甚至理论建构也成了一些学者的新的研究课题。① 但我认为，对浪漫主义的人文情怀的呼唤是可以理解的，但是简单的复归并非出路，浪漫主义作为一种历史现象，它已经载入文学和文论发展的历史，我们今天在一个全球化的语境之下重新建构浪漫主义时一定要首先将其"历史化"，也即探讨其本来的含义，然后我们才有可能在当代的语境下对之做出新的理论建构。

弗雷德里克·詹姆逊在论述现代性的专著《一种单一的现代性：论当代本体论》(*A Singular Modernity: Essay on the Ontology of the Present*, 2002) 中，从后现代性的理论视角对现代性做了全新的阐述。他的论述对我们的浪漫主义理论重构无疑有着不少启示。在詹姆逊看来，关于现代性的四种论点包括："第一，它是一个我们不得不对之进行分期的东西。第二，现代性并不是一个概念，而是一个叙述范畴。第三，通过主体性是不能对之加以叙述的（其论点是主体性是无法再现的，只有现代性的情境才能得到叙述）。第四，在当今时代，任何一种现代性'理论'如果不和一种与现代断裂的后现代假设相关联就没有意义。"② 显然，从上述论点中我们不难看出，詹姆逊本人在经过对后现代主义问题的思考和研究之后又返回了对现代性的重新思考和包容性建构：现代性要想在当代仍有意义就必须与后现代相关联。按照詹姆逊的理论建构，我们可以做这样的重新阐释：作为一个历史现象，现代性应该首先被"历史化"，也即放在历史的语境中

---

① 这方面尤其应该指出英国学者 Paul Hamilton 出版于 2003 年的专著 *Metaromanticism: Aesthetics, Literature, Theory*。该书中提出的"元浪漫主义"之概念对我们在当今时代重访浪漫主义不无启迪。

② Cf. Fredric Jameson, *A Singular Modernity: Essay on the Ontology of the Present*, London and New York: Verso, 2002, p. 94.

来探讨,但现代性并没有成为过去,它仍可以用来描述当下的现象。作为一个历史现象,它是不可能简单地复归的,因此只有将其置于一个特定的情景才能使其在当代产生出新的意义。这个情景就是今天我们讨论的后现代性。① 既然讨论现代性须与后现代性相关联,那么我们在讨论现代性在文学艺术上的先驱浪漫主义时,也就理所应当地将其与它在20世纪的变体现代主义相关联,这样浪漫主义在文化全球化的语境下的意义就会凸现出来。

有鉴于此,我们不妨借鉴詹姆逊讨论现代性的思路,在今天的现代性/后现代性语境之下重新思考浪漫主义文论的本质特征和当代意义,这样我们大概就不难对之做出新的描述了。确实,在当今这个物欲横流的商品经济时代,高雅文化被挤压到了边缘地带,缅怀浪漫主义时代的人文情怀已成了人文学者所孜孜追求的"乌托邦"。从唯物主义的观点来看,乌托邦是不存在的,但它作为一种理想的形态却始终存在于我们人文学者的心中,成为我们毕生追求的目标。如果我们有一天真的失去了这一理想的"乌托邦",我们的人文科学研究也就进入了终极的阶段。因此我们在今天的语境中重新思考浪漫主义文学和文论,在很大程度上就是一种"乌托邦"的建构和重构。

第三节 哈罗德·布鲁姆的文学"修正主义"

在当今的欧美文论界乃至整个知识界,哈罗德·布鲁姆的名字确实十分显赫,招来的非议自然也很多。早在20世纪80年代初,也就是布鲁姆的批评生涯进入高峰之际,评论家就已经注意到,一方面,"布鲁姆的著作被人们贪婪地阅读,并经常受到热烈的评论。诸如肯尼斯·伯克、爱德

---

① 我在2004年4月赴美国杜克大学讲学时,曾就此当面和在该校任教的詹姆逊教授探讨,他对我的理解表示赞同。

华·赛义德、海伦·凡德勒（Helen Vendler）这些颇具洞见的评论家以及布鲁姆在耶鲁的同事德曼和米勒都高度赞扬他的著述是对当代思想史的极为卓越和重要的贡献"。但另一方面，也有一些批评家在承认他的才华和渊博学识的同时却对他的激进观点和著述风格持尖锐的批评态度。① 近十多年来，随着文化研究和文化批评对文学研究的挑战的日益明显，布鲁姆在文化研究及其同情者中引起的争议就更多：坚持文学研究的精英立场者把他看作是当代精英文学研究的旗手和最后一位捍卫者，而介入后现代理论及文化研究领域的学者则认为他是一个十足的保守派和"过时的"人文主义卫道士。在中国，布鲁姆的名字常常和德里达以及耶鲁"四人帮"放在一起讨论，其实这完全是一种误解。2001年9月，德里达来北京讲学时，我曾有幸拜访了这位哲学大师。当我们谈到他当年离开耶鲁的不愉快经历时，不禁提到布鲁姆这位老朋友的名字。我无意说了一句，"布鲁姆现在名气可大了！"（Bloom is now so well-known!），而善于玩弄文字游戏的德里达却淡淡地说道："是嘛？他倒是十分走红，但不能说著名。"（He is indeed popular, but not famous.）这倒是说明，成为一位显赫的公众人物的布鲁姆从另一方面说来失去了学术界的一大批老朋友。但是毕竟布鲁姆是一位著述丰盛的大批评家，其学术地位和影响是公认的，因此究竟应当如何评价布鲁姆的批评理论及其对当今的文学和文化研究的意义，正是本节所要探讨的。

一、布鲁姆：从"弑父"到修正主义诗学

为了全面地了解布鲁姆的批评理论的发展轨迹及重要影响，我们首先来看一看他的学术批评道路的独特性。正如格雷厄姆·艾伦（Graham Allen）所坦率地承认的，"与诺思洛普·弗莱和艾布拉姆斯这些老一辈浪

---

① 有关美国学术界对布鲁姆的不同评价，参阅 David Fite, *Harold Bloom: The Rhetoric of Romantic Vision*, Amherst: The University of Massachusetts Press, 1985, pp. 4–5。

漫主义文学研究者所不同的是，哈罗德·布鲁姆属于这样一代批评家，他们的批评生涯似乎进入一种'先于'（before）和'后于'（after）多样性发展的叙事中。然而，与他先前的耶鲁同代人杰弗里·哈特曼、保罗·德曼以及希利斯·米勒形成对照的是，上述所有那些人都通过在自己的解释风格和批评实践中出现的深刻变化而流露出欧陆理论在英美批评界的影响，而要解释布鲁姆批评观念的转向则似乎很难"①。言下之意就是，布鲁姆的耶鲁同事大多师从某一位欧陆理论大师，或者是某种欧陆理论在北美的主要代言人或阐释者，而布鲁姆的理论发展脉络则十分复杂，在他身上很难找到某个欧陆理论大师的独特影子，也很难说他师承的是哪一位欧陆理论家。有人认为他的修正主义理论可以在弗洛伊德的"俄狄浦斯情结"说中找到源头，而他本人则在承认弗洛伊德对他的影响和启迪的同时，却断然否认："我决不是一个弗洛伊德主义文学批评家，我也不承认有这样一类文学批评家。在我的书中所列举的那么多玩笑话中，我最喜欢的一个而且经常重复的一个就是，弗洛伊德主义文学批评就像一个神圣罗马帝国（Holy Roman Empire）：既不神圣，也不罗马，又非帝国；而且既不具有弗洛伊德的特色，也非文学，又非批评。我对弗洛伊德的兴趣来自这样一种与日俱增的认识，即弗洛伊德是威廉·莎士比亚的编码者或抽象者。"② 众所周知，莎士比亚也是弗洛伊德最喜欢的作家之一，弗洛伊德的重要批评概念"俄狄浦斯情结"说在很大程度上就源于他对包括莎士比亚的《哈姆雷特》在内的世界文学名著的阅读。因而布鲁姆试图证明的是，他和弗洛伊德都直接受惠于莎士比亚（文学），而绝非受惠于某种理论。可以说，布鲁姆是一位植根于美国文学批评传统之土壤的天才，或如有人所称的"怪才"。他在经历了多次"弑父"的实践后发展了一套自己的批评理论，也即一种具有"修正主义"特征的文学批评理论。这种理论并非那种指向

---

① Graham Allen, *Harold Bloom: A Poetics of Conflict*, New York: Harvester Wheatsheaf, 1994, p. 1.

② 引自伊麦·萨鲁辛斯基（Imre Salusinszky）对布鲁姆进行的访谈，Saluxinszky, *Criticism in Society*, New York and London: Methuen, 1987, p. 55。

理论本身的元批评理论，而更是直接指向作家及其作品的实践性很强的理论。这也许正是他颇受正统学院派理论家非议的一个重要原因。

哈罗德·布鲁姆（Harold Bloom, 1930—2019）出生于纽约市东布朗克斯的一个犹太人家庭，是早年从俄罗斯移居美国的移民。据说布鲁姆很小的时候就学了意第绪语，并受到希伯来文学的熏陶，只是后来才学英语的。1951年，他毕业于康奈尔大学，师从著名的浪漫主义研究学者艾布拉姆斯，后来又转到新批评派的大本营耶鲁大学继续学业，1955年获得博士学位。年仅25岁的布鲁姆只用了四年就拿到了文学博士学位，这在当时的耶鲁大学文科各系科都是极为罕见的。布鲁姆毕业后长期在耶鲁大学任教，现任该校斯特林人文学科讲席教授，并兼任纽约大学伯格英文讲席教授、美国艺术与人文科学院院士（American Academy of Arts and Letters）。和他的耶鲁同行不一样的是，由于布鲁姆的批评理论中的想象性"创作"的成分过多，很少道出对他产生影响的前辈宗师，他一直被排斥在更加具有学院和科学色彩的美国艺术与科学院（American Academy of Arts and Sciences）院士的大门之外。当然，布鲁姆对此也未必很在乎，他认为，无论是一个学者或是一个作家，写出的著作都应该拥有众多的读者。应该承认，他在这方面是一个独一无二的成功者。

确实，布鲁姆一生著述甚丰，其高产程度在整个西方人文科学史上都是罕见的。他迄今已出版专著近三十部，而由他编校并撰写序言的文学作品和其他书籍则多达五百多部。他的主要著作包括《雪莱的神话创造》(Shelley's Mythmaking, 1959)、《虚幻的陪伴：英国浪漫主义诗歌解读》(The Visionary Company: A Reading of English Romantic Poetry, 1961)、《布莱克的启示：诗歌论辩研究》(Blake's Apocalypse: A Study in Poetic Argument, 1963)、《叶芝》(Yeats, 1970)、《塔中的鸣钟人：浪漫主义传统研究》(The Ringers in the Tower: Studies in Romantic Tradition, 1971)、《影响的焦虑：一种诗歌理论》(The Anxiety of Influence: A Theory of Poetry, 1973)、《误读的地图》(A Map of Misreading, 1975)、《卡巴拉与批评》(Kabbalah and Criticism, 1975）、《诗歌与压抑：从布莱克到史蒂文斯的修正》(Poetry and Repression: Revision from Blake to Stevens, 1976）、《能够想象的构图》(Figures of Capable Imagination, 1976）、《华莱士·史蒂文斯：我们时代的诗歌》(Wallace Stevens: The Poems of Our Climate, 1976）、《竞争：走向一种修正主义理论》(Agon: Toward a Theory of Revisionism, 1982）、《容器的破裂》(The Breaking of the Vessels, 1982）、《毁灭神圣的真理：从圣经到当下的诗歌和信念》(Ruin the Sacred Truths: Poetry and Belief from the Bible to the Present, 1989）、《J的书》(The Book of J, 1991）、《美国的宗教：后基督教民族的出现》(The American Religion: The Emergence of the Post-Christian Nation, 1992）、《西方的经典：各个时代的书籍和流派》(The Western Canon: The Books and School of the Ages, 1994）、《莎士比亚：人的创造》(Shakespeare: The Invention of the Human, 1998）、《如何阅读，为什么阅读》(How to Read and Why, 2000）、《天才》(Genius, 2002）等。几乎他的每一本书的出版都会引起媒体的较大反应，但美国的学术界近几年来却在有意识地冷落他，甚至把他当作一位流行的、通俗的大众学术明星。我认为，这是有失公允的。仔细追踪布鲁姆的批评和学术生涯的发展，我们可以发现一条清晰的发展轨迹，那就是误读和修正。这应该算是布鲁姆对当代文学和文化理论的最重要贡献。

确实，对布鲁姆的渊博学识和自然天成的天赋，无论是他的同道或反对者都无法否认，因而他通常又有学术"怪才"之雅号，但对他的批评理论的激进性和对抗性却大有人持非议甚至否定的态度。应该承认，他既一度是解构批评在美国的鼓吹者，后来又是对这种后现代主义的批评模式提出激烈批评的反对者。布鲁姆的理论背景比较复杂，但有一点必须指明的是，他对弗洛伊德的精神分析学始终情有独钟，尽管他不想承认这一点，并且如同他的理论先驱者一样，也十分喜爱浪漫主义文学，在这方面有着精深的造诣。布鲁姆作为一位通晓多种语言的文学理论大师，对修辞手法的使用尤其精当，但他却不像他的耶鲁同事德曼和哈特曼那样"极端地专注文本"。作为一位人文主义者，他认为文学是一个特殊的研究领域，从事文学批评和研究的人也和从事创作的人一样，必须具备较高的才气，而这种才气并非后天可以培养的，而是与生俱来和自然天成的。可以说他本人在事业上的成功就是这种与生俱来的才气和后天的勤奋相结合的产物。这也正是他为什么赞同精神分析学的不少理论观点的一个原因，在他的理论批评中，从来就不否认人的主体作用。他和加拿大文学和文化批评家诺思洛普·弗莱一样，对浪漫主义诗歌尤其十分专注，并以一种浪漫主义诗人的气质和才性批评理论与学院式批评相对抗。因此，无论我们赞同与否，我们都会觉得，阅读他的著作可以感觉到他本人的气质和才华，我们仿佛在和一个才华横溢的批评大师直接对话，往往在对他的激进理论的困惑不解之中得到瞬间的顿悟。

此外，布鲁姆也在很大程度上继承了他的导师艾布拉姆斯的研究，批评界一般认为：

> 正如布鲁姆所表明的，他本人不仅受到弗莱的强烈影响，同时也受到艾布拉姆斯的影响，在他早期论述英国浪漫主义的三本书中，充满幻想的想象有四个特征。第一，富于幻想的想象代表了一种胜过所有仅仅属于"被给与者"的完全的胜利，尤其是胜过那个自然的世界，因为自然世界的魅力对于富有创造性的人来说是一个潜在的陷阱。第二，幻想的动力在力争得到表现时，十分独特地展现出一种探险，这是一种可以用图志来标出其线路的具有独特浪漫主义危机意识的抒情诗人的旅程。第三，一首浪漫主义诗歌中的纯粹的幻想或纯粹的神话制造的时刻……第四，这种崇高既然通过其超越所有语境而到达一种绝对幻想的纯洁性而存在，因而在某种意义上说，它便没有任何所指对象，而始终聚焦于纯粹幻想的欲望的盖然性上。[①]

---

① David Fite, *Harold Bloom: The Rhetoric of Romantic Vision*, Amherst: The University of Massachusetts Press, 1985, p. 17.

即使是阅读他的理论著作,我们也很难看到冗繁的注释,听他给研究生讲课,更是桌上连一张纸都不放,但他却能闭上眼睛大段大段地背诵经典作家的诗句。当我在他的寓所与他访谈并对此提出质疑时,他笑着说,谁说我不引证别人的著述?"我的著作中只引用经典作家的原文,而对那些缺乏真知灼见的二手资料则一律不予引证。"他的这种风格在当今的欧美学术界确实独树一帜。

毋庸置疑,布鲁姆有着广博的学识和多学科领域研究的造诣,对英语世界的文学批评理论之发展做出了独特的贡献。纵观他的大部分著述,我们不难做出这样的总结,布鲁姆对当代文学批评所做出的贡献主要体现在这样几个方面:(1)他早先的对抗式批评起到了对陈腐的、缺乏想象力的学院派批评的反拨作用,从而使得当代批评仍不丧失鲜活的文学性和美学取向;(2)他加盟耶鲁学派则使得这一变了形的美国式解构批评更接近新批评的形式主义,从而仍贴近文学文本的阅读和分析,这也是他最终与解构批评分道扬镳的原因所在;(3)他的"误读"理论标志着当代批评的修正主义倾向,而这一倾向越到当前越是显示出富有理论性的启迪;(4)他的文学经典形成和重构的理论对比较文学和文学理论学者研究经典的形成与重构的问题做出了重要的贡献;(5)近几年来,他致力于一种类似后现代主义式的启蒙,通过走向普通大众来实现提高读者大众文学修养之目的,使得在一个缺乏想象力的物欲横流的后现代社会,文学仍有生存的一席之地。而在上述五个方面,直接对当代文学批评和文学研究有着积极影响的则是他的修正式批评理论和阅读策略。在当今的西方评论界看来,"哈罗德·布鲁姆仍然是最卓越的文学修正主义理论家。他肯定地认为文学史本来就是如此。他发明了一个刺激性的术语——'误读',并认为误读是诗人摆脱前人创作的必要的、开拓性的偏离"[①]。这就相当权威性

---

① 让-皮埃尔·米勒,《修正主义、反讽与感伤的面具》(*Revisionism, Irony, and the Mask of Sentiment*),中译文见王宁编:《新文学史》,清华大学出版社2001年版,第27页。

地肯定了布鲁姆之于当下文学批评的重要意义。

我们说，布鲁姆的批评理论是一种修正式的理论，是因为他的创新是建立在对前人的误读和修正之基础上的。早在他的批评生涯之开始，他就大胆探索，勇于尝试着将比喻的理论、弗洛伊德的精神分析学和犹太教的神秘主义结合起来，经过一番修正和改造，糅合进自己的批评话语。他特别对华兹华斯、雪莱、济慈等人的浪漫主义"危机诗歌"（crisis poems）感兴趣，因为他认为这些诗人的实践与他所持的"误读"理论较为符合。他认为上述诗人都是"强者"，每一位这样的强者诗人都力图发挥自己的创造性才能去误读自己的前辈大师，因而他们的每一首诗似乎都经过了"修正"的各个阶段，而每一阶段又都显示出这种修正的程度。针对所谓的"误读"与创新之关系，他争辩道，自从密尔顿创作了《失乐园》等不朽的诗篇以来，诗人们仿佛都经受着一种"迟到"（belatedness）意识的折磨：由于自己在诗歌史上姗姗来迟而害怕前辈诗歌大师们早已把"灵感"使用殆尽了。为了适应这种迟到的写作，诗人们必须与自己的前辈大师进行殊死的搏斗，以便进入心灵世界，努力发掘、创造出一个富于想象力的独特空间。这种"竞技"式的拼搏就如同弗洛伊德描绘的一种"弑父"情结：只有"杀死"父辈诗人自己才能脱颖而出。正如彼德·德·波拉（Peter de Bolla）所指出的，"当然，只有误读（misreading）或误解（misinterpretation），这些术语所具有的负面价值才会丧失或降低。在布鲁姆的理论中，强者批评家，也即那些发现自己处于一种与其他批评家和诗歌文本的阐释有着影响关系的批评家，在这一点上与强者诗人是同类的：因为他们都施行了误解或误读的行为，而这些行为恰恰等同于对新的'诗歌'文本的创造"[①]。因而在这方面，布鲁姆从精神分析学的"弑父"概念中得到颇多裨益，并创造性地将其用于自己的批评实践。他的这些感悟和

[①] Peter de Bolla, *Harold Bloom: Towards Historical Rhetorics*, London and New York: Routledge, 1988, p. 24.

洞见均体现在他早期的代表性著作《影响的焦虑》和《误读的地图》中。

《影响的焦虑》可以说是布鲁姆将弗洛伊德的理论创造性地应用于文学批评的一部力作。在这部篇幅不大的著作中，布鲁姆通过厚今薄古的"修正"主义策略，发展了一种"对抗式"（antithetical criticism）的批评。这种批评模式的特征体现在他颇为别出心裁地将弗洛伊德的"弑父娶母"的俄狄浦斯情结说运用于文学批评中，因而发展出一种具有布鲁姆特征的"弑父式"修正主义批评理论。根据这种理论，前辈诗人犹如一个巨大的父亲般的传统，这一传统无时无刻不给后人带来无法超越的巨大阴影，使后来者始终有一种"迟到"的感觉，因为当代人的每一个创造性活动似乎都已经被前人做过了，为了超越这种传统的阴影，当代的强者诗人唯一可采取的策略就是对前人的成果进行某种"修正"或创造性"误读"，通过这种误读来"弑去"父辈，也即以此来消除前辈的影响。当然，这种创造性误读是建立在对前辈有着充分理解之基础上的，因而其结果便可导致某种程度的创新。布鲁姆还别出心裁地提出了六种"修正比"：（1）"克里纳门"（clinamen），即真正的诗的误读或有意的误读；（2）"苔瑟拉"（tessera），即"续完和对偶"；（3）"克诺西斯"（kenosis），即一种旨在打碎与前驱的连续的运动；（4）"魔鬼化"（daemonization），即朝向个人化了的"逆崇高"运动；（5）"阿斯克西斯"（askesis），即一种旨在达到孤独状态的自我净化运动；（6）"阿波弗里达斯"（apophrades），或"死者的回归"。[①] 这六种"修正比"的提出为他后来的系统性"弑父式"修正主义批评实践奠定了理论基础。在德·波拉看来，"因此，影响并不是用来作用于诗歌阅读的一个范畴，它充其量不过是诗人写诗经验的一个方面；更为重要的是，它通过联觉心理学和弗洛伊德表现为一种连接情感时代与我们自身经历的力量，这样作为读者的我们在阅读时就必定会面临那

[①] Harold Bloom, *The Anxiety of Influence: A Theory of Poetry*, New York: Oxford University Press, 1973；中译文参见徐文博译，生活·读书·新知三联书店1989年版，第13—14页。

种连接关系的各种比喻。在布鲁姆的意义上，误读就是使我们意识到那种比喻，并且估量修辞偏离原意的程度和对原意的维护，因为这二者确定了我们现在所处的位置"①。由此可见，布鲁姆所鼓吹的误读或修正都是有限度的，它以原文意义为出发点，经过批评家的创造性阐释之后成为原作者和阐释者共同创造的一个新产品，而并非那种远离原文的过度阐释和滥加发挥。正如艾伦所总结的，"通过《影响的焦虑》，布鲁姆形成了他的诗歌理论的特色：一种根本上消解理想（deidealising）的理论。这种消解理想的原则取决于布鲁姆不断地以自己的方式来阅读诗歌的努力，而无须把任何诗歌以外的标准和语境强加于它。正如我们所注意到的，这种企图达到的诗歌阅读'诗学'代表了布鲁姆对被他用另一些对立的解释形式批判的还原性的有力抗拒"②。

和他的"耶鲁学派"其他同事一样，布鲁姆年轻时也曾醉心过新批评派的那套文本分析方法，但他从一开始就感觉到那套成规太束缚他的手脚了，使他难以展开联想和想象的翅膀，因此他早在20世纪50年代末就主张对新批评的原则进行反拨和修正。他自己也力图摆脱新批评派所惯用的"反讽"和"自足"等陈规陋习，以捍卫诗歌的"幻想"和"宗教"价值。在20世纪西方文化界的科学主义和人文主义两大思潮的冲突中，布鲁姆始终站在后者一边。他也和弗洛伊德一样，十分重视人的作用，反对结构主义批评的那种抹杀人的主体性的"科学"做法。他在《误读的地图》中指出，拯救浪漫主义的人文主义意图，"使我们想起了我们所承受的人文主义的失却，如果我们使口头传统的权威屈从于写作的同仁，屈从于德里达和福柯那样的人的话，因为他们为所有的语言孕育了歌德曾错误地为荷马的语言所断言的东西，即语言本身可以写诗。实际上是人在写作，是人在思考，人总是寻求抵抗另一个人的攻击，不管那个人在强烈地想象那

---

① Peter de Bolla, *Harold Bloom: Towards Historical Rhetorics*, London and New York: Routledge, 1988, p. 34.

② Graham Allen, *Harold Bloom: A Poetics of Conflict*, New York: Harvester Wheatsheaf, p. 32.

些迟来到这个场景的人时多么富有魅力"①。坚持文学批评的个人色彩和个性特征是布鲁姆的修正式批评的一个主旨,这一点始终贯穿于他的批评生涯。但是另一方面,在尼采的权力意志和弗洛伊德的俄狄浦斯情结说的影响和启迪下,"布鲁姆通过将诗的想象和阐释力量非个人化",从而可以说最终"建构了一种批评的媒介,通过这种媒介,想象可以与最原始的独创性冲动相一致,也即达到一种把握真实的意志"②。显然,这种将批评当作一种生命体验的做法与解构的文字游戏是大相径庭的,因此不加分析地简单地将布鲁姆划归为解构主义批评家的行列至少不能全面地反映布鲁姆批评理论的真实面目。正如艾伦所总结的,"布鲁姆的整个'诗歌理论'可以说是建立在他对意义和权威的优先联想上的,同时也建立在他与之相类似的断言上,即'强者'诗歌总是而且不可避免地在迟到的诗人那里通过拒绝接受这一事实而产生出来"③。可以说,布鲁姆本人的修正主义批评理论也是建立在对前人的理论的不断修正和不断扬弃的基础上的,这也许正是他的理论不同于其他"耶鲁学派"批评家的有着欧陆背景的批评理论的原因所在。

二、去经典化和文学经典的重构

四十多年前,福柯在为德勒兹和加塔利合著的《反俄狄浦斯》一书撰写的序中,从历史和文化的高度对那本书给予了高度的评价,他甚至预言20世纪后半叶将是一个"德勒兹的世纪"(a Deleuzian century)。进入21世纪以来,我们大概越来越体会到福柯这一断言的前瞻性了。确实,在今天的英美批评家看来,《反俄狄浦斯》在理论上的一大建树就在于其对以传统的弗洛伊德式的俄狄浦斯中心为象征的法西斯主义/权力的解

---

① Harold Bloom, *A Map of Misreading*, New York: Oxford University Press, 1975, p. 60.
② Cf. Michael Groden and Martin Kreiswirth eds., *The Johns Hopkins Guide to Literary Theory and Criticism*, Baltimore and London: The Johns Hopkins University Press, 1994, p. 96.
③ Graham Allen, *Harold Bloom: A Poetics of Conflict*, New York: Harvester Wheatsheaf, p. 30.

构。若将其运用于文学批评或文学文本的阐释,它也可以被当作从弗洛伊德的深层心理学结构向后结构主义的精神分裂式结构的一种消解中心(decentralizing)和非领地化(deterritorializing)之尝试的过渡。这里我仅简略地提及福柯关于这本书的意义的一些看法。在福柯看来,反俄狄浦斯的尝试实际上意味着削弱甚至消除一种极权的法西斯主义的权力欲和霸权主义。从这个意义上讲,这本书"最好可以当作一门'艺术'来解读,例如就'性爱艺术'这一术语所转达的意义而言正是这样"[1]。同样,如果我们沿着这条线索来阅读布鲁姆的批评理论著作,我们也许不难看出其中对传统学院式批评的消解和"弑父式"的修正。在布鲁姆看来,那些才华横溢的"强力诗人"只有通过对象征"父亲"之权威的消解才有可能脱颖而出。就他本人的学术和批评生涯来看,正是由于他的蔑视传统和对前辈诗人/作家的"弑父式"的阅读和批评才使得他在当代群星璀璨的英语文学批评理论界独树一帜。这一点尤其体现在他对当前的文学理论和比较文学界所热烈讨论的文学经典的构成和重构方面的独特见解和巨大影响。

在过去的三十多年里,对文学经典的构成和重构的讨论至少波及三个领域:比较文学、文学理论和文化研究。如果说前两者对经典构成的讨论仍试图在文学领域内部对既定的经典做出某种修正和补充的话,那么在当前对经典的质疑乃至重构方面最为激进的实践便来自文化研究学者。众所周知,文化研究的两个重要特征就在于非精英化和去经典化。一方面,它通过指向当代仍有着活力、仍在发生着的文化事件来冷落写在书页中的经过历史积淀的并有着崇高的审美价值的精英文化产品;另一方面,它又通过把研究的视角指向历来被精英文化学者所不屑的大众文化甚或消费文化。这样一来,文化研究对经典文化产品——文学艺术生产的打击就是致命的:它削弱了精英文化及其研究的权威性,使精英文化及其研究的领地

---

[1] Cf. Michel Foucault's "Preface", in Gilles Deleuze and Félix Guattari, *Anti-Oedipus: Capitalism and Schizophrenia*, trans. Robert Hurley, Mark Seem and Helen R. Lane, New York: The Viking Press, 1977, p. 7.

日益萎缩，从而为文学经典的重新建构铺平了道路。当然，它招来的非议也是颇多的，尤其是它有意地将"审美"放逐到批评话语的边缘，并且有意地冷落精英文学作品，就受到精英文学研究的反对和抵制。具有反讽意味的恰恰是，一方面，布鲁姆和一大批恪守传统观念的文学研究者对文化研究始终持反对的态度甚至天然的敌意，但是另一方面，由于他们本人对既定的经典的不满，因而在去经典化的斗争中竟不知不觉地和文化研究学者站到了一起。由于经典的形成与权力关系有着千丝万缕的联系，因此，"改变经典也许就要改变权力关系：承认多元主义也许就要驱散权威的势力；而接受真正的民主的后果也许就要颠覆垄断寡头"[①]，因为这是相辅相成的。但颠覆了旧的经典之后又将有何作为呢？布鲁姆在近十多年里实际上所从事的正是同时对旧的经典的修正及颠覆和重构新的经典。但与文化研究者不同的是，他一方面仍然坚持文学研究的精英立场，并在一切场合为经典的普及推波助澜；另一方面，他仍然对远离文学文本阅读的文化研究和文化批评提出了尖锐的批评。因此在与文化研究和文化批评关系密切的左翼文学研究者看来，早先激进的布鲁姆现在却摇身一变，成了阻挡新生事物出现的"保守派"和右翼学者。实际上，更多的一批早先的文学研究者所主张的则是，文学研究与文化研究应当呈一种对话和互补的关系：这样便可以把文学研究得越来越狭窄的领域逐步扩大，并把文学置于一个广阔的（跨）文化研究的语境下来考察，只有这样才有可能使文学研究摆脱危机的境遇，而适当地分析一些（包括精英和大众文学在内的）文学文本也不至于使文学的文化研究走得过远。[②]

尽管布鲁姆对文化批评和文化研究有着一种天然的敌对情绪，但

[①] Carey Kaplan and Ellen Cronan Rose, *The Canon and the Common Reader*, Knoxville: The University of Tennessee Press, 1990, p. 3.

[②] 这种开阔的文学的文化研究视野可以从最近的一个例子中见出，也即法国的结构主义理论家茨维坦·托多罗夫新近发表的文章："What Is Literature For?" *New Literary History*, Vol. 38, No. 1 (2007): 13–32。

他的修正主义理论之于当代文学研究和文化研究的意义仍体现在，他对文学经典的构成和重构提出了自己独特的见解。这种"去经典化"（decanonization）的尝试与文化研究者的实践实际上有着某种共通之处。文化研究学者在反对文学研究的精英意识的同时也扩大了经典的范围，使得一些长期被压抑在"边缘"地带的非经典或第三世界的文学跻身于经典的行列，可以说他们的努力是从文学外部着手的；而布鲁姆近十多年的努力则使得文学经典构成的神话被消解了，经典终于走出了其狭隘的领地，进入到千家万户，得到更大范围的普及。应该说，他的努力是从文学内部着手的，虽然立足点不同，但最后的归宿仍很接近。另一个具有讽刺意味的事例是，布鲁姆讨论文学经典的著作也和文化研究学者的论著一样十分畅销，有时甚至大大超过了后者的普及程度。在至今仍畅销不衰的《西方的经典》一书中，布鲁姆站在传统的保守派立场表达了对当前颇为风行的文化批评和文化研究的极大不满，对经典的内涵及内容做了新的调整，对其固有的美学价值和文学价值做了辩护。针对经典（canon）这一术语所含有的文学和宗教之双重含义，他更为强调前者，因而他首先指出，"我们一旦把经典看作为单个读者和作者与所写下的作品中留存下来的那部分的关系，并忘记它只是应该研究的一些书目，那么经典就会被看作与作为记忆的文学艺术相等同，而非与经典的宗教意义相认同"。也就是说，照他看来，文学经典是由历代作家写下的作品中的最优秀部分所组成的，这样一来，经典也就"成了在那些为了留存于世而相互竞争的作品中所做的一个选择，不管你把这种选择解释为是由占主导地位的社会团体、教育机构、批评传统做出的，还是像我认为的那样，由那些感到自己也受到特定的前辈作家选择的后来者作出的"。[①] 因而写下这些经典作品的作家也就成了经典作家。由于经典本身的不确定性、人为性和流动性，只有少数才

---

① Harold Bloom, *The Western Canon: The Books and School of the Ages*, New York: Harcourt Brace and Company, 1994, p. 17, p. 18.

华横溢的年轻作家在与传统或经典的激烈的"弑父"般搏斗中才得以脱颖而出,而更多的人则被长期压抑甚或埋没了。面对前人创作成就的巨大阴影,他们本身很难有什么全然的创新,倒是布鲁姆的"误读"理论给了他们新的武器,通过"误读"和"修正"等手段他们也许能很快达到创新的境地。因而在布鲁姆看来,文艺复兴以来的西方文学所走过的道路如果写下来实际上足以构成一幅"误读的地图"。

当然,布鲁姆的"去经典化"尝试也并非纯粹消极的和破坏性的,他依然主张建构文学的理想和文学世界,并积极为之奔走。在当今这个后现代时代,不少精英文学作品受到大众文化和文学的冲击而被束之高阁,高校的比较文学专业研究生往往不去做文学研究的论文,却更加热心地去关注电影和电视作品。包括莎士比亚在内的一大批经典作家也受到当代阐释者的任意改编乃至阉割,这引起了布鲁姆等老一辈学者的不安。出版于1998年的鸿篇巨制《莎士比亚:人的创造》就以其大胆的想象力和富于人类同情的创造性使一个备受冷落的莎士比亚又回到了人间,回到了普通读者中。该书的意想不到的畅销程度实际上也是布鲁姆这位"弑父"者和修正主义者在与前辈莎学者进行殊死搏斗之后的必然结果,它同时也向年轻的学者做了这样的启示:传统并非一成不变的,传统应是一个可供后代人不断进行修正和阐释的流动概念。莎士比亚及其作品的价值正是体现于其不断的可阐释性,人们可以从不同的角度来阅读莎士比亚,并从不同的角度建构出不同的莎士比亚,这样莎士比亚就永远活在文学的世界。同样,前辈学术大师也并非永远能够独占鳌头,即使在人文学科,也应当是一代胜过一代,而不会是一代不如一代。要实现这一目的就必须采取修正和"弑父"的策略,不断地对传统做出新的阐释和修正。而《莎士比亚》一书的成功就是这种修正策略的一个成功典范。正如布鲁姆所指出的,莎士比亚的戏剧"超越了我们的头脑所能想到的东西,我们简直无法跟上他的节奏。莎士比亚将继续对我们做出解释,至少在某种程度上是如此,因为他创造了我们,这就是我这本书贯穿始终的一个观点"①。但另一方面,在具体阐释莎剧时,布鲁姆又试图超越前人的观点,以证明是莎士比亚在创作自己的作品时,也在同时"阅读我们""解释我们",并且"创造我们"。也就是说,莎士比亚并不是神,而是一个活生生的人,他不断地在和同时代及后代读者进行交流和对话。因此,布鲁姆在"去经典化"的同时又创造了一个新的经典。

2000年问世的《如何阅读,为什么阅读》一书更为布鲁姆赢得了众多的普通读者,据说他光是这本书的版税他就拿了一百万美元,这对于一个从事文学研究的知识分子来说确实是十分令人羡慕的,同时他也因此遭到了更多的嫉妒。他过去的学生和同事詹姆逊奋力拼搏了一身,才在2008年获得蜚声人文学科领域的霍尔堡奖(Holberg Prize),若纯粹从经济角度来看,詹姆逊的奖金还不足一百万美元,还抵不上布鲁姆一部畅销书的版税。这确实使人对布鲁姆颇有微词。但对文学情有独钟的布鲁姆来说,好的文学作品仍不失读者,在当今的文学界,"理论已经死亡,而文学则仍有生气,并且有着众多的读者"②,而他本人就要继续充当引导大众阅读和欣赏文学作品的"启蒙者"。在谈到阅读的目的和意义时,他开宗明义地指出,"我把阅读当作是一种孤独的实践,而非一种教育事业。当我们只身独处时,我们此时阅读的方式就保持了与过去的某种连续性,尽管这种阅读是在学院里进行的。我的理想的读者(同时也是我毕生的英雄)就是塞缪尔·约翰逊博士,因为他懂得并且表达出了持续不断的阅读的力量和局限"③。应该承认,布鲁姆的这种向广大读者大众进行文学启蒙的实践与

---

① Harold Bloom, "To the Reader," *Shakespeare: The Invention of the Human*, New York: Riverhead Books, 1998, pp. 17–18.

② 1998年5月,我应布鲁姆之邀在他的纽约住所和他进行了长时间的访谈。在谈话中,布鲁姆断言,"理论已经死亡,现在的理论家写出的东西只是相互间自己传阅,或相互引证,并没有广大读者,而文学则将永存"。虽然他的这番言辞不无偏激,但至少说明了西方文化理论界存在的一种现象,颇为值得我们深思。

③ Harold Bloom, *How to Read and Why?*, New York: Simon and Schuster, 2000, p. 21.

F.R.利维斯等文化研究先驱者的早期尝试并不矛盾，而与当代越来越脱离精英意识的非文学性大众文化则显然格格不入。因而一大批文化研究学者对他持有种种非议便不足为奇了。但另一方面，那些呼吁文学研究要返回美学和文学性的学者们则不约而同地把布鲁姆当作他们的理论指引者和精神领袖。所以在当今的英语文学理论批评界，布鲁姆仍有着很大的影响和众多的追随者。

三、布鲁姆之于当今中国文学批评的意义

毫无疑问，布鲁姆是美国或者说西方独特的文化土壤里产生出来的一位天才的文学学者和批评家。应该说，他的出现在其他文化土壤中是不可复制的。早在20世纪80年代，在美国的学术界，就有好几位青年学子以刚过五十岁的布鲁姆为研究对象，并以他的批评理论来撰写博士论文，这充分说明了布鲁姆及其批评理论的重要性和影响。对于布鲁姆的批评理论之特色及巨大影响，艾伦曾做过这样的总结："在最为直接的层次上，我们有可能这样描述，即对美国传统的关注为布鲁姆在历史的叙述中提供了最后的篇章，因为这一叙述支撑了他对影响的焦虑所做的理论描述，也为缪斯的逐渐西行的叙述提供了一个终结点，这一叙述在许多方面实际上就是影响的焦虑的理论。"[①] 今天，在非西方的语境下谈论影响的焦虑这一话题已并不算新鲜，尤其是在中国的文学和文化研究语境之下，就更是如此。众所周知，20世纪的中国文学和文化受到西方文学和文化的极大影响，以至于不少保守的知识分子竟认为中国现代文学和文化被西方"殖民"了，对此我不敢苟同，但同时也不得不问道：我们在对布鲁姆的文学批评理论做了匆匆巡礼之后必然会考虑这个问题，对于有着悠久文学批评传统的中国文学理论界，布鲁姆能够带给我们何种启示？毫无疑问，我们完全可以从布鲁姆那横溢的才性和渊博的学识想到我国已故的"文化昆

---

① Graham Allen, *Harold Bloom: A Poetics of Conflict*, New York: Harvester Wheatsheaf, p. 128.

仑"钱锺书。曾经有人拿钱锺书与德里达相比较，并得出了一些洞见[①]，但若立足于文学批评和文学研究领域的话，我倒觉得将钱锺书与布鲁姆相比较，倒是能做出一篇大文章，但本节在这有限的篇幅中不想去冒这个风险。我这里仅想指出，随着钱锺书的停止著述和去世，当代文学批评界再也没有出现过这样博学和富有才性的批评大家，文学批评和文学研究著述中常常充斥着半生不熟的套用西方理论术语的现象，批评远离文学文本，研究更是假大空，这样怎能推进文学创作的发展和文学理论的建设呢？我们的中国文学理论要走向世界，进而和国际文学理论界进行平等的对话，就必须有自己的独创性和理论特色。而面对前人和西方理论家著述的巨大阴影，我们每说一句话，每写一篇文章，都有可能在重复别人已说过的话或已做过的事情，那么我们又能有何作为？在这方面，同时具有博学和才性的布鲁姆及其批评理论应该给我们以极大的启示。首先是博学，只有博学才能对别人已做过的工作有所了解，才不至于再做重复性的工作。但若是仅仅以冗繁的注释和对别人工作的述评是很难得出创新性见解的，因而必须把自己的批评文章写得富有才性，这样才不至于仅仅在狭窄的同行小圈子内流传。当然，布鲁姆是西方文化的语境下，或更确切地说，是在英语文学批评界产生出来的学者型理论家，他的局限性也是明显的。他不可能像钱锺书那样兼通中西，更谈不上同时用英文和中文这两种世界上最普及的语言著述了。对此他也有所认识。[②] 而对于我们当今的中青年学者型理论家来说，用布鲁姆的修正式理论和实践来超越布鲁姆的局限，应该是我们今后的努力方向。只有这样，我们才能谈在国际文学理论和文化理论争鸣中发出中国学者的声音进而向世界输出我们的批评理论。[③]

---

① 参阅袁峰:《德里达与钱锺书：解构批评的遗产》,《文学理论前沿》（第四辑），北京大学出版社2007年版，第219—267页。
② 在我1998年5月和布鲁姆的那次访谈中，他明确地表示对自己不通中文而且不能阅读中国文学作品深感遗憾。
③ 关于中国的文学和文化理论的输出，参阅拙作《穿越"理论"之间："后理论时代"的理论思潮和文化建构》，载台湾《"中央"大学人文学报》第32期（2007年10月），第1—34页。

第四节　佛克马的比较文学和世界文学研究

在当今的国际学界，世界文学不仅得到一些西方马克思主义理论家的关注，同时也影响了一些对马克思主义深表同情并带有左翼倾向的文学理论家和比较文学学者的关注。在这方面，荷兰比较文学学者和汉学家杜威·佛克马就是这一领域内较早涉猎世界文学现象并做出理论建构的学者之一。他同时也是著名的国际比较文学学者和文学理论家，是中国的比较文学和文学理论界十分熟悉的一位西方学者。他早年毕业于荷兰莱顿大学汉学研究院，获中国文学博士学位，后来在荷兰王国驻中国大使馆任二等秘书、文化参赞等职。任职期满后长期积极投身于比较文学教学、研究和组织工作，先后担任乌德勒支大学比较文学系讲师、副教授和教授，曾出任过该系系主任兼历史与文化研究所所长，1996年退休后任乌德勒支大学荣休教授。佛克马很早就参与了国际比较文学协会的领导工作，曾长期担任协会秘书长、副主席和主席等职。逝世前担任国际比较文学协会名誉主席、欧洲科学院院士、国际文学理论学会顾问等。佛克马学识渊博，几乎可以用欧洲所有主要的语言阅读，并用英、法、德文和荷兰文写作。他也通晓中文，对中国现当代文学及理论尤有研究。他的主要著作包括：《中国的文学教义及苏联影响（1956—1960）》(*Literary Doctrine in China and Soviet Influence: 1956–1960*, 1965)、《20世纪文学理论》(*Theories of Literature in the Twentieth Century*，与蚁布思合作，1978)、《文学史、现代主义和后现代主义》(*Literary History, Modernism, and Postmodernism*, 1984)、《欧洲文学中的现代主义》(*Het Modernisme in de Europese Letterkunde*，与蚁布思合作，1984)、《现代主义推测：1910—1940年欧洲文学的主流》(*Modernist Conjectures: A Mainstream in European Literature 1910–1940*，与蚁布思合作，1987)、《总体文学和比较文学论题》(*Issues in General and Comparative Literature*, 1987)、《知识和专注：文学研究的问题与方法》(*Knowledge and Commitment: A Problem-Oriented Approach to Literary Studies*，与蚁布思合作，2000)、《乌托邦小说：中国与西方》(*Perfect Worlds: Utopian Fiction in China and the West*, 2011) 等；主编有专题研究文集《走向后现代主义》(*Approaching Postmodernism*, 与伯顿斯合编，1986)、《后现代主义探究》(*Exploring Postmodernism*, 与卡利内斯库合编，1987)、《国际后现代主义：理论与文学实践》(*International Postmodernism: Theory and Literary Practice*, 与伯顿斯合编，1997) 等。从上面这些著述的英文题目我们不难看出，佛克马深知自己来自荷兰，所用的母语是非通用语——荷兰语，因此他的主要著作都用英文撰写并出版，从而得以产生国际性的影响。自中国实行改革开放以来，佛克马率先来中国访问讲学，并自80年代中后期以来多次来中国访问讲学并出席学术会议，对中国比较文学在新时期的复兴和走向世界做出了重要的贡献。由于佛克马在中国的比较文学和文化理论界的重大影响和独特地位，同时也由于他在所有研究世界文学的西方学者中是极少数通晓俄语和汉语并熟悉中国现代文学和理论的学者之一，因此他的世界文学观便有着鲜明的跨文化特色，在各位主要学者中独树一帜，并有着广泛的影响。由于他本人与马克思主义的种种关系，对他的比较文学和世界文学学术思想进行研究也应该包括在马克思主义的世界文学研究中。

一、文化相对主义与比较文学研究

与当今的国际比较文学界其他理论家所不同的是，佛克马专门讨论比较文学和世界文学理论的专著并不很多，但他的比较文学研究却有着鲜明的理论性和跨文化、跨学科性，也即他有着广阔的世界主义胸襟和世界文学视野，并有着扎实的文本细读和经验研究作为基础，对于当今具有理论争鸣意义的论题均有着自己的独特见解。他的见解大多发表在期刊或文集的论文中，出版于1987年的《总体文学和比较文学论题》就是他自己精心挑选的一本专题研究论文集，主要聚焦文学理论和世界文学问题。这部论文集由十篇论文组成，其具体篇目如下：第一篇为《文化相对主义重新思考：比较文学与跨文化关系》（Cultural Relativism Reconsidered: Comparative Literature and Intercultural Relations），第二篇为《文学史：关于文学撰史学问题的一些评论》（Literary History: A Comment on Some Problems in Literary Historiography），第三篇为《青年艺术家的肖像，狗，和猿猴：关于接受理论的一些思考》（The Portrait of the Artist as a Young Man, a Dog, and an Ape: Some Observations on Reception Theory），第四篇为《比较文学和新的范式》（Comparative Literature and the New Paradigm），第五篇为《审美经验的符号学定义和现代主义的分期代码》（A Semiotic Definition of Aesthetic Experience and the Period Code of Modernism），第六篇为《文学研究中的代码概念》（The Concept of Code in the Study of Literature），第七篇为《文学理论中成规的概念与经验研究》（The Concept of Convention in Literary Theory and Empirical Research），第八篇为《作为解决问题之工具的经典》（The Canon as an Instrument for Problem Solving），第九篇为《比较文学的教学法和反教学法》（Didactics and Anti-Didactics of Comparative Literature），第十篇为《论文学研究的可靠性》（On the Reliability of Literary Studies）。从上述这些标题就可以看出，佛克马所关注的主要理论问题大都在当今的学术界有所反响。单单从上述这些文章的题目我们并不能看出其涉及世界文学问题，但是他的世界文学观却贯穿于这其中的一些文章中。

　　这部论文集之所以以《总体文学和比较文学论题》为标题，恰恰体现了作者在这两方面的造诣和思考。所谓总体文学（general literature），主要指欧洲一些大学的非国别/民族文学研究，探讨的是一般的文学和理论问题，类似于中国的文学理论和世界文学研究，与那种传统的X加Y式的"类比式"比较研究迥然不同。佛克马作为一位有着严谨的科学精神的欧洲学者，从一开始就十分注重文学的经验研究。他的博士论文的题目就是《中国的文学教义及苏联影响》，单单从这个题目就可以看出其中的跨度是很大的，涉及的语种也超过三种：首先，他的论文是用英文撰写的，讨论中国的文学教义时，他大多直接引用中国国内出版的文献，例如《人民日报》《光明日报》《文艺报》等主流报纸，以及《红旗》《文学评论》等主流学术期刊。这充分体现了他的严谨学风和多语种能力。尽管如此，他仍然不满足通过翻译来讨论苏联的文学艺术政策，他还学习了俄语，并达到阅读文献的水平。书中的不少文献就直接引自苏联的《真理报》《文学报》等主流报刊杂志。此外，作为一位关注理论问题的理论家，他也致力于比较文学的总体和理论研究，因此他的研究特色同时体现了总体文学的风格和精神以及注重实证经验的特色。同时，由于他的研究总是跨越国别/民族和语言界限，因而又充满了比较的特征。也即他从一开始就清醒地意识到，自己是荷兰人，是一个非最主要民族的学者，所操持的语言也并非通用性语言，这些对于他研究更为广阔的世界文学显然是有局限的。因此他在中学和大学读书期间就打下了坚实的英文和法文基础，并在日后的学术生涯中，他的所有重要著作和论文都用英文撰写，少数论文直接用法文撰写。此外，由于荷兰语与德语比较接近，再加之他的夫人蚁布思（E.Ibsch）就是一个德国人，据说他们之间经常是用英、德、荷兰语三种语言交流，这无疑对他的德语水平的提高也有着直接的帮助。

　　正是具备了这些主要的欧洲语言的基础训练和实践，佛克马便可以借助于这些语言直接阅读世界文学作品。但他与一般的读者和批评家所不同的是，他并不拘泥于文学文本的词句，而是通过细读发现一些可供他质疑并进行理论阐释的问题。因此他的著述开始的切入点总是提出问题，最后的归宿也是在对这些问题进行一番反思之后提出一种理论假设或建构。这种研究特色始终贯穿于他的这本文集中的各篇文章。尽管该集所收论文以理论探讨为主，但仍体现了作者所受到的两种文化传统的学术训练：中国现代文学和西方文学理论。正如他在"序"中所不无遗憾地表达的，"我曾作为一位汉学家受过训练，因此早期的部分研究是关于中国现代文学的。当然，那些文章不得不在本集中略去，但是读者可以注意到，本集所收论文在参照现代主义和后现代主义文献时有时也参照中国的材料"①。因此这本书仍有着一定的体系性和跨文化研究的理论性。特别是作为一位致力于西方文学理论和比较文学理论研究的学者，佛克马时刻不忘自己早年所受过的中国语言文学训练，并在适当的场合信手拈来运用中国文学的例子佐证自己的理论观点，这在西方主流学者中是极少见的。

作为一位受过严格的理论训练的比较文学和世界文学学者，佛克马从不屑进行那些表面的比附式研究，他认为正是那些所谓的比附式"研究"才使得比较文学这门学科的声誉受到严重的损害。他总是以提出问题为讨论的对象和核心。早在80年代后期，他就针对中国学界所热衷于争论的"法国学派"和"美国学派"之长短一针见血地指出，"我们现在无需讨论什么学派问题，而是要讨论理论问题，探讨各民族文学的一些审美共性"②。他的著述所涉及的一些国别/民族文学文本仅作为理论探讨的材料，正是在对这些广为学界关注的理论问题的讨论中，他不时地提出自己的理论建构。可以说，这本文集中的各篇论文正体现了他的这一著述特色。

虽然从上述论文的标题不难看出这本文集所讨论的主要理论问题，但我们仍可以从中梳理出佛克马的一些主要理论兴趣和观点。具体体现在下列几个方面：(1)文化相对主义的反思；(2)世界文学的新的含义；(3)文学史的写作和经典的建构与重构；(4)比较文学与新的范式；(5)关于文学研究的代码问题；(6)文学成规与经验研究。细心的读者不难看出，这六个方面实际上都与世界文学问题有着密切的关系，而他本人对这些问题的思考则比较早，并且在各种场合均提出自己的前瞻性见解。因而随着时间的推移，即使在今天的全球化语境下，这些写于20世纪80年代或更早些的论文仍没有成为"明日黄花"。这里仅将上述前三个方面的主要观点

---

① Douwe Fokkema, *Issues in General and Comparative Literature*, Calcutta: Papyrus, 1987, p. vii。本节中下面的注释除标明出处外，凡引自本书《总体文学和比较文学论题》的文字仅用括号标明页码。
② 中国比较文学学会成立大会暨首届国际研讨会于1985年10月29日—11月2日在深圳举行，时任国际比较文学协会主席的佛克马代表协会致辞。这段引文就引自他的主席致辞。

概括如下：

（1）关于文化相对主义及其在比较文学研究中的意义。作为欧洲比较文学学者中最早关注文学经典问题的学者之一，佛克马对文学经典的构成的论述首先体现在他对西方文化思想史上袭来已久的"文化相对主义"的重新阐释，这无疑为他的经典重构实践奠定了必要的理论基础。众所周知，文化相对主义最初被提出来是为了标榜欧洲文化之不同于另一些文化的优越之处，后来，由于美国的综合国力之不断强大，它在文化上的地位也与日俱增，有着"欧洲中心主义"特征的文化相对主义自然也就演变为"西方中心主义"，这种情况一直延续到包括中国文化在内的整个东方文化的价值逐步被西方人所认识。[①] 在比较文学领域，佛克马是最早将文化相对主义加以改造后引入比较研究视野的西方学者之一。在理论上，他认为，"文化相对主义并非一种研究方法，更谈不上是一种理论了"，但是"承认文化的相对性与早先所声称的欧洲文明之优越性相比显然已迈出了一大步"（第1页）。这种开放的眼界和广阔的胸襟决定了他在日后的研究中尤其关注包括中国文学在内的东方文学的发展。在实践上，他始终认为，作为一位比较文学和世界文学学者，仅仅将眼光局限于欧洲文学或西方国家的文学是远远不够的，因为东方国家幅员辽阔，文化传统迥异并各具特色，因此进行这种跨越东西方文化的比较文学研究对于比较文学学者来说具有很大的挑战性和意义，而他恰恰就要接受这样的挑战。他以一种宽阔的世界主义胸襟率先打破了国际比较文学界久已存在的"西方中心主义"传统，主张邀请中国学者加入国际比较文学协会并担任重要职务；在他主持的《用欧洲语言撰写的比较文学史》的后现代主义分卷《国际后现代主义：理论和文学实践》（*International Postmodernism: Theory and Literary Practice*, 1997）的编写方面，他照样率先邀请中国学者参加撰写，从而使

---

① 关于文化相对主义和文化相对性的定义及其作用，参阅 Ruth Benedict, *Patterns of Culture*, London: Routledge & Kegan Paul, 1935, p. 200。

得一部用英文撰写的多卷本（世界）比较文学史第一次有了由中国学者执笔的关于当代中国文学的历史描述。① 这不能不说是西方的比较文学学者在文学史编写方面的一个突破，同样，这对于我们今天在一个全球化的语境中重新审视既定的文学经典之构成和经典的重构也不无启迪意义。

毫无疑问，经过佛克马等人的努力以及国际学术界的一系列理论争鸣，文化相对主义的内涵发生了本质的变化。它摆脱了袭来已久的"欧洲中兴主义"和"西方中心主义"的思维定势，提醒人们关注世界其他国家和地区的文化和文学传统。因此在今天的语境下，我们完全可以这样来理解，也即每个民族的文化都是相对于另一些文化而存在的，因而每一种文化都有自己的初生期、发展期、强盛期和衰落期，没有哪种文化可以声称自己永远独占鳌头。所谓全球化时代的文化趋同性实际上是一种天方夜谭，是根本不可能实现的，全球化在文化上带来的两个相反相成的后果就是文化的趋同性和文化的多样性并存，而且随着全球化进程的日益加快，这种文化上的多样性特征反而变得愈益明显。毫无疑问，这是十分具有理论前瞻性的。正是有了这种开放的文化观念，从世界文学的角度对有着西方中心主义色彩的文学经典提出质疑乃至重构就顺理成章了。他的这一思想在20世纪末和21世纪初的一系列著述中也得到进一步的发挥。

（2）在当今的国际比较文学和世界文学研究界，人们若讨论世界文学问题，总免不了要引证美国学者佛朗哥·莫瑞提的《世界文学构想》或"远读"策略和戴维·戴姆拉什的《什么是世界文学？》等著述，很少有人提及佛克马的奠基性著述和贡献。实际上，就《总体文学和比较文学论题》的出版年代1987年而言，佛克马涉猎世界文学在时间上远远早于莫瑞提和戴姆拉什发表关于世界文学的著述，而就其中的单篇论文所发表的年代而言，就更是早于这两位美国学者对世界文学问题的讨论了。在这本

---

① Cf. Wang Ning, "The Reception of Postmodernism in China: The Case of Avant-Garde Fiction," in Hans Bertens & Douwe Fokkema eds., *International Postmodernism: Theory and Literary Practice*, Amsterdam/Philadelphia: John Benjamins Publishing Company, 1997, pp. 499–510.

文集中，佛克马也提出了关于世界文学的新的含义。由于佛克马的比较文学研究从一开始就具有总体文学的视野，因而他对世界文学的关注就不足为奇了。他从考察歌德和爱克曼的谈话入手，注意到歌德所受到的中国文学的启发，因为歌德在谈话中多次参照所读过的中国传奇故事，尤其是通过英文译本阅读中国的才子佳人小说《好逑传》。在歌德看来，"诗是全人类的共同财产，这一点在所有的地方，而且在所有的时代的成百上千的人那里都有所体现……民族文学现在不行了，世界文学的时代就要到来……"歌德对全人类的共性十分感兴趣，因此贸然推测，"中国人的思想、行为和情感和我们的是何其相似；而且很快地，我们也会发现我们与他们的也十分相似"。在收入这本文集的一些论文中，佛克马也涉及了世界文学问题，认为这对文学经典的构成和重构有着重要的意义。可以说，他的理论前瞻性已经为今天的国际比较文学界对全球化现象的关注所证实。受歌德的"世界文学"概念的启发，马克思、恩格斯在1848年的《共产党宣言》中指出，始于1492年哥伦布发现美洲新大陆时资本就开启了运作和向海外的扩张。从那时起，全球化实际上就已经开始了，而在文化方面，这一过程也许开始得更早。马克思、恩格斯在描述了资本主义的全球性扩张后指出，"物质的生产是如此，精神的生产也是如此，各民族的精神产品成了公共的财产，民族的片面性和局限性，日益成为不可能，于是由许多种民族的和地方的文学，形成了一种世界的文学"[①]。虽然在《共产党宣言》中，马克思主义创始人并未明确指明，而且在那时也不可能指明经济全球化可能带来的文化上的趋同现象，但是，他们却隐隐约约地向我们提出，全球化绝不是一个孤立的只存在于经济和金融领域里的现象，它在其他领域中也有所反映，比如说在文化上也有所反映。各民族文化之间的相互交流和渗透，使得原有的封闭和单一的国别—民族文学研究越来越不可能，于是世界文学就应运而生了。这一思想对佛克马也有所影响，因

---

① 马克思、恩格斯：《共产党宣言》，第30页。

此他的世界文学研究从一开始就突破了西方中心的局限，将研究的视角指向他自己所熟悉的中国文学。应该指出的是，比较文学的早期阶段就是这样一种"世界文学"，而在经历了一百多年的风风雨雨和历史沧桑之后，比较文学的最后归宿仍应当是世界文学，但这种世界文学的内涵和外延已经大大地扩展了。这一思想也贯穿着他应邀为劳特里奇《全球化百科全书》撰写的"世界文学"词条中。尤其值得称道的是，他在国际场合批评了那种狭隘的欧洲中心主义的世界文学观，针对世界文学版图分布的不公正状态，他更是在词条中严正地指出：

> 雷蒙德·格诺（Raymond Queneau）的《文学史》（*Histoire des littératures*）（3卷本，1955—1958）有一卷专门讨论法国文学，一卷讨论西方文学，一卷讨论古代文学、东方文学和口述文学。中国文学占了130页，印度文学占140页，而法语文学所占的篇幅则是其十二倍之多。汉斯·麦耶（Hans Mayer）在他的《世界文学》（*Weltliteratur*，1989）一书中，则对所有的非西方世界的文学全然忽略不谈。①

这样一种欧洲中心主义式的世界文学绘图在佛克马看来，显然是不公正的。而且确实，进入21世纪的全球化时代以来，已有更多的西方学者突破了西方中心主义的藩篱，对世界文学进行了专门的论述，可见佛克马的理论前瞻性再次得到了印证。②

（3）如前所述，佛克马在比较文学和世界文学研究中，十分重视文学史的写作和文学经典的建构与重构。我们都知道，经典原先在希腊语

---

① Douwe Fokkema, "World Literature," in Roland Robertson and Jan Aart Scholte eds., *Encyclopedia of Globalization*, New York and London: Routledge, 2007, pp. 1290–1291.
② 关于"世界文学"之概念及涉及范围的深入全面地阐释，参阅 David Damrosch, *What is World Literature?*, Princeton and Oxford: Princeton University Press, 2003, especially "Introduction: Goethe Coins a Phrase", pp. 1–36。

中并非只有今天的明确含义。按照美国比较文学学者约翰·吉勒理（John Guillory）的解释，"'经典'从古希腊词kanon衍生而来，其意义是'芦苇秆'（reed）或'钓竿'（rod），用作测量工具。后来，kanon这个词逐渐发展成为其衍生义'尺度'（rule）或'法则'（law）。这个对文学批评家有着重要意义的词首先出现于公元4世纪，当时canon被用来指一组文本或作者，尤其指早期的基督教神学家的圣经一类书籍"①。也就是说，经典一开始出现时，其宗教意义是十分明显的，发展到后来才逐步带有了文化和文学的意义，而在今天，后两者的意义甚至比前者的用途和含义更广，并且尤其见诸比较文学和文学理论研究者的著述，因而更容易引发我们的理论思考和争鸣。

在今天的全球化语境下，我们对世界文学问题的涉猎大多是围绕文学经典的形成和重构而讨论的。在这方面，西方的比较文学和文学理论学者已经做过许多界定和论述。早在20世纪80年代后期，佛克马就涉足了经典的建构与重构问题，他提请人们注意接受美学对经典形成所做出的历史性贡献。此外，由于经典的形成往往有着跨文化和跨语言的因素，也即一个民族文学中的非经典文本通过翻译的中介有可能成为另一个民族的文学中的经典，反之亦然。因而对经典问题的讨论必然也引起了比较文学学者的兴趣。比较文学学者首先关注的问题是究竟什么是经典？经典应包括哪些作品？经典作品是如何形成的？经典形成的背后是怎样一种权力关系？当经典遇到挑战后又应当做何种调整？等等。这些均是比较文学学者以及其后的文化研究学者们必须回答的问题。

对于文学史的重新建构，必然涉及对以往的文学经典作品的重新审视甚至质疑。也就是说，在今天的语境下来从今人的视角重新阅读以往的经典作品，这实际上是把经典放在一个"动态的"位置上，或者使既

---

① Cf. John Guilory, "Canon," in Frank Lentricchia et al eds., *Critical Terms for Literary Study*, 2nd edition, Chicago and London: University of Chicago Press, 1995, p. 233.

定的经典"问题化"（problematized），因为文学经典问题对于文学史的写作有着至关重要的意义。正如美国《新文学史》杂志主编拉尔夫·科恩在该刊创刊号上所称，"迄今尚无一家刊物致力与文学史上的问题进行理论性的阐释"，因而该刊的创办就是为了满足读者的这一需要，以便通过承认"文学史"必须重新书写而实现这一目的。另一个目的就是通过探讨"历史"为何物以及"新"（new）这个字眼在多大程度上又依赖于"旧"（old）的概念进行理论阐释。[①] 毫无疑问，经过四十多年来的努力，在《新文学史》上发表的上千篇论文本身足以构成撰写一部"新"的文学史的重要理论和文本资源。

既然文学撰史学（literary historiography）同时涉及文学和历史两个学科，那么对历史的叙述乃至重构就必然对"新"文学史的编写产生重要的推进作用。在这方面，新历史主义的挑战为文学经典的重构提供了重要的合法性依据。按照新历史主义者的看法，历史的叙述并不等同于历史的事件本身，任何一种对历史的文字描述都只能是一种历史的叙述（historical narrative）或撰史，或元历史（metahistory），其科学性和客观性是大可值得怀疑的。因为在撰史的背后起到主宰作用的是一种强势话语的霸权和权力的运作机制。经过这两次大的冲击和挑战，文学史的神话被消解了，文学史的撰写又被限定在一个特定的学科领域之内，发挥它应该发挥的功能：它既不应当被夸大到一个等同于思想史的不恰当的地位，同时又不应当被排除出文学研究的领地。但这个文学研究领域已经不是以往那个有着浓厚的精英气息的封闭的、狭窄的领域，而成了一个开放的、广阔的跨学科和跨文化的领域，在这个广阔的领域里，文学研究被置于一个更加广阔的文化语境中来考察。这也许就是新的文学撰史学对传统的文学理论的挑战。作为这一挑战的一个直接后果，文学经典的重构问题理所当然地被提

[①] 关于科恩教授对这一点的重新强调，参见他为《新文学史》中文版撰写的序，清华大学出版社2001年版，第1页。

到了议事日程上。在80年代末和90年代初的欧美学术界,讨论文学经典建构和重构的问题甚至成为一种时髦的话题,同时也主导了不少学术研讨会的讲坛。①

无独有偶,佛克马的这一看法在美国学者哈罗德·布鲁姆那里也得到了响应。布鲁姆在出版于1994年的鸿篇巨著《西方的经典:各个时代的书籍和流派》中,站在传统派的立场,表达了对当代颇为风行的文化批评和文化研究的反精英意识的极大不满,对经典的内涵及内容做了新的"修正式"调整,对其固有的美学价值和文学价值做了辩护。他认为,"我们一旦把经典看作为单个读者和作者与所写下的作品中留存下来的那部分的关系,并忘记了它只是应该研究的一些书目,那么经典就会被看作与作为记忆的文学艺术相等同,而非与经典的宗教意义相等同"②。也就是说,文学经典是由历代作家写下的作品中的最优秀部分所组成的,因而毫无疑问有着广泛的代表性和权威性。正因为如此,经典也就"成了那些为了留存于世而相互竞争的作品中所做的一个选择,不管你把这种选择解释为是由占主导地位的社会团体、教育机构、批评传统作出的,还是像我认为的那样,由那些感到自己也受到特定的前辈作家选择的后来者作出的"③。诚然,对经典构成的这种历史性和人为性是不容置疑的,但是长期以来在西方的比较文学界和文学理论界所争论的一个问题恰恰是,经典究竟是怎样形成的?它的内容应当由哪些人根据哪些标准来确定?毫无疑问,确定一部文学作品是不是经典,并不取决于广大的普通读者,而是取决于下面

---

① 实际上,在西方文学理论界,不仅是《新文学史》这样的权威刊物组织编辑过讨论文学经典问题的专辑,另一权威理论刊物《批评探索》(*Critical Inquiry*)也组织过相类似的专题研究和专辑。由于这两个刊物对文学理论的"导向"作用,关于经典形成及重构问题的讨论在英语世界至今仍是一个前沿理论课题。

② Harold Bloom, *The Western Canon: The Books and School of the Ages*, New York: Harcourt Brace & Company, 1994, p. 17.

③ Harold Bloom, *The Western Canon: The Books and School of the Ages*, New York: Harcourt Brace & Company, 1994, p. 18.

三种人的选择：文学机构的学术权威、有着很大影响力的批评家和受制于市场机制的广大读者大众。但在上述三方面的因素中，前二者可以决定作品的文学史地位和学术价值，后者则能决定作品的流传价值，当然我们也不可忽视，有时这后一种因素也能对前一种因素做出的价值判断产生某些影响。

佛克马对上述这些问题早有洞察，因此在收入这本文集的《作为解决问题之工具的经典》一文中，他便开宗明义地提出了这样一个问题："……我们都想有一个经典，但是却不知道如何挑选经典；或者说如果我们知道哪些是经典的话，又如何去说服我们的同事相信我们选取的经典是正确的。"（第157页）既然除去欧洲以外，亚洲、非洲和北美的文学研究者都面临着选择经典的问题，那么经典的选取就应当放在一个广阔的世界文学语境之下来进行。在回顾了韦勒克等人关于经典的论述后，佛克马指出，"因为文学的经典是著名文本的精选，而且应当被认为是有价值的，有教育作用的，并可作为文学批评家的参照系。既然这些文本是著名的，受人尊重的，因而出版商便争相出版它们"（第159页）。但是对于世界文学语境下经典概念的流变却很少有人去进行梳理。在这篇文章中，佛克马描述道，"经典的概念已经经历了不止一次的危机。例如，（1）从中世纪到文艺复兴的过渡时期，（2）从古典主义到浪漫主义的过渡时期，并且为了欧洲文学史以外的语境来选取例证，那么（3）从儒家到现代中国的过渡时期"（第160页），在这些不同国度的不同时期，都有人为经典的确立而努力，因而经典始终是处于一种动态的状态。而且不可能仅有单一的经典。对此，佛克马以中国的文学经典在"文革"时期和"文革"后的改革开放时期的变化为例阐述了自己的观点。他的这种全球的和比较的视野一直延续到他后来的研究。他和蚁布思在一部出版于21世纪初的专著中对"谁的经典""何种层次上的经典"等问题提出质疑后，便大量引证中国文学的例子，指出，"我们可以回想起，中国也有着经典构成的传统，这一点至少也可以像欧洲传统那样表明其强烈的经典化过程之意识"[1]。由此可见，佛克马不仅在理论上较早地对这种现象进行了论证，而且在实践上，他也着手研究中国当代文学，撰写了一些批评性文字。而且越到晚年，他对中国文学的兴趣越是浓厚，这在西方的比较文学学者中确实是极少见的。可见在世界文学研究领域内，像佛克马这样有着宽阔胸怀的西方学者实在是凤毛麟角，因而在长期的比较文学撰史实践中，不少西方学者不是出于无知便是有意识地忽略中国文学的存在，即使在他们所谓之的"世界文学"研究著述中也有意无意地遮蔽中国和其他东方国家的文学。我们今天在探讨马克思主义与世界文学研究时，重温佛克马写于20世纪80年代的一些文章，仍然倍感亲切，同时也更加钦佩他为中国文学的跻身世界文学经典所做出的不懈努力。

由此可见，所有这些文章都与当前的比较文学和文学理论争鸣有着密切的关系，并自觉地进入了比较文学的最高阶段——总体文学和世界文学——的视野，对中国的比较文学和世界文学研究在一个全球化的跨文化语境下的健康发展有着积极的参照意义和借鉴作用。

二、现代主义和后现代主义文学研究

尽管佛克马本人并非专门研究现代主义以前的西方理论思潮，但他却对自现代主义以来的文化和文学理论思潮十分感兴趣，尤其对后现代主义文学及其理论思潮有着浓厚的兴趣，并花了很多时间和精力去考察和研究这些理论思潮，他以一位欧洲比较文学学者的身份，在国际性的后现代主义论争中扮演了较为独特和重要的角色。由于他主要是一位文学研究者，因此他对后现代主义的讨论和研究不同于美国的新马克思主义理论家弗雷德里克·詹姆逊的那种"统领一切"的多学科和广阔的批判性视野，

---

[1] Douwe Fokkema & Elrud Ibsch, *Knowledge and Commitment: A Problem-Oriented Approach to Literary Studies*, Amsterdam/Philadelphia: John Benjamins Publishing Company, 2000, p. 40.

也不同于他的老朋友伊哈布·哈桑的激进的从文学先锋派切入来推进后现代主义概念的方法。作为一位崇尚文学经验研究的学者，他对后现代主义的态度比较冷静和客观，也即承认其不可忽视的重要性和广泛影响，但并不赞同其大部分理论观点。因此，他主要是一位后现代主义的研究者，而非其推进者。作为一位文学理论家和比较文学学者，他从考察世界文学的角度出发，主要关注的是不同民族/国别的文学中的后现代主义及其在世界各国/民族文学中的影响和流变，并在广泛阅读了各家后现代主义理论家的著述后对之进行理性的分析，力求客观地反映各家理论的长处和局限。因此从这个意义上说来，他并不能算作是一位后现代主义理论家，而更是一位经验研究者。尽管他的研究从现代主义入手，但由于他和蚁布思合著的专门讨论现代主义文学的英文著述出版较晚，而且主要聚焦于一些主要的欧洲作家及其作品研究，试图通过对这些有代表性的欧洲作家的作品的分析和阐释发现某种"现代主义的代码"，因而他在现代主义文学研究领域中的影响力并不那么显赫。但是他能够在那些汗牛充栋的关于现代主义文学的研究者中独树一帜，成为重要的一家之言，显然与他的多种语言和总体文学知识有关。但平心而论，他和蚁布思合著的那本研究现代主义文学的专著中所讨论的作家依然仅限于欧洲作家，单单从书名的副标题就可以看出，该书主要讨论的是"1910—1940年欧洲文学的主流"，甚至连美国的现代主义文学都未涉及，更不用说其他国家的现代主义文学了。所以，难怪一些美国学者认为佛克马是一位欧洲中心主义者。但是他在进入后现代主义研究领域后，则一改早先的欧洲中心主义或西方中心主义思维模式，将研究的触角深入到东欧和亚洲，或者更确切地说，中国的后现代主义文学。他通过这种全景式的描述和绘图表明，后现代主义并不仅局限于欧美国家，它在某种程度上是一种国际性的文学和文化理论思潮。这显然与他的世界文学视野不无关系。

但是，他在后现代主义研究中的这种国际化视野并非从一开始就有的，而是随着这一理论思潮的逐渐国际化和所产生的世界性影响而逐步具备的。应该承认，如果从学术研究和文学编史的角度来看，我们认为佛克马在后现代主义研究方面的最主要贡献就体现在这几部著作和编著中：《文学史、现代主义和后现代主义》(1984)、《走向后现代主义》(与伯顿斯合编，1986)、《后现代主义探究》(与卡利内斯库合编，1987)，以及《国际后现代主义：理论与文学实践》(与伯顿斯合编，1997)。即使在后几部与别人合编的专题研究文集中，也体现了他的广阔的全球视野、包容各家理论的思想和专注文学语言和艺术技巧等特色。他的研究虽然偶尔也涉及其他学科，但主要还是聚焦于文学及文学理论，并以具体的文学作品的分析见长。

如前所述，与不少西方后现代主义文学研究者一样，佛克马也是首先从探讨现代主义文学入手。与马尔科姆·布拉德伯里和詹姆斯·麦克法兰的多元视角的包容性"泛"现代主义观点所不同的是，佛克马和蚁布思将文学中的现代主义主要限定为1910—1940年的欧洲文学的主流，所讨论的十一位作家也全部是欧洲作家：詹姆斯·乔伊斯、艾略特、弗吉尼亚·伍尔芙、瓦雷里·拉波（Valery Larbaud）、马塞尔·普鲁斯特（Marcel Proust）、安德列·纪德（André Gide）、伊塔罗·斯维沃（Italo Svevo）、罗伯特·穆齐尔（Robert Musil）、杜·佩隆（Charles Edgar du Perron）以及托马斯·曼（Thomas Mann）。① 这也正是为什么不少欧美的比较文学学者认为佛克马本质上算是一位欧洲中心主义者的原因所在。其实，另一个原因也许一般人是看不到的，即上述这些作家所使用的语言都在佛克马和蚁布思夫妇的掌握之中，他们完全可以直接阅读这些作家的原作，而无须通过翻译的中介。这与佛克马严谨的治学态度不无关系，他从不涉猎那些用他自己不懂的语言撰写的文学，但他一旦下决心去研究那种文学的话，就一定首先从语言入手。这当然是他的长项，同时也不免流露出一定的局限

---

① Cf. Douwe Fokkema and Elrud Ibsch, *Modernist Conjectures: A Mainstream in European Literature 1910–1940*, London: C. Hurst & Company, 1987, especially "1. What is Modernism?", pp. 1–47.

性。尤其是在世界文学研究领域内，因为一个人的语言天赋无论多么出类拔萃都不可能将世界上的主要语言学遍，他不得不在大多情况下依赖翻译的中介。当年歌德阅读中国文学作品就只能依靠英文和法文翻译，因为那些中国文学作品尚未译成德语。但恰恰是通过翻译的中介，歌德比大多数西方作家和理论家更早地接触东方文学，进而萌发了世界文学的构想。这应该对而且已经对佛克马有了某种启示。因而在后现代主义研究中，佛克马的视野则大大地开阔了，不仅突破了早先的欧洲中心主义之局限，而且甚至大胆地将研究的视野拓展到全世界。但是他的这种宽阔的理论视野是在了解到后现代主义在世界各国的发展流变以及批评性接受之后才逐渐形成的。在这方面，后现代主义在中国的译介和变形无疑对他产生了某种启迪作用，甚至促使他晚年花了很多时间阅读中国当代先锋小说并探讨其不同于欧美同类作家的后现代主义特征。

　　早在1990年，当佛克马得知，他和伯顿斯合作主编的专题研究文集《走向后现代主义》即将译成中文在中国出版时，便欣然应译者邀请为该书中文版撰写了一篇"序"，他在这篇"序"中是这样说的，"在讨论文学思潮——或在一个更广阔的背景之下——文化生活潮流时，我们必须首先确立它们的地点、时间和社会认可性。确实，包括后现代主义在内的任何文学思潮都有着自己的地理学的、年代学的以及社会学方面的局限。它起源于北美洲的文学批评"[①]，因此在他看来，早期的后现代主义讨论也大多在那里进行。佛克马一方面承认后现代主义并非欧洲土壤中产生出的，但同时又对之做了"西方中心主义"式的界定："也许在一个宽泛的意义上说来，'后现代'这一术语现在也用于一些生活水准较高的东亚地区，例如日本或中国香港，但是后现代主义文学现象仍局限于某个特殊的文学传统……我现在尽可能说得清楚些：后现代主义文学是不能

[①] 佛克马、伯顿斯编，王宁等译：《走向后现代主义》，北京大学出版社1991年版，"中译本序"第1页。

模仿的，它属于一个特殊的、复杂的传统。"① 显然，这与他更早些的看法是一脉相承的。1983年春，佛克马作为荷兰伊拉斯莫斯讲座演讲者赴美国哈佛大学作了三场演讲："国际视野中的文学史"（Literary History from an International Point of View），"现代主义的预设：纪德、拉波、托马斯·曼、特·布拉克和杜·佩隆作品中的文学成规"（Modernist Hypotheses: Literary Conventions in Gide, Larbaud, Thomas Mann, Ter Braak, and Du Perron），以及"后现代主义的诸种不可能性：博尔赫斯、巴塞尔姆、罗伯-格利耶、赫曼斯及另一些作家的作品中的成规"（Postmodernist Impossibilities: Literary Conventions in Borges, Barthelme, Robbe-Grillet, Hermans, and Others）。这三场演讲获得了学界的普遍好评，也扩大了他在美国学界的影响和知名度。在这三场演讲中，佛克马确实从文学成规和文化代码的角度对作为文学史现象的现代主义和后现代主义的种种特征提出了自己的独特见解，令人有耳目一新之感。但是出人意料之外的是，在第三个讲座结语的一段话里，他竟然武断地得出了这样一个结论："后现代主义对想象的诉求在伊凡·丹尼索科维奇的世界或在中华人民共和国是不合时宜的。中国人有一句寓言也许可以从博尔赫斯的小说中衍生出来，叫作'画饼充饥'。然而，在中国语言的代码中，这种表达有着强烈的负面意义。因而有鉴于此及另一些原因，在中国赞同性地接受后现代主义是不可设想的。"② 他之所以做出这一判断显然是受到他思想深处的西方中心主义的影响所使然，因为确实，当时的中国无论就其生产水平还是生活条件来看，都未达到后工业社会的后现代条件。此外，他也确实脱离了汉学界多年，对中国现当代文学批评和研究的现状知之甚少，更不了解改革开放时代的中国先锋作家的锐意创新和对西方最新理论思潮的追逐之欲望。但是1989年10月，他在接到我的来信说明后现代主义在中国文学中得到不少作家的赞同性接受，并产生了

---

① 佛克马、伯顿斯编，王宁等译：《走向后现代主义》，"中译本序"第2页。
② Cf. Douwe W. Fokkema, *Literary History, Modernism, and Postmodernism*, Amsterdam/Philadelphia: John Benjamins, 1984, pp. 55–56.

广泛的社会影响时,他则勇于面对这一客观存在的现实毅然改变了自己原先的武断观点。他在和波顿斯商量后立即决定申请荷兰皇家科学院的博士后基金,成功后便邀请我赴荷兰乌德勒支大学从事学术研究一年,研究的课题就是后现代主义在中国当代文学中的接受,并要我为他和伯顿斯正在合作主编的《用欧洲语言撰写的比较文学史》分卷《国际后现代主义:理论与文学实践》撰写一章,题为:"后现代主义在中国的接受:先锋小说的个案"(The Reception of Postmodernism in China: The Case of Avant-Garde Fiction)。① 他的这种"与时俱进"的学术研究风格和实事求是的精神是令人钦佩的。这一分卷的出版再一次证明,在佛克马等人的共同努力下,文学编史领域中的"西方中心主义"思维模式终于被打破了。在这一卷的编辑中,显然也渗透了他的世界文学思想。

由此可见,欧洲中心主义和西方中心主义的思维定势确实是十分顽固的,它已经渗入到不少西方学者的理论意识甚至无意识中,不时地指导他们的学术研究和著述,即使像佛克马这样的早年曾攻读中国现代文学和理论思潮的汉学家也难以摆脱其阴影。但是佛克马的与时俱进精神和实事求是态度也促使他开始关注中国的后现代主义文学。进入21世纪以来,已经退休的佛马克在完成了荷兰皇家科学院的重大项目之后,便腾出更多的时间关注中国现当代文学了,首先进入他的研究视野的就是中国当代先锋小说。2005年8月在深圳举行的中国比较文学学会第八届年会暨国际研讨会上,佛克马应邀做了题为"中国的后现代主义小说"的主旨发言,后来又于2007年在四川大学就这个话题做了演讲,最终该文修改后发表于美国的文学史研究权威刊物《现代语言季刊》的关于中国现代文学的专辑中。② 在这篇论文中,佛克马首先指出,后现代主义在不同的地区有不同

---

① Cf. Hans Bertens and Douwe Fokkema eds., *International Postmodernism: Theory and Literary Practice*, Amsterdam/Philadelphia: John Benjamins, 1997, pp. 499–510.

② Cf. Douwe Fokkema, "Chinese Postmodernist Fiction," in *Modern Language Quarterly*, Vol. 69, No. 1 (2008): 141–165.

的表现形式,欧洲的后现代主义文学显然不同于美国的后现代主义文学,也不同于中国的后现代主义文学。那么中国的后现代主义文学有何特色呢?他认为,"这种差别并非局限于它是另一个地方的后现代主义,而在于它所赖以生存的历史背景、叙事形式以及读者的反应"①。可以说,佛克马正是从这几个视角开始了对一些中国当代文学文本的细读和分析的。在他看来,中国当代文学中的后现代主义潮流的出现有其多方面的因素:

> 中国的后现代主义的文学背景也如同其近百年的历史一样是多方面的。首先,是社会主义现实主义,包括被认为是"红色经典"的一些俄苏小说。1958年社会主义现实主义这一术语被重新表述为"革命现实主义与革命浪漫主义的结合"……其次,20、30年代的中国现代文学依然是中国作家和读者的集体记忆之一部分。第三,中国的传统经典,这一传统始自孔子和庄子,直到唐宋诗词,再到《西游记》和《红楼梦》,它们始终作为中国文学背景的一部分。第四,还有外国文学,包括翻译成中文的博尔赫斯和加西亚·马尔克斯的作品,以及很快就译成中文的巴思的论文《补充的文学》,这些均使得后现代主义成为知识界的一个熟悉的概念。第五,还有通俗文学和民间故事的第一手知识,这些作家中比较有名的如莫言,大都出生在农村,或者青年时代就被送到那里去接受再教育的知识青年,如韩少功。②

因此,这种多元的价值取向和多方面文化背景便导致后现代主义作为其一元也能在中国当代文学中占有一席之地。于是他挑选了几位在他看来具有后现代主义倾向的作家,通过细读和分析莫言、王朔、余华、韩少功和海

---

① Cf. Douwe Fokkema, "Chinese Postmodernist Fiction," in *Modern Language Quarterly*, Vol. 69, No. 1 (2008): 141.

② Cf. Douwe Fokkema, "Chinese Postmodernist Fiction," in *Modern Language Quarterly*, Vol. 69, No. 1 (2008): 148.

男等人的小说后,颇有理论敏感性地加以理论总结:"我们可以得出这样的结论,现代主义和后现代主义在当代西方文学中是同时出现的,其中先锋派作家们更为偏好后现代主义。在中国也是如此,现代主义与后现代主义是共存的,但是现代主义的地位较之其西方同行来则更为强大,因为现代主义在中国是一种迟缓了的发现和实践……现代主义者和后现代主义者对于社会主义现实主义都是一种反动,因此在这方面,现代主义与后现代主义与其说是竞争者,倒不如说更是同盟军。"① 也即他在仔细分析了中国的具体情况后得出这一结论的,这也比较符合中国学者对现代主义与后现代主义在中国改革开放时代同步出现之特征的概括。当然,中国的后现代主义文学一方面消解了国际后现代主义文学运动的"宏大叙事",另一方面,又以中国的具体实践和变体形式丰富了国际学界的后现代主义文学理论。

在确认中国的后现代主义与欧美的后现代主义有着差别后,佛克马又提出了这样一个问题:"是否存在一个中国的后现代主义者可据以反动的中国的现代主义呢?这倒是一个很难回答的问题。我们可以很容易地在20、30年代以及40年代的中国文学中发现现实主义、自然主义、浪漫主义和象征主义,但是能见到乔伊斯、普鲁斯特和托马斯·曼的那些带有其反讽和建立在假设之基础上的建构吗?"② 在佛克马看来,答案自然是否定的。但是独具慧眼和理论洞见的佛克马却从一位学者型作家中见到了现代主义的诸种特征,这就是他的老朋友——同样在欧洲留过学并有着深厚国学功底的钱锺书。他认为钱锺书的《围城》是在当时的中国文学大背景和大氛围中的一个另类,因此《围城》至少比较"接近欧洲的现代主义"。当然,他在提出这一观点后紧接着就拿出了证据:钱锺书于30年代正好在

---

① Cf. Douwe Fokkema, "Chinese Postmodernist Fiction," in *Modern Language Quarterly*, Vol. 69, No. 1 (2008): 164.

② Cf. Douwe Fokkema, "Chinese Postmodernist Fiction," in *Modern Language Quarterly*, Vol. 69, No. 1 (2008): 149.

欧洲留学，当时现代主义在欧洲文学中达到了全盛的阶段，钱锺书"在牛津大学读了艾略特和普鲁斯特的作品"①，这显然对他有着影响和启迪。确实，熟谙中国现代文学和当代比较文学的佛克马早就开始关注钱锺书的文学和学术著述了，他在改革开放后再次来中国访问讲学时，唯一前往专门拜访的作家兼学者就是钱锺书。可见他们至少在现代主义和比较文学这两个话题上有很多共同的语言，甚至这两位学者所掌握的语言都大致相同。

在具体的文本分析方面，佛克马充分发挥了他的细读之长项。他在仔细阅读了余华、韩少功和莫言等人的小说后总结道，我们"有充分的理由认为他们是'后现代主义者'"，因此，"中国的后现代主义实际上是国际后现代主义的一部分，但同时也具有自己的特色，因为它产生自特定的中国文化语境并形成了自己特殊的叙事特征"。②他认为，只有认识到中国文学的世界性，才能更为全面地修正世界文学经典，反映世界文学发展的全貌。如果说，当年后殖民理论家赛义德所提出的"旅行中的理论"（traveling theory）只强调了理论从中心向边缘的单向度辐射和影响的话，那么毫无疑问，佛克马已经又前进了一步。他通过考察中国的文学创作实践，对出自西方的世界文学理论提出质疑和修正，即世界文学之于不同的国家和地区应该呈现出一种双向关系：一方面，世界文学促使这些民族/国别文学更加开放和包容，从而使之成为世界文学的一部分；另一方面，这些来自不同民族/国别文学的优秀作品又丰富了世界文学的宝库，使之更加具有普遍性。我们认为这应该是佛克马的世界文学观的重要贡献，同时也对我们的中国比较文学学者不无一定的启迪意义。

另一个值得我们在此指出的是，尽管佛克马多年脱离了汉学研究，

---

① Cf. Douwe Fokkema, "Chinese Postmodernist Fiction," in *Modern Language Quarterly*, Vol. 69, No. 1 (2008): 149.

② Cf. Douwe Fokkema, "Chinese Postmodernist Fiction," in *Modern Language Quarterly*, Vol. 69, No. 1 (2008): 151.

但他一旦捡起过去的老本行仍然十分娴熟。他在这篇文章中分析的一些作品，如王安忆和莫言的小说是有现成的英译文的，而有些作品他则直接阅读中文，用中文原文引证并译成英文。例如，他对莫言的《丰乳肥臀》的细读就十分到位，除了阅读葛浩文的英译文外，他还找来2003年出版的《丰乳肥臀》中文版，仔细对照着读，结果发现葛浩文或许为了满足美国的读者市场对莫言的原作做了一些删节和修改，甚至将其结尾做了符合叙事内在逻辑发展的修改，从而使得英语世界的读者很容易忽视其结尾的"短路"之后现代特征。他对韩少功的《马桥词典》的解读则直接引自中文原文，甚至连所引证的段落都由他自己译成英文。而他对中国批评家的著述的了解更是直接通过中文原文来阅读和引证。我们都知道，中国当代批评家很少能用英文著述并在国际刊物上发表，而且其批评著述被译成英文的也很少。尽管如此，佛克马不得不直接阅读他们的原文著述，并对这些批评家做了十分到位的引证。他除了直接引用我所发表的讨论后现代主义的英文论文外，他还通过中文引用了中国批评家戴锦华和陶东风等人的论文。这一点也使他在那些国际后现代主义研究大家中独树一帜。

正如佛克马已经看到的，改革开放时代的中国作家有着强烈的世界意识，他们不仅为国内读者而创作，同时也为全世界的读者而创作，这样，通过翻译的中介，他们就有可能走向世界。对此，佛克马认为，"这些用中文以及通过翻译创作了畅销作品的主要中国作家试图与西方的同行平起平坐。当然，他们的这种自信也是完全正当的：他们要对世界文学做出贡献，因此他们常常表现得比欧美的作家更为大胆，并且成功地向我们暗示了一种全人类的普适观点"[①]。应该说，佛克马的这一看法是相当准确的，较之那些仅看到世界文学之于中国的意义的比较文学学者和汉学家，

[①] Cf. Douwe Fokkema, "Chinese Postmodernist Fiction," in *Modern Language Quarterly*, Vol. 69, No. 1 (2008): 165.

佛克马确实迈出了一大步。

三、全球化时代的比较文学和文化研究

显然，在当今的人文社会科学界，谈论全球化问题已经成了一种时髦。面对全球化时代文学研究所受到的种种挑战，作为一位有着强烈的人文关怀的当代知识分子，佛克马也被卷入了这股争论的大潮中，并在不同的场合发表了一些批评性文字。具有讽刺意味的是，佛克马在1996年退休后，在国内和国外扮演了两个截然相反的角色：在荷兰，他主持的一个大的科研项目就是"欧洲文学语境下的荷兰文学"，旨在强调历史上的荷兰文学和艺术曾经有过的"黄金时代"和本土特色；而在国外，他则频繁地出访东亚地区，尤其是中国内地和香港，不仅出席国际学术会议，同时也在多所大学发表演讲，所涉及的论题不仅限于比较文学，而且涉及了全球化问题和文化研究。从这个角色来看，正好前者是他所赖以立足的本土化实践，后者则是他力图发挥其学术影响的全球化语境；前者多涉及文学研究，后者则涉足了文化研究。应该承认，他对全球化和文化研究的立场也是在不断变化的，从一开始的抵制和批判性立场逐渐走向批判性认同，并力图使其朝着有利于比较文学研究的方向引导。可以说，他的全球化和文化研究也与他自90年代后半叶以来对中国的数次访问密切相关。

在1998年8月18—20日于北京举行的"全球化与人文科学的未来"国际研讨会上，佛克马应邀作了大会发言。具有讽刺意味的是，他这次来中国出席的关于全球化与文化问题的会议竟然是他首次出席关于全球化问题的国际学术会议，可见中国学者在全球化研究领域从一开始就进入了国际学术前沿，并至少掌握了部分话语权和主导性。当然，在对全球化的一片批判和欢呼声融为一体的氛围中，他的态度尤为冷静，他更为关注全球化所导致的文化趋同性走向的另一极致：文化上的多元化或多样性。他在详细阐发了多元文化主义的不同含义和在不同语境下的表现时指出，"在一个受到经济全球化和信息技术日益同一化所产生的后果威胁的世界上，为

多元文化主义辩护可得到广泛的响应",他认为,既然文化上的全球化之特色是文化趋同性与文化多样性并存,那么"强调差异倒是有必要的"。①一般人往往只注意到全球化带给文化的趋同性特征,而佛克马则与另一位研究全球化问题的大家罗兰·罗伯逊一样,同时注意到其双重性:趋同性和多样性,而且后者的特征在文化上显示得更为明显。

  佛克马在会上发出的另一个不同声音是致力于建构一种新的世界主义。他在回顾了历史上的世界主义之不同内涵之后指出,"应当对一种新的世界主义的概念加以界定,它应当拥有全人类都生来具有的学习能力的基础。这种新世界主义也许将受制于一系列有限的与全球责任相关并尊重差异的成规。既然政治家的动机一般说来是被他们所代表的族群或民族的有限的自我利益而激发起来的,那么设计一种新的世界主义的创意就首先应当出于对政治圈子以外的人们的考虑,也即应考虑所谓的知识分子"②。显然,他不同意那种大一统的抹杀了各民族不同特色的普遍主义的世界主义,而是更强调对差异的保护,这显然是由于他受到中国文化思想影响所使然。就这种新的世界主义的文化内涵,佛克马进一步指出,"所有文化本身都是可以修正的,它们设计了东方主义的概念和西方主义的概念,如果恰当的话,我们也可以尝试着建构新世界主义的概念"③。这就说明,世界主义的概念也并非一成不变,而是一种可以建构的,因而应该处于一种动态之中。毫无疑问,此时的佛克马已经不仅超越了过去的欧洲中心主义和西方中心主义之局限,甚至在提请人们注意,西方世界以外的中国人的传统观念也与这种世界主义不无关系。他凭借自己的丰富中国历史和文化知识,回顾道:"在中国传统中,历史的层面主导了地理上的分布。整个世界基本上都是根据一种文化模式得到解释的。如果一个人生活在野蛮人中的话,儒家人性的原则也会适用。中国思想的普遍主义特征直到本世

---

① 佛克马:《走向新世界主义》,收入王宁、薛晓源编《全球化与后殖民批评》,第247页。
② 佛克马:《走向新世界主义》,收入王宁、薛晓源编《全球化与后殖民批评》,第261页。
③ 佛克马:《走向新世界主义》,收入王宁、薛晓源编《全球化与后殖民批评》,第263页。

纪才受到若在欧洲便以文化相对主义之名义发展的那些观念的挑战。佛教禅宗这另一个伟大的传统也像儒家学说一样具有普遍主义特征。"① 由此可见，他的深厚的中国文化造诣促使他在一切场合都会以中国文化的例证来解构西方中心主义的藩篱。

尤其应该指出的是，佛克马对中国文化的情有独钟并非偶然，而是有着历史的渊源，这一点甚至体现在他为自己所起的中文名字上："我的中文姓名'佛克马'是我自定的，它不仅与其西文发音相近，更重要的是，这三个字分别反映了我对三个领域的兴趣及研究：'佛'代表佛教；'克'与孔夫子（Confucius）相谐音；'马'则代表马克思。这三者均对中国文学颇有影响，而且我对之也下了一番功夫。"② 应该指出的是，前两个方面对于他长期在西方学界从事中国问题研究有着直接的影响，而他对马克思主义的兴趣却未能使他成为一个马克思主义者。例如他在和蚁布思合著的《20世纪文学理论》及其他地方对中国和苏联的社会主义现实主义文学理论的偏见就明显地受到西方世界的"冷战"思维定势的影响。因而正如有学者所指出的，"以佛克马为代表的海外汉学界和一些港台学者对《讲话》作出了各自的评价，虽然有些评述未必公正客观，而且他们的关注点也不仅在《讲话》本身，而更多的是它对中国文学的影响。对此，我们应该有清醒的认识"③。尽管如此，马克思主义对他的这种潜移默化的影响时时在他的著述和演讲中流露出来，这也促使他始终坚持一种辩证的和发展的态度来考察文学和文化问题，同时严格的中国语言训练也使得他在语言才能和文化知识方面明显地高于他的许多欧美同行的狭隘视野。确实，佛克马从一开始就与那些竭力鼓吹"趋同性的"全球化的人不同，他

---

① 佛克马：《走向新世界主义》，收入王宁、薛晓源编《全球化与后殖民批评》，第259页。
② 参阅《关于文学史、文学理论及文学研究诸问题——访著名学者佛克马教授》，收入王宁：《比较文学与当代文化批评》，人民文学出版社2000年版，第404页。
③ 赵娟茹：《杜威·佛克马视域下的毛泽东〈讲话〉》，《现代中国文化与文学》2014年第1期，第136页。

更加理性地强调文化的差异性和多元性。在这个问题上,他也和德里达等欧洲知识分子一样,小心翼翼地使用"全球化"这一具有争议的术语,并且致力于发现新的术语来描述这一具有普遍意义的全球性现象在文化和文学上的反映。

正如我们所看到的,全球化对当今的比较文学研究确实产生了冲击性的影响,以至于有人竟认为全球化的驻足文学研究领域,对包括比较文学在内的所有文学研究都敲响了丧钟。但实际情况究竟如何呢?作为一位精英文学研究者和比较文学在全世界范围内的热情鼓吹者,佛克马的看法并非如此悲观。在他逝世前与中国学者的一次关于文化问题的对话中,他指出:

> 在最近的十年到十五年内,文学研究确实受到了文化研究的挑战,但实际上这只是拓宽了学科界限,因而忽视了对文本和其他文化现象的关注。最近,有学者已经论证到,文化研究也处于危机状态,主要是因为这个领域过于宽泛了。当然,这里的情况也许更为复杂,显示出危机状态的还有方法论和认识论上的一些问题。但是在这个问题上全球化扮演了一个什么样的角色呢?它显然对比较文学没有构成任何威胁。倒是与其相反,从经济的意义上认识到当今世界正在迅速地变成一体,使人对文化和文学的未来命运如何感到茫然。①

显然,他也和许多具有理论远见的比较文学学者一样,认识到了全球化之于比较文学的意义:正是在全球化的历史过程早期,世界文学(比较文学的雏形)的理念诞生了;同样,正是在全球化处于高涨期时,比较文学在朝着世界文学的方向发展。因而谈论"比较文学的消亡"看来确实

---

① 参见佛克马、王宁:《多元的想象与重构——关于南北欧作家与中国文化等若干理论问题的对话》,载《跨文化对话》(第18辑),江苏人民出版社2006年版,第201页。

为时过早。针对文化研究对比较文学的冲击因而导致了后者的衰落之现状，佛克马指出，有些学者认为文化研究近来发生了危机，但他并不认为文化研究就一无是处，而是在质疑文化研究的学科之合法性的同时，主张用"文化学"（cultural research）来替代"文化研究"（Cultural Studies）。①他时刻都不忘寻求文学研究的"科学性"目标，因此在他看来，这样一种走向"科学"的文化学研究是使得文化研究这门准学科领域得到进一步合法化并摆脱危机的一个途径。

无独有偶，在一本题为《后理论：文化理论的新方向》（Post-Theory: New Directions in Criticism, 1999）的专题研究文集中，一些对文化研究冲击下理论的未来忧心忡忡的学者对理论在当下的功能与作用做了描绘。在这本书的短序中，英国著名的左派政治学家、埃塞克斯大学理论研究中心主任厄内斯托·拉克劳（Ernesto Laclau）开宗明义地指出：

> 我们这个时代的理论之命运真是奇特的。一方面，我们自然是一直在经历着模糊经典的疆界之进程，这一进程使得"理论"成为一个独特的对象：在一个对元语言功能进行多方面批判的时代，对具体现象的分析又摆脱了严格区分的理论框架/个案研究的紧箍咒。但另一方面，恰恰是因为我们处在一个后理论时代，理论却又不能对抗一种脱离了理论的羁绊而蓬勃发展的经验性……因此尽管我们已经进入了一个后理论世界，但我们肯定又不可能处于一个非理论的时代。②

这就说明，诚如伊格尔顿所言，"文化理论的黄金时代早已过去"③，我们

---

① 参阅佛克马于2005年6月10日在清华大学的学术演讲"文化研究与文化学"（Cultural Studies and Cultural Sciences）。

② Cf. Ernesto Laclau, "Preface," in Martin McQuillan, Graeme Macdonald, Robin Purves and Stephen Thomson eds., *Post-Theory: New Directions in Criticism*, Edinburgh: Edinburgh University Press, 1999, p. vii.

③ Cf. Terry Eagleton, *After Theory*, London: Penguin Books, 2004, p. 1.

进入了一个"后理论时代",在这样一个"后理论时代",文学/文化理论的批判锋芒有所锐减,理论变得更加崇尚经验,因而经验研究再度步入了文学和文化研究的前台。这倒是与佛克马的期待所吻和。当然,令人遗憾的是,佛克马对世界文学和文化的进一步思考和研究刚刚开始就匆匆离世,他的不少具有理论洞见的思想并没有见诸文字,况且他对全球化和文化研究的关注也处于刚刚开始阶段,但是从他生前所发表的著述来看,我们至少不难看出他的世界文学研究是受到歌德和马克思主义创始人的影响和启迪的,因而他从一开始就没有像他的许多西方同行那样受制于语言和文化的局限,而他对世界文学语境中中国文学和中国的比较文学研究的关注和研究就更加具有意义了。

# 第七章 中国文论大家研究

第一节　朱光潜的批评理论再识

在中国当代美学和外国文学批评史上，朱光潜是无法绕过的一位文论大家，虽然他主要是从事美学和文学理论研究的，很少从事国别文学的批评实践，但是他的美学和文学批评理论却影响了整整一代从事外国文学批评和研究的学者。虽然他的主要著作大多写于新中国成立前，但是自新中国成立以来，他已经在不同的场合将这些出版于新中国成立前的旧著做了一些修订，有些则是他过去写下但未在国内公开出版的著作，或者即使出版后其影响也仅限于一个狭窄的小圈子里，而在中国当代的外国文学理论批评界，他的著述的影响则一直延续到改革开放时代。此外，还因为他自新中国成立以来率先发起了几次重要的文学理论讨论，或在这些讨论中起到某种理论导向的作用。因此讨论中国当代外国文学批评史，我们首先就会想到朱光潜。

朱光潜（1897—1986），字孟实，安徽省桐城县人，现当代著名美学家、文艺理论家、教育家和翻译家。此外，也是横跨中国现当代并有着自觉理论意识和思想体系的一位外国文学理论批评大家。朱光潜1922年毕业于香港大学文学院，后于1925年留学英国爱丁堡大学，其间致力于文学、心理学和哲学的学习与研究，后在法国斯特拉斯堡大学获哲学博士学位。1933年回国后，先后任北京大学、四川大学、武汉大学教授。1946年后一直在北京大学任教，同时在西语系和哲学系讲授美学与西方文学等课程。

朱光潜是20世纪中国的一位重要的学院派文学理论批评家，他著述甚丰，同时也翻译了大量西方人文学术理论著作。他的主要理论批评著作有《悲剧心理学》《文艺心理学》《诗论》《谈美》《谈文学》《克罗齐哲学述评》《西方美学史》《美学批判论文集》《谈美书简》《美学拾穗集》等，此外，他还翻译了《歌德谈话录》、柏拉图的《文艺对话集》、莱辛的《拉奥孔》、黑格尔的《美学》、克罗齐的《美学》、维柯的《新科学》

等。此外,他的《谈文学》《谈美书简》等理论读物,深入浅出,内容充实,文笔流畅,读来颇有阅读文学作品一般,对提高青年的写作能力和文学艺术鉴赏力均有帮助。新中国成立后,他又和蔡仪、李泽厚等共同于50、60年代掀起了关于美学问题的大讨论,广泛涉及了美的性质、批评的标准以及在当时比较敏感的文学的人性问题等,对当时的文学理论批评论争产生了极大的影响。

粉碎"四人帮"后,尽管改革开始还未正式开始,但朱光潜就敏锐地洞察到了人道主义和人性论这些异常敏感的理论问题,率先于1978年初发表了《文艺复兴至十九世纪西方资产阶级文学家艺术家有关人道主义、人性论的言论概述》一文,再度发起了新的理论讨论[①],并在后来逐步发展到范围更广的关于人道主义和异化问题的讨论。这篇文章虽然属于综述性的,但是文中却隐含着作者本人的倾向性。朱光潜指出,"人道主义思想是与资产阶级的历史发展相终始的。在资产阶级历史发展的不同阶段中,人道主义思想一方面见出历史的持续性,另一方面也随阶级力量对比和政治斗争需要的改变而获得不同的具体内容,起不同的作用"。他把人道主义涉及的时期分为三个阶段:

> (1)资产阶级新兴阶段,即文艺复兴阶段,约从十四世纪到十六世纪,这是自然科学兴起的时期,是造形艺术在意大利达到高峰,戏剧文学在英国达到高峰的时期;(2)资产阶级革命阶段,从十七世纪到十八世纪,这在哲学上是理性主义与经验主义交锋和启蒙运动的时期,在文艺上是新古典主义运动及其反响的时期;(3)资产阶级由外扩张转入垄断资本主义的阶段即十九世纪,这在哲学上是德国唯心主义和法国实证主义流行的时期,在文艺上是浪漫主义运动和现实主义

---

① 参阅朱光潜:《文艺复兴至十九世纪西方资产阶级文学家艺术家有关人道主义、人性论的言论概述》,《社会科学战线》1978年第3期,第262—274页。

运动相继出现的时期。①

他认为,在这三个阶段,人道主义思想都"渗透到各个文化领域的各个角落里",对文学艺术创作和理论批评均产生了重大的影响。在当时的特定历史时期,朱光潜不便于展开讨论,甚至在文章结尾处还加上了几句带有"大批判"味道的文字,这自然是可以理解的。但是所产生的客观影响却是他始料未及的。可以说该文预示了后来出现在改革开放时期文学中的人道主义和人性的呼唤,同时也为外国文学批评中涉及人性和人道主义问题铺平了道路。

确实,长期以来,国内学者对朱光潜的研究和评价大多局限于将其归为西方美学理论家黑格尔、克罗齐、叔本华和尼采的信徒,当然他自己也对此有过说明。在本书中,我们不想重复别人的研究,而是要探讨朱光潜的美学与文学批评理论的另一源头:弗洛伊德的精神分析学。当然要探讨他与弗洛伊德理论的关系这个题目也许比较难。因为从影响研究的角度着眼,我们会碰到这样的困难,在朱光潜新中国成立后发表的所有论文、著作、谈话、自传性回忆文章中,几乎都未提及自己受过弗洛伊德主义的影响和启迪;从跨学科研究的角度着眼,弗洛伊德的理论主要属于精神分析学或无意识心理学的领域,而朱光潜的理论批评著作则常常被归类为美学和文学批评领域,因此这样的比较便有了一种跨学科的视野。同时,其难度也是显而易见的。在这一节中,我们主要将朱光潜当作一位有着深厚的美学造诣的文学批评家来讨论。由于以往的朱光潜研究者总是探讨他的批评理论所受到的尼采和克罗齐等人的影响,我们则避开别人的已有研究成果,而主要讨论他的文学批评和美学著述中心理学或精神分析学的成分。

---

① 参阅朱光潜:《文艺复兴至十九世纪西方资产阶级文学家艺术家有关人道主义、人性论的言论概述》,《社会科学战线》1978年第3期,第262页。

一、弗洛伊德主义的主要阐释者和批评者

根据现有的研究，弗洛伊德主义在中国的介绍和传播始于20世纪20年代，其主要传播渠道分别是西欧和日本，其介绍传播的学科分别是心理学界、文化界和文学界。① 应该指出的是，朱光潜的批评生涯在某种程度上就始于对弗洛伊德理论的介绍和评论。作为一位掌握多门外语和多学科知识且有着深厚美学造诣的学者型批评家，朱光潜同时在三个领域内，为弗洛伊德主义在中国的传播和推广做出了任何人都难以比拟的贡献。继在他之前的文化学者汪敬熙和罗迪先之后，刚开始批评生涯不久的朱光潜在1921年7月25日出版的《东方杂志》第18卷第14期上发表了长篇评介文章《福鲁德的隐意识与心理分析》。这篇文章分别从以下九个方面全面地介绍了弗洛伊德的无意识学说（即所谓的"隐意识"）：福鲁德（即弗洛伊德）的隐意识说；隐意识与梦的心理；隐意识与神话；隐意识与神经病；隐意识与文艺和宗教；隐意识与教育；心理分析；心理分析与神经病治疗学；结论。从文章所涉及的范围来看，虽然远远超越了汪、罗二人的一般性介绍，达到了同时从心理学、文化及文学三个视角综合考察弗洛伊德主义的高度，并显示了作者的批评锋芒和犀利文笔，但此时的朱光潜并未加以过多的理论阐释和发挥，仅仅旨在"用简明的方法把他的大要表述一遍"。在《给青年的十二封信》（1926—1928）的第九封《谈情与理》中，他的这种客观态度便发生了变化，他在以通俗的语言阐述弗洛伊德的无意识说时，首先认为，"……意识好比海面上浮着的冰山，其余汪洋深湛的统是隐意识。意识在心理中所占位置甚小，而理智在意识中所占位置又甚小，所以理智的能力是极微末的，通常所谓理智，大半是理性化（rationalization）的结果，理智之来，常不在行为未发生之前，而在行

---

① 参阅王宁：《弗洛伊德主义在中国现代文学中的影响与流变》，《北京大学学报》1988年第4期；另参阅余凤高：《"心理分析"与中国现代小说》，中国社会科学出版社1987年版，尤其是其中的有关章节。

为已发生之后"。然后他得出结论说:"理智支配生活的能力是极微末,极薄弱的,尊理智抑感情的人在思想上是开倒车,是想由现世纪回到十八世纪。"① 由此可见,朱光潜在向青年读者介绍弗洛伊德的理论时,并非超然客观的,而是明显带有自己的批评性能动阐释和发挥,其褒贬抑扬态度从一开始就糅合在一起,时而赞扬的成分居多,时而批判的言辞遮掩了褒誉之词。总之,朱光潜从一开始对弗洛伊德主义进行介绍、阐述时起,就有着自己的鲜明个性和批评倾向性。他早在留学英法之前,就精通这两种语言,可以大量地直接阅读弗洛伊德的著作原文和英译本,以及西方学者对弗洛伊德主义的阐释和批评著述。此外,他还具备了一定的心理学、文化学和文学知识。在国外留学期间,他更为广泛地涉猎了心理学、哲学、文学理论等学科领域,并对自柏拉图以来的西方文学理论做了系统深入的研究,最后他终于选定这几门学科的边缘交叉学科——美学,作为自己毕生的研究事业。

　　与郭沫若、潘光旦、章士钊、周作人、郁达夫、赵景深等现代批评家所不同的是,朱光潜是一位在西方高等学府受过严格学术训练并有着深厚美学和文学造诣的学者型批评家,因此他对弗洛伊德主义的思考研究基本上是形而上的,从心理学和精神分析学本身入手,最终通过精湛透辟的分析推论,得出达到思辨哲学高度的结论,而较少地运用于批评实践。但他对中国当代文学批评的影响则是深远的,即使在他去世多年后仍不断地有学者发表文章对他晚年的一些著述进行解读和阐释。由此可见,中国当代文学批评中精神分析学派的启迪和影响与朱光潜早年的介绍和评论有着直接的关系。他对弗洛伊德主义的态度大致经历了这样几个阶段:介绍阐述—分析批判—扬弃接受—永远告别。自最初的几篇文章后,朱光潜对弗洛伊德的评介、阐述和批判比较集中地体现在《变态心理学派别》(1930)、《变态心理学》(1933)、《悲剧心理学》(1933)和《文艺心理学》

---

① 参阅《朱光潜全集》(第1卷),安徽教育出版社1987年版,第42—43页。

这四部著作中，当然这其中有不少重合的地方。这些早期的著作除了《悲剧心理学》用英文撰写且当时未在中文语境下发表外，其余几部都于30年代出版并于80年代收入《朱光潜全集》，再加上《悲剧心理学》于1983年在中文世界出版，对改革开放以来的当代文学批评产生了极大的影响。

《变态心理学派别》是当时国内介绍阐述弗洛伊德主义学说的著述中最全面且最有权威性的一部，除了对弗洛伊德后期著作中的本我、自我和超我，以及生的本能和死的本能等观点未触及外，几乎涉及了弗洛伊德所有的重要观点，例如无意识说、力比多说、精神分析法、快乐原则和现实原则、自由联想说、欲望升华说、梦的理论及解析技术、图腾与禁忌等。从这些介绍以及所举的例子来看，所涉及的学科至少有生理学、心理学、社会学、文化学、文学和哲学。首先，朱光潜站在心理学史的角度，充分肯定了无意识说的发现"给十八、十九两世纪的理智主义一个极强烈的打击"[1]，开了现代心理学探索无意识深层心理的先河。接着，他又在篇幅最长的"弗洛伊德"专章中点出了弗洛伊德学说的两个源头："一方面他是叔本华、尼采、哈特曼一线相传的哲学之继承者，而另一方面他又曾就学于夏柯和般含，与法国派心理学者也有很深的因缘。"[2] 实际上，细心的读者完全可以辨识出，朱光潜在这里既简要地概括了西方学者当时对弗洛伊德学说的一般看法，同时又暗示了弗洛伊德之所以始终存在着难以调和的矛盾之所在：一方面，弗洛伊德主张科学和理性，并且毕生为建立一门精神分析科学而努力奋斗；另一方面，他的种种假说又过分强调了非理性（无意识）的作用，终于使人们看出了他与那些非理性主义哲学家们的一脉相承之处。因而我们可以得出结论，弗洛伊德的出发点在科学，而落脚点却在哲学。对此，朱光潜虽未指明，但我们仍可以从他的一系列分析介绍中推论出来。在结尾部分，朱光潜指出，"弗洛伊德的最大贡

---

[1] 《朱光潜全集》（第1卷），第85页。
[2] 《朱光潜全集》（第1卷），第124页。

献在发明心理分析法以治精神病",而"他的最大缺点在他的泛性欲主义（Pansexualism）"。其次,"他的'隐意识'一个概念也非常暧昧,'隐意识'既不能以意识察觉,则其存在只可推测,不可证明"。再者,"他的梦的解释太牵强"。最后,"弗洛伊德还有一大缺点,就是对于心理学的生理基础无所说明"。① 总之,从这一系列富有科学精神的批判性言辞来看,朱光潜俨然以一种科学心理学家的身份,对弗洛伊德的所有缺乏科学实验基础的"哲学"假说统统予以批判和质疑。应该承认,他此时的科学态度是十分鲜明的,并且正是这种态度基本上贯穿了他后来对弗洛伊德主义的阐释、分析和批判性讨论。

《变态心理学》中的材料虽多取自前一本书,但作者此时的态度已经有了一些变化,从介绍阐述逐步过渡到分析批判,在分析批判中又夹杂着自己的评价。这本书的前三章虽未论及弗洛伊德,但这种铺垫却成为后四章的专门性讨论的不可缺少的部分。第四章"压抑作用和隐意识"、第五章"梦的心理"和第六章"弗洛伊德的泛性欲观"在介绍阐述弗洛伊德理论的同时,穿插着分析批判;第七章"心理分析法"则以介绍和阐述为主,其中并无批判之词,这就说明,他对作为一种治疗精神病方法的精神分析法依然给予了肯定。但是,细心的读者一定可以读出,此时在朱光潜的眼里,弗洛伊德的最大贡献已不再是仅仅"发明心理分析法以治疗精神病"了,而是从方法论上的变革上升为本体论上的革命性变革,因此,他的"最大贡献就在打破理智派心理学而另建设一种以本能和情感为主体的心理学"②。这样看来,随着西方学术界对弗洛伊德学说的逐步接受和阐发,朱光潜的"经院心理学"家的正统观念也逐步发生了变化。

如果说,在从心理学本身对弗洛伊德的理论进行介绍、阐述乃至分析批判方面,朱光潜在很大程度上受到西方学者的态度的影响的话,那只

---

① 《朱光潜全集》(第1卷),第145—147页的有关段落。
② 《朱光潜全集》(第2卷),第152页。

能说明他尊重科学的客观态度,并未表明他本人在建立自己的美学体系时对弗洛伊德学说的创造性接受和转化。随着西方作家、批评家对弗洛伊德主义的文学可能性的逐步发现和发掘,朱光潜本人对弗洛伊德的批评和研究也逐步转向了美学和哲学的视角,并用以阐述自己的文艺观点,同时也对同时代以及后代的批评家起到了一定的导向作用。这时他已完全摆脱了对弗洛伊德学说的一般性介绍和阐述阶段,而是进展到分析批判和扬弃接受的阶段。由于朱光潜的哲学和美学主要受到尼采和克罗齐的影响,又由于他对弗洛伊德的文艺思想及其信徒们的基本观点已十分熟悉,因此他完全可以在西方美学这一广阔的历史背景下来考察弗洛伊德主义。这时他对弗洛伊德主义文艺观的分析批判和创造性转化主要体现在《文艺心理学》和《悲剧心理学》这两部著作中,尤其是后者最初是作者用英文撰写并在国外出版的,因而长时间在国内未产生任何影响,而其中译本于1983年由张隆溪翻译、人民文学出版社出版时,人们才惊异地发现,这部早先的批评理论著作在改革开放和思想解放的年代出版确实是适逢其时。综合这两本著作的批评理论和思想,我们发现,它们涉及了下列几个至关重要的理论问题。

(1)文艺创作与欲望升华的关系。按照弗洛伊德的观点,文艺创作的动因是以性欲为中心的力比多欲望的满足。一般的人满足力比多欲望的方式不外乎这样两种:直接投射到性对象上或通过精神分析法而得到自我宣泄,而作家和艺术家则通过文艺创作使得这种原始的欲望得到升华,"性本能的成分,尤其是具有这种升华作用的能力,可以用一种更远大、更有社会价值的目标来代替其原有的性目的……性的冲动成分既然可以升华,当然就有着相当的可塑性,因此经过更加彻底的升华,就可以产生出更伟大的文化成果"[①]。作家和艺术家创作出自己的作品实际上就使得压抑

[①] 参阅 Sigmund Freud, "The Origin and Development of Psychoanalysis," *The American Journal of Psychology*, Vol. 21, No. 2 (April, 1910): 181–218,尤其是216。

在无意识深处的欲望得到了升华。朱光潜对此的态度是辩证的。首先，他承认有关文艺创作是无意识的欲望升华的观点无疑对唯美主义的"为艺术而艺术"是一种反动，但他接着便表明了自己的异议："艺术的内容尽管有关性欲，可是我们在创造或欣赏的那一顷刻中，却不能同时在受性欲冲动的驱遣，要在客位把它当作形象看。弗洛伊德派的错处在把艺术和本能情感的'距离'缩得太小。"① 对于俄狄浦斯情结与欲望升华的关系，朱光潜更是表明了自己的不同意见：

> 我们并不否认原始的欲望是文艺的一个很大的原动力，但是我们否认原始欲望的满足就是艺术所给我们的特殊感觉。弗洛伊德派的文艺观还是要纳到"享乐派美学"里去，它的错误在把欲望满足的快感看成美感，或是于这种快感以外，在文艺中没有见出所谓"美感"是怎么一回事。②

在朱光潜看来，弗洛伊德主义文艺观把快感与美感混为一谈，因而破坏了美的创造规律；此外也把艺术庸俗化了，进而忽视甚或破坏了艺术形式，因此，"欲望升华说的最大缺点在只能解释文艺的动机，而不能解释文艺的形式美"③。我们一般认为，文艺作品的完美性恰在于其内容与形式的有机统一，在这一点上，弗洛伊德主义确实重视作品的内容和主题，但它却忽视了形式美本身所赖以存在的规律，这不能不显示出它在内容与形式之关系这个问题上的幼稚态度。

（2）俄狄浦斯情结与悲剧主题。弗洛伊德生前十分熟谙古今悲剧名著，尤其受到索福克勒斯的《俄狄浦斯王》的启迪，"根据自己对古希腊悲剧的知识，提取了这个杀父娶母的俄狄浦斯故事的相似之处，从而为乱

---

① 《朱光潜全集》(第1卷)，第225页。
② 《朱光潜全集》(第1卷)，第274页。
③ 《朱光潜全集》(第1卷)，第394页。

伦的欲望发明了'俄狄浦斯情结'这一术语"①。对此，朱光潜同样是先阐发然后再进行质疑和批判：弗洛伊德学派将其"作为一个关键性概念，尝试用它来分析一切悲剧。他们到处去发现儿子对母亲的乱伦的情欲和对父亲的忌妒和仇恨"②，这样做的结果只能是导致悲剧的主题被简单化和庸俗化。因而朱光潜指出："如果仅仅局限于悲剧范畴之内，就可以说一切悲剧都来源于俄狄浦斯情意综，都满足我们隐意识的乱伦欲念。就算是这样，这样的满足也显然只能在隐意识中进行……说欲念得到满足，但主体（在这里是隐意识的人格）并不感到满足，岂不是奇谈吗？"③他严格地将快感与美感加以区分，并辨析道，欲望的满足只是在无意识中实现，而快感的满足则必须得助于意识，一般人在欣赏悲剧时，"绝不会觉得有任何乱伦欲念的满足"④，因而，就更谈不上得到快感的满足乃至美感的享受了。

（3）梦与艺术结构。现已公认，弗洛伊德的《释梦》是他对20世纪人类文化做出的最重大贡献之一。这本书虽然不是专门论文学艺术的，但是其中的大量例证却取自文学艺术名著，因而该书对20世纪的意识流文学、超现实主义、表现主义等文艺流派均产生了使作者意想不到的影响。这本书的最大特色在于将无意识、梦和性的象征融为一体，从而集中体现了弗洛伊德主义的三大贡献。当然，梦的理论一经问世，就受到了来自各方面的非难和批评。朱光潜由于对性的理论存有质疑，对无意识的科学性也持保守的态度，再加上他对艺术形式结构和美的特殊偏好，因而对梦的理论也予以激烈的批评。但即使如此，他依然承认，"压抑"和"移置"这两个概念是弗洛伊德主义的"最独特的贡献"，"这两个概念的确不是亚里

---

① Rod W. Horton and Herbert W. Edwards, *The Backgrounds of American Literary Thought*, New York: Appleton-Century Crofts Inc., 1952, p. 359.
② 《朱光潜全集》（第2卷），第396页。
③ 《朱光潜全集》（第2卷），第400页。
④ 《朱光潜全集》（第2卷），第400页。

士多德提出来,也不是他的评注家们提出来的"①,而且弗洛伊德主义在强调升华说时,实际上也暗示了"净化"这一概念,尽管这并"不是它所独有的概念"②。但他在这种局部的肯定之后却从形式美的角度进行了更为专断的批判:

> 艺术的形式美方面完全被弗洛伊德派忽略了,他们不懂得,诗绝不止是支离破碎的梦或者捉摸不定的幻想,他们也没有看到,隐意识的本性固然要求愿望应当以象征形式得到表现,却不一定要求以美的形式去表现……如果按照逻辑推演下去,弗洛伊德派心理学会把一切审美经验从人类生活中排除掉。无论多么高尚和崇高的艺术,都会成为仅仅满足低等本能要求的手段。这样一种艺术观如果不是完全错误,也至少是片面和夸大的。③

由此可以看出,作为一位美学家和有着自觉理论意识的文艺批评家的朱光潜,自然对艺术的真谛有着自己的体验和独到见解,他对艺术形式美的特别注重也是不足为奇的,而且正是出于对这种体验的注重,他才从美学的角度对弗洛伊德主义进行了如此尖锐的批判,其中的偏颇之处和过激言词当然也是在所难免的。但是从当时以及后来的改革开放时代中国文化界和文学批评界对弗洛伊德主义的一片无原则的赞扬声(当然也不乏持异议者)中,我们却听到了一个与众不同的,但却强有力的声音:一方面出于对西方正统的经院心理学的维护,指出弗洛伊德学说的谬误,另一方面又以冷峻超然的科学态度,对之进行阐述、分析、批判进而扬弃。我们认为,朱光潜的这种努力对于那些热衷于在自己的作品中图解甚至滥用精神分析学说的作家或滥用包括弗洛伊德的精神分析学在内的西方理论强制

---

① 《朱光潜全集》(第2卷),第399页。
② 《朱光潜全集》(第2卷),第401页。
③ 《朱光潜全集》(第2卷),第401页。

性地阐释中外文学作品的做法，或许敲响了警钟。虽然曾被他批判过的弗洛伊德的一些观点已被后来的实践证明是有效应和可行的，但是他的难能可贵之处恰在于：作为一位擅长辩证思维的哲学家和文学批评家，朱光潜在任何时候都保持清醒的头脑，并做出自己的判断。所以《文艺心理学》和《悲剧心理学》在中国当代产生的影响更大，它们不仅反映了朱光潜毕生对弗洛伊德主义的认真研究、深刻分析和严肃批判的态度，同时也体现了他对之的扬弃和创造性转化，尽管这种接受和转化有相当一部分是无意识的。

二、接受与影响：比较的批评和分析

在前一部分的追踪和分析中，我们不难看出，朱光潜的文学理论批评并非只是像他自己曾坦承和别人所认为的那样，只是受到克罗齐和叔本华的影响，同时也受到尼采和弗洛伊德的影响。他步入美学和文学理论批评的起点并非只是哲学和文学，同时也包括心理学，尤其是在当时处于新兴的不成熟的非正统心理学——精神分析学学科领域。由于朱光潜的广博的多学科知识和深厚的美学和文学理论造诣，因此他从心理学和美学的角度介绍、阐述和研究弗洛伊德主义，就明显地高于他的同时代批评家和学者；他的分析批判虽然也受到了西方学术界（特别是学院派心理学者）的影响，但其中并不乏他自己独特的思考视角和真知灼见；他对弗洛伊德主义及其文艺观的态度总体上说来是辩证的、一分为二的，因而也是比较实事求是的；但是，不管他对之批判或褒扬，他对精神分析学说以及弗洛伊德主义文艺观在中国的心理学界、美学和文学批评界的传播和发展都做出了重要的贡献。这一点尽管他本人在新中国成立后相当长一段时间内都从未提及，但他早年写下的这几部著作却成了难以磨灭的证据。所以到了改革开放的时代，他才在一个宽松的学术氛围下重提过去的一些往事。

同样，我们也不难发现，在对弗洛伊德主义的介绍阐述和分析批判的同时，朱光潜也在相当大的程度上受到了其影响，并通过这种被动的影响和他本人的主动接受，他逐步开始了建立自己的美学和文学批评理论体系的工作。从他早期的著述之分量以及他开始介绍弗洛伊德学说的时间来看，同时也通过对他与当代中国的另两位最有影响的美学家（李泽厚和蔡仪）的比较，我们完全可以这样认为，朱光潜所赖以建立自己的美学和文学批评体系的逻辑起点并非哲学，而是心理学，而李泽厚美学思想的逻辑起点则是哲学，蔡仪的逻辑起点是文艺学。他在表述自己的一些美学观点时，常常自觉或不自觉地汲取并借鉴了弗洛伊德的学说，并进行了自己的创造性转化。

由此可见，朱光潜受到弗洛伊德主义的影响是确信无疑的，但是这种影响并非浮于表面，而是深层的、不易辨识的，我们几乎很难发现他对弗洛伊德主义的简单图解或大肆滥用，也没有在精神分析学在西方处于全盛时期时成为一位精神分析学批评家。弗洛伊德主义对朱光潜的文艺观和批评理论的影响主要体现于方法论的总体方面，而他本人对后者的接受则是具体可辨的。根据接受美学理论，客体对主体（接受者）所施与的影响在很大程度上取决于接受主体自身的期待视野的承受、过滤和反馈水平：视野愈是宽广，承受力就愈大，过滤得就愈细，反馈出来的东西距离原客体就愈是有别，当然，误解和误构的例子除外。在朱光潜的期待视野内，隐伏着丰富渊博的心理学、哲学、美学、文艺学等学科的知识，这些知识使得接受者拥有了一个巨大的、牢固的网状结构，在这里，能指的多极相交产生出了新的所指，因而令人们难以辨识了。也就是说，在解释一种文艺现象时，朱光潜有时并非仅止于用弗洛伊德一个人的学说，这样便导致研究者很难探究出他的解释之背后的理论渊源。

首先应指出的是，朱光潜和弗洛伊德这两位理论家在研究方法上的契合。对弗洛伊德的理论有研究的人都知道，弗洛伊德生前曾自诩为一位科学家，致力于建立一门不同于传统的（理性）心理学的精神分析学，他的不少假说都可以在临床实践中找到基础，因此，连最保守的正统心理学者也不得不承认他的精神分析法用于治疗精神病的效应，朱光潜当然也不例外。应该承认，弗洛伊德学说的逻辑起点是科学（心理学和精神病学）。但是随着精神分析运动的兴盛，随着弗洛伊德的理论体系的逐步发展壮大以及他本人的声誉的日益高涨，弗洛伊德便不屑于停留在精神分析运动的小圈子内，他试图用自己的理论解释一切人类文化现象。这时，在他的信徒们的鼓吹下，弗洛伊德主义的旗号便公开打了出来，并迅速地形成20世纪20、30年代风靡欧美的一股最大的文化哲学思潮，它在文学界的产儿就是现代主义文学运动中的某些流派和精神分析学批评理论。这样看来，弗洛伊德的学说一旦越出精神分析学的雷池，演变成弗洛伊德主义思潮，其科学的护身符便不攻自破了，因此它的落脚点就是哲学，而且是与叔本华、尼采、哈特曼等人为代表的非理性主义哲学一脉相承的。由此可见，弗洛伊德主义常常被当作一股非理性主义思潮就不足为奇了。对于这些，朱光潜是十分清楚的，并因此而对弗洛伊德学说中的非科学成分提出了质疑。但令人意想不到的恰恰是，正是在这一点上，朱光潜自觉或不自觉地效法了弗洛伊德：他试图从心理学（科学）的角度入手，以严谨的科学态度研究美学，进而建立自己的以心理学为逻辑起点的美学思想体系；但从他那富于思辨哲学意味的分析推理和弘扬感情、贬抑理智的研究方法来看，他的落脚点却是哲学、文艺学以及这二者的交叉学科——美学。同俄国形式主义以及其后的结构主义批评方法相比，朱光潜研究美学文艺学以及解释文艺现象的方法远远算不上是科学的，而倒是更带有直觉、印象、感悟和阐释的成分，这充分体现了他对中国古典文学批评的熟悉和造诣，或者说，他有意识地将科学的理性精神与哲学的阐释方法结合起来，形成了自己独树一帜的批评方法体系。在这一点上，弗洛伊德学说给他的最大启迪在于：从科学的基点出发，进而推而广之，落脚点却在哲学。同时，在对弗洛伊德学说的介绍阐述上，朱光潜遵循科学的方法论原则，力求做到客观准确，并及时纠正国内学者对弗洛伊德学说的误解和歪曲，例如，在辨析潜意识（unterbewusst）与无意识（unbewusst，或译隐意识）之区别时①，这种实事求是的科学精神得到了完美的体现。但令人遗憾的是，朱光潜的这番甄别始终未引起国内学界的重视，甚至时至今日，我们仍可不时地发现将无意识与潜意识两个概念混用的谬误。而在分析批判阶段，朱光潜的方法也和弗洛伊德一样：先是力求从科学心理学的立场出发，指出弗洛伊德学说中的非科学成分，并予以严厉的批判；但他的分析批判也仍以推理讨论为主，而缺乏科学的实证精神和实验数据，而且在很大程度上还受到当时的西方正统经院心理学思想的影响，因此并不能完全令人信服；此外，随着弗洛伊德的学说逐渐被绝大多数西方心理学家接受，他的不少假说日益被科学实验所证明，因而连弗洛伊德本人也逐渐被尊为"正统的心理学家"和"现代心理学的奠基人"，朱光潜的那些过激的批判性言辞也就黯然失色了。由此可见，朱光潜对弗洛伊德主义的分析批判，其出发点和态度是科学的，但其方法和结论却是哲学的。这就是弗洛伊德对朱光潜有着重大影响的内在和深刻之处。毫无疑问，在对弗洛伊德心理学的了解、掌握进而评介研究方面，朱光潜与高觉敷齐名，是中国现当代最有成就的学者。弗洛伊德主义太为他所熟悉了，因而已经不知不觉地渗入到他的意识和无意识之中，无形地、内在地影响着他的学术研究和理论批评。但在阐释具体的文艺现象时，朱光潜却更多的是在接受弗洛伊德的学说，而并非只是简单地受其影响，这样的例证在《文艺心理学》和《悲剧心理学》中并不难见到，这里仅择其一二，以供读者管中窥豹。

在第四章"希腊女神的雕像和血色鲜丽的英国姑娘"中，朱光潜为了对美感与快感加以区别，以看"血色鲜丽的姑娘"为例，认为对这样的美人，"可以生美感也可以不生美感"：

> 如果你见了她不起性欲的冲动，只把她当作线纹匀称的形象看，那就和欣赏雕像或画像一样了。美感的态度不带意志，所以不带占有

---

① 参阅《朱光潜全集》(第1卷)，第128页及其他有关部分。

欲。在实际上性欲本能是一种最强烈的本能，看见血色鲜丽的姑娘而能"心如古井"地不动，只一味欣赏曲线美，是一般人所难能的。①

如果我们拿弗洛伊德的"性欲升华"说与之作为对照，也许会觉得略微变了点形，但其中接受和转化因素是不难窥见的，"可以生美感也可以不生美感"，即性欲（力比多）可以升华为"更伟大的文化成果"（弗洛伊德语），也可以不得到升华；前者诉诸艺术家，后者诉诸一般人。因此，见到美丽的姑娘而"不带占有欲"实为"一般人所难能"，因为他们渴望把性能量直接投射到性对象上去；而艺术家则可以做到，因为他们采取的是宣泄力比多的第三种方法：将原始的欲望升华为高雅的艺术形象了，因而就可以从中获取美感。仅通过这段简略的分析比较，我们就可以看出朱光潜和弗洛伊德两人观点的相似。

再举一例。在第九章"大人者不失赤子之心"中，朱光潜在比较（大人的）艺术与（孩子的）游戏时尽管只字未提弗洛伊德对梦想与艺术创造的论述，但你从他的通篇论述中却可以轻而易举地见出他对弗洛伊德的这一观点的接受和转化。

试比较下面两段文字：

（儿童）的想象力还没有受经验和理智束缚死，还能去来无碍。只要有一点实事实物触动他们的思路，他们立刻就生出一种意境，在一弹指间就把这种意境渲染成五光十彩，念头一动，随便什么事物都变成他们的玩具，你给他们一个世界，他们立刻就可以造出许多变化离奇的世界来交还你。他们就是艺术家。②

---

① 《朱光潜全集》（第2卷），第28页。
② 《朱光潜全集》（第2卷），第57页。

再来看另一段文字：

  难道我们不可以说，每一个玩耍的孩子的行为都像个创造性作家吗？这种相象之处就在于：孩子也创造了自己的一个世界，或者说他用一种颇能使他满意的新方式安排了自己世界里的事物。如果认为他没有认真地对待那个世界，那就错了，相反他倒是十分认真地对待自己的游戏的，并且在那上面倾注了大量的情感。①

  这样两段文字相比较所得出的结论自然是无须说明了。尽管我们可以说，文艺的"游戏说"早在弗洛伊德之前就已有之，但下面两点仍可佐证：其一，朱光潜自认为《谈美》是"通俗叙述"《文艺心理学》的"编写本"；其二，书中第四篇不仅提及而且评述了弗洛伊德的文艺观。当然，从精神分析学批评的视角，我们还可以读出更多弗洛伊德主义的因素。但朱光潜在运用弗洛伊德的理论时，往往也将其他思想家和理论家的观点糅合在其中，这样一来，一般的读者就难以究其渊源了。这也许正是朱光潜明显地高于他的同时代其他批评家的地方，他更多的是在理论思辨的层面上与弗洛伊德的理论进行对话，而较少将其用于具体文学现象和文本的分析阐释。

三、朱光潜现象：中国现代知识分子的人格悲剧

  本节前两部分的资料追踪和简略分析无疑为这一部分的进一步讨论奠定了实证的基础，因此我们可以得出结论：朱光潜作为一位受过严格西学训练并有着深厚中西美学和文学理论造诣的学院派批评家，同时也是中国最早介绍阐述弗洛伊德主义的学者和批评家之一，他不仅对之进行分析批评，而且也受其影响和启迪，并对之加以接受、扬弃和创造性转化；弗

---

① 弗洛伊德：《创造性作家与白日梦》，王宁编《精神分析》，四川文艺出版社1989年版，第2页。

洛伊德完全有资格和尼采、克罗齐等思想家一道，成为对朱光潜的美学和文学批评理论产生过深刻影响的导师。这一点看来是难以否认的。

但是令人遗憾的是，新中国成立后，在几乎所有的著述论文或谈话中，朱光潜在承认自己是克罗齐的信徒（后来又承认是尼采的信徒）的同时，却闭口不提弗洛伊德这位曾促发他建立自己的文艺心理学美学体系的导师，从而也致使几乎所有的研究者和批评者无从对之涉足问津，这实在是令人遗憾和不可思议的。其原因究竟何在？我认为主要有这样几个。

第一，在不少研究者和批评者看来，弗洛伊德的理论主要是关于性的理论，因而无论在正统的经院心理学界或美学界，弗洛伊德主义的名声都经历了褒贬毁誉的境遇，尤其是在苏联和中国这样的社会主义国家，弗洛伊德的名字在相当长的时期内更是声名狼藉。他的学说连同尼采的超人哲学、萨特的存在主义等一道，被斥为反动的、腐朽的唯心主义理论，即使是对这些理论的批判也大多限于"内部"，其措辞之偏激是可想而知的，而且还是在广大读者（包括一些专业人员）读不到原著的情况下进行的。对于朱光潜这位"资产阶级反动学术权威"，若是把他自己的名字同这样一位反动人物的名字联系在一起，就会罪上加罪，同时也会招来更为严厉的批判。众所周知，弗洛伊德的著作在中国一度是被禁止出版的，因此知道他的理论的人自然不多，既然别人不提他曾为弗洛伊德主义在中国的传播推广做出如此重要的贡献，他自己也就干脆保持沉默，并最终与这位曾经的导师"永远告别"了。而对于研究者和批评者来说，"文革"前的那一辈学者和批评家并不太熟悉弗洛伊德的理论，一般人是很难把朱光潜的美学和文学批评理论同弗洛伊德主义放在一起考察和研究的；70年代末，随着比较文学和现当代西方文学理论在中国的译介和运用，本来这种跨学科的比较研究应该成为中西比较文学和比较文论研究的一个重要课题，但是毕竟从事这种跨学科的研究难度较大，研究者和批评者尚未来得及做必要的知识准备，因此"弗洛伊德与朱光潜"这个课题长期以来在中国的比较文学和比较批评界始终是个空白，这不能不说是一大遗憾。

第二，从上面的分析来看，问题显然有着多种复杂的因素，把责任推给朱光潜本人也不免失之公允，因此我们需要从另一方面去寻找原因。朱光潜的学术和批评生涯跨越了现代和当代两个时段，而他的学术影响一直持续到改革开放开始后的十多年，他早先提出的许多理论命题一直是中国的外国文学批评界所绕不过的命题。新中国成立前，朱光潜著述甚丰，他的美学和文学理论自成一家，在海内外有着广泛的影响。但新中国成立后，一系列政治运动猛烈地冲击着他，致使他的后半生几乎是在批判声和咒骂声中度过的，而且大大小小的"美学家""文学理论家"和"批评家"正是打着"批判朱光潜的美学思想"之旗号而起家的。而朱光潜本人在新中国成立后，则把大量的时间花在了翻译上，基本上未写出任何具有自己学术个性的文学理论专著。《西方美学史》是他花了很大气力写成的一部专著式的高校教科书，虽然至今很少有中文的同类著作超越它，但它毕竟是特定历史条件下的产物，其中的"左"的言辞和不恰当的观点是显而易见的，而且有些在西方美学和文学理论史上产生过重大影响的理论家竟然未被提及或简略地打发过去，至于20世纪以来的西方美学和文学理论诸流派的评介更是简单得近乎空白了。人们不禁要问，难道朱光潜对之一无所知吗？答案自然是否定的。实际上，朱光潜20年代后期至30年代初在英法留学时，正是形式主义批评及其代表性流派新批评开始兴起的年代，我们完全可以从他在艺术鉴赏中所流露出的对艺术形式的情有独钟见出他所受到的形式主义批评的影响和启迪，这一点也体现于他对弗洛伊德的精神分析学说对文学作品形式的割裂所持的非议和批评中。而这一时期西方文学理论的进展却是世人所公认的，因而20世纪甚至被人认为是一个"批评的世纪"，而这个世纪一旦翻过，文学理论的"黄金时代"也就成了历史。此外，朱光潜还花了更多的时间和精力刻苦攻读马克思主义创始人的原著，不断地改变立场，不断地批判自己的"错误"，有时甚至把自己的正确观点也当作错误来批判。今天我们翻开他晚近的一些著述就可以看到很多这样的批判性言词——不仅批判自己，而且也批判西方的唯心主义理论大师，批判的结果竟导致他连过去曾影响过他的美学和文学理论大师的名字也不敢提及了。这实在是中国现当代知识分子历经沧桑最终仍难逃厄运的人格悲剧之缩影，同时也是一种难以解释的现象，即朱光潜现象。

20世纪80年代初，朱光潜曾在《悲剧心理学》中译本自序中做过这样的自述：

> 一般读者都以为我是克罗齐式的唯心主义信徒，现在我自己才认识到我实在是尼采式的唯心主义信徒。在我心灵里植根的倒不是克罗齐的《美学原理》中的直觉说，而是尼采的《悲剧的诞生》中的酒神精神和日神精神。那么，为什么我从1933年回国后，除掉发表在《文学杂志》的《看戏和演戏：两种人生观》那篇不长的论文以外，就少谈叔本华和尼采呢？这是由于我有顾忌，胆怯，不诚实。读过拙著《西方美学史》的朋友们往往责怪我竟忘了叔本华和尼采这样两位影响深远的美学家，这种责怪是罪有应得的。①

其实，从朱光潜一生的著述来看，他并没有像介绍阐述弗洛伊德主义那样去介绍叔本华和尼采的学说，那么他为什么敢于提及叔本华和尼采，而又未提及弗洛伊德呢？因为在《悲剧心理学》中，这二人的影响是更为明显的，而对弗洛伊德主义的论述，则主要是批判的，其内在的影响是一般人难以见出的。另一个原因则在于，当时的学术界对尼采已开始有了一种新的认识②，而对弗洛伊德却仍有着很大的争议，其中贬多于褒，这时依然谨小慎微的朱光潜自然不敢贸然承认自己曾受到弗洛伊德的影响。到了1985年末和1986年初，"弗洛伊德热"逐渐在学术界和文学批

---

① 《朱光潜全集》(第2卷)，第210页。
② 这方面尤其值得参阅乐黛云：《尼采与中国现代文学》，《北京大学学报》1980年第3期；以及王富仁：《尼采与鲁迅前期思想》，《文学评论丛刊》(第17辑)，中国社会科学出版社1983年版。

评界升温，大量弗洛伊德本人的著作以及其阐释者的评介性著作已开始畅销于中国文化学术界和读书界，也有学者开始注意到弗洛伊德主义在中国的影响和流变，但是谁也没想到去请教此时已病入膏肓的朱光潜先生，他就更不可能主动去想到弗洛伊德了。也许读过朱光潜晚期著述的读者会因为他几乎很少提及弗洛伊德的名字而责怪他，可惜，这样的责怪已为时过晚，朱光潜再也无法作答了。

　　从历史的角度来看，朱光潜现象作为中国现当代知识分子的人格悲剧之缩影，绝不应当被孤立地看待，而应当与他的同时代知识分子的命运参照起来考察。仅从中国现代文学史上成就卓著的几位作家的命运着眼，我们就可以看出，左、中、右三类人物有着纯然不同的归宿：被认为是左翼作家的郭沫若、茅盾早年曾投身革命，新中国成立后则作为国家领导人来担负文学艺术的组织领导工作，而自己却未写出超越早年的杰作；被认为是中间派的巴金则停止了长篇小说的创作，但尽管如此，他仍因为早年的那些"充满资产阶级情调的"小说而差点丧生于十年浩劫中；钱锺书、冯至、卞之琳等才华横溢的具有现代主义倾向的学者型作家则停止了创作，把精力转向中外文学研究和翻译工作；被认为是右翼的沈从文、施蛰存在新中国成立后分别致力于古代文化和文学研究及教学工作，基本上不涉足当代文坛和理论批评。而朱光潜这位"右翼人物"却不甘寂寞，他有着毕生探索真理的自强不息、上下求索的精神。他不停地译，不停地写，直至生命的最后一息。他本着当代知识分子的忏悔意识，严厉地解剖自己，批判自己的过去，并试图与之诀别，殊不知这样做的结果很容易"将澡盆里的孩子连同洗澡水一起倒掉"。当他晚年看到文坛上论证活跃、新人辈出的气象时，不禁欣喜倍至，并试图重振当年之精神挥毫上阵。但他毕竟年事已高，加之又缺乏青年学者的那种勇气和革命精神，仍然前进一步，观望四下，心有余悸，不敢正确对待自己的过去，在很大程度上还要依赖政策气候和文化学术风尚的转变。这样一种矛盾的心理和难以名状的人格悲剧不仅是他这样一位老知识分子至死也难以摆脱的，同时在更大的程度上也是我国一大批知识分子的共同命运，也可以说，是深藏在我们古老民族的集体无意识中的人格悲剧。对此我们应予以足够的重视。

第二节　季羡林的东方文学批评与研究

不可否认，在中国当代外国文学批评界，长期以来一直存在着某种"西方中心主义"的观念，并且一度有过"苏联中心主义"的思维模式。在文学批评方面，学者们往往聚焦于西方文学或俄苏文学，而相比之下，由于语言上的障碍以及其他方面的因素，东方文学教学和研究一直处于"边缘"的地位。虽然大部分可称得上批评家的学者都是从事西方文学研究和教学的，但是也有少数几位专门从事东方文学研究和批评的。博通古今、学贯中西的季羡林就是其中最杰出的代表。2009年，当这位被誉为当代"国学大师"的季羡林先生逝世时，不少人竟然不知道他本来的专业是什么，只知道他是一位当代文化名人和国学大师，精通多门外语，且发表了一些颇有影响力的宏论和精致隽永的散文，至于他本来的专业特长是什么，则几乎一无所知。

季羡林（1911—2009）是山东省聊城市临清人，字希逋，又字齐奘。他出生于山东省清平县康庄镇官庄一个农民家庭，1917年，离家去济南进私塾读书。其后分别在济南山东省立第一师范附设小学、济南新育小学、正谊中学就读，其间打下了扎实的古文和英文功底。1926年初中毕业后，在正谊中学读过半年高中，然后转入新成立的山东大学附设高中，其间学习了德语，这无疑为他后来留学德国奠定了一定的基础。1929年，季羡林转入新成立的山东省立济南高中，毕业后便考入清华大学西洋文学系，专修方向是德文。

1935年，清华大学与德国签订了交换研究生的协定，季羡林随即报名应考并被录取。同年9月赴德国进入素以古典学研究著称的哥廷根大学，主修印度学，学习梵文、巴利文、吐火罗文及俄文、斯拉夫文、阿拉伯文等。1941年，他以优异的成绩毕业于哥廷根大学，获哲学博士学位。1946年，季羡林回国后受聘为北京大学教授兼东方语言文学系主任，1956年2月，当选为中国科学院哲学社会科学学部委员。他在"文革"期间受到迫害，后于1978年复出，继续担任北京大学东语系主任，并被任命为北京大学副校长、北京大学南亚研究所所长，并当选为中国外国文学会副会长和会长。1984年，季羡林出任北京大学校务委员会副主任，1985年，任中国作家协会理事、中国比较文学会名誉会长。季羡林是中国当代外国文学批评家中屈指可数的学识渊博同时又有自己思想和理论的批评大家之一。他同时涉猎印度古代语言研究、佛教史研究、吐火罗语研究、印度文学翻译及研究、比较文学研究、东方文化研究、古代典籍研究以及散文创作八个领域并且成就斐然，堪称博通古今、学贯中西的学术大师，被誉为"梵学、佛学、吐火罗文研究并举，中国文学、比较文学、文艺理论研究齐飞"的学者型批评家。他一生著译甚丰，晚年这些著作和译著汇编成《季羡林全集》，共29卷。其中大部分属于十分专业的学术研究著作和散文作品，还有大量的译著。本节只讨论他的文学批评理论及相关的文学和文化批评实践。

一、东方文学和比较文学研究的奠基人

毋庸置疑，在中国当代外国文学批评家中，季羡林的学术生涯和批评生涯也是独一无二的。他留学德国，但在德国期间，他并没有像许多中国留学生那样学习所在国的语言文学，如杨周翰和王佐良就是如此；也不像一些海外华裔学者那样专攻西方的汉学。他倒是选了一门"冷学"，即东方语言文学，或更为具体地说，印度语言文学作为自己毕生的学术领域。由于印度是一个多语言多民族的国家，他也就涉猎了多种印度的古代和现代语言，因此他的学术造诣和著述主要体现在这些领域里。由于他自幼便学习古文，打下了坚实的国学基础，而且又有着散文写作的才华，同时又密切关注中国当代文学和文化理论批评的热点问题，这就使他在繁忙

的学术工作之余写下了一些文学批评文字。但即使在这些批评文章中,我们也不难看到,他旁征博引,不仅聚焦于印度文学,同时也涉及中外文学关系,尤其是中印文学关系,强调中印文学和文化之间的相互影响和相互启迪,并提出自己的批评性见解。因而在改革开放后,他能够充分利用自己广博的中外文学知识和文化理论思想,率先在中国倡导比较文学和东方文学研究。因此称他为中国当代东方文学和比较文学研究的奠基人并不为过。这也是他的批评文章明显地不同于一般的外国文学批评家的一个重要方面。

季羡林从事文学的比较研究主要聚焦于中印文学的比较研究和批评。他始终认为,中国和印度作为两个有着古老文明的大国,在文学上有着十分密切的关系。他作为一位专事印度语言文学研究的学者有责任向国内读者展示这种自古业已存在并沿袭至今的关系。在一篇讨论中印文学关系的文章中,季羡林旁征博引,描述了从古到今的中国文学所受到的印度文学的启迪和影响。他强调指出,中印文学关系源远流长,并且体现在诸多方面,"到了六朝时代,印度神话和寓言对中国文学影响的程度更加深了,范围更加广了。在这时候,中国文学史上出现了一类新的东西,这就是鬼神志怪的书籍。只要对印度文学稍稍涉猎过的人都能够看出来,在这些鬼神志怪的书籍里面,除了自秦汉以来中国固有的神仙之说以外,还有不少的印度成分"①。

当然,他还不止于这种实证性的索隐考证,他同时也不无洞见地指出,印度文学对中国文学的启迪和影响是多方面的,有时表现为印度的故事在流传的过程中被中国作家做了变通的处理因而被"中国化"了:"这个过程大概是这样的:印度人民首先创造,然后宗教家,其中包括佛教和尚,就来借用,借到佛经里面去,随着佛经的传入而传入中国,中国的文人学士感到兴趣,就来加以剽窃,写到自己的书中,有的也用来宣扬佛教

---

① 王邦维选编:《中国文化书院九秩导师文集·季羡林卷》,第277页。

的因果报应，劝人信佛；个别的故事甚至流行于中国民间。"[1]这就清晰地梳理了中印文学实际上存在的源远流长的相互影响和相互借鉴的关系，有时这种文学之间的互证和互鉴甚至超越了文学本身的界限，涉及宗教和文化的其他方面。中印文学和文化由来已久的这种关系从古代甚至一直延续到新中国成立之后的当代文学，因此季羡林在回顾了新中国成立后中印文学的互相影响和启迪后总结道："我们中印两国人民在文学方面相互学习已经2000多年了。如果拿一棵古老的树干来比拟这古老的传统的话，我们就可以说，这棵树干上曾经开过无数的灿烂的花朵；但是这棵树并没有老，在中国解放后，他又返老还童了，它将来开出的花朵还会更多，还会更灿烂。瞻望前途，我们充满了无限的信心。"[2]

与一般的比较文学学者所不同的是，季羡林对印度文学中的一些大家和杰作也有着自己的独特研究和批评性见解，有些作品就是他率先从原文译介到中国的，有些作品虽然是别人翻译的，但他却应邀从一位东方文学专家的角度为之撰写序言或导读性的评介文章。他虽然主要是一位语言学家，很少对具体作家作品进行深入的分析评论，但是他所评论的几位有限的印度古代和现当代作家却是在印度乃至整个世界文学史上都占有重要地位的大作家。迦梨陀娑这位至今连生卒年月都不确定的伟大作家一生创作了许多不朽的作品，如戏剧《沙恭达罗》《优哩婆湿》和抒情诗《云使》等。季羡林尤其对这两部剧作情有独钟，并花了大量的时间和精力将其从梵文译成中文。他认为《沙恭达罗》体现了古代印度人民对美好生活的向往，"这种对美好生活的向往，对一切美的东西的热爱，并不只是表现在《沙恭达罗》里，在迦梨陀娑的许多著作里都贯穿着这种精神。《鸠摩罗出世》里的波罗伐提表现的也是这种精神。在《云使》里，尽管那个被罚离开家乡的药叉同爱妻分别，忆念不置，在无可奈何中，只好托云彩

---

[1] 王邦维选编：《中国文化书院九秩导师文集·季羡林卷》，第279页。
[2] 王邦维选编：《中国文化书院九秩导师文集·季羡林卷》，第290页。

给爱妻带讯；但是通篇情调在淡淡的离愁别恨中总有一些乐观的成分，丝毫也不沮丧"①。他在对诗人进行评论时，并不是从某种既定的理论视角出发，贴上诸如"浪漫主义"或"现实主义"之类的标签，而是从自己对作家本人的理解和对作品本身的感觉做出自己的评判，并用诗一般的语言来评论这些诗作。而对迦梨陀娑做出总体评价时，他也将其放在特定的时代和语境中来考察：

> 迦梨陀娑在塑造人物上达到惊人的真实的程度。他在一千多年以前达到的那种真实性今天还不能不让我们钦佩。特别是拿当时印度文学达到的一般水平来衡量他，我们就更会觉得他的成就是突出的。在他作品里的人物，不管他是什么人，是国王国师也好，是渔夫奴隶也好，是天上神仙也好，都是具体真实、栩栩如生，仿佛就活在我们眼前。他使用的语言是梵文……但是，同那些和他同时代的作家比较起来，他笔下的梵文是生动流利的，生气勃勃的。他的辞藻华丽，但是并不堆砌；他遵守传统的诗法，但是并不矫揉造作。作为表现手段的语言同他所要表达的内容是一个不可分割的统一体。用生动流利的语言表达永远乐观向前看的精神，表达对生活对一切美的东西的热爱，这就是迦梨陀娑艺术的特点，这就是他的作品在这样长的时间内为全世界人民所爱好的原因。②

毕竟，在中国乃至全世界，绝大多数读者都不可能读懂梵文，但是由于季羡林的译介和评论，迦梨陀娑至少在中国的文学爱好者那里并不感到陌生，同时也不失一定的读者群。

季羡林对现代印度文学也十分喜爱，尤其对现代印度文学大师泰戈

---

① 季羡林，《纪念印度古代伟大的诗人迦梨陀娑》，《季羡林全集》（第10卷），第16—17页。
② 季羡林，《纪念印度古代伟大的诗人迦梨陀娑》，《季羡林全集》（第10卷），第17页。

尔表现出由衷的钦佩。泰戈尔是一位在世界文学史上占有重要地位的印度文学大家，他的不朽诗作以其优美的抒情格调和动听的诗句不仅使古老的印度文学焕发了勃勃生机，而且还影响了世界上不少国家的文学。泰戈尔主张要以"永新的诗歌"来反映生活的愿望，并表示自己"要生活在人民中间"，"用人们的悲哀和欢乐编成诗歌，为他们修筑一座永恒的住所"。他的早期诗作中充满了浪漫主义情调，后来生活的现实使他清醒了，他决心为反映现实生活而写作，他的诗歌创作确实体现了他那个时代的精神面貌。因而他也成了第一个获得诺贝尔文学奖的东方作家。季羡林虽然不是主要研究泰戈尔的，但他却广泛阅读了泰戈尔的大部分作品，并通过将其与欧洲和中国的文学的比较对之做了相当准确的评介。他认为，泰戈尔不仅是一位伟大的诗人，而且在短篇小说创作上也很有成就。按照他的概括，泰戈尔短篇小说有五个特点，第一个特点是他的"单纯的结构"，也即在他的许多短篇小说里，"故事情节的开展仿佛是行云流水，舒卷自如，浑然天成，一点也看不出匠心经营的痕迹，但是给人的印象却是均衡匀称，完美无缺"；第二个特点便是他的"形象化的语言"，也即"在早期的小说里，泰戈尔笔下的句子几乎都是平铺直叙的，没有过分雕饰。但是，在简单淳朴的句子堆里，说不定在什么地方会出现几句风格迥然不同的句子，在整段整篇里，显得非常别致"；第三个特点是"比拟的手法"，即使对人物心情的描写也不花多少笔墨，他只需"用形象化的语言，来一个比拟，就干净利落地完成了这个任务"；第四个特点是"情景交融的描绘"，具体说来，"在描写风景的时候，泰戈尔不像许多小说家那样长篇大论，他只寥寥几笔，就能画出一幅栩栩如生的图画"，而且"他笔下的风景往往不是孤立地存在着的，而是与故事的情节，与主人公的心情完全相适应的"；第五个特点就是他的"抒情的笔调"，他认为泰戈尔的这种艺术风格的形成与他所受到的国内外文学的多方面影响不无关系，但其中最重要的还是"民族传统的影响，这里面包括古典梵文文学和孟加拉民间文学"①，正是由于泰戈尔的创作深深地扎根在民族的土壤里，他才最终成为一位蜚声世界的文学大师的。

泰戈尔与中国也有着十分密切的关系，他对中国现代文学有着重要的影响和启迪。季羡林中学时代就与他邂逅，但真正理解他却是多年以后。泰戈尔曾来中国访问演讲，在中国文化界和文学界产生过极大的影响，而当时在济南高中读书的季羡林曾有幸目睹这位世界文化名人的风采，他虽然当时只有13岁，但是他已经在心目中断定，泰戈尔必定是一位世界名人和大家。1961年正值泰戈尔诞辰百年纪念，年届五十的季羡林满怀深情地写了一篇两万多字的长篇纪念文章，虽然当时并未发表，但多年后，也即1978年，他将其"重新检出来"并且做了些许补充，又重抄一遍。可见他对这位世界文学大师确实表现了由衷的钦佩和敬意。

在这篇题为《泰戈尔与中国》的长篇文章中，季羡林不仅全面地梳理了泰戈尔与中国的关系以及他对中国的评价，而且还借纪念诗人百年诞辰之际向中国读者较为全面但却高度概括地评介了他的文学成就。他认为，虽然泰戈尔著述甚丰，广泛涉猎了文学创作的各种体裁，但他的戏剧创作却"是他文学创作中最薄弱的一环"②，因为"他主要还是一个诗人"，他的诗歌：

> 有光风霁月的一面，也有怒目金刚的一面。可惜我们中国读者对他这方面的了解是片面的。由于通过英语的媒介，介绍到中国来的诗集，像《飞鸟集》、《新月集》、《园丁集》、《吉檀迦利》等等，都只代表了他光风霁月的一面……这里面有许多优美的抒情诗。诗人以华丽婉美生动流利的语言抒写了自己的一些感触，同时也把孟加拉的自然风光：白云、流水、月夜、星空、似锦的繁花、潺潺的细雨等等都

---

① 季羡林:《泰戈尔短篇小说的艺术风格》,《季羡林全集》(第10卷)，第230—235页。
② 季羡林:《泰戈尔与中国》,《季羡林全集》(第10卷)，第203页。

生动地放在我们眼前。我们读了，不禁油然生起热爱大自然的念头；印度读者读了，会更加热爱自己的故乡、自己的祖国。但是也有一些诗充满了神秘的宗教情绪，或者空洞无物，除了给人一点朦朦胧胧的美感以外，一无所有。在他的抒情诗里面，可以明显地看到印度古典文学，特别是迦梨陀娑和阇耶提婆的影响，也可以看到孟加拉民间文学和西方文学的影响。这影响有好有坏，不能一概而论。①

可以看出，即使季羡林深深地热爱和崇敬这位伟大的印度作家，但是他仍然试图从马克思主义的立场观点出发对他的创作做出中肯的评价。在谈到泰戈尔与中国的关系时，他认为泰戈尔1924年访问中国是中国历史上的一件大事，不仅促进了他本人的作品在中国的翻译，而且也加强了中印两国人民的传统友谊，推进并发展了中印文化和文学交流。尤其值得一书的是，泰戈尔作为中国人民的伟大朋友，对中国的抗日战争也予以深切的关怀和有力的支持。此外，季羡林还评介了泰戈尔对中国文化的评价。按照他的概括，泰戈尔对中国的评价共体现于十个方面：一、中国艺术家看到了事物的灵魂；二、中国的文明有耐久的合乎人情的特性；三、中国文学以及其他表现形式充满了好客的精神；四、中国人不是个人利己主义者；五、中国人不看重黩武主义的残暴力量；六、中国人坚决执着地爱这个世界；七、中国人爱生活；八、中国人爱物质的东西，而又不执着于它们；九、事物是怎样，中国人就怎样接受；十、中国人本能地把握住了事物规律的秘密。② 我们都知道，泰戈尔当年来访中国时曾引起各方面的关注，不同阵营的人们试图借泰戈尔的来访大做文章，对于这一点，季羡林十分清楚，而他多年后做出的总结性概括则相当客观公正地评价了泰戈尔的来访以及他的作品之于中国的意义。当然，他对泰戈尔受到西方现代主

---

① 季羡林：《泰戈尔与中国》，《季羡林全集》（第10卷），第202页。
② 季羡林：《泰戈尔与中国》，《季羡林全集》（第10卷），第206—207页。

义影响写出的一些晦涩难懂的作品也提出了尖锐的批评，认为那并不是泰戈尔创作的主流。

除了泰戈尔以外，季羡林对其他作家也写下了一些评论性的文字。这些批评文字大多见于为一些印度文学名著的中译本撰写的序言，或者为一些中青年学者撰写的研究印度文学的专著撰写的序。即使在这些篇幅不长的短文中，也不乏季羡林对印度文学的独到见解。他对印度文学的批评性讨论并不局限于孟加拉语作家，如前面所提及的泰戈尔，同时也涉及巴利语文学，例如诸如《佛本生故事》之类的寓言、童话和小故事，甚至也包括印度的俗语文学。他更注重印地语作家的成就，如印地语作家普列姆昌德就是其杰出的代表，他认为普列姆昌德的创作代表了当代印地语文学的最高成就，和泰戈尔之于孟加拉语文学的意义一样重要：他的小说《舞台》《戈丹》以及一些短篇小说描写的都是印度普通老百姓的生活，因此，"泰戈尔和普列姆昌德描写的对象很不相同。但是泰戈尔和普列姆昌德实际上是互相补充，相辅相成的。因为缺少一个，印度社会的图景就是一个不全面的图景，只有两者结合起来或者配合起来，才能形成一个全面的图景"①。可见，季羡林考虑的是如何全面地向中国读者介绍印度文学的全貌。

二、有理论有思想的文化批评家

季羡林几乎与国内所有的东方文学研究者都不同的一点在于他广博的东西方文学知识和多学科造诣以及对文学理论批评的浓厚兴趣和敏感性。如前所述，他的文学批评特色不仅体现于对具体作家作品的研究和批评，他还就一些方向性的大问题发表自己的见解，达到了比较文化批评和研究的高度，对国内的文学批评和文化问题的讨论有着导向的作用。作为一位擅长东方文化和文学的批评家，他自然不主张全盘西化，但是他也承

---

① 季羡林：《〈舞台〉中译本序》，《季羡林全集》（第10卷），第277页。

认中国文化所受到的西方影响并对之有着辩证的认识。针对国内一些人所主张的全盘西化,季羡林并不简单地一概反对,反而顺势指出:"我认为,这是一件天大的好事。无论如何,这是一件不可抗御的事。我一不发思古之幽情,二不想效法九斤老太;对中国自然经济的遭到破坏,对中国小手工业生产方式的消失,我并不如丧考妣,惶惶不可终日。我认为,有几千年古老文明的中国,如果还想存在下去,就必须跟上世界潮流,决不能让时代潮流甩在后面。这一点,我想是绝大多数的中国有识之士所共同承认的。"[①] 既然西方在近几百年的发展建设中取得了辉煌的成就,我们就不能视而不见,而是要迎头赶上。季羡林虽然专事东方文学和文化研究,但他对西方文化所处于的强势和主导地位也不否认,因此他认为西方文化的进入中国对于国人反观中国文化也不无裨益。因此他主张从宏观上来审视中国文化:

> ……我始终认为,评价中国文化,探讨向西方文化学习这样的大问题,正如我在上面已经讲过的那样,必须把眼光放远,必须把全人类的历史发展放在眼中,更必须特别重视人类文化交流的历史。只有这样,才能做到公允和客观。我是主张人类文化产生多元论的。人类文化决不是哪一个国家或民族单独创造出来的。[②]

尽管他认识到,西方文化现在占据世界文化的主导地位,但这种局面并非永远如此。西方的一些有识之士早就认识到了东方文化,包括中国文化和文学的价值。"世界文学"概念的提出就得益于包括中国文学在内的东方文学。既然德国作家和思想家歌德在阅读了包括中国文学在内的东方文学作品后大发感慨,预示"世界文学"时代的来临,那么曾在歌德的故乡留

[①] 季羡林:《季羡林说国学》,中国书店2007年版,第18页。
[②] 季羡林:《季羡林说国学》,第19页。

学多年的季羡林也就更往前走了一步。他多次颇有预见性地提出："我们现在可不可以预言一个'世界文化'呢？我认为是可以的。我们现在进行文化交流的研究，也可以说是给这种'世界文化'，这种世界文化大汇流做准备工作吧。这种研究至少能够加强各国各民族之间的相互了解，促进我们之间的友谊，共同保卫世界和平，难道说这不是一个十分有意义的工作吗？"① 可以说，他后来率先倡导比较文学和比较文化研究就是朝着这个方向努力的一个步骤。但令人遗憾的是他后来没有来得及就这种"世界文化"的理论建构再做进一步的深入论证和阐发就匆匆离开了人世。

一般从事比较文学研究的学者往往局限于追踪一国文学对另一国或另几国文学的影响，或平行分析两种文学在主题、文类、叙事等方面的美学共性和特色，而季羡林则从一个更加宏阔的视野提出一些大的方向性问题。他在比较不同的文化和文学后认为，中西方文化各有所长和局限，这其中不无一些带有规律性的东西：西方文化重视分析，而中国文化则重视综合。长期以来，西方文化沿着分析的路子已经越走越窄，越分析越小，因而，在他看来：

> 目前西方的分析已经走得够远了。虽然还不能说已经到了尽头，但是已经露出了强弩之末的端倪。照目前这样子不断地再分析下去，总有一天会走到分析的尽头。那么怎么办呢？我在上面已经说过，东西两大文化体系的关系从几千年的历史上来看是"三十年河东，三十年河西"。现在球已经快踢到东方文化的场地上来了。东方的综合可以济西方分析之穷，这就是我的信念。至于济之之方究竟如何，有待于事物（其中包含自然科学）的发展来提供了。②

---

① 季羡林:《季羡林说国学》，第89页。
② 季羡林:《季羡林说国学》，第30页。

具体说来,"人类历史上从来没有哪一个文化能延长万岁千秋,从下一个世纪开始,河东将取代河西,东方文化将逐渐主宰世界"①。当然,他的"三十年河东,三十年河西"的大胆预言一经发表就引起了学界的轩然大波,有人赞成,也有人反对,而且在当时人们一味追求"全盘西化"的情况下,提出这一大胆的预言无疑需要一定的胆识,并且要有坚实的东西方文化知识作为后盾,但尽管如此,对他的这种观点依然反对者居多。那些一味主张全盘西化且对东方文化一无所知的人甚至猛烈地批评他为中国当代文化保守主义的代表人物。针对那些批评的意见,季羡林早有应对,并且有力地辩解道:

> 我说,自21世纪起,东方文化将逐渐取代西方文化,我的意思并不是说完全铲除或者消灭西方文化,那是根本不可能的,也是违反人类社会发展规律的。正确的做法是继承西方文化在几百年内所取得的一切光辉灿烂的业绩,以东方文化的综合思维济西方文化分析思维之穷,把全人类文化提高到发展到一个更高更新的阶段。②

这个"更高更新的阶段"自然应当是他先前提及的"世界文化"的阶段。当然,季羡林之所以如此大胆并具有前瞻性地提出上述观点,与他长期的研究、观察和思考分不开的,也即"不是靠简单的逻辑推理,也不是靠条分缕析的分析求证,而是靠对上下五千年、纵横十万里的人类文化现象长期观察和研究得出的结论"③。确实如此,"季羡林数十年在文化交流史研究领域艰苦攀登,历史、宗教、文学、语言、美学、哲学等学科的一个个山头被他踩在脚下,还应用了新兴的'模糊学''混沌学'理论,他终于透过复杂纷纭的文化现象看清了东西方文化发展的大趋势,揭示了

---

① 季羡林:《季羡林说国学》,第34页。
② 季羡林:《季羡林说国学》,第34页。
③ 季羡林著,梁志刚选编:《季羡林谈义理》,人民出版社2010年版,"编者的话"第3页。

人类文化发展的客观规律"①，并且对未来的某种"世界文化"之格局做了憧憬。

　　此外，为了进一步证明他的这一预言并非空穴来风，他还从泰戈尔多年前对中国之未来的预言中获得启示。1924年，泰戈尔来中国访问时，在北京、上海、南京、济南等地发表了多次演讲，并告诉中国人民："我相信，你们有一个伟大的未来。我相信，当你们的国家站起来，把自己的精神表达出来的时候，亚洲也将有一个伟大的将来——我们都将分享这个未来带给我们的快乐。"②

　　但是在一个西方中心主义占主导地位的世界文化格局中，如何向世人展示中国文化的魅力呢？季羡林也有着自己的初步战略构想。20世纪90年代，当国内大多数从事外国文学和比较文学研究的学者依然把大部分精力放在译介国外文学和理论著作时，季羡林已经清醒地看出了这种译介的一个明显的局限性，也即单向地从西方到东方，具体地说从西方世界到中国，造成的一个结果，也即"今天的中国，对西方的了解远远超过西方人对中国的了解。在西方，不但是有一些平民百姓对中国不了解，毫无所谓，甚至个别人还以为中国人现在还在裹小脚，吸鸦片。连一些知识分子也对中国懵懂无知，连鲁迅都不知道"③。季羡林这位在中国当代学界如雷贯耳的国学大家和外国文学批评大家也和鲁迅一样在国外受到冷遇，即使在他的母校哥廷根也只有少数人因为有幸读了他的回忆录《留德十年》的德文译本后才知道季羡林这个名字，而他的《糖史》等体现他深厚的学术造诣的许多著作至今却连英译本都没有，更不用说那些二流的作家和学者的著述了。有鉴于中外文化翻译界的这种巨大的反差，作为中国学者，我们应该有所作为，主动地向世界介绍中国自己的文学作品和文化理论。因此在季羡林看来，"我们中国不但能够拿来，也能够送出去。历史上，我

---

① 季羡林著，梁志刚选编：《季羡林谈义理》，"编者的话"第3页。
② 转引自季羡林：《纪念泰戈尔诞生118周年》，《季羡林全集》（第10卷），第274页。
③ 季羡林：《季羡林谈义理》，第39页。

们不知道有多少伟大的发明创造送到外国去,送给世界人民。从全世界的历史和现状来看,人类文明之所以能发展到今天这个样子,中国人与有力焉"①。他还形象地称这种做法为"送出主义",与鲁迅当年提出的"拿来主义"策略形成一种互补关系。确实,这两位大师所做的工作在自己的时代都具有重要的意义和价值:过去,当中国处于贫穷落后的状态时,鲁迅号召大规模地翻译西方的文化学术著作,用以促进中国在各方面的现代化。今天,经过改革开放四十年的努力,中国已经真正地强大起来了,就其综合实力而言,中国已经成为世界第二大经济体,而且在国际事务中正发挥着愈益重要的作用。而中国文化在世界上的地位和影响如何呢?显然,诚如季羡林所指出的,中国文化在世界上的地位和影响远不能与中国的大国地位相匹配。因此文化"送出主义"的提出同样展现了他的重要战略眼光,与当年的"拿来主义"一样具有深远的意义。

确实,在季羡林先生去世后的这几年里,伴随着中国经济的腾飞和综合国力的强大,"中国文化走出去"的呼声也日益高涨,但对于中国文化究竟应该如何走出去,或者说,通过我们的努力奋斗,中国文化确实已经走出国门了,但是走出去以后又如何融入世界文化的主流并对之产生影响,国内的学界却远未达成共识。有人甚至天真地认为,中国的经济若是按照现在这个态势发展下去变得更加强大,自然就会有外国人前来找我们,主动要求将中国文化的精髓译介到世界,而在现在,我们自己则没有必要花这么大的力气去向世界译介中国文化。这种看法虽不无天真,但听起来倒似乎有几分道理。实际上,在当今的中国学界,能够被别人"找到"并受到邀请的文化学者或艺术家恐怕寥寥无几,绝大多数人只有像"等待戈多"那样在等待自己的作品被国际学界或图书市场"发现"。这实在是令人悲哀的。另一种观点则认为,中国文化是一种民族文化,因此越是民族的就越是世界的,我们无须去费力推进中国文化走向世界,最好

---

① 季羡林:《季羡林谈义理》,第39页。

的结局是让世界文化来到中国，或者说让外国人也都用中文来发言和著述。毫无疑问，这更是一种盲目自大的妄想。我们只要看一下这样两种截然不同的标准就会无语了：中国学者若要去英语国家进修必须通过严格的英语等级考试，要去英语世界的高校讲学更是要具备用英语讲授的能力，否则便得不到邀请；而我们所邀请来中国任教的专家是否也要通过汉语水平考试呢？显然不需要。我们是否也要求他们用汉语授课呢？更是不可能。因此对这种天真的看法季羡林先生早已洞察到。我们也从他的预言中得到启示：不管中国的经济在今后变得如何强大，中国文化毕竟是一种软实力，也即外国人可以不惜花费巨大的代价将中国的先进科学技术成果引进，甚至对于一些针对当代的社会科学文献也会不遗余力地组织人译介，而对于涉及价值观念的人文学科和文化著述，则会想方设法阻挡中国文化进入他们的国家。对于这一点，我们完全可以从近几年一些西方国家对中国的孔子学院的抵制甚至关闭见出端倪。因此，就这一点而言，季羡林二十多年前提出的"文化送出主义"确实具有一种战略眼光，而且随着时间的推移，这一战略意义将越来越得到证明。

由此可见，作为中国当代东方文学和比较文学的重要奠基人之一，季羡林对这两个学科在中国的草创和发展做出了奠基性的贡献。他并不一概而论地反对西方中心主义，但是他作为一位东方文化和文学研究者，在任何场合都大力弘扬东方文化和文学，即使在进行比较文学研究和批评时，他也从不忘记自己首先是一位东方文学研究者，而且聚焦于印度文学以及中印文学和文化的比较研究和批评。针对国内的外国文学批评界根深蒂固的西方中心主义思维定势，季羡林早就予以批评，他指出，"但是，我不同意国内一些人们的意见，他们言必称希腊，认为只有西方的戏剧才能算是优秀的戏剧，东方的戏剧，其中包括中国和印度的，则是不行的。他们硬拿西方的三一律等等规律来衡量东方的戏剧，仿佛希腊神话中的那个强盗，把人捉来，放在一张特制的床上，长了就锯掉，短了就拉长。总之是长了不行，短了也不行，反正非要把你的身躯破坏不可。我认为，这种看法是不正确的，也是不公正的"①。我们可以从他的批评文字中看出，尽管他留学西方十多年，对西方文学及其理论至少有一定的了解，但是他却很少从西方理论的视角来研究或评论东方文学，这应该是他的批评文章的一个特色。可以说，正是在季羡林等老一辈学者的积极呼吁和倡导下，中国的东方文学研究和批评才有了长足的发展，并且在中国的外国文学批评和研究中占有重要的一席。这应该是季羡林对中国当代外国文学批评和研究的最大贡献。但是也应该承认，季羡林虽然对文学理论有着浓厚的兴趣，并且经常就大的文化问题发表一些宏论，但是较之朱光潜和杨周翰等专事西方文学和理论研究的学者型批评家，则显得有点弱，有些观点，如"三十年河东，三十年河西"虽然可算作是给人以启迪的洞见，但他却缺乏这方面的深入论证和分析，因而当别人批评他时，他就很难拿出令人信服的证据来反驳；他偶尔提及的"世界文化"的构想也许可算作是对歌德的"世界文学"构想的一个发展和补充，但他却点到即止，并没有进行深入的讨论和发展。因此他的批评理论是零散的，缺乏体系的，对他的更为恰当的定位应该是一位有着理论意识的博学的学者型批评家。当然，一个毕生以东方文学和文化为自己的专业方向的学者能做到这一点，完全应该载入中国当代外国文学批评的史册了。

第三节 杨周翰的比较文学和西方文学批评

在中国当代外国文学和比较文学界，杨周翰的学术地位是无可争议的，这不仅体现在他在第11届和第12届国际比较文学协会年会上蝉联两届副主席的职位，而且更是体现在这样一个事实：他的逝世在国际比较文学界引起了强烈的反响，这在当代中国人文学者中实属罕见。②

---

① 季羡林：《〈惊梦记〉中译本序》，《季羡林全集》（第10卷），第288页。
② 关于国际比较文学界对杨周翰逝世后的反响，参阅内部发行的《中国比较文学通讯》1990年第1期，该期刊有孟而康、佛克马、吉列斯比（Gerald Gillespie）等国际著名学者对他的悼念或回忆文章。这在中国当代比较文学学者中确实是罕见的。

杨周翰(1915—1989)是江苏苏州人,1939年毕业于北京大学英语系,1949年毕业于英国牛津大学英文系,曾任西南联合大学外文系讲师。新中国成立后,历任清华大学外文系副教授、北京大学西语系副教授和教授,曾兼任西语系英语教研室主任、中国社会科学院外国文学研究所学术委员会副主任、中国莎士比亚研究会副会长、中国比较文学学会会长、国际比较文学协会副主席。杨周翰的著作并不算多,主要包括专著或论文集《攻玉集》《十七世纪英国文学》《镜子和七巧板:比较文学论丛》等。领衔主编或主编有《欧洲文学史》(上下册)、《莎士比亚评论汇编》(上下册)、《中国比较文学年鉴》等;主要译著包括贺拉斯的《诗艺》、莎士比亚的《亨利八世》、奥德维的《变形记》、斯末莱特的《兰登传》、维吉尔的《埃涅阿斯纪》等。这些著作和译著均收入《杨周翰作品集》(7卷本),于2016年由世纪文景·上海人民出版社出版。

也许人们会说,用严格的比较文学学科理论的眼光来审视,杨周翰并没有创建自己的比较文学理论体系,实际上这也正是他自己为自己做的定位:不做纯思辨的理论推演,而是有着自己的理论意识并将其用于具体的文学批评和研究实践。因为一位学者的建树通常体现在两个方面:或者在理论上有独特的建树,从而改变人们的思维观念;或者在自己的研究领域内独辟蹊径,以其扎实的研究实绩为后来者奠定坚实的基础。杨周翰无疑属于后者。即使在比较文学研究方面,他也从未自诩为一位比较文学学者,而是谦逊地认为,"国内'科班'出身的比较文学专家是有的,过去有、现在有、将来更多,但我不在其中。不过,正如有人说过,研究文学而不比较,那还算什么文学研究?这无疑给了我勇气。但终究是邯郸学步,有类效颦而已"①。严格说来,他是一位有着深厚西方文学和文论功底的比较文学学者,他的比较文学和西方文学批评自始至终贯穿在他晚年的

---

① 杨周翰:《镜子和七巧板》,中国社会科学出版社1990年版,"序"第1页。

三本专著和文集中，正好形成了他涉猎比较文学和西方文学批评和研究的三个阶段。

一、借"他山"之石攻中国"之玉"

众所周知，杨周翰是主修西方文学的，他通晓多种西方语言，熟谙欧洲文学，尤其对文艺复兴时期至17世纪的英国文学有着很深的造诣和研究。这应该是一个真正的比较文学学者必须具备的资质和条件。此外，由于他早年打下的深厚国学功底，他对比较文学也就有着天然的爱好。他深深地知道，要想涉猎比较文学和世界文学研究，首先应在某个国别文学领域打下扎实的基础。正是抱着这个目的，已经毕业于西南联合大学研究院的杨周翰依然决定在英国牛津大学重新读一遍本科。他在英国留学时，密切关注当时的英国文学界的学术动向和理论批评风尚，广泛涉猎了中古英语文学、古希腊罗马文学、现代欧洲文学、艺术、美学、文化学、历史学等方面的知识。1949年毕业于牛津大学后，他曾一度在剑桥大学图书馆帮助整理汉学资料，这一切都为他日后从事比较文学研究——尤其是中西比较文学研究——打下了坚实的基础。我们都知道，在当时的欧洲，研究比较文学实际上仅仅限于欧洲各主要国家的文学之间的比较研究，带有深深的"欧洲中心主义"烙印，这自然会对杨周翰的比较文学观有着一定的影响。新中国成立后他返回祖国，长期从事英国文学和欧洲文学教学工作，并于20世纪60年代领衔主编了新中国第一部两卷本《欧洲文学史》。这在西方学者看来，他的这些研究无疑属于比较文学的研究范围。因为比较文学，顾名思义，就是跨越国别/民族的界限和语言界限的文学之比较研究。即使是公认的比较文学大师勃兰兑斯，在其巨著《19世纪文学的主流》中，所讨论的文学也不过限于欧洲主要国家（英、法、德）文学的比较。但是杨周翰对此并不满足，他始终认为，自己既然是一位中国学者，从事比较文学就不能陷入"欧洲中心主义"的泥淖，而必须立足中国的民族土壤上，必须"有一颗中国人的灵魂"，也即绝不人云亦云，跟在前人或外国人后面亦步亦趋。在他看来，中国学者从事西方文学批评，必须"以一个中国学者的独特眼光来审视西方文学，并且不时地以自己国家的文学作为参照，加以比较考察，这样就会冲出西方中心主义的藩篱，得出与西方学者不同的结论"。中国的比较文学之所以要跻身国际学界并且之所以能得到国际比较文学界同行的瞩目，其关键就在于此。他在临终前的最后一篇长篇英文论文《论欧洲中心主义》[①]中的不少观点，实际上就体现了他一生的学术思想之总结。即使在"文革"前"左"的文艺路线的干扰和破坏下，杨周翰依然在繁忙的教学和科研工作之余，坚持学习中国古典文学，以便有朝一日可以在广阔的中西文化背景下开展比较文学研究。

改革开放的年代无疑为杨周翰提供了宽松的文化学术氛围，使这位几乎挣扎在病床上的中老年学者又重新焕发了青春的活力。他接连写下了一系列文章，对当时中国的外国文学研究、文学翻译和教材编写提出了自己的独特见解，在国内同行中产生了较大的影响。1983年出版的《攻玉集》[②]主要收入了他在拨乱反正的前后写下的十篇论文，这些论文大多是探讨西方文学的，虽然篇幅不长，但却显示了他那广博的学识、严谨的学风、扎实的中西文学和文化功底以及点到即止而非奢华艳丽的行文风格。这本书的一大特色就在于，他此时已经明确地认识到，传统的文学观念已经很难适应新时期外国文学批评的需要，因此必须以一种与时俱进的态度予以更新，其途径就是要对20世纪以来的外国文学理论思潮、流派、文学和文化现象以及作家作品进行全面的研究，但这种研究绝不能止于纯客观的介绍，而应带有中国学者独特的批评性分析。他始终认为，"研究外国文学的目的，我想最主要的恐怕还是为了吸取别人的经验，繁荣我们自己的文艺，帮助读者理解、评价作家和作品，开阔视野，也就是洋为中用"。书中有两篇文章就是出于这一目的而写下的，他在行文中大力鼓吹并亲身实践了比较文学研究和批评的方法。

---

① 该文的中译文连载于《中国比较文学》1990年第2期和1991年第1期。
② 参见杨周翰：《攻玉集》，北京大学出版社1983年版。以下引文仅注明该书页码。

《关于提高外国文学史编写质量的几个问题》一文原为他在1978年11月广州举行的全国外国文学研究工作规划会议上的发言。针对当时外国文学研究和翻译刚刚开始恢复的情形，杨周翰以文学史的编写为楔子，着重就实事求是地估价外国文学、贯彻历史性、提倡比较法、作家的介绍和作品的分析等一系列问题发表了自己的见解。据参加那次会议的一些老学者回忆，他的发言确实令人震撼，尤其在后来收入该书第三节的一篇文章中，他专门把比较文学作为一种文学研究的方法做了介绍并加以弘扬。针对人们对比较文学的种种非议和误解，杨周翰一针见血地指出，"比较文学不联系社会生活当然是违反历史唯物主义的。但作为一种方法，可以研究。这一学科尽管有不同流派，各国也有所不同，但有些共同的主张"（第14页），这种共同点就在于，"在相互比较之中发现一些文学发展的共同规律"（第15页）。显然，比较文学由于长期在苏联被贬斥为"反马克思主义的伪科学"，因而一直未能在中国得到健康的发展，而在刚刚开始拨乱反正的年代，人们还不可能一下子就对比较文学这一新兴的、充满生机的学科的价值有一个正确的估计，但从提倡比较法入手却是意味深长的。所以，他在当时将比较文学主要当作一种文学批评和研究的方法引进中国仍带有历史的痕迹，这也应验了他的一句名言：研究文学而不比较，又何以探索到文学的真谛？如果不把莎士比亚放在纵的历史背景下与他同时代的其他作家加以比较，我们又何以判断他是一位世界文学大师呢？比较文学发展到今天已有一百多年的历史，全球化时代的比较文学已经进入了一个世界文学的高级阶段，当年歌德提出"世界文学"的概念也许带有"乌托邦"的色彩，但在今天的全球化时代，重提世界文学无疑是为捍卫行将衰落的文学学科而进行的"最后一搏"。即使在今天，人们对这门学科之合法存在的怀疑、非议或不屑还时有出现，但他们却无法否认比较方法在文学批评和研究中的切实有效的作用。由此可见，这篇文章作为粉碎"四人帮"后最早涉及比较文学的论文之一，所起到的历史作用是不容忽视的。而杨周翰作为中国当代比较文学学科的奠基人之一的地位也是不容置疑的。

　　提到中国的莎士比亚研究，人们很快会想到这样一批杰出的老学者：朱生豪、梁实秋、曹禺、陈嘉、孙大雨、卞之琳、杨周翰以及比他年轻一些的方平和陆谷孙。毫无疑问，包括杨周翰本人在内的这批学者对于将莎士比亚这位世界文学大家介绍到中国做出了无与伦比的贡献，其中一些学者通过翻译的中介在中文的语境下创造了一个"中国的莎士比亚"，也即本雅明所谓的翻译使得莎士比亚在中文语境下又有了"持续的生命"和"来世生命"。但只有杨周翰一人同时在翻译、评论和研究莎士比亚三个方面取得了国际性的影响，这也是为什么国际学者对他的文学批评和研究予以高度认可的一个重要原因。他主编的两卷本《莎士比亚评论汇编》（1979）早在20世纪改革开放初期就由中国社会科学出版社出版，对当时以及后来中国的莎学研究产生了极大的影响。虽然专事英国文学研究的学者可以直接通过原文阅读国际莎学界的莎士比亚研究著述，但数量更多的一批莎学研究者则在很大程度上通过这两卷本《莎评汇编》了解到莎士比亚评论的历史和现状。而杨周翰本人也不止于对莎士比亚作品的翻译和介绍，他还发表了数篇份量很重的学术论文，其中两篇收入了《攻玉集》：《19世纪以前的莎评》和《20世纪的莎评》。虽然这两篇论文也运用了比较的方法，但特征并不十分突出，倒是《弥尔顿〈失乐园〉中的加帆车》一文突破了同一文化传统内的比较，达到了中西文学和文化的比较之境地。从表面上看，这篇文章评论的是《失乐园》中的加帆车之作用和意义，所用的比较方法也是法国学派所惯用的那种注重渊源考证的影响研究，但实际上我们仔细读来就会发现，这篇文章的意义远远不止于此。作者并没有局限于讨论加帆车这一实物在《失乐园》中的作用和意义，而是以此作为引子，深入到了文化的深层次，所涉猎的文化传统横跨中国和西方，并且加入了一些平行研究的方法，从而其带有理论和方法论的意义。在谈到文学史上的影响问题时，作者不像法国学派研究者那样有意识地回避，而是做了简要的阐述："作家知识的涉猎和积累牵涉到文学史上常提到的影响问题。这当然只是作家接受外界影响的一条途径……影响有偶然因素,但最终决定于作者的需要。有一般的需要,如满足好奇心,有为达到某一具体需要而去积累知识。"(第98页)毫无疑问,作为大作家的弥尔顿对外来影响的创造性转化之能动作用,更体现了两种不同文化因子相互碰撞、相互作用后所产生的新的变体——它既是从旧事物的母体脱胎而来,同时又是作家创造性想象的产儿,因而影响研究就不只是被动的,而更带有主动的接受之因素。所以我们在伟大的作品中首先看到的并不是其中的外来影响因素,而更是经过作者的接受屏幕作用后的独创因素。从这个意义上说来,这篇文章不失为改革开放初期一篇中西比较文学和文化批评的力作,即使在今天看来其意义仍在。

应该承认,《攻玉集》写于杨周翰正式步入比较文学研究领域之前,因此他的比较文学学科意识并不是十分清楚的,但这一篇篇闪烁着中西文学和文化碰撞火花的文字却显示了他试图借"他山"之石攻克中西比较文学批评和研究"之玉"的信心和实力。也正是这一信念和努力实践奠定了中国比较文学学科的创立和比较文学在中国的复兴。

二、用比较的方法研究国别文学及其超越

也许在中国的语境下,杨周翰的知名度在很大程度上是由于他领衔主编了新中国第一部两卷本《欧洲文学史》,这也确实是事实。但是如果从比较文学的角度来看,尤其是跨中西文化背景的比较文学研究角度,我认为他最有代表性的著作应该是出版于20世纪80年代中期的《十七世纪英国文学》(1985)。确实,自从勃兰兑斯出版巨著《19世纪文学的主流》以来,西方文学史界就开始了撰写断代文学史的倾向。不少研究者不屑以全概貌,而是截取文学发展史上的某一阶段,进行较为深入细致的考察研究,使之既有史又有论,从而达到史论结合的高度。毫无疑问,这种断代国别文学史的写作弥补了通史在论述上的不足,同时也依然能够给人以一种整体感。此外,不同的学者撰写这样的断代文学史著作,所取得的效

果也是不同的。尤其是对那些学术功底不扎实且知识准备不足的学者和批评家,要想在断代国别文学研究中做到横向拓展,特别是超越某一大致相同的文化传统之束缚,以另一个与之截然相异的文化传统作为参照系来研究,就很难办到了。在这方面,杨周翰充分发挥了自己在英国文学方面的精深造诣和跨文化、跨语言和跨学科知识,因而使《十七世纪英国文学》填补了这方面的一个空白。① 关于这本书的意义和价值,专事英国文学批评和研究的学者也许可以谈很多,但本节则更强调它的方法论意义和学术批评的价值。

这本书的批评视角看上去似乎仍是传统的社会历史方法,但仔细通读全书各章节后,我们便感到,在具体的批评和研究方法上,杨周翰已经完全突破了他在主编《欧洲文学史》时所受到的那种追求大而全的传统观念的束缚,把17世纪的英国文学放在一个更加宏大的文化背景下来考察。这个文化背景从纵的方面来看,远及古希腊罗马,近至20世纪的新批评和结构主义文论;从横的方面来看,则超越了英国本土,甚至超越了欧洲的文化传统,进而和古老的中国文化相比较。这对于一般的学者简直是不可想象的,而他却做到了。因此,该书的第一大特色就体现在超越了时空界限,进入了有意识的文学和文化比较之境界,所得出的结论也明显高于一般的国别文学批评和研究。

从时间上来看,这种超越体现在,不仅仅限于把17世纪英国文学与当时的社会历史、文化风尚等现象结合起来考察,而且还试图运用当代西方文学理论的一些新方法和新观念对文学史上的"老问题"进行探究,因而对一些似乎早有定论的老问题做出新的批评性阐释。例如,在讨论"马伏尔的诗两首——《致她的娇羞的女友》和《花园》"这一章里,作者列举并比较了各家批评流派对前一首诗的不同说法,站在一个新的角度对这些分歧意见做出自己的解释,并运用结构主义诗学的某些观点和方法,通

---

① 参见杨周翰:《十七世纪英国文学》,北京大学出版社1985年版。以下引文仅注明该书页码。

过对一些具体作品的深入分析得出了新的结论；对后一首诗则从新批评派理论家燕卜逊对牧歌的论述入手，经过分析之后指出，细读式的分析方法有助于我们真正理解这首诗的深刻含义。

虽然自20世纪80年代以来，西方现当代文学批评理论的新观念、新方法不断地被介绍到中国来，但大多数中国批评家对如何运用这些新理论、新方法于批评实践并无自觉的意识，造成这种状况的一个主要原因就是理论与批评的脱节。例如大量介绍"文本批评"的理论家竟然写不出高质量的专注文本批评的论文，而从事批评实践者又由于缺乏这方面的理论训练而常常流于肤浅。这就有必要促使理论家和批评家在一个彼此都能超越的层次上进行对话，从而使得理论能为批评家的批评实践提供导引，最终通过大量的批评实践成果反过来丰富理论自身的建设和发展。杨周翰虽然对西方文论颇有造诣，并翻译过大量理论著作，但他并不止于翻译介绍，也不将自己的精力耗费在无止境的纯理论推演中，他力图运用这些理论于分析、批评具体的作家和作品中，因此他的文章大多属于"批评"的范围，而较少对理论本身进行深究。应该指出，这既是他的擅长之处同时也是其局限。

如果说，仅仅停留在时间上超越——运用现当代西方文论来研究一些"老问题"，那么一些西方文学批评家也不难做到，而难的恰恰是超越文化传统的界限，以另一种与之迥然不同的文化作为参照系来研究某个国别文学。而这正是《十七世纪英国文学》的一大特点。在"忧郁的解剖"和"弥尔顿的悼亡诗"等篇章里，作者充分发挥了自己在中国古代文论方面的精深造诣之优势，论述如行云流水，信手举例，恰到好处，不禁使读者惊讶地发现，中西文学虽不那么具有"实证的"联系，但这也不妨碍我们从文类、文风、时尚等角度入手进行平行比较研究。因此这本书虽然没有标明"比较文学"的标签，但实际上却在方法论上给国内的比较文学学者以具体的启示和示范，从而应验他的那句名言：从事文学研究，不比较怎么可以？但是反过来说，如果仅仅在浅层次上进行那种"比附"式的比较，最终也无法取得突破性的进展。这正是该书在运用比较的方法于西方文学批评和研究方面给我们的重要启示。

从文类学的角度比较研究中西悼亡诗这一抒情诗文体的"亚种"曾一度不为文学批评家所注意，近几十年来的弥尔顿研究专家虽然觉得从悼亡诗入手有助于探讨诗人的生活观、道德观、爱情观和婚姻观，但他们的成果对研究这一"亚文体"并无多大价值，至于它与中国文学史上的悼亡诗之关系，就更是无人涉足了。作者本着"拾遗补阙"之目的，比较了中国文学史上潘岳等诸家悼亡诗的共同特点，指出，"悼亡诗总需有一定的感情基础，而促成之者，往往是生活遭遇坎坷，从悼亡中寻求同情与补偿，符合抒情的总规律，符合诗可以怨的原则"（第207页）。中西诗人的不同特点除了表现在爱情观上外，还表现在诗人的思想境界上。当然，西方文学史上的悼亡诗之所以极少见，不仅在于诗人的思想感情，同时还应当顺着这一线索探寻下去，以便从理论上给予解释。对此，杨周翰并没有给予武断的定论，而是在结语中向我们提出了这样几点启示："悼亡诗为什么在我国很多，在西方极少，原因何在；悼亡诗的特点如何，能否作为一个独立的文学类型或从属类型，很值得研究。"（第208页）很明显，杨周翰著书立说的方法并不是训诫式或断语式的，而是分析式和启发式的，他往往善于从一个很小的口子入手，但提出的问题却颇具启发意义，耐人寻味和深思。《十七世纪英国文学》给我们的一个重要的方法论启示就在于：要重视断代国别文学的研究，但方法要新，视野要开阔，以便达到某种超越的境地，力求在老问题上发掘出新的东西。这也许尤其对青年学者从事学术研究颇有启迪意义。

随着文学观念的不断更新，研究方法的日益多元化，语言、国别的传统空间界限早已打破。比较文学的影响研究和平行研究已不能满足宏观研究的需要，因而超越时空观念、超越学科界限的多学科综合比较研究，早已为当代比较文学学者开辟了一个新的更为广阔的研究空间。杨周翰生前曾多次表示，自己并没有进行超学科比较文学研究，其实并不然。熟悉他早期学术生涯的人都知道,他早年曾醉心于美术,并赴瑞典参加撰写中国美术史的工作,晚年又在国际比较文学协会的框架下承担了巴洛克风格的研究项目,并于20世纪80年代后期专门赴美国人文中心从事巴洛克问题研究一年,这些不可能不对他的国别文学研究产生影响。他之所以选定研究17世纪英国文学,其中的一个重要原因就在于这一时期的文学与巴洛克艺术风格有着密不可分的关系。诚然,巴洛克艺术最早出现在建筑风格上,表现出造型奇特、风格怪诞,追求内部装饰,但却带有华而不实之嫌。巴洛克的盛行地主要在西班牙和意大利,主要波及的是造型艺术,而对文学史上的大作家的风格则无甚影响。但它毕竟还是对艺术风尚产生过一定的影响,并且在17世纪英国文学的散文风格中占有过主导地位,因此对这一客观存在的现象就不能忽视或不予提及。杨周翰在书中着重分析了勃朗、泰勒等作家的散文,指出"泰勒诗歌极讲究修饰的、具有华丽的巴罗克风格的散文家"(第202页),而勃朗的风格则体现在"文字形象化(逻辑思考不严密),想象奇特而突兀,使人惊喜;行文曲折,信笔所之,很像浪漫派(他很受浪漫派的推崇);他的文字隐晦而多义,又古色古香;他善于用事用典(这与他博学有关);他的情调幽默,挑逗,微讽"(第153页),而巴洛克风格本身则是"文艺复兴晚期的产物,是精神危机的一种表现"(第220页)。这样的论述也许过于简单了一些,但却指出了巴洛克艺术风格在散文中的特征以及巴洛克风格产生的社会政治背景。由此可见,杨周翰的批评和研究不仅与当时的社会历史密切相关,同时还做到了超越学科界限,去探讨文学与其他艺术风尚的关系和相互渗透。这种超越形成了《十七世纪英国文学》的第三个特征。

按照比较文学的一般定义,它必须研究超越国别、超越语言界限的两种或两种以上的文学。但是英美文学虽然不是同一个国别的文学,但却同属于英语文学,这算不算比较文学?中国的汉族文学和朝鲜族文学虽同属一个国别文学,但却属于不同的语种,这算不算比较文学的范围呢?对于这样一系列问题,在当时还难以得到令人满意的解答,但是若将比较当作一种方法用于所有的文学批评和研究，就不会存在这样的问题了。杨周翰从不愿卷入纷纭复杂的理论论争，他的比较文学观始终体现在具体的批评和研究实践中。《十七世纪英国文学》的超越性特征还体现在对同一国别文学的不同语言的超越上，例如书中对培根的研究就是最好的范例。

有些文学史家在论述培根时往往很容易忽略他的拉丁文写作，而通晓拉丁文的杨周翰则恰恰从这一点入手展现了自己的优势。他在书中头一个分析的就是培根。培根是一位擅长用拉丁文写作的散文家，他的风格凝练、简洁，富于说理性，对现代英语的散文风格也有很大的影响。但是如果仅仅把培根对英国文学的贡献局限于此，未免失之偏颇。培根的大部分文章均用拉丁文写成，或先写成英文，后用拉丁文改定，特别是他的论述文更是如此。因此我们倒不如说培根对英国学术思想的贡献更大。杨周翰在重点介绍了《伟大的复兴》里的《学术的推进》这一部后，总结道："《学术的推进》确如评论家所说，是总结了前人的一切知识，重新加以分类，并指出哪些部门有哪些空白，这和中世纪的经院哲学相比，其进步性是显而易见的。"（第4页）因此培根在历史上所起的作用主要是对现代科学和哲学的学术思想起了推动作用，而他对散文风格的影响则是次要的，因为我们现在常常读到的一些英文本并非出自培根之手笔，而是根据拉丁文转译的。因此，这样的断言只有在比较了同一作者同时用两种语言的著述后才能做出，杨周翰恰恰做到了这一点。

在"英译《圣经》"一章里，杨周翰追溯了英译《圣经》的历史及其影响，认为17世纪完成的《圣经》（钦定本），"对以后三百年英国社会生活确实起了无从估计的影响……因此，还有其他原因，我们把它看作是17世纪英国文学的一个组成部分，恐怕不无道理"（第14页）。确实，甚至到了20世纪，英译《圣经》仍然极大地影响了英语文学大师的写作。因此探讨《圣经》的英译历史，比较各译本的成败得失及风格特征，进而总结它们在英国文学史上所起的作用，这本身就是一种超越学科界限和语言界限的比较文学研究，因为它从多方位、多角度把文学与语言的关系结合得更为紧密了。

综上所述，我们完全可以断定，《十七世纪英国文学》的价值绝不仅仅局限于单一的国别文学研究，因为它还体现了杨周翰的比较文学观，也即把比较文学方法贯穿在具体的国别文学，甚至具体的作家作品的研究中。这也许是杨周翰与后来的专事比较文学研究的大多数学者都不同的一个特色。

三、走向一种自觉的建构

众所周知，国际比较文学界曾有过"法国学派"和"美国学派"之争，争论的结果是平行研究被接纳入比较文学的范围，并被当作一种具有普遍意义的研究方法。但是这已经是六十多年前的事了。自20世纪80年代以来，由于中国比较文学的勃兴并逐步走向世界，一些中国大陆与港台学者的学者也跃跃欲试，试图为建立比较文学"中国学派"而摇旗呐喊。这一现象早在杨周翰健在时就发生了。他作为时任国际比较文学协会副主席和中国比较文学学会会长，虽然对这种愿望深为理解，但又在某种程度上给予保留，其原因恰在于，在当时那种情形下，比较文学在中国刚刚从西方引进，远远未达到一个学科的层次，因此建立比较文学"中国学派"显然时机还不成熟。因此在他看来，对于建立"中国学派"，"我认为我们不妨根据需要和可能做一个设想，同时也须通过足够的实践，才能水到渠成。所谓'法国学派''美国学派'云云，也是根据实践而被如此命名的，起初并非有意识地要建立什么学派"①。那么是不是杨周翰不赞成或不屑于建立有中国特色的比较文学研究学派呢？也并非如此。杨周翰主要关心的首先不是在一片新开垦的处女地上树起一杆大旗，而是力图通过反复的实践，以自己扎实的、富有建设性的成效的研究实绩向国际比较文学界展示：这就是中国学派的成果和特色。按照他以及另一些学者的共同构

---

① 杨周翰：《镜子和七巧板》，第3—4页。

想,比较文学中国学派应该打破欧洲中心主义的思维模式,注重东方文学研究,以跨越文化传统、跨越学科界限和语言界限的中西比较文学为自己的研究对象,通过东西方文学的对话以便探讨全人类的共同规律为其长远目标。而要实现这一目标,则需要几代人的努力实践,他自己则甘愿充当后来者的铺路石。应该看到,他在生命的最后几年里正是带着这样一种自觉建构的意识朝着这一方向缓缓前进的。他的最后一部中文著作《镜子和七巧板》就是对他一生的学术研究的一个总结。

收入这本文集的十多篇文章只有一小部分是直接用中文撰写的,大部分文章则是先用英文写成演讲稿在一些国外大学或国际研讨会上宣读,其中一部分经修改后在国际刊物上发表,有些则未发表。后经本书作者将其译成中文,再由他本人修改扩充,其中有些最后的定稿已经与早先的演讲稿大相径庭。这些文章大致可以分为三大类,基本上涉及了当时国际比较文学界的一些前沿课题,有些即使在今天看来仍有着一定的意义和价值,为处于低谷之境地的中国比较文学学者指明了未来的研究方向。

开篇的文章针对当时中国比较文学研究中的若干理论问题谈了自己的看法。面对国内外比较文学界不时响起的"危机"之呼声,有人一听到就无所适从,也有人干脆推而论之,提出比较文学"消亡论"。杨周翰是如何看待这一现象的呢?他认为,"危机并非坏事,有了危机感,事业才能前进"(第9页),危机与前途实质上是一个相反相成的悖论,看不到危机,也就难以找到前进的方向。这篇题为《比较文学:界限、"中国学派"、危机和前途》就是针对上述几个问题的思考和初步探讨。《镜子和七巧板:当前中西文学批评观念的主要差异》《维吉尔和中国诗歌传统》《预言式的梦在〈埃涅阿斯纪〉与〈红楼梦〉中的作用》和《中西悼亡诗》这几篇均属于平行比较研究的范畴,但却涉及了小说、史诗、诗歌和批评理论诸方面,作者并不满足于表面的相同与相异的比附,而是透过这些相同与相异的表象,深入发掘,寻找出中西文学之间可能进行对话和沟通的共同点,从而提出了一些涉及文类学、文学观念和叙事学方面的理论问题。《〈李尔王〉变形记》是书中唯一一篇以影响研究见长的文章，但作者并没有流于繁琐的资料追踪和渊源考证，而是从一般读者不易察觉的两个英文词切入，由此深入到作品的文化层次及其在翻译接受过程中的变形。《历史叙述中的虚构——作为文学的历史叙述》和《巴罗克的涵义、表现和应用》也许并不当作比较文学论文，但我们切不可忘记，比较文学除了要超越国别界限和语言界限外，还应超越学科和艺术门类的界限，并且探讨文学与其他学科和艺术表现领域的关系。由此看来，前者的比较介于文学与历史，或者更确切地说，文学文本与历史叙述文本之间；后者则从巴洛克这一美学和艺术学概念入手，探讨了文学史的分期问题。应当指出，这两个题目均属于国际比较文学界的前沿理论课题，杨周翰生前曾试图对之（特别是后者）做系统的研究，以期有朝一日将其研究成果用于欧洲文学史的重写中，但毕竟已为时过晚，他还未来得及完成这一宏大的计划就匆匆离去了。应该承认，这不仅是他个人学术生涯的一大遗憾，同时也是中国比较文学研究界的一大憾事。我们今天重读这本书，至少可以从下面几个方面得到启示。

首先，关于中国学派问题。这二十多年来的事实已经证明，杨周翰的预言是正确的。当我们大力试图树起中国学派之大旗时，以西方为中心的国际比较文学界几乎对中国的比较文学事业不太关注，即使偶尔提及中国的比较文学，也只是将其当成一个点缀物；而在今天的全球化时代，中国经济的飞速发展也带动了中国文化和文学的走向世界，因此可以说，现在让以西方学者占主导地位的国际比较文学界倾听中国学者的声音进而承认中国学派的形成已经确实"水到渠成"了，但即使如此，要想突破国际比较文学界实际上存在的"英语中心主义"的霸权地位仍需要相当长的时间。关于比较文学中国学派的问题，在过去的几十年里，国内一直有着较大的争议。但实际上，学派并不是自封的，而应该以自己的研究实绩使外国人重视你。这二十多年来的事实证明，在西方中心主义占主导地位的情况下，即使你取得了很大的成绩，别人也可以对你有意地视而不见，因为文学和文化上的成就是一种软实力，别人没有那么紧迫地需要。但只要我们坚持下去，人们便会逐渐发现，一个中国学派正在崛起并逐步变得越来越强势，至少它可以与长期占据强势地位的西方学界进行平等对话。那种认为等到中国确实强大了，别人就会自动译介中国文化和文学的看法显然是十分幼稚的和不切实际的。

其次，关于比较文学的危机和转机问题。在过去的五十多年里，我们在国际比较文学界可以时常听到"比较文学的危机"之声音，但每一次危机之后都变成了一种转机。最近的一次转机就是"世界文学"的崛起并迅速挽救了全球化时代的比较文学出现的新的"危机"。因此杨周翰告诫我们不要惧怕危机，危机能够促使我们奋进。这一忠告即使在今天也有着深远的意义。

再者，比较文学的跨学科现象及文学本体的研究。我们需要强调的是，杨周翰的比较文学跨学科研究始终立足于文学这个本，即使探讨文学与文化以及与其他艺术门类的平行关系，最后的结论仍落实在文学的本体上。杨周翰虽然没有就这一研究方法进行理论阐述，但他的研究实绩却为我们树立了超学科和跨学科比较文学研究的范例。

最后，比较文学与文化研究的对立与对话关系。杨周翰生前就经历了文化研究的兴起及其对比较文学形成的挑战，在过去的二十多年里，这种挑战已经变得日益明显以至于不少人竟认为文化研究的崛起不啻是为比较文学敲响了丧钟。但是"丧钟究竟为谁而鸣"这个问题现在已经为近十多年来比较文学学科自身的调整以及与文化研究的对话和互补所证实。而这种对话和互补的具体实例我们早已在杨周翰出版于80年代中期的《十七世纪英国文学》中见到，可见杰出的理论家不仅能够总结过去，而且应当预见未来。杨周翰虽不是一位理论家，但他无疑是一位有着理论前瞻性的杰出的比较文学和外国文学学者和批评家。

杨周翰去世后，留给我们很多的遗憾，但是他培养出的一代新人已经茁壮成长,成为今天比较文学和世界文学的主力。虽然比较文学面对文化研究以及各种新理论的冲击曾一度陷入危机的状态,但我们已经注意到,伴随着传统的比较文学式微的恰恰是世界文学的兴起并迅速进入国际文学理论和比较文学研究的前沿。确实,在西方,"世界文学"已经成为一个十分热门的前沿理论话题,这个话题近年来也开始引起了中国文学批评家和比较文学研究者的关注。毫无疑问,世界文学的再度兴起,为中国的比较文学研究提供了一个新的更加广阔的平台,使得比较文学研究者有了更好的用武之地。

歌德当年之所以提出"世界文学"的概念,在很大程度上得益于他对包括中国文学在内的非西方文学的阅读。今天的中国读者们也许已经忘记了歌德读过的《好逑传》《老生儿》《花笺记》和《玉娇梨》这样一些在中国文学史上并不占重要地位的作品,但正是这些作品启发了年逾古稀的歌德,使他得出了具有普遍意义的"世界文学"概念。这一点颇值得今天的比较文学学者深思。

杨周翰生前虽然没有专门研究世界文学,但他领衔主编的《欧洲文学史》在很大程度上就涉猎了世界文学问题,因为在当时那个"欧洲中心主义"占主导地位的年代,人们一般认为学习外国文学,首先要了解西方文学,由于欧洲文学是所有西方国家文学的源头,因此研究欧洲文学在很大程度上就等于研究世界文学了。杨周翰是在欧洲接受大学本科教育的,因此他也很难摆脱欧洲中心主义的思维模式,对此他在晚年的长篇英文论文中对之做了深刻的反思。

总之,世界文学的兴起和迅速占据国际文学理论和比较文学前沿,标志着比较文学的发展进入了最高阶段,也即世界文学的阶段。杨周翰生前虽没有投入世界文学的研究,但从他对欧洲中心主义的反思和批判来看,我们可以断言,他如果今天仍然健在的话,完全有可能像当年以极大的热情欢迎比较文学来到中国一样,以极大的热情投入世界文学的讨论和研究之中。

第四节　王佐良的英国文学批评

如果说，朱光潜和杨周翰作为"学院派"批评家主要关注的是与文学理论相关的问题的话，当然杨周翰的批评文章更多的还是对具体作家作品的评论和比较研究，那么在当代中国另一位有着重要影响和广泛知名度的外国文学批评大家当推王佐良。王佐良一生致力于英语教育、英语文学研究及翻译，在外国文学史、比较文学、英语文体学、文学翻译的研究等领域颇多建树，在中国的英语教育及外国文学研究和批评领域均做出了里程碑式的贡献。他不仅是一位有着严谨学风的文学研究者，同时也是一位才华横溢且有着自己独特风格的作家—学者型批评家。也即他的外国文学批评特色在于一切从阅读原文入手，自己不懂的语言他很少涉猎，他也不从某种既定的理论视角去评论作品，而是基于自己对原作的透彻理解，并结合该作家及其作品所产生的特定时代背景做出自己的评论。在长期的学术和批评生涯中，王佐良著译甚丰，十分多产，几乎涉及了外国文学批评和研究的各个方面：从翻译到批评，从对诗歌小说等文类的专门性研究到对文学史的一般性描述，从对作家作品的点评到直接用作家的创作文体从事诗歌和散文创作，从对文学理论问题的宏观批评到具体的文体风格的分析研究。其字里行间充满着作者的才华和睿智。这些学术性和批评性著译已由外语教学与研究出版社萃集编辑为12卷本的《王佐良全集》，囊括了王佐良的全部作品和译著。

《全集》第一卷为"英国文学史"，第二卷为"英国诗史"，第三卷为"英国浪漫主义诗歌史"，第四卷为"英国散文的流变"，第五卷为"英国文学史论集"，第六卷为"英国文学论文集"，第七卷是他的三部英文著作，涉及比较文学和文学翻译，同时也评价了约翰·韦伯斯特的文学声誉等，第八卷为"英语文体学论文集"，兼带探讨了文学翻译问题，第九卷为"英诗的境界"，又是对诗歌的批评和研究，后几卷包括了作者的单篇论文和文学鉴赏性散文，同时也包括作者本人的诗歌创作和翻译。这其中除了专门讨论翻译和英语文体学的文章以及文学史著作外,不少都属于文学批评的范畴,这些均是本节所要讨论的对象。

王佐良(1916—1995)生于浙江上虞县,幼时在武汉读小学和中学,1935年考入清华大学外文系,抗战爆发后,随学校迁往云南昆明,入读西南联合大学。1939年毕业后留校任助教、教员和讲师。1946年秋回到北京,任清华大学讲师。1947年秋考取庚款公费留学,入读英国牛津大学,并在茂登学院攻读研究生课程,师从英国文艺复兴研究的著名学者威尔逊教授,获文学硕士学位(B.Litt),相当于一些国家的副博士学位。学成后王佐良于1949年9月回到北京,直到去世前一直在北京外国语学院(现北京外国语大学)任教,曾担任英语系主任、外国文学研究所所长、副院长等。学术兼职包括中国外语教学研究会副会长、中国外国文学学会副会长、中国英语教学研究会会长、中国莎士比亚研究会副会长等。他曾主持过国务院学位委员会外国语言文学学科评议组的工作,并参与《毛泽东选集》一至四卷的英文翻译工作。

一、致力于文学史撰写的批评家

王佐良是中国的英国文学研究界的一位大师级学者,他与杨周翰曾是西南联大的同学,他同时也是一位才华横溢具有诗人气质的学者型批评家。他长期以来从事英国文学教学和翻译,培养了一大批优秀的英国文学研究者和翻译者。此外,他本人也著述甚丰,广泛涉猎英国文学、语言文体学和比较文学与世界文学等多个分支学科,他的代表性著作包括《英国诗史》、《英国浪漫主义诗歌史》、《英国散文的流变》、《英国文艺复兴时期文学史》(合著)、《英国20世纪文学史》(合著)、英文专著《论契合——比较文学研究集》、《英国文体学论文集》、《翻译:思考和试笔》、《论新开端:文学与翻译研究集》。我们单从这些著述的题目就不难看出王佐良广博的学识和才华横溢的著述。他所聚焦的领域主要是英国文学,尽管他在这个领域内广泛涉猎各种文体,但是对诗歌和戏剧方面用功最多，同时也著述最多。他除了对莎士比亚等作家有着精深的研究外，对英国浪漫主义诗歌的翻译和研究更是独树一帜，并取得了卓越的成就，这无疑与他本人的诗人气质不无关系。据说当别人介绍他时，他更喜欢将自己当作一位诗人来介绍。尤其应该指出的是，他不仅翻译了大量英国文学作品，而且还将曹禺的《雷雨》译成英文，其译文质量完全可以和英语国家的母语译者相媲美，而对曹禺剧作的精深理解则更胜一筹。王佐良晚年所从事的最重要的一项研究工作就是主持编撰了五卷本《英国文学史》。从这部篇幅宏大的英国文学史书我们不难看出，他历来对文学史的编撰有着明确的目标，特别是由他和周珏良主编的《英国20世纪文学史》堪称从中国学者的立场和观点出发重写外国文学史的一个有益尝试。

对于王佐良在英国文学史领域里的建树，国内学界有着公认的评价，他当年在西南联大的同学李赋宁尤其看重王佐良在英国文学史的编写方面的独特贡献，认为他"在外国文学研究方面最重要的学术贡献在于对英国文学史（包括诗史、散文史、小说史、戏剧史等）的研究和撰著"①。而王佐良后来的学生陈琳则在回顾了受业于先师王佐良的往事后更是满怀深情地总结道：

> 他在搁下他的那支笔以前，已经把他对人民的深情，秀美动人的文采，有关文学理论、英国文学史、英国诗歌、西欧文学、不同民族文学的契合等诸多方面的知识和信息，通过文化交流来实现和谐世界的梦想以及一个伟大的爱国者和国际主义者的高尚情操传达给了爱他的人群——这个人群更多的是中国人，然而也有外国人。这一广大的人群对这位文坛巨匠是充满了无限尊敬、怀念和感激之情的。②

---

① 李赋宁：《王佐良全集》"序一"，《王佐良全集》（第一卷），第XII页。
② 陈琳：《王佐良全集》"序二"，《王佐良全集》（第一卷），第LXIII页。

上述评价性的文字本身甚至体现了王佐良昔日的学生在写作风格上也受到先师的影响之痕迹。当然，较之国内各位英国文学史专家，王佐良的成就应是最大的，而且他在英国文学史方面的造诣也最深。但是毕竟在中国的语境下编写一部英国文学史首先要有自己的特色，也即在纷纭复杂的各种文学现象中梳理出一个"纲"：

> 没有纲则文学史不过是若干作家论的串联，有了纲才足以言史。经过一个时期的摸索，我感到比较切实可行的办法是以几个主要文学品种（诗歌、戏剧、小说、散文等）的演化为经，以大的文学潮流（文艺复兴、浪漫主义、现代主义等）为纬，重要作家则用"特写镜头"突出起来，这样文学本身的发展可以说得比较具体，也有大的线索可寻。同时，又要把文学同整个文化（社会、政治、经济等）的变化联系起来谈，避免把文学孤立起来，成为幽室之兰。①

尽管有了这个"纲"，但作为中国的外国文学学者，所编写的外国文学史显然不应当跟在外国已有的文学史书后面亦步亦趋，而应该有自己的原则和观点。因而，王佐良认为，虽然他在编写英国文学史的过程中，广泛参考了国外学者的先期成果，但是他仍带有自己的主体性，也即"我的想法可以扼要归纳为几点，即：要有中国观点，要以历史唯物主义为指导，要以叙述为主，要有可读性"。但即使如此，也依然要有自己的独特观点，因此他主编的《英国文学史》"还是颇带个人色彩的评论，不过包含在叙述之中"②。人们通过阅读英国文学发展的历史窥见作者的颇具个性色彩的评论。因此他主编或独立撰写的文学史书明显地高于一般的教科书，在史料的选取和评价的观点方面均达到了雅俗共赏的专著的水平，更

---

① 王佐良：《英国文学史》"序"，《王佐良全集》（第一卷），第3页。
② 王佐良：《英国文学史》"序"，《王佐良全集》（第一卷），第4页。

适合做研究生的教学参考书，同时对专业研究人员的进一步深入研究也有着重要的导引作用。

我们说，王佐良主要是一位具有诗人气质的学者型批评家，实际上并不否认他对英国戏剧也颇有研究，这一点尤其体现于他的莎士比亚研究，他在这方面着力甚多，同时也著述颇丰，并有自己的独到见解。例如他在描述了莎士比亚的重要剧作之特色以及他的艺术成就后总结道：

1. 他描绘了几百人物，许多有典型意义、而又每人各有个性。
2. 他不只让我们看到人物的外貌，还使我们看到他们的内心——复杂、多变、充满感情的内心。
3. 他深通世情，写得出事情的因果和意义，历史的发展和趋势，社会上各种力量的冲突和消长。
4. 他沉思人的命运，关心思想上的事物，把握得住时代的精神。
5. 他写得实际，具体，使我们熟悉现实世界的角角落落；同时他又最善于运用隐喻，象征，神话，幻想，于是我们又看得见山外有山，天上有天。
6. 他发挥了语言的各种功能，包括游戏功能；他用语言进行各种试验，包括让传达工具起一种总体性的戏剧作用。
7. 他的艺术是繁复的、混合的艺术，从不单调、贫乏，而是立足于民间传统的深厚基础，又如饥似渴地吸收古典和外国的一切有用因素，而且不断刷新，不断突进。
8. 而最后，他仍是一个谜。他是古老的，又是现代的；他似乎不偏向任何方面，但我们又隐约看得出他的爱憎和同情所在；他写尽了人间的悲惨和不幸，给我们震撼，但最后又给我们安慰，因为在他的想象世界里希望之光不灭。他从未声言要感化或教育我们，但是我们看他的剧、读他的诗，却在过程里变成了更多一点真纯情感和高尚灵魂的人。①

我们从上述高度概括的评论中丝毫看不到任何学究式的理论术语，而是普通读者能够读懂的语言，因此读他的评论文章丝毫不感到枯燥乏味，甚至还带有一种美的享受。此外，作为一位有着宽阔的比较视野的外国文学批评家，王佐良还十分关注中国的莎学研究，并对之提出了颇为中肯的意见。他认为，莎士比亚进入中国也经历了几个阶段，从接触之初过渡到片段和整剧的翻译，从诗体译本的尝试到演出的新势头，从中国的第一届莎士比亚戏剧节分别在京沪两地的举行直到莎士比亚剧作为更广大观众所喜闻乐见，这一切都得力于莎学专家、译者、导演以及演员的努力。最后，他从一个莎学研究者和评论家的角度对中国的莎学做了展望："中国莎学的基础是由一批解放前留学英美的学者打下的。他们在国外从名师学习之后回来在大学开课、编教材、写文章，也翻译莎翁和指导莎剧演出，在过程里培养了许多人才。""解放以后，随着更多莎剧译本的出版，研究工作也有发展。在一个相当长的时间内，由于学习苏联，研究重点放在莎士比亚的思想内容与人物创造。1964年为了纪念莎翁诞生400周年，有一批研究论文问世，虽然仍以一般介绍为主，注意力已经触及英国文艺复兴的整体思想气候和当时诗剧的整体发展。"②因此，他对今后莎学的发展也提出如下中肯的建议：第一，还得继续搞点基本建设；第二，希望能出现更多的莎剧新译；第三，更多地了解国外莎学近况，而且不限于英美，还要注意其他国家；第四，新路在望。③显然，王佐良对中国莎学的未来前景是乐观的，并身体力行做出自己的努力。二十多年过去了，已经有越来越多的中国学者步入国际莎学界，并在国际权威刊物上发表论文，可以说，王佐良当年对中国的莎学研究的期许已经被新一代莎学研究者的

---

① 王佐良：《英国文学史》，《王佐良全集》（第一卷），第66页。
② 王佐良：《莎士比亚在中国的时辰》，《王佐良全集》（第六卷），第601页。
③ 王佐良：《莎士比亚在中国的时辰》，《王佐良全集》（第六卷），第602—603页。

苗壮成长所证实。

二、用诗一般的语言来评论英国诗歌

熟悉王佐良的学术生涯的读者也许知道，早在大学读书时，王佐良就表现出了卓越的诗歌创作才华。据他早年的学生陈琳回忆，早在1936年，年仅20岁的王佐良就写了一首显示其卓越诗才的诗篇，他自己也更乐意被人介绍为一位诗人。① 而且他的那些洋溢着才情的诗还受到诗人闻一多的赞赏并将其中的两首收入他编选的诗集《现代诗钞》中，这对一个青年学生显然是莫大的荣誉。当然，后来由于所从事的学科专业所限，王佐良的诗歌才华更多地体现于他的诗歌翻译和评论上。虽然中国当代诗坛缺少了一位诗人，但中国的外国文学批评界却多了一位以诗的语言来翻译诗和评论诗的学者型诗人—批评家。

王佐良对英国诗歌的研究很深，而且范围也很广，他在这方面写下了两部专著《英国诗史》和《英国浪漫主义诗歌史》，其中后者更显示出他在英国诗歌方面的功力。此外，他在其他文学史书中也广泛涉猎了英国诗歌。从文学批评的角度来看，我们认为他的《英国浪漫主义诗歌史》更具有理论批评性，这当然也反映了他对这一时期的英国诗歌情有独钟并着力尤甚。在他看来，英国浪漫主义诗歌的兴起并不是偶然的，而与特定的时代和环境密切相关，"英国浪漫主义的特殊重要性半因为它的环境，半因为它的表现。论环境，当时英国是第一个经历第一次工业革命的国家，世界上最大的殖民帝国，在国内它的政府用严刑峻法对付群众运动，而人民的斗争则更趋高涨，终于导致后来的宪章运动和议会改革。从布莱克起始，直到济慈，浪漫诗人们都对这样的环境有深刻感受，形之于诗，作品表现出空前的尖锐性"②。他对英国浪漫主义诗歌的研究和评论范围很广，

---

① 参见陈琳：《王佐良全集》"序二"，《王佐良全集》（第一卷），第XVI页。
② 王佐良：《英国浪漫主义诗歌史》"序"，《王佐良全集》（第三卷），第4页。

从被誉为苏格兰民族歌手的彭斯开始，直到后来因为拜伦的崛起而改写历史小说并最终成为历史小说大家的司格特，几乎所有可纳入英国浪漫主义诗歌运动的重要诗人都在他的批评视野之下得到分析和评论。非常巧合的是，他评论英国浪漫主义诗人从彭斯开始，终止于司各特，而这两人都是来自苏格兰的作家，可见在他眼里，苏格兰作家对英国文学的独特贡献确实是不可忽视的。

彭斯是他花了许多精力在中国的语境下竭力推介的一位诗人。他在这本诗歌史书中所讨论的第一个浪漫主义诗人就是彭斯，可见他的倾向性和偏好是十分明显的。他在大量地引用诗人的作品并引导读者阅读和欣赏彭斯的诗歌后做了这样的总结：

> 彭斯的诗有鲜明的地方色彩，一读就使人进入那欧洲西北角的苏格兰的淳朴世界；它又有鲜明的时代色彩，许多篇章显示了18世纪末年几个重大思潮的影响：感伤主义的扩展，民间文学的再起，民族主义在苏格兰的余烬犹温，特别是法国革命的思想在全欧洲的猛烈激荡——正是这些思潮促成了文学上浪漫主义的抬头。吹拂着诗人彭斯的时代之风也就是后来吹拂华兹华斯、柯尔律治等英格兰浪漫诗人的风，只不过由于彭斯的具体环境，其结果是吹出了苏格兰文学传统的重新繁荣。①

虽然彭斯一般被人们认为是一位来自民间底层的苏格兰诗人，并不居于英国浪漫主义运动的主流，但在那个时代，大英帝国还是相对统一的，彭斯作为英国浪漫主义诗歌的先驱者，与后来的华兹华斯和柯尔律治有着一脉相承的传统，即使在那些革命的浪漫主义诗人拜伦和雪莱的诗作中也能见到彭斯的影子。

---

① 王佐良：《英国浪漫主义诗歌史》，《王佐良全集》（第三卷），第23—24页。

对华兹华斯和柯尔律治的评价,王佐良更看重的是他们在诗歌形式方面的锐意革新以及颇具特色的诗学主张。他结合华兹华斯的一些篇幅短小的诗歌的分析,指出,华兹华斯为他和柯尔律治合编的《抒情歌谣集》撰写的序言集中地体现了他本人的诗学主张,他认为,这"确实是新时代的声音!许多话是前所未闻,许多观点是前所未见,整部序言是一个对18世纪诗坛余风的宣战书!附带说一句,结成同人小集团来写诗,并且发布战斗性宣言来宣传自己写诗的主张,这种后来20世纪的'先锋派'常做的事也是华兹华斯开先例的,这也是他'现代化'的一端"。他接着进一步指出,在华兹华斯的诗歌理论中,"居核心地位的想象力的作用问题"却发挥得不够,"如果说有什么东西能使英国几乎所有重要的浪漫主义诗人——不论其政治倾向与写作风格是怎样不同,又不论其属于第一代或第二代——都趋于一致的话,这就是他们对于想象力的作用的共同重视"。① 这一特征同时也正如他在描述英国文学通史时所总结的,是整个英国文学之所以能够跻身世界文学之林并显示其特色的一个亮点。

在评论华兹华斯个人的诗歌成就时,王佐良并没有受到别的批评家的观点的影响,他在承认华兹华斯擅长写抒情诗的同时,更看重他在叙事诗方面的成就,"华兹华斯不仅长于抒情,也善于叙事。他的叙事诗往往以个别贫民的生活和命运为中心,写得自然实在,可以说是诗歌中现实主义的佳作,只不过像他所有的作品一样,又都贯穿着他的自然观、人生观。写这类叙事诗,他也是前无古人,在同时代和后来的诗人中也未遇敌手"②。这种诗一般的语言常常出现在他对诗歌的解读和分析中,仿佛他本人就跻身其中,用这种诗一般的语言和诗人在进行直接的交流和对话。

王佐良虽然对华兹华斯情有独钟,在书中花了许多篇幅讨论他的诗作和诗学理论,但他也不忽视经常被一些左翼批评家称作"积极浪漫主义

---

① 王佐良:《英国浪漫主义诗歌史》,《王佐良全集》(第三卷),第47页。
② 王佐良:《英国浪漫主义诗歌史》,《王佐良全集》(第三卷),第79页。

诗人"的拜伦、雪莱和济慈的诗歌，只是他避免使用那些带有政治倾向性判断的术语，而是用了"第二代"浪漫主义诗人这一中性的字眼。但是他认为这一代浪漫主义诗人留下的遗憾就是他们都去世过早，否则的话，"如果他们活得长点，又将有多少更卓越的诗篇问世？英国诗史又会在1825年左右出现怎样不同的局面？"①但是即使在他们有限的创作年代，这一代诗人照样取得了无与伦比的成就。通过与他们的前辈诗人的专注自我、冥想内在之特色的比较，王佐良认为这三位诗人更积极地投入社会革命的洪流中，并在自己的诗歌中洋溢着积极向上的精神和格调，具有很强的艺术感染力：

> 因此，这一代浪漫诗人的作品绝不是柔和的、感伤的，而有着一个坚实的思想核心，即对于人的命运的关心。在这点上他们是启蒙主义的真正的继承者、法国革命理想的有力传播者。它们作品的感染力最终来自一种结合，即抒情式的理想与人世苦难感的结合。前者使诗开朗，后者使诗深刻，两者合起来，显示了这第二代浪漫主义诗人的最大特色。②

拜伦是这一代浪漫主义诗人中最年长且知名度最高的诗人，也是在中国影响最大的一位欧洲浪漫主义诗人，鲁迅在《摩罗诗力说》中对拜伦予以极高的评价。但是拜伦由于一些自身生活上的原因以及诗歌创作的因素，引起的争议也最大。王佐良本着实事求是的态度对他做了客观公允的评价，他认为诸如艾略特这样的新批评派批评家对拜伦的批评是有失公允的，在他看来，拜伦的诗歌成就并不在于那些短小的抒情诗中，而更在那些篇幅宏大的叙事诗的创作上，尤其是《唐璜》这样的不朽诗篇，他毫无

---

① 王佐良：《英国浪漫主义诗歌史》，《王佐良全集》（第三卷），第121页。
② 王佐良：《英国浪漫主义诗歌史》，《王佐良全集》（第三卷），第123页。

保留地认为,"《唐璜》的吸引力之一,正在其有生动的故事——而且使得拜伦成为英文诗中最成功的叙事诗人之一"①:

> 《唐璜》在形式上并未最后完成,但是却已经出色地实现了作者的意图。在19世纪西欧的全部诗歌里,没有一首诗反映了、评论了如此广阔的欧洲现实,嘲弄了这样多的欧洲的制度、风尚、习惯和上层人物,而又始终让人读得津津有味,就是到了今天,虽然诗中所提到的事和人有不少已经早被遗忘,但是读者仍然受到诗本身的强烈吸引,即使在英国以外,世界各地的读者通过翻译也感染到它的魅力,这样彻底的成功在全部世界文学史上都是罕见的。②

他并没有像许多评论者那样,仅仅强调拜伦的革命活动和具有叛逆性格的"拜伦式"的英雄,而是从拜伦诗歌的艺术本身入手,从而在评论的过程中,他的这种诗一般的语言和宏观的评论使他在某种程度上也在和诗人进行直接的对话。他对另一位诗人雪莱的热爱更是溢于言表,他本人就曾翻译过雪莱的一些抒情诗,尤其是中国读者熟悉并可以朗朗上口的《西风颂》正是出自王佐良的译笔。他认为雪莱的追求较之拜伦更富有哲理性,此外,他也是"浪漫主义诗歌的一个重要理论家"③,"他留下了诗,其中的优秀作品比一般所估计的要多得多。在人生意义和社会理想上,他都是一个勇敢的探索者,激进的程度超过一般想象。他的诗艺的发展是有轨迹可寻的,他所掌握的诗体之多——特别是在随常口语体上的成就——也超过一般估计"④。此外,他还以雪莱的创作成就和广泛影响有力地批驳了西方的一些现代批评家对雪莱的贬抑。

---

① 王佐良:《英国浪漫主义诗歌史》,《王佐良全集》(第三卷),第138页。
② 王佐良:《英国浪漫主义诗歌史》,《王佐良全集》(第三卷),第158—159页。
③ 王佐良:《英国浪漫主义诗歌史》,《王佐良全集》(第三卷),第234页。
④ 王佐良:《英国浪漫主义诗歌史》,《王佐良全集》(第三卷),第233页。

对于济慈这位在英国浪漫主义诗歌史上地位独特但却在中国远不如前两位诗人那么有名的诗人,王佐良则花了许多篇幅带领读者阅读济慈的诗作,他大量引用的诗行都出自他本人的译笔,这样一方面让读者通过翻译欣赏诗人的原作,同时又通过原作的翻译了解译者的诗一般的译笔。然而,他最终还是让读者对这位早夭的诗人有一个总体的了解:第一,济慈的许多诗篇"属于英国诗史上最辉煌的成品之列";第二,他的发展很快,"无论在诗艺还是思想上都经历了许多变化,而且每个变化都是为了要刷新或加深人的敏感,而增进敏感最后又是为了出现一个更好的世界";第三,他的书信里蕴藏着对人生和文学的丰富见解,其中关于诗艺的见解属于英国最富于启发性的文论之列;第四,他曾在短短的九个月内"写下了几乎全部最优秀的作品,包括六大颂歌";第五,"他在英国浪漫主义诗歌史上是一个承先启后的关键人物";第六,他"一方面是浪漫主义众多特点的体现者,有明显的19世纪色彩",另一方面,他所面临的许多问题又"都是属于现代世界的,他又是我们的同时代人"。[①] 这样,便将一个诗人的创作特点完整地呈现在广大中国读者的眼前。

他在另一部专著《英国诗史》除了继续讨论浪漫主义诗歌外,还讨论了包括弥尔顿在内的早期诗人和叶芝、艾略特、奥登这样的现代诗人,但显然并不像他对浪漫主义诗歌那样专注和着力。

三、在广阔的世界文学语境下评价英国文学

我们说,王佐良对外国文学的研究和建树主要体现于英国文学史的编撰和具体英国作家作品的评论上,但这并不意味着他只通晓英国文学,或者仅仅就英国文学本身讨论英国文学。我们通读他执笔的英国文学史的有关章节就不难发现,他始终将英国文学放在整个英语文学和欧洲文学的广阔语境下来讨论和评价。特别值得在此提及的是,随着英语和英国文学

[①] 王佐良:《英国浪漫主义诗歌史》,《王佐良全集》(第三卷),第333—334页。

愈益产生的世界性影响，他更是自觉地将英国文学放在一个更为广阔的世界文学的大背景下来考察，并做出自己的独特评价。他在领衔主编的五卷本《英国文学史》20世纪分卷《英国20世纪文学史》中，还专门写了一章"英国文学与世界文学"，这应该说是中国学者从世界文学的视角来考察英国文学的首次尝试。

在完整地梳理了英国文学的发展历史之后，王佐良对英国文学在世界文学中的地位做了这样的评价：英国文学所产生的世界性影响首先得益于作为一种世界通用语的英语的扩张和普及，"没有哪一种语言的文学能有英语文学那样的世界性影响，这首先是因为英语是世界上最通行的语言……世界历史上，还没有哪一种语言达到过这样广泛的覆盖面和使用率"①。既然文学是语言的艺术，语言又是文学的表现载体，那么英国文学在英语世界占有什么地位呢？按照王佐良的考察和分析，尽管到了20世纪，美国文学后来者居上，其影响遍及全球，但英国文学并没有因此而衰落，"英国文学却还远不是一个无足轻重的地区文学，而仍然保持着世界性影响"②，其原因具体体现在这五个方面：第一，"它的强大而深远的历史性影响还继续存在"。第二，"英国文学还在发展，还富有创造力，表现于戏剧的持续活跃，小说的名作迭出，诗歌时代有大家，文学理论的务实精神和对文化全局的关注，表现于这个文学对人类命运和世界前途的继续关怀和对艺术的不断探索"。第三，"英国在传播事业方面占有质的优势"，也即英国的出版事业十分发达，这无疑对英国文学在英语世界的传播起着重要的作用。第四，"在遍布全球的前英国殖民地里出现了一批当地人作家用英语写出的重要作品，有的影响远远超出了本地区。这些作家主要受英国文学的熏陶，而他们所作也在一定程度上影响了英国文学"。

---

① 王佐良：《英国文学史》第二十章"英国文学与世界文学"，《王佐良全集》（第一卷），第759—760页。

② 王佐良：《英国文学史》第二十章"英国文学与世界文学"，《王佐良全集》（第一卷），第760页。

第五，英语之成为世界通用语言所占有的优势。① 他的这些判断均产生于全球化时代"世界英语"概念的形成之前，对国际学界关于文化全球化和"全球英语"以及世界文学的讨论也贡献了中国学者的观点。

此外，王佐良作为一位长期从事文学翻译的大家，也认识到英国文学对全世界各种语言的翻译和传播所起到的普及作用。但他作为一位有着世界文学视野的比较文学学者，也看到了英国所受到的译入文学的作用，认为这正是英国文学之所以能保持旺盛活力的重要原因："反过来，英国文学也受益于大量外国文学作品的翻译。"② 这又具体现在四个方面：第一，易卜生的引进与新戏剧运动；第二，"俄国人的影响"与现代主义小说；第三，东方文学的新输入，这方面，中国文学的英译也做出了重要的贡献，这种贡献在古典文学名著《红楼梦》的两个全译本几乎同时出现在英语世界而达到了巅峰；第四，对世界文学的再认识。③ 在国内的外国文学界充斥全盘西化思想的时代，王佐良却在一部英国文学史书的结语中大谈英国文学中的外来影响，尤其是中国文学影响，这显然是十分罕见的，这也充分体现了他作为一位中国学者在研究和评论外国文学时所持的中国立场和中国视角。

当然，王佐良在描述了上述事实后，接着便将英国文学放在世界文学的语境下做出客观的评价。他认为，首先，"从世界文学的标准来看，英国戏剧是突出的高峰，从莎士比亚到萧伯纳又到目前活跃于伦敦剧坛的一批剧作家的发展史表明：古今并茂，至今精力旺盛"；其次，"英国诗也是成就卓著……19世纪的浪漫主义诗歌更是世界文学上另一高峰，可

---

① 王佐良：《英国文学史》第二十章"英国文学与世界文学"，《王佐良全集》(第一卷)，第760—765页。
② 王佐良：《英国文学史》第二十章"英国文学与世界文学"，《王佐良全集》(第一卷)，第766页。
③ 王佐良：《英国文学史》第二十章"英国文学与世界文学"，《王佐良全集》(第一卷)，第767—772页。

以说诗歌的现代化就是从此开始的……从笛福开始的现实主义小说是替英国文学赢得世界上最多读者的强项……各类散文：随笔这一形式原从法国学来，但在英国似乎得到更大发展，18、19世纪都有高手，当前略见衰微……文论：英国文论不长于建立大系统，却有一条从特莱顿到奥威尔的作家论作品的文学批评传统"。①应该说，王佐良的这一判断是十分准确的，也自然得益于他的广博的世界文学知识和国别文学基础。我们说，研究世界文学，没有扎实的国别文学基础是不可能做到的，可以说，王佐良在这方面既强调了英国文学对世界文学的贡献，同时又从世界文学的角度来反观英国文学的成就并做出实事求是的评价。

作为一位长期从事英国文学研究和批评的学者型批评家，王佐良还特别关注这样一个问题："英国文学最吸引世界读者的又是些什么特点，什么品质？"照他看来有这样五个方面的特点或品质：第一是它的人文主义；第二是它的现实主义；第三是它的想象力；第四是它的创新精神与历史感；第五则是它的语言艺术。②正是有了上述五个特点，英国文学才得以在世界文学之林占有重要的一席。当然，英国文学作为一种古老的文学，也不可避免地带有其沉重的负担，所存在的种种缺点和局限也是在所难免的。王佐良也对之做了实事求是的概括，他认为上述每个优点"本身都有伴随而来的问题与不足之处，何况英国文学作为一个整体放在世界文学的天平上还有不如其他国别文学的显然缺点，例如论深刻不如俄国，论明智不如法国，论活力不如美国，近年来大作家大作品似乎少了，等等。这些都有待继续观察和研究"③。虽然这些都是一些粗浅的考察得出的暂时

---

① 王佐良：《英国文学史》第二十章"英国文学与世界文学"，《王佐良全集》（第一卷），第773—774页。
② 王佐良：《英国文学史》第二十章"英国文学与世界文学"，《王佐良全集》（第一卷），第774—775页。
③ 王佐良：《英国文学史》第二十章"英国文学与世界文学"，《王佐良全集》（第一卷），第776页。

性结论,但是如果我们考察一下他当时写出上述文字的年代就会发现他的非凡的预言能力和作为一位具有理论洞见的批评家的前瞻性。王佐良对于外国人撰写英国文学史也有自己的看法,他认为,"正是这种来自各方的评论大大丰厚了对一个作品的认识。作品虽产生于一国,阐释却来自全球,文学的世界性正在这里"①。可以说,这是一种带有深厚功底的外国文学批评家和研究者的自信,正是因为全世界各国的英国文学研究者的共同努力,英国文学才有今天这样的世界性影响和声誉。这显然对那些唯西马首是瞻、跟在外国人后面亦步亦趋的人的做法是一种反拨。

王佐良写出上述文字时正值20世纪80年代末和90年代初,在当时的国际比较文学界,也只有荷兰学者佛克马等人发表了一些论文讨论文学经典和世界文学现象,关于世界文学的讨论远远没有成为一个热门的前沿理论话题,无论是现在当红的世界文学理论家戴维·戴姆拉什还是佛朗哥·莫瑞提的著述那时都还未问世,更不用说在中国学界讨论世界文学问题了:戴姆拉什的专门讨论世界文学的专著《什么是世界文学?》以及他的一篇同题论文均发表或出版于2003年;莫瑞提的影响极大的论文《世界文学构想》也不过于2000年发表于《新左派评论》(*The New Left Review*)上。而王佐良却以其理论的前瞻性和宏阔的比较文学视野写下了这一具有理论前瞻性和学术价值的专章,可以说是代表中国学界对世界文学问题的研究贡献了独特的研究成果。可惜进入古稀之年的王佐良已经没有更多的时间和精力去跟踪国际学术前沿的最新发展动向了,也没有精力去用英文将上述观点写成一篇有分量的论文在国际刊物上发表了。否则的话,中国学界参与国际学界关于世界文学问题讨论的时间就会往前推上二十年。

综上所述,王佐良在英国文学方面的造诣是十分深厚的,研究也是很深入的,但是他并不同于那些学究式的批评家,他更像是一位才子型的

---

① 王佐良:《英国浪漫主义诗歌史》,《王佐良全集》(第三卷),第6—7页。

批评家，一切从自己的直接感受出发。在他的批评文字中很少见到那些深奥的批评理论术语，他也很少引用国际同行的先期研究成果，而更带有普通读者能够读懂的批评性语言，尤其是他在进行诗歌评论时更是激情昂扬，仿佛在与被自己评点的诗人进行直接的交流和对话。当然这既是他的批评实践的长项，同时也不无一定的局限。但无论如何，我们在描述中国当代外国文学批评时，王佐良都是一个无法绕过的人物。此外，他的英国文学批评不仅仅局限于英国文学，而是自觉地将英国文学放在世界文学的语境之下来考察，并不时地与中国文学进行比较。因此，随着时间的推移，王佐良在中国的外国文学批评史和比较文学学术史上的地位将愈益得到彰显。

王宁著作一览

1.《比较文学与中国当代文学》,云南教育出版社,1992年
2.《深层心理学与文学批评》,陕西人民出版社,1992年
3.《多元共生的时代》,北京大学出版社,1993年;台湾淑馨出版社,1995年;福建教育出版社,2018年修订
4.《比较文学与中国文学阐释》,台湾淑馨出版社,1996年
5.《后现代主义之后》,中国文学出版社,1998年;上海外语教育出版社,2019年修订版
6.《中国文化对欧洲的影响》(与钱林森、马树德合作),河北人民出版社,1999年,2022年修订版
7.《比较文学与当代文化批评》,人民文学出版社,2000年;台湾洪叶文化事业有限公司,2002年
8.《20世纪西方文学比较研究》,人民文学出版社,2000年;台湾洪叶文化事业有限公司,2002年
9.《文学和精神分析学》,人民文学出版社,2002年;台湾洪叶文化事业有限公司,2003年
10.《超越后现代主义》,人民文学出版社,2002年;台湾洪叶文化事业有限公司,2003年
11.《全球化与文化研究》,台湾扬智文化事业股份有限公司,2003年
12.《全球化、文化研究和文学研究》,广西师范大学出版社,2003年
13. *Globalization and Cultural Translation*, Singapore: Marshall Cavendish Academic, 2004
14.《神奇的想象:南北欧作家与中国文化》(与葛桂录等合作),宁

夏人民出版社，2005年

15.《文化翻译与经典阐释》，中华书局，2006年；译林出版社，2022年修订版

16.《翻译研究的文化转向》，清华大学出版社，2009年，2022年修订版

17.《"后理论时代"的文学和文化研究》，北京大学出版社，2009年；商务印书馆，2019年修订版

18. *Translated Modernities: Literary and Cultural Perspectives on Globalization and China*, Ottawa: Legas Publishing, 2010

19.《比较文学：理论思考与文学阐释》，复旦大学出版社，2011年

20.《又见东方：后殖民主义理论与思潮》（与生安锋、赵建红合著），重庆大学出版社，2011年

21.《比较文学、世界文学与翻译研究》，复旦大学出版社，2014年

22. *Il Postmodernismo in Cina* (Traduzione di Lavinia Benedetti e Mariadele Scotto di Cesare), Roma: Bonanno Eitore, 2015

23.《当代中国外国文学批评史》，中国社会科学出版社，2019年

24.《世界文学与中国现代文学》（与生安锋等合著），中国社会科学出版社，2021年

25.《翻译与国家形象的建构及海外传播》（与曹永荣合著），清华大学出版社，2022年

26. *After Postmodernism*, London and New York: Routledge, 2023

图书在版编目(CIP)数据

全球人文视野下的中外文论研究/王宁著.—北京:商务印书馆,2022
(上海交大·全球人文学术前沿丛书)
ISBN 978-7-100-21663-0

Ⅰ.①全… Ⅱ.①王… Ⅲ.①文学理论—世界—文集 Ⅳ.① I0-53

中国版本图书馆 CIP 数据核字(2022)第 165621 号

权利保留,侵权必究。

全球人文视野下的中外文论研究
王 宁 著

商 务 印 书 馆 出 版
(北京王府井大街36号 邮政编码100710)
商 务 印 书 馆 发 行
上海盛通时代印刷有限公司印刷
ISBN 978-7-100-21663-0

2022年11月第1版　　开本 670×970　1/16
2022年11月第1次印刷　印张 28　插页 2

定价:138.00元